GOLDMANN

Buch

Die lebenslustige Lizzie Robinson hat schon so manches angestellt, um die Aufmerksamkeit des unwiderstehlichen Junggesellen Tavis Mackinnon zu erregen. Doch für ihn bleibt sie immer noch das nette, aber ansonsten uninteressante junge Mädchen. Als es Lizzie jedoch eines Tages zu weit treibt, sieht sich ihre Familie gezwungen, der Peinlichkeit ein Ende zu bereiten und sie zu Verwandten nach Boston zu schicken. Dort soll sie endlich gesellschaftlichen Schliff erhalten. Und tatsächlich: Bei ihrer Rückkehr ist aus dem Wildfang Lizzie eine wohlerzogene, anmutige junge Dame geworden. Tavis registriert diese bemerkenswerte Verwandlung mit Widerwillen – und mit aufkeimender Begierde. Als sich Lizzie aber wieder in sein Leben schleicht und eine Heirat mit weiblicher Tücke erpreßt, flieht Tavis voller Panik mitten in der Hochzeitsnacht – um Jahre später zu erkennen, welches Juwel er achtlos fortwarf.

Autorin

Elaine Coffman hat sich mit ihren Romanen bereits unzählige Fans erobert. Als gebürtige Texanerin liegen ihr natürlich der »Wilde Westen« und dessen liebenswert-unkomplizierte Bewohner besonders am Herzen, und Elaine Coffmans außerordentliches Talent liegt darin, ihre feurig-romantischen Liebesgeschichten mit einer gehörigen Portion Humor zu würzen.
Von Beruf Lehrerin, lebt Elaine Coffman mit ihrem Mann und drei Kindern auf einer Ranch bei Austin, Texas, wo sie Pferde züchtet.

Bei Goldmann liegen von Elaine Coffman bereits vor:

Ein Mann wie Samt und Seide. Roman (42212)
Engel in Flammen. Roman (41364)
Geliebter Schuft. Roman (41073)
Goldstaub auf zarter Haut. Roman (41367)
Wie Fieber im Blut. Roman (41074)
Zärtlicher Rebell. Roman (41115)

Elaine COFFMAN

Geliebte Wildkatze

Aus dem Amerikanischen
von Uschi Gnade

GOLDMANN VERLAG

Originaltitel: Heaven Knows
Originalverlag: Ballantine Books, New York

Umwelthinweis:
Alle bedruckten Materialien dieses Taschenbuches
sind chlorfrei und umweltschonend.
Das Papier enthält Recyclinganteile.

Der Goldmann Verlag
ist ein Unternehmen der Verlagsgruppe Bertelsmann

Deutsche Erstveröffentlichung Oktober 1995

Umschlaggestaltung: Design Team München
Umschlagillustration: Daeni/Schlück, Garbsen
Satz: deutsch-türkischer fotosatz, Berlin
Druck: Elsnerdruck, Berlin
Verlagsnummer: 42977
Lektorat: Silvia Kuttny
Redaktion: Sabine Dolt
Herstellung: Heidrun Nawrot
Made in Germany
ISBN 3-442-42977-3

1 3 5 7 9 10 8 6 4 2

Für Albon Head, Leutnant zur See, Marineakademie der Vereinigten Staaten, Abschlußjahrgang 1993

Ich hätte nie geahnt, als ich mich an jenem Tag vor vier Jahren bereit erklärt habe, dich unter meine Fittiche zu nehmen und dir ein Zuhause fern der Heimat zu geben, daß du eine Art zweiter Sohn für mich werden und derart mit unserer Familie zusammenwachsen würdest. Wie sehr du dich doch weiterentwickelt und verändert hast seit dem Sommer, in dem du dein Studium angetreten hast, bis hin zu dem Tag, an dem du bei der Abschlußfeier deine Mütze in die Luft geworfen hast. Jetzt weiß ich, was Stolz bedeutet. Alles Gute, und vergiß uns nicht.

Können Liebe und Frieden im selben Herzen wohnen?

Beaumarchais, *Der Barbier von Sevilla* (1775)

1

Nantucket, 1850

Zwei Stunden, nachdem sie sich ihren Busen zugelegt hatte, verlor Lizzie Robinson ihn auch schon wieder.

Für sich allein genommen, wäre das nicht allzu schlimm gewesen, wenn sie nicht das Pech gehabt hätte, ihn ausgerechnet auf der Treppe zu verlieren, die von der Crosby-Villa in den kleinen Garten hinter dem Haus führte. Selbst das wäre noch nicht ganz so demütigend gewesen, hätte nicht Tavis Mackinnon genau in dem Augenblick am unteren Ende dieser unglückseligen Treppe gestanden, in dem die Schwerkraft den Sieg davontrug.

Schon allein der Gedanke daran ließ Lizzie erschauern. Ihr schien es, als hätte ihr das Verlangen dieses Problem eingebrockt – das Verlangen, Tavis Mackinnon deutlich zu zeigen, daß sie kein Kind mehr war, und Tavis' Verlangen, genau das in ihr zu sehen. In Lizzies Vorstellung war nur eines daran schuld, daß sie nicht als Frau akzeptiert wurde, und das war der fehlende Busen.

Daher hatte sie sich einen zugelegt.

Erst dann begriff sie, daß ein Busen nicht zwangsläufig zur Kenntnis genommen wurde. Mittlerweile stellte sich nicht mehr die Frage: *Wie kam sie an einen Busen?*, sondern die: *Wie konnte sie Tavis dazu bringen, ihn zur Kenntnis zu nehmen?*

Lizzie hatte es darauf abgesehen gehabt, daß Tavis ihren Busen bemerkte. Sie hatte es sich sehnlichst gewünscht. Sie hatte sogar darum gebetet und gesagt: »Lieber Gott, bitte, bitte, bitte, laß ihn meinen Busen bemerken.« Aber damit hatte sie nicht gemeint, daß er ihm gleich vor die Füße fallen sollte.

Lizzie erinnerte sich noch lebhaft an den Tag, an dem sie zum ersten Mal erfahren hatte, daß Tavis Mackinnon ein Mann war, der Frauen mit üppigem Busen mochte. Sie war auf der Party der Starbucks gewesen und hatte getan, was sie auf Parties immer tat – sie hatte spioniert. Sie hatte sich in einer Ecke des prächtigen Ballsaals der Starbucks hinter einer Topfpalme versteckt – und das hatte sie als ein gutes Omen angesehen, da Palmen das Symbol für Triumph und dergleichen waren – und die Palmwedel auseinandergebogen, um völlig fasziniert das anzustarren, was schon seit fünf langen Jahren das Objekt ihrer Zuneigung war. Tavis Mackinnon.

Tavis tat, was er in diesen fünf Jahren die meiste Zeit über getan hatte. Er ignorierte sie. In diesem speziellen Augenblick lehnte er mit einer Schulter lässig an einer der geriffelten klassizistischen Säulen im Ballsaal der Starbucks, der im Palladio-Stil erbaut worden war. Jedesmal, wenn sie ihn ansah, wie er vor dieser getünchten Wand mit den mythologischen Szenen stand, die von weißgestrichenen Architraven und Ziergiebeln umrahmt wurden, dann fühlte sie sich auf den Olymp versetzt. Tavis war in der Tat nicht weniger erhaben als Zeus persönlich, denn Lizzie hatte sich buchstäblich immer vom Blitz getroffen gefühlt, wenn er in ihr Gesichtsfeld rückte.

Er war in ein Gespräch mit seinen zwei Freunden und ständigen Begleitern vertieft, Cole Cassidy und Nathaniel Starbuck. Nachdem sie Tavis schnell von Kopf bis Fuß gemustert hatte, senkte sich Lizzies Blick auf die tadellos blankpolierten Schuhe an Füßen, die an den Knöcheln übereinandergeschlagen waren. Ihr Blick rückte zentimeterweise weiter, glitt bewußt und qualvoll langsam höher an ihm hinauf und blieb auf den Knien ruhen – eines war leicht angewinkelt –, ehe er höher an ihm hinaufwanderte. Er hatte die Arme lässig auf Taillenhöhe verschränkt, und einen kurzen Moment lang blieb ihr Blick auf seiner Hand haften. Seine Finger waren lang und anmutig, die Finger eines sensiblen Mannes. Er hatte eine schmale Taille. Und breite Schultern. Ihrer Meinung nach war alles an ihm ein Inbegriff makelloser Vollkommenheit. Doch sein Gesicht war es, was Lizzie jedesmal, wenn sie hinsah, eine himmlische Vision vor Augen führte.

Während sie ihn beobachtete, lachte Tavis über etwas, was Cole sagte, und dann wandte er sich zu Nathaniel um, da er mit ihm reden wollte, doch Lizzie schien es, als schaute Tavis ihr mitten ins Gesicht. Die Knie wurden ihr weich. Ihr Herz hämmerte schneller als bisher. Ihr Mund dörrte aus. Ihre Handflächen begannen zu schwitzen. Mochte der Himmel ihr beistehen, aber sie fragte sich, was passieren würde, falls er jemals mehr tun sollte, als sie nur anzusehen.

»Meine Güte, Lizzie Robinson, was tust du bloß ganz allein in diesem hintersten Winkel des Saals?« fragte Mrs. Starbuck, die Lizzie im Vorübergehen bemerkte.

Lizzie riß den Kopf so schnell zurück, daß ihr die Palmwedel ins Gesicht schnellten. »Also ... verstehen Sie ... ich meine, ich bin ...«

Mrs. Starbuck bedachte sie mit einem verständnisvollen Lächeln. »Du bist wohl schüchtern, was?«

Da sie nichts sagen konnte, weil ihr Mund zu trocken war, nickte Lizzie lediglich.

Mrs. Starbuck seufzte, und in ihre Augen trat dieser verträumte Blick, den man manchmal an Erwachsenen wahrnehmen konnte, wenn sie sich an ihre eigene Jugend erinnerten. »Meine Güte, als ob ich nicht wüßte, wie dir zumute ist, Lizzie. Du kannst mir glauben, wenn ich dir sage, daß jedes junge Mädchen auf Erden zu allen Zeiten ähnliche Gefühle gehabt hat, wenn die ersten Knospen der Jugend sprießen. Das Beste, was man tun kann, ist, es hinter sich zu bringen. Nimm eine aufrechte Haltung ein und reck das Kinn in die Luft. Hole tief Atem und tritt so anmutig wie möglich in Erscheinung. Wenn du das erst einmal hinter dich gebracht hast und mit deinen Freundinnen zusammenstehst, wirst du feststellen, daß du dich gleich viel wohler fühlst. Probier es selbst aus, Lizzie, und du wirst sehen, was ich meine«, sagte Mrs. Starbuck mit einem gutmütigen Lächeln und ging dann weiter.

Sowie Mrs. Starbuck außer Sichtweite war, begrub Lizzie ihren Kopf wieder zwischen den Palmwedeln, und von dort aus ergötzte sie sich neuerlich am Anblick von Tavis Mackinnon. Mrs. Starbucks Worte waren bereits so gut wie vergessen.

Lizzie seufzte und versank in sehnsüchtige Betrachtungen. Hatte es je einen schöneren Mund oder ein ausgeprägteres und arroganteres Kinn gegeben? Seine Nase, beschloß sie, war perfekt für ein Gesicht wie seines – sie sah aus, als sei sie dort eingefügt und dann erst verfeinert worden. Es war eine Hakennase, doch wirkte sie ungemein stolz. Aber das, was in Lizzie den Wunsch auslöste – der liebe Gott mochte ihr beistehen –, sich jedesmal, wenn sie hinsah, zu bekreuzigen, waren seine Augen, und dabei war Lizzie noch nicht einmal katholisch. Es waren Augen, die sie in eine totenähnliche Bewußtlosigkeit hätten versinken lassen können, falls es solche Augen überhaupt gab – weder grau noch blau, sondern sturmgepeitscht und irgendwo zwischen den beiden Farben angesiedelt.

In dem Moment wandte Tavis den Blick ab, und langsam drang in Lizzies betörten Schädel vor, daß er und seine Freunde gewaltiges Interesse an etwas hatten, was sich am anderen Ende des Saales abspielte.

Als sie der Blickrichtung der Herren folgte, sah Lizzie, daß sie beobachteten, wie Vernelia Carrouthers unangenehm auffiel – Vernelia war herausragend darin, sich hervorzutun –, nachdem sie ihr Glas einmal zu oft aus der Punschschale nachgefüllt hatte, in die eine verwegene Person eine ganze Flasche erstklassigen Kentucky Bourbon geleert hatte. Beim fünften Glas bereitete Vernelia das Laufen Schwierigkeiten. Tatsächlich bereitete ihr, um bei der Wahrheit zu bleiben, bereits das Stehen Schwierigkeiten – etwas, was die drei gutgekleideten Männer am anderen Ende des Raumes zu bemerken schienen

»Mein Gott« sagte Nathaniel. »Sie füllt sich das Punschglas nach ... sie füllt es sich schon wieder nach.«

»Noch ein Glas, und sie liegt unter dem Tisch«, sagte Cole.

»Oder unter Jared Crosby«, fügte Tavis hinzu, der offensichtlich die Signale deutete, die Vernelia an Jared aussandte.

»Sie verschwendet ihre Zeit, wenn sie sich um Jared bemüht«, bemerkte Nathaniel. »Jared fliegt auf Frauen mit mehr Tiefgang, meint ihr nicht auch?«

Tavis lachte nur und sagte: »Ja, das kann man wohl sagen … aber Tiefe interessiert ihn in erster Linie, wenn es um den Ausschnitt ihrer Kleider geht.«

Daraufhin lachte Cole. »Es mag ja sein, daß Jared sich für tiefausgeschnittene Kleider interessiert, aber üppige Proportionen sind wohl eher *deine* Schwäche«, sagte Cole und versetzte Tavis einen kräftigen Rippenstoß.

»Du hast es gern, wenn sie groß sind, stimmt's, Tavis?« erwiderte Nathaniel und setzte seine Hände ein, um deutlich zu veranschaulichen, wie groß *groß* war.

Tavis zuckte lediglich die Achseln. »Ich nehme an, sie müssen eben groß genug sein, um mein Interesse nicht erlahmen zu lassen.«

»Und um deine Hände auszufüllen«, lautete Coles Erwiderung.

Diesmal war Nathaniel derjenige, der lachte und Tavis auf den Rücken schlug. »Der alte Tavis ist schon immer ein echter Anhänger von gewaltigen Brüsten gewesen.«

Mit einem schockierten Keuchen machte Lizzie einen Satz nach hinten und erlaubte es den Palmwedeln, wieder an ihren gewohnten Platz zurückzuschnellen. *Ein echter Anhänger von gewaltigen Brüsten …*

In dem Moment hatte sie auf das Mieder ihres feinsten weißen Kleids aus gemusterter Gaze heruntergeschaut und zum ersten Mal festgestellt, daß hinter den schmückenden Biesen auf dem Vorderteil nichts zu sehen war, was auch nur die entfernteste Ähnlichkeit mit einem Busen gehabt hätte. Sie war sicher, daß sie ungehindert bis auf ihre Zehen hätte schauen können, wenn das Kleid einen tieferen Halsausschnitt gehabt hätte. Betrübt mußte sie sich eingestehen, daß ihre jämmerlich kleinen Brüste bestenfalls gerade eben zu erkennen waren. Plötzlich fielen ihr Mrs. Starbucks Worte wieder ein: *Wenn die ersten Knospen der Jugend sprießen …* Lizzie schaute noch einmal an sich herunter und seufzte entmutigt, als sie die nackte, kalte Wahrheit begriff: Wenn es um die ersten sprießenden Knospen der Jugend ging, so konnte sie kaum Schößlinge vorweisen. Kein Wunder, daß Tavis sie für ein Kind hielt. Wieviel Zeit sie sinnlos darauf vergeudet hatte, ihm schmachtende Blicke zuzuwerfen oder ihn voller Bewunderung anzulächeln! Natürlich konnte er ihre Liebe zu ihm nur amüsant finden und würde darin niemals etwas anderes als die törichte, zum Scheitern verdammte Vernarrtheit eines Kindes sehen.

Lizzie vertraute ganz und gar auf die Eingebung des Augenblicks. Sie wandte sich gedemütigt ab, gab sich geschlagen und sagte sich, daß das nichts weiter als ein momentaner Rückschlag war. Als sie auf den schwarzlackierten Wandschirm zuging, von dem alle wußten, das eines von Mr. Starbucks Schiffen ihn aus Damaskus mitgebracht hatte, nahm sie auf einem von zwei Belter Empiresofas Platz, die einander gegenüberstanden, und dabei zog sie das hochlehnige Ende des länglichen Sitzmöbels vor, das am weitesten von Tavis Mackinnon entfernt war.

Sie wollte sich verstecken. Da sie sich sogar einer Heuschrecke unterlegen fühlte, hakte sie ihre Satinschuhe um ein geschwungenes Bein des Empiresofas, stützte das Kinn auf die Handflächen, begann zu grübeln und wog das, wovon sie gerade gehört hatte, daß es Tavis' große Schwäche war, gegen das ab, was sie zu bieten hatte – oder, um es genauer zu sagen, gegen das, was sie nicht zu bieten hatte.

Lizzie zog aufgebracht und bestürzt die Stirn in Falten, als sie einen Moment lang von dem hämischen Kichern abgelenkt wurde, das von Caroline und Harriet Weatherby zu ihr drang, als die beiden vorbeikamen. »Bestimmt ignoriert Tavis sie«, sagte Harriet, »oder er hat sie gleich am Anfang gesehen und beschlossen, sich zu verstecken.«

Wie auch sonst immer ignorierte sie den Hohn der beiden und unterdrückte den Impuls, der selbstgefälligen Harriet mit dem blasierten Gesicht zu sagen, ihre Schwester Juliet wäre besser dran gewesen, wenn Dewey Allison sie ignoriert hätte; dann wäre sie jetzt hier auf dem Ball, statt zu Hause zu sitzen und winzige Schuhe für ein Baby zu stricken, das seinen Vater niemals kennenlernen würde.

Nach langem Nachdenken stieß Lizzie endlich einen resignierten Seufzer aus, als sie zu dem endgültigen Schluß gelangte: Wenn Tavis Mackinnon sich von Frauen mit üppigen Proportionen beeindrucken ließ, dann würde sie eben ganz einfach eine Möglichkeit finden müssen, um ihre Proportionen üppiger zu gestalten.

Die Frage war in dem Fall gar nicht so sehr, *was* sie zu tun hatte, sondern *wie* sie vorgehen sollte. Lippen ließen sich färben oder aufhellen. Augen konnte man mit Holzkohle dunkler nachzeichnen. Ihre Wangen hätte sie durch Kneifen röten können. Aber was machte eine flache Brust üppig? fragte sie sich. Nachdem sie ein paar Minuten lang angestrengt nachgedacht hatte, breitete sich ein bedächtiges Lächeln auf ihrem Gesicht aus und zog ihre Mundwinkel nach oben.

Am nächsten Morgen wartete Lizzie schon vor Burnell's Laden, als geöffnet wurde. Mr. Burnell schien überrascht zu sein, als sie den goldblonden Schopf in seinen Laden streckte und im nächsten Moment dabei beobachtet wurde, wie sie ein Paket Watte auf die Theke legte.

»Watte?« sagte Mr. Burnell und zog erstaunt die Augenbrauen hoch. »Aber, aber, Lizzie Robinson, ich wußte ja noch gar nicht, daß du Freude daran hast, Steppdecken zu nähen.«

»Oh, ja, Mr. Burnell. Dafür habe ich eine große Schwäche.«

Von jenem Tag an wartete Lizzie ungeduldig darauf, zur nächsten Frühjahrsveranstaltung eingeladen zu werden, denn ihr war klar, daß Tavis Mackinnon ihr gehören würde, sowie er ihren Busen sah. Endlich. Im Grunde genommen war es wirklich fast zu einfach. Er würde ihren Busen sehen, sich in sie verlieben und um ihre Hand anhalten, und sie würden bis ans Ende aller Zeiten glücklich miteinander sein.

Teilweise hatte sie gar nicht so unrecht. Er nahm Notiz von ihrem Busen.

Er hielt ihn sogar tatsächlich in der Hand.

2

Es waren erst ein paar Wochen seit dem Ball bei den Starbucks vergangen, als Lizzie sich für einen weiteren Ball ankleidete. Sie trug ein Kleid aus tief purpurnem Moiré mit grünen Paspeln. Das Mieder war züchtig, aber doch tiefer ausgeschnitten als all ihre anderen Kleider, ein keusches rundes Dekolleté, das vorn ein wenig tiefer reichte. Nachdem sie sich angezogen hatte, stellte sie sich vor den Spiegel und betrachtete sich kritisch, erst von vorn, dann von der Seite.

Flach.

Es bestand kein Zweifel daran; wohin sie auch schaute und aus welchem Winkel sie sich auch ansehen mochte, sie war flach. Wo sich üppige Rundungen hätten wölben sollen oder wo man zumindest die ersten Anzeichen knospender Jugend hätte erkennen sollen, da war nichts. Flach. Schlimmer als flach. Warum war ihr das bisher nie aufgefallen? Erwachsene Frauen hatten enorme Brüste. Und was hatte sie? Eine konkave Brust.

Inzwischen war sie zu der Überzeugung gelangt, daß Tavis Mackinnon sie irrtümlich für einen Jungen hätte halten können, wenn sie kein langes Haar gehabt hätte. *Nun, die Vergangenheit läßt sich nicht rückgängig machen,* sagte sie sich, aber es stand fest, daß sie Einfluß auf die Zukunft hatte.

Jetzt begab sie sich auf alle viere, hob die farbenfrohe Tagesdecke an, die auf ihrem Bett lag, schaute unter die dichten Spitzenrüschen, die seitlich herunterhingen, und zog den Beutel Watte heraus, den sie bei Burnell's gekauft hatte. Sie riß zwei entsprechende Polster ab – gab vorsichtshalber noch eine Prise dazu – und rollte die Watte und preßte sie in die richtige Form, ehe sie sie in ihr Hemd stopfte und sich noch einmal von allen Seiten betrachtete.

Der Vesuv wäre vor Neid erglüht. *Also wirklich, ich bin vor meinen eigenen Augen zur Frau erblüht*, dachte sie, als sie sah, wie stolz sich ihre Wattepolster wölbten, und dann sagte sie zu ihrem Spiegelbild: »Also, *das* nenne ich einen Busen.«

Kurz nachdem sie auf der Party eingetroffen war, hielt Lizzie den Atem an, als sie beobachtete, wie Tavis mit seinen beiden Freunden eintraf. Während das Orchester begann, die Instrumente zu stimmen, fand sie einen Stehplatz hinter der spektakulären Treppe, die sich in den Ballsaal hinunterschwang, und ihre kleine Hand, die in einem Handschuh steckte, umklammerte den Endpfosten des Treppengeländers, während sie beobachtete, wie Tavis mit Nathaniel und Cole umherschlenderte.

Ohne auch nur eine kostbare Minute zu vergeuden, eilte Lizzie zu Rebecca Field, ihrer besten Freundin. Sie bahnte sich einen Weg durch die Gäste, die in dem überfüllten Ballsaal standen und sich miteinander unterhielten. Endlich entdeckte sie Becca am anderen Ende der Tanzfläche. Sie schlängelte sich zwischen den Tänzern durch, ignorierte deren erzürnte Blicke, überquerte die Tanzfläche und blieb an Beccas Seite stehen.

Sie packte ihre Freundin am Arm, zog sie zur Tür und sagte: »Komm mit. Schnell!«

»Was ist passiert?« fragte Becca, und als sie keine Antwort bekam, sagte sie: »Lizzie, um Himmels willen, würdest du bitte langsamer laufen? Mir fallen sämtliche Blumen aus dem Haar.«

»Stell dir einfach vor, es sei eine Fährte, auf der uns ein Märchenprinz folgen kann.«

»Was für ein Märchenprinz?« fragte Becca. »Du könntest mir wenigstens sagen, wohin wir gehen«, wandte sie ein.

»Raus«, lautete Lizzies knappe Antwort.

Sowie sie vor dem Haus angelangt waren, blieben die beiden Mädchen oben auf der Treppe stehen, die in den kleinen Garten der Crosbys hinunterführte. Der Mond stand hoch am Himmel und war voll und rund und sandte eine beträchtliche Menge Licht aus, die noch zu dem weichen bernsteinfarbenen Schimmer von etwa einem halben Dutzend Lampions hinzukam. Sie hingen an einer Schnur, die zwischen dem Haus und dem einzigen Baum im Garten gespannt war, und die Helligkeit reichte bei weitem aus, um die Mädchen die Silhouetten von drei Männern erkennen zu lassen, die neben einer Statue standen, und außerdem sahen sie die matte rote Glut von Coles Zigarre.

»Das hätte ich mir ja denken können«, flüsterte Becca gerade laut genug, um sich über die Klänge des Orchesters hinweg verständlich zu machen, die durch die offenen Türen aus dem Ballsaal drangen.

Obwohl sie etwas tat, was sie wahrhaft gewohnt war – nämlich Tavis auf Schritt und Tritt zu verfolgen und sich aufdringlich anzuschleichen –, war Lizzie unbehaglich zumute. Die Frau zu spielen, war eine neue Rolle für sie, in der sie sich unsicher fühlte, und das trotz des prachtvollen Busens, der ihr gewachsen war, und trotz all der Liebe, die sie schon so lange für Tavis hegte. Sie hatte sich auf ein unvertrautes Gebiet vorgewagt und war daher besorgt, zappelig, gereizt und ein wenig nervös. Sie warf einen Blick auf Becca, die ganz und gar den Eindruck eines sanftmütigen und arglosen Lammes erweckte, das zur Schlachtbank geführt wird, doch selbst Beccas stille Duldsamkeit trug nicht dazu bei, ihre Sorge abzuschwächen.

Als sie die Treppe wieder hinunterschaute und einen schnellen Blick auf Tavis warf, kam Lizzie sich vor, als säße sie in einem kleinen Boot mit nur einem einzigen Ruder und sei dazu verdammt, im Kreis zu rudern. Er war ein ausgewachsener Mann, wogegen sie bestenfalls kärglich ausgestattet war – nichts weiter als ein flachbrüstiges Mädchen von fünfzehn Jahren, das auf die sechzehn zuging – und hoffnungslos in einen Gott verliebt, der zehn Jahre älter war als sie. Sie wußte, daß sie selbst mit ihrem üppigen Busen bei einem Mann, der wie Tavis aussah, keine Chancen hatte.

Und er sah wirklich gut aus – das hätte jede Frau in ganz Nantucket von ganzem Herzen bestätigt. Er trug einen schwarzen Frack und eine Hose, die eng genug war, um interessante Fragen aufzuwerfen. Als sie den Blick von Tavis abwandte, stellte Lizzie fest, daß Cole sie auf die typische Art eines Menschen ansah, der ahnt, daß jeden Moment eine Katastrophe hereinbrechen wird, und der sich fragt, was man wohl tun könnte, um das Unheil abzuwenden. Sie ärgerte sich darüber, daß Cole bereits ein Verhängnis nahen sah, ehe sie auch nur einen einzigen Schritt auf die Männer zugegangen war. Nicht *alles,* was sie tat, endete in einer Katastrophe.

Lizzie reckte das Kinn in die Luft und nahm eine Haltung ein, von der sie sich erhoffte, daß sie ganz reizend wirkte, als sie die Stufen hinunterstieg und dabei ihr Kleid vorn lüpfte, um nicht über den Saum zu stolpern. Damit bot sie den drei Männern, die unter der Treppe standen, einen erfrischenden Ausblick auf ihre Knöchel.

In dem Moment, in dem sie den Abstieg begann, wurde Lizzie klar, daß hier etwas nicht stimmte. Ihr Herz pochte voller Unbehagen, als Cole einen leisen Ruf ausstieß und die beiden anderen Männer ihre volle Aufmerksamkeit auf sie richteten.

Ihre Augen wurden vor Entsetzen kugelrund, und Lizzie hielt abrupt in der Bewegung inne. Sie blieb so unerwartet stehen, daß Becca, die direkt hinter ihr die Treppe herunterkam, mit ihr zusammenprallte. Ehe Lizzie auch nur einen flüchtigen Gedanken auf ihre Wattepolster verschwenden konnte, die zu einem ungünstigen Zeitpunkt verrutschten, verschlug ihr der Zusammenprall mit Becca den Atem.

Aber das war nicht alles, was Lizzie verlorenging.

Lautlos schwebten die beiden Wattekugeln zu Boden und landeten ebenso lautlos zwei Stufen unter der Treppenstufe, auf der Lizzie stand. Für einen flüchtigen Sekundenbruchteil verspürte sie den glühenden Wunsch, die Erde würde sich vor ihren Füßen öffnen und sie mit Haut und Haar verschlucken.

Voller Bestürzung starrte Lizzie auf die Watteballe, während Becca neben ihr auf der Stufe landete. Als ihr Blick auf das fiel, was Lizzie sah, stieß sie ein entsetztes Keuchen aus und bemühte sich, ihren Rock über die Polster zu ziehen.

»Ich fürchte, dafür ist es jetzt zu spät«, sagte Nathaniel.

»Ich habe schon gehört, daß es Frauen gibt, die sich Männern an den Hals werfen, aber das ist einfach lächerlich«, sagte Cole.

So plötzlich wie ein Donnerschlag und ebenso aufreizend ertönte höhnisches Gelächter. Lizzies Rückgrat gab nach, und ihr ganzer Körper erstarrte. Sie wurde von der gräßlichen Furcht gepackt, sie könnte weinen und so dumm dastehen, wie sie es in Wirklichkeit war. Zitternd und bis in die Fußsohlen gedemütigt stand sie mit dem Selbstbewußtsein einer nassen Socke vor den drei Männern.

»Dürfte ich vielleicht fragen«, sagte Tavis in einem nahezu höflichen Tonfall, als er auf die beiden zukam und unter der Treppe stehenblieb, »was ihr zwei dumpfen Nüsse hier im Schilde führt?«

»Tavis, spring nicht ganz so streng mit den beiden um. Siehst du denn nicht, daß Lizzie mit dir das Spielchen spielen will: *Ich zeige dir meine, wenn du mir vorher deinen zeigst?*« sagte Nathaniel, ehe er sich vor Lachen krümmte.

»Jedenfalls steht hundertprozentig fest, daß sie den Anfang gemacht hat«, sagte Tavis. »Hat man schon mal so was Dümmliches ...« Tavis stieß einen Laut aus, der einem Knurren ähnlich klang, nahm mit jedem Schritt zwei Treppenstufen und blieb gerade lange genug stehen, um Becca aufzuheben und aus dem Weg zu schaffen. Dann wandte er seine Aufmerksamkeit Lizzie zu.

Lizzie schaute auf ihre Wattepolster herunter, die in Mondschein getaucht waren und so spitz und stumm wie die Pyramiden aufragten. Mit einem erstickten Fluch bückte sich Tavis, um Lizzies Polster aufzuheben. Er preßte sie ihr ins Gesicht und sagte: »Wenn du das nächste Mal eine Frau spielen willst, dann solltest du mehr darauf achten, dich auch wie eine zu benehmen. Wenn du dir deinen Busen mit Watte polsterst, dann macht dich das nicht etwa zur Frau, sondern bestenfalls ...«

»Nimm dich in acht«, sagte Cole.

Tavis warf einen Blick auf seinen Freund. Mit einem weiteren erstickten Fluch drückte er Lizzie die Watte in die zitternden Hände. »Und jetzt nimm deine Wattepolster und deine taubstumme Freundin mit und scher dich zum Teufel, denn du hast noch etwa zwei Sekunden Zeit, bis ich ziemlich ausfallend werden könnte.«

Lizzie und Becca wandten sich beide gleichzeitig auf der Treppe um und prallten zusammen. Dann versuchten sie es noch einmal und sprangen die Stufen hinauf wie zwei verängstigte Schafe, die alles tun, um gleichzeitig durch ein Tor zu laufen.

Als sie das obere Ende der Treppe erreicht hatten, schoß Becca durch die Tür, als stünde ihr Schlüpfer in Flammen, aber Lizzie blieb gerade lange genug stehen, um sich noch einmal umzudrehen und zu sagen: »Ich hasse dich, Tavis Mackinnon. Ich hasse dich wirklich und wahrhaftig.«

»Endlich. Diesem Augenblick fiebere ich schon lange entgegen«, sagte Tavis, und seine Freunde lachten schallend.

Als sie sich abwandte, wußte sie, daß sein Gesicht von einem Lachen verzerrt war, während er sie beobachtete, und ihre eigenen Wangen waren rot und brannten vor Erniedrigung. Sowie sie den Ballsaal betreten hatte, richtete Lizzie ihre letzten Worte an Becca. »Ich wünschte, ich könnte sterben.«

Becca sah sie unschlüssig an. »So viel Gnade würde Gott dir nie erweisen«, sagte sie.

Lizzie rannte den ganzen Weg nach Hause, denn sie wußte, daß sich ihr Vater noch auf der Party aufhielt. Sowie sie das Haus betreten hatte, murmelte sie der Haushälterin etwas Unverständliches zu, floh die Treppe hinauf und suchte in der Abgeschiedenheit ihres Zimmers Zuflucht. Sie ließ ihr Cape aus blauem Samt auf den Kinderstuhl mit den Quasten neben der Tür fallen, warf sich quer auf ihr Chippendale-Himmelbett und stieß mit dem Zeh gegen einen der geschnörkelten Pfosten. Alles in allem war es der perfekte Ausgang für einen gräßlichen Tag.

Nie hatte sie sich derart niedergeschlagen gefühlt, und jetzt ließ der Schmerz, der durch ihren Fuß schoß, die Tränen fließen, die schon auf dem Heimweg unablässig gedroht hatten und nun über ihre Wangen plätscherten. Sie weinte, als bräche ihr jeden Moment das Herz, und sie schluchzte ihren Schmerz und die Verzweiflung über die erniedrigende Szene heraus, deren Zeuge Tavis gerade geworden war. In ihrer Vorstellung bestand kaum ein Zweifel daran, daß nicht nur Nathaniel und Cole die Szene miterlebt hatten – wahrscheinlich hatte ihr die ganze Stadt zugesehen. Jedenfalls wußte sie, daß sich dieser Vorfall morgen auf der ganzen Insel herumgesprochen haben würde – vielleicht sogar bis nach Tuckermuck oder Martha's Vineyard. Sie ließ resigniert die Schultern hängen.

Um alles noch mehr zu verschlimmern, war ihr Vater jetzt auf dem Heimweg – zu Fuß, weil er zu wütend war, um die Kutsche zu nehmen – und sie erschauerte bei dem Gedanken, daß sie ihm gegenübertreten und die furchtbare und beschämende Wahrheit eingestehen mußte, daß sie es tatsächlich wieder einmal nicht hatte lassen können.

Wann würde sie jemals etwas dazulernen? Zum ersten Mal seit langer Zeit ertappte sie sich dabei, daß sie ein wenig Mitleid mit sich selbst verspürte. Sie brauchte jemanden, mit dem sie reden konnte, jemanden, der älter war als Becca, jemanden, der jünger als ihr Großvater war, jemanden, der verständnisvoller war als ihr Vater. Wenn sie doch bloß eine Mutter gehabt hätte ...

Lizzies Mutter war seit mehr als fünf Jahren tot, und niemals hatte sie diesen Verlust schmerzlicher empfunden als heute abend. *O Mama, Mama, bitte, hilf mir. Wo auch immer du sein magst, bitte, hilf mir. Ich schäme mich ja so sehr.*

Lizzie hörte, wie die Haustür zugeschlagen wurde, und sie wußte, daß ihr Vater jetzt zu Hause war, wußte, daß er ernsthaft darüber nachdachte, was er tun sollte. Langsam zog sie sich hoch, glitt vom Bett und wischte sich die Tränen aus dem Gesicht. An ihre Mutter gewandt, sagte sie flehentlich: »Falls du mir helfen willst, dann solltest du es besser jetzt tun.« Dann fing sie an zu zählen.

Eins ... zwei ... drei ... Sie wußte nur zu gut, daß sie von dem Moment, in dem die Haustür zuschlug, bis zu dem Augenblick, in dem ihr Vater vom unteren Ende der Treppe her ihren Namen rief, bis drei zählen konnte.

»Lizzie? Lizzie, wo steckst du?«

Vier ... fünf ... sechs ... Jetzt würde er den Blick auf die Treppe richten und ihr befehlen, nach unten zu kommen, während er begann, seinen Mantel aufzuknöpfen.

»Lizzie, ich weiß, daß du dort oben bist. Du kannst also ebensogut jetzt gleich nach unten marschiert kommen.«

Sieben ... Inzwischen war er bestimmt schon auf dem Weg ins Wohnzimmer. Als sie bei *acht* angelangt war, lief Lizzie bereits die Treppe hinunter.

Als sie zur Wohnzimmertür hereinkam, hatte ihr Vater einen roten Kopf und grollte und hätte auf alle Welt so gewirkt, als bekäme er jeden Augenblick einen Schlaganfall. Sein Gesichtsausdruck besagte, daß er mit dem Gedanken spielte, Lizzie mit einem strengen Blick zu bedenken, doch dann entschied er sich dagegen. Strenge Blicke hatten auf sie ohnehin nie auch nur die geringste Wirkung.

Es war für niemanden in der Familie Robinson – Lizzie inbegriffen – ein Geheimnis, daß ihr Vater allabendlich auf die Knie fiel und betete, er würde den Tag erleben, an dem sie erwachsen wurde.

Bis zum heutigen Abend hatte sich Lizzie nicht sonderlich dafür interessiert, ob sie erwachsen wurde oder nicht, solange sie Tavis Mackinnon bloß dazu brachte, Notiz von ihr zu nehmen. Bis zum heutigen Abend war es für sie die reine Gewohnheit gewesen, in Tavis verliebt zu ein, etwas, was sie ganz von selbst und ohne nachzudenken tat, etwa so, wie man nieste. Infolgedessen war es auch ganz normal für sie, von ihrem Vater die Hölle heiß gemacht zu bekommen.

Samuel warf die Hände zu einer aufgebrachten Geste in die Luft, ließ sie an seinen Seiten herunterfallen und starrte Lizzie einen Moment lang einfach nur an. Dann sagte er: »Lizzie, wie im Namen von allem, was heilig ist, kann ich es dir begreiflich machen?« Er ließ die Arme sinken, sah ihr mitten ins Gesicht und sagte: »Warum kannst du nicht begreifen, was ich dir schon seit langen Jahren klarzumachen versuche? Kind, Kind, warum verstehst du das bloß nicht?«

»Was, Papa?«

»Daß du dir keinen Mann angeln kannst, indem du ihm nachjagst, bis er vor Erschöpfung zusammenbricht.«

»Das verstehe ich doch, Papa. Wirklich.«

»Nein, eben nicht!« schrie Samuel.

Er stand mitten in dem kleinen Wohnzimmer, und seine Seiten bebten wie die Flanken eines Pferdes mit schnaubenden Nüstern, während er sein Taschentuch herausholte und sich den Glanz von der Stirn wischte. Beides waren Anzeichen dafür, daß er sich auf seinen schlimmsten Anschlag vorbereitete: den väterlichen Appell. Er atmete tief durch und sprach mit gesenkter Stimme: »Es geziemt sich nicht für ein fünfzehnjähriges Mädchen, ihr Herz und all ihre Hoffnungen einem Mann von fünfundzwanzig Jahren zuzuwenden. Kannst du dich denn nicht für einen Jungen interessieren, der dir altersmäßig näher ist? Wie wäre es mit einem deiner Schulkameraden?«

Lizzie zog die Stirn in Falten. Begriff ihr Vater denn nicht, daß es dafür längst zu spät war? Ein Junge in ihrem Alter war niemand, in den sie sich hätte verlieben können, selbst dann nicht, wenn es ihren Vater glücklich gemacht hätte. Sie liebte Tavis Mackinnon. Verstand das denn gar niemand? Es war nicht ihre Schuld, daß er ein vollständig ausgewachsener Mann war; ein Mann mit Augen, die so graublau und so klar waren wie der Sommerhimmel über ihren Köpfen, und mit Haar so tiefschwarz wie der Styx. Mit Jungen in ihrem Alter konnte sie nichts anfangen. Und ihre Schulkameraden? Die waren etwa so interessant wie Lebertran.

Dennoch sagte Lizzie kein Wort. Sie war diese verheerenden Diskussionen mit ihrem Vater gewohnt, und sie wußte, daß ihn nichts, was sie hätte sagen können, beschwichtigt hätte. Er hätte nur weiterhin getobt und geflucht, bis er fix und fertig war.

Sie sah ihren Vater an. Im Moment war sein Gesicht so rot und dick wie eine pralle Frühlingsrose. Er war ein kleiner, stämmiger Mann mit einer Halbglatze und dem Hang, sich die Brille auf die Stirn zu schieben, um dann zu vergessen, wo er sie verlegt hatte. Er war das, was Lizzie mit etwas Selbstgemachtem in Verbindung brachte, anspruchslos und ohne falschen Schein wie eine selbst genähte Puppe, der es an nichts von alledem fehlte, was eine Puppe hatte, die man in einem Laden kaufte, und die doch bar jeglicher Spur von Perfektion war. Samuel war keine Vaterfigur. Er war ein Daddy. Aber das hieß nicht, daß er Verständnis für Lizzie gehabt hätte.

»Lizzie, mein Kind, was soll ich bloß mit dir anfangen?«

Das war eine schlichte und einfache Frage. Im übrigen war es die reinste unverdünnte Rhetorik. Wenn Samuel Robinson eine Frage mit »Lizzie, mein Kind« begann, dann war er nämlich nicht auf eine Antwort aus – und das war auch gut so, denn er hätte ohnehin keine bekommen.

Die Frage war zwar an Lizzie gerichtet, doch in Auseinandersetzungen von dieser Sorte herrschte ein seltsames Einvernehmen zwischen den beiden, und auf Außenstehende übten sie eine dramatische und doch schon fast wieder belustigende Wirkung aus. Andere hätten sich diese Dinge niemals selbst gewünscht, sie sich jedoch bei den beiden um keinen Preis auf Erden entgehen lassen. Es war Don Quichottes Kampf gegen die Windmühlenflügel. Es war die klassische Situation, daß ein Vater glaubte, alles besser zu wissen. Es war die klassische Situation, daß Lizzie glaubte, ihrer Liebe zu Tavis Mackinnon sei es bestimmt, die größte Tragödie aller Zeiten zu werden, und das schlichtweg, weil ihr Vater nicht einen Funken Romantik im Kopf hatte.

Lizzie hätte am liebsten eines ihrer Tagebücher genommen (das, das den Titel trug: *Gründe, aus denen ich Tavis Mackinnon ewig lieben werde*) und es ihrem Vater über den Schädel gezogen. Verstand er denn gar nichts?? Erinnerte er sich denn nicht mehr daran, wie es war, jung und verliebt zu sein? Aber statt auf ihren Vater einzuschlagen, zählte sie bis zehn. Als sie am Ende angelangt waren, verspürte sie immer noch den Wunsch, ihr Tagebuch zu nehmen und es ihm um die Ohren zu hauen.

Auseinandersetzungen zwischen Lizzie und ihrem Vater nahmen oft epische Ausmaße an. Das kam eher von Lizzies ausgeprägtem Hang zum Überschwenglichen und zum Melodramatischen als von ihrer Bibelfestigkeit. Da Lizzie das Leben bis zur Neige ausschöpfte, durchlebte sie seine Agonien und Ekstasen mit vierfacher Intensität. Und heute durchlitt sie die Qualen, vor einer unüberwindlichen Aufgabe zu stehen, der sie sich noch dazu voll und ganz verschrieben hatte: dem Versuch, ihren Vater davon zu überzeugen, daß das, was sie für Tavis empfand, so wahr und unerschütterlich wie ewigwährend war. Tavis paßte nicht nur in ihre romantische Zukunftsvision, sondern sie war außerdem sicher, daß es ihm bestimmt war, in ihrer Zukunft eine tragende Rolle zu spielen.

Außer ihren beiden jüngeren Schwestern hatte Lizzie sechs ältere Brüder und einen Vater. Das Leben mit so vielen Männern im Haus machte sie auf diesem Gebiet zu einer gewissen Autorität. Männer, hatte sie schon vor einiger Zeit beschlossen, waren kurzsichtige Geschöpfe, denen jede Fähigkeit abging, von der dunstverhangenen Schönheit eines Regentages oder vom Funkeln der Sonne über den großen grünen Wogen des Atlantik mit Sprachlosigkeit geschlagen zu werden. Kein Wunder, daß ihr Vater außerstande war, die unergründlichen Wege ihres Herzens zu verstehen. Da stand sie jetzt, ein Kind der Leidenschaft, und die Zukunft hielt nichts anderes als Warten und Weinen für sie bereit.

Ihr Vater konnte das nicht verstehen. Ihre Brüder versuchten gar nicht erst, es zu verstehen. Und ihre Schwestern waren noch zu jung, um es zu verstehen. Das war nun einmal das Los einer Frau im Leben, beschloß sie und dachte an Tennysons Worte:

Der Mann für das Feld, die Frau für den Herd:
Sie führt die Nadel, er führt das Schwert:
Der Mann mit Kopf, mit Herz die Frau:
Der Mann befiehlt, sie befolgt es genau:
Alles andere stiftet doch nur Verwirrung.

Lizzie stampfte verdrossen mit dem Fuß auf. Alles andere stiftete tatsächlich nur Verwirrung. Und dabei wollte Lizzie doch soviel mehr.

Für die Leute aus der Gegend von Nantucket war Lizzie Robinson der Fluch der Jugend, so etwas wie ein Orkan oder ein Seuche, die alle paar Jahre um sich greift und mit der Zeit vorübergehen wird, was in ihrem Fall hieß, daß sie eines Tages heranreifen würde. In den Augen ihres Vaters war sie das entzückendste, das liebenswerteste und das betörendste kleine Biest, das man sich nur denken konnte, und die Qualen, die sie durchlitt, belustigten ihn und brachen ihm doch zugleich das Herz. Angesichts dieser kuriosen Mischung wußte er einfach nicht, ob er lachen oder heulen sollte. Es stand eindeutig fest, daß er sie liebte, seine mutterlose Tochter, aber ebenso eindeutig stand fest, daß Samuel Robinson nicht wußte, was er mit ihr anfangen sollte. Lizzies Verliebtheit in einen Mann, der zehn Jahre älter war als sie, mußte ein Ende bereitet werden. Das wußte Samuel – ganz Nantucket wußte es. Tavis Mackinnon hatte sich als geduldig erwiesen. Und jetzt neigte sich seine Geduld rasch dem Ende zu – etwa mit derselben Geschwindigkeit, mit der Samuel die Ideen ausgingen.

Er wandte Lizzie seine Aufmerksamkeit wieder zu und redete in einem normalen Tonfall mit ihr. »Es ist das Falscheste, was man tun kann, sich einem Mann an die Fersen zu heften wie ein Wolf, der einem waidwunden Hirsch nachjagt. Du kannst deine Hetzjagd nicht ewig fortsetzen. Er ist total erledigt. Wie oft habe ich dir schon gesagt, daß eine Frau einem Mann nicht nachjagt? Das tut man einfach nicht. Das hat sich noch *nie* gehört.«

»Und warum nicht?«

Samuel riß die Hände zu einer verzweifelten Geste hoch. »Ich weiß es nicht. Ich habe diese Regeln nicht aufgestellt. So ist es schon seit Anbeginn der Zeit gewesen. Es ist schon immer Sache des Mannes gewesen, den Frauen nachzujagen … falls überhaupt jemand auf die Jagd geht. Um Himmels willen, es steht in der Bibel! Kannst du das denn nicht verstehen?«

Lizzie hatte die Arme verschränkt und den Blick stur auf die Decke geheftet. »Nein, ich kann es nicht verstehen. In der Liebe ist alles erlaubt.«

Samuel zog überrascht die Augenbrauen hoch, und dann breitete sich ein Ausdruck des Argwohns auf seinem Gesicht aus. »Wer hat dir denn *das* eingeredet?«

»Miss Samson.«

»Miss Samson … diese wirrköpfige Person?« Er verschränkte die

Arme und sah sie mit dem Blick einer weisen Eule an. »Deine Lehrerin hat keine Ahnung, wovon sie redet.«

»Miss Samson ist nicht wirrköpfig. Das sagst du bloß, weil sie eine Frau ist. Ich sage dir, sie ist eine sehr kluge Frau, Papa. Sie hat eine normale Schule besucht. Sie hat ein Diplom. Ich habe es selbst gesehen.«

»Sie mag ja ein Diplom haben, und sie mag ja eine normale Schule besucht haben, aber das hat alles nicht auf sie abgefärbt. Diese Frau ist nicht normal.«

»Miss Samson ist ein wunderbarer Mensch«, sagte Lizzie in ihrem düstersten Tonfall. »Ich weiß nicht, wie du so etwas über sie sagen kannst.«

»Ich kann es sagen, ohne auch nur das geringste Unbehagen dabei zu verspüren. Jemand, der durch die Gegend läuft und jungen Mädchen hirnverbrannte Ideen in den Kopf setzt, ist *niemals* normal. Das gilt für jeden, auch für deine Miss Samson.«

»Sie hat mir keine hirnverbrannten Ideen in den Kopf gesetzt.«

»Und woher hast du sie dann bezogen?«

»Ich hatte sie von Anfang an in meinem Kopf«, rief sie unwillig. »Ich bin mit einem Kopf voller Ideen geboren worden ... obwohl ich sagen muß, daß ich nicht verstehen kann, weshalb Gott es für angebracht gehalten hat, mir Ideen in den Kopf zu setzen und mich dann einer Familie zu geben, die jeden Versuch unterläßt, mich auch nur zu verstehen. Wie kannst du bloß behaupten, all die Schönheit und die Poesie in meinem Kopf seien nichts weiter als hirnverbrannte Ideen?« »Das kann ich dir genau sagen. Weil es eine hirnverbrannte Idee ist, jemandem zu erzählen, daß in der Liebe alles erlaubt ist, und deine Miss Samson ist ein Dummkopf, wenn sie so etwas behauptet.«

»Diese Behauptung stammt nicht von Miss Samson. Sie hat es gelesen.«

»Was ändert das schon, ob sie es sich selbst ausgedacht hat oder ob sie es irgendwo gelesen hat? Und selbst wenn sie es gelesen hat, dann beweist das doch nur, daß mehr als nur eine wirrköpfige Frau durch die Gegend läuft und darauf aus ist, Schwierigkeiten zu machen. Ich kann es dir gleich sagen, ich weiß nicht, was aus dieser Welt noch werden wird. Ich habe dich in die Schule geschickt, damit du etwas lernst, und nicht, damit man dir dort einen Haufen bizarrer Ideen in den Kopf packt.« Samuel unterbrach sich und sah sie durchdringend an. »Hast du etwa wieder diese Browning gelesen? Beziehst du daher diese Vorstellungen?«

Lizzie schüttelte den Kopf.

»Dann waren es eben die Schwestern Brontë«, sagte er.

»Und versuch bloß nicht, das zu bestreiten. Ich habe es dir schon öfter gesagt, wenn man liest, was diese rebellischen Frauen schreiben, dann führt das nur dazu, daß man auf lächerliche Gedanken kommt. *In der Liebe ist alles erlaubt …* Pah! Wenn das kein grotesker Blödsinn ist. Nur eine Frau käme darauf, so etwas zu äußern.«

»Diese Worte sind von einem Mann geschrieben worden, Papa.«

Samuel erbleichte, und die Brille fiel ihm von der Stirn und glitt auf seine Nase. Er stieß die Brille wieder auf die Stirn und brachte erstickt heraus: »Von einem Mann?«

Lizzie nickte. »Miss Samson hat gesagt, daß es der englische Schriftsteller John Lyly war, der geschrieben hat: ›Gewalt, Arglist und Tücke, Lug und Trug, Verrat, jeder Meineid und jede Gottlosigkeit, all das ist zulässig in der Liebe, die keine Gesetze kennt.‹«

Samuel schnaubte. »Mir kommt es befremdlich vor, daß du dir jedes einzelne Wort eines langen Zitats merken kannst, aber auf der anderen Seite die einfachsten Dinge nicht behältst, wie zum Beispiel, daß du dich von Tavis Mackinnon fernhalten sollst. Und nur zu deiner Information, du Fundgrube an unnützem Wissen – John Lyly war ein Komiker. Und Miss Samson ist eine Unruhestifterin. Und das ist nur allzu leicht verständlich.«

»*Ich* verstehe es aber nicht, und daher kann es nicht so sein«, wandte Lizzie eilig ein.

Samuel redete jedoch weiter, als hätte er ihren Einwand nicht gehört. »Eine Frau mit einem Namen wie Delilah Samson *muß* einfach ein wandelnder Widerspruch sein.«

Lizzies Gesicht wurde ausdruckslos. Sie sagte kein weiteres Wort mehr. Ebenso wie ihr Vater, doch sein Gesichtsausdruck war eine Mischung aus Gereiztheit und Ermattung. Seine Worte schienen nicht mehr Wirkung zu haben als Wassertropfen, die über den Rücken einer Ente laufen.

Außer dieser verschlossenen Miene, die Lizzie immer dann aufsetzte, wenn ihr Vater ihr Moralpredigten hielt, standen Lizzie noch drei andere Gesichtsausdrücke zur Verfügung: Angriff, Rückzug und Euphorie. Angriff war genau das, was man sich darunter vorstellt – anmaßend, aggressiv und sprungbereit –, und das war die Miene, die sie aufsetzte, wenn sie Mackinnon dicht auf den Fersen war. Rückzug war ein Ausdruck, den sie immer dann einsetzte, wenn sie einen absolut unschuldigen Eindruck erwecken mußte, nämlich dann, wenn ihr Vater wütend auf sie war oder wenn es schien, als stünde Mackinnon kurz davor, einen Mord zu begehen. Euphorie war jenen seltenen Gelegenheiten vorbehalten, bei denen Tavis sich tatsächlich über etwas, was sie angestellt hatte, zu amüsieren schien. Das war ein Ausdruck, der nur selten zum Einsatz kam.

Daraus, wie er sie jetzt ansah, konnte Lizzie schließen, daß ihr Vater sich Gedanken über ihre ausdruckslose Miene machte. Vielleicht war es ihr Gesichtsausdruck, der ihn dazu veranlaßte zu sagen: »Elizabeth Amelia« – bei ihrem vollständigen Namen, Elizabeth Amelia, nannte er sie immer nur dann, wenn sein Zorn am Verrauchen war – »habe ich mir nicht Fransen an den Mund geredet, um dir zu erklären, daß eine Frau geduldig abwarten muß, bis ein Mann sich von ihr angezogen fühlt?«

»Doch, Papa, das hast du mir erklärt, aber ich brächte Tavis niemals dazu, Notiz von mir zu nehmen, wenn ich abwarten würde, bis er Interesse an mir zeigt«, sagte Lizzie.

»Glaube mir, was ich dir jetzt sagen werde. Tavis Mackinnon *hat* Notiz von dir genommen. Und zwar mehr, als ihm lieb ist. Das Problem besteht darin, daß er nichts mit dir zu tun haben will. Heute abend hat er mich ausdrücklich darum gebeten ... nein, er hat mir *befohlen*, dich ihm vom Hals zu schaffen. Und zwar so weit wie möglich. Das heißt, du wirst dich nicht in der Kirche hinter ihn setzen, nicht jedesmal, wenn du ihn kommen siehst, die Straße überqueren und ihm auch nicht vor irgendwelchen Gebäuden, in denen er sich aufhält, auflauern. Du wirst ihm keine Liebesbriefe schreiben, ihm nicht nach Hause folgen, nicht durch die Fenster seines Büros schauen und auch nicht jeder jungen Dame, die du in seiner Begleitung siehst, erzählen, er hätte eine exotische und hochgradig ansteckende Krankheit, die er sich auf Borneo geholt hat.«

»Ich habe nicht gesagt, er *hätte* eine exotische Krankheit, die er sich auf Borneo geholt hat. Ich habe gesagt, er *könnte* eine haben«, sagte Lizzie.

Samuels Gesicht lief rot an, und er schrie sie so laut an, daß er sich dabei auf die Zehenspitzen hob. »Mackinnon ist nie auch nur auf Borneo gewesen!«

»Woher willst du das wissen?«

»Weil er es mir gesagt hat.«

»Vielleicht hat er es einfach nur behauptet.«

»Lizzie, dieser Mann wird seekrank, wenn er sich auch nur mehr als drei Meter von der Küste entfernt. Deshalb entwirft er Schiffe, statt sie selbst zu steuern.« Samuel legte eine Pause ein, aber nicht etwa, weil ihm der Atem ausgegangen wäre, sondern weil ihm nichts mehr einfiel, was er noch dazu hätte sagen können. Warum endete ein Gespräch mit Lizzie immer so, als redete er auf eine weiße Wand ein?

Er begann, sich von ganzem Herzen zu wünschen, Patience wäre noch am Leben, um ihre ungebärdige Tochter zu bändigen. Was hatte er bloß falsch gemacht? Wie hatte er als Vater derart versagen können? Warum konnte Lizzie nicht so sein wie ihre jüngeren Schwestern? Was machte sie bloß zu einem so anstrengenden kleinen Teufel, wenn Sally und Meg solche Engel waren?

Er griff nach seiner Pfeife, stopfte sie mit einer Prise Tabak, zündete sie an und rauchte bedächtig und gleichmäßig ein paar Züge, um seine flatternden Nerven zu beruhigen. Nachdem er mehrfach zu seiner Stärkung gepafft hatte, erinnerte er sich immer noch allzu lebhaft an Tavis Mackinnons rotes wutentstelltes Gesicht, als er gerade erst in der letzten Woche Lizzie an den Zöpfen nach Hause gezerrt hatte – und Samuel davon in Kenntnis gesetzt hatte, daß Lizzie es schon wieder einmal nicht hatte lassen können.

Samuel zuckte jedesmal zusammen, wenn er daran dachte, daß seine Tochter sich hinter einem einspännigen Wagen versteckt hatte, um Mackinnon und seinen zwei Freunden nachzuspionieren, als sie schwimmen gegangen waren – mit nichts weiter als ihrem Adamskostüm bekleidet. Mackinnon hatte Lizzie, nach seinen eigenen Angaben, erwischt – *nachdem* er sich vollständig angekleidet hatte – und sie zur Rede gestellt, doch daraufhin hatte sie lediglich gesagt: »Du hast nichts, was ich nicht bereits gesehen hätte … und zwar schon oft. Schließlich habe ich sechs Brüder.«

Daraufhin hatte Mackinnon erwidert: »Also, *ich* bin jedenfalls keiner von den sechsen«, und dann hatte er sie an den Zöpfen gepackt und sie nach Hause gezerrt.

Samuel stand stocksteif und stumm da und starrte Lizzie über den Raum hinweg an, während er die Dinge noch einmal durchdachte. Er wünschte, er hätte strenger mit ihr sein können, aber wie hätte er das über sich bringen können? Schon allein bei ihrem Anblick, diesem Bild tiefer Zerknirschung, verflog ein Teil seiner Wut. Lizzie mochte zwar ein nervenaufreibender kleiner Teufel sein, aber sie hatte das Gesicht eines Engels, mit silberblondem Haar und lavendelfarbenen Augen – genau wie ihre Mutter.

Ihr Gesicht war jedoch so ziemlich das einzige an ihr, was engelhaft war, denn sie hatte das Temperament eines Rotschopfs und den Hang eines Esels zur Sturheit. In den letzten drei Jahren hatte sie ihm das Leben regelrecht zur Hölle gemacht.

Als könnte sie die Gedanken ihres Vaters erraten, sagte Lizzie leise: »Ich weiß, daß ich dir schrecklich zur Last falle, Papa.«

Samuel seufzte. »Du fällst mir nicht zur Last, Kind, solange es nicht um Mackinnon geht … und das gerät absolut außer Kontrolle, einmal ganz abgesehen davon, daß es regelrecht peinlich ist. Mit deinen Eskapaden lockst du größere Menschenmengen an als die Kongregrationalistenkirche.«

»Das weiß ich selbst. Es tut mir wirklich leid, daß … daß ich dich wieder einmal in Verlegenheit gebracht habe.«

»Das sollte dir auch wahrhaft leid tun, aber damit, daß es dir leid tut, ist noch lange nicht alles aus der Welt geschafft. Mackinnon ist außer sich vor Wut, und damit ist er mir nur um einen Katzensprung voraus.«

Samuel sah in Lizzies bleiches Gesicht. Jedesmal, wenn er sie ausschalt und sie jämmerlich blaß und reumütig dastand, verspürte er Gewissensbisse, weil er so streng mit ihr umsprang. Wie er selbst so gern sagte: »Es ist nicht ihre Schuld, daß ihre Mama gestorben ist, als sie die kleine Meg geboren hat, ebenso wenig, wie es Megs Schuld ist.«

Patiences Tod war für sie alle ein harter Schlag gewesen, aber insbesondere für Samuel, der mit neun Kindern zurückblieb, die er großziehen mußte. Den Jungen war er gewachsen, und mit Sally und Meg hatte es bisher keine Probleme gegeben, aber vielleicht lag das nur daran, daß Sally erst acht war und Meg gerade erst fünf Jahre alt.

Es wurde wieder still im Raum – ein Zeichen dafür, daß sie zu einem Patt gelangt waren. Schließlich seufzte Samuel. »Geh zu deinen Schwestern«, sagte er und ließ sich matt auf einen Stuhl mit einer Sprossenlehne sinken.

Samuel schaute Lizzie nach, als sie ging, und dann kippte er den Stuhl auf die beiden hinteren Beine und betrachtete die Decke. »Lieber Gott im Himmel«, sagte er, »was wird sie noch alles anstellen?«

3

Als nächstes färbte sie sich das Haar. Rot.

»Es ist nicht gefärbt«, sagte sie zu einer bestürzten Becca. »Es ist nur mit Henna getönt. Henna ist so alt wie Ägypten.«

»Es mag ja so alt wie Ägypten sein, aber es ist so häßlich wie die Sünde«, sagte Becca, als sie Lizzie in deren Schlafzimmer folgte.

Das Zimmer wies große Ähnlichkeit mit Lizzie auf. Auf den ersten Blick wirkte es ordinär, aber bei näherer Betrachtung stellte sich heraus, daß es sich auffallend von jedem anderen Zimmer unterschied. Die Wände waren weiß, und die Fußböden waren aus warmem geschliffenen Holz. Die Möbelstücke waren eine Mischung aus berühmten Namen wie Chippendale, Sheraton, Windsor und Sperrmüll. Der Stil war eine Kreuzung aus klassisch, avantgardistisch und verschroben. Im Grunde genommen war es eine Ansammlung von geistesverwandtem Gerümpel, ein zusammengestückeltes Sammelsurium aller erdenklichen Stile und Epochen. Uhren, Lampen, ein Spiegel, eine alte Eichentruhe, ein hölzernes Bibelkästchen, ein Waschtisch mitsamt porzellanenem Krug und Schale, all das mit Mustern verziert, die um die Aufmerksamkeit des Betrachters miteinander wetteiferten, und Möbelstücke, die miteinander um Platz rangen. Es war ein kunterbuntes Gemisch. Es erweckte den Eindruck, als sei Trödel in den Händen eines Menschen, der genau wußte, was er zu seinem Wohlbehagen brauchte, zu einer mächtigen Waffe geworden. Als einziger Raum im ganzen Haus war Lizzies Zimmer eine private Zufluchtstätte, angefüllt mit persönlichen Gegenständen, die nicht nur Behaglichkeit ausstrahlten, sondern auch verräterische Enthüllungen machten. Es war ein Zimmer, das mit sich selbst im Kampf lag – ein Ort, an dem Cupidos und Nymphen einander auf einer Zierleiste jagten, die an nüchternen weißen Wänden prangte, ein Ort, an dem getrocknete Blumen, die mit Satinschleifen zu Sträußen gebunden waren, auf Kästchen lagen, die mit Muschelschalen, Vogeleiern und einem zarten Schmetterlingsflügel angefüllt waren – und doch besaß dieser Raum Anmut und Ungezwungenheit und wirkte freundlich, anregend und erfrischend frei von jeder starren Haltung. Er war eine Entsprechung zu Lizzie.

Becca schloß die Tür und blieb hinter Lizzie stehen, die sich selbst im Spiegel betrachtete und der gefiel, was sie sah. Lizzie schaute auf, und ihr Blick fiel auf Beccas schwarzhaariges Spiegelbild. Beccas Augen waren weit aufgerissen und hatten einen Ausdruck, der irgendwo zwischen Erstaunen und Ehrfurcht angesiedelt war. Lizzie fragte sich, wie Becca wohl mit rotem Haar ausgesehen hätte.

»Ich kann einfach nicht glauben, daß du das getan hast. Was hast du dir dabei bloß gedacht?« fragte Becca schließlich.

»Ich wollte zur Abwechslung endlich einmal anders aussehen, was sonst?« Lizzie sah das schimmernde rabenschwarze Haar ihrer Freundin an. »O Becca, du kannst dir gar nicht vorstellen, wie langweilig es ist, Haar von der Farbe eines Sandstrands zu haben. Blond ist so gräßlich langweilig. Es ist so gewöhnlich ... wie Wasser. Fad. Es ist der Inbegriff an Phantasielosigkeit, verstehst du. Wenn du blond bist, schaust du dich im Spiegel an, und nichts schaut aus dem Spiegel zurück. Du denkst an blond, und was fällt dir dazu ein?«

Becca zuckte die Achseln.

»Ich werde es dir sagen. Gelb! Genau das fällt dir dazu ein. Gelb ... die Farbe von Galle. Es ist die Farbe der Eifersucht und des Wankelmuts, ein Symbol für Unkeuschheit, Falschheit und Feigheit«, sagte sie, und ihre Worte klangen fast wie ein Zischen. Dann wurde ihre Stimme zart und melodisch. »Dagegen rot ...« Ein verträumter Ausdruck trat in ihre Augen. »Rot ist eine so großmütige Farbe, findest du nicht auch? Es verschlägt mir schlichtweg den Atem. Also, wirklich, allein schon der Klang des Wortes läßt mir so viele strahlende Bilder vor Augen treten. Scharlach ... Zinnober ... Burgunder ... Blut ... Welch wunderbare abwechslungsreiche und phantasievolle Worte. Hast du gewußt, daß es in der Wappenkunde heißt, rot stünde für Seelenstärke?«

»Etwas, wovon du eine ganze Menge gehabt haben mußt, um das zu tun, was du getan hast«, sagte Becca. »Rot«, wiederholte Becca, als sei ihr Geist derart mit den stillschweigenden Folgerungen dessen beschäftigt, was Lizzie getan hatte, daß sie kaum noch an etwas anderes denken konnte. »Rot. Flammend rot. Hagebuttenrot. Jetzt-gibt-es-kein-Zurück-mehr-Rot«, sagte sie gedankenverloren und schüttelte den Kopf. Dann packte sie Lizzie am Arm.

Lizzie ignorierte sie. »Hast du gewußt, daß Rot in der Sage die Farbe der Magie ist?«

»Es ist auch die Farbe der Revolution«, sagte Becca. »Und ich glaube, die könntest du gerade angezettelt haben. Und außerdem ist es die Farbe, die dein Pa sehen wird, wenn er herausfindet, was du angerichtet hast.«

Lizzie sah sich noch einmal im Spiegel an, nahm eine flammendrote Strähne in die Hand und wand sie um ihren Kopf.

»Ich weiß selbst nicht, wie ich es so lange mit blondem Haar aushalten konnte, wenn doch ganz offensichtlich feststeht, daß ich in meinem Herzen ein echter Rotschopf bin.«

»Aber nicht ganz so rot«, sagte Becca.

Lizzie sah sich im Spiegel an. »Findest du, mein Haar ist zu rot?«

»Es ist *gräßlich* rot, Lizzie«, sagte Becca. Dann fügte sie, anscheinend, weil sie sah, wie Lizzie sie anschaute, hinzu: »Findest du nicht auch?«

Die Handvoll flammendrotes Haar, die Lizzie sich auf den Kopf getürmt hatte, fiel herunter, nicht jedoch ihre Miene. Wenn überhaupt, dann drückte sie nur noch mehr Entschlossenheit aus. »Ich finde, so ist es genau richtig.«

Becca schüttelte den Kopf und sagte: »Ich weiß nicht recht. Ich möchte für alle Segel zwischen hier und Cape Cod nicht in deinen Schuhen stecken. Warum hast du das bloß getan, Lizzie? Nein, schon gut, gib mir keine Antwort darauf. Ich *weiß*, weshalb du es getan hast. Nämlich deshalb, weil Tavis Mackinnon Abbie Billingsley eingeladen hat, mit ihm tanzen zu gehen.«

Lizzie heuchelte Gleichgültigkeit. »Weshalb sollte ich mir bloß deswegen das Haar färben, weil er Abigail eingeladen hat, mit ihm tanzen zu gehen, diese alte Ziege mit dem käsigen Gesicht?«

»Weil Abbie rothaarig ist.«

Das entsprach natürlich der Wahrheit, und die ganze Stadt wußte es, sogar Lizzies Vater, der, wie Becca es vorhergesagt hatte, rot sah.

»Jetzt ist es soweit«, sagte Samuel zu Matt, seinem ältesten Sohn. »Ich weiß mir nicht mehr zu helfen. Ich hätte nie geglaubt, daß ich mich eines Tages selbst meine Niederlage eingestehen höre, aber ich weiß nicht, was ich mit Lizzie anfangen soll – das einzige, was mir dazu noch einfällt, ist, sie zu erwürgen.«

»Was ist denn jetzt schon wieder passiert?« fragte Matt.

»Lizzie hat sich das Haar rot gefärbt, das ist passiert. Hurenrot, damit wir uns nicht mißverstehen, und dann ist sie auf der Party der Tattingers auf Mackinnon zugegangen und hat ihn zum Tanzen aufgefordert. Eine solche Unverfrorenheit. Das hat dazu geführt, daß nahezu alle Matronen im Saal in Ohnmacht gefallen sind, und ich brauche dir wohl kaum zu sagen, wie die jungen Frauen in Lizzies Alter es aufgenommen haben. Die Hälfte von ihnen redet nicht mehr mit ihr, und die andere Hälfte, die noch mit ihr spricht, tut es nur, weil sie sich alle vor ihren widerwärtigen Wutausbrüchen fürchten.«

Stephen, ein anderer von Lizzies Brüdern, schüttelte den Kopf. »Ich weiß, daß Lizzie Dinge tut, die einen zur Verzweiflung bringen können, aber ich glaube nicht, daß es ganz allein ihre Schuld ist.«

»Und wessen Schuld ist es dann? Meine jedenfalls gewiß nicht«, sagte Samuel und stach sich mit einem Finger in die Brust, als er hinzufügte: »Ich habe sie niemals dazu angeregt, sich das Haar rot zu färben.«

»Ja, das weiß ich doch selbst, Pa«, sagte Stephen. »Das ist nicht das, was ich gemeint habe. Es ist ganz einfach so, daß Lizzie den Einfluß einer Frau braucht – jemanden, der ihr die Dinge beibringt, die eine Frau nun einmal wissen muß. Sie benimmt sich nicht wie eine wohlerzogene Dame, weil ihr niemand beigebracht hat, was eine wohlerzogene Dame dringend wissen muß. Und hier gibt es niemanden, der es ihr beibringen könnte. Um Lizzie zu erziehen, wäre eine ganz besondere Frau vonnöten, weil Lizzie stärker als die Hälfte aller Frauen ist, die ihr begegnen, und gescheiter als die andere Hälfte.«

»Du bist mir wahrhaft eine große Hilfe – auf der einen Seite sagst du mir, was Lizzie braucht, und auf der anderen Seite sagst du mir, daß es unmöglich ist, ihr das zu geben.«

»Ich habe gesagt, daß dazu eine ganz besondere Frau erforderlich wäre. Ich habe nicht gesagt, daß es unmöglich ist. Wenn ich du wäre, würde ich sie nach Boston schicken, zu Tante Phoebe.«

»Zu Tante Phoebe? Zu *der* Tante Phoebe? Zu Tante Phoebe, der Schwester deiner Mutter?«

Stephen nickte.

»Deine Tante Phoebe ist schon so lange verwitwet, daß sie sich unmöglich noch an die Dinge erinnern kann, die eine junge Frau wissen muß, und sie ist viel zu streng und zu prüde. Sie ist perfektionistisch. Sie ist exzentrisch. Sie ist derart in die Bostoner Gesellschaft eingebunden, daß sie Lizzie keines zweiten Blickes würdigen würde. Und wenn sie es doch täte, dann würden die beiden, so, wie sie veranlagt sind ... also, immer dann, wenn sie aneinandergerieten – und dazu käme es ständig –, dann müßte man mit einem Brecheisen einschreiten.«

»Du hast Tante Phoebe seit Jahren nicht mehr gesehen. Vielleicht ist sie umgänglicher geworden!« sagte Matt.

»Umgänglicher? *Deine* Tante Phoebe? Ha! Selbst wenn sie heute umgänglicher wäre, dann wäre sie immer noch furchteinflößend. Neben dieser Frau würde sich ein Gletscher warm ausnehmen. Und außerdem werden strenge Naturen mit dem Alter niemals freundlicher, ganz gleich, wie alt sie werden, und eine so scharfe Zunge wie ihre wird durch den Gebrauch nur immer schärfer ... wie eine Klinge, die man mit einem Wetzstein schleift.«

»Ich halte das für eine gute Idee«, sagte Matt.

»Ich bin natürlich ganz deiner Meinung«, sagte Stephen an ihn gewandt.

»Ich weiß nicht recht«, sagte Samuel kopfschüttelnd. »Wenn ich Lizzie zu Phoebe schicken würde, würde sie mich wahrscheinlich erschießen.«

»Wer? Tante Phoebe oder Lizzie?« fragte Stephen.

»Alle beide«, sagte Samuel.

Stephen und Matt lachten.

»Das könnte natürlich passieren, aber andererseits könnte Tante Phoebe genau der richtige Mensch sein, um Lizzie zu ändern. So oder so wäre dein Problem gelöst. Wenn Lizzie nicht hier ist, kann sie dir keinen Ärger mehr machen«, sagte Stephen.

»Wenn man es so sieht, hat diese Idee ihre Vorzüge«, sagte Samuel. »Ich werde eine Nacht darüber schlafen.«

Er mußte gut geschlafen haben, denn am nächsten Morgen schrieb Samuel einen Brief an Lizzies Tante Phoebe in Boston. Einen Monat später bekam Samuel seine Antwort.

Am Morgen nach dem Eintreffen von Tante Phoebes Brief kam Lizzie zum Frühstück ins Eßzimmer und hörte die Worte, die ihr Vater gerade bei ihrem Eintreten sagte.

»Manchmal glaube ich, Lizzie ist ein Kind des Teufels«, sagte Samuel.

»Guten Morgen, *Vater*«, sagte sie liebenswürdig, als sie den Raum betrat.

Als er die belustigten Blicke auf den Gesichtern seiner Kinder sah, räusperte sich Samuel und wandte sich wieder seinem Frühstück zu.

»Hat Lizzie Schwierigkeiten, Papa?« fragte Meg, und ihre blonden Locken hüpften.

»Sie steckt immer in Schwierigkeiten«, sagte Sally. »Mrs. Husey sagt, wenn Lizzie in der Nähe ist, dann braut sich immer Unheil zusammen.«

»Mrs. Husey ist eine alte Klatschtante«, sagte Lizzie.

Samuel schaute finster. »Wenn du nichts Nettes zu sagen hast, Lizzie, dann halte gefälligst den Mund.«

Lizzie nickte. »Mrs. Husey ist eine *nette* alte Klatschtante.«

Samuel schaute zur Decke auf und murmelte vor sich hin. Dann griff er nach einem süßen Brötchen, legte es auf seinen Teller, schnitt es auf und sagte: »Lizzie, deine Tante Phoebe hat dich eingeladen, nach Boston zu kommen und bei ihr zu wohnen.«

»Wer ist Tante Phoebe?« fragte Meg.

Lizzie hielt in der Bewegung inne, und ihr Löffel verharrte regungslos zwischen ihrer Schale und ihrem Mund. Sie warf ihm einen skeptischen Blick zu. »Tante Phoebe würde mich nicht einmal dann nach Boston einladen, wenn du ihr eine geladene Pistole an die Schläfe hältst«, sagte sie. »Als ich sie das letzte Mal gesehen habe, hat sie mir fast das Ohr abgerissen. Sie hat heftig daran gezogen und mir gesagt, ich sei das unangenehmste Geschöpf mit den übelsten Manieren und dem schlechtesten Benehmen, das zu erschaffen Gott je das Pech gehabt hätte.«

»In meinen Ohren klingt das ganz so, als sei Tante Phoebe eine weise Frau«, sagte Matt lachend und zwinkerte Lizzie zu.

»Wer ist Tante Phoebe?« fragte Meg.

»Ich verstehe nicht, warum Tante Phoebe so etwas zu Lizzie hätte sagen sollen«, sagte Stephen.

»Vielleicht hat sie es gesagt, weil es wahr ist«, sagte Sally. Sie ließ den Mund zuklappen, als Lizzie sie mit einem Blick zum Schweigen brachte.

»Wer ist Tante Phoebe?« fragte Meg noch einmal.

Samuel sah Lizzie an. »Tante Phoebe mag diese Dinge zwar gesagt haben, aber das ändert nichts daran, daß sie dich tatsächlich eingeladen hat, nach Boston zu kommen.«

»Ich gehe aber nicht hin«, sagte Lizzie.

»O doch, das wirst du tun«, sagte Samuel.

»Ich werde niemals nach Boston gehen«, sagte Lizzie. »Du kannst mich in meinem Zimmer einschließen. Du kannst mich zwingen, Kröten zu essen. Du kannst mich verhungern lassen. Ich wäre ohnehin lieber tot, als nach Boston zu gehen und mit Tante Phoebe mit dem knochigen Gesicht zusammenzuleben.«

Meg schaute von Lizzie zu ihrem Vater. »Wer ist Tante Phoebe?«

»Es besteht keine Notwendigkeit, derart dramatisch zu werden. Ich habe keine derart exotischen Strafen für dich im Sinn«, sagte Samuel. »Du wirst deiner Tante Phoebe schreiben und ihr mitteilen, daß du ihr mit der größten Freude einen Besuch abstattest, oder du wirst keinen Fuß vor die Haustür setzen ... und ebenso wenig wird es Becca Fields erlaubt sein, einen ihrer zierlichen Füße, die in diesen zarten Schühchen stecken, ins Haus zu setzen.« Lizzie sprang auf und warf dabei ihre Schale um. »Dann werde ich eben hier versauern ... ohne Freunde und von meiner eigenen Familie im Stich gelassen. Es tut mir leid, daß ich euch allen immer eine solche Last gewesen bin. Es tut mir leid, daß ich hier nie erwünscht gewesen bin. Ich glaube noch nicht einmal, daß ich in Wirklichkeit deine Tochter bin. Ich glaube, ich bin adoptiert worden.«

»Wie bist du bloß auf eine derart dämliche Idee gekommen? Adoptiert. Also, ich muß schon sagen.« Samuel schüttelte den Kopf.

»Wenn Lizzie adoptiert worden wäre, dann hättest du sie zurückschicken können, das stimmt doch, Papa?« fragte Meg.

»Meg, hüte deine Zunge«, sagte Samuel. »Wir schicken Lizzie nicht zurück, und sie ist auch nicht adoptiert worden.«

»Nein, du schickst mich lediglich nach Boston, was noch schlimmer ist. Warum ziehst *du* nicht zu Tante Phoebe« sagte sie. Diesen letzten Ausbruch ließ Lizzie wie einen Pfeil in der Brust ihres Vaters zucken, als sie aus dem Zimmer rannte.

Meg sah Sally an. Sie sah ihre Brüder an. Dann sah sie ihren Vater an. »Warum will mir denn niemand sagen, wer Tante Phoebe ist?«

»Sie ist deine Tante«, fauchte Samuel.

Den ganzen nächsten Tag über kam Lizzie nicht aus ihrem Zimmer, und jedesmal, wenn die Haushälterin ihr ein Tablett mit Essen nach oben brachte, kehrte sie eine Stunde später mit einer Mahlzeit wieder zurück, die nicht angerührt worden war.

Als sie zu später Stunde beim Abendessen saßen, das ungewohnt still verlief, da Lizzie fehlte, sah Stephen seinen Vater an und fragte: »Wie lange wirst du zulassen, daß Lizzie keinen Bissen zu sich nimmt?«

»Bis sie wieder zur Besinnung kommt und diesen Brief schreibt«, sagte Samuel.

»Und was ist, wenn sie vor Hunger stirbt?« fragte Sally.

»Dazu wird es nicht kommen«, sagte Samuel. »Sie hat genug von einer Maus, um etwas aufzustöbern, was sie am Leben erhält.«

Meg bekam Kulleraugen. »Lizzie würde keine Mäuse essen«, sagte sie. »Sie kann sie nicht leiden. »

Samuel warf die Hände in die Luft.

Wesentlich später, nachdem der ganze Haushalt sich schlafen gelegt hatte, schlichen sich Sally und Meg in ihren langen Leinennachthemden auf Zehenspitzen in die Küche. Dort packten sie im Dunkeln einen kleinen Korb mit Brötchen, gebratenem Huhn und Obst, und dann schlichen sie sich auf Zehenspitzen wieder die Treppe hinauf und zu Lizzies Zimmer.

Ohne ihre Schwester zu wecken, öffneten sie leise die Tür und traten ein. Während Meg den Korb auf den Tisch neben Lizzies Bett stellte, tastete Sally in ihrer Tasche herum und zog eine hastig hingekritzelte Nachricht heraus, die sie oben auf den Korb legte.

Wir haben dich lieb, war alles, was auf dem Zettel stand.

Am frühen Morgen des nächsten Tages, kurz nachdem sich Samuel in seine Anwaltskanzlei begeben hatte, schlich sich Stephen zum Leuchtturm rüber, um ein paar Worte mit Asa Robinson zu wechseln, seinem Großvater.

Nicht lange, nachdem Stephen den Leuchtturm wieder verlassen hatte, ging auch Asa oder Captain Robinson, wie man ihn auf der Insel nannte, aus dem Haus. Auf seinem Weg in die Stadt machte er einen Umweg, um dem Haus seinen Sohnes einen kurzen Besuch abzustatten.

Sowie er das Haus betreten hatte, sprach er kurz mit der Haushälterin und stieg dann die Treppe hinauf und lief durch den Gang zu Lizzies Zimmer.

Einen Moment lang blieb er vor Lizzies Tür stehen und neigte den Kopf ein wenig, um zu lauschen. Als er nichts hörte, klopfte er leise an die Tür. Als Lizzie nicht antwortete, trat er auf Zehenspitzen ein.

Lizzie saß an ihrem Schreibtisch und schrieb in ihr Tagebuch. Sie machte einen traurigen Eindruck und erschien ihm wesentlich kleiner und zerbrechlicher, als er sich erinnern konnte, sie je gesehen zu haben. Und Asa konnte sich auch nicht erinnern, Lizzie jemals derart gedämpft erlebt zu haben.

»Wie geht es dir?« fragte er und setzte sich auf die Bettkante.

Lizzie blickte auf und spürte, wie ihr Herz beim Anblick ihres geliebten Großvaters einen Freudensprung machte. *Er ist der einzige, der mich halbwegs versteht.* »Hallo, Großpapa. Ich komme zurecht«, sagte sie.

»Ich bin zu Besuch gekommen und habe dich unten vermißt.«

»Wenn du mich vermißt hast, dann möchte ich wetten, daß du damit allein dastehst«, sagte sie.

»Oh, darauf würde ich nicht wetten. Ich habe gehört, daß du ihnen allen fehlst. Matt hat gesagt, Meg hat immer noch nicht aufgehört, über das zu weinen , was sie vorgestern beim Abendessen gesagt hat.«

»Sag Meg, sie soll sich keine Sorgen machen. Ich bin ihr nicht böse. Sie ist ja noch ein Kind.«

»Warum schreibst du nicht diesen Brief an Tante Phoebe, Lizzie? Früher oder später wirst du es ja doch tun müssen. Du hast nicht die Konstitution eines Menschen, der Selbstmord begehen würde«, sagte er. »Und du weißt, daß dein Vater sich deiner nicht erbarmen wird. Nicht diesmal. Das kann er nicht. Er hat einen Entschluß gefaßt, und die ganze Familie weiß darüber Bescheid. Er kann keinen Rückzieher machen. Das würde ihn zuviel kosten. Aber du könntest nachgeben. Und außerdem könnte es das Wunderbarste sein, was dir jemals zugestoßen ist, nach Boston zu gehen. Und wenn es dir dort nicht gefällt, kannst du immer noch nach Hause zurückkommen und mit mir im Leuchtturm leben.«

Als Lizzie aufblickte, sah sie, wie seine Augen funkelten. »Es ist ja schließlich nicht so, als würdest du dich als Walfischfänger verpflichten oder als würdest du nach China in die Sklaverei verkauft«, sagte er.

»Soll das heißen, du willst, daß ich einen Brief an diese gräßliche alte Frau schreibe, mich bei ihr für die Einladung bedanke und ihr sage, daß ich liebend gern zu ihr kommen möchte?«

»Ja, weil ich nämlich in meinem Herzen fühle, es könnte das Beste für dich sein. Du erinnerst dich doch noch an die Predigt, die wir letzten Sonntag in der Kirche gehört haben ... die, in der es darum ging, daß ein Prophet in seiner eigenen Stadt nichts gilt?«

»Verschwommen«, sagte Lizzie. »Letzten Sonntag war es schwierig, sich auf die Predigt zu konzentrieren, falls du dich nicht mehr daran erinnern solltest, weil Mrs. Husey mit diesem neuen Mantel aus Seehundfell geprotzt hat , den ihr Mann ihr von seiner letzten Reise mitgebracht hat.«

Asa lachte in sich hinein. »Ja, und sie ist vor Hitze fast eingegangen. Ich wette, in der Kirche hatten wir etwas mehr als zwanzig Grad ... wohl kaum das Wetter für einen leichten Übergangsmantel, von einem Seehundfell ganz zu schweigen.« Er unterbrach sich, um Lizzie anzusehen. »Es tut mir leid, daß du nicht viel von der Predigt mitgekriegt hast, denn ich sehe darin eine gute Lektion für dich. In Nantucket wird dir niemand je eine Chance geben, dich zu bewähren, weil sich alle nur zu gut an Vergangenes erinnern. Du brauchst eine Luftveränderung, Lizzie, einen Neubeginn. Geh nach Boston. Zieh zu Tante Phoebe. Sieh es nicht als Strafe an. Statt dessen solltest du darin eine Gelegenheit sehen, endlich den richtigen Schliff zu bekommen und die Patina und den Glanz anzunehmen, den du hier niemals bekommen wirst. Und wenn du dann zurückkommst, wirst du ganz anders als alle anderen Mädchen auf der Insel sein, und sie werden grün vor Neid werden, weil du etwas hast, was keine von ihnen hat.«

»Tavis Mackinnon«, sagte Lizzie wehmütig.

»Das auch«, sagte Asa mit einem verstohlenen Lächeln.

»Ich denke , ich könnte Tante Phoebe schreiben ... nur um deinetwillen«, sagte Lizzie, nachdem sie eine Zeitlang darüber nachgedacht hatte. »Eigentlich habe ich gar nicht mehr soviel gegen diese Idee einzuwenden, wie ich es vorgestern noch hatte. Ich habe mir Gedanken darüber gemacht und wirklich angefangen, die positiven Seiten zu sehen, aber ich wußte nicht, wie ich es Papa beibringen soll ... ohne bei ihm den Eindruck zu erwecken, daß ich nachgebe.« Sie zog eine finstere Miene, als fiele ihr etwas Unerfreuliches plötzlich wieder ein. »Ich gebe nicht gern nach.«

»Ja, das weiß ich«, sagte Asa und rang erfolglos darum, sein Lächeln zu verbergen. »Ich laufe auch nicht gern ohne Hut rum, aber es gibt Momente, zum Beispiel, wenn ich in die Kirche gehe, in denen ich ihn einfach absetzen muß.« Er stand auf, und Lizzies Blick sank auf die Mütze des Kapitäns, die er in den rauhen alten Händen hielt. »Also, ich schätze, ich hole jetzt besser den Anker ein und schaue mich mal unten um, was sich da so zusammenbraut. Darf ich damit rechnen, beim Abendessen dein lächelndes Gesicht zu sehen?«

Ein Strahlen breitete sich auf ihren Zügen aus. »Du bleibst zum Abendessen hier?«

Asa nickte. »Ja, aber nur, wenn du auch zum Essen kommst.« Er zog fragend die Augenbrauen hoch.

»Ja«, sagte Lizzie mit resignierter Miene. »Ich werde da sein … obwohl ich dir versichern kann, daß ich lieber in einem lecken Ruderboot in einen Orkan mit einer Geschwindigkeit von hundert Meilen in der Stunde geriete.«

Und Lizzie erschien tatsächlich. Sie tauchte pünktlich im Eßzimmer auf, statt den Rest der Familie warten zu lassen, wie sie es gewöhnlich tat.

»Es freut mich zu sehen, daß du zur Vernunft gekommen bist«, sagte Samuel. »Ich gehe davon aus, daß du an deine Tante Phoebe geschrieben hast.«

»Ja, ich habe ihr geschrieben«, sagte Lizzie und wirkte dabei recht beschwingt.

»Und ich habe den Brief für sie aufgegeben«, sagte Asa. »Ich habe ihn persönlich zum Postamt rübergebracht.«

Samuels Blick wanderte von seinem Vater zu dem strahlenden Gesicht seiner Tochter und nahm den verträumten Ausdruck wahr. »Was hast du ihr denn geschrieben?«

»Ich habe ihr geschrieben, wie froh ich darüber bin, sie in Boston besuchen zu dürfen, da Nantucket nie ein Ort gewesen ist, an dem sich jemand meinesgleichen verwirklichen kann. Ich habe ihr geschrieben, ich hätte meine Familie beschämt und sei dir fürchterlich zur Last gefallen, und ich hätte es zwar durchaus verdient, rausgeworfen und fortgeschickt zu werden, ohne einen einzigen *Sou* ...«

»Was ist ein *Sou*?« fragte Meg.

»Das ist Französisch ... ich glaube, es ist ein Fünfcentstück«, sagte Matt.

»Warum hast du nicht einfach ›Fünfcentstück‹ geschrieben?« fragte Sally. »Weil darin keine Musik mitschwingt, aber wenn du ›*Sou*‹ sagst ... dann tanzt dir der Klang von der Zunge«, erwiderte Lizzie.

»Er tanzt dir von der Zunge!« rief Meg aus, ehe sie sich an ihren Vater wandte. »Papa, hast du nicht gesagt, wir sollen Geld nicht in den Mund nehmen?«

»Sei still, du Dummerchen. Sie redet nicht davon, echtes Geld in den Mund zu stecken. Sie spricht wie ein Dichter«, sagte Sally.

»Ich finde, daß Lizzie durchaus recht hat«, sagte Stephen, der am anderen Ende des Tisches saß. »›*Sou*‹ hat wirklich einen schönen Klang.« »Du hättest ›*Heller*‹ sagen können«, sagte Hayden, ein anderer ihrer Brüder. »Ich finde, das hat auch einen gewissen Wohlklang.«

Samuel lehnte sich auf seinem Stuhl zurück und schaute von einem seiner Kinder zum anderen, während er sich fragte, wie es wohl dazu gekommen war, daß er wieder einmal nicht mehr Herr der Lage war. Als er Lizzie anschaute, die die gebannte Aufmerksamkeit aller am Tisch gefesselt hatte, konnte er die Vorstellung nicht abschütteln, daß sein Versuch, sie zu bestrafen, irgendwie gescheitert war. Wehmütig überlegte sich Samuel, was für ein Jammer es doch war, daß es in der Politik keine Frauen gab. Lizzie hätte eine großartige Politikerin abgegeben.

Lizzie ging nach Boston.

Ihre Tante Phoebe Brewster war viel, viel schlimmer, als sie sie in Erinnerung gehabt hatte. Sie war groß, schlank und würdevoll und hatte scharfe, stechende blaue Augen und eisengraues Haar, das ihrem Willen entsprach, und lange, schmale Finger, von denen sechs beringt waren. Ihre Aussprache war einwandfrei, und ihr Akzent wies sie deutlich als eine Angehörige der aristokratischen Oberschicht Bostons aus. Immer, wenn sie etwas sagte, tat sie das mit einer solchen Autorität, daß Lizzie sicher war, die Spitzendeckchen würden sich flacher auf die Tische pressen.

Sie war mit alter Spitze und altem Schmuck herausgeputzt und hielt streng daran fest, daß man alles so zu tun hatte wie schon in alten Zeiten. Sie wohnte in einer Villa und hatte eine Schwäche für Marzipan und pikante Häppchen zum Tee, der täglich um Punkt zwei Uhr serviert wurde. Sie hatte zwei Katzen mit langem Fell und flachen Gesichtern, Robin Hood und Friar Tuck, die beide eine spontane Abneigung gegen Lizzie faßten. Peterby, ihr englischer Butler, war so altersschwach und klapprig, daß man bei jedem Schritt seine Knochen rasseln hören konnte, und Lizzie schrieb Becca in ihrem ersten Brief, sie sei ganz sicher, er müßte mit Kolumbus nach Amerika gekommen sein.

In dem Moment, in dem Lizzie den Salon ihrer Tante Phoebe betrat, wußte sie, daß sie dem Untergang geweiht war. Sie stand kleinlaut neben ihrem Vater und ertrug den sezierenden Blick ihrer Tante, während sie sich daran erinnerte, wie Samuel ihr früher einmal erzählt hatte, Tante Phoebes Mädchenname sei Brewster gewesen, und als sie geheiratet hatte, hatte sie einen Mann geheiratet, der denselben Namen trug. *Phoebe Brewster-Brewster*, dachte sie gerade, als die Stimme ihrer Tante in ihr Bewußtsein vordrang.

»Du hast nicht die geringste Ähnlichkeit mit Patience«, sagte Phoebe. »Patience hat wie unsere Mutter ausgesehen. Sie war eine Caldwell und ist ganz ihrem Familienzweig nachgeschlagen, aber du, obgleich es mich schmerzt, das zu sagen, du bist das reinste Ebenbild von mir, als ich in deinem Alter war. Du bist eine Brewster, durch und durch. Das verheißt Unheil für dich, Kind. Ein Brewster, und insbesondere die weiblichen Familienangehörigen, hat es nie leicht gehabt. Die Brewster-Frauen waren immer stärker als die Brewster-Männer.« Sie fuchtelte mit einer beringten Hand durch die Luft. »Schwächlinge, dieses ganze Pack, und dabei schließe ich auch meinen Vater nicht aus. Möge Gott seine arme, vor Furcht bebende Seele ruhen lassen.«

Lizzie zuckte zusammen. Sie wollte absolut nichts mit den Brewsters zu tun haben, und schon gar nicht etwas sein, was auch nur die entfernteste Ähnlichkeit mit dieser alten Frau mit den knochigen Fingern aufwies oder an sie hätte erinnern können.

»Lizzie, begrüße deine Tante Phoebe.«

Als Lizzie kein Wort sagte, versetzte ihr Vater ihr mit dem Ellbogen einen Rippenstoß.

»Guten Tag, Tante Phoebe.«

Phoebe nickte kaum wahrnehmbar, ehe sie ihren entsetzten Blick auf Samuel richtete. *»Lizzie?* Was für ein schauderhafter Klang. Ich gebe dir mein Wort darauf, Samuel, dieser Klang geht einem gegen den Strich wie Katzenmusik.«

Bei diesem Wort fiel Lizzies Blick auf die beiden Katzen, die auf der Rückenlehne des Sessels saßen, auf dem Tante Phoebe thronte. Eine von ihnen war weiß und hatte blaue Augen, und die andere war orange und schwarz gesprenkelt und hatte orange Augen. Daran, wie die beiden sie anschauten, konnte sie deutlich erkennen, daß sie nicht gut miteinander auskommen würden.

Lizzie schaute ihre Tante an. Phoebes Blick glitt einen Moment lang über Lizzie, ehe sie Samuel wieder ansah. »Du *wagst* es, dieses Kind *Lizzie* zu nennen? Sie wurde doch auf einen so schönen Namen getauft. Ich bitte dich, kannst du mir vielleicht sagen, was gegen ihren Taufnamen Elizabeth einzuwenden ist? Oder gegen Amelia?«

»Ich finde ›Amelia‹ abscheulich«, sagte Lizzie.

»Sprich nicht, solange du nicht angesprochen wirst, Kind«, sagte Tante Phoebe und bedachte Samuel mit einem Blick, der besagte, daß sie immer noch auf eine Antwort wartete. »Also, was ist?«

Samuel zuckte die Achseln. »Ich weiß es nicht, Phoebe. Auf mich hat sie einfach immer so gewirkt, als würde ›Lizzie‹ besser zu ihr passen.«

»Und jetzt hast du die Bescherung«, sagte Phoebe und faltete die Hände gebieterisch um den Knauf ihres Spazierstocks. »Wenn man einem Namen wie ›Lizzie‹ gerecht werden muß, dann ist es doch wahrhaft kein Wunder, wenn sie ein undisziplinierter Wildfang und ein widerspenstiges Biest ist, das sich nicht benehmen kann. Mit einem Namen, der sie zwingt, sich wie ein dummes, geschwätziges Weib zu verhalten, hast du dem Kind einen niederschmetternden Schlag versetzt.«

Jetzt richtete Phoebe den Blick auf Lizzie und sagte: »Als allererstes werden wir vergessen, daß wir diesen gräßlichen Namen je auch nur gehört haben ... und ich bin nicht gewillt, ihn noch einmal in meinem Haus zu hören. Allein schon der Gedanke daran zerrt an meinen Nerven und hinterläßt einen bleibenden schlechten Geschmack auf meiner Zunge.« Ihre Hand hob sich auf die Spitzenrüschen an ihrem Hals. »Gott hat sich gnädig erwiesen, als Er die arme Patience hat sterben lassen, ehe sie mit ansehen konnte, was aus diesem ihrem Kind geworden ist.« Sie schüttelte den Kopf. »Und dabei hat Patience immer so große Hoffnungen in Elizabeth gesetzt. So ist es doch, Samuel, oder etwa nicht?«

Samuel nickte.

»Von jetzt an wirst du Elizabeth sein, oder im allerschlimmsten Fall Eliza oder Liza.«

»Alle nennen mich Lizzie«, sagte Lizzie, »und mir gefällt der Name.«

»Sei still, Kind, oder ich lasse Peterby die Opiumpfeife bringen. Du wirst so genannt werden, wie ich es bestimme, und du wirst nur dann etwas sagen, wenn du angesprochen worden bist.«

Mit einem abfälligen Blick sagte Phoebe: »Führ sie in die Küche, Peterby.«

»Falls er das schafft«, sagte Lizzie und musterte Peterby zweifelnd, denn in Lizzies Ohren hätten die Worte keinen unwiderruflicheren Klang haben können, wenn ihre Tante statt dessen gesagt hätte: *Führ sie ins Verließ, Peterby.*

Mit dieser Bemerkung handelte sie sich einen Klaps auf die

Knöchel mit Tante Phoebes Fächer ein, ehe diese zu Peterby sagte: »Sag Liddy, sie soll ihr den Tee vorsetzen … in der Küche.«

»Wünschen Sie Ihren Tee serviert zu bekommen?«

»Ja, ich werde ihn wie üblich im Salon einnehmen. Sag Liddy, sie soll ein Gedeck für Mr. Robinson auflegen.« Sie warf einen schnellen Blick auf Lizzie, ehe sie Samuel wieder ansah. »Ich wage zu behaupten, daß die Manieren dieses Kindes mir Verdauungsstörungen verursachen würden.«

Samuel schüttelte den Kopf. »Und dabei sind ihre Manieren noch das Beste an ihr. Ich sage es dir, Phoebe, wenn ich gewußt hätte, daß ich so lange leben werde, hätte ich weniger Kinder.«

Lizzie folgte Peterby aus dem Zimmer und hörte Tante Phoebe sagen: »Wir werden später wieder miteinander reden, Elizabeth. Nachdem ich mich von deinem Vater verabschiedet habe.«

»Auf Wiedersehen. Ich bin froh, daß ich dich los bin«, murmelte Lizzie tonlos vor sich hin. *Ich weiß wirklich nicht, weshalb ich von meinem Vater oder von Tante Phoebe auch nur das geringste Verständnis erwarte. Die beiden besitzen nicht einen Funken Gefühl.*

Sie seufzte und bedachte Peterby mit einem finsteren Blick. Es war außerordentlich lästig, jung zu sein, und zwar in erster Linie, weil man mit Vätern zu tun hatte. Väter. Ihr Verständnis für Liebe war etwas Vergängliches, wie ein Schmetterling, der einen Sommer lang lebt und dann stirbt. Liebe war etwas, was Väter nur ein einziges Mal in ihrem ganzen Leben verstanden, nämlich dann, wenn sie sich selbst verliebten. Hinterher ging ihnen diese Fähigkeit für immer verloren. Und was Tante Phoebe anging … nun, ihr konnte man daraus keinen Vorwurf machen, nicht wirklich – schließlich würde sie nur deshalb kein Verständnis aufbringen, weil Lizzie ernstlich bezweifelte, daß sie jemals verliebt gewesen war, und dazu kam noch, daß sie Tavis Mackinnon nie auch nur zu sehen bekommen hatte.

Man mußte einen solchen Mann gesehen haben, um verstehen zu können, was Liebe auf den ersten Blick hieß.

4

Wie fast jede Frau in ganz Nantucket war Lizzie seit dem Augenblick in Tavis Mackinnon verliebt, in dem sie ihn zum ersten Mal gesehen hatte. Lizzie liebte ihn nicht nur, weil er so unglaublich gut aussah. Es kam auch nicht daher, daß sein Haar so schwarz war wie des Teufels Seele oder daß seine Augen von einem stählernen Blaugrau waren, das ihre Knie jedesmal, wenn er sie ansah, weich werden ließ. Es lag nicht daran, daß er Beine hatte, die länger als Schiffsmasten waren, und auch nicht daran, daß sein Lächeln ihr Herz flattern ließ. Nein, nichts von alledem war schuld daran, daß sie sich in ihn verliebt hatte. Sie hatte sich in ihn verliebt, weil er aus einem Regenbogen herausgestiegen war.

Sie war damals nichts weiter als ein elfjähriges Mädchen mit zerzaustem Haar gewesen, das ein blaues Kleid und eine weiße Schürze trug – 1846, in dem Jahr, in dem Tavis Mackinnon im Alter von einundzwanzig Jahren mit seinem Bruder Nicholas nach Nantucket gekommen war.

Nach dem Tod ihrer Mutter im Vorjahr fühlte sich Lizzie allein und im Stich gelassen, und sie konnte einfach nicht verstehen, warum ihre Mutter hatte sterben und sie allein lassen müssen, wenn doch alle anderen Mädchen auf der Insel ihre Mütter noch hatten. Das Fehlen von Vätern war etwas, woran jeder auf der Insel Nantucket gewöhnt war, denn in kaum einer Familie gab es nicht einen Vater oder Söhne – manchmal beides -, die zum Walfischfang auszogen und jahrelang fort waren. Mit vielen von ihnen verhielt es sich so wie mit Captain Ben Worth, der einundvierzig Jahre auf See verbracht hatte und nur sechs Jahre zu Hause bei seiner Familie gewesen war, die in der Liberty Street lebte. Andere segelten ganz einfach los, und man hörte nie mehr etwas von ihnen.

Normalerweise war die Mutter das Familienoberhaupt und der Haushaltsvorstand und führte manchmal noch dazu ein Geschäft. In Lizzies Fall war es genau umgekehrt. Da sie keine Mutter hatte, war ihr Vater derjenige, der für den Haushalt zuständig war und seinen Geschäften nachging, was im Falle Samuel Robinsons die Anwaltspraxis war. Obwohl sie einen hingebungsvollen Vater hatte, fühlte sich Lizzie einsam und allein, nachdem ihre Mutter gestorben war. Ihre sechs Brüder hatten einander, ihr Papa hatte ihre jüngere Schwester Sally, und Sally hatte das Baby Meg. Aber Lizzie hatte niemanden; das heißt, sie hatte niemanden, bis ihr Großvater in ihr Leben trat.

Vierzig Jahre lang war Asa Robinson, ihr Großvater, der Kapitän eines Walfängers gewesen, und während Lizzies Kindheit war er die meiste Zeit über fort gewesen. Nicht lange nach dem Tod ihrer Mutter beschloß Asa Robinson, es sei an der Zeit, sich zur Ruhe zu setzen. Seit ein paar Jahren war es mit dem Walfischfang stetig bergab gegangen. Die Nordwale, die sich in den Gewässern der näheren Umgebung aufhielten, waren alle ausgerottet worden, und das machte es erforderlich, daß ein Walfänger zwei bis fünf Jahre unterwegs war, ehe er genug Walfischtran an sich gebracht hatte und es lohnte, nach Hause zurückzukehren. Daher kam Asa in jenem verhängnisvollen Jahr zurück – denn 1846 war auch das Jahr des schweren Brandes in Nantucket gewesen.

Nachdem Captain Robinson zurückkehrte, zog er in den Leuchtturm draußen auf Brandt Point. Wenn er sich dort um das Rechte kümmerte, konnte er den Dingen nahe sein, die er mehr als alles andere auf Erden liebte. Lizzie. Schiffe. Das Meer.

Es gab keine öffentlichen Schulen in Nantucket, und als sie noch jünger waren, hatte Lizzies Vater seine sämtlichen neun Kinder zu Hause unterrichtet. Als die Jungen älter wurden, schickte er sie auf die Coffin Schule, eine private Institution, die Captain Sir Isaac Coffin für seine Nachkommen gegründet hatte. Viele Leute in Nantucket waren auf die eine oder andere Weise mit den Coffins verwandt, und da Lizzies Großmutter väterlicherseits eine Coffin gewesen war, schrieb Samuel seine Söhne dort ein und behielt Lizzie und ihre Schwestern im Haus, denn er hing der herkömmlichen Vorstellung an, Mädchen bräuchten keine reguläre Schulbildung.

Vielleicht hätte sie niemals die Gelegenheit gehabt, zur Schule zu gehen, wenn ihr Großvater nicht gewesen wäre. Asa Robinson hatte nämlich nicht nur eine besondere Schwäche für die Mathematik, sondern er war regelrecht süchtig danach. Daher war es nicht weiter erstaunlich, daß Lizzie, die viel Zeit mit ihrem Großvater verbrachte, die Liebe zu den Zahlen von ihm erbte. Im Alter von elf Jahren rechnete sie Werte im nautischen Almanach aus und korrigierte die Navigationsinstrumente der Kapitäne von Walfängern. Eines der ersten Dinge, die ihr Großvater ihr gab, war ein Teleskop. Während vieler langer Nachtwachen oben auf dem Leuchtturm preßte Lizzie ihr Auge an das eine Ende ihres Instruments.

Mit dreizehn bekam Lizzie endlich die Erlaubnis, eine richtige Schule zu besuchen. Ihre Lehrer stellten fest, daß Lizzie ein gescheites Mädchen war, das sich in Mathematik und den Naturwissenschaften hervortat.

Aber sie vermißte die langen Zeitspannen mit ihrem Großvater. Oft lief sie zum Leuchtturm auf Brandt Point hinaus oder verbrachte an den Samstagen oder an den Sonntagen die Nachmittage mit ihm, hörte sich Walfängergeschichten an oder ließ sich von Asa von den Orten berichten, an denen er gewesen war, von den Dingen, die er gesehen hatte. Viele kalte, verschneite Winterabende verbrachte sie damit, ihm am Tisch gegenüberzusitzen und dem gleichmäßigen Rhythmus seiner Stimme zu lauschen, während sie beobachtete, wie er Leuchtschiffkörbe flocht oder Fischbein mit kunstvollen Schnitzereien verzierte. Wenn die Liebe eine Galaxie gewesen wäre, wäre ihr Großvater deren zweithellster Stern gewesen. Er brachte ihr das Segeln bei, und er lehrte sie, das Meer zu lieben, doch mehr als alles andere lehrte er sie die Hoffnung.

Wie Asa so gern sagte: »Ein Mädchen zu sein, das heißt, daß sich ständig Stürme zusammenbrauen.«

Es gab viele verschiedene Formen von Segnungen, und Lizzie wußte, daß ihr in Form ihres Großvaters eine Gnade erwiesen worden war. Jedesmal, wenn die beiden miteinander über die Main Street liefen und seine rauhe alte vernarbte Hand ihre kleine Hand umfaßt hielt, drehten sich Menschen nach ihnen um und belächelten den Anblick des wettergegerbten alten Mannes mit dem Seemannsgang und das lachende junge Mädchen an seiner Seite, das einen blonden Lockenkopf hatte und in dessen Augen so viel Liebe stand.

Manchmal ließ sich Lizzie von Jethro Newton zum Leuchtturm mitnehmen, wenn er rausfuhr, um eine Kiste Lebensmittel oder große Mengen Messingpolitur dort abzuliefern, und ebenso oft blieb sie tagelang durchgehend bei ihrem Großvater. Abends, wenn das große Licht den Schiffen seine Warnung zublinkte, sie sollten sich vorsehen, las Asa ihr aus seinem Reisetagebuch oder aus einem seiner zahlreichen Bücher vor.

Genau das hatte er eines regnerischen Abends getan. Er hatte ihr Milton vorgelesen, nachdem sie ihm geholfen hatte, das große Licht zu polieren.

»Ich hielt es für ein Feenbild
Von heiteren Geschöpfen ganz in ihrem Element,
Die in den Regenbogenfarben leben
Und droben in den Wolken spielen.«

Und für Lizzie war es das Normalste auf Erden gewesen, ihn an dieser Stelle zu unterbrechen und ihn zu fragen, wie Regenbögen entstanden. »Warum sehen wir sie nur, nachdem es geregnet hat?«

Lizzie beobachtete, wie ihr Großvater das Buch zuschlug und seine Pfeife anzündete und wie der Rauch sich wie ein Bilderrahmen um sein wettergegerbtes Gesicht und sein dichtes weißes Haar legte.

»Sie sind eine Verheißung Gottes, daß Er die Erde nie wieder durch Regen zerstören wird, wie Er es zu Noahs Zeiten getan hat. Jedesmal, wenn du einen Regenbogen siehst, Lizzie, dann mußt du immer daran denken. Ein Regenbogen steht für ein Versprechen und für Hoffnung, und alles hat seinen Regenbogen, seinen Hoffnungsschimmer.«

Danach gewannen Regenbogen für Lizzie eine ganz besondere Bedeutung. Ein paar Monate später lief sie mit ihrem Großvater durch die Hafenanlagen und sah einen gutaussehenden schwarzhaarigen Mann die Gangway eines Schiffes herunterkommen. Ein Regenbogen wölbte sich über ihm, und sie wußte, daß er etwas ganz Besonderes war. Er lachte, als er an Land ging, und aus irgendeinem unerklärlichen Grund hörte er auf zu lachen, blieb abrupt stehen und heftete seine klaren blaugrauen Augen auf Lizzie. Lizzie blieb ebenfalls stehen.

»Was ist los, Tavis?« fragte ihn sein Bruder Nicholas.

»Was?« sagte Tavis, der sich wieder zu seinem Bruder umdrehte und ihn ansah. »Ach, nichts weiter«, sagte er und schaute Lizzie wieder an. »Dieses kleine Mädchen dort drüben ... einen Moment lang hatte ich den Eindruck, daß sie mich an jemanden erinnert.«

Lizzie hatte diesen Augenblick niemals vergessen und auch nicht, wie diese klaren Augen von dem Mann mit dem wunderschönen Gesicht sie angesehen hatten. Ein Regenbogen war eine göttliche Verheißung, wie es ihr Großvater gesagt hatte, und in ihrem jungen Herzen glaubte Lizzie, daß dieser wunderschöne Mann ihr versprochen worden war.

Und damit war für Lizzie alles klar.

Nur hatte Lizzie damals keine Ahnung gehabt, als wie schwierig es sich erweisen würde, Tavis Mackinnon davon zu überzeugen, daß er der Mann war, den Gott ihr versprochen hatte. »So starrköpfig und ein solcher Zweifler wie Abraham«, pflegte sie häufig zu sagen.

Im Lauf der Jahre war es zu einem alltäglichen Vorkommnis geworden, gewissermaßen zur reinen Routineangelegenheit, daß der eine oder andere Einwohner von Nantucket Lizzie dabei beobachtete, wie sie sich Tavis Mackinnon hartnäckig an die Fersen heftete. Es hatte sich auch eingebürgert, daß die jungen Männer aus der Stadt Lizzie damit aufzogen und oft zu ihr sagten: »Laß nicht locker, Lizzie. Vielleicht wird er dich eines Tages aus reiner Erschöpfung heiraten. Ein Mann kann nicht unbegrenzt lange Strecken rennen.« Oder: »Immer mit der Ruhe, Lizzie. Wir leben auf einer kleinen Insel. Zu weit kann er nicht fortlaufen.«

Dann folgte wie immer Gelächter, und Lizzie drückte ihr Rückgrat steif durch und lief weiter, und dabei dachte sie sich, sie seien eben zu provinziell, um etwas anderes als ihre eigenen ungehobelten Umgangsformen zu verstehen. Sie waren nicht in der Lage, sie zu begreifen, und daher blieb der Schmerz, ins Lächerliche gezogen zu werden, konstant.

»Oh, ich kann es kaum erwarten, erwachsen zu werden«, sagte sie zu ihrem Großvater, nachdem sie in der Stadt wieder einmal besonders schmerzlich aufgezogen worden war.

»Du wirst dich trotzdem in Geduld üben müssen«, sagte Asa. »Es nutzt nichts, gegen die Zeit, den Wind oder das Meer zu toben und zu wettern. Es bringt dir nichts ein, dem Schicksal auf die Finger zu klopfen. Was einem versprochen worden ist, ist einem versprochen worden, und es kommt von allein, wenn die Zeit reif ist.« Er tätschelte ihre Hand. »Und außerdem hätten diese Jungen doch nichts zu tun, wenn sie dich nicht aufziehen könnten, verstehst du.« Er lachte und zerzauste ihr das Haar. »Schau nicht so, als seist du mit Füßen getreten worden. Du wirst schon noch früh genug erwachsen werden.«

Für ihren Geschmack konnte es gar nicht früh genug soweit sein, dachte Lizzie und sah sich in dem knarrenden alten Haus ihrer Tante um, als sie Peterby folgte und sich vorzustellen versuchte, sie könnte diesen Ort jemals als ihr Zuhause ansehen.

»Das ist Ihr Zimmer, Miss«, sagte Peterby und öffnete die hohen Türen zu einem geräumigen Eckzimmer mit angenehm großen Fenstern.

Lizzie folgte Peterby in das Schlafzimmer, das ihre Tante ihr zugewiesen hatte, und dabei überlegte sie sich, daß es sie zumindest von ihrem Großvater ablenken würde, der eine weitere Erinnerung daran war, wie elend sie sich fühlte und wie groß ihr Heimweh war.

»Falls Sie sonst noch etwas brauchen sollten, Miss, dann läuten Sie einfach nach mir oder Mrs. Potter, der Haushälterin.« Mit diesen Worten schloß Peterby die Tür.

Lizzie sah sich in dem Schlafzimmer um, das jetzt ihr gehörte, und sie stellte fest, daß ihre Truhe und ihre Taschen bereits nach oben gebracht worden waren. Es war ein beeindruckendes Zimmer, beschloß sie. Das schmale Himmelbett war von gestärkten alabasterfarbenen Vorhängen umrahmt, die aus demselben Material bestanden wie der geraffte Baldachin, der den Betthimmel bildete. Vor dem Fenster stand ein englischer Schreibtisch aus Walnußholz, und hinter dem prallen Sofa mit dem Chintzbezug stand ein schwarz lackierter Wandschirm. An der gegenüberliegenden Wand hing über einer Frisierkommode mit Rüschenvorhängen, die in Alabaster und Blaßrosa gehalten waren, ein Spiegel in einem verschnörkelten goldenen Rahmen.

Es war ein Zimmer, das sie normalerweise sehr hübsch gefunden hätte – unter anderen Umständen. Da die Dinge jedoch standen, wie sie standen, sah sie sich veranlaßt zu sagen: »Dieses Zimmer gefällt mir nicht. Boston gefällt mir nicht. Und am allerwenigsten gefällt mir Tante Phoebe ... und ihre Katzen gefallen mir schon gar nicht.«

Lizzie warf sich auf die Tagesdecke aus Satin. Das Wissen, daß ihr eigener Vater sie hatte los werden wollen, baute sie nicht gerade auf. Außerdem stellte sich ihr die Frage, warum er sie, wenn das der Fall war, nicht einfach zu ihrem Großvater geschickt hatte, damit sie mit ihm im Leuchtturm leben konnte.

Das hatte er aber nicht getan, und was sie daran am meisten schmerzte, war gar nicht einmal so sehr der Umstand, daß er sie nicht auf Dauer bei ihrem Großvater untergebracht hatte, sondern daß er es ihr verweigert hatte, sich von ihm zu verabschieden. »Aber warum darf ich das nicht, Papa? Was würde das schon schaden?«

Als Lizzie ihm diese Frage gestellt hatte, hatte Samuel schlicht und einfach gesagt: »Weil mein Entschluß feststeht und ich keine Lust habe, alles selbst noch einmal zu durchdenken und in Zweifel zu ziehen, und genau dazu käme es, wenn ich zusehen würde, wie du dich von deinem Großvater verabschiedest.«

Lizzie fragte sich unwillkürlich, wann sie ihren Großvater wohl wiedersehen würde. *Etwa um dieselbe Zeit, um die du Tavis Mackinnon wiedersiehst,* schien eine Stimme in ihrem Kopf zu sagen, doch Lizzie wußte, daß das nicht unbedingt der Fall war. Tavis war jung, und selbst, wenn ihr Vater sie tatsächlich hier in Boston ließ, bis sie die Schule abgeschlossen hatte, dann würde Tavis immer noch am Leben sein. Aber ihr Großvater war alt, und ihm blieb nicht mehr viel Zeit. *Warte auf mich, Großpapa.*

Lizzie rollte sich zu einer Kugel zusammen, und in Gedanken spulte sie die Zeit zurück, um ihren letzten Besuch bei Asa noch einmal zu durchleben.

Captain Robinson wohnte im Haus des Leuchtturmwärters, das an den Leuchtturm auf Brandt Point angrenzte, direkt neben der Einfahrt in den Hafen von Nantucket. Das kleine Fachwerkhaus schmiegte sich zwischen Wanderdünen und Gräser und wirkte winzig neben dem runden Schacht des Leuchtturms, der aus der Ferne wie eine Windmühle wirkte.

Lizzie war in der späten Abenddämmerung im Dauerlauf und mit großen Sprüngen über das sumpfige Flachland nähergekommen, das bei Hochwasser überschwemmt wurde. Sie konnte den Turm sehen, dessen Leuchtstrahl bereits blinkte, um Matrosen durch die heimtückischen Sandbänke zu lotsen. Wenn sie über das Wasser schaute, das sich vor ihr erstreckte, sah sie in der Ferne den Leuchtturm von Great Point, der seinen riesigen Leuchtstrahl aussandte – als wollte er sich damit brüsten, daß er schon bald den neuen Fresnel-Richtstrahler bekommen würde, als Ersatz für die veralteten Lewis-Reflektoren. Aber Lizzie wußte, daß die alten Lewis-Reflektoren des Leuchtturms von Brandt Point trotzdem Besseres leisten würden, und zwar ganz einfach deshalb, weil dieser Leuchtturm von ihrem Großvater betrieben wurde.

Einen Moment lang verweilte Lizzie in Gedanken bei diesem reizvollen Bild, das sie genauso vor sich sah, wie sie es an jenem Tag vorgefunden hatte, in purpurnes Zwielicht getaucht. Sie erinnerte sich wieder daran, wie ihr an jenem Tag Longfellows bezaubernde Verse über einen Leuchtturm eingefallen waren und daß sie sich gedacht hatte, daß er Brandt Point vor Augen gehabt haben mußte, als er sie niederschrieb.

An jenem speziellen Tag wäre Lizzie nie auf den Gedanken gekommen, daß sie Longfellows Worte schlicht und einfach *denken* könnte. Sie mußte sie zu einer dramatischen Aufführung bringen. Das verlangte ihre künstlerische Ader, und Lizzie war nie ein Mensch gewesen, der seine Veranlagungen unterdrückt hätte, seien sie nun künstlerischer Natur oder auch nicht. Sie hatte die Verse in Höchstlautstärke deklamiert und ihrer kreativen Ader ungezügelt Luft gemacht.

Und wenn der Abend dunkelt, sieh! wie hell
Durchs tiefe Zwielichtpurpur einer Nacht
Erstrahlt dann seines Lichtes Glanz so grell
In seltsam unirdischer Strahlenpracht.
Und große Schiffe laufen ein und aus
Und gleiten über Wogen vor dem Wind,
Und ach so freudig winken sie hinaus,
Wenn seinem Scheine sie begegnet sind.

Sie lächelte in sich hinein, als sie daran dachte, wie sie ihren Vortrag mit einem dramatischen Sprung über eine sumpfige Stelle beendet hatte und endlich auf trockeneren Sand vorgestoßen war. Inzwischen war es schon fast dunkel, und sie verlangsamte ihre Schritte, dachte an Tavis Mackinnon und entschloß sich, geduldig und beharrlich zu sein. Schließlich fällte man Bäume nicht mit einem einzigen Axthieb. »Ich weiß, was ich weiß«, sagte sie zu sich selbst, als sie das Haus ihres Großvaters betrat.

Asa Robinson saß an dem Tisch unter der Öllampe. Er hielt eine Segeltuchnadel in einer Hand und ritzte die detaillierte Zeichnung eines Schiffes in eine Barte, und bei Lizzies Eintreten blickte er auf. Sie würde niemals vergessen, wie er sie angesehen hatte – als fiele es ihm enorm schwer, nicht zu lachen, und als versuchte er gewaltsam, ernst zu bleiben – als er es fertigbrachte, sie zu fragen: »Was, bitte sehr, weißt du?«

Lizzie holte ein Holzscheit aus der Holzkiste und schob es in den Ofen, und dann lachte sie, schlang die Arme um sich und wirbelte mitten auf dem Fußboden immer wieder im Kreis herum. Plötzlich blieb sie abrupt stehen. »O Großpapa, ich weiß, was ich weiß. Ich *weiß* ganz einfach, daß ich Tavis Mackinnon heiraten werde. Ich weiß es. Ich glaube von ganzem Herzen daran, und Glaube heißt doch, sein Vertrauen in etwas zu setzen, was nicht so zu sein scheint, oder etwa nicht? »

»Ja«, sagte Asa Robinson, »Glaube ist, als ginge man im Sonnenschein spazieren, während es auf alle anderen um einen herum regnet.«

Daraufhin hatte Lizzie ihr Cape abgeworfen und es auf den nächstbesten Stuhl fallen lassen, ehe sie um den Tisch herumgeeilt war und ihrem Großvater die Arme um den Hals geschlungen hatte. »O Großpapa, du verstehst mich doch, nicht wahr? Deshalb habe ich dich so lieb.«

Der Schmerz rührte weniger von der Erinnerung her, sondern eher von dem Wissen – dem Wissen, daß ihr Großvater sie verstand und daß sie jetzt von dem einzigen Menschen auf der ganzen Welt getrennt worden war, der sie verstand. Sengend heiße Tränen rannen über ihre Wangen, und in ihrer ersten Nacht in Boston weinte sich Lizzie in den Schlaf.

5

Das Haus, in dem Lizzie mit ihrer Tante Phoebe wohnte, war ein dreistöckiges Stadthaus aus Roxburry-Puddingstein, das unter dem Stirnrunzeln eines Mansardendachs auf die Beacon Street hinauszustarren schien. Das filigrane Geflecht eines schmiedeeisernen Zauns, in den persische Szenen eingearbeitet waren, säumte den Garten vor dem Haus. Das Haus und die Gärten waren wie alles andere, womit sich Tante Phoebe umgab, in makellosem Zustand. Anzeichen, die auf Reichtum hinwiesen, waren reichlich vorhanden, aber nicht prunkvoll zur Schau gestellt. Wohin sie auch sah, alles erinnerte Lizzie an Familie, Status und Geld. Auf den ersten Blick wurde ihr sofort klar, daß es in Boston nicht so zugehen würde wie in Nantucket.

Im Erdgeschoß des Hauses waren fünf Räume untergebracht – das Eßzimmer, der Salon, das Wohnzimmer, die Bibliothek und außerdem die Küche. Das Eßzimmer war finster und trist und mit Eiche getäfelt, und darin standen ein langer Mahagonitisch und zwölf Hepplewhite-Stühle, und die Kamineinfassung war aus dunkler Eiche und mit Schnitzereien von Löwenköpfen, Cherubim und Laubwerk versehen. Über dem Kamin hing eine Gouache vom Genfer See, die Tante Phoebe aus ihren Flitterwochen in der Schweiz mitgebracht hatte. Die Atmosphäre schlug abrupt um, wenn man sich in den Salon begab, denn dort waren die Wände in einem kräftigen Grün gehalten, und die Polstermöbel waren mit altgoldfarbenem Samt bezogen. Eine Vitrine mit gläsernen Türen, die innen mit grünem Moiré ausgekleidet war, beinhaltete Tante Phoebes Glasmenagerie und grünes Wedgwood-Geschirr. Hier hing über dem Kamin ein lebensgroßes Gemälde von Tante Phoebe an ihrem Hochzeitstag. Es wurde von zwei kleinen ovalen Porträts flankiert, die ihren Mann darstellten, den verstorbenen Charles Filmore Octavius Brewster – auf einem von ihnen trug er ein weißes Kleidchen und war ein Jahr alt, und auf dem anderen war er schon älter, etwa im Alter von zweiundzwanzig Jahren, als er seinen Abschluß in Harvard gemacht hatte. In der Bibliothek stand inmitten eines Raumes, der mit Büchern angefüllt war, die ganze Generationen von Brewsters beider Familienzweige zusammengetragen hatten, ein runder, mit Leder bespannter Tisch. Das war der Raum, in dem Tante Phoebes Kanarienvogel sein Unwesen trieb, trällerte und Samen auf den Boden warf. »Wenn das nicht einfach die Höhe ist!« hörte man Tante Phoebe eines Morgens ausrufen, als sie die Sprößlinge, die aus Vogelfutter gekeimt waren und um den Stamm ihrer Palme herumwuchsen, ausriß.

Lizzie war sich nie ganz sicher, ob sich Tante Phoebe über die Unverfrorenheit des Kanarienvogels ärgerte, der sein Futter durch die

Gegend warf, oder darüber, daß die Samen die Arroganz besäßen, dort zu keimen, wo sie zufällig gelandet waren.

Alles in allem befand sich das Haus in der Beacon Street schlichtweg in einem absolut makellosen Zustand und wurde durch die disziplinierte Großzügigkeit einer Frau verschönert, die es sich leisten konnte, dem Diktat von Reichtum und Eleganz zu folgen, ohne sich Sorgen darüber machen zu müssen, wie hoch ihre Ausgaben waren. Das Stadthaus war zwar schmal, aber hoch, und die quadratisch geschnittenen Zimmer hatten hohe Decken. Vor allen Fenstern hingen drei Lagen von Gardinen, Vorhängen und Draperien. Rosenholzmöbel und anmutige Sheraton-Stühle standen um geschnitzte Tische herum, die mit goldenen Intarsien verziert waren. Im Salon stand ein vollendet gestimmtes Klavier; im Eßzimmer befand sich das Familiensilber, das kunstvoll verziert und vom Gebrauch von Generationen abgenutzt war. Das Abendessen wurde um Punkt sieben serviert, und anschließend statteten hochgestellte gebürtige Bostoner ihre Besuche ab. Mrs. Potter führte den Haushalt. Peterbys Anwesenheit rief allen ständig ins Gedächtnis zurück, in welchem Lebensalter sie sich befanden. Die Köchin servierte vollendet gelungene Braten (der herrschenden Mode gemäß ohne Sauce und frei von schmückenden Garnierungen), und ein Kutscher spannte Tante Phoebes Vollblutpferd vor ihre Kutsche, um sie zur Oper oder durch die Straßen von Boston zu fahren, wenn sie Besuche machte, und jeden Sonntag kutschierte er sie zur St. Paul's Kirche in der Tremont Street.

Das Leben in Boston erschien ihr anfangs erschreckend, doch schon bald erkannte Lizzie es als das, was es war: altmodisch, stumpfsinnig und reichlich vorhersehbar. Das Leben dort hatte neben der intellektuellen auch seine gesellschaftliche Seite, und Lizzie begriff schnell, daß sie sich mit den Intellektuellen weitaus besser verstand, da es mit der feinen Lebensart nicht allzuweit her war bei ihr und da ihre gesellschaftlichen Umgangsformen zu wünschen übrig ließen. Daran schien sich Tante Phoebe nicht zu stören, die schnell bei der Hand war, wenn es darum ging, ihr ins Gedächtnis zurückzurufen, daß sie direkte Abkömmlinge der alten Bostoner Gesellschaft waren – englische Puritaner, die sowohl Cabots als auch Lowells in ihrem Stammbaum aufzuweisen hatten – und daß diese Familien von guter Herkunft viele herausragende Pädagogen, Schriftsteller, Wissenschaftler und führende Geschäftsleute hervorgebracht hatten.

Im Lauf der nächsten Jahre sollte sie zahlreiche Komplimente zu ihren Kenntnissen auf dem Sektor der Mathematik und der Astronomie bekommen, aber auch zahllose Male Tante Phoebes Elfenbeinfächer auf den Knöcheln spüren – immer dann, wenn etwas, was sie getan hatte, als unvereinbar mit einer guten Herkunft angesehen wurde –, während ihre Tante die mühselige Aufgabe in Angriff nahm, eine Dame der guten Bostoner Gesellschaft aus ihr zu machen.

Phoebe erkannte den einzigartigen Charme, den Elizabeth mitbrachte, denn sie war eine junge Frau, die so farbenprächtig schillerte wie nur die allerwenigsten Gemälde. In einem Augenblick war sie unbändiger Wildfang, im nächsten so schmachtend wie ein Quäker-Gottesdienst. Zu anderen Zeiten glitt sie in die abscheulichste Form von theatralischer Melodramatik ab, die Phoebe je erlebt hatte. Sie besaß das Geschick, mit nachtwandlerischer Sicherheit exakt die Dinge auszusprechen, die andere Leute sich dachten, aber niemals laut gesagt hätten. Einmal schrieb Phoebe an Samuel: *Sie macht sich romantische Vorstellungen vom Leben, die ich einzudämmen, aber nicht zu zerstreuen hoffe.*

Sie war Frau und Kind zugleich, Poet und Komiker zugleich. Ihre Begeisterung für alltägliche Kleinigkeiten nahm Phoebe für sie ein, die in dem Mädchen etwas sah, was ihr in ihrem sterilen Lebenswandel gefehlt hatte: Lebensfreude.

Als die Jahre vergingen, wurde Lizzie für ihre Freunde allmählich Liza, doch Tante Phoebe nannte sie nie anders als Elizabeth. »In mir wohnen so viele Personen«, sagte Elizabeth eines Tages zu Phoebe. »Vielleicht habe ich deshalb so viele verschiedene Namen Elizabeth, Eliza, Liza, Lizzie. Vielleicht sollte ich mich für eine von ihnen entscheiden. Wenn ich nur eine von diesen Personen wäre, wäre alles weniger kompliziert.«

»Oder nur halb so interessant«, sagte Phoebe. »Du mußt immer daran denken, Elizabeth, daß ein gewisser Charme davon ausgeht, einen Charakter zu haben, der sich aus so vielfältigen Facetten zusammensetzt, solange du sie geschickt dann zum Einsatz bringst, wenn Bedarf dafür besteht, sie jedoch mit eiserner Faust im Zaum hältst, wenn sie unangebracht wären.«

Während sie dieses kultivierte und disziplinierte Leben mit ihrer Tante führte, dachte Elizabeth über ihre Vergangenheit nach. Sie nahm mit Phoebe im Salon den Tee ein und diskutierte mit ihr über ihre bevorstehende Einführung in die Gesellschaft, als sie die Hand nach dem Teegebäck ausstreckte und dabei den Buckel und das Fauchen Robins ignorierte, der auf den Boden sprang, wie es wenige Sekunden vorher bereits Friar Tuck getan hatte. Einen Moment lang war sie abgelenkt, denn sie fand es seltsam, daß Tante Phoebes Katzen ihr nach all der Zeit immer noch nicht trauten.

»Manchmal fällt es mir schwer zu glauben, daß ich alles, was ich getan habe, wirklich getan habe«, sagte Elizabeth und riß sich aus den Überlegungen heraus, die sie zu Tante Phoebes Katzen anstellte. »Der arme Papa. Was muß er meinetwegen alles durchgemacht haben. Ich glaube, jedesmal, wenn ein Kind geboren wird, wird ihm eine ganz bestimmte Anzahl von Dummheiten und absurden Dingen zugewiesen, die es tun muß, ehe es heranreift. Deshalb gibt man uns einen Schutzengel mit auf den Weg, um uns vor uns selbst zu beschützen. Ich bin froh, daß ich endlich erwachsen geworden bin«, sagte Elizabeth.

Elizabeths formelles Debüt und ihre offizielle Einführung in die Bostoner Gesellschaft verlief relativ problemlos. Sie steckte sich das Haar hoch, zog ihr weißes Kleid an und empfing Gäste zum Tee. Später begleitete sie ihre Tante zu Abendgesellschaften, wo man sie gemeinsam mit anderen jungen Leuten ihres Alters mit Gesellschaftsspielen unterhielt. Inzwischen hatte sich die Schönheit von

Elizabeth Robinson herumgesprochen, und auf die Männer, die sich nicht nur für ihre Schönheit interessierten, übte ihr geschärfter Verstand eine große Anziehungskraft aus. In dem Moment, in dem sie auf einer Party auftauchte, wurde sie von gutaussehenden jungen Freiern in satingefütterten Fracks und enganliegenden Kniebundhosen belagert, die sie entweder um den nächsten Tanz oder um einen Moment ihrer Zeit baten, damit sie tiefschürfende Gespräche mit ihr führen konnten. Mehr als einmal berichtete ihr Tante Phoebe, daß es dem einen oder anderen jungen Mann gelungen war, sie den gesamten Abend über im Blickfeld zu haben.

Und warum auch nicht? Elizabeth war, wie Phoebe sagte, »in voller Blüte – eine amerikanische Edelrose, falls es so etwas je gegeben hat«. Sie hatte den hellen Teint und die tiefliegenden Augen der hübschesten jungen Engländerinnen, die Anmut und die subtile Koketterie einer Schönheit aus den Südstaaten und die Geistesgegenwart und den geschärften Intellekt einer New Yorkerin – und all das gepaart mit der Nüchternheit der Menschen aus den Neuenglandstaaten und der Anspruchslosigkeit der Leute von Nantucket, die nichts vorzutäuschen versuchten. Und wie die Frauen auf der Insel, von der sie stammte, war sie praktisch veranlagt, klug und moralisch, eine Frau, die man nicht nur für ihren Intellekt und ihre Schönheit rühmte, sondern auch für ihre Charakterstärke.

Im Lauf der ersten Ballsaison freundete sich Elizabeth mit Geneviève Beecham an, einer anderen Debütantin. Erst im folgenden Jahr lernte sie Harry kennen, Gennys ältesten Bruder, der im vierten Jahr an der Universität von Cambridge studierte.

Sowie sie Elizabeth am anderen Ende des Raumes entdeckte, eilte Genny auf sie zu. »Elizabeth, ich habe ganz wunderbare Neuigkeiten. Harry ist in der Stadt. Du weißt ja, wie sehr ich darauf versessen bin, ihn dir vorzustellen.«

»Wo ist er?« fragte Elizabeth und schaute über Gennys Schulter.

»Oh, er ist heute abend nicht hier. Er ist gerade erst angekommen, und zu Mamas großem Verdruß hatte er nicht mehr die Zeit, seine Sachen auszupacken und sich für den heutigen Abend umzuziehen«, sagte Genny. »Oh, ich möchte wirklich, daß du ihn kennenlernst, und zwar schon bald. Ich habe morgen früh um zehn eine Anprobe bei Madame Broussard, und Harry geht reiten. Ich dachte, wir könnten uns hinterher bei dir treffen. Harry könnte uns dann in den Park fahren.« Genny zog Elizabeth am Arm ein paar Schritte weiter abseits, damit sie ungestörter miteinander reden konnten. »Ich nehme an, ich sollte dich vor Harry warnen«, flüsterte sie.

Liza sah in Gennys warme braune Augen. »Mich warnen?«

»Ja, nun, verstehst du, Harry ist ein wenig arrogant … nett, aber arrogant. Ich vermute, es kommt daher, daß Frauen dazu neigen, scharenweise in Ohnmacht zu fallen, weil er so gut aussieht. In London reißen sie sich um ihn, und Papa sagt, daß ihm das bei seinen Studien sehr im Weg steht. Es scheint ganz so, als verbrächte Harry zuviel Zeit in der Stadt mit den Damen und nicht genug Zeit in Cambridge mit seinen Büchern. Als Papa zu Harry gesagt hat, er müßte sich eine Frau mit Verstand suchen, hat Harry gesagt: ›Frauen mit Verstand interessieren mich nicht im mindesten.‹«

»Was hat dein Vater dazu gesagt?«

»Er hat Harry gefragt, was er damit meint. Und weißt du, was Harry daraufhin gesagt hat?«

»Was?«

»Er hat gesagt, mit zunehmender Intelligenz nähme die Schönheit einer Frau im selben Maße ab.« Diese Bemerkung brachte Elizabeth nicht im geringsten auf, und zwar ganz einfach deshalb, weil sie dergleichen schon gehört hatte – schon sehr oft. »Vielleicht sollte er nach Hause zurückkommen und hier studieren«, sagte Elizabeth. »Wenn er nach Harvard ginge, könnte dein Vater ihn vielleicht im Auge behalten.«

Genny warf sich die schimmernden schokoladebraunen Locken über die Schultern. »Er *hat* Harvard besucht. Über Papa ist eine solche Schwemme von Mamas hereingebrochen, die ihre Töchter mit Harry verheiraten wollten, daß er beschlossen hat, meinen Bruder nach Europa zu schicken, damit wir alle etwas mehr Ruhe haben.«

»Ich nehme an, das ist der Grund für seine Arroganz«, bemerkte

Elizabeth. »Er muß ständig in der Defensive sein.« »Damit hast du vermutlich recht«, sagte Genny, und als sie den Blick ihrer Mutter auffing, schlang sie eine Hand um Elizabeths Arm und zog sie näher, um ihr ins Ohr zu flüstern: »Mama schaut mich schon vorwurfsvoll an, und deshalb muß ich mich eilen, aber du sollst wissen, daß ich es kaum erwarten kann, dich mit Harry bekannt zu machen, und das nicht nur, weil du meine beste Freundin bist.«

»Sondern?«

»Natürlich deshalb, weil du seine Theorie vollständig widerlegen wirst, und du kannst dir nicht vorstellen, wie lange ich es mir schon wünsche, daß Harry von jemandem zurechtgewiesen wird. Du besitzt sowohl Intellekt als auch Schönheit, und Harry ist der Überzeugung, daß diese beiden Eigenschaften in einer Frau nicht miteinander vereinbar sind.«

»Das ist doch absurd. Was ist mit dir? Du bist schön, und ich weiß zufällig, wie intelligent du bist.«

»Ich bin Harrys Schwester, und daher zähle ich nicht. Mich muß er so oder so mögen.« Sie warf wieder einen Blick auf ihre Mutter. »Ich muß jetzt gehen. Ich werde Harry sagen, daß er sich morgen mittag um eins bei dir zu Hause mit mir treffen soll ... falls es dir recht ist.«

»Ein Uhr paßt mir gut«, sagte Elizabeth und bemühte sich, eine gewisse Begeisterung in ihre Stimme einfließen zu lassen. In Wahrheit wurde sie nur von ihrer Rücksicht auf Gennys Gefühle daran gehindert zu sagen, sie könnte morgen nicht mit ihr in den Park kommen. Nachdem sie sich Gennys ausführlichen Bericht über ihren Bruder angehört hatte, hatte Elizabeth nicht das geringste Interesse daran, den übermäßig gutaussehenden Harry Beecham kennenzulernen, der unterdurchschnittliche Leistungen erbrachte und eine bei weitem zu hohe Meinung von sich selbst hatte.

Am nächsten Tag saß Elizabeth im Salon am Klavier, als Mrs. Potter ihr einen Brief brachte, der gerade von ihrem Großvater eingetroffen war. Sie unterbrach ihr Spiel und riß den Umschlag auf. Eilig überflog sie die Seiten und lächelte, als sie gegen Ende des Briefes las: *Obwohl du dich nicht danach erkundigt hast, dachte ich, du würdest vielleicht gern erfahren, daß Tavis Mackinnon immer noch so frei wie die atlantische Brise ist und häufig in Begleitung einer ganzen Reihe verschiedener Frauen aus der Gegend gesehen wird.*

Elizabeth ließ die Hände und den Brief auf ihren Schoß sinken, schloß die Augen und stieß einen Seufzer der Erleichterung aus. Wenn man Tavis in Begleitung einer ganzen *Reihe* von Frauen aus der Gegend sah, dann hieß das, daß er seine Aufmerksamkeit nicht einer bestimmten Frau zugewandt hatte. Was Frauen betraf, so konnten ihr viele von ihnen nicht gefährlich werden. Wenn Tavis sein Augenmerk auf eine ganz bestimmte Frau richtete, die er allen anderen vorzog ... dann war der Zeitpunkt gekommen, um sich Sorgen zu machen. Als sie spürte, wie ihr Herz einen Freudensprung machte, las sie den Brief ihres Großvaters noch einmal gründlicher und merkte nicht, daß sie dabei beobachtet wurde.

Harry Beecham war von Peterby ins Wohnzimmer geführt worden. »Wenn Sie hier warten würden, werde ich Mrs. Brewster über Ihr Eintreffen informieren.«

Sowie Peterby gegangen war, begann Harry, im Zimmer umherzulaufen. Als er zum dritten Mal an der offenen Tür vorbeikam, schaute er auf, und sein Blick fiel auf eine sehr anziehende junge Frau in dem Zimmer auf der anderen Seite der Eingangshalle. Im nächsten Moment stand er in der Tür zum Salon, und sein geschulter Blick glitt ungehindert über die hübsche junge Frau mit dem blonden Haar, die in den Brief vertieft war, den sie gerade las. Der Hintergrund und der Anblick, den sie bot, hätten nicht besser gewählt sein können, wenn sie für ein Gemälde Modell gesessen hätte.

Harry räusperte sich und trat ein. »Ich bin eine halbe Stunde zu spät. Ich hoffe, Sie haben nicht seit ein Uhr in dieser Pose verharrt.«

Der Klang seiner Stimme schreckte sie auf, und Elizabeth preßte sich augenblicklich den Brief an den Busen, während sie den Kopf herumriß. Sie sprang eilig auf, während sie den Mann ansah, der lässig im Türrahmen lehnte und sie auf eine äußerst unverschämte Art mit seinen Blicken taxierte. Sie schaute ihm über die Schulter und sagte: »Wo ist Genny?«

Er stieß sich von dem Türrahmen ab und kam näher. »Jetzt kommen Sie schon, lassen Sie das sein. Mir brauchen Sie nichts vorzumachen. Ich habe weiß Gott gelernt, es zu durchschauen, wenn man mich in eine Falle lockt. Meine Schwester ist schon immer dafür berüchtigt gewesen, daß sie sich alles mögliche hat einfallen lassen, um mich mit einer ihrer Freundinnen zu verkuppeln. Verstehen Sie, ich habe keinen Moment lang damit gerechnet, Genny um ein Uhr hier vorzufinden. Ich habe auch nicht erwartet, daß sie überhaupt hier auftaucht. Deshalb habe ich mich vorsätzlich verspätet.«

Elizabeths erster Gedanke war der, daß Genny sich viel zu wohlwollend über ihn geäußert hatte. *Arrogant* war ein zu milder Ausdruck für diesen jungen Mann, fand sie, doch sie war immer noch derart verblüfft über die Worte, die er von sich gegeben hatte, daß ihr nichts einfiel, was sie zu ihrer Verteidigung hätte vorbringen können. Ihrer Meinung nach war es wahrscheinlicher, daß Frauen angesichts seiner dreisten Selbstüberschätzung in Ohnmacht fielen und nicht etwa angesichts seines guten Aussehens, wie Genny es ihr berichtet hatte.

»Gestatten Sie, daß ich mich vorstelle«, sagte er mit einer sarkastischen Verbeugung. »Ich bin …«

»Harry Beecham, Genevièves *erlauchter* Bruder«, sagte Elizabeth.

Ein Ausdruck des Erstaunens breitete sich auf Harrys Gesicht aus. »Erlaucht«, wiederholte er, als grübelte er darüber nach. Sein Blick glitt über sie, und er sah sie wesentlich länger an als beim vorhergehenden Mal, als hielte er nach etwas Ausschau, was er auf den ersten Blick übersehen hatte. Sein Gesicht hellte sich auf, und ein Lächeln breitete sich langsam aus und zog seine Mundwinkel nach oben. »Damit hätte ich rechnen müssen«, sagte er. »Ich hatte es schon fast wieder vergessen. Genny hat gesagt, sie hätte Ihnen von mir erzählt und Sie hätten mich als … was war das schnell noch mal, als was Sie mich bezeichnet haben? Offensiv?«

»Das kann ich unmöglich gesagt haben. Ich wußte nicht, daß Sie es sind ... zu jenem Zeitpunkt noch nicht.«

Offensichtlich verblüffte ihre schneidende Bemerkung Harry, doch er gewann schnell wieder die Fassung. Im einen Moment sah er sie noch finster an, doch schon im nächsten warf er den Kopf in den Nacken und lachte herzlich.

»Dieses Lachen habe ich doch gleich wiedererkannt«, sagte Genny, die gerade gemeinsam mit Tante Phoebe den Raum betrat. »Es tut mir leid, daß ich mich verspätet habe. Ich hatte eine fürchterliche Sitzung bei der Schneiderin, und dann ist meine Kutsche auf der Washington Street von einem Wagen, dessen Gespann durchgegangen ist, buchstäblich umgepflügt worden. Ich mußte eine Mietsdroschke nehmen, die mich herbringt. Die Kutsche ist vollständig zersplittert. Vater wird fuchsteufelswild werden, wenn er den Schaden sieht.«

»Vor lauter Freude darüber, daß dir nichts passiert ist, wird er wahrscheinlich kein Wort sagen«, sagte Phoebe und tätschelte Gennys Hand. »Ich habe eine Einladung zum Tee und mache mich jetzt gleich auf den Weg, weil ich nicht zu spät kommen möchte. Ich wünsche euch jungen Leuten einen schönen Nachmittag.«

Elizabeths Blick heftete sich auf Harry, und zum ersten Mal fiel ihr auf, wie der Schein der Lampe seinem weizenblonden Haar einen goldenen Schimmer verlieh, der dem Farbton seiner Augen entsprach. »Den werden wir ganz bestimmt haben«, sagte sie, ohne Harry auch nur einen Moment lang aus den Augen zu lassen oder die Lider zu senken. Dann fügte sie mit leiserer Stimme hinzu: »Das heißt, falls diese Einladung nicht zu offensiv ist.«

Harry lachte und ging durch den Salon auf Elizabeth zu. Er reichte ihr den Arm, zeigte sich ihr von seiner charmanten Seite, schenkte ihr ein betörendes Lächeln und legte vollendete Manieren an den Tag. »Offensiv oder nicht, aber ich würde mir für nichts auf Erden die Gelegenheit entgehen lassen, neben Ihnen in einem kleinen Einspänner zu sitzen«, sagte er.

Als sie das Zimmer verließen, überlegte sich Elizabeth, daß Harry

Beecham fast so schön wie die Sünde war und daß seine Arroganz durch seinen Charme beträchtlich gemildert wurde. Er war groß und schlank, und sein Körper bewegte sich mit einer Anmut, die ins Auge stach. Seine Augen waren warm und keine Spur weniger sinnlich als sein Mund – und in beiden drückten sich deutliche Anzeichen von Humor aus. Sein Gesicht gehörte zu der Sorte, die auf andere freundlich, aber nicht allzu zugänglich wirkte. Er war ein Draufgänger und ein Charmeur, und sie mochte ihn von Anfang an. Wenn ihr Herz nicht bereits einem anderen gehört hätte, wäre es ihr ein leichtes gewesen, sich in Harry Beecham zu verlieben.

Kurze Zeit, nachdem Elizabeth Harry Beecham kennenlernt hatte, bekam Tante Phoebe einen Schlaganfall, und von dem Moment an verordnete der Doktor Phoebe für den größten Teil des Tages Bettruhe. Phoebe wurde immer blasser und sie konnte den rechten Arm nicht mehr gebrauchen. Der Appetit war ihr so gut wie gänzlich abhanden gekommen, doch ihr Verstand war noch so klar wie eh und je.

Als Liza sich das erste Mal nach dem Schlaganfall auf Zehenspitzen in ihr Zimmer schlich, sagte Phoebe: »Du brauchst dich nicht mit einem so langen Gesicht in mein Zimmer zu schleichen. Ich habe einen Schlaganfall gehabt. Ich bin nicht tot ... und ich habe auch vor, noch viele Jahre am Leben zu bleiben.«

Trotz Phoebes schlechter gesundheitlicher Verfassung und Lizas Sorge um diese Frau, die sie inzwischen wie eine Mutter liebte, schloß Elizabeth die Schule ab – in erster Linie deshalb, weil ihre Tante Phoebe es nicht duldete, daß sie auch nur mit dem Gedanken spielte, von der Schule abzugehen. »Als ob es mir plötzlich besser ginge, wenn du nicht mehr zur Schule gingest«, sagte Phoebe eines Tages beim Tee. »Ich sage es dir gleich, Elizabeth. Nichts würde mich glücklicher machen als zu sehen, wie du die Schule als Klassenbeste abschließt «, sagte sie und schlug ihren Löffel seitlich gegen die Teetasse, um ihre Worte zu unterstreichen. Das Pochen und die Anwesenheit von Elizabeth im Raum war schlichtweg zuviel für Robin und Tuck, die von dem Sofa sprangen und sich hinter den Damastdraperien versteckten. Elizabeth fiel auf, daß die Vorhänge exakt den Farbton des maulbeerfarbenen Kleides ihrer Tante hatten. Sie lehnte sich zurück und schaute ihre Tante an, blickte auf die riesige Brosche, die auf dem dichten eierschalfarbenen Spitzenkragen steckte, die Diamanten, Smaragde und Rubine, die an ihren immer noch schönen Händen funkelten. Trotz ihrer Krankheit und der unbrauchbaren rechten Hand war Tante Phoebe immer noch eine beeindruckende Frau, furchteinflößend, imposant und von einer sprühenden Vitalität, die ihr eine gebieterische Ausstrahlung verlieh.

»Was ist? Was sagst du dazu? Wirst du so dumm sein, deine Studien abzubrechen, oder wirst du tun, worum ich dich bitte?« sagte Phoebe schließlich. »Hast du je daran gezweifelt? Schließlich hast du selbst gesagt, ich sei wie du, oder etwa nicht?« sagte Elizabeth, die ihre Teetasse abstellte und aufstand, um Tante Phoebe auf die Wange zu küssen, auf der ein paar steife Härchen wuchsen.

In den Wochen, die darauf folgten, erschien es Elizabeth, als verlöre ihre Tante einen Teil ihrer Frische. Ihr Gesicht war bleich und hatte die Farbe von Elfenbein angenommen, und die Adern auf ihren Händen traten deutlicher hervor. Elizabeth widmete sich mindestens zwei Stunden täglich ausschließlich Phoebe, und diese Zeit verbrachten sie gewöhnlich in ihrem Zimmer, das ihre Tante seltener und immer seltener verließ. Eines Tages kam Elizabeth früher als gewöhnlich zu ihr zu Besuch und fand Phoebe noch in ihrem Rüschennachthemd vor, wie sie im Bett saß, die Katzen auf dem Schoß hatte und sie abwechselnd mit der linken Hand streichelte.

Bei Elizabeths Eintreten sprangen die Katzen – die es immer, wenn sie in der Nähe war, vorzogen, sich unter dem Bett und nicht auf dem Bett aufzuhalten – auf den Fußboden und verschwanden unter den Fransen der Tagesdecke. Phoebe schaute ihnen nach. »Ich mache mir Sorgen um Robin und Tuck«, sagte Phoebe. »Darüber, was aus ihnen werden wird, wenn ich nicht mehr da bin.«

»Du weißt doch, daß ich für sie sorgen werde«, sagte Elizabeth.

Phoebe lächelte. »Ja, das weiß ich, aber das Problem besteht darin, daß sie sich nichts aus dir machen.«

»Das haben sie nie getan.«

Phoebe schnaubte. »Diese Katzen waren schon immer dumme Viecher.«

Elizabeth lachte. »Ich bedanke mich für dieses Kompliment.«

»Bitte, gern geschehen. Und was führt dich so früh schon zu mir? Erzähl mir bloß nicht, daß du einen neuen Stern entdeckt hast?«

Elizabeth lächelte. »Wenn das bloß wahr wäre, dann könnte ich so berühmt werden wie Maria Mitchell.«

»Wer ist Maria Mitchell? Der Name kommt mir bekannt vor, aber ich kann mich nicht erinnern, woher.«

»Das ist die Frau aus Nantucket, von der ich dir erzählt habe. Diejenige, die damals, im Jahr siebenundvierzig, einen neuen Kometen entdeckt hat.«

»Ah, jetzt erinnere ich mich wieder. Wenn es also nicht die Entdeckung eines neuen Sterns ist, die dich zu mir führt, was ist es dann?«

»Ich wollte dir sagen, daß ich mit Genny nach Faneuil Hall gehe, zum Quincy Markt.«

Phoebe zog die Augenbrauen hoch. »Nur mit Genny?«

Elizabeth lächelte. »Harry kommt später nach ... um uns zum Blackstone Square zu bringen. Bürgermeister Rice hält um vier Uhr eine Rede.«

»Bürgermeister Rice war schon immer ein großer Redner. Worum geht es dieses Mal? Klagen sie immer noch über die Iren? Mrs. Potter hat erwähnt, daß viele Klagen über die keltische Heuschreckenplage laut geworden sind, die über das alte Nordend hereingebrochen ist.« Sie schüttelte den Kopf. »Es ist zwecklos, sich darüber aufzuregen. Ebenso wie die Armen, werden wir auch die Iren immer unter uns haben.«

»Ich weiß nicht, worüber er sprechen wird; Harry hat lediglich gesagt, daß Bürgermeister Rice eine Rede halten wird.«

Elizabeth erkannte deutlich, daß ihr Besuch und ihre Erwähnung des Bürgermeisters das Interesse ihrer Tante daran, was sich um sie herum tat, hatte aufleben lassen, und aufflackerndes Interesse am Weltgeschehen schien Phoebe immer neue Kraft und Vitalität einzuflößen.

In der letzten Zeit hatte Phoebe Gewicht verloren. Sie hatte öfter als bisher Mahlzeiten zu sich genommen, aber weniger gegessen. Sie war in ihren Eßgewohnheiten nachlässig geworden, und der Umstand, daß sie ihr Essen nicht ordentlich kauen konnte, erbitterte sie. Oft warf sie den Löffel in die Suppe, stieß die Schale von sich und murrte: »Ich kriege ja doch bloß noch Suppe, Kartoffeln, Apfelsauce und Bratensaft vorgesetzt. Kein Wunder, daß mir die Ringe von den Fingern fallen.« Sie zog die Ringe von ihrer rechten Hand und sagte: »Von der anderen Hand wirst du sie mir ziehen müssen.«

Elizabeth nahm Phoebes linke Hand und zog ihr die drei Ringe von den Fingern. Ehe sie Phoebe fragen konnte, wo sie sie verstauen sollte, sagte ihre Tante: »Und jetzt bring mir meinen Schmuckkasten und hol den Schlüssel. Er liegt in dem Schächtelchen mit den Intarsienarbeiten auf dem Tisch neben meinem Stuhl.«

Elizabeth brachte ihr den Schmuckkasten und den Schlüssel. Phoebe wies sie an, ihren Schmuckkasten aufzuschließen. Ihre Tante ließ die Ringe in ein Fach der Kassette fallen und schloß dann den Deckel. »Nimm das an dich«, sagte sie und wedelte mit der Hand durch die Luft. »Ich habe jetzt keine Verwendung mehr für solche Dinge.«

Elizabeth trug den Schmuckkasten zur Kommode. »Nein, nicht dorthin«, schrie Phoebe. »Bring ihn fort ... in dein Zimmer. Ich möchte, daß du meinen Schmuck bekommst.«

»Oh, das könnte ich niemals annehmen.«

»Ich wüßte gern, warum nicht. Ich möchte, daß diese Dinge dir gehören, ehe ich sterbe ... oder mein Gedächtnis mich im Stich läßt. Ich werde dich niemals verstehen, Elizabeth. Du bist so freigiebig wie kaum ein anderer Mensch und dabei noch so liebevoll, aber wehe dem, der versucht, dir etwas zu geben ... das ist schlimmer als Zähneziehen. Es ist eine ebenso große Kunst, Geschenke anzunehmen, wie es Geschick erfordert, Geschenke zu machen. Und jetzt bring mich nicht um den Genuß, dir diese Dinge zu schenken. Und außerdem würden sie sich an meinen Katzen lächerlich ausnehmen.«

Elizabeth stand da, sah ihre Tante stumm an und wußte beim besten Willen nicht, was sie hätte sagen sollen.

Phoebe ließ den Kopf auf die Kissen sinken. »Es ist sehr, sehr gut, daß du in mein Leben getreten bist«, sagte sie. »Jetzt kann ich in Frieden ruhen, denn ich weiß, daß du dieses Haus und seine gesamte Einrichtung ebensosehr lieben wirst, wie ich es geliebt habe ...« Sie hob den Kopf, zwinkerte Elizabeth zu und sagte: »Mit Ausnahme dieser verflixten Katzen.« Sie legte den Kopf zurück und schloß die Augen. »Was soll ich bloß mit diesen Katzen anfangen? Pah! Möglicherweise muß ich mein Ableben noch ein wenig hinauszögern, wenn mir dazu nichts einfällt.«

Elizabeth stand lange Zeit mit dem Schmuckkasten unter dem Arm da und betrachtete die schlafende Phoebe. Schließlich wandte sie sich ab und öffnete leise die Tür, und als sie sie gerade hinter sich schloß, fiel ihr auf, daß Robin und Tuck wieder auf Phoebes Schoß lagen und sich nicht die geringsten Sorgen um ihre Zukunft machten.

Aufgrund ihrer schlechten gesundheitlichen Verfassung konnte Phoebe Elizabeths Abschlußfeier nicht besuchen, doch in dem Moment, in dem sie vorüber war, eilte Elizabeth nach Hause. Sie ließ Harry in der Kutsche warten, bedankte sich bei ihm dafür, daß er sie hergefahren hatte, und eilte durch die Tür. Als sie gerade die Stufen hinauflief, fiel ihr Blick auf Mrs. Potter.

»Oh, Mrs. Potter«, rief sie. »Ich habe meinen Abschluß gemacht. Sehen Sie nur. Ich habe ein Diplom.« Elizabeth lief hinter ihr die Treppe hinauf. »Ist Tante Phoebe in ihrem Zimmer?«

Mrs. Potter drehte sich um und legte Elizabeth eine Hand auf den Arm. »Es tut mir unendlich leid, meine Liebe, aber ich fürchte, ich habe entsetzlich schlechte Neuigkeiten für Sie. Ihre Tante hat heute morgen einen weiteren Schlaganfall gehabt. Dr. Worthington ist gerade erst gegangen.«

Elizabeths Herz hämmerte in ihrer Brust. Ihr Gesicht wurde bleich. Als sie ausschließlich etwas sagte, war ihre Stimme leise und zitterte. »Geht es ihr wieder gut? Was hat Dr. Worthington gesagt?«

Mrs. Potters Augen füllten sich mit Tränen, und sie schüttelte den Kopf.

Elizabeth spürte, daß sich ihre Kehle zuschnürte und auch hinter ihren Augen Tränen brannten. »Sie wird doch wieder gesund werden, nicht wahr?«

Mrs. Potter legte einen Arm um Elizabeth. »Meine Liebe, es tut mir so leid, daß ich diejenige bin, die es Ihnen beibringt. Ihre rechte Körperhälfte ist jetzt vollständig gelähmt, die gute arme Seele. Der Arzt glaubt nicht, daß sie jemals wieder laufen kann. Gott sei gepriesen, daß sie das Sprechvermögen nicht vollständig verloren hat.« Mrs. Potter wischte sich mit einem Zipfel ihrer Schürze die Augen trocken. »Dr. Worthington hat ihr etwas gegeben, was ihr beim Einschlafen helfen soll. Er hat gesagt, es sei besser, wenn Sie Ihre Tante im Moment nicht stören würden ... die Aufregung und all das könnte ihr schaden.«

Die Tränen in Elizabeths Augen kullerten auf ihr Kleid, und sie spürte, daß sie auf die Treppe sank. »Mir ist ja so entsetzlich zumute«, schluchzte sie. »Ich habe die ganze Zeit gelacht und so viel Spaß gehabt, und währenddessen hat Tante Phoebe gelitten. Das werde ich mir nie verzeihen. Niemals. Niemals in meinem ganzen Leben.«

»Aber, aber, so was dürfen Sie nicht sagen. Was meinen Sie wohl, was Ihre Tante sagen würde, wenn sie einen solchen Unsinn hören würde? Sie wissen doch, daß Ihre Tante Phoebe es keinen Moment lang dulden würde, Sie mit einem so traurigen Gesicht zu sehen. So ist es doch, oder etwa nicht?«

Elizabeth wischte sich mit dem Handrücken die Tränen aus dem Gesicht. »Ja, ich vermute, Sie haben recht.«

Mrs. Potter sagte nichts dazu, sondern schaute über Elizabeths Kopf hinweg. Als Elizabeth aufblickte, sah sie Harry in der Haustür stehen.

»Du hast es gehört?« fragte Elizabeth.

Harry nickte. »Ich habe es gehört«, sagte er leise, und dann trat er einen Schritt näher und fragte: »Kann ich irgend etwas tun?«

Elizabeth stand auf. »Nein, ich …«

»Oh, doch, Sie können etwas tun«, sagte Mrs. Potter. »Ihr beide könnt augenblicklich Euer Leben ganz genauso weiterleben, wie Ihr es bisher getan habt – denn genau das würde Ihre Tante Phoebe Ihnen sagen, wenn sie jetzt hier stünde.« Mit einem schnellen Blick auf Harry sagte sie: »Und warum sind Sie nicht längst schon wieder mit Ihrem netten jungen Begleiter unterwegs?«

»Oh, nein, das könnte ich niemals tun«, sagte Elizabeth und wandte sich zu Harry um. Sie legte ihm flehentlich eine Hand auf den Arm. »Versteh das, bitte, Harry. Ich kann nicht mitkommen. Nicht jetzt.«

»Das verstehe ich. Falls es irgend etwas gibt, was ich tun kann, wirst du mir dann Bescheid geben?«

»Ja, du weißt doch, daß ich das tun werde.«

»Ich werde morgen vorbeischauen und nachsehen, wie es dir geht, wenn es dir recht ist.«

»Oh, Harry«, sagte Elizabeth und drückte seinen Arm. »Du bist ja ein so lieber Mensch. Was täte ich bloß ohne dich?«

Harry lächelte und gab ihr einen leichten Klaps unter das Kinn. »Ich hoffe, das ist etwas, was du niemals herausfinden wirst«, sagte er, und dann wurde sein Gesichtsausdruck ernst. »Ich würde dir gern mehr bedeuten und in deinen Augen mehr als nur ein lieber Mensch sein. Das weißt du doch, oder etwa nicht, Elizabeth?«

»Ja, ich weiß es, und es tut mir leid, Harry. Es tut mir wirklich leid.«

Der Glanz in seinen Augen erlosch. »Wir sehen uns dann morgen«, sagte er und küßte sie zart auf die Stirn.

Im Lauf der nächsten Tage verschlechterte sich Phoebes Verfassung noch, und obwohl Elizabeth geplant hatte, nach ihrem Schulabschluß nach Nantucket zurückzukehren, weigerte sie sich jetzt, ihre Tante zu verlassen – ganz gleich, wie oft Tante Phoebe ihr auch sagte, sie solle ihr Leben weiterführen. Beide wußten, daß das für sie hieß, nach Nantucket zurückzugehen.

Tante Phoebe las, als Elizabeth eintrat. »Ich habe mir von Mrs. Potter ein Buch bringen lassen. Ich wollte versuchen, etwas zu lesen, aber ich sehe einfach zu schlecht. Ich kann die Worte nicht erkennen. Vielleicht liegt es noch nicht einmal an den Augen. Zumindest scheinen sie die Worte wahrzunehmen. Vielleicht liegt es an meinem dummen alten Kopf, der nicht weiß, was, zum Teufel, er aus diesen Worten machen soll, sowie sie einmal da sind. Ich sage es dir, Elizabeth, das Alter kommt wahrhaft zu einem ungünstigen Zeitpunkt; obwohl ich vermute, wenn man lange genug lebt, wird man verehrt, fast so wie die Freiheitsglocke.«

Elizabeth schüttelte die Kissen hinter Phoebes Kopf auf und nahm ihr dann behutsam das Buch aus der Hand. »Deinem Verstand fehlt nichts. Und du brauchst ohnehin nicht selbst zu lesen – jedenfalls nicht, wenn ich da bin und dir vorlesen kann.«

Phoebe sah ihr fest ins Gesicht. »Es sind nicht nur die Augen. Das Problem liegt noch nicht einmal nur darin, daß ich nicht mehr laufen kann. Der nächste Schlaganfall könnte mir den Rest geben, und wenn nicht, dann sorgt er wahrscheinlich dafür, daß ich hinterher nicht mehr reden kann. Es gibt so viele Dinge, von denen ich möchte, daß du sie weißt, und ich habe das Gefühl, jetzt ist der rechte Zeitpunkt gekommen, um sie dir zu sagen ... solange ich noch dazu in der Lage bin.«

»Rede nicht solches Zeug. Dr. Worthington sagt, daß du dich gut machst.«

Phoebe ignorierte sie und redete sich weiterhin von der Seele, was sie los werden wollte. »Ich habe mich heute mit meinen Anwälten zusammengesetzt. Ich will, daß du dieses Haus und alles andere bekommst, was ich hinterlassen werde, wenn ich sterbe. Schau mich bloß nicht so an. Der Tod ist eine absolut natürliche Angelegenheit, und mir macht es gar nichts aus, dir zu sagen, daß ich ein klein wenig neugierig darauf bin, wie es da drüben wohl sein mag, auf der anderen Seite.« Sie wies mit einer Kopfbewegung auf ihre Kommode. »Diese Papiere, die dort auf meiner Kommode liegen, sind für dich bestimmt. Es sind Zertifikate über Anteile an der Boston und Albany Eisenbahngesellschaft, an der Handelsmarine und der Feuerschutzversicherung. Meine Sparbücher von der Washington National Bank sind dabei, aber auch eine Liste all meiner Aktien, die von Thatcher und Dewberry verwaltet werden, meinen Börsenmaklern. Ich besitze ein paar Anteile an der Union Bank, Aktien von der Suffolk Glasmanufaktur und einen winzig kleinen Anteil der Riverside Presse. Das wird alles auf dich überschrieben.«

»Ich will es nicht haben.«

»Unsinn, Kind. Ich will, daß es alles an dich fällt. Wem sollte ich es denn sonst hinterlassen? Etwa dem Pferd, das meine Kutsche zieht?«

Elizabeth lächelte, doch ihr Lächeln verflog schnell wieder, als Phoebe sagte: »Ich finde, es ist an der Zeit, daß du nach Nantucket zurückkehrst. Du hast die Schule hier schon lange abgeschlossen. Es besteht keinerlei Grund mehr dafür, daß du noch länger hier bleibst.«

»Ich werde nicht von hier fortgehen.«

»So hatten wir es doch von Anfang an geplant ... daß du nach deinem Schulabschluß wieder zurückgehst.«

»Es ist lange her, daß wir es so abgemacht haben. Inzwischen habe ich es mir anders überlegt.«

»Aber deine Familie ...«

»*Du* bist jetzt meine Familie.«

»Ich bin nicht in der Verfassung, dir oder auch nur irgend jemandem eine Familie zu sein«, sagte Phoebe. »Es ist nicht richtig, daß ein so junger und gescheiter Mensch wie du seine besten Jahre darauf vergeudet, für ein altes Relikt wie mich zu sorgen.«

Elizabeth wollte etwas sagen, aber Phoebe schnitt ihr schon vorher das Wort ab. »Ich bin müde. Ich möchte mich jetzt ein wenig ausruhen. Du wirst diese Papiere an dich nehmen. Ich möchte, daß du einen Blick hineinwirfst. Versprich mir, daß du sie an einem sicheren Ort aufbewahren wirst. Versprich es mir.«

»Ich verspreche es dir.«

Phoebe tätschelte ihre Hand. »Du bist ein braves Mädchen«, sagte sie und schloß die Augen.

Elizabeth ging nach oben in ihr Schlafzimmer. Sie legte die Papiere auf ihren Schreibtisch und setzte sich auf den Hocker am Fenster. Sie machte sich gar nicht erst die Mühe, die Lampe anzuzünden, da sie es vorzog, im Dunkeln zu sitzen, das es ihr erlaubte, mit ihren Tränen und mit ihrer Traurigkeit allein zu sein, als könnte es ihr dabei helfen, die erdrückende Last auf ihrem Herzen zu begreifen. Sie schaute in die Dunkelheit hinaus und sah die Sterne an, die vor dem schwarzen Hintergrund der samtigen Nacht funkelten. Gewohnheitsmäßig glitt ihr Blick von einem Sternbild zum anderen, doch ihre Gedanken weilten bei ganz anderen Dingen.

Sie hatte sich Tante Phoebe immer als einen Teil ihrer Zukunft vorgestellt, in der alles verheißungsvoll rosa gefärbt war. Wie anders die Dinge jetzt doch aussahen. Elizabeth fühlte sich, als sei sie hundert Jahre alt. Wie fern der helle Lichtschein des Leuchtturms ihres Großvaters doch zu sein schien. In ihrem Herzen sehnte sie sich danach, nach Nantucket zurückzukehren, die sandigen Gestade ihrer Heimat wiederzusehen, im Leuchtturm zu sitzen und mit ihrem Großvater auf die Sterne hinauszuschauen. Aber sie hatte hier ihre Pflicht zu erfüllen, und sie wußte, daß sie sich davor nicht drücken konnte, selbst dann nicht, wenn es hieß, daß sie das Einzige verlieren würde, was sie schon immer geliebt hatte, nämlich Tavis. Als ihr Entschluß feststand, zog sie sich aus und schlüpfte im Dunkeln in ihr Nachthemd.

Als Mrs. Potter kam, um sie zum Abendessen zu rufen, fand sie Elizabeth im Tiefschlaf vor. Das Mädchen wirkte so erschöpft, daß sie es einfach nicht übers Herz brachte, sie zu wecken. Als Mrs. Potter wieder nach unten ging, sagte sie zu Peterby: »Das arme Lämmchen macht den Eindruck, als hätte es den Schlaf nötiger als das Essen.«

Am nächsten Nachmittag betrat Elizabeth Phoebes Zimmer und kündigte an: »Ich werde nicht nach Hause gehen.«

»Du darfst dich nicht für mich aufopfern. Das lasse ich nicht zu.«

»Und ich werde nicht zulassen, daß du mich von hier vertreibst. Ich habe gestern abend beschlossen, daß ich so lange hierbleiben werde, wie ich es für nötig halte. Ich habe deine Papiere durchgesehen. Ich habe hier jede Menge zu tun. Heute morgen habe ich mich mit Mr. Thornton getroffen, deinem Börsenmakler. Offen gestanden, Tante Phoebe, um deine Finanzen ist es chaotisch bestellt. Mr. Thornton hat gesagt, du hättest nicht mit den Dingen Schritt gehalten, wie du es früher immer getan hast, und es gibt zahlreiche Aktien, aber auch andere Dinge, die man schon vor einer ganzen Weile hätte losschlagen sollen. Ich habe morgen wieder einen Termin mit ihm. Er hat mir etliche Unterlagen gegeben, die ich mir bis dahin ansehen soll. Alles in allem finde ich die Geschäftswelt ziemlich faszinierend ... und zwar in einem Maß, daß ich fast wünschte, ich wäre als Junge geboren worden.«

»Du besitzt Geschäftssinn. Das habe ich dir schon immer gesagt. Den haben die Brewster-Frauen schon immer gehabt. Man braucht Geisteskraft, um auf der Welt zurechtzukommen. Unseligerweise bekommen wir Frauen den Geist mit auf den Weg, aber die gesamte Kraft wird den Männern zugestanden. Welch eine Vergeudung. Das ist einer der Gründe dafür, daß ich mich nicht wieder verheiratet habe, nachdem Charles gestorben ist. Ich sage es dir, Elizabeth, es gibt nichts Jämmerlicheres auf der Welt als eine Frau, die glaubt, sie bräuchte einen Mann, der für sie sorgt und sie zu einem Ganzen macht. Solange du ein paar Aktien und eine kleine Bargeldreserve hast, auf die du zurückgreifen kannst, ob du nun verheiratet bist oder nicht, wirst du dein Leben immer selbst in der Hand haben, und du wirst dich immer über Wasser halten können. Behalte dieses Haus und wenigstens einen Teil dieser Aktien. Mach nicht alles flüssig, sowie ich nicht mehr da bin. Solange du dieses Haus hast, wirst du immer einen Ort haben, an den du gehen kannst, und solange du Geld hast, kannst du für dich selbst sorgen. Merk dir das gut.«

»Ich werde es mir merken, wenn du dir merkst, daß ich nicht von hier fortgehe.«

»Ich werde es mir merken, aber das heißt noch lange nicht, daß es mir paßt. Und jetzt such Mrs. Potter und sag ihr, sie soll mein schwarzes Kaschmirkleid rauslegen. Und dann geh zu Peterby und sag ihm, daß ich zum Abendessen nach unten gebracht werden möchte. Wenn ich nicht aus diesem Bett rauskomme, werden mir noch Kletten auf dem Hinterteil wachsen. Es ist jetzt schon breitgelegen wie ein Pfannkuchen.«

Harry ging weiterhin in Elizabeths Leben ein und aus. Er schloß seine Studien in Cambridge ab und kam dann nach Boston zurück, um in Harvard Jura zu studieren. Ihr Vater und ihr Großvater kamen mehrfach zu Besuch, und zu dem einen oder anderen Zeitpunkt sah Elizabeth all ihre sechs Brüder und ihre beiden Schwestern, aber sie ging nie nach Nantucket zurück.

In dem Jahr, in dem Elizabeth dreiundzwanzig wurde, machte Harry in Harvard seinen Abschluß. Das war auch das Jahr, in dem Phoebe ihren dritten Schlaganfall hatte, der sie, wie schon die beiden vorhergegangenen, etwas einbüßen ließ. Diesmal war es das Sprechvermögen. Harry lehnte ein glänzendes Angebot von einer bekannten New Yorker Kanzlei ab und nahm eine Stellung in der Kanzlei seines Onkels in Boston an, und Elizabeth wußte, daß er es tat, um in ihrer Nähe sein zu können. In der letzten Zeit verstärkte sich sein Interesse an ihr immer mehr.

Kurz vor Weihnachten besuchte sie eine kleine Party bei den Howells. Harry erwartete sie bei ihrem Eintreffen. »Ich dachte schon, du kämest gar nicht mehr«, sagte er, nachdem er eilig durch den Raum auf sie zugekommen war und ihr einen Kuß auf die Wange gedrückt hatte. Er nahm ihr den Umhang und die Handschuhe ab und reichte sie dem Butler. »Was hat dich so lange aufgehalten?«

»Ich habe Tante Phoebe aus der Zeitung vorgelesen, bis sie eingeschlafen ist.«

Er nahm ihren Arm, führte sie in die Bibliothek und schloß die Tür. »Harry, ich finde es nicht richtig, daß du mich hierher bringst. Ich hatte noch gar keine Gelegenheit, mit den Howells zu reden, und es macht keinen guten Eindruck, daß wir hier miteinander allein sind. Was sollen die Leute denken?«

»Sie werden dich alle so bezaubernd finden, wie ich dich finde«, sagte er und zog sie in seine Arme.

Elizabeth schaute in sein Gesicht auf, das ihr so lieb wie die ihrer Brüder geworden war, und dann löste sie sich von ihm. »Harry ... bitte.«

Er ließ sie los. »Also, gut, aber laß dir wenigstens einen Moment Zeit mit mir. Ich möchte mit dir reden, und dazu wird sich mir keine Gelegenheit mehr bieten, wenn du das Wohnzimmer erst einmal betrittst.«

»Worüber willst du mit mir reden?«

»Über dich ... und mich. Deine Tante erwartet nicht von dir, daß du ihr dein ganzes Leben widmest.«

»Ich weiß, daß sie das nicht tut. Tante Phoebes Erwartungen haben nichts damit zu tun.«

»Was denn?«

»Liebe. Zuneigung. Verständnis. Sie ist für mich dagewesen, als ich einen klugen und starken Menschen in meinem Leben gebraucht habe. Sie ist wie eine Mutter zu mir gewesen. Sie hat mir so viel gegeben. Aber das Wichtigste ist, daß *ich* es so haben will. Ich bin froh darüber, daß ich ihr auch ein klein wenig geben kann.«

»Meiner Einschätzung nach ist es keinesfalls ein klein wenig, ihr die Blüte deiner Jugend zu opfern.«

Elizabeth, die sich gar nicht erst bemühte, ihre Gereiztheit zu verbergen, sagte: »Es ist mein Leben, Harry. Ich werde es so leben, wie ich es für angemessen erachte. Du bist nicht mein Vater, und du bist auch nicht mein Ehemann.«

Er zog sie in die Arme. »Nein, aber ich wäre es gern. Heirate mich, Elizabeth. Du weißt, wie lange ich auf dich gewartet habe.«

Sie wich zurück. »Ich habe dich nie darum gebeten, auf mich zu warten, Harry. Ich habe dich nie auch nur im geringsten ermutigt.«

Ehe sie auch nur ahnen konnte, was er vorhatte, zog Harry sie wieder in die Arme, diesmal fester. Er riß sie an sich, und sein Mund neigte sich ihren Lippen entgegen. »Harry, ich …« Sein Mund schnitt ihr das Wort ab, und seine Lippen bewegten sich mit einer Ungezwungenheit, die von viel Übung zeugte. Harry wußte ganz entschieden, was er tat, denn er warb mit seinem Mund geschickt um sie, küßte sie, koste sie – tat all die Dinge, die ein Mann tut, um die Abwehr einer Frau zu schwächen. In Elizabeths Fall klappte das jedoch nicht.

O ja, sein Kuß war mit Sicherheit erregend gewesen, und er hatte ein Gefühl in ihr geweckt, das sie nicht mehr verspürt hatte, seit sie Tavis Mackinnon das letzte Mal angesehen hatte, und einen Moment lang gab sie sich diesen köstlichen Empfindungen beinah hin und erwiderte seinen Kuß mit all der Glut, die sie in ihrem Herzen fühlte. Aber gerade darin lag das Problem. Die Glut in ihrem Herzen gehörte bereits einem anderen. Es war einfach nichts davon für Harry übrig. Sie ließ den Kuß abreißen und trat einen Schritt zurück. »Dazu habe ich dir keine Erlaubnis gegeben.«

»Ein Mann, der um Erlaubnis bittet, ehe er eine begehrenswerte Frau küßt, wird laufend Enttäuschungen erleben. Mein Motto lautet: Erst küssen und hinterher Fragen stellen.«

»Du scheinst für alles ein Motto parat zu haben«, sagte sie. »Nur in deiner Gegenwart«, sagte er. Er küßte sie noch einmal, diesmal zärtlich, und dann stützte er sein Kinn auf ihr Haar. »Was kann ich tun, damit du erkennst, wie sehr ich dich mag? Wie kann ich dich dazu bringen, mich zu lieben?«

»O Harry, du könntest mich nie dazu bringen, daß ich dich liebe. Das bräuchtest du auch gar nicht erst zu tun. Ich liebe dich doch längst … als einen Freund.« Harry, charmant wie immer, schlug sich beide Hände auf das Herz und wankte durch die Gegend. »Diese Spitze bohrt sich in mein Herz«, sagte er. Dann richtete er sich wieder auf, und sein Gesicht nahm einen ernsteren Ausdruck an, als er sagte: »Du glaubst nicht, daß es mit uns beiden jemals etwas werden könnte, auch dann nicht, wenn du es versuchen würdest?«

»Harry …«, sagte sie und streckte eine Hand aus, um sie auf seinen Ärmel zu legen. »Glaubst du etwa, ich wüßte nicht, was für ein wunderbarer Mann du bist? Glaubst du etwa, ich würde dich nicht längst lieben, wenn ich es könnte? Aber ich kann es nicht. Ich kann mich schlicht und einfach nicht dazu zwingen zu lieben. Das kann kein Mensch.«

Er sah sie auf eine ganz seltsame und ungewohnte Art an. »Du hast mir nie gesagt, warum.«

»Weil ich bereits in einen anderen verliebt bin.«

Harry schaute sie betroffen an. »In einen anderen? Warum habe ich nie etwas von ihm gehört? Wer ist es? Wie heißt er?«

»Es ist niemand, den du kennen könntest. Es ist … es ist jemand, den ich schon seit langem kenne … Jemand in Nantucket.«

»Nantucket?« Er lachte fröhlich und streckte die Arme nach ihr aus, doch Elizabeth wich eilig einen Schritt zurück.

»Warum siehst du mich an, als wüßtest du etwas, was ich nicht weiß?«

Er lachte. »Weil ich etwas weiß, was du tatsächlich nicht weißt. Wer auch immer dieser Gauner sein mag, der dir das Herz geraubt hat – nun, sagen wir doch einfach, daß mir ein Hanswurst aus Nantucket, der sich in all den Jahren noch nicht einmal die Mühe gemacht hat, dich hier zu besuchen, kein fürchterliches Kopfzerbrechen bereitet.«

»Er ist kein Hanswurst, und ich habe mit keinem Wort gesagt, daß er mich liebt. Ich habe lediglich gesagt, daß ich in ihn verliebt bin.«

Als sie den Schimmer in seinen Augen bemerkte, wandte sich Elizabeth ab. »Oh, nein, das wirst du nicht tun«, sagte sie und verließ eilig den Raum, ehe Harry ihren Mund wieder für einen Kuß fordern konnte, der ihr die Knie weich werden ließ.

6.

Kurz nach dem Tod ihrer Tante Phoebe und ihrem vierundzwanzigsten Geburtstag kehrte Elizabeth nach Nantucket zurück. Was einst ein wildes und unbändiges junges Mädchen gewesen war, war jetzt eine feine Dame. Vieles hatte sich in Elizabeths Leben verändert, und viele ihrer früheren Verhaltensweisen hatte sie abgelegt, oder sie waren zumindest abgeschwächt. Aber eines war in den acht Jahren, die sie fort gewesen war, konstant geblieben. Die Tatsache, daß sie immer noch in Tavis Mackinnon verliebt war, hatte ihr wie der Strahl eines Leuchtturms von einer fernen Küste her den Weg gewiesen.

Es war nicht mehr die kindische, erbarmungswürdig unbeholfene Anbetung eines jungen Mädchens ohne Busen und mit noch weniger Taktgefühl, aber es war immer noch Liebe.

Zufällig ergab es sich so, daß am ersten Mai, wenige Tage nach ihrer Rückkehr eine große Tanzveranstaltung stattfand. Elizabeth, die sich das goldblonde Haar nach der neuesten Mode in Ringellöckchen hochgesteckt hatte, trug ein Kleid aus weißem Tüll, das mit goldenen Ähren bestickt war und von dem die Näherin in Boston behauptet hatte, es sei eine exakte Kopie der jüngsten Kreation von Worth in Paris.

Elizabeth war schon immer eine Schönheit gewesen, doch jetzt besaß sie die Ausstrahlung und den Stil, die vonnöten waren, um das Beste daraus zu machen. Ihre Jahre in Boston unter Tante Phoebes Anleitung, ihr erfolgreiches Debüt in der Bostoner Gesellschaft und, ja, sogar die Aufmerksamkeit, mit der Harry Beecham sie bedacht hatte, all das diente dazu, wenn es ihr schon nicht den Schmerz nahm, der ihre Vergangenheit getrübt hatte, dann doch ihre Zukunft so hell erstrahlen zu lassen, daß die schmerzliche Vergangenheit kaum noch zu spüren oder zu bemerken war.

Sie fühlte sich rundum genauso schön, wie sie es war, als sie mit ihrem Vater und ihrem Bruder Matt die Tanzveranstaltung besuchte.

Sie war so nervös wie ein Schulmädchen und fragte sich, ob Tavis Mackinnon wohl schon gehört hatte, daß sie wieder in der Stadt war.

Etwa zu dem Zeitpunkt, zu dem Elizabeth mit ihrem Vater und mit Matt eintraf, trank Tavis mit seinen Freunden Cole Cassidy und Nathaniel Starbuck ein Glas Punsch mit einem kräftigen Schuß Whisky. Ziemlich genau zu diesem Zeitpunkt stach ihm am anderen Ende des Raumes eine Brünette ins Auge.

»Also, das nenne ich eine wahre Schönheit«, sagte Tavis.

»Ja, das kann man wohl sagen«, stimmte Cole ihm zu. »Wer ist das?«

»Ich weiß es nicht, aber eines weiß ich ganz genau. Eine Frau wie die könnte ich bitten, mich zu heiraten«, sagte Tavis.

»Das könntest du zwar tun, aber ihre Familie würde Einwände dagegen erheben«, sagte Nathaniel, auf dessen Gesicht sich ein Grinsen ausbreitete.

»Ihre Familie?« fragte Tavis.

»Ihr Mann und ihre sechs Söhne.« Nathaniels Grinsen weitete sich zu schallendem Gelächter aus.

Sie verstummten, und jeder der Männer gestattete es sich, seine Aufmerksamkeit auf der nie endenden Suche nach einem neuen und schönen Gesicht durch den Saal schweifen zu lassen.

»Hallo, Nathaniel ... Cole ... Tavis«, sagte Mrs. Witherspoon, und als sie an den dreien vorbeiging, knirschte ihr Fischbeinkorsett.

»Mrs. Witherspoon«, sagten sie im Gleichklang und nickten ihr höflich zu.

Sowie sie vorübergegangen war, beugte sich Nathaniel vor und sagte: »Die Vorstellung, daß ein Wal dafür getötet worden ist, um diese Frau mit einem Korsett zu versorgen, ist eine Beleidigung für die Tierwelt.«

Die drei leerten ihre Gläser, lachten und machten sich wieder auf den Weg zur Punschschale. Wenn sie schon keine reizvollen neuen Aussichten auf sich zukommen sahen, dann konnten sie sich wenigstens betrinken.

»Mein Gott! Da wir gerade von Schönheiten gesprochen haben,

seht euch nur diesen Engel mit dem silberblonden Haar an«, sagte Cole und blieb abrupt stehen. »Dieses Mädchen beschämt jede andere Frau im ganzen Saal.«

Die drei starrten sie an. »Wer ist das?« fragte Nathaniel.

»Ich weiß es nicht, aber ich kann dir versichern, daß ich vorhabe, es herauszufinden. Meine Gebete sind erhört worden«, sagte Cole.

»Wann hast du je gebetet?« fragte Nathaniel.

»In dem Moment, in dem ich sie das erste Mal gesehen habe«, sagte Cole.

Tavis kniff die Augen zusammen. Sie mochte ja schön sein. Sie mochte ja sieben oder acht Jahre fort gewesen sein. Sie mochte sich sogar verändert haben. Aber er wußte in dem Moment, in dem sie den Saal betrat, wer sie war.

»Das ist kein Engel«, sagte er mit seinem altbekannten Zynismus. »Das ist eine Hexe, die sich als Engel maskiert.«

»Du kennst sie?« fragte Nathaniel.

»Ich kenne sie, und du kennst sie auch«, sagte Tavis. »Laß dich nicht von ihrer Schönheit einwickeln.«

»Jemanden, der so aussieht, sollte man nicht zu leichtfertig abtun.« Nathaniel ließ seine Blicke über die Schönheit in einer weißen Wolke von einem Kleid schweifen. »Ich würde mich sogar gern näher mit ihr auseinandersetzen, so nah wie möglich.«

»Mach mich mit ihr bekannt«, sagte Cole.

»Mich auch«, sagte Nathaniel.

»Ihr habt es nicht nötig, ihr vorgestellt zu werden. Ich habe es euch doch schon gesagt ... ihr kennt sie«, sagte Tavis. »Dieser *Engel,* wie ihr sie nennt, ist niemand anderes als Samuel Robinsons Tochter.« Mit einer tiefen spöttischen Verbeugung sagte er: »Meine Herren, darf ich euch die berüchtigte Lizzie vorstellen.«

»*Lizzie*«, keuchten die beiden im Gleichklang.

Cole schüttelte den Kopf. »Das hätte ich niemals geglaubt. Mein Gott, Mann, sieh dir nur an, wie sehr sie sich verändert hat. Sie ist einfach entzückend, und ihre Haltung ist majestätisch. Woher hast du bloß gewußt, daß sie es ist?«

»Wenn es auf der ganzen weiten Welt ein Lebewesen gibt, das es schlicht und einfach durch das Betreten eines Raumes bewerkstelligen kann, daß sich mir die Nackenhaare aufstellen, dann ist es diese Göre.«

»Göre?« sagte Nathaniel. »Wie kannst du so etwas bloß sagen? Ob sie nun eine Hexe ist oder nicht, sie ist eine Schönheit sondergleichen.«

Tavis betrachtete sie genauer. Wenn er sie nicht gekannt hätte, hätte sie ihn in Versuchung führen können. »Zum Glück kann ich von mir selbst sagen, daß sich ihre Wirkung auf mich, ganz im Gegensatz zu dir, nicht verändert hat.«

»Tja, Alter, es sieht so aus, als hätte deine Wirkung auf sie nachgelassen. Sie schaut noch nicht einmal in deine Richtung«, sagte Cole.

»Das wird sie aber tun«, sagte Tavis, und seine Stimme triefte vor Zuversicht. »Ich weiß nicht so recht«, sagte Nathaniel. »Sie wird mit Aufforderungen zum Tanzen überschüttet.«

»Sie wird nicht nur mit mir tanzen, sondern sie wird diejenige sein, die mich dazu auffordert, wie sie es früher immer getan hat«, sagte Tavis.

»Und wenn sie es tatsächlich tut, wirst du ihr dann einen Korb geben, wie du es früher immer getan hast?« fragte Cole.

»Das könnte durchaus sein«, sagte Tavis und musterte sie noch einmal von Kopf bis Fuß. »Aber es kann ebenso gut sein, daß ich es nicht tue. Und vergiß mir bloß eines nicht. Ich habe früher gelegentlich mit ihr getanzt.«

»Fünf Dollar, daß sie dich nicht auffordert«, sagte Cole.

»Die Wette nehme ich an«, sagte Tavis.

Becca erwartete sie schon, nachdem Elizabeth den Tanz mit Alvin Hull beendet hatte. »Laß uns ein Glas Punsch trinken«, sagte Elizabeth.

»Ja, prima«, sagte Becca. »Nach diesem Tanz mit Thad Elmore kann ich mich nicht entscheiden, ob ich ihn trinken oder mir die Füße darin einweichen sollte.«

»Ich dachte, du seist rausgegangen, um ein Glas Punsch mit ihm zu trinken«, sagte Elizabeth.

»Ja, das stimmt, aber ich bin nicht lange geblieben«, sagte Becca, und dann nahm sie Elizabeth am Arm, beugte sich zu ihr vor und flüsterte: »Was du auch tun magst, tanz bloß nicht mit ihm.«

»Warum nicht?«

»Beim Tanzen tritt er dir ständig auf die Füße. Und sowie er aufhört zu tanzen, stürzt er sich auf den Rest von dir.«

Elizabeth lachte. »Wenn das so ist, dann komm jetzt mit. Ich könnte ein Glas Punsch auch gut vertragen.«

Sie machten sich auf den Weg zur Punschschale, doch schon ehe sie sie erreicht hatten, packte Elizabeth Becca am Arm, um sie vom Kurs abzubringen.

»Wohin gehen wir?« fragte Becca.

»Du wolltest doch ein Glas Punsch, oder nicht?«

»Doch, aber du läufst in die falsche Richtung.«

»Nein, das ist nicht wahr. Wir werden uns von dem anderen Tisch ein Glas Punsch holen.«

Becca blieb ruckartig stehen. »Aber das ist doch der Punsch für die Männer. Das weißt du doch selbst. Den können wir unmöglich trinken. Das wäre skandalös. Man wird uns dabei sehen.«

»Wir werden ihn auf einen Zug trinken, ehe jemand etwas sagen kann, und dann stellen wir uns unschuldig. Woher hätten wir wissen sollen, welcher Punsch welcher ist?«

»Weil sie ihn dort hingestellt haben, wo sie ihn immer hinstellen.«

»Aber davon weiß *ich* doch nichts«, sagte Elizabeth. »Ich bin lange Zeit fort gewesen. Hast du das etwa vergessen?«

»Also, gut. Aber du gehst hin und holst ihn«, sagte Becca und gab Elizabeth einen Schubs in die richtige Richtung, ehe sie sich auf eine Bank sinken ließ. »Ich warte hier auf dich.«

»Feigling.«

»Durch und durch und ohne jede Einschränkung«, sagte Becca und nickte dabei so heftig, daß ihre schimmernden schwarzen Locken auf und ab hüpften. Elizabeth ignorierte die hochgezogenen Augenbrauen etlicher Männer, die um die Punschschale herumstanden. Sie blendete sie mit einem betörenden Lächeln, tauchte die Kelle ein, füllte zwei Becher und trug sie dann durch den Saal, um sich Becca wieder anzuschließen. »Trink dein Glas schnell leer; da kommt schon Mrs. Witherspoon.« Becca leerte ihren Becher mit drei Zügen. Elizabeth brauchte nur zwei. Mrs. Witherspoon schnaufte wie ein Blasebalg, als sie die beiden erreicht hatte. »Meine gute Elizabeth, du weißt doch, daß eine Dame nicht von dem Punsch trinken darf, der für die Männer bereitsteht.«

»Habe ich das etwa getan?« fragte Elizabeth entgeistert und preßte sich eine Hand mit gespreizten Fingern auf die Brust.

Mrs. Witherspoon nickte. »Ich fürchte, ja.«

»Oh, verzeihen Sie, bitte. Ich bin Boston zu sehr gewöhnt, verstehen Sie, und dort ist in allen Schalen derselbe Punsch, da sich die Männer in das Billardzimmer zurückziehen, um dort alkoholhaltige Getränke zu sich zu nehmen.«

Mrs. Witherspoon schaute auf die beiden leeren Becher herunter. »Nun, ich vermute, es kann nichts passieren, solange ihr nicht mehr davon trinkt.«

»Oh, nein, das werden wir ganz bestimmt nicht tun«, sagte Becca und heuchelte Entsetzen. »Also, ich schäme mich. Ich muß schon sagen, ich schäme mich wirklich.«

Mrs. Witherspoon schien zur Genüge beschwichtigt zu sein. Sie nickte und ging weiter.

Becca und Elizabeth standen auf, verbargen ihr Lächeln und liefen durch den Saal.

»Da stimmt doch etwas nicht. Die Lizzie Robinson, die ich gekannt habe, hätte es niemals zugelassen, daß Mrs. Witherspoon sich zwischen sie und ihre Neigung zu alkoholischen Getränken stellt.«

Elizabeth blickte auf und sah in die graublauesten Augen diesseits des Himmels. »Mehr als ein Glas wollte ich nicht davon haben«, sagte sie, lüpfte den Rock und entfernte sich.

Tavis hielt sie am Arm fest. »Was? Noch nicht einmal ein Hallo für einen langjährigen Freund?«

»Hallo, Tavis.« Sie zwang sich, ihn anzusehen. Er musterte sie eindringlich, als bereitete ihm ihre Erscheinung großes Vergnügen und als gefielen ihm die Veränderungen, die die Reife bewirkt hatte. Sie zitterte von Kopf bis Fuß, als sei ihr kalt, doch das war ausgeschlossen, wenn man bedachte, welche Glut jeden Zentimeter ihres Körper zu durchdringen schien und ihre Knie weich werden ließ. In all den Jahren, die sie fort gewesen war, hatte sie kein einziges Mal ein Mann so angesehen – sie angesehen, als versuchte er, in sie hineinzuschauen oder zumindest zu sehen, was sich unter ihrer Kleidung verbarg. Ein heiße Schauer rann ihr über den Rücken, und sie wandte den Blick ab.

Wo war all das hingekommen, was sie in Boston gelernt hatte? Wo steckte jetzt ihr Schliff? Und was war aus ihrer Fähigkeit geworden, in peinlichen Situationen kunstfertig Konversation zu betreiben? Ein einziger Blick in seine Augen genügte, um ihr zu sagen, daß er die Lage auskostete und sich an ihrem Unbehagen weidete. Vielleicht war es dieses Unbehagen, das sie dazu veranlaßte zu sagen: »Du siehst immer noch genauso aus wie früher. Irgendwie war mir das von Anfang an klar.«

Ein Lächeln zog an seinen Mundwinkeln. »Und aus dir ist eine ziemlich elegante Dame geworden. Irgendwie überrascht mich das schon.« Sie errötete und spürte, wie Wut in ihr aufkeimte. Wenn das, was er gesagt hatte, nicht gar soviel Wahrheit enthalten hätte, hätte sie sich von seiner Bemerkung zu einer Auseinandersetzung hinreißen lassen. Da er jedoch recht hatte, ließ sie es ihm durchgehen und sagte einfach nur wahrheitsgemäß: »Ich bin nicht mehr das alberne Kind, das ich früher einmal war.«

Das belustigte ihn anscheinend, denn er sagte lächelnd: »Es freut mich zu sehen, daß du nicht mehr in mich vernarrt bist. «

»Habe ich das gesagt? « fragte sie und sah ihm fest ins Gesicht. »Was wäre, wenn ich dir sagen würde, daß meine Gefühle sich nicht geändert haben, sondern nur meine Art, damit umzugehen?« Jetzt spürte sie eine Woge von Triumph, da sie sah, daß ihre unverblümte Offenheit ihn einigermaßen bestürzt hatte. Ihm war deutlich anzusehen, daß Tavis Mackinnons Erinnerungen an früher mit dem Erscheinungsbild der neuen Lizzie Robinson rangen. Sie fühlte, wie stark ihre Wirkung war, und sie kostete die Intensität dieser Kraft aus.

Jetzt war es an der Zeit, ihn stehen zu lassen, verwundert und vorübergehend sprachlos. Sie wollte an ihm vorbeigehen und bemerkte, daß er ihren Arm immer noch festhielt.

»Bist du sicher, daß du nichts vergessen hast?« fragte er.

Sie blieb stehen und schaute auf ihren Arm herunter. »Hast du nicht vielleicht etwas vergessen?«

Er ließ sie nicht los, doch sein Griff lockerte sich. »Erzähl mir bloß nicht, du hättest dich so sehr verändert, daß du eine solche Party besuchen kannst, ohne mich zum Tanzen aufzufordern.«

»Also, gut, dann erzähle ich es dir eben nicht. Würdest du jetzt bitte meinen Arm loslassen? Die Leute schauen schon. Worauf hast du es abgesehen? Auf eine Szene?«

Er besaß die Unverschämtheit, darüber zu lachen. »Und wenn es so wäre? Szenen sind doch deine große Leidenschaft, oder hast du das ganz vergessen? Große Auftritte und mir nachspionieren, das waren doch deine beiden Lieblingsbeschäftigungen, wenn ich mich recht erinnere. Ich mißtraue jetzt noch jeder Palme, an der ich vorbeikomme.« »Das waren andere Zeiten, und das war ein anderes Mädchen«, sagte sie. »Es ist unfein und zeugt von schlechten Manieren, diese Dinge heute noch zu erwähnen.«

Einen Moment lang schien er bereit zu sein, sie loszulassen. Er tat es aber nicht. Seine Kraft, die gewaltige Macht dieser Augen ...Es gab nichts, was sie tun konnte. Sie fühlte sich hypnotisiert und hilflos, und sie konnte nichts anderes tun als abwarten.

In den schimmernden Tiefen dieser blaugrauen Augen stand ein ungewohnter Glanz. Sie wußte, daß er sie nicht ungeschoren davon kommen lassen würde. Er würde ihr zusetzen, und sie wußte, warum. Er fühlte sich von der Frau herausgefordert, die er sah, und er hegte Rachegelüste gegenüber dem Mädchen, an das er sich erinnerte. Als sie ihn ansah, wurde ihr klar, daß er sie verhöhnen würde, und sei es aus keinem anderen Grund als dem, daß er sehen wollte, ob sie ihre Gelassenheit ablegen und die Fassung verlieren würde.

»Kann es tatsächlich sein, daß du dich so schnell von deiner Vernarrtheit in mich erholt hast?« fragte er.

Sie sah ihm direkt ins Gesicht. »Ich werde dich nicht zum Tanzen auffordern, falls du das damit meinst.«

Er ließ sie abrupt los. »Und warum nicht? Fürchtest du, ich könnte deine Aufforderung ablehnen?«

»Darüber habe ich mir keine weiteren Gedanken gemacht, weder in die eine, noch in die andere Richtung«, sagte sie. »Ich habe bereits mehr Vormerkungen für Tänze, als ich einhalten kann«, sagte sie und hielt ihre Tanzkarte hoch.

Er warf noch nicht einmal einen Blick darauf. Statt dessen erweckte er den Eindruck, als könnte er jeden Moment laut loslachen, während seine Blicke über sie glitten. »Dann sollte ein Tanzpartner mehr oder weniger auch nichts mehr ausmachen. Darf ich um die Ehre bitten?«

Das »Nein« war kaum über ihre Lippen gekommen, als er sie auch schon in seine Arme zog, sie an sich schmiegte und fast mühelos mit ihr über die überfüllte Tanzfläche glitt.

Ihr Körper wurde taub. Jeder Gedanke schien ihr abhanden zu kommen. Das war es, was sie sich schon immer erträumt hatte, das, wofür sie gelebt hatte. Warum also war sie jetzt nicht glücklich? *Das ist keine Liebe*, schrie ihr Herz auf. Es war kein glückliches Ende, nicht der ersehnte bilderbuchhafte Ausgang nach langen romantischen Verwirrungen. Es war die richtige Geste, doch die Gründe waren denkbar falsch. Das raubte ihr die Freude daran. Sie schaute in das Gesicht, das ihr immer so lieb und teuer gewesen war, und dabei wünschte sie ... wünschte sie sich ... Sie schloß die Augen und versuchte, ruhiger zu werden, setzte ihre Willenskraft daran, klar und sachlich zu denken. *Lies nicht mehr hinein, als dahintersteckt*, dachte sie. *Schmilz nicht in seinen Armen. Verlier dich nicht in diesen Augen. Und was du auch tust, sieh bloß nicht lächelnd zu ihm auf, denn dann wüßten die Leute, daß du immer noch in ihn verliebt bist.*

In dem Moment beugte er sich zu ihr vor und flüsterte: »Nicht nur deine Manieren scheinen sich gebessert zu haben. Du scheinst auch besser tanzen gelernt zu haben.«

»Wogegen du schlechter tanzt als früher«, sagte sie und stieß ihn von sich, bis er wieder den gehörigen Abstand zu ihr eingenommen hatte. Er lachte, und sie spürte, daß die Blicke aller Anwesenden im ganzen Saal auf ihr ruhten. Wie viele Jahre hatte sie davon geträumt, ihn zum ersten Mal wiederzusehen? Wie viele Male hatte sie einstudiert, was sie zu ihm sagen würde? Es hing so viel von dieser ersten Begegnung ab. Und doch verlief nichts so, wie sie es geplant hatte. Sie betete um Weisheit und Fassung, während sie spürte, wie seine Blicke sich in sie brannten.

»Ist das ein neues Spielchen, das wir miteinander spielen?« fragte er.

Sie blickte auf, nahm seinen unergründlichen Gesichtsausdruck zur Kenntnis und machte sie sich gar nicht erst die Mühe, ihre Verwirrung zu verbergen. »Ein neues Spielchen? Was soll das heißen?«

Er sah lächelnd auf sie herab, doch seine Augen waren ausdruckslos. »Deine Gefühle mir gegenüber sind unverändert, nur deine Taktik hat sich geändert. Hast du vor, meine Aufmerksamkeit auf dich zu ziehen, indem du dich teilnahmslos gibst? Du hast es doch nicht etwa wieder auf mich abgesehen, oder doch?«

Sie wußte, daß die Botschaft ihres Herzens in ihren Augen geschrieben stand, und sie wußte auch, daß es bedeuten würde, ihm ihre zarten Gefühle vor die Füße zu legen, wenn sie sagte, was sie zu sagen gedachte. »Und wenn es so wäre?« fragte sie mit leiser Stimme.

Er zögerte, und eine wunderbare Sekunde lang erweckte er den Eindruck, als könnten ihre Worte ihn rühren. Doch er war nicht gerührt. Seine Augen verschlossen sich jetzt vor ihr, und seine Stimme war hart und spöttisch. »Du kannst ebenso gut gleich das Handtuch werfen, Schätzchen. Mich kriegst du niemals, verstehst du.«

Seine Unverschämtheit versetzte sie in Wut, und sie sagte: »Ist das eine Kampfansage?«

»Es wird nichts daraus werden, Lizzie.«

»Niemand nennt mich heute noch so.« Er zog argwöhnisch eine Augenbraue hoch.

»Ach, wirklich? Und wie wirst du dann genannt? Elizabeth … Eliza … Liza?«

»Jeder dieser drei Namen ist mir recht.« Er nickte. »Es wird trotzdem nichts daraus. Du wirst mich nicht angeln, ganz gleich, welche Taktiken du anwendest.«

»Wenn es mir lediglich darum ginge, mir dich zu angeln, Tavis Mackinnon, dann wäre mir das ein leichtes … wenn ich es mir wirklich fest vornehmen würde.«

»Du kannst dir in den Kopf setzen, was du willst, und es wird trotzdem nichts daraus. Ich habe keine Heiratsabsichten. Ich habe gesehen, was die Ehe den Menschen antut … die Männer sind über einen Zeitraum von fünf Jahren auf Walfängern unterwegs, und die Frauen ziehen die Kinder groß und schauen die Welt mit Augen an, die zuviel Opium getrübt hat.«

»So geht es nicht überall zu …«

»Gib auf«, sagte er. »Ich bin aus Überzeugung Junggeselle. Du hast keine Chance. Nicht die geringste«, sagte er mit übertriebenem Selbstvertrauen. »Was man dir in Boston auch beigebracht haben mag, es genügt nicht, um mich in eine Ehe zu locken. Gib auf, Elizabeth. Du hast keine Chance. Gesteh es dir ein.«

Sie hörte auf zu tanzen und stieß ihren Fächer gegen seine Brust, als sie sagte: »Ich gestehe mir gar nichts ein. Und wirf mir nicht ständig diese Herausforderungen an den Kopf, denn sonst könnte ich dich damit überraschen, daß ich sie annehme. Du hast es nicht mehr mit einem vernarrten Kind zu tun.«

Er betrachtete sie. »Nein, ich kann selbst sehen, daß du jetzt wirklich eine Frau bist«, sagte er, »und noch dazu eine sehr schöne. Aber ich bin nicht zu haben.«

Sie strich ihm mit dem Fächer über die Wange. »Du hast dein Herz doch nicht etwa einer anderen geschenkt, oder doch?«

»Nein, das habe ich nicht getan.«

»Wenn das so ist, dann bist du zu haben.« Sie lächelte ganz reizend. »Wer weiß? Vielleicht kriege ich dich nach all der Zeit doch noch.«

»Du kannst es ja versuchen«, sagte er.

O ja, die Absicht habe ich. »Vielleicht werde ich genau das tun, Tavis Mackinnon. Es könnte tatsächlich sein.«

»Du scheinst schrecklich zuversichtlich zu sein«, sagte er.

»Es geht hier nicht um Zuversicht. Ich weiß ganz einfach, was ich weiß.«

»Und das wäre?«

»Wenn ich dich wirklich haben wollte, Tavis Mackinnon, und wenn es keine Rolle spielte, wie ich dich bekäme, dann könnte ich dich kriegen. « Sie blieb stehen und stach ihm ihren zusammengefalteten Fächer in die Brust. »Du tätest gut daran, dir das zu merken.« Sie wandte sich ab und wollte gehen und ihn dort stehen lassen.

Er packte ihren Arm. »Wir haben unseren Tanz noch nicht beendet«, sagte er.

»Wir haben vieles noch nicht abgeschlossen«, sagte sie, und dann lüpfte sie ihre Röcke und verließ die Tanzfläche. Tavis Mackinnon starrte ihr mit aufgesperrtem Mund nach.

Becca, die ebenfalls den Mund aufgesperrt hatte, stand nur wenige Meter entfernt. Es war keine enorme Portion Geistesgegenwart vonnöten, um zu erkennen, daß sie absolut entgeistert war. »Ich kann einfach nicht glauben, daß du ihn so hast stehen lassen. Wie konntest du das bloß tun? Wie kannst du überhaupt noch mit ihm reden? Er ist ein Halbgott. Jedesmal, wenn ich in seiner Nähe bin, stellt mein Gehirn jegliche Funktion ein, und mir fällt nicht das Geringste ein, was ich zu ihm sagen könnte.«

»Das ist ganz einfach«, sagte Elizabeth. »Jedesmal, wenn ich ihn sehe, male ich mir aus, daß er in der Unterhose vor mir steht und in der Nase bohrt.«

Becca wirkte erst schockiert und dann niedergeschlagen. »Ich wünschte, du hättest mir das nicht erzählt«, sagte sie, »denn jetzt wird es mir nie mehr möglich sein, ihn jemals wieder anzuschauen, ohne ihn so vor mir stehen zu sehen.«

»Bei mir hat es sich bewährt«, war alles, was Elizabeth dazu sagte.

Für den Rest des Abends mied Elizabeth Tavis, doch sie behielt ihn ständig in den Augen und wußte, daß das Becca nicht entging. Als Minnie Woodbury sich vor Tavis aufpflanzte, versetzte Becca Elizabeth einen Rippenstoß und sagte: »Meine Güte, sieh sie dir bloß an. Minnie sieht aus, als sei sie in dieses Kleid gegossen worden.«

»Und hätte dabei vergessen, ›halt‹ zu sagen«, sagte Elizabeth.

Becca seufzte. »Vielleicht solltest du Tavis besser vergessen«, sagte sie.

»Und warum?«

»Du hast die freie Auswahl unter allen Männern auf der ganzen Insel, verstehst du.«

»O Becca ...«

»Es ist doch wahr. Bei manchen dieser Männer habe ich noch *nie* erlebt, daß sie eine Frau so anschauen, wie sie dich ansehen. John Woodbury sabbert geradezu.«

Elizabeth lächelte hinter ihrem Fächer und flüsterte: »Das Sabbern sollte man den Wölfen überlassen.«

»Und?« sagte Becca.

»Nun, geifern und heiraten, das sind zwei Paar Schuhe.«

»Richtig«, sagte Becca und sah sich im Saal um. »Vielleicht ist es uns beiden bestimmt, alte Jungfern zu werden«, sagte sie leise, und Elizabeth wußte, daß sie an ihre eigene Verlobung dachte, die letztes Jahr gelöst worden war.

»Mir vielleicht, aber dir doch nicht«, sagte Elizabeth strahlend, da sie hoffte, Becca aus ihren Überlegungen herausreißen zu können. »Dein schwerfälliger Freund Jason hat dich den ganzen Abend über nicht aus den Augen gelassen.«

Beccas Gesicht hellte sich auf. »Ist das wahr?«

»Würde ein solches Gesicht lügen?« Becca lachte. »Wenn das so ist, warum gehen wir dann nicht dicht an ihm vorbei ... auf dem Weg zur Punschschale, versteht sich. Wir könnten sogar einen Blick auf Tavis erhaschen.«

»Ich werde mein Herz nicht an diesen Stern hängen«, sagte Elizabeth. »Tavis hat schon immer gesagt, er sei kein Mann zum Heiraten. Allmählich fange ich an, mich zu fragen, ob das nicht doch die Wahrheit ist.«

»Oh, das erzählt er allen«, sagte Becca, »aber niemand glaubt es ihm. Sie fragen sich alle nur, wer es werden wird, und dazu stellen sie ihre Spekulationen an, aber niemand fragt sich je, *ob* er heiraten wird.«

Ein Teil dessen, was sie sagten, entsprach der Wahrheit. Die Leute aus der Gegend von Nantucket fragten sich tatsächlich, ob Tavis Mackinnon jemals heiraten würde. Manche Menschen neigten dazu, Spekulationen anzustellen. Einige gingen sogar soweit, Wetten abzuschließen. Andere dagegen rückten einfach mit der Sprache heraus und fragten ihn danach.

»He, Mackinnon, wirst du denn nie den Knoten zuziehen?« Und wie immer lachte Tavis Mackinnon und sagte mit einem Achselzucken: »Das wissen nur die Götter.«

Das wissen nur die Götter. Eine schrecklich ehrliche Antwort war das nicht gerade, denn tief in seinem Herzen wußte Tavis, daß er niemals heiraten würde. Es war nicht etwa so, daß er etwas gegen die Ehe einzuwenden gehabt hätte oder gar gegen Frauen, denn wenn man eines über Tavis sagen konnte, dann, daß er die Frauen liebte. *Alle* Frauen. Und gerade darin bestand das Problem. Wie konnte ein Mann, der alle Frauen liebte, sich eine einzige aussuchen und mit ihr begnügen? Es war ganz so, als bestünde jedesmal, wenn er jemanden sagen hörte, es sei an der Zeit für ihn, sich eine Frau zu nehmen, sein erster Impuls darin zu sagen: »Und wessen Frau?«

Natürlich gab es Zeiten, in denen er ein Auge auf das eine oder andere bestimmte Mädchen warf und dieses Mädchen ihn sogar eine Zeitlang interessieren konnte. Dann warb er eine Weile um sie – manchmal ging er sogar soweit, sich zu überlegen, diesmal könnte es die richtige sein – und plötzlich ritt ihn der Teufel, und Tavis stellte unvermittelt fest, daß er sich von einem anderen hübschen Gesicht angelockt fühlte. So erging es ihm immer wieder, aber, oh, wie sehr er diese köstliche Zeitspanne zwischen der Begegnung mit einer schönen Frau und der Feststellung genoß, daß sie den Charme eines Stockfischs besaß.

Immer wieder kam es vor, daß sich der Schleier seiner Heiratsabsichten lichtete, wenn eine neue Frau ihm ins Auge fiel. Er schöpfte ebenso großes Vergnügen aus der Vielfalt wie aus dem Reiz des Neuen. Er konnte nichts dafür. Jedesmal, wenn er ein hübsches Gesicht sah, war es, als sei er ein Mann, der in der glühenden Hitze des Tages arbeitete und auf eine kühle Quelle stieß.

Er suhlte sich genüßlich darin.

Schon vor langer Zeit hatte Tavis beschlossen, ein Mann, der es nicht über einen gewissen Zeitraum mit ein und derselben Frau aushielt, sollte vom Heiraten unter allen Umständen die Finger lassen. Das war seine Philosophie, und daran hielt er sich. »Du kannst mit jeder Frau glücklich sein, solange du dich nicht in sie verliebst«, hatte er mehr als einmal gesagt. »Sowie du dich verliebst, ist es anschließend die reinste Hölle.«

Mit anderen Worten hieß das, daß Tavis Junggeselle war, nach reiflicher praktischer Erfahrung, in der er sich als solcher erprobt und bewährt hatte. Diese Lebensphilosophie hatte ihm einen enormen Ruf eingebracht – sein Ruhm auf dem Gebiet war fast so groß wie der für seine Fähigkeiten, Schiffe zu entwerfen – und er war dafür nicht nur in der Gegend von Nantucket berüchtigt, sondern bis nach Cape Cod, wo sich sein Bruder Nicholas mit seiner Familie niedergelassen hatte. Es war allgemein bekannt, daß unverheiratete Frauen (und einige verheiratete ebenfalls) ein Auge auf Tavis Mackinnon geworfen hatten.

Aber in Elizabeths Fall handelte es sich um mehr als nur das. Sie hatte Tavis nicht nur ins Auge gefaßt. Sie hatte ihre Hoffnungen in ihn gesetzt, ihre Träume an ihn gehängt und ihre gesamte Zukunft an ihm festgemacht.

Nach dem Abend, an dem die Party stattgefunden hatte, stellte sich eine Form von Routine ein – Elizabeth gab sich immer dann, wenn sie ihn sah, desinteressiert, und Tavis griff anscheinend wieder seine alte Gewohnheit auf, sie rundum zu ignorieren. Doch es gab Zeiten, zu denen sie sich dahin oder dorthin begab und das Gefühl hatte, von jemandem beobachtet zu werden. Wenn sie aufblickte, stellte sie häufig fest, daß Tavis irgendwo am Rande des Geschehens stand, die Arme vor der Brust verschränkt und den Blick versonnen, fest und fragend auf sie gerichtet hatte.

Jedesmal, wenn er sie so ansah, konnte Elizabeth den köstlichen Schauer, der sie überlief, ebenso wenig unterdrücken, wie sie die Liebe, die sie für ihn fühlte, hätte ersticken können. Und wie immer fragte sie sich dann, ob sein Interesse an ihr jemals über spekulierende Blicke hinausgehen würde.

Bei einer Gelegenheit bedachte er sie jedoch mit mehr als nur einem spekulativen Blick.

Es war an einem Sonntagnachmittag, und wie gewöhnlich statteten Elizabeth und ihre Schwestern Sally und Meg ihrem Großvater nach dem Kirchgang einen Besuch ab. Da es ein so schöner warmer, sonniger Nachmittag war – nach mehr als einer Woche durchgehendem Regen ein erfreulicher Anblick –, packten die Mädchen einen Picknickkorb, während Asa seinen alten Wallach vor die Kutsche spannte, und zu viert zogen sie durch das Heideland zum Saul's Pond.

Sowie sie gegessen hatten, kündigte Captain Robinson an: »Und jetzt ist es an der Zeit für meinen Mittagsschlaf.« Er machte es sich auf der Decke bequem, die sie für das Picknick mitgebracht hatten, stieß sich die Mütze über die Augen, faltete die Hände auf seiner gewaltigen alten Brust und schlummerte ein.

Kurz nachdem ihr Großvater wie gewohnt zu schnarchen begonnen hatte, wurde es Meg und Sally langweilig, ihm dabei zuzusehen, und sie brachen auf eigene Faust auf, um wildwachsende Blumen zu pflücken, die in rauhen Mengen blühten und die sanften Hänge der Saul's Hills bedeckten.

Nachdem sie gesehen hatte, wie die beiden davonschlenderten, beschäftigte sich Elizabeth damit, den Korb wieder zu packen. Wenige Minuten später machte sie sich auf den Weg zum Wagen.

Was sie dort vorfand, war weit mehr als nur der Einspänner und das Pferd, das sie zurückgelassen hatten. In dem Augenblick, in dem sie über die letzte Hügelkuppe kam und den Abstieg begann, sah sie ihn, wie er auf seinem Pferd saß und den Einspänner neugierig anstarrte.

Er stieg ab, lief um den Wagen herum und blieb dann stehen. Seine große Gestalt mit den schmalen Hüften wurde von hinten von der Sonne angestrahlt, und sein Profil war ihr zugewandt. Als sein Pferd ihr Nahen wahrnahm und schnaubte, blickte er auf.

Es war schwer, diese sinnlichen Gesichtszüge zu ignorieren, die Verheißungen dieses erfahrenen Mundes und den erregenden Blick aus sanften Augen. Seltsamerweise konnte sie seinen Gesichtsausdruck zur Abwechslung klar interpretieren. Denselben Ausdruck hatte sie oft im Gesicht ihres Vaters gesehen, als sie noch ein Kind war – immer dann, wenn er unschlüssig war, ob er sie bestrafen oder sie kräftig umarmen sollte.

Er trug ein dunkelblaues Hemd, das sein Haar blauschwarz wirken ließ. Sein Gesicht war so schön, wie es in ihren Augen schon immer gewesen war, und seine dichten schwarzen Augenbrauen zogen sich nahezu verrucht über den eindringlichen stahlblauen Augen hoch, die sich nicht von ihrem Gesicht lösten, sondern sie ganz genau betrachteten.

»Das kommt jetzt gänzlich unerwartet, aber es ist eine erfreuliche Überraschung«, sagte er. »Ich hatte schon gedacht, dieses Pferd sei möglicherweise mit dem Wagen durchgegangen.«

Sie schaute ihn verwundert an. »Durchgegangen? Was bringt dich bloß auf den Gedanken?«

Er sah sich jetzt wieder nach dem Einspänner um. »Weil es nicht angebunden war.«

Elizabeths Blick fiel auf den Wallach, der still dastand und sich nicht vom Fleck rührte. Tavis hatte recht. Ihr Großvater hatte das

Pferd nicht festgebunden. Sie konnten von Glück sagen, vermutete sie, daß der Wallach nicht beschlossen hatte, zum Leuchtturm zurückzuschlendern und sie zu Fuß nach Hause laufen zu lassen. Aber dann fiel ihr wieder ein, daß das Tier alt und, genauso wie ihr Großpapa, wahrscheinlich zeitweilig ein wenig vergeßlich war.

»Großpapa ist manchmal ein wenig zerstreut«, sagte sie.

Sein Blick glitt bedächtig über sie. »Damit steht er nicht allein da«, sagte Tavis. »Jedesmal, wenn ich dich ansehe, begreife ich nur mit Mühe, daß die Lizzie, die ich in Erinnerung habe, und die Elizabeth, die ich vor mir sehe, tatsächlich ein und dieselbe Person sind.«

Sie lachte. »Das ist auch nur gut so. Wenn ich mich recht erinnere, warst du von Lizzie nie allzusehr angetan.«

»Willst du mir auf die Art gewaltsam Komplimente entlocken?« fragte er leise, und die Belustigung war deutlich aus seiner Stimme herauszuhören.

Es paßte ihr nicht besonders, daß ihre intimsten Gedanken wie die Wäsche am Montag an der Leine flatterten. Eine solche Frage, beschloß sie, verdiente keine Antwort.

Einen Moment lang sagte er nichts, denn es schien ihm durchaus zu genügen, einfach nur dazustehen und sie anzusehen. Jeder einzelne Muskel und sämtliche Nerven in ihrem ganzen Körper spannten sich in seiner Gegenwart an.

Er hatte sich im Lauf der Jahre, in denen sie fort gewesen war, nicht allzusehr verändert. Die stahlblauen Augen waren noch genauso attraktiv, doch wenn sie heute hineinsah, fand sie in deren schillernden Tiefen nur selten Gereiztheit oder Verblüffung vor. Sein Gesicht war noch genauso schmal und gut geschnitten wie früher, und seine Beine waren immer noch so lang wie Schiffsmasten. Eine ganz entscheidende Veränderung war ihr jedoch aufgefallen, eine Veränderung, die im Moment sogar noch deutlicher als sonst zu erkennen war.

Tavis Mackinnon hatte sie nie in ihrem ganzen Leben mit etwas anderem als Gereiztheit oder Belustigung angesehen. Seit ihrer Rückkehr hatte sie jedoch bemerkt, daß diese Blicke von etwas anderem abgelöst und zumindest überdeckt waren, einem Ausdruck, den sie nur als interessiert bezeichnen konnte.

Vielleicht hatte er wirklich Interesse an ihr – und zwar ausschließlich deshalb, weil sie sich verändert und damit seine Neugier geweckt hatte, als stellte er Spekulationen dazu an, ob diese Veränderung echt oder nur aufgesetzt war.

Aber andererseits – und sie betete, daß das der Fall sein möge – hätten seine interessierten Blicke auch etwas anderem entspringen können, nämlich echtem Interesse. Sie kam nicht dazu, weitere Spekulationen anzustellen, denn sie wurde aus ihren Gedankengängen herausgerissen, als er schließlich etwas sagte.

»Du hast vorhin gesagt, du hättest nicht den Eindruck, es mir jemals allzusehr angetan zu haben ...«

»Das entspricht nur den Tatsachen«, sagte sie kategorisch. »Und versuch jetzt bloß nicht, mir etwas anderes einzureden. Das sind genau die Dinge, die einen um den Verstand bringen können.«

Er lächelte. »Ich glaube nicht, daß ich aufrichtig sagen könnte, du hättest es mir jemals angetan gehabt ... Du warst damals nichts weiter als ein Kind, verstehst du. Aber da war immer etwas ... du hast immer etwas an dir gehabt, was dazu geführt hat, daß ich nie ganz so wütend auf dich war, wie ich alle anderen habe glauben lassen.«

Wenn er unerwartet mit der Sprache herausgerückt wäre und ihr ohne weitere Vorreden erzählt hätte, er hätte ein Schiff entworfen, das fliegen konnte, hätte er sie damit nicht in größeres Erstaunen versetzen können. »Deine Wut hat so täuschend echt gewirkt, daß ich dir auf den Leim hätte gehen können«, sagte sie.

Er lächelte wieder und ließ Sonnenschein in ihre Seele strömen. »Offensichtlich ist mir genau das gelungen.«

»Eine Menge anderer Leute hast du damit aber auch zum Narren gehalten«, sagte sie. »Unter anderem die gesamte Bevölkerung von Nantucket. Ich habe geglaubt, schon allein mein Anblick sei dir verhaßt gewesen.« »Haß hat nie mit hineingespielt«, sagte er, und seine Stimme war erstaunlich zärtlich. »Du hast mich gelegentlich zur Weißglut getrieben, aber selbst dann bin ich abends nach Hause gegangen, und wenn ich nachts im Bett gelegen habe, habe ich häufig an etwas gedacht, was du angestellt hast, und ich habe herzlich darüber gelacht.« Er sah sie an und zog eine Augenbraue hoch. »Mich hat schon immer brennend interessiert, wie es dir eigentlich gelungen ist, die rote Farbe wieder aus deinem Haar rauszukriegen.«

»Es war kein künstliches Färbungsmittel. Es war nur Henna. Es hat sich auswaschen lassen ... mit der Zeit.«

»Siehst du? Ich kann mich wirklich noch erinnern.«

»Aber du schienst damals immer so wütend zu sein.«

Er hob die Hand und strich über die Vertiefung unter ihrem Backenknochen. »Meine süße Elizabeth, das mußte schließlich sein. Wie sonst hätte ich dich entmutigen können? Du warst ein Kind. Und ich war ein vollständig ausgewachsener Mann. Über einen Mann, der derartige Interessen hat, wird viel geredet«, sagte er, und seine Stimme klang unbeschwert und spöttisch. »Sie gewähren ihm keinen Zutritt zu ihren Häusern. In der Kirche beten sie für seine rabenschwarze Seele. Jedesmal, wenn er vorbeikommt, nehmen sie ihre Kinder an der Hand. Sie finden, man sollte ihn einsperren.«

Sie wußte, daß er sich einen Scherz mit ihr erlaubte, aber all das war einfach zu viel, und sie konnte es nicht schnell genug verarbeiten. Als sie jetzt dastand und ihn ansah, kam sie sich vor, als hätte sie ihr Leben lang einen Rappen angestarrt, um schließlich zu entdecken, daß es sich in Wirklichkeit um einen Schimmel handelte.

Ehe sie diesen Gedanken weiterdenken konnte, spürte sie seine Hände warm auf ihren Schultern. Er zog sie an sich und schmiegte sie sanft an seinen festen Körper, eine Geste, die weder gekünstelt, noch anzüglich war. In Wahrheit erschien es ihr eher wie ein Zeichen von Zuneigung und keineswegs sinnlich. Da er das Kinn auf ihren Kopf stützte, als er mit ihr sprach, konnte sie die Vibrationen seiner Worte auf ihrer Wange spüren, die an seine Kehle geschmiegt war.

»Du solltest dich nicht voreilig verfluchen«, sagte er. »Du wirst nie wissen, wieviel Heiterkeit du in eine Welt gebracht hast, die schrecklich trist zu sein schien, nachdem du fortgegangen bist.«

Es war nur gut, daß er sie im Arm hielt, beschloß sie, denn die Wirkung dieser Worte ließ ihre Knie so weich werden, daß sie andernfalls eingeknickt wären.

»Nachdem du fortgegangen bist, mußte ich feststellen, daß ich all diese Aufmerksamkeiten vermisse, mit denen du mich überschüttet hast«, sagte er. »Dank dir stand ich in einem ganz beachtlichen Ruf ... und nichts schmeichelt dem Selbstwertgefühl eines Mannes so sehr wie ein übler Leumund. Sowie du fort warst, mußte ich jedoch feststellen, daß mein Ruf nachgelassen hat und ich ein oder zwei Stufen auf der Leiter runtergerutscht bin, mich schon fast dem Normalmaß angenähert habe ... und das hat für einen Junggesellen den Hall einer Totenglocke an sich.«

Danach verstummte er, und Elizabeth, die sich immer noch im Glanz seiner Worte sonnte, stellte fest, daß sie noch mehr davon wollte. »Ist das alles?« fragte sie und spürte, daß sein ganzer Körper vor Lachen bebte.

»Du bist immer noch ein seltsames kleines Ding«, sagte er. »Seltsam, aber faszinierend.«

»Du wirst entschuldigen müssen, wenn es mir schwerfällt, das alles auf einmal zu begreifen. Ich habe bisher noch nie im Galopp die Pferde gewechselt, ohne auch nur einen Moment anzuhalten.«

Er lächelte. »Nun, manchmal tut es einem gut, etwas Neues auszuprobieren.«

»Hast du an mich gedacht? Ich meine, nachdem ich fortgegangen bin?«

Er lachte. »Mehr, als du mir glauben würdest, darauf wette ich. Besonders deutlich kann ich mich an einen ganz bestimmten Abend erinnern, an dem ich an dich gedacht habe, ein oder zwei Jahre, nachdem du fortgegangen bist, und dabei habe ich eine ganz erstaunliche Feststellung gemacht.«

»Und was war das?«

»Ich habe mich dabei ertappt, daß ich über dich nachgedacht habe – wie du warst, ehe du fortgegangen bist – und darüber, daß du mir das Gefühl gegeben hast, ein schüchterner Mensch zu sein, der sich immer darauf verlassen hat, daß die gesprächigeren Menschen um ihn herum dafür sorgen, daß ein Gespräch am Laufen bleibt. Aber nachdem du fortgegangen bist, habe ich festgestellt, daß ich plötzlich selbst den Mund aufmachen mußte, daß ich niemanden mehr hatte, der für mich einspringt.«

»Das verstehe ich nicht.«

»Was ich damit sagen will, ist, daß du mein Leben um eine Menge Gelächter und abenteuerliche Ereignisse bereichert hast. Mir ist nie klar gewesen, wieviel du dazu beigesteuert hast, bis du fort warst und mir mein Leben plötzlich trist und einförmig vorgekommen ist.«

Elizabeth zog den Kopf zurück und sah ihn ganz merkwürdig an. »Willst du mir damit etwa sagen, du hättest mich sogar leiden können?«

Als Tavis auf sie herunterschaute, bestand sein erster Instinkt darin, laut loszulachen. Als er jedoch in ihre Augen sah, verging ihm das Lachen vollständig.

Er hielt sie zwar jetzt schon eine ganze Weile in den Armen, doch er hatte keineswegs die Absicht, sie zu küssen. Ihr Gesicht musterte ihn mit immensem Interesse und voller Hingabe. Das ließ eine Flut alter Erinnerungen über ihn hereinströmen.

Plötzlich nahm er sie deutlich wahr, nicht als Erinnerung und auch nicht als Kind, sondern als Frau. Er konnte spüren, wie die Spitzen ihrer Brüste sich an seine Brust preßten, und das war ein ganz seltsames Gefühl, das überraschend und beunruhigend zugleich war.

Er hatte Elizabeth bisher nie geküßt. Er wollte sie auch jetzt nicht küssen, oder zumindest glaubte er, daß er es nicht wollte. Sie an sich drücken, ihr einen schnellen Schmatz auf die Wange geben – diese Dinge würden besser dazu dienen, um die echte Zuneigung auszudrücken, die er zu ihr verspürte. Sie war ein sensibler Mensch, und sie hatte ihren Stolz. Er wußte, wie tief die Narben sein mußten, die ihr von früheren Wunden geblieben waren, wie grausam es für sie gewesen sein mußte, mit ihren Illusionen von ewiger Liebe zu leben, über die sich die gute Gesellschaft von Nantucket lustig machte, ein Thema für unbeteiligte Betrachtungen und gedankenloses Geschnatter. Zweifellos würde sie mit der Vergangenheit ebenso freudig wie er abschließen und sie hinter sich zurücklassen. Würde der Schmerz für sie leichter zu ertragen sein, wenn sie wußte, daß er sie als eine echte Freundin ansah?

Er schaute auf sie herunter, sah ihre hübschen Augen und bemerkte zum ersten Mal, daß sie nicht einfach nur blau waren, sondern einen ganz eigenwilligen Blauton hatten, in das ein Lavendelton hineinspielte. Es war seine Absicht gewesen, ihr einen keuschen Kuß auf die Wange zu drücken, in aller Freundschaft.

Als er jedoch den Kopf senkte, um sie zu küssen, wandte sie den Kopf um und berührte seinen Mund mit ihren Lippen. Der Schock durchzuckte ihn wie ein Kanonenschlag. Er wich zurück und riß den Kopf hoch.

Sie blickte zu ihm auf und sah in seine Augen, und ihre eigenen Augen füllten sich mit Scham und Erniedrigung, demselben Ausdruck, den er in ihren Augen gesehen hatte, als sie noch ein kleines Mädchen war, denselben Blick, der ihm selbst damals schon zu Herzen gegangen war. Ohne sich auch nur einen einzigen Gedanken darüber zu machen, was er tat, und ohne auch nur bewußt wahrzunehmen, daß er sich rührte, senkte er wieder den Kopf, doch ihre Körper berührten einander jetzt nicht mehr. Mit den langsamen, unbeholfenen Bewegungen eines Blinden tastete sein Mund, bis er ihre Lippen fand. In seinem Kopf schien es einen lauten Knall zu geben, ein Geräusch, das er kannte und nur dann hörte, wenn ein neues Schiff aus der Taufe gehoben wurde. Innerlich hörte er das laute Klappern von wankenden Kielblöcken und das laute Geräusch von enormen schwappenden Wassermengen, und plötzlich wußte er, was es hieß, ein Ziel vor Augen zu haben.

Er nahm sie nicht mehr als verworrene Erinnerung wahr, sondern das, was er fühlte, war real, und sie löste Verlangen in ihm aus. Irgendwo hinter ihnen ertönte ein leidenschaftstötendes Kichern. Er riß den Kopf im selben Augenblick zurück wie sie, und als sie sich umdrehten, sahen sie das strahlende Gesicht von Meg Robinson, die lächelnd zu ihnen aufblickte.

»Kitzelt das denn nicht?«

Von jenem Tag an schien Tavis sie vorsätzlich zu meiden. Nur Becca wußte, wie sehr es Elizabeth zusetzte mitanzusehen, daß Tavis ständig in Begleitung der einen oder anderen Frau unterwegs war. Nach einer Weile, als er mehrere Wochen lang unablässig um Harriet Landsbury geworben hatte, rückte Becca unverblümt mit der Sprache heraus und sagte: »Elizabeth, wie hältst du das bloß aus?«

»In Wirklichkeit ist es gar nicht so schwierig«, erwiderte Elizabeth. »Ich trinke große Mengen starken Tee. Ich unternehme lange Spaziergänge. Ich lese viele Bücher und versuche, in Gedanken ständig mit etwas anderem beschäftigt zu sein. Ich bleibe abends so lange auf, daß ich hinterher zu sehr erschöpft bin, um noch klar denken zu können. Ich beobachte die beiden, wenn sie gemeinsam in der Öffentlichkeit auftreten, und ich lerne es, Harriet zu hassen. Jedesmal, wenn ich sie sehe, betrachte ich prüfend ihr Äußeres und tröste mich mit Gedanken an ihre großen Füße und ihren fürchterlichen Geschmack in bezug auf Männer. Bei jeder sich bietenden Gelegenheit halte ich mich im Leuchtturm auf und trinke große Mengen Wein und beobachte die Möwen, wenn sie sich aufschwingen, bis ich einen steifen Hals kriege. Und wenn das alles nichts hilft, dann gebe ich jeden Versuch auf, über ihn nachzudenken, und statt dessen verausgabe ich mich mit Kochen oder Putzen bis zur absoluten Erschöpfung. Wenn es ganz schlimm ist, besteht mein letzter Ausweg darin, gegen seinen Einspänner zu treten.«

»Nun, wenigstens dürfte dir das nicht allzu schwerfallen, da sein Einspänner immer vor der Reederei geparkt ist. Ist dir dort eine Veränderung aufgefallen?«

»Was für eine Veränderung?«

»Auf dem Firmenschild der Reederei. Erinnerst du dich noch, daß früher draufstand ›Mackinnon, Graham und Mackinnon‹?« Elizabeth nickte. »Ich erinnere mich auch noch daran, daß ihr Onkel

Robert die Firma, ehe Tavis und Nick gekommen sind, schlicht und einfach ›Graham Werft‹ genannt hat.«

»Tja, und nun steht ›Mackinnon und Mackinnon‹ auf dem Firmenschild.« »Ist der alte Mr. Graham gestorben?«

»Nein, aber er hat beschlossen, er sei zu alt geworden, um noch länger weiterzuarbeiten. Er ist von hier fortgegangen, verstehst du. Er ist nach Cape Cod gezogen, um bei Nicholas zu leben.«

»Warum ist Nick nach Cape Cod gezogen?«

»Damit er die Werften in der Nähe hat. Sie haben schon vor Jahren aufgehört, hier ihre Schiffe zu bauen. Der Hafen ist zu seicht.«

» Ich frage mich, warum Tavis nicht gemeinsam mit ihnen umgezogen ist.«

»Er hat gesagt, da er die Schiffe konstruiert, bestünde für ihn keinerlei Notwendigkeit, von hier fortzugehen. Er hat einmal zu meinem Vater gesagt, er könnte nirgends anders als in seinem alten Büro Schiffe entwerfen. Er muß ein Gewohnheitstier sein.«

»Vielleicht ist er das. Fest steht jedenfalls, daß er ein paar Gewohnheiten hat, an denen er beharrlich festhält«, sagte Elizabeth und dachte dabei an seine Entschlossenheit, alleinstehend zu bleiben.

»Du weißt ja, daß seit dem Rückgang beim Walfischfang nicht mehr viel Geld damit zu machen gewesen ist, Walfänger zu bauen, und daher hat Tavis andere Schiffe konstruiert. Mein Vater hat gesagt, er hat Ideen, die ziemlich revolutionär sind. Überleg dir das bloß! Tavis könnte eines Tages berühmt werden.«

»Das bezweifle ich«, sagte Elizabeth und verstummte, denn sie fragte sich, wie die Veränderungen wohl genauer aussahen, die in der Firma der Gebrüder Mackinnon vorgenommen worden waren, seit Nick Mackinnon und Robert Graham nicht mehr hier ansässig waren. Würden diese Veränderungen nach sich ziehen, daß Tavis ebenfalls von hier fortging? Bisher hatte sie sich nie allzusehr dafür interessiert, was Tavis eigentlich tat, solange es ihn auf der Insel Nantucket festhielt. Sie versuchte, an die Zeit zurückzudenken, als Nicholas und Tavis nach Nantucket gekommen waren, aber das war viele Jahre her, und sie war damals erst elf und derart in Tavis vernarrt gewesen, daß sie kaum an etwas anderes hatte denken können.

Am späteren Nachmittag packte Elizabeth einen Essenskorb für ihren Großvater und lief zum Leuchtturm rüber. Sie war zum Reden aufgelegt, und sie hatte eine Menge Fragen, auf die sie gern Antworten haben wollte. Ihr Großvater war der einzige Mensch, den sie kannte, der ihr zuhören würde.

»Da soll ich doch gleich mit Blindheit geschlagen werden, wenn das nicht meine Lizzie ist«, sagte Asa Robinson, als er ihr die Tür öffnete und sie draußen stehen sah. »Komm rein, komm rein. Ich habe mich schon gefragt, ob du zuviel anderes zu tun hast, um deinem alten Großvater einen Besuch abzustatten.«

Elizabeth zog sich auf die Zehenspitzen und gab ihm einen Kuß. »Du wirst nie zu alt sein, und ich werde nie zuviel anderes zu tun haben«, sagte sie und sah die flachen Gesichter und die merkwürdige Augenfarbe von Robin und Friar Tuck, die unter dem Sofa saßen und zwischen den Fransen herauslugten.

»Wie kommt ihr miteinander aus, du und die Katzen?« fragte sie. Sie erinnerte sich nur allzu deutlich an den Tag, an dem sie mit Tante Phoebes Katzen aus Boston zurückgekehrt war – mit einem Korb an jedem Arm. In dem Augenblick, in dem sie die beiden im Wohnzimmer des Hauses ihres Vater freigelassen hatte, waren ihre Schwestern Meg und Sally schon hellauf begeistert gewesen.

»O Lizbeth, hast du mir ein Kätzchen mitgebracht?« fragte Meg.

»Ich habe gleich zwei mitgebracht«, sagte Elizabeth, »falls sie dich haben wollen.«

Aber Robin und Tuck mußten gewisse familiäre Bande zwischen Elizabeth und ihren Schwestern wahrgenommen haben, denn schon in dem Moment, in dem Meg die Arme nach Tuck ausstreckte, fauchte er, zerkratzte ihre Hand und rannte aus dem Zimmer. Robin war ihm dicht auf den Fersen gefolgt.

»Ich glaube nicht, daß sie sie mögen«, sagte Sally. »Und mich anscheinend auch nicht.«

Elizabeth beobachtete, wie die Katzen aus dem Zimmer sausten. Sie seufzte. »Tja, Tante Phoebe hat schon immer gesagt, daß diese Katzen furchtbar sind.«

»Das waren Tante Phoebes Katzen?« sagte Meg.

»Ja«, sagte Elizabeth und umarmte sie. »Kannst du dich nicht mehr daran erinnern, daß du sie in Boston gesehen hast?«

»Nein«, sagte Meg.

Daraufhin zwinkerte Elizabeth Sally zu und fragte: »Erinnerst du dich denn überhaupt noch daran, wer Tante Phoebe war?«

»Ja, natürlich. Ich habe sie nie vergessen. Papa hat mir früher viel über sie erzählt«, sagte Meg, und ihre Röcke schwangen kokett, als sie sich hinsetzte.

Sally sah Elizabeth an. »Wie du siehst, nimmt sie es mit der Wahrheit noch immer nicht so genau.«

Sie brauchten zwei Tage, um die Katzen wieder einzufangen, nachdem sie herausgefunden hatten, daß anscheinend nur Matt und Asa bei den Katzen nicht durchgefallen waren.

»Vielleicht sollten wir sie in den Leuchtturm bringen«, sagte Matt, »da ich nicht oft genug zu Hause bin, um mich um sie zu kümmern.«

»Warum schicken wir sie nicht nach Boston zurück?« sagte Meg.

»Das ist eine ganz ausgezeichnete Idee«, sagte Samuel. »Ich weiß wirklich nicht, warum du sie hierher mitgebracht hast, da sie zu dir offenkundig auch keine Zuneigung gefaßt haben.«

»Ich habe sie mitgebracht, weil sie Tante Phoebes Katzen waren und weil es niemanden in Boston gibt, bei dem ich sie hätte zurücklassen können, da ich das Personal entlassen habe.«

Als sie den Gesichtsausdruck ihres Vaters sah, sagte sie: »Ich werde sie zu Großpapa bringen. Ihn scheinen sie wenigstens leiden zu können.« Sie wußte, daß Asa nicht gerade ein großer Katzenfreund war, aber er würde sich nicht weigern, die Tiere bei sich aufzunehmen, da er wußte, daß sie Tante Phoebe gehört hatten.

»Rob, Tuck und ich, wir kommen gut miteinander aus«, sagte Asa gerade, »das heißt, bis sie dich entdecken … dann suchen sie sofort das Weite. Eines habe ich jedoch gelernt: Langhaarige Katzen und dunkle Kleidung vertragen sich nicht gut miteinander.«

Sie lachte, stellte den Korb auf den Tisch und fing an zu lächeln, als Asa begann, darin herumzukramen.

»Man muß sie häufig bürsten«, sagte sie.

»Dahinter bin ich auch schon gekommen. Das Problem hat nur darin bestanden, daß mir vorher nicht klar war, wie wichtig es ist, sich vorher in ein Bettlaken zu wickeln.« Er warf einen Blick auf das Sofa, unter dem immer noch zwei Augenpaare herauslugten. »Ich begreife einfach nicht«, sagte er, »daß die beiden dich nicht leiden können.« Seine Augen funkelten verschmitzt, als er ihr zuzwinkerte und sagte: »Soweit ich weiß, sind das die beiden einzigen Lebewesen auf Erden, die nicht in dich vernarrt sind.«

Elizabeth hätte ihm gern ins Gedächtnis zurückgerufen, man könnte zudem noch behaupten, Tavis Mackinnon sei auch nicht gerade in sie vernarrt, doch sie blieb stumm und hielt sich zurück, solange Asa einen Wasserkessel aufsetzte. Als der Kessel pfiff, brühte sie zwei Tassen Tee über und trug sie zum Tisch. Sie setzte sich ihm gegenüber und spürte, daß er sie nicht aus den Augen ließ.

»Ist das ein reiner Anstandsbesuch, oder brauchst du jemanden zum Reden?«

Sie stellte die Tasse ab und lachte. »Dir konnte ich nie etwas vormachen, stimmt's?«

»Nicht allzuoft. Aber sag mir, was dir fehlt. Hast du jetzt schon Ärger mit Mackinnon?«

»Nein, keinen Ärger, Großpapa. Ich wollte nur ein paar Dinge über ihn herausfinden.«

»Was für Dinge?«

»Über seine Vergangenheit. Ich war schrecklich jung, als er mit Nick hergekommen ist, und ich habe mich nicht wirklich dafür interessiert, was die beiden getan haben.«

»Tja, ich könnte nicht wahrheitsgemäß behaupten, ich wüßte allzuviel, verstehst du. Alles, was ich weiß, ist mir rein zufällig zu Ohren gekommen.«

»Erinnerst du dich noch daran, warum sie hergekommen sind? Ich weiß, daß Robert Graham ihr Onkel war, und das muß heißen, daß er der Bruder ihrer Mutter war.«

»Ja, soviel weiß ich noch. Nachdem du nach Boston gegangen bist, ist Robbie Graham oft zum Leuchtturm rausgekommen, um mit mir Dame zu spielen. Mit der Zeit habe ich ihn recht gut kennengelernt.«

»Habt ihr je über Tavis gesprochen?«

Er zog die Augenbrauen hoch. »Also, wirklich, ich wäre dir doch wohl kein guter Großpapa, wenn ich eine solche Gelegenheit ungenützt verstreichen ließe, oder?«

Elizabeth lächelte. »Nein, wohl kaum.«

»Nach allem, was Robbie mir erzählt hat, ist Tavis einer von fünf Brüdern – es waren früher einmal sechs, aber der älteste Bruder ist gleichzeitig mit der Mutter gestorben, als Nick und Tavis noch zwei kleine Würmer waren. Es scheint, als sei ihre Schwester, die noch ein Baby war, etwa um die Zeit von den Indianern geraubt worden ...«

»Von den Indianern?«

»Von den Indianern«, sagte Asa. »Indianer von der Sorte, die sich mit Schlachtrufen auf einen stürzen, wobei ich allerdings glaube, daß ich nicht weiß, welcher Indianerstamm es war ... wenn man bedenkt, daß sich all das noch in Texas abgespielt hat.«

»Oh«, sagte Elizabeth. »Sprich weiter.«

»Tja, laß mich mal sehen, ob ich mich recht erinnern kann, was Robbie damals gesagt hat. Es scheint, als sei Tavis' kleine Schwester von den Indianern entführt worden, und der Vater der Jungen hat seine Frau und den ältesten Sohn zu Hause zurückgelassen und die fünf jüngeren Knaben auf die Suche nach seiner Tochter mitgenommen. Natürlich haben sie sie nicht gefunden, und bei ihrer Rückkehr mußten sie dann feststellen, daß die Mutter und der älteste Bruder ermordet worden waren. Es scheint, als hätte der Papa seine Jungen hinterher die meiste Zeit allein gelassen, während er durch die Gegend gezogen ist und Geschichten über weiße Kinder nachgegangen ist, die eingetauscht oder mit verschiedenen Indianerhorden gesehen worden sind. Etwa ein Jahr später haben die Jungen die Nachricht erhalten, daß ihr Papa skalpiert worden ist. Anschließend haben die fünf übrigen Söhne versucht, das Lebensnotwendigste aus dem Land ihrer Familie herauszuholen, aber das war nahezu unmöglich, verstehst du. So sind sie dann einer nach dem anderen mit der Zeit fortgegangen.«

Elizabeth sagte einen Moment lang kein Wort. Sie war viel zu sehr mit dem Gedanken beschäftigt, es sei kein Wunder, daß Tavis keine starke Neigung verspürte, zu heiraten und eine Familie zu gründen, wenn er sich kaum an seine eigene Familie erinnern konnte. Schließlich schüttelte sie betrübt den Kopf und sagte: »Ich weiß, daß Nick und Tavis hergekommen sind, aber wohin sind die anderen drei Brüder gegangen?«

»Ich kann nicht mit Sicherheit sagen, wo sie jetzt sind, das mußt du bedenken. Es ist schon eine ganze Weile her, daß Robbie mir von ihnen erzählt hat, verstehst du.« Er unterbrach sich für eine Minute und rieb sich das Kinn. »Ich scheine mich erinnern zu können, daß Robbie gesagt hat, zwei von ihnen hätten irgendwo eine Sägemühle aufgebaut ... ich glaube, es war in Kalifornien. Wenn ich mich recht erinnere, hat er gesagt, daß es Zwillinge waren.«

»Zwillinge«, wiederholte sie und versuchte, sich zwei Tavis Mackinnons vorzustellen. Einen Moment lang ertappte sie sich bei dem Wunsch, es gäbe zwei von seiner Sorte. Vielleicht stünden die Dinge nicht ganz so aussichtslos, wenn sie zwei Chancen und nicht nur eine gehabt hätte.

Du könntest aber ebensogut auf zwei Ablehnungen stoßen, schien eine kleine Stimme in ihrem Kopf zu sagen, und sie verabschiedete sich zögernd von dieser Vorstellung.

»Und der andere? Was ist aus ihm geworden?«

»Also, an diesen anderen kann ich mich recht gut erinnern, und zwar einfach deshalb, weil es eine so erstaunliche Geschichte war. Es scheint, als seien die Mackinnons Schotten – ihre Mutter und ihr Vater sind beide in Schottland geboren worden. Nach allem, was Robbie gesagt hat, muß der Vater der Jungen der rechtmäßige Erbe irgendeines Adelstitels gewesen sein, und bei seinem Tod ist der Titel dann an ihn übergegangen.«

»Was für ein Titel war das?«

»Der eines Herzogs, glaube ich.«

Elizabeth schaute ihn entgeistert an. »Tavis Mackinnon hat einen Bruder, der ein schottischer Herzog ist?«

Asa nickte. »Nach Robbie Grahams Angaben ist das wahr.«

»Aber Nick und Tavis sind die ältesten Söhne. Soviel weiß ich. Warum haben sie den Titel nicht geerbt?« »Jetzt warte mal. Ich weiß schließlich nicht allzu genau Bescheid. Mir ist lediglich berichtet worden, daß Tavis und Nicholas genug Geld verdient haben, um für die Überfahrt hierher zu bezahlen und daß sie hergekommen sind.« Er zwinkerte ihr zu. »Und was passiert ist, seit sie hier sind, nun, da habe ich doch den Verdacht, das weißt du besser als ich.« Er unterbrach sich und sah sie unvermittelt an. »Wenn ich das richtig sehe, gehört dein Herz ihm immer noch? Es hat sich nichts daran geändert?«

Elizabeth wirkte nachdenklich. »Nein, es hat sich nichts geändert«, sagte sie, »obwohl ich mich manchmal frage, ob ich nicht mehr Haar als Grips habe.«

Sie schwieg lange Zeit und fragte sich, ob es ihr bestimmt war, der größte Dummkopf aller Zeiten zu sein, weil sie Tavis Mackinnon so sehr liebte, wie sie es tat. Um sich davon abzulenken, sagte sie: »Ich frage mich, warum Tavis kein Interesse daran gehabt hat, wie sein Bruder und sein Onkel Schiffe zu bauen. Was hat ihn zu dem Entschluß bewogen, sie statt dessen zu entwerfen?«

»Es läßt sich schwer erklären, warum ein Mann tut, was er tut. Warum bin ich Kapitän eines Walfängers und nicht Kapitän eines hübschen Klippers geworden?« Asa trank einen Schluck von seinem Tee und sah Elizabeth dann verschmitzt an. »Wenn ich eine Vermutung wagen müßte, dann würde ich natürlich sagen, ich habe den Verdacht, es könnte etwas mit dem Umstand zu tun haben, daß Tavis Mackinnon seekrank wird.«

Als sie das hörte, ließ Elizabeth beinah die Teetasse fallen. »Seekrank?« sagte sie, doch das Wort war kaum über ihre Lippen gekommen, als ihr irgend etwas daran bekannt vorkam. Sie grübelte eine Minute lang daran herum und schien sich erinnern zu können, daß ihr Vater vor langer Zeit etwas dergleichen gesagt hatte – ehe sie nach Boston gegangen war. »Ich kann einfach nicht glauben, daß ein Mann wie Tavis unter Seekrankheit leidet. Er ist sehr stark und robust.«

Asa lachte. »Nun, das beweist nur, daß der Magen eines Mannes eine andere Konstitution haben kann als der Rest von ihm.«

»Hast du je ein Schiff gesehen, das Tavis entworfen hat ... eines, das nach seinen Entwürfen tatsächlich gebaut worden ist?«

»Warum? Bist du nur neugierig oder hast du geglaubt, es könnte sinken?«

Elizabeth lächelte. »Reine Neugier.«

»Ich habe ein oder zwei gesehen. Nach allem, was ich gehört und gelesen habe, scheint es, daß der Junge sich einen wirklich guten Namen gemacht hat. Manche Leute sehen ihn auf einer und derselben Stufe mit dem großen Donald McKay. Ich habe schon immer gehört, die Schotten hätten den Dreh raus, die Vision eines Träumers mit dem praktischen Denken eines Ingenieurs zu verbinden – und da sie beide Schotten sind, nun ... das wäre einleuchtend.«

»Du siehst Tavis immer noch als einen Schotten an, obwohl er in Amerika geboren ist?«

»Nun, faktisch gesehen ist er Amerikaner, verstehst du, aber ich habe nun einmal den Eindruck – nachdem ich im Lauf der Jahre mit einer ganzen Reihe von Schotten zusammengearbeitet habe –, daß sie irgend etwas in ihrem Blut haben, was sich anscheinend jeder Verwässerung widersetzt. Wenn du mich fragst, dann würde ich sagen, daß Tavis Mackinnon so typisch schottisch ist wie Räucherlachs.«

»Hm«, sagte Elizabeth. »Ich habe gehört, die Schotten seien Opportunisten – ein hochmütiges, armes, voreingenommenes Volk, das selbst dann zur Aufsässigkeit neigt, wenn der gesunde Menschenverstand zum Nachgeben drängt. Vielleicht ist Tavis deshalb so stur ... es fällt ihm ganz von selbst zu.«

Als er diese Worte hörte, warf Asa den weißen Schopf zurück und lachte schallend.

»Lach nicht, Großpapa«, sagte sie. »Ich würde wetten, Tavis Mackinnons Erfolg rührt nicht etwa daher, daß er ein Opportunist ist, sondern daher, daß er zu *hartnäckig* ist, um ein Schiff zu bauen, das sinken könnte.«

7

Tavis Mackinnon mochte zwar vielleicht nicht zu hartnäckig sein, um ein Schiff zu bauen, das hätte sinken können, aber er war zu hartnäckig, um etwas aufzugeben, woran er glaubte. Seit etlichen Monaten arbeitete er jetzt schon an den Plänen für einen neuen Schiffstyp, etwas, was noch nie vorher gebaut worden war – ein Schiff mit einem Rumpf aus Eisen. Bisher waren Schiffe immer Konstruktionen aus Holz gewesen, aber Tavis, der nicht nur Architekt war, sondern auch etwas von einem Erfinder hatte, arbeitete eine neue Idee aus – einen Entwurf für ein Schiff aus Eichenplanken mit einer eisernen Ummantelung. Ein Schiff, das mit herkömmlichen Kanonen nicht versenkt werden konnte.

Vor ein paar Jahren hatte er seine erste Vision von einem Goldenen Zeitalter auf See gehabt; einem Goldenen Zeitalter, das nicht nur dampfbetriebene Schiffe beinhaltete, sondern auch Schiffe mit eisernem Rumpf.

Da seine Phantasie von seinem Erfindungsreichtum und von seiner Begeisterung für den Entwurf von Schiffen angefeuert wurde, hatte Tavis die letzten drei Jahre damit zugebracht, seine ursprüngliche Idee bis zur Vollendung auszuarbeiten, aus einem verschwommenen Einfall ein solides Konzept zu entwickeln und eine komplette Mappe von Bauplänen zu entwerfen. Wie andere schottische Schiffsbauer in Glasgow achtete Tavis darauf, alle Einzelheiten genauestens auszuarbeiten – etwas, was ihm allmählich großen Ruhm einbrachte.

Er machte sich an die Arbeit und entwickelte sein neues Konzept, kurz nachdem er die kompletten Pläne für ein Schiff ausgearbeitet hatte, das die berühmte *Britannia* an Individualität, Geschwindigkeit und Sicherheit bei weitem übertreffen würde. Mit dem Augenmerk eines Schotten auf Sparsamkeit hatte er eine ganze Reihe von Möglichkeiten ersonnen, wie sich die Kosten beim Schiffsbau relativ gering halten ließen, und da inzwischen manche Schiffe mehr als dreihunderttausend Dollar kosteten, war das ein Geschenk des Himmels. Das Schiff war jetzt im Bau, aber Tavis dachte kaum noch daran. Er war viel zu sehr von der Idee besessen, ein Schiff mit einer Eisenverkleidung zu konstruieren.

»Wie kommst du mit den Plänen für deinen nächsten Entwurf voran?« fragte ihn Nathaniel eines Nachmittags, als er Tavis in dessen Büro besuchte. Tavis und sein Musterzeichner, ein Schotte namens Robert McNabb, waren über das Reißbrett gebeugt und diskutierten über unerhebliche Abänderungen, die die Geschwindigkeit des Schiffes eventuell erhöhen könnten. Tavis drehte sich um und winkte Nathaniel näher. »Komm, Nathan, sieh es dir selbst an.«

Nathaniel, der von Natur aus meistens gut gelaunt war, schlenderte an Tavis Seite und war dazu aufgelegt, zum Spaß ein wenig zu sticheln. Offenbar erschien ihm dieser Zeitpunkt bestens geeignet dafür. Nachdem er sich die Entwürfe einen Moment lang angesehen und Tavis zugehört hatte, der ihm von seinen Plänen erzählte, Rammböcke und schräge Kasematten aus Eisenbahnschienen über einem dicken Eichengerippe anzubringen, war Nathaniel sichtlich in hohem Maß beeindruckt.

»Willst du mir etwa erzählen, daß Kanonenschüsse die Eisenhülle nicht durchdringen?«

»Ja – wenn wir es mit fünf Zentimeter starken Eisenplatten verkleiden. Im Moment setzt die Marine Kanonen mit einem Rohr von achtundzwanzig Zentimetern ein, die mit fünfzehn Pfund Pulver schießen. Man bräuchte Kanonen, die mindestens dreißig Pfund Pulver fassen, um ein Loch in fünf Zentimeter starke Eisenplatten zu schlagen.«

»Woher weißt du das?« Tavis grinste. »Weil ich es ausprobiert habe«, sagte er.

»Mein Gott! Wo?« fragte Nathaniel.

»Auf der anderen Seite der Insel.«

»Ich dachte, du hieltest all das geheim.«

»Das tue ich auch.«

»Und niemand hat gehört, wie du fünfzehn Pfund Pulver verschossen hast?«

»Dreißig Pfund.«

»Ein Kanonenschuß mit dreißig Pfund Pulver, und niemand hat dich gehört? Ich glaube dir kein Wort.«

»Niemand hat es gehört. Wenigstens nicht in der Nacht, in der ich den Schuß abgefeuert habe. Da hat niemand etwas gehört«, sagte Tavis.

»Wann war das?«

»Erinnerst du dich noch an den Sturm, den wir vor ein paar Wochen hatten?«

»Den starken Gewittersturm mit Blitzen und ... «

»Kanonenfeuer«, warf Tavis ein.

»Also, da soll mich doch der Teufel holen«, sagte Nathaniel, und dann warf er den Kopf zurück und lachte. Ebenso abrupt, wie er zu lachen begonnen hatte, hörte er wieder damit auf. »Warte mal«, sagte er. »Ich dachte, du hättest gesagt, daß die Marine fünfzehn Pfund Pulver aus achtundzwanziger Kanonen abfeuert.«

»So ist es.«

»Woher hast du dann eine Kanone bekommen, mit der du dreißig Pfund in die Luft schießen kannst?«

»Ich hatte keine. Ich habe eine von denen mit einem Rohr von achtundzwanzig Zentimetern benutzt.«

»Mein Gott! Du hättest die gesamte Ladung abkriegen können. Du hättest dich umbringen können.«

»Mir ist aber nichts passiert«, sagte Tavis, »und jetzt weiß ich, daß man dreißig Pfund Pulver braucht, um fünf Zentimeter Eisen zu durchdringen.«

»Tavis, du bist nicht bei gesundem Verstand. Normale Leute laufen nicht durch die Gegend und tun die Dinge, die du tust.«

»Und normale Menschen machen auch nie Entdeckungen.«

»Solche Entdeckungen können mir gestohlen bleiben«, sagte Nathaniel.

Tavis lachte und begann, seine Pläne zusammenzurollen. »Deshalb, mein Freund, bist du Bankier geworden.«

»Warum? Weil ich bei gesundem Verstand bin?«

Jetzt war Tavis an der Reihe, den Kopf zurückzuwerfen und schallend zu lachen.

Nathaniel klopfte ihm auf den Rücken. »Komm, laß uns nach Hause gehen. Ich begleite dich.«

Die beiden machten sich auf den Weg, vom klagenden Läuten einer Boje begleitet, die die gefährlichen Sandbänke kennzeichnete, die sich in den Untiefen verbargen. Sie verließen die Kaianlagen und liefen durch die Main Street, kamen an der Kirche vorbei und hörten das Schnattern von Frauen und das Kreischen von Kindern, das das Klingen der Bojen und das Schreien der Möwen übertönte. Als er nach links schaute, sah Tavis, daß etliche Menschen auf dem Friedhof arbeiteten.

»Auf dem Friedhof findet der Frühjahrsputz statt«, sagte Nathaniel. »Ich frage mich, was diese alten Weiber wohl täten, wenn eine von ihnen dabei auf ein oder zwei Knochen stoßen würde.«

»Höchstwahrscheinlich würden sie panisch die Flucht ergreifen«, sagte Tavis.

Nathaniel lachte. »Es könnte die Mühe wert sein, dort einen Knochen zu vergraben, und sei es nur, um zu sehen, wie schnell sie sich alle vom Fleck rühren können«, sagte er, und beide lachten.

Während sie diese Überlegungen anstellten, waren sie neben dem schmiedeeisernen Gitter stehengeblieben, mit dem der Friedhof eingezäunt war. Nathaniel versetzte Tavis einen Rippenstoß und sagte: »Komm, laß uns weitergehen. Mich packt das kalte Grauen, wenn ich einen Friedhof sehe.«

Tavis widerstrebte es jedoch, sich wieder in Bewegung zu setzen.

Er hatte etwas gesehen, was seine Aufmerksamkeit auf sich gelenkt hatte. In der hintersten Ecke, unter einem knorrigen Obstbaum, hatte er leuchtend goldenes Haar aufblitzen sehen – nur für einen Augenblick, ehe die Frau es zu einem Knoten schlang und unter einem schmucklosen graubraunen Hut verbarg. Er kannte nur eine einzige Frau, die diese Haarfarbe hatte. Er schaute sich auf dem Friedhof um und sah dort nur ältere Frauen, Matronen, nichts anderes als Witwen, alte Jungfern und verheiratete Damen. Was hatte eine Frau wie Elizabeth Robinson hier zu suchen?

Da seine Neugier jetzt erwacht war, wandte er sich an Nathaniel. »Du kannst allein weitergehen. Ich werde mich ein Weilchen hier rumtreiben.«

Nathaniel sah ihn mit dem benommenen Ausdruck eines Mannes an, der wieder an die Wasseroberfläche kommt, nachdem er lange untergetaucht war, und sich im ersten Moment in der Welt über sich nicht zurechtfindet. Dann zuckte er die Achseln und sagte: »Okay. Dann bis später.«

»In Ordnung«, sagte Tavis.

Nach ein paar Schritten blieb Nathaniel stehen und sagte: »Kommst du heute abend zu den Colemans?«

Tavis hatte den Blick abgewandt. »Kann sein«, war alles, was er sagte.

Nathaniel folgte Tavis' Blickrichtung. Da er nichts weiter als eine Horde von Frauen in dunkler Kleidung sah, zuckte er die Achseln und rammte die Hände tief in seine Taschen. Im nächsten Moment lief er los.

Sowie er gegangen war, sprang Tavis über das Gitter, machte sich auf den Weg zu dem Obstbaum am hintersten Ende des Friedhofs und nickte ein paar Frauen zu, die stehenblieben, um ihn anzustarren.

Er fragte sich, was er hier eigentlich tat und warum er sich überhaupt die Mühe machte, auf sie zuzugehen. Er rief sich ins Gedächtnis zurück, was für eine Plage sie früher gewesen war. Wollte er etwa, daß dieser ganze Ärger wieder von vorn anfing? Dann fiel ihm wieder ein, wie sie ihn an jenem Abend auf der Party angesehen hatte, und er grinste. Natürlich war das alles ziemlicher Unsinn, aber wann hatte er je etwas anderes als Unsinn betrieben?

Er fand sie an einem abgelegenen Ort, an dem nur ein einziger Grabstein stand, auf den Knien vor. Das Grabmal war von Flechten überwachsen, aber es war nicht so alt wie manche anderen, und das erleichterte es ihm, den Namen zu lesen. Patience Robinson.

Der Grabstein trug keine Daten und keine weiteren Worte, doch irgendwie wurde ihm klar, daß es das Grab ihrer Mutter sein mußte. Er blieb stumm hinter ihr stehen und beobachtete die schmalen weißen Hände, als sie mit bloßen Fingern Unkraut ausrupfte. Sie wirkte sehr einsam auf ihn, isoliert in einer Familie, die kein Verständnis für sie aufbrachte. Derartige Dinge hatte er sich kaum jemals im Zusammenhang mit Frauen überlegt, und selbst während er jetzt dastand und sie beobachtete, fragte er sich, was zum Teufel er hier zu suchen hatte. Es war Wahnsinn – der reinste Wahnsinn und nichts anderes als schierer Wahnsinn –, Überlegungen von der Sorte nachzuhängen, wie er sie gerade anstellte. Und doch schien sich dieser Irrsinn um die Anziehungskraft herumzuschlingen, die sie auf ihn ausübte, und es entstand ein einziger Strang zwangsläufiger Wahrscheinlichkeit, vor der es kein Entrinnen gab.

Er riß sich mühsam von dieser Vorstellung los, um sich zu fragen, warum sie keine Handschuhe trug. Ihm blieb keine Zeit, darüber nachzudenken, denn sie mußte gespürt haben, daß sie beobachtet wurde. Als sie sich umdrehte, fiel ihr verblüffter Blick auf ihn.

Er trat näher und blieb dann stehen. Ihre Augen wurden groß, und ihr Mund sprang auf. Sein erster Impuls bestand darin, die Vorsicht in den Wind zu werfen, sie in seine Arme zu ziehen und diesen erstaunten Mund zu küssen, ehe sie die Gelegenheit fand, ihn wieder zu schließen. Dieser Gedanke belustigte ihn, denn er fragte sich, wie lange es wohl dauern würde, bis die übrigen Frauen schlagartig die Flucht ergriffen, wenn er das tat.

Sein Blick glitt über sie und heftete sich dann auf ihr Gesicht. Sie schaute zu ihm auf, und was er sah, überraschte ihn. Es war nicht oft vorgekommen, daß er sie angeschaut und keinen Schalk in ihren Augen gesehen hatte. Einen Moment lang glaubte er, sie würde etwas sagen. Als sie es nicht tat, fragte er: »Brauchst du Hilfe?«

»Nein ... Ich meine, ich bin so gut wie fertig«, sagte sie. Ihre Röcke bauschten sich um sie herum, als sie dakniete, und ihr Umhang zeichnete sich auf dem grünen Gras wie ein grauer Schatten ab. Neben ihr stand eine kleine Lattenkiste mit einem Griff, die einen Spaten enthielt, einige Freilandpflanzen und ein Paar unbenutzte Handschuhe. Sein Blick glitt über die hinweg auf den grasbewachsenen Hügel des zugeschütteten Grabes und nahm wahr, wie gepflegt alles war. Er sah die Stiefmütterchen, die neben dem marmornen Grabstein gepflanzt waren. »Das ist ein schöner Grabstein. Es ist das Grab deiner Mutter?«

Sie nickte. »Ja.« Sie gab ihm von sich aus keine weiteren Erklärungen dazu ab, erzählte ihm nichts über den Tod ihrer Mutter und sagte ihm auch nicht, wann es dazu gekommen war oder wie jung sie gewesen war, als es passiert war. »Mein Vater hat den Grabstein in Boston anfertigen lassen.«

»Kommst du oft hierher?«

Sie sah sich um. »Das ist mein erster Frühjahrsputz nach meiner Rückkehr. Ich hoffe, daß ich wenigstens einmal im Monat herkommen kann ... um zumindest das Unkraut zu jäten.«

Er sah sich auf dem Friedhof um und stellte fest, daß einige der Frauen bereits gegangen waren. »Ich habe nie verstanden, warum die Quäker nicht erlauben, Grabsteine auf Gräbern aufzustellen.«

»Selbst, wenn ich Quäker wäre, hätte ich einen Grabstein auf ihrem Grab aufgestellt.«

»Dann ist es nur gut, daß du kein Quäker bist, sie hätten dich rausgeworfen, wenn du das getan hättest.«

Sie zuckte die Achseln. »Ich bezweifle, daß sich jemand darüber gewundert hätte.«

Darüber lächelte er und überlegte sich, daß er nie gehört hatte, wie sie von irgend jemandem als schüchtern bezeichnet worden wäre, und doch rief sie im Moment genau diesen Eindruck in ihm wach. Er trat noch einen Schritt näher und ging dann neben ihr in die Hocke. Als er aufblickte, schien sein Blick sie erstarren zu lassen, denn sie kniete still und stumm da, und er fragte sich unwillkürlich, ob sie sich fürchtete.

Er stieß ihr den Hut auf den Hinterkopf zurück, und ihm fiel auf, wie sich die Bänder in ihren Hals schnitten. Ehe sie darauf reagieren konnte, nahm er ihre Hand, hielt sie in seiner, drehte sie um, musterte sie gründlich und sah den Schmutz und die Erde unter ihren Fingernägeln, aber auch die rote Strieme eines Kraters. Sie versuchte, ihre Hand zurückzuziehen, doch er hielt sie fest.

»Du solltest besser deine Handschuhe tragen«, sagte er. Dann führte er ihre Hand an seine Lippen und küßte sie.

Sie zitterte.

»Frierst du?« fragte er.

»Nein«, sagte sie und entzog ihm ihre Hand. »Was ist mit den Handschuhen?« fragte er, und sein Blick fiel auf die Lattenkiste, in der die ungetragenen Handschuhe lagen.

»Ich ... ich kann sie beim Arbeiten nicht tragen. Ich muß die Erde und das Gras spüren, wenn ich das Unkraut jäte. Wenn man dabei Handschuhe trägt, dann ist das, als ginge man mit einer Hutschachtel auf dem Kopf auf die Straße.«

Dieses Bild brachte ihn zum Lachen.

»Was tust du hier?«

Er lächelte. »Willst du es wirklich wissen?«

Sie nickte, wandte dann den Blick ab und verbarg die Hände in den Falten ihres Rocks.

»Was glaubst du wohl, warum ich hergekommen bin?«

In ihren Augen standen klare Antworten. »Ich weiß es nicht.«

»Offensichtlich bin ich hier, weil ich in deiner Nähe sein wollte.«

»Warum?«

»Warum nicht?«

»Ich ...« Sie unterbrach sich, als suchte sie nach etwas, was sie sagen konnte. »Ich hätte dich niemals für schüchtern gehalten ... in diese Schublade hätte ich dich wirklich nicht gesteckt.«

»Ich bin auch nicht schüchtern ... jedenfalls normalerweise nicht.«

»Nur in meiner Gegenwart?«

»Es scheint fast so.«

»Ich frage mich, woher das kommt.«

Sie lachte und war jetzt gelöster. »Weil du besser als jeder andere all meine lächerlichen Geheimnisse kennst, die Albernheiten meiner Vergangenheit.«

»All deine Eskapaden und Kapriolen? Meinst du das?«

Sie nickte. »Obwohl ich finde, ›Idiotie‹ wäre das bessere Wort dafür.«

Er lachte und unterdrückte den Impuls, sie in seine Arme zu ziehen und sie zu küssen, bis sie sich so unbeschwert fühlte wie er. Seine Neugier in bezug auf sie nahm zu und schwoll in seinem Innern an. Sie war ein derart faszinierendes Geschöpf, so ganz anders als das junge Mädchen, das er von früher kannte. Sie war teils Dame, teils Sirene, teils Verführerin und durch und durch Frau. Eine langsam aufsteigende Wärme durchflutete ihn, und er nahm eine Spur von Reue wahr, weil sein Gewissen es ihm erlaubte, ohne tiefe Gefühle Jagd auf sie zu machen, obwohl er doch wußte, was sie immer für ihn empfunden hatte. Er wußte auch, daß es besser gewesen wäre, sie in Ruhe zu lassen. Aber wann hatte Weisheit in den Verführungskünsten je eine bedeutende Rolle eingenommen?

»Du scheinst mit der Vergangenheit abgeschlossen zu haben«, sagte er schließlich. »Heißt das, daß du den Rückzug angetreten hast?«

Sie lächelte, sah ihn an und nahm denselben immensen Schock wahr, den er immer bei ihr ausgelöst hatte. Die graublauen Augen, die sie ansahen, waren warm und einladend, so verlockend wie Maxcy's Teich an einem heißen Sommertag. In der Hocke sitzend, baumelten seine Hände fast träge zwischen seinen Knien. Das Blau seines Hemds schien dem Himmel über ihren Köpfen Farbe geraubt zu haben, während die Sonne auf dem schwarzen Haar, das seinen Kopf bedeckte, einen schmelzenden Glanz hinterließ. Wie lässig er doch wirkte und wie unbefangen, als täte er alle Tage, was er gerade tat, wogegen sie nichts weiter als ein bebendes Nervenbündel war, das keinen Ton herausbrachte.

»Ja, ich denke, schon«, sagte sie schließlich.

»Und warum?« Seine blauen Augen waren forschend, sein Kopf leicht nach links geneigt. Sie fragte sich unwillkürlich, was er wohl beabsichtigte und welchen Grund er dafür hatte, ihr so viele Fragen zu stellen.

»Ich weiß es nicht. Vielleicht bin ich einfach rausgewachsen. Wie aus den Trägerröcken meiner Kindheit.« Sie unterbrach sich einen Moment lang und sagte dann: »Und jetzt bist du an der Reihe. Warum bist du hier?«

Er lächelte. »Weil du offensichtlich die schönste Frau in ganz Nantucket bist.«

Sie starrte ihn einen Moment lang an, und dann streckte sie eine Hand aus, legte sie auf seine Schulter und gab ihm einen Stoß, der ihn rückwärts auf den Boden fallen ließ. Er hätte nicht mit Sicherheit sagen können, ob sie über seine Worte lachte oder über den lächerlichen Anblick, den er bot, als er flach hingestreckt vor ihr lag.

Er sah sie an und beschloß, es sei letzteres, denn sie schien nicht die leiseste Ahnung zu haben, wie hübsch sie wirklich war, oder wenn sie es wußte, dann war es ihr vollkommen egal. Es hatte schlichtweg nichts mit ihren Wertvorstellungen zu tun. Als er sie jetzt so lachen sah, war klar, daß sie glaubte, er erlaubte sich einen Spaß mit ihr. Er wußte auch, daß sie den wahren Zweck seines Interesses an ihr nicht gänzlich durchschaute und höchstwahrscheinlich nur dann etwas begreifen würde, wenn er sie auf das Gras warf und sich auf sie legte.

Er rollte sich herum und setzte sich auf. »Hat dir denn nie jemand gesagt, daß du wunderschön bist?«

»Das eine oder andere Mal, aber abgesehen davon, daß es ein Kompliment ist, hat es keinen weiteren Wert. Man kann es nicht essen, und es ist auch nichts, was man zur Bank bringen und dort abgeben kann.«

In dem Moment begriff er, daß sie aus gänzlich verschiedenen Welten stammten und daß ihre Welt, wie die der meisten Menschen auf dieser Insel, praktisch orientiert war und sich nicht blumenreichen Phantasien und poetischer Verzückung verschrieben hatte.

»Bist du jemals geküßt worden ... außer von mir?«

Er konnte augenblicklich erkennen, daß seine Worte sie schockiert hatten, und er hoffte nur, daß sie sich nicht an jenen Tag am Teich erinnerte, als er sie geküßt hatte.

»Das geht dich nichts an.«

»Was ist? Wie lautet die Antwort, ob es mich nun etwas angeht oder nicht?«

»Ja, ich bin geküßt worden. Mehr als einmal.«

»Hat es dir Spaß gemacht?«

Sie starrte ihn lange Zeit an. Sogar sehr lang. Dann senkten sich ihre Lider, und sie schaute auf ihre Hände herunter, die sich hoben, um den Umhang enger um sie zu ziehen. Ihr Blick wurde hart und finster. »Ja, allerdings, und das ist eine Tatsache.«

Im nächsten Moment zog sie sich auf die Füße, so schnell und anmutig wie ein Reh. »Und eine andere Tatsache ist die, daß dieses Gespräch hiermit beendet ist.«

Er folgte ihr und stand rechtzeitig auf den Füßen, um zu hören, wie sie sagte: »Einen schönen Tag noch, Mr. Mackinnon.«

Er beobachtete, wie sie sich vorbeugte und mit zitternden Händen nach ihren Sachen griff. Er hatte das Gefühl, daß nicht nur ihre Hände zitterten.

Er schaute sie immer noch an und fragte sich, was sie wohl tun würde, als sie ihn stehen ließ und fortging.

»Elizabeth?«

Sie lief weiter, und das zwang ihn, ihr mit langen Sätzen zu folgen, wenn er sie einholen wollte. »Guten Tag, Mrs. Coleman. Guten Tag, Mrs. Starbuck. Ja, ich glaube, für heute mache ich Schluß, Mrs. Husey. Natürlich komme ich morgen früh wieder, Mrs. Longworth«, sagte sie und nickte jeder der Frauen der Reihe nach zu, und dabei schloß sie ihn vollständig aus.

Sie ignorierte ihn weiterhin, bis sie das Tor erreicht hatten, und dort drehte sie sich mit glühenden Blicken zu ihm um und zischte: »Würdest du mich jetzt in Ruhe lassen?«

Er folgte ihr durch das Tor und über die Straße. Als sie an der Kreuzung angekommen waren, blieb sie stehen. »Laß mich in Ruhe«, sagte sie.

»Und wenn ich das nicht kann?«

»Dann laß dir gesagt sein, was ihr alle seid, du und deinesgleichen.«

Er zog eine Augenbraue hoch. »Ach? Und was wäre das?«

»Opportunisten«, sagte sie. »Abscheuliche Kerle. « Dann wandte sie sich ab und ließ ihn stehen, während sie über die Straße rannte.

8

Am 20. Dezember 1860 wurde Abraham Lincoln zum Präsidenten gewählt. Infolge seiner Wahl – und da er auf der Seite derer stand, die die Sklaverei abschaffen wollten – sagte sich South Carolina von den Nordstaaten los. Mississippi, Florida, Alabama, Georgia, Louisiana und Texas folgten diesem Vorbild. Jetzt herrschte Unruhe im Land, und ständig drohte Krieg auszubrechen. Tavis war sich über den Wert der Pläne für sein Schiff mit dem eisenverschalten Rumpf im klaren und bemühte sich, sein Vorhaben geheimzuhalten, aber wie es Geheimnissen so häufig ergeht, sickerte schon bald etwas über seinen revolutionären Entwurf durch. Es dauerte nicht lange, bis er innerhalb von wenigen Wochen von Agenten der Nordstaaten sowie auch der Südstaaten kontaktiert wurde.

Und genau darin bestand sein Problem.

Es war zwar sein großer Traum, sein Schiff gebaut zu sehen, doch er war zerrissen, wenn es darum ging, wem seine Loyalität galt. Texas war seine Heimat, und da Texas abtrünnig geworden war, fühlte er sich in einem gewissen Maß diesem Staat und dem Süden im großen und ganzen verpflichtet. Sein Bruder Alexander lebte mit seiner Frau Katherine und der Familie immer noch in Texas. Tavis konnte beim besten Willen nicht wissen, was Alex tun würde, falls Krieg ausbrach, doch er hatte das Gefühl, wenn ein Punkt kam, an dem Männer gebraucht wurden, würde Alex einer der ersten sein, die diesem Aufruf folgten.

Andererseits hatten Nicholas und Tavis fünfzehn Jahre lang in Nantucket gelebt, und während Nick und seine Frau Tibbie ebenso wie er gebürtige Texaner waren, dann war der Norden jetzt doch ihre Heimat. Seine Gefühle waren gemischt, und dementsprechend gespalten war seine Loyalität. Er konnte nicht eine der Seiten unterstützen, ohne der anderen zu schaden. Er wollte sein Schiff gebaut sehen, aber nicht um den Preis von Menschenleben. Tavis betete zu Gott, er würde nie eine der beiden Seiten der anderen vorziehen müssen. Er hegte die Hoffnung, neutral bleiben zu können.

Diese Hoffnung sollte niemals Früchte tragen, denn etwa um die Zeit herum, um die Tavis mit dem Gedanken spielte, nach England zu gehen, um seine Pläne der englischen Marine vorzulegen, wurden die Pläne gestohlen. Tavis wurde in den Krieg hineingezogen, ob es ihm nun paßte oder nicht.

Es war unheimlich, wie er an jenem verhängnisvollen Tag die ganze Nacht durch gearbeitet und erst aufgehört hatte, als die ersten goldenen Strahlen der Sonne begannen, sich über den Hafen zu stehlen, der sich unter dem Fenster seines Büros ausbreitete.

Da er feststellte, daß er erschöpft und ermattet war, streckte er sich, schaute zum Fenster hinaus und sah am Horizont den ersten rosig grauen Hinweis auf den Morgen. Bis zu diesem Augenblick hatte er nicht bewußt wahrgenommen, daß er die ganze Nacht durchgearbeitet hatte. Er bog seinen krummen Rücken langsam durch, rollte die Pläne für sein Schiff mit der Eisenverkleidung zusammen, steckte sie in die eingeölte Rolle, in der er sie immer aufbewahrte, und brachte sie in einem abschließbaren feuerfesten Schrank unter.

Sowie er das erledigt hatte, schaltete er die Lichter aus und machte sich dann auf den Heimweg. Er hatte die nächste Kreuzung schon fast erreicht, als ihm einfiel, daß er seine Hausschlüssel neben der Kaffeetasse auf seinem Zeichentisch hatte liegen lassen.

Er machte sich auf den Rückweg zu seinem Büro und öffnete die Tür. Er wollte gerade eintreten, blieb jedoch stehen. Hier stimmte etwas nicht. Das wußte er in dem Moment, in dem er hörte, wie die Tür sich quietschend öffnete. Am anderen Ende des Raumes tauchte ein kleiner Kerl mit verschlagenen Augen – von der Sorte, die oft in den Hafenanlagen herumlungerte – aus dem abgeschlossenen Schrank auf. »Was zum …«, sagte Tavis, doch die weiteren Worte wurden von dem kalten Schauer der Angst unterdrückt, der ihm über den Rücken lief. Der Mann nahm eine aufrechte Haltung ein und drehte sich mit einem kalten Lächeln, das um seine Mundwinkel spielte, ganz zu ihm um. *Verbrecher*, das stand ihm deutlich ins Gesicht geschrieben, angefangen damit, wie er versuchte, Tavis mit seinem Grinsen abzulenken, bis hin zu den schwarzen Augen, die keine Furcht kannten. Dann sah er es – die Wachstuchrolle in der Hand des Mannes. Einen Moment lang stand Tavis einfach nur da und starrte gebannt die Rolle an, in der sich seine Pläne verbargen. Dann drang mit entsetzlicher Klarheit in seinen Verstand vor, was hier geschah. Sein Blick hob sich von der Rolle zum Gesicht des Diebes. Dann stürzte er mit Wutgeheul blind in sein Büro.

In dem Moment, in dem sich Tavis auf ihn stürzen wollte, holte der Mann blitzschnell ein Messer heraus und warf es nach ihm. Tavis duckte sich im letzten Moment, ehe es sich bis zum Heft in seine Brust gegraben hätte. Der Griff des Messers schwankte noch in der Wand hinter ihm, als der Mann sich umdrehte, durch ein offenes Fenster hinausstieg und über das Dach verschwand.

Tavis setzte ihm in Windeseile nach, sprang zum Fenster hinaus, rannte über das stark geneigte Dach, hechtete von dort aus auf eine Regentonne und sprintete dann über den Kai, ohne die verschwommene Gestalt, die vor ihm herrannte, auch nur einen Moment aus den Augen zu lassen.

Am Ende des Anlegestegs sprang der Mann in ein kleines Boot, in dem zwei Männer warteten, um ihn weiter hinauszurudern, von wo er von einem der wenigen zweimastigen Segler erwartet wurde.

Verzweifelt hielt Tavis nach einem möglichen Transportmittel Ausschau – ihm wäre alles recht gewesen, was seetauglich genug war, um Jagd auf den Segler zu machen. Seine Beine hatten sich bereits in Bewegung gesetzt, als die Mitteilung sein Gehirn erreichte, daß eine kleine Schaluppe wenige Meter von dem Anlegesteg vertäut war, ein Schiff, das sowohl seetauglich wirkte als auch klein genug schien, um von ihm allein gesegelt zu werden. Ohne auch nur einen Augenblick zu vergeuden, sprang Tavis in ein kleines Beiboot und ruderte zu der Schaluppe hinaus. Wenige Minuten später war er an Bord und holte den Anker ein.

Als er den Anker hochgehievt hatte, geriet die Schaluppe vorübergehend in Heckfahrt. Tavis war nun allerdings keineswegs ein geübter Segler und schon ganz und gar nicht unter die Liebhaber des Meeres zu zählen. Er kannte sich mit Schiffen aus und liebte sie, und die Mechanik des Segelns war ihm klar, doch da er anfällig für Seekrankheit war, war er in der Praxis nicht oft selbst gesegelt. Zum Glück hatte es nicht viel miteinander zu tun, die Mechanik des Segelns zu begreifen und tatsächlich ein Segelboot zu steuern.

Ohne sich allzu viele Gedanken darüber zu machen, was er hier eigentlich tat, riß er das Steuer heftig herum und begann, die Falleinen wegzufieren. Nach ein paar Sekunden hörte er, wie sich das Segel im Wind blähte. Im nächsten Moment waren die Segel angeholt, und die Schaluppe legte sich ein wenig zur Seite, als sie durch das Wasser voranglitt und das Steuer gegen den Segeldruck ausbalanciert war.

Erst dann begann er, sich zu entspannen. Er lehnte sich zurück und lauschte dem rhythmischen Schwappen von Wasser gegen den Bug, als die kleine Schaluppe durch die vereinzelten Schwaden des frühen Morgennebels, die hartnäckig über der Wasseroberfläche verweilten, aufs offene Meer hinausglitt.

Als er die Sandbank umrundete, die den Hafen von Nantucket

schützend umgab, war der zweimastige Segler, dem er folgte, ihm schon weit voraus. Als er das offene Meer erreichte, erkannte Tavis augenblicklich, daß er nicht allzu schnell vorankam. Er warf einen Blick zurück und sah, daß Nantucket nur noch ein schmaler brauner Streifen am Horizont war. Er war von allen Seiten von nichts anderem als schimmernden Wogen graugrünen Wassers umgeben. Über ihm blähte der Wind die Segel; vor ihm hob und senkte sich der Bug. Das einzige, was ihm großes Unbehagen verursachte, war sein Magen. Er fühlte sich von Minute zu Minute schwächer und umklammerte das Ruder. Er lehnte sich daran, als kämpfte er gegen Schwindelgefühle an.

Ihm schwirrte der Kopf vor Seekrankheit und Schwindelgefühlen, und das Einsetzen von heftigen Kopfschmerzen ließ seinen Schädel pochen. Er lag im Kampf mit seinem rebellischen Magen, heftete den Blick starr auf die Segel des Schiffes, das er verfolgte, und hielt grimmig das Steuer umfaßt. Inzwischen zitterte er und stöhnte, als der Wind an Stärke zunahm und um ihn herum zu peitschen begann. Die Schaluppe wurde hochgehoben und schlingerte, stieg höher aus dem Wasser auf und senkte sich dann wieder. Sein Magen machte jede dieser Bewegungen mit. Kalter Schweiß stand auf seinem Gesicht. Er schluckte schwer, um dagegen anzukämpfen. Es war zwecklos. Das wußte er selbst. Ihm würde übel werden, und zwar schon bald.

Inzwischen hatte die Seekrankheit ihn mit voller Macht erwischt, und als er spürte, wie die erste Welle Übelkeit in ihm aufwogte, wandte er sich ab und umklammerte die Reling. Er beugte den Kopf vor und übergab sich in die schäumenden Wogen, die der Bug teilte. Da ihm das keine Linderung verschaffte, ließ er sich auf den Boden sinken, stöhnte, ließ den Kopf zwischen die Knie hängen und die Segel unter den starken Windstößen aufluven. An das unbemannte Steuer konnte er nur ab und zu denken – zu mehr war er nicht in der Lage. Noch nie hatte er sich derart elend gefühlt. Mit einem weiteren erbärmlichen Stöhnen hob er den Kopf und sah gerade noch, wie das Großsegel flatterte und der Klüver herumgepeitscht wurde.

Als sei das alles noch nicht genug, öffnete sich abrupt die Tür zu den Unterkünften unter Deck, und ein blonder Schopf, der vom Schlaf zerzaust war, wurde herausgestreckt.

Tavis stöhnte. Was hätte unliebsamer sein können, als von Seekrankheit befallen und allein auf dem offenen Meer, niemand anderen an Bord vorzufinden als den Quälgeist, der ihm das Leben zur Last machte, nämlich Lizzie Robinson. Er hätte lauthals geflucht, als er sah, wie sein schlimmster Alptraum wahr wurde, aber dazu war es ihm zu schlecht. Das einzige, was er tun konnte, war, den Kopf vorzubeugen, während sich sein Magen hob und senkte.

Er wünschte sich nichts anderes mehr, als allein zu sein und sich unbeobachtet übergeben zu können – überall anders, aber nicht vor den Augen dieser Frau, während er vor Erschöpfung zitterte. Er übergab sich wieder und lehnte sich dann an die Reling, stöhnte und stieß gotteslästerliche Flüche aus. Die Erfahrung sagte ihm, daß in ein oder zwei Tagen alles wieder gut sein würde und daß ihn dann nur noch Lizzie Robinsons Anwesenheit plagen würde.

Über ihm quietschten die Balken, die Segel flatterten, das Meer hob und senkte sich, und diese Bilder untermalten nur noch die alptraumhafte Geräuschkulisse, als er sie ausrufen hörte: »Gott im Himmel! Was tust du da? Versuchst du, uns beide umzubringen?«

Da er nicht in der Lage war, ihr eine Antwort darauf zu geben, zog er sich hoch und umklammerte matt und bebend die Reling, als er sich noch einmal in die tosende Gischt des Meeres erbrach.

9

Wenn der feuchte kalte Dunst der dichten Nebelschwaden, den ihr der Wind ins Gesicht schlug, sie nicht restlos aus ihrer Schlaftrunkenheit herausgerissen hätte, dann hätte der Anblick von Tavis Mackinnon, wie er sich über die Reling ihrer Schaluppe beugte und sich heftig erbrach, das Seinige dazu beigetragen.

So, wie die Dinge standen, blieb Elizabeth nicht viel Zeit, ihrer Verwunderung über das unerwartete Auftauchen von Tavis Mackinnon auf den Grund zu gehen, denn die Geräusche eines aufgeluvten Segels, das wüst flatterte, ließen sie ihn und jede Erklärung dafür, wie er auf ihre Schaluppe gekommen war, schlagartig vergessen.

Sie wandte ihre Aufmerksamkeit dem Schaden zu, den er angerichtet hatte. Sie sicherte das Ruder, machte sich dann daran, das Segel zu brassen, und gab ihm ein wenig Leine, damit der Druck nachließ. Sie wollte die Schaluppe gerade wenden, als Tavis, der grün im Gesicht an der Reling lehnte, den Kopf zu ihr umdrehte und matt sagte: »Nimm die Verfolgung dieser Ketsch auf.« Ihr Robinson-Blut kochte über. Die Vorfälle vergangener Jahre hatten zu einer Zuspitzung geführt, und jetzt sah es dieser Rohling als sein Recht an, ihre Schaluppe zu beschlagnahmen und ihr Befehle zu erteilen. Für wen hielt er sich eigentlich? Für einen zweiten Napoleon?

Sie bedachte ihn mit einem Blick, der deutlich ausdrückte, was sie von ihm und seinem Ansinnen hielt.

»Hör mir zu, verdammt! Es ist wichtig. Was du auch tust, laß diese Ketsch nicht aus den Augen.«

Bei diesen Worten zuckte sie steif zusammen, dachte jedoch gar nicht daran, schwach zu werden. Es gab Grenzen, an die man eine Robinson treiben konnte, aber keinen Schritt weiter. »Und jetzt wirst du mir mal zuhören, Tavis Mackinnon. Falls du dir einbilden solltest ...«

»Wenn ich mich nicht derart hundeelend fühlen würde, würde ich das niemals von dir verlangen. Tu einfach, was ich sage«, sagte er, und dabei schloß er die Augen, beugte den Kopf über die Reling und würgte wieder.

Nimm die Verfolgung dieser Ketsch auf. Vor ihren Augen zog die haarsträubende Vision auf, das zu tun, was er von ihr verlangte, um eventuell dann festzustellen, daß sie mit einem Scheintoten an Bord weit draußen auf dem Atlantik segelte. Dann spielte sie mit dem Gedanken, nicht zu tun, was er von ihr verlangte, und sie malte sich die

Wut und den Zorn aus, die über sie hereinbrechen würden, wenn sie umkehrte und den Hafen ansteuerte und Tavis sich erst einmal von seiner Seekrankheit erholt hatte.

Nimm die Verfolgung dieser Ketsch auf? Das war keine alltägliche Bitte, aber andererseits wurde sie auch nicht von einem gewöhnlichen Mann vorgebracht. Tavis war derjenige, der sie geäußert hatte. Und er wollte tatsächlich, daß sie mit ihm lossegelte, und das hieß, daß außer ihnen niemand sonst an Bord sein würde. Wenn das keine glänzende Gelegenheit war. Eine, auf die sie ihr halbes Leben lang gewartet hatte.

Inmitten der Verwirrung, die in ihrem Innern herrschte, konnte sie fast hören, wie Tante Phoebes Stimme sie drängte, in allererster Linie praktisch zu denken. *Elizabeth, sei nicht dumm. Wenn der Himmel eine Feige fallen läßt, dann sperr den Mund weit auf.*

Gelegenheit macht Diebe, und diese Chance war einfach zu verführerisch.

Aber gleichzeitig neigten die Robinsons sich selbst gegenüber zu schonungsloser Offenheit. Es stimmte schon, daß Tavis die Rolle des Piraten spielte und ihre Schaluppe zu seinem persönlichen Nutzen an sich brachte und nicht etwa aus dem Verlangen heraus, Elizabeth nahe zu sein. Dennoch, überlegte sie sich, könnte es die Mühe wert sein, sich darauf einzulassen, wenn sich ihr dafür eine Gelegenheit bot, mit ihm zusammen zu sein und noch dazu unter derart beengten Verhältnissen. Je länger sie darüber nachdachte, desto stärker wurde ihre Überzeugung, daß der große Trick im Leben darin bestand, todsicher zu wissen, was man will, und sich von nichts und niemandem von dem eingeschlagenen Kurs abbringen zu lassen. Im Moment gestattete sie sich Visionen, die sich so gut wie sicher verwirklichen ließen. In der Liebe und im Krieg waren List und Tücke schon immer zulässig gewesen.

Elizabeth sah ihn an. Er hatte die Augen noch geschlossen, und sie fragte sich, was er in Wirklichkeit hier zu suchen hatte, auf ihrer Schaluppe – aber er erweckte nicht den Eindruck, als sei er im Moment in einer geeigneten Verfassung, um ihn gründlich durch die

Mangel zu drehen, und daher beschloß sie, sich mit ihren Fragen Zeit zu lassen.

Er trug eine dunkelbraune Kordhose und eine dunkelblaue Matrosenjacke, sein Haar war vom Wind zerzaust und sein Gesicht blaß und besorgt. Als er die Augen aufmachte, um sie anzusehen, fühlte sie sich isoliert und von ihm abgeschnitten, und zwar deshalb, soviel wußte sie, weil sie so trotzig reagiert hatte und nicht ohne jedes Zögern seinem Wunsch nachgekommen war. Ihr war unbehaglich zumute, und doch sah er sie weiterhin mit diesem hochmütigen Blick an, der sie schon immer bis ins Mark gereizt hatte – denselben Blick, der sie mehr als einmal dazu gebracht hatte, idiotische Dinge zu tun, die dazu geführt hatten, daß die rechtschaffenen Bürger von Nantucket sie ignorierten.

Nachdem er sie einen Moment lang angestarrt hatte, als dächte er, als Erwachsene sei sie noch übler, als sie es als Kind gewesen war, sagte er: »Was ist? Wirst du mir helfen?«

»Vielleicht, vorausgesetzt du sagst mir, warum es dir so wichtig ist.«

Er stöhnte, und einen Moment lang glaubte sie, er würde sich wieder übergeben. »Dazu fühle ich mich viel zu elend«, sagte er. »Ich werde es dir später bis in alle Einzelheiten erklären. Kannst du mir in dem Punkt nicht einfach vertrauen?«

Sie war so aufgebracht, daß sie ihre Schaluppe gerade wenden wollte, um nach Nantucket zurückzukehren, als in ihrem Innern eine seltsame schwache Sehnsucht aufzukeimen schien, eine Unzufriedenheit, die sich in einer Form bemerkbar machte, die sie an eine Frau denken ließ, deren Leben unausgefüllt war, etwa an eine Frau, die heiratet und doch niemals ein Kind bekommt. Sie konnte nach Nantucket zurückkehren und ihr tristes, stumpfsinniges Leben dort wieder aufnehmen, aber sie konnte auch tun, was er verlangte, und dem Ruf des Unbekannten folgen, der Lockung des Abenteuers. Hier bot sich ihr eine einmalige Gelegenheit, die sie nicht ungenützt verstreichen lassen konnte.

Die Furcht vor dem Nichts – vor einem unausgefüllten Leben, das ereignislos vor sich hin plätscherte, einem Leben, wie Tante Phoebe es geführt hatte – brachte sie ins Schwanken. Sie hatte mit eigenen Augen gesehen, was ein solches Leben bedeutete, und die Vorstellung, ihr Leben so wie ihre Tante zu verbringen, setzte ihr zu, und zwar gewaltig.

Sie zuckte die Achseln, hielt die Schaluppe auf einem stetigen Kurs, schüttelte dann den Kopf und wandte sich an die Wolken, die über ihren Köpfen hingen. »Wann habe ich je eine vernünftige Entscheidung getroffen?« sagte sie zu ihnen, und dann drehte sie sich um, sah Tavis an und fügte hinzu: »Wenn du – so elend, wie du dich fühlst – nicht umkehren und zurücksegeln willst, dann muß es schrecklich wichtig sein.«

»Das ist es auch«, sagte er und ließ seinen Worten ein Stöhnen folgen, »denn sonst würde ich dich bestimmt nicht darum bitten. Also, was ist, wirst du dieser Ketsch auf den Fersen bleiben?«

»Wenn du dein Versprechen hältst und mir später erklärst, warum wir das tun«, sagte sie.

Er nickte, schloß die Augen und wandte den Kopf ab.

Sie stand immer noch vor einigen Rätseln, die erst noch zu klären waren, wenn sie sich auch eingestehen mußte, daß sie recht zufrieden damit war, wie sie sich in diesem Kampf gehalten hatte, in dem zwei Willen aufeinandergeprallt waren. Fest stand, daß es Zeiten gegeben hatte, in denen das plötzliche Auftauchen eines Tavis Mackinnon, der sie um etwas bat, genügt hätte, um ihr Herz mit dreifacher Geschwindigkeit schlagen zu lassen. Aber jetzt war sie hartgesotten, und sein bloßer Anblick erfüllte sie nicht mehr mit dem Verlangen, etwas Idiotisches zu tun. Falls sie etwas dazugelernt hatte, dann hatte sie wahrhaft gelernt, daß eine Frau, die zu den Sternen aufblickt, Gefahr läuft, in eine Pfütze zu treten. Vielleicht würde sie niemals wissen, was genau sie dazu brachte, die Augen zusammenzukneifen und den Horizont nach einem Anzeichen von Segeln abzusuchen – und weshalb sie sich entschied, ihnen zu folgen, sowie sie sie entdeckt hatte. Vielleicht war es der Anblick von Tavis Mackinnon, der sich vor Seekrankheit krümmte. Oder auch einfach nur der Anblick von Tavis, Punkt, aus. Aber andererseits bestand auch die ganz geringe Wahrscheinlichkeit, daß es an der Verzweiflung lag, die sie aus seiner Stimme herauszuhören schien, und an der Leere, die sie in ihrem Innern fühlte.

Am späteren Nachmittag, nachdem der Wind sich gelegt hatte, ging sie nach unten, suchte einen weichen Lappen, feuchtete ihn an und legte ihn auf Tavis' Genick. Sie waren den größten Teil des Tages über im Schatten der Ketsch geblieben und ihr gefolgt. Vor ein paar Stunden war es Elizabeth gelungen, Tavis nach unten und in ihr Bett zu schaffen. Als sie jetzt nach ihm sah, schien es ihm kein bißchen besserzugehen als vorher. Sie feuchtete das Tuch noch einmal an und schenkte seinen polternden Worten keine Beachtung, als er behauptete, sie täte ihr Bestes, um ihn erfrieren zu lassen.

»Meine Güte, für jemanden, der so grün im Gesicht ist wie die Schwimmblase eines Fisches, bist du ziemlich reizbar.«

Ihre Wortwahl ließ ihn stöhnen. »Ich danke dir für diesen anschaulichen Vergleich. Wenn ich mir nicht jetzt schon die Eingeweide aus dem Leib würgen würde, dann hättest du es damit ganz bestimmt geschafft.« Mehr sagte er nicht, denn schon im selben Moment rollte er sich auf die Seite, schnaufte und fing an erbärmlich zu wimmern.

Als der Brechreiz nachließ, rollte er sich wieder auf den Rücken und sagte matt: »So schlecht ist mir noch nie gewesen. Ist schon mal jemand an Seekrankheit gestorben?«

»Ich glaube nicht. Vielleicht könntest du den Anfang machen.«

»Ich glaube kaum, daß mir so viel Glück beschieden sein wird«, sagte er. »Aber wenn ich die Wahl hätte, würde ich lieber über Bord gehen. Dann hat man es schneller hinter sich.«

»Es geschähe dir nur recht, wenn ich dich über Bord werfen würde. Einen solchen Schurkenstreich hätte ich niemals von dir erwartet«, sagte sie voller Glut und schüttelte dann den Kopf. »Ich meine, wer hätte das gedacht ... daß Tavis Mackinnon eine Schaluppe stiehlt? Ich muß schon sagen, das überrascht mich wirklich.«

Er schüttelte sich und sagte: »Mein Mund ist so trocken, daß ich mir vorkomme, als hätte ich Salz pur gegessen. Könnte ich einen Schluck Wasser haben?«

»Nein. Es käme doch nur wieder raus. Es ist das beste, wenn wir warten, bis der Brechreiz vorübergeht.«

»Das klingt ja fürchterlich optimistisch.«

»Ich halte viel davon, auf Nummer Sicher zu gehen.«

Er schloß die Augen. Sie blieb noch einen Moment lang neben ihm stehen, ehe sie sich abwandte und wieder an Deck stieg.

Eine Stunde später begab er sich ebenfalls an Deck. Anscheinend hatte er über das nachgedacht, was sie gesagt hatte.

»Ich hatte nicht vor, einen Diebstahl zu begehen«, sagte er, als er auf sie zukam. »Und wenn ich es darauf abgesehen hätte, eine Schaluppe zu stehlen, dann kannst du mir glauben, daß es nicht ausgerechnet deine gewesen wäre.«

Sie sagte nichts, denn in dem Moment wich der letzte Rest an Farbe aus seinen Wangen, und sein Gesicht nahm einen grünlichen Schimmer an. Tavis sprang mit einem Satz zur Seite und beugte den Kopf über die Reling.

»Vielleicht hättest du besser unten bleiben sollen.«

»Unten geht es mir noch schlechter«, sagte er. Dann ignorierte er sie ein paar Minuten lang.

»Fühlst du dich jetzt besser?«

»Jedesmal, wenn wir über einen Wellenkamm segeln, fühle ich mich besser. Jedesmal, wenn wir in ein Wellental sinken, geht es mir furchtbar schlecht. Wo sind wir? Hast du die Ketsch aus den Augen verloren?«

Elizabeth schaute über das Wasser hinaus, wo das, was von dem aufsteigenden Nebel noch geblieben war, wie einzelne Rauchwolken aus feinem grauen Schießpulver flimmerte und man dort, wo sie sich lichteten, den geschmeidigen schillernden Umriß einer Ketsch mit vollen Segeln in der Ferne ausmachen konnte. »Nein, ich habe sie nicht aus den Augen verloren, obwohl ich mich wahrscheinlich für den Rest meines Lebens fragen werde, warum ich mich auf dieses idiotische Unterfangen jemals eingelassen habe.«

»Warum hast du es getan?«

»Ich bin schon immer eine impulsive, heißblütige, unbesonnene und voreilige Frau gewesen. Das solltest *du* doch wissen.«

»Ja, das sollte *ich* wohl besser wissen als jeder andere.«

Nie war ihr klarer bewußt gewesen als in jenem Augenblick, daß Welten sie voneinander trennten. Der liebe Gott wußte, wie sehr sie ihn immer noch liebte, aber Tavis Mackinnons Gesicht erinnerte sie – wenn er sie betrachtete – jedesmal wieder an einen Piraten mit stechenden Augen. Allein schon sein Anblick hatte immer dazu geführt, daß sie in seiner Gegenwart etwas Unerhörtes tat.

Sie fragte sich, warum sie es jetzt wieder tat. Mit einem Seufzen wandte sie sich zu der Ketsch um. »Sie ist schnell und hat eine gute Besatzung«, sagte sie, »und sie hat enorme Segel.« Dann warf sie einen schnellen Blick auf Tavis und fügte hinzu: »Möglicherweise können wir den Abstand ein wenig verringern, aber wir werden es nicht schaffen, sie zu überholen.«

»Mir geht es nicht darum, ob wir sie überholen oder nicht«, sagte er, und sein Gesicht wurde aschfahl. »Verlier sie bloß nicht aus den Augen. Was du auch sonst tun magst, behalte das Schiff im Auge.«

Tavis zog den Kopf zurück, wandte sich ab, ging in die Hocke, schloß die Augen und ließ den Kopf nach hinten an die sachte Wölbung der Seitenwand der Schaluppe sinken, um sich anzulehnen. »So übel ist mir in meinem ganzen Leben noch nicht gewesen.«

»Fühlst du dich jetzt elend genug, um umzukehren, oder bestehst du immer noch darauf, daß wir diese Ketsch verfolgen?«

»Falls du geneigt und in der Lage bist, dann folge weiterhin diesem Schiff. Meine gesamte Zukunft steht auf dem Spiel.«

Sie sah ihn verblüfft an, und er seufzte, als bereitete er sich auf ein Sperrfeuer von Fragen vor. Sie kamen nie. Einen Moment lang glaubte sie, seine Augen würden sich schließen, doch er sah sie weiterhin auf eine Art an, die sie hinterfragen ließ, was für einen Anblick sie wohl bot.

Sie trug die Sachen ihrer Brüder, eine alte Hose und einen Pullover – Dinge, die sie am Morgen hastig übergezogen hatte, sowie sie bemerkte, daß sich die Schaluppe in Bewegung gesetzt hatte. In dem Moment war sie an Deck geeilt – ohne sich auch nur das Haar zu bürsten. Jetzt konnte sie sich gut vorstellen, wie ihr Zopf von gestern aussehen mußte, den sie zusammengerollt und lose auf den Hinterkopf gesteckt hatte.

Elizabeth strich sich ein paar Strähnen aus dem Gesicht, sah sich schnell, aber gründlich das Großsegel an, wandte ihre Aufmerksamkeit dem Steuer zu und wendete die Schaluppe. Sie hatte den Wind jetzt querab, und das Großsegel ragte in einem Winkel von fünfundvierzig Grad zu ihrem Kurs über die Schaluppe hinaus, als sie den Bug parallel zu der Ketsch in der Ferne ausrichtete.

Bei diesem Richtungswechsel wurde das Großsegel schlaff und bauschte sich dann knisternd auf, und der Klüver füllte sich. Ihr Schiff gewann an Geschwindigkeit, begann, über die Wellen zu tanzen, und schaukelte Tavis Mackinnon wie eine Wiege in einen seligen Schlaf.

Elizabeth behielt die Ketsch im Auge, da sie fürchtete, Tavis könnte aufwachen und feststellen, daß sie ihr Versprechen nicht einhielt. Von Zeit zu Zeit warf sie einen verstohlenen Blick auf ihn und stellte fest, daß er noch schlief und seine Haltung nicht verändert hatte, und dann schweifte sie in Gedanken ab und ertappte sich dabei, daß sie sich wieder Fragen stellte. Warum ist es bloß so verflixt wichtig, dieser Ketsch zu folgen? Mehrfach stand sie kurz davor, ihn zu wecken, damit er nach unten gehen konnte, doch er schien tief und fest zu schlafen, und selbst, wenn er auf dem Deck schlief, dann war das für ihn immer noch angenehmer, als über der Reling zu hängen und sich zu übergeben – etwas, wovon sie fürchtete, es könnte sofort wieder losgehen, sowie er erwachte. Außerdem hatte er selbst gesagt, daß er sich unten noch elender fühlte. Sie ließ ihn in Ruhe, teils, damit er sich erholen konnte, und teils, damit sie ihn ungestört betrachten konnte.

Seine Haut war kaum von der Sonne gebräunt, für alle Einwohner von Nantucket ein untrügliches Anzeichen dafür, daß er nicht zur See fuhr. Ihr Blick sank auf seine Hände, von denen eine matt neben ihn gefallen war und die andere sich auf seinem Magen spreizte. Sie waren glatt und frei von Schwielen – ein weiteres Anzeichen dafür, daß er kein Seemann war. Es waren jedoch wunderschöne Hände, gut geformt, mit langen, schmal zulaufenden Fingern, in denen sich sowohl Kraft als auch Sensibilität auszudrücken schien. Während sie ihn ansah, zuckte sein Körper, und seine Finger spannten sich und ballten sich zur Faust, ehe er sich wieder entspannte. Sie stellte fest, daß ihre Gedanken jetzt gar nicht mehr so sehr seinen Händen an sich galten, sondern sich viel mehr darum drehten, was für ein Gefühl es wohl sein mochte, von ihnen berührt zu werden.

Der Gedanke daran war wie ein Magnet in ihrer Brust. Sie begehrte ihn.

Sie wollte sehen, ob seine Haut so glatt und warm war, wie sie es sich ausgemalt hatte, und ob der Duft des Meeres tatsächlich in seinem Haar hing. Sie wollte ihn anschauen, ihn berühren, die Gleichgültigkeit, die in seinen Augen stand, von einem feurigen Blick abgelöst sehen.

Letzte Nacht hatte sie geträumt, er sei wieder da, der Mittelpunkt, um den sich ihr Leben drehte, und jetzt war er wirklich wieder da. Sie schwor sich, nie wieder auf ihn reinzufallen, doch wann hatten Narren wie sie jemals eine Chance gehabt? Sie hatte schon immer gewußt, daß er sie mit einem einzigen Blick auf die Knie zwingen konnte. Und hier war sie jetzt, so sehr in ihn verliebt wie eh und je, und sie wußte, daß sie den Punkt schon längst überschritten hatte, bis zu dem eine Umkehr noch möglich gewesen wäre. Würde es ihr bis in alle Ewigkeit beschieden sein, abzuwarten und zuzusehen und darum zu beten, er möge ihr ein Zeichen geben?

»Machst du dir auch nur die leiseste Vorstellung davon, wie sehr ich dich liebe?« flüsterte sie und sah ihn an, und dann schloß sie die Augen, um seiner magnetischen Anziehungskraft nicht zu erliegen.

Um sie herum war kein Laut zu vernehmen, nur das leise Rascheln des Windes in den Segeln über ihnen.

»Nein«, flüsterte sie. »Ich glaube nicht, daß du es weißt.«

Die Wolken waren weitergezogen, die Sonne war hinter ihnen hervorgekommen, und die Segel der Ketsch waren mühelos zu erkennen. Sie lehnte den Kopf zurück und genoß die Wärme der nachmittäglichen Sonne, die nach der Kühle des Morgens so wohltuend war. Hier fand sie immer Frieden, an Bord ihrer Schaluppe, und sie fühlte sich eins mit dem Meer, doch heute war dieses Gefühl noch ausgeprägter. In ihrer Seele herrschte eine merkwürdige Stille, die sie verwunderte. Es war, als hätte das Universum Frieden mit sich selbst geschlossen, ein Gefühl, als weilte Gott in Seinem Himmel und als sei alles in Ordnung auf dieser Welt. Vielleicht rührte das von der Ausgeglichenheit her, die sie beim Segeln immer fand, an dem Gefühl des Einsseins mit dem Meer.

Obwohl sie sich voll und ganz auf die Ketsch konzentrierte, nahm Elizabeth Tavis' Gegenwart deutlich wahr, denn sie spürte jetzt schon seit einer ganzen Weile, daß sein Blick auf sie gerichtet war. Da sie es einfach nicht lassen konnte, warf sie einen verstohlenen Blick in seine Richtung.

Er beobachtete sie gebannt. Seine Augen schienen sie gemächlich in sich aufzusaugen – sie so intensiv zu mustern, daß ihr ein Schauer über den Rücken lief und sie sich unsicher fühlte. Er kannte sie schon seit Jahren und hatte sie nie mit mehr als einem aufgebrachten Blick bedacht, abgesehen von jenem Tag am Teich ... und jetzt sah er sie ein zweites Mal anders an. Woher kam dieser plötzliche Wandel? Vielleicht lag es nur daran, daß er sie in den Sachen ihrer Brüder sah – in Stephens gerippter brauner Kniebundhose, Abels grobmaschigem Pullover und der viel zu großen Jacke, die sie sich aus Drakes Truhe geliehen hatte. Vielleicht starrte er sie nur deshalb derart an, vielleicht aber auch nicht.

Sie spürte jetzt die Wärme der Sonne und zog Drakes Jacke aus. Als sie sich nach Tavis umsah, schien er ihr fest in die Augen zu schauen, als versuchte er, ihren Gedankengängen auf die Sprünge zu kommen. Da sie fürchtete, er könnte ihre Gedanken tatsächlich lesen, wandte sie den Kopf ab und richtete ihre Aufmerksamkeit wieder auf das, was sie tat, und es blieb ganz allein ihm selbst überlassen, ob er sie weiterhin ansah oder nicht.

Sie warf keinen weiteren Blick auf ihn, doch sie wußte, daß er sie eine Zeitlang schweigend beobachtete, und sie fragte sich, ob er ihre seltsame Stille wahrnahm. Erinnerte er sich daran, wie sie ihn angesehen hatte, als sie ihn dabei ertappt hatte, daß er sie anstarrte, daran, daß sich in ihren Augen Furcht vor ihm auszudrücken schien – nicht etwa vor dem seltsamen Auftrag, den er ihr erteilt hatte, oder auch nur deshalb, weil sie mit ihrer kleinen Schaluppe so weit auf die See hinausgesegelt waren, sondern Angst vor ihm?

Wie merkwürdig das doch alles war, denn schließlich hatte sie die Hälfte ihres Lebens damit zugebracht, ihm nachzujagen, und jetzt, da sie ihn an Bord ihrer Schaluppe hatte und er ihr auf Gedeih und Verderb ausgeliefert war, wußte sie nicht, was sie mit ihm anfangen sollte. Sie fühlte sich so linkisch und derart mit Sprachlosigkeit geschlagen wie ein Schulmädchen, und sie sehnte sich inbrünstig danach, ihm nahe zu sein, und doch graute ihr gleichzeitig davor, er könnte wissen, wieviel sie sich immer noch aus ihm machte.

Oh, ja, sie fürchtete sich vor ihm, das stimmte wohl, vor diesem Mann, dem immer noch ihr Herz gehörte.

Sie hörte, daß er sich bewegte, und als sie sich überrascht umschaute, sah sie, daß er sich mühsam in eine sitzende Haltung hochzog. Als ihre Blicke einander trafen, rang sie nach Worten. »Vielleicht solltest du besser bleiben, wo du bist ... zumindest, bis die Übelkeit vergangen ist.«

Er zuckte die Achseln. »Ich fühle mich jetzt etwas besser«, sagte er und lehnte sich an. Dann sah er sich auf dem Deck um, als sähe er all das zum ersten Mal. »Du hast gesagt, daß die Schaluppe dir gehört?« fragte er.

»Ja. Sie war ein Geburtstagsgeschenk meiner Brüder, nachdem ich aus Boston zurückgekommen bin.«

»Was hat dich zu einer so frühen Stunde an Bord geführt?«

»Ich habe die Nacht hier verbracht.«

Er schien überrascht zu sein, doch dann verzog sich sein Mund zu einem Lächeln. »Allein?« fragte er.

Das Robinson-Blut geriet wieder in Wallung. Sie wußte, welche schmutzigen Gedanken er sich machte, und das erzürnte sie und ließ ihre Stimme schroffer klingen, als es ihr lieb war. Sie wollte ihm nicht zeigen, wie sehr er ihr unter die Haut ging. »Ich war mit Matt hier«, sagte sie. »Falls du es vergessen haben solltest – er ist mein Bruder.«

»Ich weiß, wer Matt ist. Falls du es vergessen haben solltest – ich kenne all deine Brüder.«

Glühende Augen, in denen Entschlossenheit stand, schauten in seine kühlen Augen, in denen ebensoviel Entschlossenheit stand. *Patt*, sagte eine Stimme in ihrem Kopf. Sie fragte sich, ob jemals irgend jemand eine Chance gegen Tavis hatte.

Nicht allzuoft, sagte dieselbe Stimme. Sie wandte den Blick ab und fuhr in einem sanfteren Tonfall mit ihren Erklärungen fort. »Die Schaluppe war nicht neu, als sie sie gekauft haben, und daher haben sie mir brüderliche Hilfe beim Aufpolieren des Inneren und einen frisch gestrichenen Schiffsrumpf zugesichert, als sie mir die Schaluppe geschenkt haben. Sie sind erst letzte Woche mit den Arbeiten fertig geworden. Ich habe die beiden letzten Tage an Bord verbracht, um Dinge zu verstauen und Vorräte einzulagern.«

»Was ist aus Matt geworden?«

»Er ist am frühen Morgen fortgegangen, um weitere Vorräte zu besorgen. Ehe er von Bord gegangen ist, hat er gesagt, er käme vor dem Mittagessen wieder.«

»Ohne zu wissen, daß ihm eine Überraschung bevorsteht.«

»Er wird sich Sorgen um mich machen. Meine ganze Familie wird besorgt um mich sein.«

»Ich weiß, und das tut mir wirklich leid.« Dazu hatte sie nichts zu sagen.

»Warum wolltest du so viele Vorräte an Bord nehmen? Hattest du eine Reise geplant?«

Sie schüttelte den Kopf. »Nein, aber man kann nie wissen, wann sich eine Gelegenheit ergibt. Nimm zum Beispiel dich. Ich wäre im Traum nicht darauf gekommen, du könntest mein Schiff und meine Dienste für dich beanspruchen ... als Kapitän und Mannschaft«, fügte sie hastig hinzu, da sie fürchtete, ihre Worte könnten doppeldeutig ausgelegt werden.

Er schnitt eine Grimasse, als läge er im Kampf mit seinem rebellischen Magen. »Die blanke Notwendigkeit treibt einen oft an die merkwürdigsten Grenzen. Das, was hier passiert ist, ist für mich nicht weniger befremdlich als für dich. Ganz im Gegenteil ...«

Er kam nicht dazu, seinen Satz zu beenden, da eine weitere schwindelerregende Woge ihn wanken ließ und seinen Magen in Aufruhr versetzte. Er zog sich matt auf die Füße und schaffte es kaum, den Kopf gerade noch rechtzeitig über die Reling zu beugen. Diesmal war es die reinste Qual, sich zu übergeben, da er absolut nichts mehr im Magen hatte. Daher hing er da wie eine Fahne, die über die Reling drapiert war, würgte sich die Eingeweide aus dem Leib und wünschte, jeder andere Mensch auf Erden würde ihm dabei zusehen und nicht ausgerechnet sie.

»Warum gehst du nicht wieder nach unten? Vielleicht fühlst du dich jetzt besser, wenn du auf der Pritsche liegst, statt hier oben auf dem Deck zu stehen.« Er war geneigt, das Angebot abzulehnen, bis seine Übelkeit ihn schließlich doch unter Deck trieb. Sowie er unten angekommen war, wankte er auf ihre Pritsche zu und ließ sich mit dem Oberkörper darauf fallen.

So lag er eine ganze Weile da, ehe er die Kraft aufbrachte, die Beine vom Boden zu heben. Er fröstelte und fühlte sich geschwächt, als er mit den Decken rang, sie schließlich hochzog und mit einem erbärmlichen Stöhnen die Augen schloß. Er schien jede Bewegung der Schaluppe übertrieben deutlich wahrzunehmen, während die hölzernen Balken monoton ächzten.

Er biß die Zähne zusammen und rückte jedesmal seinen Kiefer zurecht, wenn sein Magen schlingerte. Er beobachtete das Schwanken der Schiffslaterne über seinem Kopf, und nachdem er ein weiteres Mal trocken gewürgt hatte, zog er sich die Decken bis über den Kopf. Das Bett war warm. Und wohltuend. Es roch nach einer Frau. Einen Moment lang legte sich der Aufruhr in seinem Magen.

Er schloß die Augen. Er lag in ihrem Bett. Im Bett einer Frau. Einen Augenblick lang malte er sich aus, sie läge nackt neben ihm.

Seine Männlichkeit regte sich.

Sein Magen machte sich bemerkbar. Er konnte sich nicht vorstellen, Lizzie Robinson könnte je eine andere Regung als Wut in ihm entfachen, und doch hatte sie es getan. Inzwischen war er vollständig steif. Er verfluchte diese Ironie.

Gott mag zwar einen gewissen Sinn für Humor haben, doch Tavis fand all das kein bißchen komisch. Wenn ihm nicht ganz so übel gewesen wäre, hätte er über die nahezu idiotische Absurdität seiner derzeitigen Lage lachen können. Hier lag er jetzt, fühlte sich hundeelend, würgte sich die Eingeweide aus dem Leib und hatte niemand anderem als ausgerechnet einer Lizzie Robinson zu verdanken, daß sein Penis so hart wie das Holzbein eines Seemanns war. Er schloß die Augen und setzte seinen gesamten Willen daran, sich den Weg zum Schlaf freizukämpfen. Das war zumindest eine Form, seiner üblen Lage vorübergehend zu entrinnen.

Während er schlief, gelang es Elizabeth, den Abstand zwischen ihnen und der Ketsch, die sie verfolgten, zu verringern. Die Sonne hatte den Zenit inzwischen längst überschritten, tanzte aber immer noch über das Wasser und wärmte sie beträchtlich.

Eine Weile später begann die Dunkelheit um sie herum anzubrechen, und Elizabeth betete, die matten Lichter, die sie in der Ferne erspähte, mögen der Ketsch gehören, die Tavis so dringend verfolgen wollte.

Sie machte sich Gedanken darüber und versuchte, sich auszumalen, was oder wer sich auf dieser Ketsch befinden könnte und warum es für ihn so wichtig war, die Verfolgung aufzunehmen. Als sie daran dachte, wie miserabel er ausgesehen hatte, als er nach unten gegangen war, wußte sie, daß es noch eine ganze Weile dauern würde, bis sie ihre Neugier stillen konnte. Sie fragte sich, welches Ziel die

Ketsch wohl ansteuerte. Eine sorgfältige Prüfung der Sterne am Himmel sagte ihr, daß sie nach Südosten segelten, und sie fragte sich, ob sie Bermuda anlaufen würden.

Sie zog ihre Jacke an, schaute dann noch einmal auf die Lichter und betete, sie mögen zu der Ketsch gehören. Erst die frühesten Strahlen des Tageslichtes würden ihr am Morgen sagen, ob sie ihre Aufgabe zufriedenstellend ausgeführt hatte oder ob sich im Lauf der Nacht eine andere Schaluppe oder Ketsch unbemerkt in ihr Gesichtsfeld eingeschlichen und sie an der Nase herumgeführt hatte.

Am nächsten Morgen beobachtete sie, wie die Sonne über dem Wasser aufging, und sie ertappte sich bei dem Wunsch, ihr Großvater wäre bei ihr und könnte den Sonnenaufgang gemeinsam mit ihr erleben. Ihm würden ein oder zwei Gedichte dazu einfallen, die von diesem Vorfall Zeugnis ablegten, ehe er sich in Geschichten über diesen oder jenen Sonnenaufgang ergehen und sich wehmütig an vergangene Zeiten und die Jahre erinnern würde, die er als Kapitän auf einem Walfänger verbracht hatte.

Sie schloß die Augen, sah das Gesicht ihres Großvaters vor sich, flüsterte leise »Danke« und sagte ihm, daß sie ihn jetzt verstand, denn durch ihn hatte sie das Meer verstehen und lieben gelernt. Sie nahm wahr, wie die zitternden Nervenstränge der Schaluppe vibrierten, und sie fühlte auch die Schwielen auf den warmen Händen ihres Großvaters, der ihre Finger auf dem Steuer führte. Er war ihr Großvater, aber er war weit mehr als nur das. *Verwandte Seelen*, dachte sie.

Sie zog Drakes Jacke aus und drehte sich um, damit sie sie hinlegen konnte. Als sie sich wieder zum Steuer umwandte, stellte sie zu ihrem Erstaunen fest, daß Tavis vor ihr stand.

»Guten Morgen«, sagte sie. »Wie geht es dir?« Ihr Blick glitt eilig über ihn. »Du siehst wesentlich besser aus.« Dann lächelte sie und fügte hinzu: »Nicht mehr ganz so grün.«

»Grün? Arrrghhh, erwähne bloß nicht dieses Wort«, sagte er und schaute über das Wasser hinaus, während er sich die Bartstoppeln auf dem Gesicht rieb. »Ansonsten«, sagte er und drehte sich wieder zu ihr um, »fühle ich mich, als hätte man mir Watte in den Mund gestopft und mit meinem Kopf als Kugel Kegel gespielt. Meine Rippen kommen mir vor, als klapperten sie aneinander, und ich bin so wacklig auf den Beinen wie ein frisch geborenes Füllen. Abgesehen davon geht es mir vermutlich gut. Mein Gott, wie wird man bloß diesen ekelhaften Geschmack wieder los?«

»Unter Deck ist Zahnpulver. Du kannst es gern ausprobieren.«

Er nickte. »Ich würde alles ausprobieren«, sagte er, unternahm aber keine Anstalten, sich nach unten zu begeben.

»Wirst du oft seekrank?« fragte sie.

»Nein, weil ich nicht oft aufs Meer hinaussegele, aber jedesmal, wenn ich es tue, werde ich seekrank ... jedes einzelne Mal.«

»Eine Zeitlang habe ich geglaubt, du stündest auf der Schwelle des Todes.«

»Das habe ich auch geglaubt.«

Sie fühlte sich gehemmt und brachte kein Wort heraus, als er sie ansah. Ihr fiel nichts ein, was sie hätte sagen können, abgesehen von der Frage, warum sie diese Ketsch überhaupt verfolgten. Sie machte den Mund auf, um zu fragen, doch als sie aufblickte und sah, wie er sie anschaute, blieben ihr die Worte in der Kehle stecken.

Sie konnte keinen klaren Gedanken mehr fassen.

Ihre Logik zerstreute sich schneller als der frühe Morgennebel im Sonnenschein, und sie blieb geblendet und einigermaßen verwirrt zurück. Nie in ihrem ganzen Leben hatte sie sich ausgemalt, das Objekt ihrer Bewunderung könnte sie jemals mit einem derart zärtlichen Blick ansehen. Seine Blicke glitten wie warme Hände über sie. Seine Augen, die sie liebkosten, hielten ihren Blick fest, sahen ihr direkt in die Augen und ließen ihren Blick nicht los. Ihr Atem ging flach. Der Herzschlag hämmerte in ihrer Kehle. Er hielt ihren Blick immer noch in seinem Bann und schottete den Rest der Welt ab.

Sie war mit Sprachlosigkeit geschlagen und von Bildern erfüllt. Ihre Neugier, warum sie diese Ketsch verfolgten, war verflogen. Jede rationale Überlegung war aus ihr gewichen. Seine Ausstrahlung traf sie wie ein Kanonenschlag, entflammte ihre Phantasie und ließ ihr lange unterdrücktes Verlangen auflodern. Lizzie nahm einen Schwall von Begierde wahr, der sie so heftig bestürmte, daß sie einen Moment lang glaubte, auch sie würde einem Anfall von Seekrankheit erliegen.

Ihre Hände umklammerten das Steuer mit einem Todesgriff. Tavis erweckte den Anschein, als könnte er den Aufruhr, der sich in ihrem Innern abspielte, klar und deutlich sehen. Einen kurzen Moment lang glaubte sie, er würde möglicherweise lachen ... oder sie küssen. Sie schloß die Augen und malte sich aus, seinen warmen Atem zu spüren, die Glut seines Mundes zu fühlen, der ihre Lippen berührte. Die Frau in ihr hieß seinen Mund mit glühender Begeisterung willkommen. Die Dame in ihr scheute davor zurück.

Sie schlug die Augen auf und wandte ihre Aufmerksamkeit jetzt dem Steuer zu, da sie einen Blick auf die straffen weißen Segel der Ketsch in der Ferne erhaschte, die sie verfolgten. Sie drehte das Steuer, um die Richtung zu korrigieren, und sie spürte den mächtigen Sog unter ihren Händen.

»Du hältst das Steuer fest, als sei es ein Teil von dir«, sagte er.

Sie lachte. »Letzte Nacht ist es mir wie ein Teil meiner selbst erschienen«, sagte sie und zog die Schultern vor, um sie zu lockern, da sie jetzt noch steif waren. »Ich habe mich dabei ertappt, daß ich von Zeit zu Zeit die Hände vom Steuer gehoben habe, um ganz sicher zu gehen, daß ich nicht für alle Zeiten damit verwachsen bin.«

Er trat näher. »Du mußt erschöpft sein. Warum gehst du nicht nach unten? Ich werde das Steuer jetzt übernehmen.«

Sie war verlegen. »So habe ich es nicht gemeint ...«

»Ich weiß, daß du es nicht so gemeint hast, aber mir geht es wieder gut genug, um das Steuer zu übernehmen.«

»Ich weiß, daß du geschwächt sein mußt. Möchtest du vielleicht etwas essen?«

Er schnitt eine Grimasse und sagte: »Ich glaube, es wird noch ein Weilchen dauern, bis ich mir das zutraue. Ich gebe dir Bescheid, wenn ich das Gefühl habe, mein Magen könnte etwas vertragen.«

Er sah sie an, und ihre Blicke trafen sich. Da sie jetzt auf dieser kleinen Schaluppe allein miteinander waren und ihrer beider Schicksal vorübergehend miteinander verwoben waren, schien ihnen beiden unwohl bei dem Gedanken an das Ungewisse zu sein, das ihnen bevorstand, an die Zukunft und an das, was sie für sie bereithielt.

Sie waren wie zwei Fremde, die plötzlich unerwartet aufeinander angewiesen waren. Der Moment schien um sie herum zu flackern wie ein karmesinroter Funke, eine Helligkeit, die nach einem Weg suchte, sich zu entzünden und zu lodern. Und da sich keine Möglichkeit bot, würde der Funke nur einen kurzen Augenblick lang sprühen und dann ausgehen und nichts anderes als leeres kaltes Dunkel zurücklassen.

»Lizzie Robinson«, sagte er zärtlich und sprach ihren Namen aus, als hörte er ihn zum allerersten Mal. »Du steckst voller Überraschungen, stimmt's?«

10

Ein schmaler Strahl nebelgrauen Lichts legte sich auf ihr Gesicht, und Elizabeth schlug die Augen auf und wußte auf den ersten Blick nicht, wo sie überhaupt war. Sie sah sich in der Kajüte um, während vertraute Gegenstände sich ihr einprägten und die Erkenntnis dämmern ließen. Als sie das Ächzen und Quietschen der Schaluppe hörte, setzte sie sich schlagartig auf.

Sie sprang schnell auf die Füße und schnappte sich hastig Drakes Jacke, ehe sie die Stufen zum Deck hinaufwankte. Ihr Verstand war immer noch vom Schlaf benommen, und auf ihrer Wange zeichneten sich noch die Falten des Kopfkissens ab.

Tavis stand noch am Steuer, und eine leichte Brise zerzauste das ebenholzschwarze Haar, das ihm bis auf die Schultern reichte. Anscheinend hörte er, wie sie an Deck wankte, denn er drehte sich um und nickte ihr flüchtig zu.

»Hallo.«

»Hallo«, sagte er.

»Wo sind wir?« fragte sie.

»Ich wünschte weiß Gott, ich wüßte es.«

Sein Auftreten war so schroff, daß sie sich fragte, ob er das Schiff, das sie verfolgten, aus den Augen verloren hatte. Ihr Herz machte einen Satz. »Die Ketsch? Hast du sie aus den Augen verloren?«

»Nein, aber ich sehe etwas, was mir noch größere Sorgen bereitet.«

Sie stellte sich neben ihn und zog sich auf die Zehenspitzen, damit sie weit über die grauen Wogen hinausschauen konnte. Das Wasser funkelte so grell, daß sie die Hand schützend über die Augen hob und erst dann einen riesigen grauen Schatten sah, der in der Ferne aufragte.

»Eine Fregatte?« fragte sie und verstand jetzt, warum seine Stimme so schroff geklungen hatte.

»Genau das vermute ich.«

»In wessen Diensten?«

Er schaute zum Himmel auf. »Ich würde sagen, es sind Sympathisanten des Südens, von der Richtung her zu urteilen, in die wir gesegelt sind.«

»Glaubst du, die beiden Schiffe geben sich ein Stelldichein?«

»Das ist nur zu wahrscheinlich. Ich bezweifle, daß diese Halunken etwas, worauf sie so scharf sind wie auf meine Konstruktionspläne, lange Zeit einer unbedeutenden kleinen Ketsch anvertrauen würden.«

»Deine Pläne? Du meinst, die Entwürfe für eines deiner Schiffe?«

Er nickte. »Ein ganz besonderes Schiff ... mit Dampfantrieb und einem eisernen Rumpf.«

»Einem eisernen Rumpf? So etwas habe ich noch nie gehört.«

»Das ist exakt der Grund, warum die Halunken meine Pläne haben wollen. Sie wissen, was ein solches Schiff bedeuten könnte, falls es zu einer Kriegserklärung kommt.«

»Aber weshalb sollten sie dir kein Angebot unterbreiten, ehe sie darauf zurückgreifen, deine Pläne zu stehlen?«

»Sie sind an mich herangetreten. Sogar mehrfach. Ebenso wie die Marine der Vereinigten Staaten. Ich habe beide Angebote abgelehnt.«

»Oh, ich verstehe«, sagte sie und begriff endlich, warum ihm diese Ketsch so wichtig war. Sie war froh darüber, daß sie ihren Instinkten gefolgt und der Ketsch nachgesegelt war, statt das zu tun, was ihr der gesunde Menschenverstand eingegeben hatte, nämlich, nach Nantucket umzukehren. Da sie ihn liebte, war für sie alles von größter Wichtigkeit, was für ihn von größter Wichtigkeit war.

Sie warf einen Blick auf die beiden Schiffe. »Glaubst du, daß sie uns gesehen haben?«

»Im Grunde genommen überrascht es mich ein wenig, daß sie ihre Kanonen nicht schon eher aufgefahren haben. Sie wissen, daß wir hier sind. Und sie wissen, warum wir hier sind.« Er wandte sich zu ihr um und sagte: »Die Frage ist, warum sie nicht längst versucht haben, uns in die Luft zu jagen.«

»Diese Frage solltest du jetzt noch nicht stellen«, sagte sie. »Noch hast du jede Menge Zeit, die Antwort in Erfahrung zu bringen. Vielleicht haben sie nur auf die Fregatte gewartet.«

Er zog die Stirn in Falten. »Fürchtest du dich? Willst du umkehren?« fragte er, und sein Blick wurde so zärtlich, als käme er erst jetzt, in diesem Augenblick, auf den Gedanken, daß sie eine Frau war und daß sie unter Umständen Angst haben könnte.

Sie hielt den Blick weiterhin auf die Fregatte gerichtet. »Jetzt ist es wohl schon ein wenig zu spät, um mir diese Frage zu stellen, meinst du nicht auch?«

Er sah sie zärtlich an und sagte: »Es ist deine Schaluppe. Sag mir die Wahrheit. Willst du umkehren?«

»Tätest du es? Ich meine, ob du umkehren würdest. Wenn du es könntest.«

»Ja, das täte ich. Was also tun wir? Soll ich das Schiff wenden?«

»Nein.«

»Bist du ganz sicher, daß du nicht kehrtmachen willst?«

»Ja.«

Jede wahre Dame hätte ihm mit einem glühenden Nein geantwortet. Jede wahre Dame wäre vor Entsetzen außer sich gewesen. Jede wahre Dame hätte überhaupt nicht erst die Nacht auf einer Schaluppe verbracht.

Aber andererseits mußte man sich fragen, wer die Frauen von Nantucket je bezichtigt hatte, *wahre* Damen zu sein? Die Frauen von Nantucket besaßen ungeahnte Talente und sprühten vor Unabhängigkeit. Diese kleine Inselstadt mag zwar einige auffallend interessante Männer hervorgebracht haben, aber in vieler Hinsicht hat sie sich selbst übertroffen, als es um die Frauen ging – Frauen wie Keziah Coffin, die Blockadebrecherin, die während der Revolution reich geworden war, oder Deborah Chase, diesen mehr als hundertfünfzig Kilo schweren Goliath von einer Frau, die Männer aufs Dach und in Fässer mit Waltran warf, oder Maria Mitchell, die Astronomin, oder Lucretia Mott, die inbrünstig gegen die Sklaverei zu Felde zog. Und natürlich sie selbst.

Nantucket war ein Ort, an dem vier Frauen auf jeden Mann kamen, ein Ort, an dem es von alten Jungfern, Witwen und verheirateten Frauen wimmelte, die zwei bis fünf Jahre pausenlos von ihren Ehemännern getrennt verbrachten. Ein normales Familienleben, wie man es auf dem Festland kannte, war dort nicht existent. Es standen nie genug Männer zur Verfügung, und der Erhalt der Familie und die Erziehung der Kinder blieben weitgehend am weiblichen Geschlecht hängen.

Frauen lernten in ihrer frühen Jugend, wie man über den Walfang Buch führt und den Familienbetrieb leitet, was oft bedeutete, mit den Geschäften auf dem Festland in Konkurrenz zu treten. Die Frauen von Nantucket sorgten für den Zusammenhalt der Familie und waren Hausfrauen, das entsprach der Wahrheit, aber sie waren ebensosehr auf dem finanziellen Sektor Familienoberhäupter wie im häuslichen Bereich

Willst du umkehren? Elizabeth vermutete, daß sich in das heiße und entschlossene Blut, das durch ihre Adern rauschte, einfach zuviel Salzwasser mischte. Die Abenteuerlust war zu groß. Sie schaute ihn an und wurde sich über die Tragweite seiner Frage klar. *Und genau deshalb liebe ich ihn*, dachte sie, *weil er etwas an sich hat, was die Wildheit in mir wachruft.* Dann lächelte sie ihn an und sagte: »Um keinen Preis. Ich würde mir dieses Abenteuer für nichts auf Erden entgehen lassen. Ich überlege mir gerade, daß ich meinen Enkeln eine Menge Geschichten zu erzählen haben werde.«

Einen Moment lang sah es ganz so aus, als würde er lächeln. »Lizzie«, sagte er, »wenn wir nicht umkehren, könnte es durchaus passieren, daß du es nicht erleben wirst, Enkel zu bekommen. Die Kanonen auf dieser Fregatte sind *echt*, keine Attrappen.«

Sie hätte ihm gern gesagt, daß ohne ihn ohnehin all ihre Hoffnungen gestorben wären, daß ihr ohne ihn nichts anderes geblieben wäre als das Lachen eines Unsichtbaren, ansonsten wäre ihre Welt so leer wie eine sternenlose Nacht gewesen. Sie hätte ihm gern von den Dingen erzählt, die sie sich für sie beide erträumte, und ihm gesagt, daß alle ihre Phantasien und noch mehr sie dazu inspiriert hatten, ihre Schaluppe *Wilde Träume* zu nennen. Doch statt dessen sah sie ihn ganz einfach an, lachte und sagte: »Du kannst mich nur mit einem Mittel dazu bringen, umzukehren – nämlich, indem du dich weigerst, endlich damit aufzuhören, mich Lizzie zu nennen.«

Er schien überrascht zu sein, und dann lächelte er matt. »Elizabeth«, sagte er. »Jetzt erinnere ich mich wieder. Ich glaube, du hast mich schon einmal gebeten, dich so zu nennen.«

»Ja. Anscheinend hast du es vergessen.«

»Es wird kein zweites Mal passieren.«

Sie nickte. »Dann laß uns jetzt ein wenig lavieren, damit wir Wind in die Segel bekommen und uns ansehen können, was es mit dieser Fregatte überhaupt auf sich hat.«

Die Fregatte schien in der Ferne direkt aus dem Dunst herauszusegeln. Sie beobachtete, wie die Ketsch, die sie verfolgten, sich der Fregatte näherte und dann hinter ihr verschwand. Die Fregatte beschrieb einen weiten Bogen und schien sich eng an die Ketsch zu schmiegen, die sie zum sicheren Hafen zurückscheuchte wie eine Entenmutter ihr Küken.

Sie wollte Tavis gerade fragen, was das seiner Meinung nach zu bedeuten hatte, als er sie mit den Worten aus ihren Gedankengängen herausriß: »Das ist keine gewöhnliche Fregatte. Es ist ein Kriegsschiff. Ich kann sogar von hier aus die Kanonenluken erkennen.«

»Und was tun wir jetzt?«

»Wir segeln natürlich hinterher.«

»Und was dann? Was ist, wenn sie in einen Hafen einläuft?«

»Dann folgen wir ihr und verständigen die Behörden über den Diebstahl.«

Tavis ging nach unten, um sich auszuruhen, während Elizabeth den Platz am Steuer übernahm. Für den Rest des Tages folgte sie dem Kriegsschiff. Die Dämmerung war schon beinah angebrochen, als ihr etwas Seltsames auffiel. Es erschien ihr fast so, als käme das Kriegsschiff näher, als käme es ihnen entgegen. Im nächsten Moment hatte sie die Gewißheit. »Tavis!« rief sie laut und dann noch einmal: »Tavis, komm schnell her!«

Einen Augenblick später war er an Deck und stopfte sich das Hemd in die Hose, während er auf sie zugerannt kam. »Was ist los?«

»Sieh dir das an«, sagte sie und wies mit einer Kopfbewegung auf das Kriegsschiff. »Ich glaube, es kommt näher. Meinst du, daß sie uns entgegensegeln?«

Er kniff die Augen zusammen und sagte: »Du hast recht. Genau das tun sie. Sie haben die Richtung geändert. Sie haben Kurs auf uns genommen und kommen auf uns zu.«

»Sie kommen auf uns zu?« wiederholte sie langsam, und dann, als ihr aufging, was das zu bedeuten hatte, sagte sie: »Willst du damit sagen, daß sie auf uns schießen werden?«

»Das ist mehr als wahrscheinlich«, war alles, was er dazu sagte, während er das Steuer übernahm.

Sie packte seinen Ärmel. »Jetzt warte mal einen Moment. Ich habe nicht die geringste Absicht, plötzlich mitten in einen Krieg zu geraten.«

»Es herrscht kein Krieg«, sagte er schlichtweg. »Zumindest noch nicht.«

»Es könnte aber dazu kommen, wenn dieses Schiff Schüsse auf uns abgibt.«

»Wenn sie das tun, dann bleibt nicht genug von uns übrig, um auch nur einen Hinweis darauf zu geben, was hier vorgefallen ist«, sagte er. »Aber ich glaube nicht, daß sie derart ernste Absichten haben. Meiner Vermutung nach wollen sie uns nur Angst einjagen, um uns zu vertreiben.«

»Wenn sie uns Angst einjagen wollen, dann würde ich sagen, sie stellen das ganz ausgezeichnet an. Es ist nicht die dümmste Vorgehensweise, mit einem Kriegsschiff mit geöffneten Kanonenluken, die in unsere Richtung weisen, auf uns zuzusegeln. Es ist etwas ganz anderes, eine Ketsch zu verfolgen ... meinetwegen sogar hinter einem Kriegsschiff herzusegeln. Aber von einem Kriegsschiff verfolgt zu werden, ist wahrhaftig nicht dasselbe. Wir sind so schutzlos wie ein Vogelnest, das auf dem Boden liegt.« Ein gräßlicher Gedanke begann, in ihrer Vorstellung Gestalt anzunehmen. »Du willst doch nicht etwa sagen, daß du glaubst, wir könnten sie abhängen?«

»Wir könnten es schaffen. Aber darum geht es gar nicht. Ich glaube immer noch nicht, daß sie vorhaben, uns etwas anzutun. Sie werden uns ein oder zwei Schüsse vor den Bug knallen, und das nur, um uns Angst einzujagen.«

»Falls sie das vorhaben sollten, dann vergeuden sie ihre Zeit«, sagte sie. »Ich fürchte mich bereits.«

»Dann geh unter Deck.«

»Ich soll nach unten gehen?« Sie warf die Hände in die Luft. »Also, das ist ja einfach toll. Wird einem das Sterben dann leichter? Wenn man den Tod nicht kommen sieht?«

»Ich habe dir doch gesagt, daß sie nicht so weit gehen werden.«

»Was ist, wenn du dich irrst? Hör mir zu, Tavis«, sagte sie und stach ihm einen Finger in die Brust. »Ich bin wirklich nur zu gern bereit, dir zu helfen, das weißt du ja. Aber nicht, wenn mir das die gesamte Flotte des Südens auf die Fersen hetzt.«

Er lachte. »Der Süden besitzt keine Kriegsflotte«, sagte er. »Was hat dich bloß auf eine derart absurde Idee gebracht?«

»So absurd ist das gar nicht. Dieses eine Kriegsschiff hat der Süden nämlich, oder etwa nicht?«

Er nickte.

»Nun, hast du je erlebt, daß etwas wirklich Ärgerliches nur in einer einzigen Ausführung vorhanden ist?«

»Ach, ich weiß nicht recht. Ich scheine mich an Zeiten zu erinnern, in denen ich gewaltig dankbar dafür war, daß es dich nur einmal gibt.«

Sie verschränkte die Arme vor der Brust und bedachte ihn mit einem Blick, der deutlich sagte, was sie von seiner Bemerkung hielt. »Von mir ist hier nicht die Rede. Wir reden von Kriegsschiffen. Unsere Glückssträhne ist abgerissen, und wie mein Großvater so schön sagt: ›Wenn sich das Glück gegen dich gewendet hat, dann beißt du dir sogar an Gelee die Zähne aus.‹«

Er sagte kein einziges Wort, aber er wandte sich zu ihr um, und ein ungläubiger Ausdruck stand auf seinem Gesicht. »Niemand außer dir käme auf den Gedanken, eine Gemeinsamkeit zwischen Kriegsschiffen und Gelee festzustellen.«

»Denk dir, was du willst, aber *ich* bin neutral«, sagte sie und stach sich mit einem Finger in die Brust, »und ich habe die Absicht, meine Neutralität zu wahren.«

Plötzlich ging ein greller Schein von dem Kriegsschiff aus, gefolgt von Kanonendonner und einer wogenden grauen Rauchwolke. Einen Sekundenbruchteil später zischte eine Kanonenkugel über ihre Köpfe und landete mit einem unerheblichen Platschen im Wasser hinter ihnen.

»Jetzt bist du nicht mehr neutral«, sagte er.

»Sie schießen über unsere Köpfe hinweg«, sagte sie so entschieden, daß er tatsächlich lachte.

Sie warf ihm einen fragenden Blick zu. »Sie haben nicht die Absicht, uns zu treffen … Hast du das nicht selbst gesagt?«

»Oh, doch, das habe ich gesagt, und wie ich außerdem gesagt

habe, soll uns das nur zur Warnung dienen, damit wir umkehren. Sie könnten ihre Pläne jedoch ändern, wenn sie feststellen, daß wir nicht die Absicht haben kehrtzumachen.«

»Vielleicht kehrst du nicht um, aber ich tue es mit Sicherheit«, sagte sie. In dem Moment kam eine weitere Salve zischend auf sie zu und landete vor ihrem Bug im Wasser, so dicht davor, daß ein Sprühregen von Wassertropfen ihre Segel traf.

»Sie nehmen jetzt genauer Ziel auf uns, und ich für meinen Teil habe nicht die Absicht, die Nacht bei den toten Matrosen zu verbringen.«

Elizabeth warf einen Blick auf das Schiff und sah einen weiteren Lichtschein aufblitzen, auf den eine dunkelgraue Rauchwolke folgte. Ohne jede Vorwarnung wurde sie auf die Knie gestoßen, als Tavis mit festem Griff ihre Schultern packte und sie vor sich auf den Boden preßte. Im nächsten Moment lag er auf ihr und gab ihr mit seinem Körper Deckung, und zugleich hörte sie einen weiteren Schuß über ihre Köpfe zischen, gefolgt von einem tosenden Krachen, das die Schaluppe vibrieren ließ.

»Sie haben uns getroffen!« rief sie aus, und ihre Stimme wurde von seiner Brust gedämpft. »Kannst du sehen, was passiert ist? Wie schlimm steht es um das Schiff?«

»Nicht allzu schlimm, aber sie haben den Mast gestreift.« Sie hob den Kopf, als er gerade sagte: »Das war ein unerfreulich guter Treffer, aber der Mast hält noch. Wir müssen die Segel streichen und unsere Geschwindigkeit herabsetzen. Das sollte sie zu dem Entschluß bewegen, uns in Frieden zu lassen.«

»Das ist der erste intelligente Satz, den ich aus deinem Mund höre«, erwiderte sie und steckte den Kopf zwischen seine Rippen und seinen Arm, damit sie sich umsehen konnte.

»Bleib unten«, sagte er und stieß ihren Kopf zurück, ehe er sich auf die Füße zog.

Sie gehorchte und beobachtete mit offenem Mund, wie er sich ans Werk machte. Das Segeltuch raschelte lautstark, als das Großsegel flatternd eingeholt wurde, direkt nachdem Tavis den Klüver gestrichen hatte. Augenblicklich spürte sie, wie die Schaluppe sich nur noch träge vom Fleck bewegte und richtungslos zu treiben begann.

Anscheinend war das Kriegsschiff damit zufriedengestellt, denn es änderte schleunigst den Kurs und segelte der Ketsch nach. Während sie weiterhin ziellos trieben, beobachteten Elizabeth und Tavis noch lange die riesigen Segel des Kriegsschiffs, nachdem sie die Schaluppe schon längst aus den Augen verloren hatten. Als das Schiff nur noch ein unscheinbarer Schönheitsfleck auf dem Antlitz des Atlantiks war, begann Tavis, die Segel zu hissen. »Ich habe mich schon gefragt, wann wir uns je auf den Heimweg machen werden«, sagte sie.

»Dann frag dich das weiterhin«, erwiderte er, »weil wir uns nämlich nicht auf den Heimweg machen. Oder wenigstens jetzt noch nicht.«

»Wir machen uns nicht auf den Heimweg? Was soll das heißen?«

»Genau das, was ich gesagt habe.«

Als sie stammelnd protestierte, erklärte er: »Elizabeth, ich habe dir doch gesagt, daß diese Halunken meine Pläne haben, und ich habe die Absicht, sie wieder an mich zu bringen.«

»Bist du verrückt? Es ist etwas ganz anderes, ob man eine Ketsch verfolgt oder ob man von einem Kriegsschiff mit Kanonen angegriffen wird. Du kannst es nicht gegen den gesamten Süden aufnehmen. Im Moment ist er die reinste Brutstätte von Feindseligkeiten. Alle werden abtrünnig und sind ganz scharf auf einen Krieg.« Sie winkte mit einer Hand ab. »Es tut mir leid, daß es dazu gekommen ist, aber du hast jetzt keinen Einfluß mehr darauf.«

»Es ist erst dann alles aus, wenn ich es sage.« Er warf ihr einen mitfühlenden Blick zu, der zu besagen schien: *Es tut mir leid, aber so ist es nun einmal*, und dann fuhr er fort: »Ich habe nicht vor, es gegen den gesamten Süden aufzunehmen ... nur gegen einen kleinen Teil davon ... und ich kann ihnen weiß Gott auf den Fersen bleiben, bis sie in einen Hafen einlaufen.«

»Und was dann? Willst du gern einem Exekutionskommando gegenübergestellt werden?«

Er sah sie grimmig an. »Diese Kerle haben etwas an sich gebracht, was mein Eigentum ist, und ich habe die Absicht, es mir zurückzuholen, und wenn ich mich durch fünf Staaten kämpfen muß, um das zu erreichen.«

»Also, das ist ja wunderbar, einfach wunderbar. Da bilde ich mir jahrelang ein, in einen Mann verliebt zu sein, und das nur, um schließlich festzustellen, daß er ein verdammter Irrer ist.«

Daraufhin grinste er sie an. »Du hast dir also eingebildet, in mich verliebt zu sein, ist das wahr?«

»Ach, sei bloß still. Und tu ja nicht so, als würde dich das überraschen. Du und jeder andere verdammte Trottel auf der Insel von Nantucket, ihr habt das ganz genausogut gewußt wie ich, und daher besteht nicht die geringste Notwendigkeit, sich jetzt anzustellen.«

»So tief würde ich nie sinken«, sagte er und sah sie voller Anerkennung an. »Nun, wenigstens ist diese Begegnung zur Abwechslung einmal anders verlaufen als sonst.«

»Inwiefern?«

»Zum einen, weil du mir nicht von den Dachsparren einer Scheune oder der Ladefläche eines Lastwagens aus nachspionierst.« Er unterbrach sich, als ginge ihm etwas durch den Kopf. »Ist dir klar, daß wir zur Abwechslung tatsächlich ein normales Gespräch miteinander führen?«

»Na und?«

»Mich erstaunt das.«

»Was? Daß du in der Lage bist, dich normal mit jemandem zu unterhalten?«

Er lachte. »Nein, daß *du* es kannst. Ich glaube, in all der Zeit, die ich dich kenne, habe ich dich nie mehr als zehn Worte sagen hören … außer an jenem Tag am …«

Sie wußte, daß er an den Saul's Pond dachte, den Tag am Teich, den er ganz offensichtlich vergessen wollte. Sie raffte ihre gesamte Entschlossenheit zusammen und sagte sich, sie würde ihm nicht die Genugtuung geben, ihre wahren Gefühle zu kennen. Sie schlug bewußt einen leichtfertigen Tonfall an. »Du hast mich deshalb nie etwas sagen hören, weil du immer zuviel damit zu tun hattest, in die andere Richtung fortzulaufen, wenn du mich hast kommen sehen.«

»Es ist mein Ernst. Ich kann mich nicht erinnern, daß du jemals viel gesagt hast ... jedenfalls nicht, ehe du nach Boston gegangen bist.«

»In deiner Gegenwart bin ich immer schüchtern gewesen.«

»Schüchtern? Du?« Er schüttelte lachend den Kopf. »Vielleicht, was das Reden angeht.«

»Ich war tatsächlich schüchtern, und jedesmal, wenn du mich gesehen hast, bist du so schnell verschwunden, daß ich nicht dazu gekommen bin, etwas zu sagen. Verflixt noch mal, Tavis, du konntest schneller laufen als ein geölter Blitz, und du hast eine unglaubliche Begabung besessen, dich in Luft aufzulösen.«

Als er endlich aufhörte zu lachen, sagte er: »Ich kann mich noch daran erinnern, daß ich mindestens einmal nicht schnell genug gewesen bin.«

Sie grinste, legte den Kopf auf eine Seite, schaute zu ihm auf »Ach? Und wann war das?«

»Damals, als du mir, Cole und Nathan nachspioniert hast, als wir schwimmen gegangen sind. Da haben wir dir endlich mal was geboten, stimmt's?« Es erweckte den Eindruck, als wollte er noch mehr dazu sagen, doch er lachte so sehr, daß er kein weiteres Wort herausbrachte.

»Mach dich ruhig darüber lustig«, sagte sie. »Es ist schön zu wissen, daß ich wenigstens eines deiner Bedürfnisse befriedigen kann, und wenn es nur das Bedürfnis ist zu lachen.«

Sein Gelächter erstarb, und die Belustigung schwand aus seinen Augen, während seine Blicke langsam über sie glitten. »Wenn du weiterhin in diesen Hosen, die du anhast, vor mir rumspringst, könntest du durchaus die Chance bekommen, ein weiteres meiner Bedürfnisse zu stillen.«

»Dann werde ich dir deutlich zu verstehen geben«, sagte sie rotzfrech, »ob diese Vorstellung auch nur den geringsten Reiz auf mich ausübt.«

Ehe er ein weiteres Wort sagen konnte, wandte sie sich ab und ging nach unten.

»Wohin gehst du?«

»Ich hole mir etwas zu essen. Mir graut vor dem Gedanken, mit leerem Magen zu sterben.«

Am nächsten Morgen segelte das Kriegsschiff in eine dichte Nebeldecke und verschwand. Sie folgten ihm blind und verloren es schon bald aus den Augen. Als der Nebel sich lichtete, waren weder das Kriegsschiff noch die Ketsch zu sehen. Aber am Horizont schimmerte ein schmaler Streifen braunes Land. Tavis griff augenblicklich nach dem Teleskop. »Wir sind vor der Küste von Virginia«, sagte er. »Und wenn ich mit meiner Vermutung nicht danebenliege, ist das Norfolk.«

»Siehst du das Schiff oder die Ketsch?«

»Nein, wahrscheinlich wollten sie hier anlegen, sind aber mit dem Nebel als Deckung weiter nach Süden gesegelt.«

Sie nahm seine Enttäuschung wahr und haßte sich für ihre Unzulänglichkeit, da ihr beim besten Willen nichts Tröstliches einfiel, was sie hätte sagen können. »Es tut mir leid«, sagte sie schließlich. »Ich weiß, wie dir zumute sein muß.«

»Du kannst unmöglich wissen, was für ein Gefühl es ist, etwas zu verlieren, woran du dein Leben gehängt hast«, sagte er und machte sich gar nicht erst die Mühe, sie anzusehen.

Sie dachte daran, wie lange sie ihn jetzt schon liebte und wie aussichtslos es war, und ehe sie wußte, was sie sagte, sagte sie: »Du irrst dich. Ich weiß es. Und zwar besser als du.«

Sie standen schweigend da, während er seinem Verlust nachtrauerte und sie ihrem, und keiner von beiden wandte sich an den anderen, um Trost bei ihm zu suchen, da keiner von ihnen gewußt hätte, wie er den anderen hätte trösten können.

Schließlich brach sie das Schweigen und sagte: »Und was jetzt?«

»Wir werden in den Hafen einlaufen, und ich werde versuchen, soviel wie möglich herauszufinden.«

Am späteren Nachmittag erreichten sie den Hafen von Norfolk, und weder die Ketsch noch das Kriegsschiff waren irgendwo zu sehen, wie Tavis es vorausgesagt hatte. Tavis verfluchte sein Pech und sagte ihr, sie solle an Bord bleiben. »Ich komme so schnell wie möglich wieder zurück«, sagte er.

»Ich komme mit dir.«

»Nein. Ich will, daß du hier wartest«, sagte er. »Du wärst mir doch nur im Weg.«

»Ich will mit dir in die Stadt fahren. Meine Familie wird sich Sorgen machen. Ich sollte einen Brief an sie aufgeben und berichten, daß mir nichts zugestoßen ist.«

Als er sie ganz merkwürdig ansah, sagte sie: »Ich werde meiner Familie nicht alles mitteilen. Ich möchte nur Bescheid geben, daß ich in Sicherheit bin und daß ich nach meiner Rückkehr alles erklären werde. Außerdem muß ich frische Vorräte besorgen. Als wir Nantucket verlassen haben, hatte ich noch keinen ausreichenden Wasservorrat angelegt, und an Eßbarem haben wir weniger, als mir lieb ist.«

»Was wir noch an Bord haben, genügt uns für die Heimreise«, sagte er.

»Vielleicht ... falls wir nicht in Schwierigkeiten geraten, aber was das Wasser angeht, kann man sich gar nicht genügend absichern. Ich hätte lieber nach der Rückkehr Essen und Wasser übrig, als mir vorzustellen, daß uns beides ausgehen könnte.«

Er sah sie fest entschlossen an und machte den Mund auf, um noch mehr zu sagen, als sie einwandte: »Sieh mal, du hast meine Schaluppe gekapert. Das mindeste, was du jetzt tun kannst, ist, mich bei Laune zu halten.«

»Komm schon«, sagte er mürrisch. »Wir vergeuden unsere Zeit.«

11

Sie erwartete ihn neben dem Beiboot, als er wieder im Hafen eintraf. Er sah erst ihr schweres Gepäck an und dann sie. »Beklag dich bloß nicht«, sagte sie. »Ich habe bereits zwei Ladungen an Bord geschafft.«

»Du mußt eine ausgedehnte Reise planen. Andernfalls kann ich nur schließen, daß du einen unbändigen Appetit hast«, sagte er, als er in das Boot stieg und eine Dose Kekse zur Seite rückte, damit er sich setzen konnte.

»Ich bin gern auf unerwartete Zwischenfälle eingerichtet.«

»Und du scheinst einen Hang dazu zu haben, eine zu große Last an Bord zu haben. Bist du ganz sicher, daß dieses Ding über Wasser bleiben wird?«

»Ja, Kapitän«, sagte sie und grinste breit. »Ich bin ganz sicher.«

»Ich nehme an, du hast deinen Brief aufgegeben«, sagte er.

»Ja«, sagte sie und fügte dann hinzu: »Gewissermaßen.«

»Gewissermaßen? Was soll das heißen?«

»Der Postmeister war unterwegs, und daher habe ich meinen Brief bei dem Ladenbesitzer zurückgelassen.«

»Und wir fragen uns, warum Briefe verlorengehen«, sagte er.

Er ruderte sie zum Boot hinaus, und sowie sie alles an Bord geschafft hatten, sagte er: »Warum gehst du nicht nach unten und zauberst uns etwas Eßbares? Ich übernehme eine Zeitlang alles, was hier oben zu tun ist.«

Sie warf ihm einen skeptischen Blick zu. »Bist du sicher, daß du das schaffst?«

»Es ist immer noch nicht zu spät, um dich über Bord zu werfen«, sagte er.

»Oder dich«, erwiderte sie und blickte zum Himmel auf. Nachdem sie ihn eine Zeitlang gemustert hatte, sagte sie: »Mir gefällt nicht, wie diese Wolken dort aussehen. Ich hoffe, daß sie bis morgen früh weitergezogen sind.«

Er legte den Kopf zurück und starrte den Himmel an. »Es sieht ganz so aus, als hätten wir mit einem Sturm zu rechnen. Vielleicht solltest du dich eine Weile ausruhen. Wenn ein schlimmes Unwetter anbricht, könnte es sein, daß wir beide an Deck gebraucht werden.« Das Schweigen zog sich in die Länge, und nur das Geräusch des Wassers, das sachte gegen den Schiffsrumpf schwappte, und der ferne Ruf einer Möwe durchbrachen die Stille.

Elizabeth warf einen letzten Blick auf den dunklen brodelnden Himmel, und ein Gefühl von Furcht und Kälte schien sich in ihrer Magengrube breitzumachen. Ohne ein weiteres Wort nickte sie und ging nach unten.

Sie öffnete die Mahagonitür und blieb dann stehen. In der Kajüte war es so dunkel und trostlos wie im Bauch eines Walfischs, und das rief ihr ins Gedächtnis zurück, wie fern sie von ihrem Zuhause war. Sie zündete die Öllampe an, die an der Decke hing, obwohl sie wußte, daß sie die Kajüte verräuchern würde, doch sie brauchte das Licht. Selbst dann noch, nachdem sie die Lampe schon angezündet hatte, war es schummerig in der Kabine, und es roch nach Öl, stickiger, verbrauchter Luft und Rauch, und all das vermischte sich mit dem modrigen Geruch von Feuchtigkeit – aber trotzdem war es gemütlich in der Kabine.

Sie blieb für kurze Zeit mitten in der Kajüte stehen, sah sich um und erinnerte sich daran, wie es hier ausgesehen hatte, ehe Stephen die Planken mit dem Scheuerstein gescheuert hatte und ehe Matt das Messing poliert und auf Hochglanz gebracht hatte. Sie wußte, daß ihre Familie krank vor Sorge sein mußte, und sie hoffte von ganzem Herzen, der Brief, den sie zurückgelassen hatte, würde sie erreichen, damit sie alle wußten, daß ihr nichts zugestoßen war.

Sie dachte an Sally und Meg und erinnerte sich wieder daran, daß sie Sally versprochen hatte, sie würde ihr bei ihren Algebraaufgaben helfen, und sie wußte auch, daß Meg mindestens zwei Tage lang schmollen würde, weil Elizabeth nicht da war und ihr beibrachte, wie man Rosenblütengelee herstellte.

Sie zog ihre Jacke aus und beschäftigte sich damit, die Vorräte zu verstauen. Als sie alles ordentlich aufgeräumt hatte, steckte sie eine Scheibe Käse und ein großes Stück Wurst zwischen zwei Brotscheiben, brachte das Brot zu Tavis rauf und stellte einen Becher Wasser dicht neben das Steuer. Er sagte kein Wort, sondern nahm das belegte Brot und sah es sich von allen Seiten an, als hätte er noch nie in seinem Leben zwei Brotscheiben mit Belag gesehen.

»Dir kann nichts passieren«, sagte sie. »Es gab nirgends Gift zu kaufen.«

»Dir traue ich alles zu«, murrte er und biß in das Brot.

»Wie ich schon sagte, dir kann nichts passieren ... zumindest im Moment nicht. Ich brauche dich, um heil nach Hause zu kommen.«

Er aß zwei weitere Bissen und verschlang sie so gierig, als sei er restlos ausgehungert. Als sie wieder daran dachte, wie wenig er in den letzten Tagen zu sich genommen hatte, nahm sie an, so sei es wohl.

»Und was dann?« fragte er zwischen zwei Bissen.

Du wirst dich vergnügt herumtreiben und, wie schon immer, weiterhin so tun, als gäbe es mich gar nicht. »Ich nehme an, unser Leben wird in dieselbe Routine zurückfallen wie vorher. Du wirst deine Wege gehen, ich meine. »

»Und wir werden nie zusammenkommen?« fragte er beiläufig und aß den letzten Bissen Brot mit Wurst.

»Oh, ich nehme an, unsere Wege werden sich von Zeit zu Zeit kreuzen. Dann wirst du höflich nicken und die Finger an den Hut legen und etwas Oberflächliches sagen wie: ›Guten Tag, Miss Robinson. Was für ein seltsames Wetter wir wieder haben, finden Sie nicht auch?‹«

Sie sah ihm fest in die Augen wie ein Ertrinkender, der sich verzweifelt an ein Stück Treibholz klammert. Ohne auch nur ein Wort zu sagen, hatte sie das Gefühl, ihre Augen sprächen für sie und flehten ihn an, sie in den Armen zu halten und ihr zu sagen, er könnte sie ebensowenig vergessen, wie er das Atmen vergessen konnte. Er betrachtete sie, und sie spürte, wie die Intensität seines Blicks die Welt von ihnen abschnitt. Sie sehnte sich so verzweifelt danach, ihren

Kopf an seine Brust zu schmiegen, als könnte sie, wenn sie das tat, seinen regelmäßigen Herzschlag hören, damit sie wußte, daß dieses Gefühl wirklich existierte. Doch dann sagte er etwas, und der Zauber des Augenblicks löste sich langsam auf.

»Und was ist mit dir?« fragte er liebevoll. »Was wirst du tun?«

»Ich? Tja, ich werde kaum merklich den Kopf neigen und etwas ähnlich Oberflächliches erwidern wie: ›Guten Tag, Mr. Mackinnon. Ja, dieses Wetter ist tatsächlich seltsam. Es sieht nach Regen aus, meinen Sie nicht auch?‹«

Tavis' blaugraue Augen glitten langsam über sie, musterten sie von Kopf bis Fuß, und als sie dann zu ihrem Gesicht zurückkehrten, stand ein Blick in seinen Augen, den sie nur als ehrfürchtige Bewunderung hätte beschreiben können. So hatte Tavis Mackinnon sie selten angesehen. Die Neuartigkeit und der Schock bestürmten ihre Gefühle und bestürzten sie. Plötzlich fühlte sie sich unwohl und gehemmt.

Sie sah ihn an und bemühte sich zu lächeln, doch ihre Mundwinkel zitterten. Er hielt ihren Blick fest, und in diesem Austausch von Blicken lagen eine solche Kraft und ein solcher Trost, daß sie einen Moment lang das Gefühl hatte, seine Augen seien das einzige, was sie noch aufrecht hielt, und wenn er den Blick von ihr abwandte, würde sie zusammensacken und zerbrechen, und nichts würde von ihr zurückbleiben.

Seltsamerweise schien ein merkwürdiges Einvernehmen zwischen ihnen zu bestehen, ein zartes Gefühl, das zu sagen schien: Was auch geschehen mag, zwischen uns wird es nie mehr so wie vorher sein.

Sie wußte nicht, warum, aber dieser Gedanke kam unerwartet und war erschreckend für sie, und sie spürte, wie ein kalter Schauer über ihre Schultern lief und tiefer nach unten wanderte. Als sie ihm wieder in die Augen sah, stellte sie fest, daß er sie mit einem seltsamen Ausdruck betrachtete.

Lieber Gott, wie war es bloß zu alledem gekommen? Vor ein paar Tagen hatte sie im Hafen von Nantucket friedlich an Bord ihrer

Schaluppe auf ihrer Pritsche geschlafen. Jetzt war sie meilenweit von zu Hause entfernt, inmitten von Nichts, unbeaufsichtigt und mit einem Mann allein, den sie schon immer geliebt hatte, und doch erst jetzt begann sie zu begreifen, daß sie ihn überhaupt nicht kannte.

Je länger sie darüber nachdachte, desto mehr fragte sie sich, ob die Person, die sie nicht kannte, wirklich Tavis Mackinnon war oder nicht viel mehr sie selbst. Vielleicht war Tavis immer noch derselbe. Vielleicht war sie hier diejenige, die sich verändert hatte, denn bisher hatte sie ihn immer mit den Augen eines ehrfürchtigen Kindes angesehen. Aber was ihr jetzt durch den Kopf ging, das waren nicht die Überlegungen eines Kindes. War ihm das ebenso deutlich bewußt wie ihr? War es das, was ihr Angst einjagte?

Er reichte ihr den Becher, doch als sie die Hand danach ausstreckte, nahm er statt dessen ihre Hand. »Du fürchtest dich vor mir, stimmt's?«

Sie konnte ihm nicht ins Gesicht sehen, und daher richtete sie den Blick auf die Hand, die ihre hielt. »Ich fürchte mich nicht ... jedenfalls nicht vor dir.«

»Wovor dann?«

»Vor nichts.«

»Ich glaube dir nicht«, sagte er behutsam. »Das glaube ich dir keinen einzigen Moment lang.« Er zog an ihrer Hand.

»Komm her.«

»Warum?«

Er führte ihre Finger an seine Lippen, drehte die Handfläche nach oben und preßte seinen Mund darauf. »Muß ich dir das wirklich noch erklären?« fragte er, und als sie keine Antwort darauf gab, als sie sich weigerte, ihn auch nur anzusehen, sagte er: »Warum kannst du mich nicht wenigstens ansehen?«

»Weil ich es nicht kann. Weil ich mir dumm vorkomme.«

»Und warum das?«

Sie hatte das Gefühl, als trieften ihre Worte vor Melancholie, als seien sie damit überzogen und lasteten dadurch schwer. Es fiel ihr schwer, ausgerechnet ihm gegenüber ihren Gefühlen Ausdruck zu verleihen. »Es scheint«, begann sie zaghaft, »als hätte ich einen großen Teil meines Lebens damit zugebracht, mich zu schämen oder mir sagen zu lassen, daß ich mich schämen sollte. Mit sechs älteren Brüdern und einem wohlwollenden Vater mußte ich mir ständig anhören, daß einer von ihnen zu mir gesagt hat : ›Lizzie, du solltest dich wirklich schämen.‹«

»Und hast du dich geschämt?«

»Soweit ich es in so jungen Jahren eben konnte. Ich habe immer gewußt, daß ich für meinen Vater eine Enttäuschung darstellte und daß wenigstens einige meiner Brüder mich deshalb nachsichtig behandelt und verhätschelt haben.«

Er lächelte. »Und jetzt sag mir, wofür du dich im Moment schämst.«

Sie zuckte die Achseln und redete es sich hemmungslos von der Seele. Das war eine ihrer bewundernswertesten Eigenschaften – ihre Gabe, absolut selbstlos ihr Innerstes und ihre Gedanken vor anderen zu offenbaren. Sie hatte ihre Gefühle schon immer offen gezeigt, wie er und alle anderen in Nantucket nur zu gut wußten. Ihn würde es nicht weiter überraschen, wenn er feststellte, daß sie auch ihre geheimsten Gedanken bloßlegen konnte. »Wofür ich mich im Moment schäme? Ich nehme an, ich schäme mich für meine Vergangenheit. Für meine törichte kindische Vernarrtheit. Für die zahllosen idiotischen Dinge, die ich früher angestellt habe. Aber in allererster Linie berührt mich das Wissen peinlich, daß du dir über meine Gefühle klar bist und daß du mich immer noch als ein törichtes vernarrtes Kind ansiehst.«

»Und wenn ich dir sagen würde, daß ich dich nicht so sehe? Was ist, wenn ich dir sagen würde, daß ich jedesmal, wenn ich dich anschaue, eine wunderschöne und begehrenswerte Frau sehe? Was würdest du dazu sagen?«

In ihrem Erstaunen konnte sie ihn nur ansehen und wahrnehmen, wie sich sein Hemd an seine breiten Schultern schmiegte und wie er unglaublich verwegen auf sie herunterschaute. Vor einem Hintergrund aus weißen Segeln und dem schimmernden Ozean nahm er sich von Kopf bis Fuß wie ein Pirat aus, und es fehlten ihm nur noch das Messer im Gürtel, das Tuch um den Kopf und ein goldener Ohrring. Sie war sicher, daß er ein gutmütiger Pirat gewesen wäre, denn es ging keine Bosheit von ihm aus, nichts Finsteres. Diese Vorstellung überwältigte sie derart, daß ihre Stimme bebte, als sie sprach.

»Ich würde sagen, daß es kaum eine Rolle spielt, was du dir denkst, weil ich weiß, was ich fühle«, sagte sie. Sie preßte eine Hand mit gespreizten Fingern auf die Brust, um auf ihr Herz hinzuweisen, und dann fügte sie hinzu: »Hier drinnen. Manche Menschen haben Angst vor dem Morgen, aber ich fürchte mich vor dem Gestern. Es gibt nichts, was du daran ändern kannst, denn die Vergangenheit ist glasklar. Hier drinnen würde ich mich immer daran erinnern und mich schämen«, sagte sie und wies wieder auf ihr Herz, »und es gibt nichts, was du daran ändern könntest. Du kannst nicht das Geringste dagegen unternehmen.«

»Aber ich kann es versuchen«, sagte er und nahm ihre andere Hand in seine, um sie an sich zu ziehen. »Und wie ich es versuchen kann.«

Die Vergangenheit erstand vor ihren Augen wieder auf. Ihre Angst verlieh ihr Kraft. Sie entriß ihm eilig ihre Hände, wandte sich ab und rannte fast zu den Stufen, die nach unten führten, als könnte sie die Vergangenheit hinter sich zurücklassen, wenn sie rannte.

»Elizabeth«, rief er ihr nach, doch es war schon zu spät. Elizabeths Kopf war bereits durch die Luke verschwunden.

Sowie sie unten angekommen war, umklammerte Elizabeth den größten Stützbalken, um Halt zu finden, und dann flüsterte sie: »Ich liebe ihn immer noch ... noch tiefer und noch heftiger als früher, und das verleiht ihm eine Macht, vor der ich mich fürchte.« Sie ging zu ihrer Pritsche, setzte sich darauf und hörte den Klang seines Namens in ihrer Vorstellung wie das melodische Klingen des Windes, der das Segel blähte.

Sie legte sich auf den Rücken und dachte wieder daran, wie sie ihm alles gesagt hatte. Sie hatte sich ihm vollständig ausgeliefert. Warum war es ihr immer bestimmt, entweder etwas Dummes zu tun oder etwas Dummes zu sagen, wenn sie in seiner Nähe war? Sie kämpfte gegen das ungestüme Verlangen an, die Stufen hinaufzuspringen und ihm zu sagen, es sei alles gelogen. Sie dachte an die frühen Jahre, an all die Menschen, die ihre Dummheiten beobachtet hatten, an ihre Schamgefühle, und sie fragte sich, wie sie nur so unklug – im Grunde genommen sogar so wahnsinnig – hatte sein können, sich einzubilden, sie könnte zurückkehren und seine Liebe für sich gewinnen. *Er macht sich kaum etwas aus mir*, dachte sie. *Für ihn bin ich nicht mehr als ein Wetterwechsel, ein Windstoß, der seine Aufmerksamkeit für den Moment ablenkt, etwas, was schnell vorüberziehen wird. Ich Dummkopf*, sagte sie zu sich selbst. »Ich bin ja so dumm, so dumm, so dumm.«

Sie stand auf und aß einen Bissen Käse und zwei Kekse, ehe sie beschloß, sie hätte keinen Hunger. Mit einem matten Stöhnen legte sie sich wieder hin und merkte gar nicht, wie erschöpft sie war, bis sie ihren Kopf auf dem Kissen spürte. Sie zog die Decke über sich und streckte sich aus, zog die Federdecke eng um sich und schlief mit einem letzten Seufzer sofort ein.

Sie hatte keine Ahnung, wie lange sie geschlafen hatte, aber sie erwachte, als sie spürte, daß sie fiel. Einen Sekundenbruchteil später prallte sie auf den Fußboden. Sie schlug die Augen auf und starrte zu der Öllampe, die über ihrem Kopf heftig schwankte. In ihrer Benommenheit sah sie sich einen Moment lang bestürzt um und erinnerte sich dann wieder daran, wo sie war und mit wem sie hier war. Alles um sie herum schien in Bewegung zu sein, und selbst in ihrer schützenden Kajüte nahm sie den Wind wahr. Die Schaluppe hob und senkte sich mit jeder Woge so abrupt, als kämpfte sie mit dem Meer um Platz. Sie versuchte, sich zu zwingen, über Dinge wie Abdrift und Leeweg nachzudenken, doch ihr benebelter Verstand schien nicht in der Lage zu sein, dergleichen zu erfassen.

Ein spitzer Lichtkeil fiel über die Stufen nach unten, und sie fragte sich, ob es noch sehr früh am Morgen war oder ob es schlicht und einfach dunkel war, weil sie in ein Unwetter geraten waren. Sie kämpfte sich zur Treppe vor, tastete sich zentimeterweise voran und spürte, wie Wasser in ihr Gesicht sprühte. Als sie das Deck erreicht hatte, war sie von dem heftigen Regenguß, den der Wind vor sich hertrieb, bis auf die Haut durchnäßt und bahnte sich ihren Weg über das klatschnasse Deck, über das Wellen schlugen. Die Schaluppe schlingerte, und die eisige Flut ließ ihre Planken ächzen. Sie hielt sich die Hände schützend vor die Augen, damit sie den beißenden salzigen Sprühregen nicht ganz so stark abkriegte. Tavis' dunkle Silhouette, die das Steuer festhielt, war kaum zu erkennen.

»Wir müssen sehen, daß wir näher an Land kommen. Dort werden die Wogen nicht so hoch sein«, rief sie ihm laut zu. Wasser spülte über die Leereling, während er mit dem Steuer rang, und ein Gefühl von Hilflosigkeit befiel sie, als sie sich umschaute, um zu sehen, wo sie gebraucht wurde. Um sie herum wehte ein gewaltiger Wind, und die Wogen schienen ein Wettrennen darum zu führen, welche von ihnen sich zuerst gegen die Schaluppe schleuderte. Elizabeth sah zu den Segeln auf, die sich im Wind bis zum Zerreißen spannten. Ehe sie sich ein Bild davon machen konnte, in welchem Zustand die Segel waren, ertönte über ihr ein berstendes Splittern, das selbst die rauhen Schreie des Sturms übertönte. Sie riß den Kopf zurück und sah, daß der Mast gebrochen war, und mit einem Entsetzensschrei beobachtete sie, wie die obere Hälfte abknickte und ins Meer stürzte und den größten Teil des Großsegels mit sich riß.

Sie sprang mit einem Satz zum Steuer. »Was tust du bloß?« schrie sie. »Der Mast ist abgebrochen. Du hast zu viele Segel gehißt.«

»Ich habe nicht zu viele Segel gehißt. Dieser Kanonenschuß, den das Kriegsschiff auf uns abgegeben hat, muß den Mast zersplittert haben. Der Wind hat dieses Werk nur abgeschlossen.«

»Und was tun wir jetzt?« schrie sie und fragte sich, ob er sie über das Stöhnen des Windes hören konnte. Eine weitere Woge spülte über sie hinweg, und sie erinnerte sich nur noch an einen stechenden Kopfschmerz, ehe alles schwarz vor ihren Augen wurde.

Ihr Gesicht war in warmen Sonnenschein getaucht, und Elizabeth schlug die Augen auf. Von dem Löwen, der so laut gebrüllt hatte, schien jetzt nur noch das Blöken eines verschlafenen Lammes zurückgeblieben zu sein.

»Wie fühlst du dich?«

Als sie sich umdrehte, sah sie Tavis neben sich sitzen, und sie nahm wahr, daß sie Kopfschmerzen hatte. Sie hob die Hand auf die Schläfe und fand dort eine Beule vor.

»Ich bin gegen etwas gestoßen.«

Er nickte. »Das Steuer. Du hast mir ganz schöne Sorgen bereitet«, sagte er liebevoll. »Ich dachte schon, du wachst nie mehr auf.«

Hätte dir das etwa viel ausgemacht? Es gab so viele Dinge, die in ihrem Innern miteinander rangen, einerseits Dinge, die ihr Herz dazu zu sagen gehabt hätte, andererseits Abschreckendes, was ihr Verstand ihr zu ihrem eigenen Schutz eingab. »Hast du die leiseste Ahnung, wo wir sind?«

»Nein. Ich bin kein Navigator, und es sind nicht allzu viele Landkarten und Seekarten an Bord.«

»Und kein Sextant«, sagte sie.

»Und kein Sextant«, wiederholte er.

Einen Moment lang gestattete sie sich den Luxus, ihn einfach nur anzusehen. Sie musterte das zerzauste dunkle Haar, seinen makellosen Knochenbau, den strahlenden Glanz seiner Augen, seine vollen Lippen. Innerlich bebte sie. Ihn anzusehen, kostete sie mehr, als sie geglaubt hatte. »Ich hätte niemals geglaubt, daß ich je eine solche Reise unternehmen werde.«

Er lächelte. »Ich auch nicht.«

»Und was tun wir jetzt?«

»Wir treiben … bis uns jemand findet.«

Oder bis wir sterben.

Er half ihr auf die Füße. »Ich sollte jetzt besser nach unten gehen und mir den Schaden ansehen, der entstanden ist«, sagte sie. »Wir werden damit anfangen müssen, die Lebensmittel und das Wasser zu rationieren, da wir keine Ahnung haben, wie lange es dauern wird, bis uns jemand findet.«

Er sah sie merkwürdig an.

»Was ist?« fragte sie. »Hat der Sturm mein Gesicht aus der Form gebracht? Habe ich dunkle Ringe unter den Augen?«

»Nein, du überraschst mich nur, das ist alles.«

»Inwiefern?«

»Nach meinen Erfahrungen mit Frauen zu urteilen, hätte ich dich nie als eine Frau eingeschätzt, die das alles derart ruhig hinnimmt.«

Sie schnaubte und hätte ihm am liebsten gesagt, wohin er sich seine Erfahrung mit Frauen stecken könnte. »Mir bleibt in dieser Angelegenheit wohl kaum eine andere Wahl. Wir sitzen hier draußen ohne Segel fest. Der gesunde Menschenverstand sagt mir, daß ich toben und rasen kann, soviel ich will, ohne daß sich daran etwas ändert. In einer solchen Lage bietet sich vernünftiges Handeln an und nicht etwa impulsive Voreiligkeit.«

»Du hast natürlich recht. Dann werden wir also vernünftig handeln. Ich nehme an, wir können die Zeit dafür nutzen, einander besser kennenzulernen.«

»Ich kenne dich bereits gut genug«, sagte sie. »Und du hast keinen Grund, mich besser kennenzulernen.«

»Diesen Vorschlag hast du ja reichlich schnell abgewürgt. Hast du noch nie gehört, daß es einen Menschen bereichert, einen anderen bis ins Innerste zu kennen?« fragte er.

Sie reagierte nicht darauf.

»Du versetzt mich schon wieder in Erstaunen. Wenn ich an früher denke, hätte ich geglaubt, du ergreifst die Gelegenheit beim Schopf, mehr Zeit mit mir verbringen zu können.«

»Vielleicht habe ich es mir anders überlegt«, sagte sie zu ihrer Verteidigung und überlegte sich, welche Ironie es war, daß das, was er sagte, genau das war, was sie sich schon immer erträumt hatte, aber irgendwie war die Realität nicht so rosig angehaucht wie der Traum. Sie war kein Kind mit weit aufgerissenen Kulleraugen mehr, und Tavis Mackinnon in Fleisch und Blut war mehr, als ein verträumtes Kind sich jemals hätte vorstellen können.

Im Moment wirkte er sehr groß und furchteinflößend, wie seine breiten Schultern das Steuer winzig erscheinen ließen und seine

Worte einen deutlichen Anstrich von Belustigung hatten. Ihr Gedächtnis setzte ihr nur derbe Worte vor, die einen harten Nachhall hatten, Worte, die aus kaltem Metall gefräst zu sein schienen.

Sie hätte ihm gern mit unterkühlter Würde mitgeteilt, daß er sich zu lange Zeit gelassen hatte und daß sie jetzt in Harry Beecham verliebt war, der all das verkörperte, was er, Tavis, nicht war. Sie hätte ihm gern gesagt, daß Harry Beecham rasend in sie verliebt war. Doch sie sagte nichts und zog es vor, statt dessen nach unten zu gehen und sich ein Bild von den Schäden zu machen, die der Sturm angerichtet hatte. Sie erwähnte das Chaos in ihrem Herzen mit keinem Wort.

An jenem Abend glitt das Boot *Wilde Träume* anmutig über ein gläsernes mondhelles Meer und stahl sich wie ein Geist über das Wasser. Die spärlichen Reste des Mastes und der Takelage surrten, während das Schiff langsam über nahezu unsichtbare Wellen glitt. Da sie das Bedürfnis nach frischer Luft verspürte und da dieses Verlangen stärker als ihr Wunsch war, sich von Tavis fernzuhalten, begab sich Elizabeth aus dem hellen Schein der Lampe in der Kajüte hinaus und suchte die Dunkelheit oben an Deck auf. Sie sah ihn augenblicklich, wie er am Bug stand und auf das Wasser hinausschaute. Sie konnte sein Gesicht nicht sehen, aber sie wußte, daß er tief in Gedanken versunken war. So leise wie möglich näherte sie sich einem nutzlosen, zusammengerollten Tau, um sich daraufzusetzen.

Um sie herum war der Himmel in allen Richtungen tintig schwarz und umgab sie wie ein Umhang aus unglaublich dunklem Samt, auf dem eine Million Sterne glitzerten. *Die Nacht mit ihrer Sternenschleppe und ihrem prachtvollen Geschenk, dem Schlaf.*

»Dort ist Capella, mit dem gelben Schein hoch oben im Nordwesten«, dachte sie und bemerkte gar nicht, daß sie es laut ausgesprochen hatte, bis Tavis etwas dazu sagte.

»Wenn du auch nur halb so gut im Navigieren bist, wie du segeln kannst, dann solltest du in der Lage sein, dir ein Bild davon zu machen, wo du bist«, sagte er und kam zu ihr, um sich neben sie zu setzen.

»Mein Großvater hat mir beigebracht, die Sterne zu lesen«, sagte sie und suchte den Himmel über ihren Köpfen nach vertrauten Sternbildern ab. »In diesen langen einsamen Nächten draußen auf der Landspitze gab es nicht viel anderes zu tun.«

»Ich habe mich oft gefragt, wie es wohl wäre, in einem Leuchtturm zu leben.«

»Einsam«, sagte sie, »aber Großpapa scheint sich recht wohl dort zu fühlen. Ich vermute, es liegt daran, daß er dem Meer so nahe ist.«

»Du fühlst dich ihm sehr verbunden«, sagte er, als stünde diese Tatsache für ihn bereits fest.

»Ja, ich habe ihn sehr lieb. Er hat mich viele Dinge über das Leben gelehrt und auch über mich selbst.«

»Und was ist mit deiner Tante?«

Elizabeth lächelte. »Ich habe sie für die scheußlichste alte Hexe gehalten, die mir je begegnet ist, als mein Vater mich damals zu ihr gebracht hat. Man konnte ihr nichts recht machen. Wir haben viel miteinander gestritten. Sie schien nur ein Ziel zu haben, das sie mit Besessenheit erreichen wollte, und das bestand darin, mich zu zerstören. Weißt du, es ist schon fast wieder komisch, daß wir ausgerechnet dann beginnen, die Dinge mit der allergrößten Klarheit zu sehen, wenn wir uns am Ende fühlen, wenn wir an einem Tiefpunkt angelangt sind.«

»Sie muß eine ganz beachtliche Frau gewesen sein.«

»Das war sie auch. Im nachhinein kann ich erkennen, wie sie mich auseinandergenommen hat, Stein für Stein, bis ich mich unglaublich elend gefühlt habe und abgrundtief verzweifelt war, und dann hat sie begonnen, mich wieder aufzubauen und mir zu zeigen, wo meine Stärken liegen und daß ich die Fähigkeit habe, alles zu werden und zu tun, worauf ich mich versteife. Sie war eine reizende Frau, und sie ist mir mehr als eine Mutter gewesen. Das ist wirklich wahr.«

»Mehr als eine Mutter? Ist das denn möglich?«

»Ja. Eine Mutter, die mich geliebt hätte, wäre nicht fähig gewesen, eine Schicht nach der anderen von mir zu schälen, wie Tante Phoebe es getan hat. Eine Mutter hätte einen zu starken Beschützertrieb verspürt und zu viel liebevolle Sorge einfließen lassen. Eine strenge Hand, eine zähe Natur und eine ganze Menge innerer Stärke waren erforderlich, um mich so zurückzuschneiden, wie sie es getan hat, und da und dort ein wenig zu verpflanzen und veredeln und zu pfropfen, wo es ihr angemessen erschienen ist.«

»Und das hat dir mehr Kraft gegeben«, bemerkte er.

»Ja, ich habe heute mehr Kraft«, sagte sie. Da sie sich davor fürchtete, ihm gegenüber noch mehr über sich selbst preiszugeben, deutete sie über seine Schulter und sagte: »Dort ist der Polarstern.« Als er hinsah, fuhr sie fort: »Siehst du, wie die Sterne sich im Bogen von dort entfernen, um den Kleinen Bären zu bilden? Und diese Sterne, die fast auf einer geraden Linie darunterstehen, bilden den Großen Bären.«

»Und das sagt dir, wo wir sind?«

Sie lachte. »Nein. Es sagt uns lediglich, wo der Kleine und der Große Bär stehen.«

»Du Kobold«, sagte er und zerzauste ihr das Haar.

»Allerdings«, sagte sie und sah lachend zu ihm auf, doch ihr Gelächter erstarb, als sie in seine Augen sah. Plötzlich wurde ihr Mund trocken.

»Manchmal fällt es mir schwer zu glauben, daß du derselbe Mensch bist, dem die Wattepolster unter dem Kleid herausgefallen und vor meinen Füßen gelandet sind«, sagte er.

»Ich hatte gehofft, das hättest du inzwischen vergessen.«

Er lachte. »Vergessen? Wie hätte ich das vergessen können?«

»Du konntest mich vergessen ... Warum also nicht die törichten Dinge, die ich angestellt habe?«

»Ist es das, was du glaubst? Daß ich dich vergessen habe?«

»Selbstverständlich. Ich war, wie du gesagt hast, ein Kobold.«

»Das heißt noch lange nicht, daß ich dich vergessen würde, oder etwa doch?«

»Ich weiß es nicht. Was ändert das jetzt noch?«

»Ich bin nicht sicher, was sich dadurch ändert, aber es macht einen Unterschied. Du bist lange Zeit fort gewesen ...«

»Sieben Jahre«, warf sie ein.

»Ich dachte, es seien acht gewesen.«

Das überraschte sie. »Es waren *fast* acht Jahre – es haben nur noch ein paar Tage gefehlt.«

»Jedenfalls ist das eine lange Zeit«, sagte er, »aber trotzdem habe ich dich nie ganz und gar vergessen. Immer wieder bin ich durch Kleinigkeiten an dich erinnert worden, und dann habe ich mir Gedanken über dich gemacht und mich gefragt, ob du wohl jemand anderen gefunden hast, dem du derart auf die Nerven gehen kannst. Bei einigen Gelegenheiten habe ich sogar Spekulationen darüber angestellt, wie du inzwischen wohl aussehen könntest, und dann habe ich mir auszumalen versucht, was mit der Zeit aus dir geworden ist, was für ein Gesicht und was für einen Körper das Heranreifen dir gegeben haben mag.«

»Und?«

»Was und?«

»Und sind deine Phantasien der Realität nahegekommen?«

»Nein. Ich habe weit daneben gelegen. Die Realität hat meine Phantasie gewaltig in den Schatten gestellt, aber als ich dich nach deiner Rückkehr das erste Mal gesehen habe, wußte ich gleich, daß du es bist.«

»O weh«, sagte sie und war bemüht, einen leichtfertigen Tonfall anzuschlagen. »Und dabei hatte ich gehofft, ich würde alle überraschen und die Stadt im Sturm erobern.«

»Oh, das hast du wahrhaftig geschafft. Cole und Nathaniel hatten nicht die leiseste Ahnung, wer du sein könntest, und in dem Moment, in dem sie dich gesehen haben, waren sie absolut hingerissen.«

»Aber du hast schon in dem Moment, in dem ich an jenem Abend den Ballsaal betreten habe, gewußt, wer ich bin ...«

»In einem weißen Kleid mit goldenem Laub darauf und einer Lockenfrisur nach der neuesten Mode von Boston.«

Sie hätte über seine Schilderung des weißen Tüllkleids, das mit goldenen Weizenähren bestickt war, gelacht, wenn seine klare Erinnerung daran sie nicht vollständig aus der Fassung gebracht hätte.

»Es überrascht mich, daß du dich überhaupt noch an mich oder mein Kleid erinnerst«, sagte sie.

»Wie könnte ich mich nicht an dich erinnern?« sagte er. »Schließlich habe ich sogar mit dir getanzt. Oder hast du das vergessen, Liza?«

Es war das erste Mal, daß er sie Liza nannte. Es war das erste Mal seit jenem Tag am Teich, daß er ihr einen Hinweis darauf gab, ihre Existenz auch nur wahrgenommen zu haben, und jetzt sagte er ihr, daß er sich nicht nur an sie erinnerte, sondern sogar noch lebhaft vor Augen hatte, wie sie gekleidet gewesen war, wie sie ihr Haar frisiert hatte und daß sie miteinander getanzt hatten – und dabei war es das einzige Mal in ihrem ganzen Leben gewesen, daß er sie je zum Tanzen aufgefordert hatte.

Erkannte er denn nicht, daß dieser Tanz der kostbarste Augenblick ihres Lebens gewesen war? Hatte er selbst damals nicht ihre Liebe zu ihm in ihren Augen lesen können? Sie war vollständig überwältigt von diesen unerwarteten Enthüllungen, und daher wandte sie den Kopf ab, denn sie hatte schreckliche Angst, derart von ihren Emotionen übermannt zu werden, daß sie kaum noch etwas anderes tun konnte als weinen.

Er legte die Finger unter ihr Kinn und drehte ihr Gesicht wieder zu sich um. »Du hast mir keine Antwort gegeben. Hast du unseren Tanz an jenem Abend vergessen?«

»Ich habe nie irgend etwas vergessen, was mit dir zu tun hat«, sagte sie. »Niemals. Und was unseren Tanz angeht, so hätte ich eher das Reden verlernen können, als ihn zu vergessen.«

Sie spürte heiße Tränen auf ihren Wangen brennen und haßte sich für ihre Schwäche. »Oh, ich wünschte wirklich, du kämest nicht auf solche Dinge zu sprechen.« Dann sah sie ihn an und schüttelte heftig den Kopf von einer Seite auf die andere, als sähe sie etwas, was ihr schreckliches Leid verursachte. »Es ist nicht fair von dir, mir das anzutun«, sagte sie. »Was könntest du dir davon schon erhoffen?«

»Die Wahrheit«, sagte er leise.

»Was ändert die Wahrheit jetzt noch? Was willst du? Mich noch mehr erniedrigen? Kannst du mir nicht einen letzten Rest an Stolz lassen? Haßt du mich so sehr? Sind deine Rachegelüste so groß, daß du mich gedemütigt zu deinen Füßen sehen willst?«

»Vielleicht geht es hier um mehr, als du siehst.«

»Was denn?« Sie kreischte fast. Dann ballte sie die Hände zu Fäusten und sagte: »Sag es mir! Was denn sonst noch?«

»Bist du je auf den Gedanken gekommen, ich könnte anfangen, mir etwas aus dir zu machen ... und wenn es nur ein wenig ist?«

»Nein!« schrie sie. »Auf den Gedanken bin ich genausowenig gekommen wie du. Warum sagst du so etwas? Es ist zu spät. Kannst du es denn nicht sehen? Es ist zu spät!«

»Warum? Gibt es einen anderen?«

Das wirkte wie ein heftiger kühler Regenschauer, der jede Wut und jede Qual aus ihr herausspülte und sie mit dem Gefühl zurückließ, vollständig ausgelaugt zu sein. Sie sagte kein Wort.

»Gibt es einen anderen?«

Sie zuckte die Achseln. »Ich weiß es nicht.«

»Du *weißt* es nicht? Was soll das heißen, du weißt es nicht? Wie kannst du etwas Derartiges nicht wissen? Entweder es gibt einen anderen Mann in deinem Leben, oder es gibt ihn nicht.«

»Was bringt dich dazu, mir eine solche Frage zu stellen?«

»Der Umstand, daß ich auf beiden Augen gut sehen kann, verdammt! Ich kann sehen, wie du aussiehst, und ich kann fühlen, was es einem Mann antut, eine Frau wie dich anzusehen. Du bist etliche Jahre lang in Boston gewesen. Du kannst mir nicht erzählen, daß es dort nicht einen Mann gegeben hat, der dich die ganze Zeit über im Auge gehabt hat. Und jetzt wiederhole ich noch einmal meine Frage: Gibt es einen anderen?«

Sie seufzte, ein rauher Laut. »Ja«, sagte sie und fand es seltsam, daß ihre Antwort ihn nahezu zu erzürnen schien.

»Ich verstehe«, sagte er. »Und wie ernst ist es? Hat er dich gebeten, seine Frau zu werden?«

»Ja.«

»Und?«

»In meinem Kopf geht das alles durcheinander. Tante Phoebe ist so lange krank gewesen. Es gibt Phasen momentan, in denen alles ineinanderzulaufen scheint.«

»Jetzt hör bloß auf. Du kannst wohl kaum von mir erwarten, daß ich dir glaube, ein Mann, der dich gebeten hat, ihn zu heiraten, ist jemand, den du so mühelos vergessen kannst.«

»Das habe ich nie gesagt. Harry steht mir immer noch so lebhaft vor Augen wie an dem Tag, an dem er gekommen ist, um Genny und mich abzuholen.«

»Wer ist Genny?«

»Harrys Schwester. Sie war meine beste Freundin in Boston.«

»Dann hat sich der alte Harry also Hals über Kopf in dich verliebt?«

»Er hat damals in Cambridge studiert. Nach seinem Abschluß ist er nach Boston gekommen, um in Harvard Jura zu studieren.«

»Und das hast du dir alles entgehen lassen?«

Er sagte es auf eine so komische Art, daß sie lachen mußte. »Ja, alles ... zumindest für den Moment«, sagte sie und wandte sich plötzlich zu ihm um. »Aber eines macht mich neugierig.«

»Und was ist das?«

»Warum du dich für all das derart brennend zu interessieren scheinst. Was sich zwischen Harry Beecham und mir abgespielt hat, ist doch bestimmt vollkommen belanglos für dich. Warum machst du dir überhaupt die Mühe, darüber zu reden?«

Er wandte den Blick ab. »Das weiß ich selbst nicht«, sagte er. »Im Ernst, ich weiß es bei Gott nicht.« Dann sah er ihr direkt in die Augen und sagte: »Aber eines weiß ich. Es macht mich fuchsteufelswild, mir vorzustellen, daß dieser Mistkerl die Finger nicht von dir gelassen hat.«

Elizabeth war derart entgeistert, daß sie nichts anderes tun konnte, als ihn mit offenem Mund und einem Ausdruck äußersten Erstaunens auf dem Gesicht anzustarren. Ehe sie sich davon erholt hatte, schockierte er sie schon wieder, diesmal mit der Frage: »Liebst du ihn?«

»Ich liebe ihn rasend.«

»Du Lügnerin«, sagte er. »Ich glaube, du liebst ihn kein bißchen.« Er schlang beide Arme um sie. »Und ich weiß verdammt genau, daß du mich immer mehr geliebt hast, als du dir je aus ihm machen könntest. Und noch dazu länger.«

Der Zauber des Augenblicks überwältigte sie, und sie war geradezu entzückt von seinen Worten. Niemals, noch nicht einmal in ihren kühnsten Träumen, hätte sie geglaubt, er würde je so mit ihr reden. Begeisterung durchströmte sie wie eine warme Flüssigkeit. Elizabeths Herz schwirrte. Bestimmt konnte kein Sterblicher mehr Seligkeit und Glück ertragen als das, was ihr gerade zuteil wurde. Der Mond, der hoch und voll und rund am Himmel stand, mußte sich das auch gedacht haben, denn in dem Moment zog er sich höflich hinter eine Wolke zurück, die ihn verdeckte.

Tavis brachte sein Gesicht dicht an ihres, flüsterte und schmeichelte ihr, und sie spürte, wie sie unter diesem Ansturm dahinschmolz. Sie blickte zu ihm auf und fand nichts anderes als einen leicht verblüfften und nachdenklichen Ausdruck auf seinem Gesicht vor – und dann schlossen sich seine Augen, und sie sah das Verlangen, das tief in seine geliebten Züge gemeißelt war. Die Wärme, die sie durchströmte, vermittelte ihr ein Gefühl von tiefer Zufriedenheit und Benommenheit, und sie schmiegte sich ganz selbstverständlich an ihn wie ein nasses Kätzchen, das Wärme sucht. Sie spürte seinen Kuß auf ihrem Haar. Im nächsten Moment lagen seine Lippen auf ihrem Mund, bewegten sich und entfachten Feuer, wo nie zuvor entzündet worden war. Ihre Hand hob sich, um sich auf seinen Nacken zu legen, und es versetzte ihr einen gewissen Schock zu fühlen, wie kühl und glitschig sich sein Haar anfaßte.

Als ahnte er, daß sie den Kontakt zu ihm verlor, vertiefte er den Kuß. Unter ihrem Hemd konnte sie ihre Brüste spüren, deren harte Spitzen jetzt überempfindlich waren, als sie sich gegen die schlichte Baumwolle preßten. Er berührte sie dort mit dem Daumen, und sie fühlte, wie die Glut seiner Berührung sie durch den Stoff versengte.

Plötzlich stand nichts anderes mehr zwischen ihnen als eine Barriere, nichts weiter als Stoffschichten, die ihr unbequem waren. Seine Hand wurde jetzt kühner, als ahnte er es, und seine Finger glitten unter den dicken Pullover, um ihre Brust zu streicheln, und dann zog er an ihren Kleidungsstücken, bis sie die Kühle der Luft spürte, als ihr Hemd aufsprang.

Sie riß die Augen weit auf, als seine Hand von seinem Mund abgelöst wurde und er die schwellende Fülle neckte, bis ein Punkt erreicht war, der zwischen Lust und Schmerz lag. Sie zog sich vor ihm zurück, ein schwacher Versuch, der Zurechnungsfähigkeit Zutritt zu einem Gehirn zu gestatten, das vollständig von Leidenschaft beherrscht wurde, doch er preßte sie fest an sich, als wüßte er, was sie vorhatte.

Sie öffnete den Mund, um zu protestieren, doch aus dem Schrei wurde ein Stöhnen, als er ihre Worte mit einem tiefen Kuß verschlang. Seine Lippen teilten sich, und er küßte sie mit einer Wildheit, die sie nie zuvor an ihm gesehen hatte. Es war ein Kuß, der unbarmherzig in seinen Forderungen und doch von einer verlockenden Süße war. »So süß, so süß«, schien er auf ihre Lippen zu hauchen. »Ich will deine Süße kosten. Laß sie mich kosten, Liza. Laß mich dich lieben, meine süße, süße Liza.«

Es ist noch zu früh. Das geht alles viel zu schnell, schrie ihr Verstand, und sie erstarrte. Möglicherweise hätte sie ihren Gefühlen in diesem Augenblick nachgegeben. In Wahrheit hätte sie möglicherweise mehr als nur ihren Gefühlen nachgegeben, wäre nicht etwas gewesen, was er sagte, ehe er sie wieder küßte. »Ich bin ein Mann, Elizabeth ... ein Mann mit den Wünschen und dem Verlangen eines Mannes. Und du bist so begehrenswert. Ich will dich so sehr.«

Er mochte breite Schultern und schmale Hüften haben. Er mochte der attraktivste Mann sein, den sie je gesehen hatte. Seine Berührungen mochten sogar das sein, wonach sie ihr Leben lang gelechzt hatte. Aber sie war nichts, was man gefühllos benutzte ... oder zumindest ohne jede andere Empfindung als die reine Lust.

Diese Vorstellung verletzte sie. Es traf sie tief. Liebesbeteuerungen hätten sie gerührt – sogar allein schon Zärtlichkeit. Aber nicht das … nicht diese klare Bekundung. Jetzt wußte sie nicht, was von beidem schmerzhafter war: ihn zu lieben und auf keine Gegenliebe zu stoßen oder ihn zu lieben und zu wissen, daß er sie mit nicht mehr Gefühl begehrte als eine Hafendirne.

O ja, sie war hübsch anzusehen und faßte sich gut an. Aber das war noch nicht alles. Sie war nämlich zu allem Überfluß nicht zu haben.

Mit einem erstickten Fluch stieß sie ihn von sich. »Komm mir bloß nicht noch einmal zu nah.«

Er wich zurück, und in seinen Blicken stand Bedauern. Sie wußte, was es war, was er bedauerte … daß es ihm nicht gelungen war, sein Verlangen zu stillen, ehe sie wieder zur Vernunft gekommen war. Genau das waren die Gedanken, die sie sich jetzt machte, und daher war sie verblüfft und erstaunt über seine Worte, die liebevoll klangen.

»Wie ich sehe, habe ich dir Angst eingejagt. Glaube mir, wenn ich dir sage, daß das nicht meine Absicht war.«

Seine Entschuldigung ließ sie zu ihm aufblicken, und in ihren Augen stand Bestürzung. Sie wußte, was er sagte und warum. *Nicht seine Absicht?* Das waren die allerletzten Worte, die sie von ihm zu hören erwartet hatte. *Nicht seine Absicht?* Sie forschte nach einem Anhaltspunkt in seinem Gesicht, nach etwas, was die Fragen beantworten würde, die sie nicht in Ruhe ließen, doch sie fand nichts, was ihr weitergeholfen hätte. »Ich glaube dir nicht.«

»Das kann ich dir nicht vorwerfen. Schließlich habe ich genau gewußt, was ich tue. Du hast es nicht gewußt. Die Schuld liegt ganz und gar bei mir. Es wird nicht wieder vorkommen.«

Nein, so nicht, so ganz bestimmt nicht, dachte sie, und dann wandte sie sich ab.

12

Tavis blieb noch lange auf dem Deck sitzen, nachdem Elizabeth nach unten gegangen war. Er lehnte sich mit dem Kopf an das zusammengerollte Tau, auf dem sie gesessen hatte. Dann faltete er die Hände hinter dem Kopf und beobachtete, wie der Mond auf einem silbern schimmernden Pfad, der den Himmel mit der Erde zu verbinden schien, hinter einer Wolke hervorbrach. Bald würde er in seinem ersten Viertel sein, eine schmale Sichel, die mit ihrem Licht knauserte. Doch im Moment spendete er der Welt unter sich Helligkeit und ließ das Skelett der Masten zu dunklen Schatten werden. Seine Gedanken richteten sich jetzt darauf, wie er es anstellen konnte, die Dinge zwischen sich und Elizabeth richtigzustellen.

Während er dalag und nachdachte, wurde Tavis klar, daß er Elizabeth zwar schon seit Jahren kannte und doch nur auffallend wenige Male tatsächlich mit ihr geredet hatte – und daß er sich die Zeit dafür kein einziges Mal genommen hatte, ehe sie nach Boston gegangen war.

Es war zwar eine große Überraschung für ihn gewesen, sie an Bord vorzufinden, doch er würde sich wohl eingestehen müssen, daß es eine noch größere Überraschung für ihn war, jetzt festzustellen, daß sein bisheriger Verdacht berechtigt gewesen war – daß die Lizzie, die er früher gekannt hatte, und die Elizabeth, die er jetzt kennenzulernen begann, etwa soviel Ähnlichkeit miteinander hatten wie Materie und Schatten. Wenn er einen einzigen Punkt hätte herausgreifen müssen, der ihn mehr als alles andere erstaunt hatte, dann hätte er sagen müssen, es war der Umstand, daß sie in all den Jahren ganz offensichtlich noch etwas anderes im Kopf gehabt hatte, als ihn sich als Ehemann zu angeln.

Sie war intelligent, schlagfertig, gebildet, eine gute Köchin und eine noch bessere Seglerin. Sie besaß reichlich viel Stolz und war ausgeglichen veranlagt, und sie kannte sich in Mathematik und Astronomie so gut aus, wie er die Pläne für sein Schiff mit dem eisernen

Rumpf kannte. Er mußte unwillkürlich lächeln, als er sich an einen Abend erinnerte, an dem sie sich erboten hatte, ihm Algebra beizubringen.

»Was bringt dich auf den Gedanken, ich müßte Algebra lernen?« fragte er.

»Du bist schließlich eine Art Architekt, und es verwundert mich, offen gesagt, daß du bisher ohne ein größeres mathematisches Können ausgekommen bist.«

Ihm hatte nicht gerade gefallen, daß sie so mit ihm geredet hatte, und ebensowenig gefiel ihm das Wissen, daß sie mehr wußte als er, wenn es um Mathematik ging. Da er ein klein wenig ärgerlich gewesen war, hatte er zur Erwiderung gefaucht: »Ich komme auch so gut zurecht.«

Sie bedachte ihn mit einem Blick, der besagte, das sei genau die Form von Antwort, die sie von einem Trottel wie ihm erwartet hätte. »Das hat Samson auch gesagt, als man ihm gesagt hat, er würde an Senkfüßen sterben.«

Er war fuchsteufelswild geworden und hatte seinem Ärger gerade Luft machen wollen, als sie sich abgewandt hatte – so hochnäsig, wie es sich nur irgend denken ließ – und durch die Luke nach unten scharwenzelt war, ohne sich auch nur mit einem Wort von ihm zu verabschieden. Wenn er jetzt daran zurückdachte, mußte er zugeben, daß sich sein Ärger mit der Zeit gelegt hatte und er nur noch den komischen Aspekt sah.

Und jetzt stellte er fest, daß er wider Willen darüber lachte. *Das hat Samson auch gesagt …* Gab es überhaupt jemanden, der gegen ihre Schlagfertigkeit siegen konnte?

Es verwunderte ihn ein wenig, jetzt zu erkennen, daß er inzwischen tatsächlich seine Freude an ihr hatte – an ihrer schnellen Auffassungsgabe, ihrem fröhlichen Geplauder, ihrem ansteckenden Lachen und an der Bewunderung, die er in ihren Augen sah. Kurzum, er genoß ihre Gesellschaft – und allein schon das war eine gewisse Offenbarung für einen Mann, der mehr als ein Dutzend Jahre mit dem Versuch zugebracht hatte, ihr aus dem Weg zu gehen.

Sie war eine Frau von der Sorte, mit der es ein Mann leicht aushalten konnte, denn sie schien zu wissen, wann es angemessen war zu reden, zu scherzen und zu schweigen, aber auch, wann man einem Mann Raum zum Atmen und eine gewisse Privatsphäre zubilligen mußte – seltene Eigenschaften an einer Frau. Was die körperlichen Attribute anging, so hatte sie ein hübsches Gesicht und war so gebaut, wie er es mochte – dort üppig, wo es wichtig war, doch überall sonst schlank und geschmeidig.

Er blickte wieder zum Mond auf, der trotz seines Strahlenglanzes einsam und allein dort oben zu sitzen schien und dem es an Gesellschaft und Unterhaltung zu fehlen schien. Vielleicht drängten sich ihm diese Überlegungen auch auf, weil er sich, wenn er darüber nachdachte, selbst ein wenig einsam fühlte. Er erkannte deutlich, wie sehr er sich inzwischen darauf verließ, daß sie ihn mit ihrem scharfen Verstand während der langen einsamen Tage unterhielt, die sie damit zubrachten, nichts zu tun, als sich vereinzelten launischen Windstößen auszuliefern.

Diese Gedanken ließen die Erinnerung daran wieder aufkommen, wie sie früher einmal versuchte hatte, Mutter Natur auf die Sprünge zu helfen, was dazu geführt hatte, daß die Wattepolster aus ihrem Kleid gefallen waren. Was für ein merkwürdiges kleines Dingelchen sie damals doch gewesen war und wie offenkundig sie jahrelang für ihn geschwärmt hatte.

Er wußte, daß sie ihn immer noch liebte. Er konnte es in ihren Augen lesen. Er konnte aber auch den Schmerz und das Leid dort lesen, und beides hatte er dort vorgefunden, als sie ihn erst kürzlich an Deck allein gelassen hatte. Er war kein Dummkopf. Er wußte, was sie quälte. Sie mochte zwar in ihn verliebt sein, aber sie wollte sich nicht für eine flüchtige Laune hergeben, wollte nicht etwas sein, womit er tändelte, weil sich gerade niemand anderes dafür anbot. In einer Hinsicht war sie so wie andere Frauen, die er kannte. Sie wollte, was alle Frauen wollen. Liebe. Romantik. Die Ehe. Und all das wie eine seidene Schlinge, die einem Mann den Hals zuschnürte.

Es mochte ja sein, daß er sich zu ihr hingezogen fühlte. Es mochte auch sein, daß er sie begehrte. Er hätte sogar so weit gehen können zu sagen, daß er unbedingt mit ihr schlafen wollte. Aber er war nicht dumm genug, um das als Liebe zu bezeichnen. Liebe war etwas, wovon er keine Ahnung hatte. Dennoch besaß er die innere Stärke, sich einzugestehen, daß es unrichtig war, sie in dem Glauben zu wiegen, er wollte sie lediglich verführen.

Er zog sich auf die Füße und schaute sich um, als fände er auf Deck, wonach er suchte. Er fuhr sich mit der Hand durch das Haar und starrte auf das Wasser hinaus. Er wußte, was er zu tun hatte. Er war nur nicht sicher, wie er es anstellen sollte.

Nachdem er ausgiebig darüber nachgedacht hatte, beschloß er, er könnte ihr nur mit aller Aufrichtigkeit gegenübertreten. Er hatte tatsächlich versucht, sie zu verführen. Zumindest dafür hatte sie eine Entschuldigung verdient. Er wußte instinktiv, daß es seine Sache war, die Dinge wieder in Ordnung zu bringen. Im nächsten Moment begab er sich nach unten und fand sie auf ihrer Pritsche sitzend vor, in Mondschein getaucht, der ihr Haar weiß wirken ließ.

Sie beobachtete, wie er durch die Luke nach unten kam. Er drehte sich zu ihr um, als er von der letzten Stufe stieg. Dann blieb er stehen und sah sie an, als wartete er darauf, daß sie ihn aufforderte näherzutreten – etwas, wovon er wußte, daß sie es nicht tun würde. Ihr Gesicht war so bleich wie der Mondschein, und frische Tränenspuren waren darauf zu erkennen.

»Falls du gekommen bist, um das zu beenden, was du an Deck begonnen hast, dann verschwinde!«

Seine Schultern sackten nach unten. Sie würde es ihm nicht gerade leichtmachen. Er spürte, wie sein Körper sich verkrampfte und seine Muskeln sich anspannten. Er war verunsichert. Er war kein Mann, der es gewohnt war, sich zu entschuldigen, und daher war ihm unklar, wie er es anstellen sollte. Aufgrund seines Unbehagens war es sein erster Gedanke, den einfachsten Weg zu wählen und sich mit Charme aus dieser Lage zu winden, doch etwas sagte ihm, er solle sich den Charme sparen, denn er wußte, daß sie ihm genau das sagen würde, wenn er nicht freiwillig von vornherein darauf verzichtete. Er sah sie mit einem flehentlichen Blick an und fand in ihren Augen sture Verweigerung. Seine erste Überlegung war richtig gewesen. Ihr gegenüber kam nur Aufrichtigkeit in Frage. »Ich bin gekommen, um dir zu sagen, daß es mir leid tut.«

Seine Worte hatten sie offensichtlich schockiert. Hielt sie ihn etwa für ein solches Ungeheuer, daß sie glaubte, er könnte nicht selbst erkennen, wenn er im Unrecht war? Glaubte sie etwa, er wüßte nicht, wann es angebracht war, sich zu entschuldigen? »Ich hatte Spaß an der Freundschaft, die sich zwischen uns herausgebildet hat«, sagte er. »Es war dumm von mir, gewaltsam mehr daraus machen zu wollen.«

»Du wolltest nicht gewaltsam *mehr* daraus machen«, sagte sie und gab ihren Worten eine Betonung, die ihm keinen Zweifel daran ließ, wie sie gemeint waren. Dann fügte sie noch hinzu: »Du hast mich schlicht und einfach und reichlich unverhohlen verführen wollen ... und ich war dumm genug, um mitzuspielen.«

»Ich habe nicht absichtlich versucht, dich zu verführen.«

»Ach? Dann war es also ein Versehen?«

Einen Moment lang starrte er sie einfach nur an und fragte sich, wie es kam, daß eine Frau einem Mann aus einer simplen Bemerkung einen Strick drehen konnte, der dick genug war, um ihn daran zu erhängen. Wieder kam er sich ungeschickt und stümperhaft vor. »Es ist ganz einfach passiert, und das ist alles. Was du auch glauben magst, aber ich laufe nicht mit einem offenen Hosenlatz durch die Gegend und habe nur eines im Kopf, wenn ich eine schöne Frau sehe.«

»Ha!« sagte sie und stand von dem Bett auf. »Glaub bloß nicht, du könntest mich für dumm verkaufen. Ich habe alles über deine Eskapaden gehört ... und über deine Verführungskünste.«

»Glaub bloß nicht alles, was man dir erzählt«, sagte er einschmeichelnd. »So gut bin ich nun auch wieder nicht.«

»Genau das habe ich von mehreren Seiten gehört.«

In den beiden kommenden Tagen verhielten sie sich wie zwei hölzerne Statuen. Jeder von beiden sprach so wenig wie möglich mit dem anderen, und jeder von beiden gab sich ganz offensichtlich die allergrößte Mühe, dem anderen aus dem Weg zu gehen.

Aus ihrer Sicht behandelte Tavis sie mit steifer Höflichkeit. Wenn er sie tatsächlich in ein Gespräch hineinzog, dann drehte es sich vorwiegend um Belanglosigkeiten, die mit dem Wetter zu tun hatten oder damit, was er essen wollte, nichts, wozu sich einer von ihnen überschwenglich hätte äußern können.

Das ließ ihr jede Menge Zeit, über das nachzudenken, was sich an jenem Abend zwischen ihnen abgespielt hatte.

Als sie in ihre Kabine gerannt war und sich mit hämmerndem Herzen und verletztem Stolz auf ihre Pritsche geworfen hatte, hatte sie zu jenem Zeitpunkt bereits gewußt, daß sie einen großen Fehler gemacht hatte. Keine Frau, die bei klarem Verstand war, hätte sich Tavis Mackinnon entgehen lassen. Und schon gar nicht eine Frau, die von sich selbst behauptete, ihr halbes Leben lang in ihn verliebt gewesen zu sein.

Warum verstellte ihr dämlicher Stolz ihr bloß immer wieder den Weg? Und wie lange sollte es noch so weitergehen? Bis sie beide tot waren?

Tot? Dieser Gedanke traf sie, als fiele ihr ein Ziegel auf den Kopf. Sie hatte das getan, was sie für richtig hielt, und was hatte es ihr gebracht? Gar nichts. Und wenn sie so weitermachte, was würde ihr das bringen? Gar nichts.

Wieder einmal konnte sie Tante Phoebe zu sich sprechen hören. *Elizabeth Amelia, manchmal könnte ich schwören, daß du mehr Wert darauf legst, im Recht zu sein, als darauf, glücklich zu werden.*

Als sie auf ihrer Pritsche saß und die gegenüberliegende Wand anstarrte, machte Elizabeth eine verblüffende Entdeckung. Man wurde nicht einfach so verführt, aus heiterem Himmel und ohne eigenes Zutun. Beide Teile mußten es wollen. Als sie sich der Sträflichkeit ihres eigenen Handelns bewußt wurde, sah sie die Dinge gleich in einem ganz anderen Licht.

Und wie wirst du jetzt damit umgehen? Wirst du warten, bis es zu spät ist und ihr entweder gefunden werdet oder sterbt?

Mit einem Anflug von Verzweiflung machte sie sich klar, daß ihre Zeit knapp wurde.

Was Tavis anging, so hielt er sich an Deck auf und fragte sich, warum Elizabeth ihm gegenüber eine so hartnäckige Herzlichkeit an den Tag legte und das auf eine derart übertriebene Art und Weise, daß er sich fragte, wie lange es ein Mann auf einem Boot mit einer Frau aushalten konnte, die sich so benahm, ehe er sie erdrosselte. Oder sich selbst über Bord stürzte.

Sie bereitete die Mahlzeiten für beide zu, sie übernahm für einen beträchtlichen Teil der Zeit das Steuer, und sie bemühte sich auf der ganzen Linie übertrieben, ihre Pflichten zu erfüllen. Was die Kommunikation betraf, ging keinerlei Initiative von ihrer Seite aus. Sie redete dann mit ihm, wenn er mit ihr reden wollte, und sie schwieg, wenn er schwieg. Schon nach zwei Tagen waren beide völlig gespannt und gereizt.

Da sich seine Gereiztheit von Minute zu Minute steigerte, fragte sich Tavis, wie lange er diese steife Förmlichkeit noch würde ertragen können. Ihre Lebensmittelvorräte neigten sich dem Ende zu, und sie hatten nur noch wenig Wasser übrig. Wenn sie nicht bald jemand fand, spielte es keine Rolle mehr. Wenn er erst einmal tot war, spielte nichts mehr eine Rolle.

Er schüttelte den Kopf und überlegte sich, wie seltsam es doch war, daß der Umstand, daß sie in wenigen Tagen tot sein würden, nichts zu ändern schien. Sie hatte ihm in ihrer Wut mit Worten eins ausgewischt, und ihre spitze Bemerkung hatte ihn wahrhaft getroffen. Rachegelüste siedeten in jedem Tropfen seines roten Bluts.

Normalerweise war Tavis ein ziemlich umgänglicher Kerl, und aus dem Grund wußte er nicht recht, wie es kam, daß Elizabeths Sticheleien ihm derart zusetzten – und schon gar nicht, wenn er bedachte, daß sie, seit er sie kannte, nie etwas anderes als eine Nervensäge gewesen war.

Genau das habe ich von mehreren Seiten gehört …

Er erschauerte. Jedesmal, wenn ihm diese Worte wieder zu Bewußtsein kamen, wirkten sie wie ein weißglühendes Eisen, das das Wort *Rache* in sein Gehirn einbrannte. Sie hatte ihn zutiefst verletzt, und das ließ ihn nicht in Ruhe. Immer wieder fragte er sich selbst: *Weshalb sollte ich mich über etwas aufregen, was sie über mich gesagt hat?*

Er wußte nicht, warum. Es war eben so. *Warum kann mich eine solche Bemerkung derart wurmen, wenn ich doch verdammt gut weiß, daß ich in allem gut bin, was ich tue ... das Verführen von Frauen inbegriffen?* Auch diese Frage konnte er sich nicht beantworten, und dennoch nagten ihre Worte an ihm.

Tavis lehnte an den Überresten, die noch von dem Mast geblieben waren, als Elizabeth an Deck kam. Sie sah ihn nicht an, sondern begab sich direkt an die Reling, und nachdem sie einen Eimer Wasser hochgezogen hatte, begann sie, sich das Haar zu waschen. Er versuchte, sich auf das zu konzentrieren, was sie tat, und er bemühte sich, sie in einem anderen Licht zu sehen, doch es war zwecklos. Er rang immer er noch mit seiner Wut, und er fühlte sich immer noch so, als hätte er Skorpione gegessen. Seiner Meinung nach war seine Wut perfekt – der Teufel sollte die Worte des Aristoteles holen, die an der Wand über seinem Zeichentisch hingen: *Wütend werden kann jeder – das geht ganz einfach –, aber auf den richtigen Menschen im rechten Maß zur rechten Zeit mit dem rechten Anlaß und auf die rechte Art wütend zu sein – das ist keineswegs leicht.*

Nun, so viel zu Zitaten. Er war wütend. Auf den richtigen Menschen. Im rechten Maß. Zur rechten Zeit. Mit dem rechten Anlaß. Auf die rechte Art. Und es war ihm verdammt leichtgefallen!

Jedesmal, wenn er versuchte, mit Vernunft gegen diese Wut anzugehen, fiel ihm wieder ein, was sie gesagt hatte: *Genau das habe ich von mehreren Seiten gehört ...* Er schaute sie an und sagte sich, dieses eine Mal würde sie nicht den Sieg über ihn davontragen. Er war bereit zum Kampf.

Sie schüttete sich den letzten Eimer Salzwasser über den Kopf und schlang sich ein Handtuch darum. Sie drehte sich zu ihm um.

Ihre Blicke trafen sich, und beide starrten einander eine Sekunde lang kampflustig an, ehe Elizabeth die Augen abwandte, das Handtuch von ihrem Kopf zog und begann, sich das Haar zu trocknen, als sei sie nicht bereit, sich die zunehmende Feindseligkeit einzugestehen, die zwischen ihnen herrschte.

So stand sie jetzt da, ein Bild der Unschuld, wie sie sich das lange Haar trockenrieb und es massierte, der absolute Inbegriff von Weiblichkeit, und bei jeder ihrer ruckhaften Bewegungen hüpften ihre üppigen Brüste. *Sie läßt sie mit Absicht hüpfen und das bloß, um mir das Leben schwerzumachen*, dachte er. *Aber daraus wird nichts werden. Mich wird sie nicht ins Wanken bringen und mich vom Thema ablenken. Nein, Lizzie, daraus wird nichts. Nicht mit mir.* Mit einem unwilligen Schnauben wandte Tavis sich ab. Wenn sie ihr Bett nicht benutzen würde, dann würde er sich eben reinlegen.

Er ging nach unten, legte sich auf die Pritsche, verschränkte die Arme unter dem Kopf und erinnerte sich wieder daran, wie sie ihn angesehen hatte, ehe sie sich das Haar trockengerieben hatte. Es trieb ihn auf die Palme – sie bekannte sich noch nicht einmal zu den Spannungen, die zwischen ihnen herrschten. Aber die waren da, ob es ihr paßte oder nicht. Er biß die Zähne zusammen. Und es würde nicht mehr lange dauern, bis sie sie anerkennen würde, verflucht und zum Teufel. Dafür würde er sorgen, so wahr er Robert Tavis Mackinnon hieß.

Je länger er dalag, desto mehr ärgerte er sich, und je mehr er sich ärgerte, desto schneller begriff er, daß es zwei Paar Schuhe waren, ob sein Stolz verletzt wurde oder ob sich jemand grundsätzlich über seine Talente im Bett lustig machte. Und dann auch noch ausgerechnet sie. *Sie!* Eine Frau, die geschickte Verführungsversuche selbst dann als solche erkannt hätte, wenn sie ihr in den Hintern gebissen hätten.

»Dann bin ich also nicht besonders gut, was?« sagte er zu der Lampe, die an der Decke über seinem Kopf schwang. Darunter leiden oder darüber triumphieren, das war hier die Frage. »Dir werde ich zeigen, wie gut ich wirklich bin«, sagte er. Im nächsten Moment sprang er vom Bett auf. *Dir werde ich es zeigen, darauf kannst du dich verlassen,* dachte er. *Was hatte Byron doch geschrieben? »Reize sie bis zur Weißglut und beruhige sie dann … und schon bald wird die Leidenschaft deine Hoffnungen krönen.«*

Oder, um es in seinen eigenen Worten eloquent auszudrücken: *Jede Frau ist schwach und willig, wenn sie von einem entschlossenen Gauner verführt wird.* Lizzie würde verführt werden, und zwar gründlich, und er würde nicht aufgeben, solange er es nicht geschafft hatte.

Vor Essig und vor süßem Wein sollte man sich hüten, aber auch vor der Wut eines friedfertigen Mannes.

Auf dem Deck trocknete sich Elizabeth immer noch das Haar, und wie gewöhnlich dachte sie über Tavis nach. Vielleicht machte sie sich diese Gedanken aus reiner Gewohnheit, aber vielleicht wurden sie auch durch die unbehagliche Situation ausgelöst, die sich zwischen ihnen qualvoll in die Länge zog. Worin die Ursache auch liegen mochte, es war eine emotionale Belastung, und als sie erst einmal begann, darüber nachzudenken, konnte sie nicht mehr aufhören.

Es dauerte nicht lange, bis ihre Gedanken begannen, um die Hoffnungslosigkeit ihrer Lage zu kreisen, den Tatbestand, daß sie durchaus hier sterben konnten, ohne jemals wieder Land zu sehen oder gerettet zu werden. *Aber das konnte ihr auch nur recht sein.* Die Dinge standen ohnehin nicht einfach zwischen ihnen, und so, wie sie es sah, fragte sie sich ohnehin, welchen Zweck es hatte weiterzuleben, wenn sie Tavis nicht haben konnte.

Tot oder lebendig? Für sie war er so oder so nicht zu haben.

Falls sie sterben sollte – und inzwischen war sie sicher, daß es dazu kommen würde -, wollte sie nicht gemeinsam mit einem Menschen sterben, der wütend auf sie war. Sie konnten einander wenigstens Trost spenden, wenn es mit ihnen zu Ende ging.

Als sie an diesen Punkt gelangt war, ging ihr außerdem auf, daß es noch ein paar andere Dinge gab, die Tavis und sie einander zu bieten hatten, außer Gesprächen und Trost. *War es etwa nicht genau das, was er zu tun versucht hat, als du prompt Wasser in die Feuer seiner Leidenschaft gegossen hast?*

Sie wies diesen Gedanken von sich und sagte sich, daß sie geliebt und nicht etwa verführt werden wollte – im Grunde genommen ein großartiger Gedanke, wenn ihnen mehr Zeit geblieben wäre.

Worauf es alles hinauslief, war folgendes: Sie konnte entweder als ungeliebte Jungfrau sterben oder als ungeliebte Frau, aber dennoch als Frau im wahrsten Sinne des Wortes. Jetzt waren praktische Überlegungen angesagt. Ein Seemann mußte nicht nur Felsen und Sandbänke im Auge behalten, sondern auch den Polarstern.

Immer wieder schien sie aus ihrem tiefsten Innern ein zartes kleines Stimmchen zu hören, das darauf versessen war, unzählige Male zu wiederholen: *Lizzie, falls du sterben wirst, dann willst du doch nicht etwa als ahnungslose Jungfrau sterben wollen, oder etwa doch?*

Nein, natürlich wollte sie das nicht.

Sie wollte wissen, wie es war, mit einem Mann zu schlafen. Wer hätte das nicht wissen wollen? Der Tod war etwas so Endgültiges, und während er einerseits einige Fragen zur Zukunft beantworten würde, würde er doch andererseits eine ganze Menge Fragen unbeantwortet lassen, die die Gegenwart betrafen.

Es gab so viele Dinge im Leben, die ihr nach dem Tod versagt bleiben würden. Gott in Seiner unendlichen Güte würde ihr doch bestimmt nicht vorwerfen, daß sie sich einen einzigen letzten Wunsch erfüllen wollte: Falls sie sterben sollte, dann doch bitte in den Armen von Tavis Mackinnon, nachdem sie einander geliebt hatten.

Aber Tavis schien im Moment nicht allzusehr gewillt zu sein, auch nur irgend etwas zu unternehmen. Sie hatte ihn mit dieser Bemerkung über seine Männlichkeit geärgert, und jetzt redete er kaum noch ein Wort mit ihr. Wie hätte sie unter den gegebenen Umständen erwarten können, daß er mit ihr schlief?

Nun gut, sagte sie sich. *Es gibt nur eine einzige Möglichkeit, das herauszufinden. Entweder er tut es, oder er tut es nicht.*

Das entsprach wohl der Wahrheit, aber was war, wenn er es nicht tat? Schließlich hatte sie sich nicht gerade in seine Arme gestürzt, als er es das letzte Mal versucht hatte. *Ich weiß es nicht,* dachte sie und erinnerte sich wieder daran, daß er seit zwei vollen Tagen kaum ein Wort mit ihr gewechselt hatte, und ihr fiel auch wieder ein, wie feindselig er sie gerade erst vor wenigen Minuten angesehen hatte. Seufzend sagte sie sich, sie könnte es zumindest versuchen und ihm damit zu verstehen geben, daß sie es sich anders überlegt hatte.

Und was ist, wenn es nicht klappt?

Dann werde ich ihn eben verführen, dachte sie. *Ich will nicht als Jungfrau sterben. Ich will es nicht. Ich will es einfach nicht.*

Elizabeth war der Auffassung, als Jungfrau zu sterben sei wie ein Kirchturm ohne Glocken. Es war Unwissenheit ohne Seligkeit. Es war die schiere Dummheit. Es mochte zwar sein, daß Tavis sie nicht liebte, aber er begehrte sie – soviel wußte sie mit Sicherheit. Wenn sie das nächste Mal mit ihm zusammentraf, würde sie ihn nicht zurückhalten. Statt dessen würde sie ihm freie Hand lassen, aber schon während sie das dachte, fragte sie sich unwillkürlich: *Was wird er damit anfangen?*

Elizabeth, die schon von jeher praktisch veranlagt war, bemühte sich, das Ganze unter dem Gesichtspunkt der Logik zu betrachten, während sie zugleich etwas ignorierte, was ihr Großvater oft sagte: »Elizabeth, du mußt immer daran denken, daß die Logik dem Selbstvertrauen schadet.«

Mit der Logik eines Träumers beschloß sie, daß zwei Faktoren sich fraglos zu ihren Gunsten auswirkten.

Einer von beiden war der Umstand, daß Tavis, wie er selbst gesagt hatte, ein Mann war, der das Verlangen eines Mannes hegte – das sollte genügen, um ihm über seine Wut hinwegzuhelfen.

Und zweitens war die Frage, was er auf einem Schiff ohne Mast mitten auf dem Meer Besseres hätte anfangen können.

Sie würde ihn für ihre Denkweise gewinnen. Soviel war gewiß. Und um sicherzugehen, daß sie es schaffte, würde sie unglaublich reizend sein, der Inbegriff einer Verführerin. Ehe er wußte, wie ihm geschah, würde Tavis Mackinnon feststellen müssen, daß er verführt worden war.

Trotz seiner miserablen Laune ertappte Tavis sich dabei, daß er sie angrinste. Anscheinend fühlte sich Elizabeth einsam und reumütig zur gleichen Zeit, denn jetzt kam sie die Treppe herunter, summte eine kleine Melodie vor sich hin, lächelte und blieb abrupt stehen, als sie ihn auf der Pritsche sitzen sah.

»Ich weiß, daß du hungrig sein mußt«, sagte sie freundlich und war so dumm zu glauben, sein Grinsen hieße, daß er ihr verziehen hatte. Sein Lächeln verflog, und er wollte sich erheben. Sie eilte augenblicklich an seine Seite und legte ihm eine Hand auf den Arm. »Oh, nein, steh nicht auf. Ruh dich aus, während ich etwas Eßbares für uns auftreibe.«

Er wollte jedoch keinen allzu umgänglichen Eindruck erwecken, und daher bedachte er sie mit einem mürrischen Blick und sagte: »Ich werde es mir überlegen.« Er stand auf und stieg dann die Leiter zum Deck hinauf.

»Tja«, sagte Elizabeth zu der leeren Kajüte, »man kann schließlich nicht erwarten, wenn man einer Glucke Eier unterlegt, daß man am nächsten Tag schon Küken hat, oder etwa doch?« Sie seufzte und holte eine Fleischkonserve heraus. »Geduld, Elizabeth. Geduld. Mach einen weiten Bogen um ihn, denn er hat die Hörner aufgesetzt.«

Über ihrem Kopf lief Tavis auf dem Deck auf und ab und erinnerte sich wieder daran, daß er den Entschluß gefaßt hatte, ihr zu zeigen, wie gut er in Wirklichkeit war, und jetzt konzentrierte er sich ganz darauf, wie dieser mit Rache gepaarte Akt der Verführung sich gestalten sollte. Hier ging es nicht um eine ganz gewöhnliche Verführung. Schließlich stand sein Ruf auf dem Spiel. So, wie er das sah, erforderte kaltblütige Verführung eine kaltblütige Einstellung. Nachdem er ihre Eskapaden und Kapriolen ein Leben lang geduldet hatte, mußte er Elizabeth jetzt etwas beweisen.

Reize sie bis zur Weißglut und beschwichtige sie dann … und schon bald wird die Leidenschaft deine Hoffnungen krönen. Er hatte keine Ahnung, warum dieses Zitat ihm immer wieder durch den Kopf ging und was ihn überhaupt darauf gebracht hatte, aber es brachte ihn auf einen Gedanken. Und wie es ihn auf einen Gedanken brachte.

Er hörte, wie sie ihn rief, doch er folgte ihrem Ruf absichtlich nicht. Natürlich war er ausgehungert, aber es war ihm wichtiger, sie zu kränken, als etwas zu essen.

Wieder rief sie seinen Namen. Er lief unbeirrt weiterhin auf und ab. Wenn er bis drei gezählt hatte, würde sie aufgebracht sein, oder er lag mit seiner Vermutung daneben. *Eins ... zwei ... drei ...*

»Kommst du zum Essen runter oder nicht?« schallte eine Stimme von unten.

Er grinste und schaute auf seine Armbanduhr. Dann wartete er volle fünfzehn Minuten, ehe er sich langsam unter Deck begab.

Sie saß an dem kleinen Tisch und trommelte mit den Fingern auf die Tischplatte, und obwohl sie offensichtlich verstimmt war, strengte sie sich teuflisch an, nicht beleidigt zu wirken. »Ich habe schon auf dich gewartet«, sagte sie in einem fröhlichen Tonfall, der sich ganz und gar nicht mit dem außerordentlich gereizten Ausdruck vertrug, den er gerade noch auf ihrem Gesicht gesehen hatte.

»Das hättest du nicht tun sollen«, sagte er und fragte sich, warum sie sich ganz offensichtlich dazu zwang, nett zu ihm zu sein.

Er setzte sich.

»Hier«, sagte sie und schob ihm das Essen hin, doch als er sie ansah, lächelte sie. »Iß«, war alles, was sie sagte.

Er runzelte die Stirn. Sie war nicht gerade leicht zu verstimmen. Er würde sich mehr Mühe geben müssen. Er aß einen Bissen und ließ die Gabel fallen.

»Was ist?« fragte sie.

»Was hast du mir vorgesetzt? Rattengift?« Er sah, wie ihre Lippen weiß wurden. Ein todsicheres Anzeichen für Wut, da war er sich ganz sicher. *Jetzt habe ich dich.*

»Das ist eine Fleischkonserve«, sagte sie in einem ruhigen und lakonischen Tonfall, ehe sie ihn mit einem reizenden Lächeln bedachte.

»Es schmeckt nach Schweinefraß«, sagte er und wußte, daß er es auf die Spitze trieb.

Sie erweckte den Eindruck, als hätte sie ihn am liebsten geohrfeigt oder ihn zumindest gefragt, woher er wüßte, wie Schweinefraß schmeckte. Ihr war deutlich anzusehen, daß es sie große Selbstbeherrschung kostete, sich zurückzuhalten.

»Wenn es dir nicht schmeckt – es ist noch etwas Wurst da. Und ein paar Kekse«, sagte sie, und die Worte kamen so scharf heraus wie Pistolenschüsse. »Möchtest du, daß ich dir etwas anderes hole?«

Er lehnte sich zurück, faltete die Hände auf dem Bauch und sagte übertrieben gleichgültig: »Ach, ich weiß nicht recht, ob ich etwas anderes will oder nicht. Was haben wir denn sonst noch?«

Ihre Hände ballten sich zu Fäusten. Ihre Knöchel wurden weiß. Aber ihre Worte waren freundlich. »Leider ist nicht mehr viel da ... etwas Käse, eine Dose Biskuits, ein Glas eingemachtes Obst ...«

Er blinzelte. Was war bloß los mit ihr? War sie blind? War sie mit Galle großgezogen worden? Begriff sie denn nicht, daß er sich unmöglich benahm? Wo war bloß all ihr Stolz geblieben? Wollte sie ihm denn nichts über den Schädel ziehen oder wenigstens mit Gegenständen nach ihm werfen? Sie war eine tatkräftige Frau, doch wo war jetzt ihr Temperament geblieben? Er sah sie hämisch an und glaubte, das würde sie bestimmt ärgern. Als nichts daraus wurde, sagte er haßerfüllt: »Schon gut, ich habe keinen Hunger.« Er stand auf und ließ dabei absichtlich die Stuhlbeine den Boden zerschrammen. Er grinste. Jetzt erweckte sie den Eindruck, als würde sie jeden Moment etwas nach ihm werfen.

Aber statt dessen sagte sie liebenswürdig: »Möchtest du vielleicht mit mir reden?«

»Nein, darauf habe ich keine besondere Lust.«

»Was hältst du von einem Spaziergang auf dem Deck?«

»Genau das hatte ich mir auch schon überlegt.«

Sie stieß den Atem aus, den sie angehalten hatte, und dann machte sie sich auf den Weg nach oben.

»Ich möchte lieber allein sein.«

Diese Worte ließen sie abrupt stehenbleiben. Einen Moment lang sah es ganz so aus, als würde sie gleich weinen. »Warum bist du bloß so abscheulich zu mir?«

Selbst wenn sein Leben auf dem Spiel gestanden hätte, hätte er nicht beantworten können, warum er das Spiel hartnäckig weiterspielte. Es war ganz einfach eine dieser Geschichten, die sich verselbständigten – wenn man erst einmal damit angefangen hatte, fand man nicht mehr den rechten Punkt, um abzuspringen. Er kam sich vor, als säße er auf einem Karussell, das sich zu schnell drehte. Doch statt ihr das zu sagen, legte er den Kopf auf eine Seite und sagte: »Bin ich das?«

»Oh, ja, das bist du, und falls es dir nicht aufgefallen sein sollte – ich bemühe mich, nett zu dir zu sein.«

»Dann laß es bleiben«, sagte er. »Alles andere vertrage ich besser.«

»Im Moment biete ich dir aber nichts anderes an, als nett zu dir zu sein.«

»Und warum?«

»Warum sollte ich nicht nett zu dir sein?«

»Weshalb solltest du es sein?«

»Versuchst du, mich zu provozieren?«

»Gelingt es mir?«

Er wußte, daß sie die Zähne zusammenbiß, als sie sagte: »Nein, natürlich nicht.«

»Was für ein Jammer«, sagte er. »Wenn man dich genügend provoziert, könntest du vielleicht etwas mehr Persönlichkeit aufweisen.« Mit diesen Worten wandte er sich ab, ging nach oben und dachte sich: *Das sollte genügen. Jetzt sollte sie gewaltig aufgebracht sein.*

Ein paar Sekunden später kam sie an Deck gestampft. Er hatte ihr den Rücken zugekehrt, und obwohl er hörte, daß sie wie ein Stier nach oben stürmte, der wütend genug war, um einen Amboß in Stücke zu reißen, drehte er sich nicht um. Es hörte sich ganz so an, als marschierte sie wie ein aufgebrachter Feldwebel auf ihn zu, doch ihre Worte waren alles andere als gepfeffert.

»Es ist eine schöne Nacht, findest du nicht auch?«

Ihm fiel der Kiefer herunter. Worte flohen ihn. Dieses Maß an Geduld grenzte an Wahnsinn, ans Absurde. Er drehte sich langsam um und sah, daß sie nur gut einen Meter von ihm entfernt stehengeblieben war. Ihr Gesicht war in seine Richtung gewandt und in den gefälligen Schein des Mondes getaucht. Einen Moment lang vergaß er sich. Sie war hübsch. Das Mondlicht umkränzte ihr Gesicht. Er hätte das Spiel noch weiter getrieben, doch plötzlich erkannte er, daß sie lächelte.

Sie *lächelte*? Wenn er sie derart abscheulich behandelte? Einen Moment lang konnte er nichts anderes tun, als sie belämmert anzustarren. Es verschlug ihm die Sprache. Niemand konnte derart beschränkt sein, derart begriffsstutzig. Niemand auf Erden.

»Was hast du gesagt?« fragte er dämlich, denn er versuchte immer noch, die Situation zu begreifen.

»Ich habe gesagt, ob du nicht auch findest, daß es eine schöne Nacht ist?«

»Das war es.«

»Was soll das heißen?«

»Es war eine schöne Nacht, bis du an Deck gekommen bist.«

Das genügte anscheinend, denn sie stemmte die Hände in die Hüften und funkelte ihn finster an. »Was ist bloß los mit dir? Warum behandelst du mich so?«

»Wie behandele ich dich denn?«

»Ich strenge mich an und tue mein Bestes, um nett zu dir zu sein ...«

»Tu es nicht.«

»Und warum nicht?«

»Weil ich nicht will, daß du nett zu mir bist. Ich will nicht, daß du irgend etwas zu mir bist, weil ich nichts mit dir zu tun haben will. Kapiert?«

Das war der Punkt, an dem Tavis eine erstaunliche Feststellung machte: Diese Angelegenheit, Frauen zu verärgern, war ein zweischneidiges Schwert. Es hatte seine Vorteile und seine Nachteile.

Hier stand er jetzt und setzte alles daran, sich von seiner scheußlichsten Seite zu zeigen, um sie zu provozieren, und in dem Moment, in dem es ihm gelang, fühlte er sich schrecklich elend. Er schaute sie an und sah sie in Sternenglanz gehüllt und in Mondschein getaucht dastehen. Ein Windstoß hob die Haare von ihrem Nacken, und er überlegte sich, wie verletzbar dieser schmale Hals doch wirkte.

Nachdem er sie so oft als einen solchen Quälgeist angesehen hatte, eine Plage, die er sich gern vom Hals geschafft hätte, konnte er jetzt kaum begreifen, daß sie in Wirklichkeit so viel mehr als nur das war. Diese Vorstellung brach mit einer solchen Wucht über ihn herein, daß er am liebsten von seinen bisherigen Rachegelüsten abgelassen hätte – da er sie jetzt als das erkannte, was sie waren, nämlich blödsinnig und typisch männlich. In seiner Wut war er blind gewesen. Die Selbstbeherrschung zu verlieren, war, als stäche man bei Sturm in See.

Was mit Torheit begonnen hatte, endete mit Reue.

Tavis sah, wie ihre Unterlippe zitterte, und er spürte, wie sich sein Herz zusammenzog. Er sagte leise ihren Namen, doch sie reagierte nicht darauf und auch nicht auf den zärtlichen Blick in seinen Augen. Sie schien bestürzt zu sein, als wüßte sie nicht, wo sie war, wie eine Möwe, die der Wind von ihrem Kurs abtreibt und zu weit ins Inland trägt. Er beobachtete sie und fühlte sich absolut hilflos, als eine Träne zu rinnen begann. Nur eine. Und dann noch eine. Er wollte die Hand ausstrecken, um sie von ihrem geschwungenen Wangenknochen zu wischen und dann ihren Geschmack mit seinen Lippen zu kosten. Doch als er die Hand hob, um sie nach ihr auszustrecken, wandte sie sich ab und lief vor ihm davon. Schon eine Sekunde später war sie verschwunden.

Mit peinigender Klarheit erkannte er, was er angerichtet hatte. Lange Zeit stand er einfach nur da, fühlte sich entwaffnet und wußte nicht, was er tun sollte. Rache, so schien es, schmeckte zwar süß, war aber bei weitem zu bitter, um sie zu schlucken.

Nun, alter Knabe, jetzt hast du sie mit Sicherheit an ihre Grenzen getrieben. Was ist los mit dir? War das nicht genau das, was du wolltest?

Nicht das, dachte er. *Das habe ich nicht gewollt.*

Aber du warst wütend auf sie. Denk nur an all deine wunderbaren Gründe.

Wut hat immer einen Grund, aber es ist nur selten ein guter Grund. Hätte er doch nur den Mund gehalten, als er mit seiner Weisheit am Ende gewesen war.

Im Moment schien er nicht klar denken zu können. Das einzige, woran er denken konnte, war, wie hübsch sie gerade noch ausgesehen hatte, als sie lächelnd zu ihm aufgeblickt hatte und ihr Gesicht in Mondschein getaucht gewesen war. Und jetzt war sie unter Deck, zurückgewiesen und verzweifelt. Er konnte sie nicht hören, aber er wußte, daß sie sich wahrscheinlich die Seele aus dem Leib weinte, und diese Vorstellung rührte ihn.

Sie war wie eine geöffnete Blüte, die sich zu einer geschlossenen Knospe zusammenzieht, wenn der Regen darauffällt. Nur war es kein Regen, der sie berührt hatte. Es war Schmerz.

Und er war der Mistkerl, der ihr dieses Leid bereitete. Er war ein Dummkopf gewesen, weil er zugelassen hatte, daß sein Stolz seine Wut angeheizt hatte. Er sah sich selbst als einen großspurigen Gockel, der sich aufspielte, und dieses Bild war ihm verhaßt.

Plötzlich war er auf dem Weg nach unten, und jeder Gedanke an eine Verführung war aus seiner Vorstellung getilgt. Jetzt war er nichts weiter als ein Mann, der gedemütigt und auf die Knie gezwungen worden war.

Er kam sich ungeschickt und stümperhaft vor. Er hatte keine Erfahrung mit zarteren Gefühlen. Er hatte das Gespür dafür verloren, was eine Frau mag und braucht. Das, was ihm naheging und gegen seine Unsicherheit gewann, war schließlich das Wissen um die Schmerzen, die er ihr bereitet hatte. Dabei spielte es so gut wie keine Rolle, daß er sich ungeschickt anstellte.

»Elizabeth?« fragte er und ging auf die Pritsche zu. Er sah sie in einem keuschen weißen Nachthemd auf ihren Zudecken liegen, und ihre Finger gruben sich in das Kissen, auf dem ihr Kopf lag und das sich mit ihren Tränen vollsaugte.

»G-g-geh weg.«

Er ging auf die Pritsche zu, setzte sich neben sie und streckte die Hand aus, um ihren silberblonden Zopf zu streicheln. Sie stieß seine Hand von sich. »Laß mich in Ruhe. Bitte.«

»Ich möchte mit dir reden«, sagte er und versuchte, die Tränen von ihrer nassen Wange zu wischen.

Sie sah ihn an, und etwas schnürte sich in seinem Innern zusammen, als er diese Augen sah, die wie die Augen eines Rehs glänzten – eines Rehs, das in der Falle saß, verletzbar war und seine Lage begriffen hatte. Sie gab einen kleinen gequälten Laut von sich und begrub ihr Gesicht in dem Kissen.

Eine warme tröstende Hand glitt über ihren Rücken und berührte ihren nackten Arm. »Du frierst.«

Sie gab einen schluchzenden Laut von sich. »Ja, mir ist kalt, aber so kalt wie du könnte ich niemals sein.«

Er deckte sie zu. »Ich weiß, daß du das nicht könntest. Du bist zu fürsorglich. Du bist zu liebevoll. Manchmal kann das für eine Frau der Untergang sein.« Er seufzte und wußte, was er sagen mußte. »Es ist alles meine Schuld. Es tut mir leid.«

Sie hob den Kopf und rollte sich auf den Rücken, um ihn anzusehen. »Es tut dir leid? Du glaubst, du kannst deiner Grausamkeit den Stachel nehmen, indem du sagst, daß es dir leid tut? Ich sage dir, so geht es nicht. Gefühle kann man nicht öffnen und schließen wie eine Tür. Du hast mich wie ein Stück Dreck behandelt, aber weshalb?« Jetzt weinte sie. »Sag mir, was ich getan habe. Womit habe ich das verdient?« Sie schüttelte den Kopf. »Das einzige Verbrechen, das ich je begangen habe, war, dich zu lieben«, sagte sie und sah ihm in die Augen. »War das denn so schrecklich schlimm?«

»Nein«, sagte er, »ganz und gar nicht, und damit hat es auch gar nichts zu tun.«

»Womit denn sonst? Sag es mir. Ich habe ein Recht darauf, es wenigstens zu erfahren.«

»Ich war wütend, und meine Wut hat über mein klares Urteilsvermögen gesiegt. Wut flößt selbst einem Feigling Mut ein«, sagte er. »Ich suche nicht nach Ausflüchten. Ich weiß selbst, was ich getan habe … es war nicht richtig. Normalerweise bin ich nicht so. Ich habe nie Spaß daran gehabt, einen anderen Menschen leiden zu sehen.«

Er wandte den Blick einen Moment lang ab, als richtete er seine Aufmerksamkeit darauf, die dunklen Schatten zu ergründen, die der Schein der Lampe auf die gegenüberliegende Wand warf. »Ich weiß auch nicht, was mit mir los ist. Irgend etwas stimmt nicht mit mir, oder ich würde in deiner Gegenwart nicht derart verrückte Dinge tun.«

Er sah sie noch einmal kurz an, und dann senkte er den Blick auf ihre Hände, die bleich und steif auf der Decke lagen. »Ich wünschte, ich hätte die richtigen Antworten parat. In mancher Hinsicht verstehe ich mich selbst nicht. Du hast im Zorn etwas gesagt und damit meinen männlichen Stolz verletzt, und eine Zeitlang habe ich es mir erlaubt, in Gedanken dem nachzuhängen, was du gesagt hast, statt mich zu fragen, warum du es gesagt haben könntest. Ich war von der Vorstellung besessen, es dir heimzuzahlen.«

»Dieser Wunsch ist dir mit Sicherheit erfüllt worden.«

»Ja«, sagte er und sah sie an. »Nur entdecke ich jetzt zu spät, daß es überhaupt nicht das ist, was ich wollte. Mein sogenannter Sieg hat mich, glaube ich, mehr als dich gekostet und Reue und Gewissensbisse mit sich gebracht.«

»Soll ich mich darüber freuen?«

Er lächelte sie traurig an. »Nein, aber es sollte dich nicht noch wütender machen.« Er wischte mit seinem Daumen die nassen Tränenspuren von ihren Wangen. »Du bist verletzt und zornig, und das ist dein gutes Recht.«

Sie blieb stumm.

Sein Gesichtsausdruck veränderte sich, und er sah sie ganz merkwürdig an. Er spürte, daß sich ein Knoten in seinem Magen zuschnürte, und es traf ihn wie ein Fausthieb. Nie hatten ihn ihre Augen derart verwirrt, die Echtheit ihrer Augenfarbe, das tiefe aufrichtige Blau mit einem Stich ins Violette. Und im Moment funkelten ihn diese Augen wütend an. »Mir kommt das seltsam vor. Ich glaube, du bist sogar noch schöner, wenn du wütend bist. Ich frage mich, woher das kommen mag. Vielleicht liegt es daran, daß eine Frau absolut untadelig ist, wenn sie so tugendhaft wie schuldlos ist.«

Sie gab einen unwilligen Laut von sich und wandte den Blick ab. Dann hob sie die Hand und ließ sie über die Schnittstellen der Holztäfelung an der Wand gleiten. Matt hatte die Holzverschalung frisch gestrichen, und sie versuchte, sich an diesen Gedanken zu klammern wie an einen Rettungsanker, an dem sie sich festhalten konnte. »Tugendhaft«, wiederholte sie. »So also nennst du eine tollpatschige Frau, die nicht begehrenswert ist und sich zu ungeschickt anstellt, um geschändet zu werden?«

Ihre Worte trafen ihn bis ins Mark, doch er wußte, daß Mitgefühl nur dazu geführt hätte, ihren Tränenfluß erneut in Gang zu bringen. Auch sie hatte ihren Stolz. Er zwang sich, einen leichtfertigen Tonfall anzuschlagen. »Geschändet, na so was!« Sein liebevolles Lächeln kam von ganzem Herzen. »Bist du ganz sicher, daß du wirklich dieses Wort gebrauchen wolltest?«

Ihre Hand sank auf die Decke, und sie wandte ihm wütende Augen zu, die ihm direkt ins Gesicht sahen. »Ich habe versucht, dich zu verführen, du verfluchter Idiot«

»Verführen ... Soll das heißen, du bist nett zu mir gewesen, weil du dich bemüht hast, mich ...« Sein Blick richtete sich abrupt auf ihr hübsches Gesicht, und dort sah er, was er bisher nicht gesehen hatte, weil er zu blind, zu wütend oder zu borniert gewesen war. Sie hatte einen Entschluß gefaßt. Jetzt wurde ihm nachträglich alles klar und brach wie eine Woge über ihn herein. Darum also war es ihr gegangen.

»Du willst dich von mir lieben lassen?«

Sie nickte. »O Liza«, sagte er und zog sie in die Arme. »Weißt du denn nicht, daß ich das von Anfang an gewollt habe?«

Sie war jetzt nicht mehr wütend, aber immer noch verschnupft. »Du hast eine merkwürdige Art, das zu zeigen. Von da aus, wo ich gestanden habe, hat es so ausgesehen, als stündest du kurz davor, dich ins Meer zu stürzen, und das nur, damit du deine Ruhe vor mir hast.«

»Wenn ich meine Ruhe vor dir hätte haben wollen, dann hätte ich *dich* über Bord werfen können«, antwortete er und lächelte innerlich darüber, daß sie sichtlich zusammenzuckte. »Und es hat einen Abend gegeben, an dem ich verdammt dicht davorgestanden habe, dich zu nehmen ... und du hast mich zurückgehalten, wenn ich mich recht erinnere.«

Sie sah ihn aus zusammengekniffenen Augen an. »Oh, so nennst du das also? Ich scheine mich daran zu erinnern, daß du mir einen blumigen Vortrag gehalten hast, in dem du dich als einen brünstigen Halunken hingestellt hast und keineswegs als einen Mann, der sich im Umgang mit einer Frau auch nur auf die geringste Raffinesse versteht. Was für eine Reaktion hast du denn von mir darauf erwartet?«

»Nun, ich war der Meinung, daß du etwas Besseres verdient hast, als einfach so an Deck genommen zu werden, ganz gleich, wie sehr ich mir das auch gewünscht hätte. Und du kannst mir glauben, daß ich regelrecht darauf versessen war.« Er lachte und stieß dann ein gequältes Stöhnen aus, als er sich wieder an die Erektion erinnerte, die hinterher noch stundenlang steif geblieben war. »Das hat mir eine reichlich qualvolle Nacht beschert.«

»Gut so«, sagte sie. »Für meinen Geschmack kann sie gar nicht qualvoll genug für dich gewesen sein.«

Er lachte über ihre Unschuld und zog sie enger an sich, und dann zog er die Decke von ihrem Körper, drückte sich an sie und warf die Decke über beide.

»Was tust du da?«

Er warf einen Arm um ihre Taille. »Ich versuche, dir näherzukommen.«

»Ich will dich aber nicht in meiner Nähe haben. Und außerdem ist dieses Bett zu schmal. Wir können nicht beide darin schlafen«, sagte sie und gab ihm einen Schubs. »Es ist mein Bett.«

»Richtig, aber ich bin stärker als du.« Er preßte sich wieder an sie, und dann kosteten seine Lippen ihren Nacken, und er flüsterte: »Aber das spielt eigentlich gar keine Rolle. Ich habe ohnehin nicht vor zu schlafen. Jedenfalls jetzt noch nicht.«

»Du weißt, was ich gemeint habe. Ich will nicht mit dir schlafen ... jetzt nicht mehr.«

»Liza, du weißt nicht, was du willst, aber zum Glück weiß ich es, und darüber sollten wir beide froh sein. Würdest du jetzt bitte still sein?« Er gab ihr keine Gelegenheit zu einer Antwort, sondern schlang die Arme um sie und senkte den Mund auf ihre Lippen.

»Du denkst zuviel. Und du redest zuviel. Und du hast dich dreizehn Jahre lang viel zu sehr angestrengt.« Er zog sich auf einen Ellbogen hoch, damit er auf sie herunterschauen konnte. »Würdest du dieses eine Mal zur Abwechslung dem Drang widerstehen, alles, was mit uns beiden zu tun hat, selbst in die Hand zu nehmen, und dich einfach damit zufriedengeben, dich auf den Rücken zu legen und die Natur ihren Lauf nehmen zu lassen?«

Er konnte ihrem ehrfürchtigen Gesichtsausdruck deutlich ansehen, daß seine Worte keine umwerfendere Wirkung auf sie hätten haben können, wenn er nach einem Brett gegriffen hätte und es ihr mitten zwischen die Augen geschlagen hätte. Innerhalb von einem Sekundenbruchteil las er immens viel in diesem Gesicht. Dieser jugendliche Optimismus erschütterte ihn. Die unschuldige Gier in ihren Augen schnitt sich tief in ihn.

Sie seufzte, streckte sich und fühlte sich einfach wunderbar. Und warum hätte es auch nicht so sein sollen? Nach all diesen Jahren, in denen sie unerbittlich Jagd auf ihn gemacht hatte, nahm er die Dinge endlich in die Hand. Sie brauchte ihm nicht mehr nachzuhetzen.

Sie seufzte wieder. *Die Natur ihren Lauf nehmen zu lassen ... Mit mir stimmt etwas nicht,* dachte sie. *Jede Frau, die eine solche Äußerung romantisch findet, muß abgrundtief dumm sein.*

Sie dachte an nichts anderes mehr, denn Tavis legte seine Hand auf ihre Brust und koste mit seinen Lippen ihren Hals. Dann glitt sein Mund zu ihrem Ohr, und er nahm das Ohrläppchen zwischen die Zähne. Elizabeth stöhnte und bog ihm ihren Körper entgegen. Sein

Mund war jetzt überall und bedeckte ihr Gesicht mit Küssen. Er nahm ihr Kinn zwischen die Finger, bog ihren Mund nach oben, rieb ihre Lippen mit seinen und küßte sie dann wieder und immer wieder. Als diese neuartigen Gefühle sie um die Sinne gebracht hatten, rollte er zur Seite.

Sie schlug bestürzt die Augen auf. Ehe ihr klar war, was er tat, zog er ihr das Nachthemd aus. »Zieh das aus. Ich will dich sehen«, sagte er. »Ich will sehen, ob du so hübsch bist, wie ich mir dich vorstelle.«

Seine Worte zogen wie ein Schauer über sie. Im nächsten Moment war sie nackt. Er entfernte sich lange genug von ihr, um den Docht der Lampe höher zu drehen, und dann kam er zurück, um sie zu betrachten. Sie war jetzt gehemmt und unternahm den Versuch, sich zu bedecken. »Tu das nicht«, sagte er, als sie an einer Ecke ihrer Zudecke zog. »Du hast einen wunderschönen Körper ... einen Körper, der ...« Bei ihrem Anblick blieben ihm die Worte in der Kehle stecken. »... viel zu schön ist, um ihn zu verstecken.«

Sie ließ die Decke los und wandte das Gesicht ab. Im nächsten Moment saß er neben ihr. »Liza, meine entzückende Liza, schäme dich nicht. Der Körper einer Frau ist ein Tempel für die Anbetung eines Mannes. Es sollte einer Frau ein Gefühl von Macht verleihen, wenn ein Mann sie so ansieht, wie ich dich ansehe.«

Macht? Das einzige, was sie fühlte, waren Schwäche und Ermattung. Er hatte sie vollständig in seinen Bann gezogen, und sie war hypnotisiert von den Berührungen seiner Hand und dem tiefen, kehligen Klang seiner Stimme. Alles um sie herum existierte nur noch im Traum. Das war es, was sie sich schon immer gewünscht hatte. Es war das, wofür sie geschaffen war. Sie sollte glücklich sein, und das war sie auch. Aber gleichzeitig hatte sie nie so heftig den Schmerz der Verzweiflung einer Frau gespürt. Dieses trostlose entmutigende Gefühl, das daraus entspringt, jemanden zu lieben, der diese Liebe nicht erwidert.

Er spürte, wie eine ihrer heißen Tränen auf sein Handgelenk fiel. Er wich zurück und löste sich von ihr, denn plötzlich nahm er eine neue Flamme wahr, die durch seine Lenden zuckte. Diese Frau jagte ihm mehr als jede andere Angst ein, denn ihre Ehrlichkeit wirkte ebenso bedrohlich wie erregend auf ihn. Er kämpfte gegen sein Verlangen nach ihr an, doch es toste und umspülte ihn und wogte in seinen Lenden.

Er legte seine Kleidung ab und wandte sich dann Elizabeth wieder zu, schlang die Arme um sie und ließ eine Hand über ihren Rücken gleiten, ein blindes Streicheln, das weniger eine Zärtlichkeit war, sondern eher von einem Instinkt herrührte. Er strich über ihre vollen Brüste und begrub sein Gesicht an ihrem Hals. Dann nahm er ihre Hand in seine und führte ihre Finger, damit sie ihn berührte.

»Tavis ...«

»Es gibt jetzt kein Zurück mehr«, sagte er. »Diesen Punkt haben wir längst überschritten.«

Seine Hände glitten über ihre Wirbelsäule. Sie spürte ein Brennen hinter ihren Augen, nicht etwa, weil sie sich fürchtete, sondern weil sie schon immer gewußt hatte, daß es so sein würde. Die Wirklichkeit war so vollkommen wie ihr Traum. Es spielte keine Rolle, daß ihr niemand gesagt hatte, wie es sein würde, denn dieses Gefühl hätte man unmöglich beschreiben können. Sie spürte, daß sie unruhig wurde und ihn berühren wollte, und plötzlich lechzte sie danach, seinen Körper ganz genau kennenzulernen – jede Besonderheit, jede Rundung, jede Kindheitsnarbe. Wie eine Welle, die ans Ufer gelockt wird, fühlte sie sich zu ihm hingezogen, und sie seufzte, als sie die Glut seines Körpers spürte, während er sie unter sich zog und sich auf sie legte.

Es war wirklich ganz seltsam, denn sie hatte das Gefühl, als sei sie an einem Ort, an dem sie nie zuvor gewesen war, und doch war jeder Weg, den sie beschritt, jeder Pfad, den sie einschlug, gespenstisch vertraut. Er lehrte sie Dinge über sich selbst, von denen sie nichts gewußt hatte, und er schien sie zu formen und ihr Reaktionen zu entlocken, von denen sie nicht gewußt hatte, daß sie zu ihnen fähig war. Als er in sie eindrang, verspürte sie Frieden. Nach so langer Zeit endlich Frieden.

Selbst im Delirium der Leidenschaft, in dem Moment größter Verzückung, fühlte sie einen so immensen Frieden, daß die alte Elizabeth in Stücke sprang und an ihrer Stelle eine neue Elizabeth wiedergeboren wurde. Sie erlebte ein Wunder, das sie umfing, sie umschlang, Wärme und Behagen in ihr auslöste und sie schmelzen ließ, eine köstliche Heiterkeit, in der sie ruhig und frei war und keine offenen Fragen mehr hatte. Sie wußte alles, was sie je hatte wissen wollen. Lieber Gott, sie wußte es für alle Ewigkeit.

Als sie in sein Gesicht aufschaute, sah sie, daß sie sich in seinen Augen spiegelte. Sein Mund senkte sich auf ihre Lippen, und er küßte sie immer wieder und sprach mit ihr, während die Leidenschaft noch nachwirkte.

Es war zu schön, als daß es hätte enden dürfen, und sie klammerte sich blind an ihn, als er sich zurückzog, und sie empfand eine neue und zärtliche Form von Liebe zu ihm, als er diesen schlapp werdenden Teil seines Selbst zurückzog, der nach der Wildheit und den heftigen Stößen jetzt so zart und zerbrechlich, so hilflos und angreifbar war.

In ihrem Herzen, das ihn schon immer geliebt hatte, regte sich neuerliches Erstaunen und keimte auf. Wie wunderschön er doch war, wie sensibel und wie stark. Sie nahm ihn in die Hand und spürte Macht, eine unsägliche Macht, eine lebensspendende Kraft. Wie groß diese Kraft war und wie mysteriös, das wußte sie jetzt. Ihr Herz schien vor Liebe und Ehrfurcht zu schmelzen und ihm entgegenzufließen.

Sie klammerte sich an seine warme Gestalt, die sich jetzt von ihr entfernt hatte und im Halbschlaf lag, und ihre Hände strichen über die zarten Rundungen nackter Hüften, und ihr eigener Verstand war kristallklar und von neuem Wissen geschärft. Es war keine Gewalt im Spiel gewesen, keine Arglist und kein Verrat. Sie verspürte keinen Schmerz, keine Verlegenheit, kein Schuldbewußtsein. Alles war schön in seiner Vollkommenheit, aber noch schöner wurde es durch die uneingeschränkte Aufrichtigkeit. Das war es, wofür sie geboren worden war.

Das war es, was ihr bis in alle Ewigkeit bleiben würde.

Er lag neben ihr, ermattet, verschwitzt und erschöpft. Sein Atem ging in tiefen Zügen, und seine Hand wölbte sich auf ihrer Brust. Sie küßte sein Haar, hielt ihn an sich gepreßt und kam sich vor wie die reichste Frau auf Erden.

»Jetzt weiß ich, was Liebe ist«, flüsterte sie in sein weiches Haar. »Nach Jahren der Wanderschaft bin ich endlich heimgekehrt.«

13

Es war ein warmer, sonniger Tag, an dem kaum eine Brise wehte, ein Tag, der Elizabeth an Deck lockte, um dort ihr Haar zu flechten. Das Meer war still und grün und die Welt über ihnen so friedlich, daß sie gähnte und blinzelte wie eine schläfrige Eule. Das war wohl kaum das Bild, das man sich von einem Ort und einem Zeitpunkt zum Sterben machte. Und doch würden sie bald sterben – denn gestern hatten sie die letzten Essensreste verzehrt, und heute morgen war das restliche Wasser draufgegangen.

Sie atmete tief aus und schloß die Augen, und ihr Körper verschmolz mit der Wärme der Sonne und dem Rhythmus des Meeres, das sich wie ein riesiger schwerfälliger Walfisch unter ihr bewegte. Die Brise bauschte ihre Röcke um sie und ließ einen salzigen Geschmack auf ihrer Haut zurück. Sie schlug die Augen auf und sah um sich herum nur Vertrautes – das Skelett der Takelage, den zersplitterten Mast, den geschmolzenen Glanz der Sonne, die über die lackierte Mahagonireling glitt – und einen Moment lang fragte sie sich, was wohl aus ihrer geliebten Schaluppe werden würde. Tavis hatte sie geliebt, hier, an Bord dieses Schiffs. Hier war sie zum Leben erwacht. Hier würde sie sterben.

Sie wußte nicht, warum sie am Morgen aufgewacht war und beschlossen hatte, das einzige Kleid anzuziehen, das sie an Bord hatte, oder warum es ihr wichtig war, sich das Haar zu waschen und es zu einem Zopf zu flechten, es sei denn, sie spielte mit dem Gedanken an einen romantisch verklärten, tragischen Tod, wie Ophelia. *Hier ist Rosmarin, er dient zur Erinnerung.*

Zur Erinnerung. Sie hatte eine ganze Menge Erinnerungen. Sie band sich eine Schleife um den langen Zopf und warf ihn sich über die Schulter, und dann beugte sie sich vor und schlang die Arme um die Knie.

Sie hörte ein Plätschern, stand auf und trat an die Reling. Als sie sich darüber beugte, sah sie, wie Tavis an die Oberfläche kam und dann den Kopf zurückwarf, um sich das Wasser aus dem Haar zu schütteln. »Komm her«, rief er aus, als er sie sah. » Das Wasser ist im ersten Moment ein bißchen kalt, aber …«

»Es setzt schnell ein Gefühl von Taubheit ein, und danach spürt man nichts mehr«, beendete sie seinen Satz mit einem Lachen und sprang mit einem Satz zurück, als er sie naßspritzte. Das Wasser war klar, und von dort aus, wo sie stand, konnte sie deutlich sehen, daß Tavis nichts anhatte. Diese Vorstellung wärmte sie und brachte eine Woge von angenehmen Erinnerungen an die letzten Tage mit sich.

Jetzt beobachtete er sie und blickte mit einem Grinsen zu ihr auf, als wüßte er genau, was sie sich dachte. Während sie noch hinsah, drehte er sich auf den Rücken, und sie kicherte und betrachtete ihn unverhohlen von Kopf bis Fuß, was ihm zu gefallen schien, denn er lachte. *Männer. Sie sind ja solche schamlosen Geschöpfe.* In Wahrheit würden sie ebenso hemmungslos ihre Geschlechtsteile vorzeigen wie ihre Gesichter. Sie überlegte sich aber auch, wie natürlich ihr der Anblick dieser Geschlechtsteile jetzt erschien, vollkommen natürlich und nichts, was einem peinlich zu sein brauchte. Sie fand es erstaunlich, was für eine weite Wegstrecke in ihrer Entwicklung sie in nicht mehr als einer Woche zurückgelegt hatte.

Es erschien ihr in so vieler Hinsicht unmöglich – daß nur eine Woche seit der Nacht vergangen war, in der er sie zum ersten Mal geliebt hatte. Sie rechnete zurück und versuchte, sich daran zu erinnern, wie oft sie seine leidenschaftliche Seite seitdem erlebt hatte. Zweimal in der ersten Nacht – daran konnte sie sich nur zu gut erinnern, denn welche Frau würde je das erste Mal vergessen? Und in der zweiten Nacht? Wieder zweimal, da war sie ganz sicher. Aber danach schienen die Tage und die Liebe zu einem einzigen wunderschönen Moment zu verschmelzen, der gerade außerhalb ihrer Reichweite schillerte und unmöglich zu fassen war, und doch kam sie in den Genuß seines Lichts und seiner Schönheit, ganz so wie bei einem Sonnenuntergang. Sie seufzte und überlegte sich, wie froh sie darüber war, daß sich ihr eine Chance geboten hatte, wirklich und wahrhaft zu leben. Sie würde für alle Zeiten wissen, daß sie einen grandiosen Moment lang an einem erhabenen Ort gelebt hatte, einem Platz zwischen den Sternen. Jetzt konnte sie doch bestimmt mit trockenen Augen in den Himmel kommen.

Die Sonne zog hinter eine Wolke, und ein Schatten glitt wie die Flügel des Todesengels über die Schaluppe. Sie dachte an das Sterben und daran, wie anders alles doch aussah, wenn es durch die Flügel des Todesengels gefiltert wurde. Wie seltsam es doch war, daß sie nicht gewußt hatte, was Leben wirklich bedeutete, ehe sie mit dem Tod konfrontiert gewesen war. Warum war die Nähe des Todes erforderlich, um dem Leben Bedeutung zu verleihen?

Darauf hatte sie keine Antwort, doch das schien keine Rolle zu spielen. In ihrem Herzen herrschte Freude darüber, diese letzte Woche erlebt zu haben. Sie konnte nicht traurig sein. Ihre Liebe war viel zu schön, als daß sie traurig hätte sein können, und viel zu mächtig, als daß sie hätte weinen können. Es war etwas, was noch nicht einmal durch den Tod berührt wurde.

Sie hatte das Gefühl, ihr Herz würde vor Freude über die Liebe zu ihm bersten, als sie wieder über die Reling sah, eifrig nach seinem Gesicht Ausschau hielt und tiefe Enttäuschung verspürte, als sie sah, daß er nicht mehr da war.

»Suchst du mich?« fragte er.

In ihrer Verblüffung drehte sie sich eilig um und hüllte ihn in ein Lächeln, das ihren Gefühlen entsprach, als sie sah, wie er sie anschaute – offensichtlich verwirrte es ihn, sie in einem Kleid zu sehen. Gab es ein schöneres Gefühl auf der Welt für eine Frau, als zu sehen, wie die Augen ihres Geliebten sich derart an ihrem Anblick satt tranken?

Sie glaubte nicht, daß es ein schöneres Gefühl gab.

»Hat dir das Schwimmen Spaß gemacht?« fragte sie und fühlte ihre Seele klingen. Sie mußte sich zusammenreißen, um sich nicht in seine Arme zu werfen, und es kostete sie Zurückhaltung, nicht jeden Zentimeter seines Körpers mit überschwenglichen Küssen zu bedecken. Sie liebte ihn. Sie betete ihn an. Sie begeisterte sich für alles an ihm, und ihr Herz drohte, vor Freude darüber zu zerspringen. Wie schade es doch war, daß sie hier draußen ganz allein miteinander waren, wenn sie doch wollte, daß die ganze Welt von ihren Gefühlen erfuhr, von den Genüssen, der Erregung und der Lust, die sie bei diesem Mann fand. Sie hätte bis in alle Ewigkeit dort stehen und ihn einfach nur anschauen können. Sie bemühte sich noch nicht einmal, etwas dagegen zu tun, daß ihre Blicke an ihm herabglitten bis auf die Stelle, an der er sich das Tuch, das er benutzt hatte, um sich abzutrocknen, tief um die Hüften gebunden hatte. Jeder Versuch wäre zwecklos gewesen. Schon allein sein Anblick bewirkte, daß ihr von Kopf bis Fuß warm wurde. Sie fragte sich, ob er diese Glut spüren konnte.

»Der Kessel, aus dem dieser Blick kommt, pfeift ja noch«, sagte er.

Ihr Blick kehrte zu seinem Gesicht zurück. Sie lachte. »Zu heiß sollte er aber nicht sein«, erwiderte sie. »Deine Lippen sind noch ganz blau.«

»Ich bin *überall* vollständig durchgefroren«, sagte er, »aber wenn ich dich in diesem frechen rosa Kleid sehe, dann wärmt mich dieser Anblick beträchtlich.«

Fast hätte sie wieder gelacht, doch etwas in seinen Augen hielt sie davon ab und zog sie in seinen Bann, und das Lachen verging ihr. Seine Augen waren so schön und so klar, daß sie ihr Spiegelbild darin sehen konnte. Es war jedoch nicht ihr Spiegelbild, was sie ergriff. Es war der Ausdruck tiefster Verzweiflung, der in seinen Augen stand – ein Blick, der die Trostlosigkeit eines Küstenstreifens von Nantucket bei stürmischem Wetter ausstrahlte. Sie wußte genau, was er dachte. Er fühlte sich schuldig an dem, was passiert war … und an dem, was demnächst passieren würde.

Er mußte nicht nur mit seinem eigenen Tod fertig werden, sondern sich noch dazu mit ihrem Tod abfinden.

»Liza, ich möchte, daß du weißt ...« Seine Stimme wurde brüchig. »Wenn ich in irgendeiner Form ungeschehen machen könnte, was vorgefallen ist ...«

»Ich weiß«, sagte sie. »Ich werfe dir nichts vor. Wirklich nicht.«

»Das solltest du aber tun. Wenn ich deine Schaluppe nicht requiriert hätte, wärst du jetzt zu Hause ...«

»Und dort würde ich am Rebstock verschrumpeln und mein Leben darauf vergeuden, Gedichte zu schreiben und durch Teleskope Sterne zu betrachten, und es wäre mir bestimmt, niemals die Berührungen deiner Hände zu erleben. Mir würde nie das Glück beschert, für alle Zeiten das Mysterium der körperlichen Liebe zu kennen, der Vereinigung eines Mannes mit einer Frau. Nein, danke. Wenn ich alles noch einmal entscheiden könnte ...«

Sie kam nicht dazu, ihren Satz zu beenden, denn er trat näher, nahm ihre Hand und zog sie an sich. Im nächsten Moment hob er sie auf seine Arme und trug sie fort vom Bug an einen Ort, an dem die zerfetzten Reste eines Segels ausgebreitet waren und wie ein Bett auf sie warteten. Er stellte sie auf die Füße, und als sie sich hinlegen wollte, hielt er sie zurück. Sie warf ihm einen erstaunten Blick zu, doch er grinste nur und sagte: »Mir gefällt, wie du in einem Kleid aussiehst ... aber ohne alles gefällst du mir noch besser.«

Er begann, sie auszuziehen. Sie lehnte den Kopf zurück und schloß die Augen, und einen flüchtigen Moment lang fragte sie sich, wie oft er das wohl schon getan hatte und wie viele Frauen mit demselben Eifer darauf gewartet hatten, ihn zu berühren, und dabei dasselbe brennende Verlangen danach verspürt hatten, ihrerseits von ihm berührt zu werden.

Als sie nackt war, ließ er das Tuch fallen, das er sich um die Hüften geschlungen hatte. Ehe er sie auf das Segeltuch herunterziehen konnte, das die Sonne angewärmt hatte, ging sie auf die Knie, schlang die Arme um seine schmalen Lenden und zog ihn an sich. Sein Bauch war flach und stramm, sein Phallus schwer und doch zart in seiner Männlichkeit. »Du bist wunderschön«, sagte sie und nahm ihn in den Mund.

»Gütiger Himmel!« stöhnte er. Er warf den Kopf zurück und sagte nichts mehr, sondern sprach nur noch mit seinen Händen zu ihr, die sich auf ihren Nacken legten.

Danach gingen sie nicht mehr behutsam vor, sondern paarten sich wild und heftig. In dem Moment, in dem sie ihn freigab und sich zurücklegte, bedeckte er ihren Körper mit seinem, grub die Finger in ihr Haar, bog ihren Kopf weit zurück und küßte sie tief. »Eine Frau ist dann etwas Schönes, wenn keine Scheinheiligkeit im Spiel ist, keine Scham. Du bist so rein und so schön wie die Wahrheit. Ich liebe deine Wollust. Diesmal will ich deinen Körper in Schwingungen versetzen«, flüsterte er.

»Das hast du bereits getan«, sagte sie. »Du läßt ihn klingen, und er hat eine Melodie angestimmt, zu der ich noch nicht alle Worte kenne.«

»Du wirst sie kennenlernen«, sagte er und küßte sie wieder auf den Mund.

Er war nackt, warm und fest, und sie konnte von seinen Berührungen und von seinen Küssen gar nicht genug bekommen. Sie wollte alles von ihm haben. Er schien es ihr nur zu gern zu geben. Jetzt lagen seine Hände auf ihren Brüsten, und sein Mund bedeckte sie mit Küssen. Als seine Lippen jedoch bis auf ihren Bauch hinuntergeglitten waren und sie seinen Namen rief, »Tavis«, schien er das Drängen aus ihrer Stimme herauszuhören und kam wieder zu ihr, flüsterte ihren Namen auf ihren Lippen und küßte sie tief.

Er drang mit einem einzigen schnellen, heftigen Stoß in sie ein. Sie war derart bereit, ihn in sich aufzunehmen, daß sie schon bei seinem dritten Stoß erschauerte. Es war heftig, brutal und sengend. Sie begeisterte sich für das, was hinterher kam, die friedliche Ruhe, nachdem sie einander geliebt hatten, wie das Untergehen der Sonne nach einem heißen Tag. Selbst, als sie keusch nebeneinanderlagen, waren sie vereint, und etwas Zartes, das wie warmes Wasser über sie floß, verband sie mit ihm. Lange Zeit lagen sie einfach nur da, und keiner von beiden sagte auch nur ein Wort, doch sie wußte, daß er, genauso wie sie, an die Zeit dachte, die ihnen noch blieb.

Nach einer Weile sagte er: »Was denkst du gerade?«

Sie öffnete die Augen und schaute zu den weißen Wattewolken auf, die über ihren Köpfen schwebten. »Ich fühle mich, als triebe ich dort draußen, gleich über dem Bug«, sagte sie, und dann rollte sie sich auf die Seite, schwang ein Bein zwischen seine Schenkel und küßte ihn zart auf den Mund. » Ist es das, was man fühlt, wenn man stirbt?« fragte sie. »Man schließt einfach nur die Augen und treibt an einen Ort, an dem nichts anderes mehr von einem übrig bleibt als das, was man denkt?«

»Ich weiß es nicht. Ich kann nur raten, genauso wie du. Es wird behauptet, es sei wie Schlafen.«

»Aber es besteht eine Verbindung zum Schlaf«, sagte sie. »Im Schlaf träumt man. Wenn man erwacht, erinnert man sich daran. Darin besteht doch ein Zusammenhang, meinst du nicht auch?«

Er zog den Kopf zurück und sah sie mit einem erstaunten Stirnrunzeln an. »Du hältst mich für eine Art Experten?«

»In manchen Dingen« sagte sie und berührte ihn.

Er grinste und küßte sie, und dann legte er sich wieder zurück und sagte: »Ich vermute, daß man sich über Dinge bewußt ist, sogar im Tod.« Er sah sie ganz seltsam an. »Weißt du, was? Wenn ich vor dir sterbe, werde ich versuchen, lange genug auf dich zu warten, um es dich wissen zu lassen«

Ihr Herz setzte einen Schlag lang aus und blieb dann stehen.

Wenn ich vor dir sterbe …

Lieber Gott, auf den Gedanken war sie noch gar nicht gekommen – daß er vor ihr sterben könnte. Ihr schwirrte der Kopf, als sie begriff, wie die Realität aussehen würde. Sie hatte sich vorgestellt, sie seien beide tot, aber jetzt erkannte sie, daß das bestenfalls eine Form von kindlicher Phantasie war – ähnlich wie Romeo und Julia, die von Unmengen von Blumen umgeben in einem Gemach lagen, die jungen Gesichter voll tragischer Ruhe.

Aber jetzt? Jetzt sah sie die Dinge klar vor Augen – in aller Deutlichkeit und als das, was sie waren. Grausam und ungerecht, soviel stand fest, aber doch unabwendbar. Es gab keinen Ausweg, es sei denn, sie wurden gerettet, und diese Möglichkeit war so fernliegend, daß sie keine Alternative mehr zu sein schien. Was fest stand, war die Tatsache, daß sie auf einer Schaluppe mitten auf dem Ozean trieben, ohne Essen, ohne Wasser und ohne jede Hoffnung. Sie würden hier sterben und vermodern, und aasfressende Vögel würden das Fleisch von ihren Gerippen picken. Darin lag keine Herrlichkeit, kein Element romantischer Tragödie, das sie ausspielen konnten. Aber trotz allem und obwohl sie wußte, daß sie sterben würde, und zwar eines grauenhaften Todes, fiel ihr nichts schwerer, als sich mit der Tatsache abfinden zu müssen, daß einer von ihnen als erster sterben würde.

Laß es mich sein, flehte sie. Lieber, süßer Jesus, bitte ... laß mich zuerst sterben.

Sie schaute ihn an und fühlte etwas Seltsames, was sie nie zuvor gefühlt hatte, und sie empfand die Enormität dessen, was sich zwischen ihnen abgespielt hatte, wie einen Segen. Das wärmende Glücksgefühl, das dadurch ausgelöst wurde, rann durch sie hindurch wie züngelnde Flammen, die ihren Uterus umspülten. Es war noch zu früh. Ihnen war soviel genommen worden. Sie hätte wütend sein sollen. Sie hätte die Faust erheben und Gott verdammen sollen. Und doch waren all ihre Reaktionen abgestumpft. Etwas floß aus ihr heraus, etwas, was bewirkte, daß sie sich ein wenig kläglich fühlte. Sie war jetzt eine Frau, die die Erfüllung kennengelernt hatte und einen Instinkt für das Glück besaß.

Es könnte so schön mit ihm sein.

Jetzt fühlte sie sich einsam und isoliert, als sei ein Teil von ihr gewaltsam von ihm losgerissen worden. Sie schien von Traurigkeit ergriffen zu werden, und doch standen keine Tränen in ihren Augen. Die Tränen blieben alle in ihrem Innern. Sie wußte nicht, was sie dazu veranlaßte oder warum sie es tat, aber sie schlang ihm die Arme fest um den Hals. Es änderte nichts. Nicht wirklich. Das einzige, was jetzt zählte, war die Tatsache, daß sie beide noch am Leben waren, und sie brauchte ihn, brauchte seine Kraft, seinen Trost, mußte spüren, wie seine Brust sich rhythmisch hob und senkte, denn nur dann bekam sie das, was sie mehr als alles andere brauchte. Die Gewißheit, daß er noch am Leben war.

Sie schloß die Augen und schlief ein.

Sie träumte von einem warmen Sommermorgen auf einer sonnendurchfluteten Straße in Nantucket. Nach der Menge von Vögeln zu urteilen, die in dem Baum vor ihrem Fenster sangen, und aus den Geräuschen ihrer Schwestern, die unten im Garten spielten und lachten, konnte sie schließen, daß es Frühling war und daß es zu einem Zeitpunkt sein mußte, ehe sie nach Boston gegangen war.

Sie träumte, sie sah Tavis durch die Straße laufen, wie er es immer tat, und mit seinen Freunden Cole und Nathaniel reden. Er nickte jeder Frau zu, die an ihm vorüberkam, sagte zu jeder etwas und blieb oft stehen, um sie mit mehr als einem schlichten »Hallo« zu begrüßen.

Sie sah sich selbst über die Straße laufen, und als sie ihn erreicht hatte, murmelte sie eine unbeholfene kindische Bemerkung vor sich hin, machte sich damit lächerlich und heimste für ihre Bemühungen noch nicht einmal ein, daß er ihr zur Begrüßung zugenickt hätte. Sie hörte auch den spöttischen Klang seines Gelächters, nachdem sie vorübergegangen war. Er hatte keine Zeit für sie übrig und nahm auch keine Notiz von ihren gemurmelten Worten, abgesehen davon, daß er und seine Freunde herzlich darüber lachen konnten.

Sie erwachte schlagartig und begriff, daß ihr Traum der Wirklichkeit entsprach und daß sich die Beziehung zwischen ihnen beiden in Wahrheit so darstellte. Wie anders alles doch hätte kommen können, wenn er nicht ihre Schaluppe an sich gebracht hätte, wenn ihnen nicht der Tod klar vor Augen gestanden hätte.

Was sie zum Weinen brachte, war nicht der drohend bevorstehende Tod, und es war auch nicht der Schmerz darüber, daß er sie früher derart ignoriert hatte, noch nicht einmal der Verlust von etwas, was sie nie wirklich besessen hatte. Es war noch nicht einmal sie selbst, die weinte, sondern etwas, was größer war als sie, was sich erhob wie ein gigantisches allumfassendes Leid und weinte, die Ungerechtigkeit herausschluchzte, die ihre Seele marterte. Sie schämte sich dafür, derart niedere Gefühle zu haben, schämte sich von Herzen für ihr Selbstmitleid. Sie schluchzte ihr Leid heraus.

Ich sterbe, begriff sie in unregelmäßigen Intervallen im Lauf der Nacht. *Umgeben von Wasser und doch keinen Tropfen zu trinken, auf einem Meer von Fischen treibend und doch keinen Bissen zu essen.* Diese Vorstellung brachte sie zum Lachen. *Ich muß schon im Delirium liegen*, dachte sie. *Wenn ich das komisch finde, dann läßt sich das nur damit erklären. daß ich bereits dem Tod ins Auge blicke.*

Sie spürte, wie Tavis die Arme um sie schlang, und sie hörte den tröstlichen Klang seiner Stimme. »Psst«, sagte er. »Versuch, ein wenig zu schlafen.«

»Warum?« fragte sie. »Es dauert nicht mehr lange, und ich kann bis in alle Ewigkeit schlafen.«

»Du warst schon immer praktisch veranlagt«, sagte er. »Und das bewahrst du dir sogar im Angesicht des Todes.« Er drückte ihren Kopf auf das Kissen.

»Schließ die Augen«, sagte er.

Sie schloß die Augen und ließ sich treiben.

Als sie erwachte und zu klarem Bewußtsein kam, stellte sie fest, daß sie auf ihrer Pritsche saß. Die Hitze war erdrückend, und sie wußte, daß sie davon wach geworden sein mußte. Sie zog sich an und ging an Deck, und dort fand sie Tavis vor, der nur seine Hose trug und auf einem kleinen Streifen Schatten lag. Er sah sie an, und seine Blicke waren einladend. Sie sagte nichts, sondern streckte sich neben ihm aus. Von dem Moment an gingen sie zu dieser wortlosen Form von Kommunikation über, da selbst das Reden ihren Mündern kostbare Flüssigkeit zu entziehen schien. Sein Bauch war eingesunken. Seine Wangen waren ebenfalls hohl. Sein Atem ging flach und schnell. Sie schmiegte sich in seine Armbeuge und schloß die Augen. *Hier werde ich sterben. Das ist das letzte Mal, daß ich mich hinlegen werde. Ich werde nicht mehr aufstehen.* Der Gedanke verflüchtigte sich langsam. Ihre letzte Überlegung war: *Er hat recht gehabt. Es ist, als legte man sich schlafen.*

Einmal glaubte sie, Stimmen in der Nähe zu hören, und sie wurde von Grauen gepackt, weil sie glaubte, es seien die Stimmen von Engeln, und sie stellte sich vor, sie seien gekommen, um sie endlich zu holen. Ihre Seele schrie auf: *Warum hast Du mich verlassen? Warum konnte dieser Kelch nicht an mir vorübergehen? O Spender des Lebens, warum konntest Du mir nicht mehr Zeit gewähren?*

Sie spürte, wie sie hochgehoben wurde, von Engelsflügeln getragen.

»Was reimst du dir daraus zusammen?«

»Höchstwahrscheinlich ein zu großer Wasserverlust.«

»Sie machen fast den Eindruck, als schliefen sie, als seien sie noch am Leben.«

»Sie sind noch am Leben ... jedenfalls diese eine.«

»Und was ist mit dem anderen? Ist er tot?«

»Er steht kurz vor dem Sterben, aber er atmet noch.«

Etwas in ihrem Innern sagte Elizabeth, daß sie nicht tot war, und doch konnte sie die Augen nicht öffnen. Sie konnte auch nichts sagen. Sie war noch nicht einmal sicher, ob sie, abgesehen von dem Wunder dieser Stimmen, irgend etwas bewußt wahrnahm. Sie fühlte ihre Seele aufschreien und versank dann in Bewußtlosigkeit.

Sie hatte Gott beschimpft und sich darüber beschwert, daß Er ihr nicht mehr Zeit gegeben hatte, und jetzt wußte sie, daß sie verschont worden war. Sie schlug die Augen auf und sah nur freundliche Augen, die aus einem bärtigen Gesicht auf sie herunterschauten, während zwei starke Arme ihren Kopf hoben, einen kühlen Becher an ihre Lippen führten und sie warnten, sie solle langsam daran nippen. Sie umklammerte die Hand, die sich so knorrig wie ein Baumstamm anfaßte, führte sie an ihre Lippen und küßte sie.

»Schlaf, Mädchen«, sagte eine Stimme, die einen wunderbaren Klang hatte. »Du wirst nicht sterben.«

Sie nickte matt und hielt immer noch die Hand umklammert, während ihr Herz vor Freude flatterte und sie in eine tiefe schmerzlose Leere versank.

Als sie das nächste Mal das Bewußtsein erlangte und die blauen

Augen sah, wartete sie auf die vertraute Stimme, die dennoch seltsam fremd klang. »Du siehst schon viel besser aus, Mädchen. Du hast schon wieder eine winzige Spur von Farbe in deinen armen blassen Wangen.«

»Wer sind Sie?«

»Rob MacGregor. Und du hast auch einen schottischen Namen, Elizabeth Robinson.«

»Woher kennen Sie meinen Namen?«

»Dein Freund hat ihn mir genannt.«

»Tavis?« Sie setzte sich so schnell auf, daß sich alles vor ihren Augen drehte.

Rob stieß sie wieder zurück. »Bleib still liegen, Mädchen.«

»Tavis ... ist alles in Ordnung mit ihm?«

»Ja, er ist dir um ein oder zwei Nasenlängen voraus, aber ich würde nicht behaupten, daß er in Festtagslaune ist.«

Sie lächelte und spürte, wie die Mattigkeit ihre Augen wieder schloß.

Im Lauf der Tage, die sie brauchten, um nach Nantucket zu segeln, erholte sie sich schnell. Nach Robs Angaben befanden sie sich auf einem kanadischen Schiff, das sie weit südlich von Bermuda aufgegriffen hatte. Bis zu dem Tag, an dem sie Nantucket erreichen sollten, bekam sie wenig von Tavis zu sehen.

Sie stand neben ihm auf dem Deck und suchte den Horizont nach dem ersten Anzeichen ihrer Heimat ab, und dabei fragte sie sich, warum sie einander so nahe gekommen waren, solange das Todesurteil über sie verhängt gewesen war, um sich jetzt wieder so weit auseinanderzuleben. Sie warf einen Blick auf ihn und sah den geliebten Umriß seines Profils und seine gemeißelten Gesichtszüge. Er schaute sie nicht an, und in gewisser Weise tat ihr das nicht leid, denn jedesmal, wenn er sie angesehen hatte, hatte in seinen Augen Härte und Reserviertheit gestanden, mit einem leisen Anflug von Reue durchsetzt. Versuchte er, ihr etwas zu sagen? Tat ihm leid, was sich zwischen ihnen abgespielt hatte und daß er ihr die Jungfräulichkeit geraubt hatte? Wollte er jetzt nichts mehr mit ihr zu tun haben? Hatte sich durch all das etwa gar nichts zwischen ihnen geändert?

Sie machte den Mund auf, um etwas zu sagen, wurde jedoch von dem lauten Klingen von Glocken davon abgehalten. Im nächsten Moment wimmelte es von Matrosen auf dem Deck. Sie konnte die Zeichen deuten und wußte, daß das hieß, sie seien ihrem Ziel schon nah. Sie kniff die Augen zusammen und hob eine Hand gegen das grelle Licht, und jetzt konnte sie direkt vor sich den verschwommenen Umriß von Nantucket erkennen.

Ihr Zuhause. Sie würde bald zu Hause sein. Sie spürte, wie ihre Knie vor Erleichterung weich wurden. Sie drehte sich zu Tavis um und wollte ihre Freude mit ihm teilen, doch als ihr Blick auf die Stelle fiel, an der sie ihn das letzte Mal gesehen hatte, war sie leer.

Während sie beobachtete, wie Nantucket näherrückte, hatte sie das Gefühl, einen großen Verlust zu erleiden. Wie kam es bloß, daß sie jedesmal etwas hergeben mußte, um etwas anderes zu bekommen?

Die Geräusche, mit denen jemand näherkam, rissen sie aus ihren Gedanken heraus. Im nächsten Moment tauchte Tavis an ihrer Seite auf. Ohne ihn anzusehen, sprach sie mit unbeschwerter Stimme und heftete dabei den Blick auf den Leuchtturm von Brandt Point. »Es sieht alles noch ganz genauso aus, nicht wahr? Ich nehme an, es ist wohltuend zu wissen, daß manche Dinge sich niemals verändern.«

»Im Gegensatz zu Menschen? Willst du das damit sagen?« Sie sah ihn an. Er beobachtete sie, und seine Augen waren unergründlich. »Ich weiß es nicht. Kennst du jemanden, der sich nicht verändert hat?«

Er wandte den Blick ab, trat näher an die Reling und stützte die Arme darauf. »Zu dem, was vorgefallen ist, möchte ich, daß du weißt, wenn die Dinge anders gestanden hätten, wenn wir …«

»Wenn«, sagte sie und fiel ihm damit ins Wort, weil sie das fürchtete, was er jetzt sagen würde, und weil ihr dieser Wandel in ihm angst machte. »Wenn und falls und wäre doch. Welche Unschlüssigkeit sich darin doch ausdrückt. Soviel hängt davon ab, und doch besagt es nichts. So faßt man Bedingungen, Klauseln und Eventualitäten ab. Zum Beispiel jetzt, in diesem Moment. Ich finde das traurig … Du hast deine Wenns und Abers, und ich habe meine.«

»Elizabeth.«

Sie zuckte zusammen, als sie hörte, wie er ihren Namen gebrauchte. Er hatte sie Liza genannt, aber das gehörte jetzt an einen anderen Ort und in eine andere Zeit. Er hatte die alte Maske wieder aufgesetzt, und sie war noch nicht einmal verrutscht, die alten Grenzen des Umgangs miteinander waren wieder gezogen worden, und eine Welt von Unterschieden lag zwischen ihnen. *Tavis Mackinnon,* schrie ihre Seele auf. *Du bist ein solcher Dummkopf. Ein blinder Narr.*

Schon während ihr Herz diese Worte herausstampfte, wußte sie, daß er ihr nicht gehörte und ihr auch niemals gehören würde. Was sie gemeinsam erlebt hatten, was auch immer zwischen ihnen vorgefallen war – das war jetzt alles spurlos verschwunden.

Aber ihr blieb die Erinnerung daran. Die Frage war nur, ob das genügen würde.

Das Schiff umsegelte die Landspitze und ankerte, ehe es die Sandbank erreicht hatte. Im nächsten Moment stand Rob neben ihr. »Wir haben ein Ruderboot heruntergelassen, um euch an Land zu bringen.« Er sah erst sie an und dann Tavis, und dann fiel sein Blick noch einmal auf sie, ehe er hinzufügte: »Wenn ihr soweit seid.«

Sie spürte Tavis' Blicke auf sich. »Lassen Sie uns noch ein paar Minuten Zeit«, sagte er.

Elizabeth legte eine Hand auf Robs Arm, um ihn zurückzuhalten, und dann wandte sie sich um und sah Tavis mitten ins Gesicht. »Wofür brauchst du ein paar Minuten Zeit?«

Ehe er etwas darauf erwidern konnte, wandte sie sich erneut an Rob und sagte: »Teilen Sie dem Kapitän mit, daß ich aufbruchbereit bin. Und zwar jetzt sofort.«

Rob nickte und hob die Finger an seine Mütze. Sowie er gegangen war, wandte Elizabeth sich ab. Schon in der nächsten Sekunde hörte sie, wie Tavis mit ihr sprach, und ihr Herz hämmerte, als sie den distanzierten Tonfall wahrnahm, den er angeschlagen hatte. Sie wollte gehen, doch er hielt sie am Arm fest.

»Wenn du einen Moment warten würdest ...«

Sie wandte sich zu ihm um und sah ihm forschend in die Augen. »Da haben wir schon wieder dieses Wenn, das zu wacklig ist, um allein auf den Füßen stehen zu können.« Ohne ein weiteres Wort entriß sie ihm ihren Arm, wandte sich ab und ließ ihn stehen. Er schaute ihr nach, als sie fortging.

Sie saß bereits in dem Ruderboot und hatte den Blick auf die dunstigen Hänge der Wesco Hills in der Ferne gerichtet, als er die Strickleiter hinunterstieg, in das Ruderboot sprang und sich neben sie setzte. Schon bald hatten sie die Sandbank hinter sich gelassen und kamen an einer kleinen Kolonie von grauen Seehunden vorbei. Zu jedem anderen Zeitpunkt hätte sie die Possen dieser geselligen Tiere belächelt oder sich bei dem Wunsch ertappt, sie hätte einen Schellfisch oder einen Tintenfisch bei sich, um ihn dem großen dunkelgrauen Männchen vorzuwerfen, das ein gutes Stück des Weges neben ihnen herschwamm. Aber heute konnte nichts ihre Aufmerksamkeit lange ablenken – nichts hätte sie den Umstand vergessen lassen, daß sie schon in wenigen Minuten sprachlos den Fragen ihres Vaters und ihrer Brüder Stephen und Matt ausgesetzt sein würde.

Als sie zur Straight Wharf gerudert wurden, riß sie ihren Blick von den verspielten Seehunden los, um auf die Schiffe hinauszuschauen, die im Hafen vor Anker lagen. Ihr Herz schlug höher, als sie den Walfänger erkannte, auf dem drei ihrer Brüder gewesen waren, da sie jetzt wußte, daß sie wieder nach Hause gekommen waren. Sie hatte jenen Tag vor Jahren nicht vergessen können, an dem sie mit der *Lady Anne* zu ihrer letzten Reise in See gestochen waren, und daher war sie froh, sich jetzt in Gedanken mit etwas anderem beschäftigen zu können als mit dem Unvermeidlichen, das ihr mit Tavis bevorstand.

»Sie sind zurück«, dachte sie und merkte nicht, daß sie die Worte laut ausgesprochen hatte, bis Tavis etwas sagte.

»Wer ist zurück?«

Sie sah ihn nicht an. »Abel und Barret, meine Brüder.«

»Sie sind auf einem Walfänger losgesegelt«, sagte er.

»Ja, auf der *Lady Anne*«, erwiderte sie und überlegte sich, daß ihre übrigen Brüder aufgrund ihres Verschwindens durchaus auch nach Nantucket zurückgekehrt sein könnten. Ihr Herz strömte ihrer Familie entgegen, und sie wußte, daß ihr ein Freudentag durch einen traurigen Anlaß verdorben wurde. *Nun, wenigstens sind meine Brüder wieder da. Wenn man sich elend fühlt, will man alle anderen damit anstecken.*

Als hätte er ihre Gedanken gelesen, sagte Tavis: »Ich vermute, das heißt, daß deine Brüder aus Maine ebenfalls hier sein werden.«

Als sie ihn ansah, hatte er die Stirn in Falten gezogen und war tief in Gedanken versunken. »Ja, ich kann mir ausmalen, daß die Rückkehr meiner Brüder sie nach Hause gelockt hat, es sei denn, daß mein Verschwinden schon vorher den Ausschlag für ihre Rückkehr gegeben hat«, sagte sie und wunderte sich über seine finstere Miene. »Für Drake und Hayden ist der Weg nicht gar so weit. Falls die *Lady Anne* jedoch gerade erst eingelaufen sein sollte, kann es natürlich gut sein, daß sie die Nachricht noch nicht erhalten haben.«

»Oh, doch, sie haben sie erhalten, da kannst du ganz beruhigt sein.«

Seine Worte ließen Elizabeth aufblicken, und sie sah Tavis mit verkniffenen Lippen und Augen, die sich zu Schlitzen zusammengezogen hatten, dastehen und starr vor sich hin sehen. Als sie der heißen Fährte seines Blickes folgte und aufschaute, sah sie die geliebten Gesichter ihrer sechs Brüder am Ende des Anlegestegs.

Je näher das Ruderboot kam, desto mehr verfinsterten sich die Gesichter ihrer Brüder.

14

Ihr Bruder Matt war derjenige, der Elizabeths Hand nahm, als sie auf den Anlegesteg trat. Im nächsten Moment hatte er sie an seine Brust gerissen.

»Elizabeth«, sagte er, und seine Stimme überschlug sich. »Ich hätte nie geglaubt, daß ich dich jemals wiedersehe. Was ist passiert? Wo bist du gewesen? Fehlt dir auch nichts?« Er ließ sie los, hielt sie auf Armeslänge von sich, schaute sie von Kopf bis Fuß an.

Sie warf sich wieder in Matts Arme, umschlang seine Mitte und preßte ihr Gesicht an seine gewölbte Brust, da sie seine Kraft und die Geborgenheit spüren wollte, die sie als kleines Kind empfunden hatte, wenn er sie auf seinen Schultern durch die Gegend getragen hatte, und gleichzeitig wollte sie widerspenstige Erinnerungen an alte Zeiten wieder wachrufen, damit sie an die Stelle jüngerer Erinnerungen traten, die ihr unerbittlich durch den Kopf schwirrten.

Alles, was sie empfand, war jedoch Leere, das klare Bewußtsein, das ihr sagte: *Er ist nicht Tavis.* »Es gibt ja so viel zu erzählen«, sagte sie. »Ich weiß gar nicht, womit ich am besten anfangen sollte. Das wichtigste ist, daß ich in Sicherheit bin und daß mir nichts fehlt … und ich bin ja so froh, euch alle wiederzusehen.«

Sie trat einen Schritt zurück und schaute ihre Brüder an, und schon bald war sie von geliebten Gesichtern umgeben und wurde der Reihe nach von all ihren Brüdern umarmt. Und dann, als hätte ihnen jemand ein Stichwort gegeben, verstummten sie plötzlich alle miteinander und wandten sich gleichzeitig um, um Tavis Mackinnon anzustarren, der auf den Anlegesteg trat und sie mit einem kollektiven Nicken begrüßte.

»Mackinnon«, sagte Matt und bedachte ihn mit einem seltsamen, aber doch freundlichen Blick, »was haben Sie denn hier …« Der erfreute Ausdruck wich von Matts Gesicht und wurde plötzlich von einer Miene der Verwirrung abgelöst, während er von Tavis zu Elizabeth schaute und dann wieder Tavis ansah.

Elizabeth konnte fast hören, wie die Zahnräder in Matts Kopf ineinandergriffen. Matt war kein Dummkopf. Ziemlich genau jetzt würde er sich ein klares Bild davon machen, was sich zwischen ihr und Tavis abgespielt hatte. Dieser Gedanke ließ sie erröten, und sie war froh darüber, daß Tavis hinter ihrem Rücken stand und es nicht sehen konnte. »Es ist nicht so, wie du denkst, Matt«, sagte sie und legte ihm eine Hand auf den Arm, um ihn zurückzuhalten.

Matt sah auf sie herunter, und auf seinem Gesicht stand immer noch dieser verwirrte Ausdruck, doch jetzt witterte er etwas.

»Was soll das heißen? Was ist nicht so, wie ich es mir denke?« Im nächsten Augenblick nahm sein Gesicht einen ungläubigen Ausdruck an. Dann kam das, was sie am meisten fürchtete, ein Blick, in dem siedende Wut stand, die gleich überkochen würde, Wut von der Sorte, die zur Weißglut führt und sich nicht abkühlen läßt. »Was soll das heißen, *es ist nicht so, wie du denkst*?« fragte Barret und trat vor. Seine Blicke durchbohrten sie. »Woher weißt du, was wir uns denken, Elizabeth?«

Elizabeth wappnete sich. »Ich kenne euch doch alle, oder habt ihr das vergessen? Und selbst, wenn ich euch weniger gut kennen würde, könnte jeder Dummkopf deutlich sehen, was euch in den Gesichtern geschrieben steht. Ich weiß, was ihr euch denkt und welche Fragen ihr mir stellen wollt.«

»Also, gut. Wenn das so ist, dann stellen wir sie eben. Wie kommt es, daß ihr gemeinsam auf diesem Boot wart, du und Mackinnon?« fragte Abel.

Elizabeth holte tief Atem. »Ich habe euch doch schon gesagt, daß es viel zuviel zu erzählen gibt, Abel. Das ist eine lange Geschichte«, sagte sie, und als sie sah, wie viele andere Leute außer ihnen auf dem Anlegesteg standen, fügte sie hinzu, »und noch dazu eine, die ich euch lieber ungestört erzählen würde. Können wir jetzt nach Hause gehen? Wenn wir erst einmal dort sind, kann ich euch alles berichten, was ihr wissen wollt.«

»Ich finde, du solltest uns lieber hier und jetzt erzählen, was wir wissen wollen«, half Matt ihr auf die Sprünge. Dann drehte er sich zu Tavis um, sah ihn an und sagte: »Und ich glaube, es wäre das beste, wenn Sie hier bleiben und warten, bis sie uns alles erzählt hat.«

»Ich habe es nicht eilig«, sagte Tavis.

Elizabeth beobachtete Tavis. Sie sah, wie seine Hände sich zu Fäusten ballten, und sie sah auch, daß ein Muskel in seinem Kiefer zuckte. Sie wußte zudem, daß er nur aus Respekt vor ihr seine Wut im Zaum hielt und es unterließ, Matt zu sagen, weder er noch sonst jemand könnte ihm Vorschriften machen. Ihr Herz pochte wie verrückt, als sie ihn ansah, denn er schien ihr so fern zu sein, so losgelöst und distanziert, obwohl sie beides ganz und gar nicht anstrebte.

Sie spürte, wie sich ein bittersüßer Schmerz um ihr Herz schlang. Sie war zu Hause, umgeben von den Menschen, die sie liebte, etwas, wovon sie geglaubt hatte, sie würde es nie wieder erleben. Nur wenige Meter von ihr entfernt stand der einzige Mann, nach dem sie sich verzehrte, der einzige Mann auf Erden, für den sie all ihre Brüder hergegeben hätte. Sie bemühte sich, die bösen Vorahnungen zu ignorieren, die sie beschlichen, nämlich, daß jeden Moment etwas Furchtbares passieren würde, etwas, was den weiteren Verlauf ihres Lebens für alle Zeiten ändern würde. Sie sah Tavis bedrückt an und fand seinen Anblick so atemberaubend wie eh und je, und sie stellte fest, daß sie gern glauben wollte, zwischen ihnen würde alles gut werden und ihre Brüder würden keine Dummheiten begehen und ihn damit vertreiben.

»Ich habe das Gefühl, das, was wir jetzt gleich hören werden, wird uns gar nicht gefallen«, sagte Barret und verschränkte erbost die Arme vor der Brust.

»Ich glaube, da hast du recht«, stimmte Drake ihm zu.

Elizabeth sah sich nach Tavis um und erkannte den Ausdruck siedender Wut. Tavis konnte es nicht leiden, sich vorschreiben zu lassen, was er zu tun hatte. Doch dann sah sie in die feindseligen Gesichter ihrer sechs Brüder und wußte, daß es das beste war, wenn sie jetzt anfing zu reden und ihnen zu erzählen, was sie wissen wollten, und zwar sofort. »Es hat alles damit begonnen, daß ...«, setzte sie an.

Ein paar Minuten später schloß sie mit: » ... Und so ist es dazu gekommen, daß wir im selben Boot gesessen haben.« Ein schneller Blick in die Runde, sowie sie ihren Bericht beendet hatte, ließ sie erkennen, daß keines der Gesichter ihrer Brüder freundlicher gestimmt wirkte.

»Er hat deine Schaluppe gestohlen? Mit dir an Bord?« fragte Matt, und seine Stimme bebte vor Zorn. »Ohne auch nur einen Gedanken daran zu vergeuden, was das für dich oder für deinen Ruf bedeuten könnte?« Er sah Tavis wütend an. »Ich sage Ihnen eines, Mackinnon, Sie Mistkerl. Sie müssen reichlich tapfer sein, wenn Sie es wagen, sich hier in der Gegend überhaupt noch blicken zu lassen.«

Tavis warf einen Blick auf Elizabeth und sah dann wieder Matt an. Einen Moment lang glaubte Elizabeth, er würde vielleicht gar nichts sagen, doch wie so oft schon überraschte er sie auch diesmal wieder.

»Ich halte den Anlegesteg nicht für den rechten Ort, um das zu besprechen«, sagte Tavis, nachdem sich die Stille unangenehm in die Länge gezogen hatte. »Sie hat schon genug durchgemacht. Es besteht keinerlei Notwendigkeit, ihr das jetzt auch noch anzutun. Nachdem Sie Gelegenheit hatten, in Ruhe mit ihr zu reden, können Sie mir einen Besuch abstatten, falls Sie einen Anlaß dafür sehen sollten. Sie wissen ja, wo Sie mich finden können.«

Mit diesen Worten nickte Tavis schroff und wollte gehen.

»Ich mag Sie ja für einiges gehalten haben, Mackinnon, aber als einen Feigling habe ich sie bisher nie angesehen«, sagte Matt.

Elizabeth spürte, wie ihr mulmig wurde. So würde Tavis niemals mit sich reden lassen. Kein Mann hätte solche Worte hingenommen. Aber er versetzte sie einmal mehr in Erstaunen. Er sagte kein einziges Wort. Er blieb ganz einfach stehen und sah Matt lange und fest an, ehe er sich abwandte.

Tavis Mackinnons Verweigerung, sich in irgendeiner Form in einen Streit verwickeln zu lassen, war ein bitterer Wermutstropfen, den ihre Brüder nur schwer schlucken konnten. Elizabeth wußte das. Es ließ ihre Wut nur um so heller lodern, daß er ihnen den Rücken zugekehrt hatte, ohne auch nur ein Wort zu sagen.

Elizabeth hörte, wie Hayden hinter ihrem Rücken fluchte. Dann waren ein weiterer wütender Kraftausdruck und schwere Schritte in Stiefeln zu vernehmen. Hayden, der schon immer der größte Hitzkopf von allen gewesen war, stürzte sich auf Tavis. Er schlang ihm die stämmigen Arme um die Taille und wirbelte ihn herum.

Elizabeth warf Stephen einen flehentlichen Blick zu und bat damit ihren einzigen Bruder, der die Dinge durchdachte, ehe er handelte, ihren einzigen Bruder, den sie immer den »Friedensstifter der Familie« nannten, einzuschreiten.

Im nächsten Moment legte Stephen Hayden eine Hand auf die Schulter, um ihn zurückzuhalten, und gleichzeitig sah er Elizabeth begütigend an.

»Hayden ... jetzt zieh mir mal bloß keine voreiligen Schlußfolgerungen«, sagte Stephen. »Tu nichts, was du hinterher bereuen könntest.«

Hayden schüttelte Stephens Hand ab. Sein Gesicht war knallrot angelaufen. Er begann bereits zu schwitzen. Eine Ader in seiner Stirn war jetzt hervorgetreten und pochte vor Wut. »Das einzige, was ich später bereuen werde, ist, wenn ich diesen Feigling ungeschoren davonkommen lasse. Und von Voreiligkeit kann hier überhaupt nicht die Rede sein«, sagte er und holte zu einem Schlag aus.

Tavis zog in dem Moment den Kopf ein, in dem sich Drake in die Schlägerei einmischte, sich auf Tavis stürzte und schrie: »Sie haben Sie verführt, Sie unzüchtiger Lump!«

»Das kannst du nicht wissen«, sagte Stephen in dem Moment, in dem Barret seine Jacke auszog und sich in das Handgemenge mischte.

Elizabeth stieß einen verängstigten Schrei aus und sprang mit einem Satz aus dem Weg, als Matt Tavis an der Schulter packte, ihn mit einer Hand umdrehte und ihm mit der anderen eine gewaltige Ohrfeige versetzte. Sie saß erstklassig und traf ihn direkt unter dem Auge. Tavis wankte rückwärts und fand dann das Gleichgewicht wieder. Er drehte sich zu Matt um und landete einen Hieb, der Abel die Unterlippe spaltete.

Elizabeth hatte noch nie so viel Blut auf einmal gesehen. Sie sah sich panisch nach Hilfe um.

Inzwischen hatte sich eine beträchtliche Menschenmenge auf dem Anlegesteg versammelt. Elizabeth sah hilflos und frustriert in die Runde und stellte fest, daß es den Männern widerstrebte, sie auch nur anzusehen. Anscheinend war es ganz etwa anderes, sich eine Schlägerei anzusehen, als sich hineinziehen zu lassen. Sie wußte nicht, was sie tun sollte. Fünf gegen einen, das war wohl kaum ein fairer Kampf, und doch hatte sie nicht die leiseste Ahnung, wie sie der Schlägerei Einhalt gebieten könnte – obwohl sich Tavis trotz des Bluts, das ihm aus dem Mund und aus der Nase rann, gegen eine solche Übermacht erstaunlich gut zu halten schien.

Während ihre Brüder mit wilden Blicken und überschäumender Leidenschaft kämpften, war Tavis ein Bild eiserner Entschlossenheit. Sogar Elizabeth konnte erkennen, daß er nicht wild um sich schlug, sondern daß jeder seiner Hiebe gezielt und sorgsam plaziert war.

Oh, wie sehr sie doch nach einer Gelegenheit lechzte, auch so kämpfen zu dürfen, denn das wäre eine Möglichkeit gewesen, sich von ihrer eigenen Wut und von ihrem eigenen Schmerz zu befreien. Wie schon Generationen von Frauen vor ihr konnte Elizabeth nur dastehen und zusehen, wie die Männer einander blutig schlugen, doch sie mußte die Wut und den Schmerz in ihrem Innern verschlossen halten.

Da sie Tavis keinen Moment lang aus den Augen ließ, konnte sie jetzt sehen, daß sein Auge anzuschwellen begann und daß seine Stirn und seine Unterlippe aufgeplatzt waren. Da sie nicht wußte, was sie sonst hätte tun können, ging sie auf die Männer zu und blieb erst stehen, als Stephen sie am Arm festhielt.

»Es gibt jetzt nichts mehr, was du tun kannst«, sagte er.

Sie heftete den Blick auf Tavis, als er gerade eine Ladung Blut auf den Anlegesteg spuckte, und sie rief aus: »Ich kann das nicht zulassen. Sie werden ihn töten.«

»Das täten sie gern«, sagte er. »Aber du weißt selbst, daß sie es nicht tun werden. Es ist jetzt das beste, sie diesen Kampf miteinander austragen zu lassen.«

Ein weiterer Blick auf Tavis ließ sie daran zweifeln. Elizabeth wand sich aus Stephens Umklammerung und stürmte los. »Schluß jetzt!« schrie sie und rannte auf die Kämpfenden zu.

Sie ballte die Hände zu Fäusten und trommelte Matt auf den Rücken. »Hör augenblicklich damit auf!« Sie sah Stephen noch einmal flehentlich an. Im nächsten Moment begann er, ihre Brüder und Tavis gewaltsam voneinander zu trennen.

»Halte dich raus, zum Teufel, Stephen«, sagte Abel, der um Atem rang und sich Blut aus den Augen wischte.

»Es genügt jetzt!« erwiderte Stephen und packte Hayden am Kragen und zog. Hayden holte zu einem Schwinger aus. Stephen wich aus und versetzte ihm einen Stoß. Hayden wankte rückwärts an den Rand des Anlegestegs. Dort schwankte er einen Moment lang und wedelte panisch mit den Armen, da er versuchte, das Gleichgewicht wiederzuerlangen. Im nächsten Moment stürzte er.

Zu ihrem Entsetzen sah Elizabeth, wie Hayden vom Steg fiel. Sie hob die Hände, um ihr Keuchen zu ersticken, als sie sein Aufplatschen im Wasser hörte.

In dem Moment schienen aus dem Nichts Nathaniel und Cole aufzutauchen, Tavis' Freunde, die sich Stephen sofort anschlossen, um gemeinsam die restlichen vier Brüder von Tavis loszueisen.

»Schluß jetzt! Hört auf!« sagte Cole, der einen Arm um Barrets Hals geschlungen hatte. »Was habt ihr vor? Wollt ihr ihn platt treten?«

Nathaniel wandte sich an Elizabeth und fragte: »Was in Gottes Namen geht hier vor?«

Elizabeth sah ihn verwirrt an. Sie wußte nicht, wo sie beginnen sollte.

Nathaniel drehte sich zu Tavis um und grinste. »Hallo, mein Freund. Wo hast du denn gesteckt?«

»Der Mistkerl hatte alle Hände voll damit zu tun, meine Schwester zu verführen. Jetzt weißt du, wo er gesteckt hat«, sagte Drake.

Nathaniel sah von Tavis zu Drake und schaute dann wieder Tavis an. Tavis sagte kein Wort, nahm jedoch das Taschentuch, das Cole ihm reichte, und wischte sich das Blut aus dem Gesicht.

»Er hat ihre Schaluppe gestohlen und sie entführt«, sagte Barret und riß sich von Stephen los, der immer noch den Arm um seinen Hals geschlungen hatte. Er hielt die Fetzen seines Hemdes fest, um sich einigermaßen zu bedecken. »Und als ob das noch nicht genügt hätte ...«

»Also, das wissen wir nicht mit Sicherheit«, unterbrach ihn Stephen und handelte sich damit einen finsteren Blick von dem erbosten Barret ein.

Cole wollte gerade etwas sagen, doch Hayden kam ihm zuvor. »Wie kannst du so etwas sagen?« fragte er und kletterte wieder auf den Anlegesteg. Das Wasser, das an seinem Körper herunterrann, war leicht gerötet, da er ein Dutzend blutende Wunden im Gesicht hatte. »Du weißt doch, in was für einem Ruf er steht. Er hat sie verführt. Das wird selbst er nicht bestreiten, stimmt's, Mackinnon?«

Sämtliche Köpfe drehten sich zu Tavis um und starrten ihn an, doch Tavis sagte kein Wort. Nicht ein einziges. Nicht etwa, daß es Elizabeth überrascht hätte, wenn man den Zustand seines Gesichts bedachte. Das Blut lief in Strömen, und noch nicht einmal das Taschentuch, das Cole ihm reichte, konnte dem Fließen Einhalt gebieten. Er starrte ihr direkt ins Gesicht. Seine Kleidung war blutig und zerrissen, und der Wind zerzauste sein Haar und peitschte es ihm in einer Form um den Kopf, die sie an die Zeiten erinnerte, die sie gemeinsam auf der Schaluppe verbracht hatten. Sein Blick war eindringlich, und sein Mund verharrte in einer steifen Haltung, als er sie eingehend musterte.

»Siehst du?« sagte Abel. »Schau ihm doch nur ins Gesicht. Er ist teuflisch schuldbewußt, und das weiß er selbst am besten.«

»Schweigen ist nicht immer mit Schuldbewußtsein gleichzusetzen«, sagte Cole.

»Für dich vielleicht nicht«, sagte Abel, »aber meiner Erfahrung nach ist es so, das kann ich dir versichern.«

»Er hat sie verführt, und wir werden dafür sorgen, daß er nicht ungeschoren davonkommt«, sagte Barret.

»Zumindest nicht, wenn es um unsere Schwester geht«, fügte Hayden hinzu.

»Warum gehen wir nicht nach Hause und bereden die ganze Angelegenheit in Ruhe, statt voreilige Schlußfolgerungen zu ziehen? Wir wissen doch noch gar nicht mit Sicherheit, was passiert ist«, sagte Stephen.

»Als ob wir nichts wüßten! Sieh ihr doch nur ins Gesicht«, sagte Barret. »Sogar jetzt hat sie noch einen Knutschfleck von diesem Schurken auf dem Nacken!« Er packte Elizabeth und zog sie an sich. Roh riß er ihr Haar zur Seite und zog ihren Kragen herunter. »Seht es euch selbst an!« rief er aus.

Elizabeth spürte, daß alle Köpfe sich umwandten, um sie anzustarren, und die Glut jedes einzelnen Blickes heftete sich auf den roten Fleck.

Wer sich schuldbewußt fühlt, braucht keinen Ankläger, und trotz all ihrer Anstrengungen konnte ihr Gewissen ein derartiges Unwetter nicht verschlafen. Sie fühlte sich gehemmt und wandte beschämt den Kopf ab, während sie die Hand hob, um sie auf ihren Hals zu legen, und gleichzeitig lief ihr Gesicht leuchtend rot an.

»Siehst du?« sagte Drake. Dann wandte er sich an Stephen und sagte: »Jetzt kannst selbst du nichts mehr zu seiner Verteidigung vorbringen.«

»Elizabeth«, sagte Stephen flehentlich.

Der Ausdruck auf Stephens Gesicht gereichte ihr zum Verderben. Noch nicht einmal der große Neptun persönlich mit all seinen gewaltigen Weltmeeren konnte ihr Schuldbewußtsein fortspülen, ihr Schamgefühl. Verständnis hätte Vergebung bedeutet, aber sie hatte jetzt kein Verständnis zu erwarten, keine Vergebung. Sie hatten Blut geleckt. Ihre Gelüste würden sich nicht stillen lassen, solange sie nicht Fleisch kosteten.

»Nein«, sagte sie und wich zurück. Das hier waren ihre Brüder. Ihr eigenes Fleisch und Blut tat ihr das an. In dem Moment wünschte sie, sie wäre dort draußen auf dem Meer gestorben und niemand hätte sie rechtzeitig gefunden. Noch nicht einmal das Sterben wäre so schlimm gewesen, so qualvoll. Der Tod hätte ihr all das erspart. Der Tod wäre ein Ausweg gewesen. »Ihr versteht das nicht«, sagte sie und schüttelte den Kopf. »Keiner von euch versteht das.«

»Dann erzähl es uns«, sagte Stephen. »Erzähl uns, was passiert ist.«

Ein einziger Blick auf Tavis genügte, und ihre Fassung zerbröckelte. Sie weinte jetzt, als sie sagte: »Warum? Damit ihr etwas Wunderschönes nehmen und etwas Schmutziges daraus machen könnt! Ist es das, was ihr wollt? Schaut euch doch um. Seht euch an, was ihr angerichtet habt. Ihr habt mich vor den Augen aller beschämt. Fühlt ihr euch jetzt besser? Seid ihr jetzt zufrieden? Gibt mir das etwa meine Jungfräulichkeit zurück?«

Da. Sie hatte es getan. Sie hatte ihnen das gegeben, was sie wollten. Sie hatte die Wahrheit eingestanden, nicht nur ihnen gegenüber, sondern der Hälfte aller Bewohner von Nantucket. Seltsam. Sie hatte geglaubt, das, was sie alle von ihr wollten, sei ihr Geständnis. Aber wenn sie ihre Brüder jetzt ansah, konnte sie nichts anderes als Schock sehen … Schock und einen Ausdruck von Schuldbewußtsein, weil sie sie verraten hatten.

Die Robinsons waren schon immer ein hitzköpfiges Pack, sagte ihr Vater nur zu oft.

Elizabeth hatte es ihm nie so sehr geglaubt wie in diesem Augenblick.

»Elizabeth«, sagte Matt und sah sie so schuldbewußt wie die anderen an. Sein Tonfall bat sie um Verzeihung.

Aber Elizabeth hatte sich bereits abgewandt und rannte über die Straight Wharf.

Sie lief auf dem kürzesten Weg nach Hause und ging in ihr Zimmer. Sally und Meg kamen zu ihr und hockten sich auf ihr Bett.

Nachdem sie einen Moment lang dort gesessen hatte, sagte Meg: »Lizbeth, wo ist deine Tugend?«

»Meg!« sagte Sally.

»Was soll das heißen, wo meine Tugend ist?« fragte Elizabeth.

»Ich habe gehört, wie Barret zu Papa gesagt hat, du hättest sie verloren, und deshalb wollte ich von dir wissen, wo.«

»Sie ist mir nicht verlorengegangen«, sagte Elizabeth. »Ich hatte sie nur eine Zeitlang verlegt.«

»Ach, so«, sagte Meg. Aber Sally lachte so laut, daß Elizabeth die Erwiderung kaum hören konnte.

Als sie gebadet und sich das Haar gewaschen hatte, zog sich Elizabeth ein hübsches, aber schlichtes Kleid an. Dann ging sie nach unten, um wie eine Königin ihre Hinrichtung zu erwarten. Die langen goldenen Zöpfe hatte sie sich wie eine Dornenkrone um den Kopf geschlungen.

Elizabeth erwartete sie im Salon, als ihre Brüder eine Stunde später in Begleitung ihres Vaters hereinspaziert kamen. Im nächsten Moment stürmten Sally und Meg in das Zimmer.

»Raus mit euch«, sagte Samuel.

»Aber wir wollen doch bei Lizbeth sein«, sagte Sally.

»Was ihr wollt, das weiß ich selbst«, sagte Samuel. »Ihr wollt jedes einzelne Wort belauschen.«

»Das können wir doch sowieso tun«, sagte Meg. »Wir können alles, was ihr sagt, durch das Ofenrohr in der Küche hören.» Sally unternahm einen Versuch, Meg den vorlauten Mund zuzuhalten, doch sie kam zu spät.

Samuel bedachte beide mit einem strengen Blick. »Ihr dürft jetzt beide gehen«, sagte er, »und ihr dürft euch überall *außer* in der Küche aufhalten.«

»Du Plappertasche«, sagte Sally, als sie den Rückzug antraten.

»Na und«, antwortete Meg frech darauf, als sie Sally zur Tür hinaus folgte.

Samuel sah Elizabeth an. Sie wußte, daß er natürlich froh war, sie zu sehen, und schon bald stellte sie fest, daß er vernünftiger reagierte als ihre Brüder – wenn auch nicht erheblich.

Nachdem er sie zu einem vollständigen Bericht über die Ereignisse aufgefordert und diesen erhalten hatte, sagte er lange, lange Zeit kein Wort. Dann, als sie schon glaubte, sie könnte vor Anspannung laut schreien, äußerte er sich endlich. »Liebst du ihn?«

In genau diesem Augenblick fiel Elizabeth auf, daß Matt als einziger nicht anwesend war.

»Elizabeth, liebst du ihn?« wiederholte ihr Vater.

Ehe sie die Frage ihres Vaters beantworten konnte, wurde ihr das Wort schon abgeschnitten.

»Ob sie ihn liebt? Gütiger Himmel«, sagte Barret und riß die Arme in die Luft. Er wedelte wüst herum, während er im Zimmer auf und ab lief. »Sie hat ihn schon mit elf geliebt. Darum geht es hier doch wahrhaftig nicht.«

»Nein, darum geht es nicht. Aber es ist viel wichtiger als das, worum es geht«, sagte Stephen und sah jeden seiner Brüder der Reihe nach an. »Was ist bloß los mit euch? Habt ihr den Verstand verloren? Da steht ihr jetzt mit vorgefaßten Meinungen und versucht, unsere Schwester zu einer Heirat zu zwingen – und ihr findet, um Liebe ginge es hier nicht?«

Abel wandte sich an Stephen. »Sie liebt ihn, und wir alle wissen es. Das genügt mir.«

»Das ist natürlich genau die Antwort, die wir hören wollen, aber nicht von dir. Schließlich bist *du* hier nicht derjenige, der dazu aufgefordert wird, ihn zu heiraten.«

»Hört ihr jetzt endlich auf damit? Würdet ihr vielleicht aufhören, über mich zu reden, als sei ich nicht da?« sagte sie.

Als sie sich unterbrachen und sich zu ihr umwandten, sagte Elizabeth: »Hat denn keiner vor, *mich* zu fragen, was ich von alledem halte? Findet denn keiner von euch, *ich* hätte ein Recht darauf, einbezogen zu werden, wenn ihr mein weiteres Leben verplant?«

»Also, was ist?« fragte Stephen und sah sie alle durchdringend an. »Hat sie dieses Recht?«

»Dann sag es uns eben. Was hältst du davon, Elizabeth?« fragte ihr Vater.

»Ich werde euch sagen, was ich davon halte«, sagte sie. »Ich glaube, mit euren guten Absichten ruiniert ihr mein Leben.» Sie sah sie alle wieder an. »Das glaube ich nicht etwa nur. Ich weiß es. Keinem von euch ist klar, was ihr angerichtet habt. Ich weiß jedenfalls, daß ich ihn nicht heiraten will ... und ich werde ihn nicht heiraten. Nicht jetzt. Nicht unter den gegebenen Umständen.«

»Ihr solltet sie lieber nicht fragen«, sagte Abel. »Sie weiß ja doch nicht, was sie will.«

»Und du weißt es?« fragte sie und starrte ihn so finster an, daß er plötzlich einfältig wirkte und den Kopf abwandte.

»Vielleicht wissen wir nicht, was du willst, aber wir wissen verdammt genau, was du brauchst«, sagte Barret.

»Und was ist das? Eine Ehe?« fragte sie und fand es seltsam, daß ausgerechnet ihre vier verheirateten Brüder diejenigen waren, die am meisten darauf versessen waren, sie zu einer Eheschließung zu zwingen, während Stephen und Matt, die beiden Junggesellen ... nun, Stephen war der einzige, von dem sie wahrheitsgemäß hätte behaupten können, daß er auf ihrer Seite stand. Matt? Er glänzte seltsamerweise immer noch durch Abwesenheit.

»Ja, zum Teufel, eine Ehe«, sagte Barret. »Du weißt doch selbst, daß eine Heirat in einem solchen Fall die einzige Lösung ist.«

»In einem solchen Fall? Wovon sprecht ihr? Von voreiligen Schlußfolgerungen?« fragte sie.

»Du weißt, was ich meine«, sagte Barret, »und du weißt, daß es mein volles Recht ist, von diesem Mistkerl zu erwarten, daß er dich heiratet.«

»Davon weiß ich absolut nichts. Was ich weiß, ist, daß ich Tavis nicht heiraten will. Und ich werde ihn nicht heiraten. Ganz gleich, wie oft du mich fragst, ich werde immer wieder dasselbe dazu sagen. Du kannst mich nicht dazu zwingen.«

»Aber ich kann es«, sagte Samuel und erhob sich erzürnt von seinem Stuhl. »Und wenn ich sage, daß du es tun wirst, dann wirst du ihn heiraten.«

Stephen legte eine Hand auf Samuels Ärmel, um ihn zurückzuhalten. Er schüttelte den Kopf.

Samuel sah Elizabeth an und dann wieder Stephen. Mit einem bestürzten Gesichtsausdruck setzte er sich wieder hin.

Stephen wandte sich wieder an sie und sagte: »Es ist mir verhaßt, dich das fragen zu müssen, aber diese Möglichkeit muß ins Auge gefaßt werden. Elizabeth, es ist nicht auszuschließen, daß du ein Kind von ihm bekommen könntest.«

Elizabeth fühlte sich plötzlich schwach. Und gleich darauf kam sie sich dumm vor. *Ein Kind*, dachte sie sich, *mein Gott, bin ich blöd!* Mit kläglicher Miene warf sie Stephen einen flehentlichen Blick zu. Es entstand der Eindruck, als fehlten ihm die Worte ebensosehr wie ihr.

Sie zog sich langsam auf die Füße und trat ans Fenster. Dort teilte sie die Spitzengardinen, blieb stehen und schaute eine ganze Weile hinaus. Wie seltsam es doch war, daß draußen alles seinen gewohnten Lauf nahm, während ihre Welt in Stücke brach.

Auf der anderen Straßenseite fegte Mrs. Mayhew ihre Veranda, während der kleine Oliver Stretor seine Schwester Mandy über den Bürgersteig jagte. Mrs. Peterson schnitt ihre Rosen und redete dabei mit sich selbst. Abe Folger unterhielt sich mit Captain Wyer, der mit einem Holzbein von seiner letzten Reise zurückgekehrt war, während zwei Stockwerke über ihnen Mrs. Swain das Ohr an ihr Schlafzimmerfenster preßte und ihr Bestes tat, um zu lauschen.

»Das ändert nichts«, sagte Elizabeth schließlich. Sie ließ die Spitzengardine fallen und wandte sich langsam vom Fenster ab. »Ich will keinen Mann heiraten, der mich nicht haben will.«

»Vielleicht will er dich jetzt nicht haben, aber auf dem Schiff hat er dich gewollt«, sagte Hayden.

»Wir sollten diesen Mistkerl umbringen«, sagte Barret.

»Das werde ich auch tun, wenn er ihr ein Kind gemacht hat«, warf Drake ein.

In dem Moment betrat Matthew das Zimmer. Sein Gesicht war ebensosehr geschwollen und verfärbt wie die Gesichter seiner Brüder, und auch sein Hemd war mit Blut bespritzt. Beim Gehen humpelte er.

»Wo bist du gewesen?« fragte Samuel.

»Ich habe eine Hochzeit in die Wege geleitet«, sagte Matt.

Elizabeth schnappte nach Luft und schlug sich eine Hand auf die Brust. »Nein, das hast du nicht getan.«

Matt sah Elizabeth an. Er nickte. »O doch, das habe ich getan«, sagte er. »In gewisser Weise.«

Elizabeth stöhnte. » Ich kann einfach nicht glauben, daß du so etwas tätest.«

»Hat er eingewilligt?« fragte Drake.

Matt nickte.

»Und du glaubst nicht, daß er im letzten Moment noch einen Rückzieher machen wird?« fragte Abel.

»Dafür werden seine Freunde sorgen«, sagte Matt. »Nathaniel und Cole sind wenigstens aufgeschlossen für vernünftige Argumente.«

Elizabeth hatte sich niemals derart tief verletzt gefühlt, aber sie war auch noch nie so wütend gewesen. »Ich kann einfach nicht glauben, daß ihr mir das antun wollt! Meine eigenen Brüder! Und ich dachte, ihr liebt mich.«

»Wir lieben dich doch«, sagte Stephen. Sie sah Stephen an. »*Du* vielleicht, aber die anderen nicht«, sagte sie und funkelte die anderen fünf erbost an.

»Uns ist nichts anderes übrig geblieben, Elizabeth«, sagte Matt.

»Was soll das heißen, euch ist nichts anderes übrig geblieben? Ihr hättet euch raushalten können. Ihr habt ihn fast totgeschlagen! Hat das denn nicht genügt?«

»Warum nimmst du ihn in Schutz?« fragte Barret.

»Weil sie ihn liebt, du Trottel«, sagte Hayden. »Das könnte sogar ein Blinder sehen.«

»Wir hätten den Mistkerl umbringen sollen«, sagte Abel.

»Warum?« rief Elizabeth aus und sah Abel finster an. »Weil er dir so ähnlich ist?«

Abel besaß die Frechheit, erstaunt zu wirken. »Mir ähnlich?«

»Er ist genauso wie du«, sagte sie. »Hast du etwa vergessen, wie lange du gebraucht hast, um zu heiraten? Wie viele Frauen hat es gegeben, ehe du endlich geheiratet hast?«

Abel schien ihr nicht zuzuhören, denn er sagte lediglich: »Du findest, Tavis Mackinnon ist so wie ich?«

»Er könnte dein Spiegelbild sein, wenn es um eure schlechten Eigenschaften geht«, sagte Elizabeth.

Aberwitzigerweise schien sich Abel darüber zu freuen.

Elizabeth warf einen Blick auf Hayden, dem Abels dämliche Miene ebenfalls aufgefallen sein mußte, denn er warf einen Blick auf Barret und sagte: »Er hat recht. Wir hätten ihn umbringen sollen.«

»Kennt ihr denn keine andere Antwort als Gewalt und Brutalität? Glaubt ihr, damit läßt sich alles lösen?« schrie Elizabeth. »Fällt euch Männern denn nichts Besseres ein? Habt ihr noch nie davon gehört, daß man miteinander reden kann, daß es so etwas wie Verständnis und Vernunft gibt?«

»Jetzt reicht es aber, Elizabeth«, sagte ihr Vater. »Hayden hat doch nur gescherzt!«

»Er hat nicht gescherzt«, sagte sie, »und selbst, wenn er nur gescherzt hätte, dann finde *ich* das gar nicht komisch. Mit solchen Dingen scherzt man nicht, und ihr findet dieses ganze Geplänkel überhaupt nicht mehr lustig, wenn es euer eigenes Leben wäre, das hier manipuliert wird.«

Ihr Vater versuchte es noch einmal. »Also, Elizabeth, jetzt beruhige dich doch und sei vernünftig.«

»Warum sagst du das *denen* nicht?« sagte sie und wedelte mit der Hand durch die Luft, um auf den ganzen Haufen hinzuweisen,

Samuel ignorierte diesen Ausbruch und sprach weiter. »Inzwischen weiß jede einzelne Menschenseele auf der ganzen Insel, was sich zwischen dir und Mackinnon zugetragen hat, und …«

»Oh, ja, sie wissen es alle, das stimmt. Und was glaubt ihr wohl, *wer* es in Umlauf gesetzt hat? Das wart ihr!« schrie sie und sah ihre Brüder an. »Und du« sagte sie und wandte sich mit zorniger Miene zu ihrem Vater um, »hast sie so erzogen, daß sie sich jetzt derart daneben benehmen.«

»Elizabeth, würdest du dich endlich beruhigen?« sagte Matt.

»Warum denn? Damit du mich wie ein stumpfsinniges Schaf zur Schlachtbank führen kannst? Damit du mich zu noch mehr zwingen kannst?«

»Nein, sondern nur, damit wir dein hübsches dummes Köpfchen zur Vernunft bringen können. Wenn du auch nur eine Minute lang darüber nachdächtest, dann würdest du selbst einsehen, daß das die einzige Möglichkeit ist«, sagte Matt.

»Und warum? Weil es euch fünf in den Kram paßt?«

»Uns in den Kram paßt? Mackinnon ist nicht gut genug für dich, und das wissen wir alle«, sagte Drake.

»Von mir habt ihr das nicht aufgeschnappt«, sagte sie. »*Etwas* an ihm muß euch gefallen. Warum sonst würdet ihr alles Erdenkliche tun, um uns zu einer Heirat zu zwingen?«

»Wir tun es um deinetwillen«, sagte Matt. »Wir wollen nur das Beste für dich.«

»Dann möge mir der Himmel beistehen«, sagte sie und sprang auf. Tränen strömten über ihr Gesicht, als sie ihre Brüder ansah. »Das wird er mir nie verzeihen. Niemals.« Sie wollte aus dem Zimmer laufen.

»Elizabeth«, sagte Stephen.

Sie schüttelte den Kopf, winkte mit der Hand ab und wollte mit keinem von ihnen mehr reden. »Dazu ist es jetzt zu spät«, sagte sie, ohne stehen zu bleiben oder sich auch nur zu ihnen umzudrehen.

»Was ist, wenn du ein Kind bekommst?« fragte Matt.

Jetzt blieb sie stehen und drehte sich um. »Das ändert gar nichts. Jetzt nicht mehr. Ihr kennt ihn nicht so gut wie ich. Hättet ihr euch doch bloß aus dieser ganzen Geschichte rausgehalten. Hättet ihr uns doch bloß ein wenig Zeit gelassen.« Sie lachte rauh, als ihr noch etwas einfiel. »Schon wieder diese verfluchten Wenns und Abers«, sagte sie. »Wenn er mich lieben würde. Wenn er diese Heirat wünschen würde. Wenn er das Beste daraus machen wollte. Aber das ist nun einmal nicht der Fall. Und er wird Mittel und Wege finden, um mir das zu verstehen zu geben.«

Ehe einer von ihnen etwas sagen konnte, rannte Elizabeth aus dem Zimmer.

»Sie wird sich schon wieder beruhigen«, sagte Samuel. »Wenn sie erst einmal Zeit gefunden hat, um sich auszuruhen und darüber nachzudenken, dann wird sie einsehen, daß ihr richtig gehandelt habt. Laßt ihr ein paar Tage Zeit, und sie wird sich mit der Vorstellung anfreunden.«

»Ich hoffe nur, daß du recht hast«, sagte Matt.

»Der Himmel möge uns beistehen, wenn er sich irrt«, sagte Stephen.

15

Es ist das Vorrecht einer Frau, ihre Meinung zu ändern, und genau das tat Elizabeth.

Einen Monat, nachdem sie geschworen hatte, Tavis niemals zu heiraten, heiratete sie ihn.

Anfangs widersetzte sie sich ihnen allen und sagte ihrem Vater und ihren Brüdern, sie würde Tavis Mackinnon nicht heiraten. Niemals.

Als Matt sie ausschalt, weil sie sich weigerte, und als er leichthin bemerkte: »Du wirst deine Meinung von selbst ändern«, teilte sie ihm mit, sie hätte die Absicht, sich ihnen bis zu ihrem letzten Atemzug zu widersetzen. Sie konnten ihr befehlen, ihn zu heiraten, aber sie konnten sie nicht dazu zwingen. Sie konnten sie anflehen, aber sie ließ sich nicht ins Wanken bringen. Sie konnten versuchen, mit ihr zu handeln, aber sie war nicht käuflich.

»Nichts wird mich jemals dazu bringen, diesen Mann zu heiraten«, sagte sie und stampfte mit dem Fuß auf, um ihren Worten Nachdruck zu verliehen. »Absolut nichts.«

Doch sie irrte sich.

Es gab *eines,* was Elizabeth dazu brachte, es sich anders zu überlegen und Tavis Mackinnon zu heiraten.

Zwei Wochen nach dem gräßlichen Tag der Prügelei dachte Elizabeth über das nach, was Stephen gesagt hatte. Was war, wenn sie tatsächlich schwanger war? Was würde sie dann tun? Wie würde sie es Tavis beibringen? Wie würde seine Reaktion aussehen?

Er würde sie hassen. Soviel stand für sie fest.

Er haßt dich ohnehin schon. Was soll sich da noch ändern?

Mit einem traurigen Seufzer gewann Elizabeth die zweifelsfreie Gewißheit darüber, daß sie von Tavis schwanger war. Sie wußte es nicht aufgrund irgendwelcher körperlicher Anzeichen. Es lag schlicht und einfach nur daran, daß sie schon immer ein Mensch gewesen war, der nie ungeschoren davongekommen war. Jede Kleinigkeit, die sie je angestellt hatte, war auf die eine oder andere Form ans Licht gekommen. Wenn sie etwas getan hatte, wovon man schwanger werden konnte, dann war sie jetzt eben schwanger. So einfach war das.

Als die Wochen vergingen und ihre Periode ausblieb, wußte sie, daß das, wovor ihren Brüdern graute, ein unumstößlicher Tatbestand war. Sie würde ein Baby bekommen.

Es war seltsam, wie sie darauf gestoßen war. Seit ihrer Rückkehr nach Nantucket hatte sich Elizabeth die meiste Zeit im Haus aufgehalten und es Meg und Sally, ihren Schwestern, überlassen, die Einkäufe zu machen und Botengänge zu erledigen, während sie sich unter dem Vorwand zu Hause aufhielt, einen gründlichen Frühjahrsputz vorzunehmen.

»Aber wir haben doch gar nicht Frühling«, sagte Meg und richtete die schönen braunen Augen fest auf Elizabeths Gesicht, als sie sich auf den Hausputz herausredete und Meg in Burnell's Laden schickte. »Wir haben schon Sommeranfang. Die Sommersonnenwende ist schon vorüber.«

Die Sommersonnenwende? Elizabeth starrte Meg an. Würde es eine weitere Astronomin in der Familie Robinson geben? »Also, gut, dann ist es eben der Sommerputz. Findet das deinen gebildeten Beifall?«

Meg nickte. »Ja, aber ich weiß, daß das nicht der wahre Grund ist, aus dem du zu Hause bleiben willst. Du fürchtest, du könntest Tavis sehen ... und du machst dir Sorgen, was die Leute sagen könnten, weil du deine Tugend verloren hast.«

»Gibt es irgend etwas, was du nicht über meine persönlichen Angelegenheiten weißt?«

»Nee«, sagte Meg. »Ich weiß alles, weil ich deine Tagebücher gelesen habe, als du fort warst.« Mit diesen Worten ging sie.

Nachdem Meg gegangen war, machte sich Elizabeth, bewaffnet mit einem abgenutzten Besen und einem Staubwedel, an die Arbeit. Sie hatte gerade erst mit dem Wohnzimmer begonnen, als ihr so übel wurde, daß sie sich setzen mußte. Fünfzehn Minuten später lag sie immer noch auf dem Sofa im Wohnzimmer, als Becca vorbeischaute.

»Was fehlt dir?« fragte Becca, als sie ins Zimmer kam.

»Ich fühle mich nicht gut«, sagte Elizabeth.

»Vielleicht solltest du zum Doktor gehen.«

»So krank bin ich nun auch wieder nicht. Es ist lediglich diese Übelkeit. Gewöhnlich vergeht sie in etwa einer halben Stunde.

Becca zog die Augenbrauen hoch. »Gewöhnlich? Soll das heißen, du hast das schon öfter gehabt?«

»In der letzten Woche, ja.«

Beccas Augen wurden groß und kugelrund. »Ich glaube, du solltest am besten gleich zum Doktor gehen. Und zwar auf der Stelle.«

»Warum denn das?«

»Weil ich glaube, daß du ein Kind von Tavis Mackinnon bekommst. Deshalb. Hast du deine Periode gehabt?«

Elizabeth setzte sich abrupt auf. Ihr blasses Gesicht nahm einen noch bleicheren Ton an. Ihr Herz schlug dreimal so schnell wie sonst. »O Becca«, sagte sie. »Ich konnte dir nie etwas vormachen, stimmt's?«

»Was ist jetzt? Gehst du zum Arzt oder nicht?«

Elizabeth warf ihr einen Blick zu, den man bestenfalls als skeptisch hätte bezeichnen können. »Warum? Ich weiß bereits, warum mir laufend übel wird, und es gibt nichts, was der Arzt daran ändern könnte.«

»Ich finde, du solltest trotzdem hingehen.«

»Würdest du etwa hingehen? Wenn du an meiner Stelle wärst?«

Becca sah Elizabeth einen Moment lang nachdenklich an und seufzte dann. »Nein, ich nehme an, daß ich es nicht täte«, sagte sie und machte einen hilflosen Eindruck. »Also, wenn du nicht zum Arzt gehen wirst und wenn du Tavis nicht heiraten wirst, was wirst du dann tun?«

»Ich weiß es nicht.«

»Du mußt es deinem Vater sagen. Das ist dir doch klar, oder etwa nicht?«

»Ja, vermutlich.« Elizabeth wirkte niedergeschlagen. »Ich will es ihm aber nicht sagen.«

»Dazu hätte ich auch keine Lust, wenn ich du wäre.«

»Wenigstens brauche ich es ihm nicht gleich zu sagen.«

Becca zog die Stirn in Falten. »Demnächst wirst du es ihm aber sagen müssen. Du kannst ein Baby nicht ewig geheimhalten. Wenn du nichts sagst, dann wird dein Körper dich verraten.«

Elizabeth schaute sie kläglich an.

»Du solltest ihn heiraten«, sagte Becca. »Früher oder später wirst du es ja doch tun müssen.«

»Ich will es aber nicht.«

»Schön und gut, aber heirate ihn trotzdem. Du mußt jetzt schließlich auch an dein Baby denken.«

Elizabeth sprang auf und begann, auf und ab zu laufen. *Ein Baby …* »So will ich ihn nicht heiraten. Das sind die falschestmöglichen Gründe. Er wäre ohnehin schon wütend genug, wenn er gezwungen wäre, mich zu heiraten. Kannst du dir vorstellen, wie es wäre, wenn er herausfindet, daß er sich nicht nur eine Ehefrau, sondern noch dazu ein Baby gegen seinen Willen einhandelt?«

»Also, darüber hätte er sich vorher Gedanken machen sollen. Schließlich bist du nicht einfach so, ganz von allein, in diese Situation geraten, verstehst du. Er hatte dabei doch auch die Hand im Spiel.« Becca unterbrach sich und lachte dann. »Nun, vielleicht nicht direkt die Hand, aber …«

Elizabeth warf ein Sofakissen nach ihr. »Wir müssen verrückt sein«, sagte sie. »Wie können wir zu einem solchen Zeitpunkt derart lachen?«

»Warum sollten wir denn nicht lachen?«

Elizabeth wurde plötzlich ernst. »O Becca, was soll ich bloß tun? Siehst du irgendeinen Ausweg für mich?«

»Ich werde dir jetzt sagen, was ich davon halte, was noch lange nicht heißt, daß du auf mich hören wirst. Das läuft doch alles nur auf eins hinaus: Wenn ein Baby unterwegs ist, dann hast du mit Sicherheit keine andere Wahl als die, zu heiraten«, sagte Becca. Dann packte sie Elizabeth am Arm und schlug vor: »Komm. Laß uns einen Spaziergang machen.«

»Jetzt?«

»Ja, natürlich. Du willst doch diesen wunderschönen Tag nicht wirklich damit zubringen, dieses muffige alte Wohnzimmer abzustauben und es auszufegen, oder?«

»Nein, wohl kaum.«

Elizabeth wirkte besorgt und starrte ihre Freundin an. Dann stieß sie einen mißmutigen Seufzer aus, setzte sich und faltete die Hände auf den Knien. Becca hatte recht. Sie wollte nicht das Wohnzimmer abstauben. Sie wollte aber auch keinen Spaziergang unternehmen. Sie wollte bleiben, wo sie war, zu Hause sitzen und sich selbst bemitleiden. Sie dachte daran, statt dessen eine Partie Karten in der Küche vorzuschlagen, aber ein Blick auf Becca sagte ihr, Becca hätte längst beschlossen, Elizabeth sollte einen Spaziergang machen, und da sie Becca so gut kannte, wußte sie, daß sie sich nicht so leicht abspeisen lassen würde. Entweder sie würde jetzt sofort mit ihr spazierengehen, oder ihr blühte etwas.

Kurz nachdem sie ihren gemeinsamen Spaziergang beendet hatten, machte sich Elizabeth auf den Heimweg. Sie war nur noch eine Straßenkreuzung von ihrem Haus entfernt, als sie beschloß, ihrem Großvater einen Besuch abzustatten. Sie brauchte jemanden, mit dem sie reden konnte, jemanden, der sie verstand.

Dadurch, daß sie mit Becca spazierengegangen war, hatten sich ihre Probleme auch nicht gelöst. Was eine Heirat mit Tavis anging, so war sie so hartnäckig dagegen wie eh und je. Und doch war auch die Vorstellung, ein uneheliches Kind zu gebären, nicht besonders reizvoll. Nichts anderes, befand sie, konnte so quälend sein wie Unentschlossenheit.

Das einzige, was noch schlimmer hätte sein können, war, die falsche Wahl zu treffen.

Sie kehrte um und machte sich auf den Weg zum Leuchtturm. Kurz darauf lief sie über den gewundenen sandigen Pfad zwischen den zähen Dünengräsern und kam an der Markierung vorbei, die ihr sagte, daß sie die Hälfte der Wegstrecke zurückgelegt hatte. Dort lag der enorme Kieferknochen eines Walfischs und bleichte in der Sonne. Über ihr schwebten die Möwen und kreischten in einem klaren, wolkenlosen Himmel. Unter ihren Füßen schwirrten sandfarbene Heuschrecken als Reaktion auf ihr störendes Eindringen in alle Richtungen auseinander. Schwarze Enten suchten sich in den sumpfigen Marschen ihr Futter, während sich weiter im Inland Pimentbäume und Strandhafer an die Dünen schmiegten, als seien sie wild entschlossen, das Wandern der Dünen zu verhindern.

Als der Pfad plötzlich hinter einer Sanddüne herauskam und den Blick auf den Leuchtturm freigab, sah Elizabeth, daß ihr Großvater draußen auf einem Stuhl saß, der sich seiner Gestalt allmählich anpaßte, die Zeitung las und die Sonne in sich aufsog.

Asa schaute auf und starrte sie an, und als er sich vorbeugte, warf sein Hut einen schützenden Schatten über seine Augen. Trotzdem konnte Elizabeth ihm ansehen, daß er es wußte. Wenn es auch noch so seltsam erscheinen mochte, so wußte er es doch irgendwoher.

Dieser Umstand schmerzte sie mehr, als wenn es ihr Vater, ihre Brüder gewußt hätten, ja, selbst die ganze Insel. Wenn sie von einem Menschen für vollkommen gehalten werden wollte, dann von ihrem Großvater. Und wenn irgend jemand wußte, daß sie nicht vollkommen war, dann war das ihr Großvater.

Sie wußte aber auch, daß ihr Großvater sie besser als jeder andere verstehen würde. Vielleicht hatte sie nur deshalb nicht mit ihm geredet, weil sie sich selbst bestrafen wollte, denn ein Gespräch mit ihm hätte sie hoffen lassen, daß sich ihr Schuldbewußtsein legen würde.

Sie spürte seine Blicke wie zwei Nadelstiche, als er sie aus zusammengekniffenen Augen ansah. Sie blieb abrupt stehen, starrte ihn an und nahm wahr, daß schon allein sein Anblick und das Wissen, daß er im Bilde war, ihr Herz schneller schlagen ließen.

»Guten Tag, Großpapa. Es sieht ganz so aus, als würdest du dir heute einen geruhsamen Tag gönnen«, sagte Elizabeth. Asa legte seine Zeitung hin. »In meinem Alter ist jeder einzelne Tag ein geruhsamer«, sagte er, und die Blicke, die sich in sie gebohrt hatten, wurden zärtlicher.

»Jetzt rück schon raus damit«, sagte Asa. »In welcher Form von Schwierigkeiten stecken wir denn diesmal?«

Sie lächelte ihn an. »Es überrascht mich, daß du danach fragst, da du es ohnehin schon weißt.«

Er lächelte sie ebenfalls an, sagte aber nichts.

»Woher weißt du es?«

»Dein Fernbleiben hat es mir gesagt«, sagte er. »Du bist schon seit einer ganzen Weile nicht mehr rausgekommen, um deinen alten Großpapa zu besuchen.«

»Ich habe mich so sehr geschämt, daß ich dir nicht gegenübertreten wollte.«

»Hast du etwa geglaubt, ich hätte dich jetzt nicht mehr lieb?«

Sie schüttelte den Kopf und erinnerte sich wieder daran, wie sie sich schon immer gewünscht hatte, die blauen Augen ihres Großvaters voller Stolz strahlen zu sehen. Dieses eine Mal gelang es ihr nicht, ihre Gefühle in Worte zu fassen, doch selbst sie wußte, daß es nichts gab, was den guten Mann je davon hätte abbringen können, sie weiterhin lieb zu haben. Sie schaute ihm ins Gesicht und sah dort dasselbe Verständnis und dieselbe Liebe wie sonst auch. »Wir sind schon immer verwandte Seelen gewesen, du und ich«, sagte sie und stellte sich vor ihn hin. Sie nahm das Vorhandensein dieser Vertrautheit und dieser wortlosen Form von Liebe wahr, die von Anfang an zwischen ihnen bestanden hatte.

»Du willst darüber reden?«

Elizabeth spürte einen dicken Kloß in ihrer Kehle. Niemand konnte sie so leicht wie ihr Großvater an den Rand der Tränen treiben. Sie wünschte, sie hätte die Zeit zurückspulen und wieder ein kleines Mädchen sein können. Das Leben war damals so einfach gewesen – damals, als die Knie ihres Großvaters so groß wie der Atlantik zu sein schienen und sie so mühelos über Wasser hatten halten können. In ihrem Gefühlsüberschwang konnte sie lediglich nicken.

Asa sagte: »Ich weiß, daß es einem schwerfällt, über etwas zu reden, wenn sämtliche Worte einen Klumpen in der Kehle zu bilden scheinen. Aber wenn man den Mund hält, läßt der Schmerz auch nicht nach. Du bist in der Klemme, weil du nicht weißt, was du tun sollst.« Seine Miene drückte vollstes Verständnis aus. »Nichts von alledem läuft so, wie du es dir erhofft hast, stimmt's?«

»Ja, allerdings«, sagte sie. »Nichts klappt so, wie ich es mir wünschen würde. Ich liebe Tavis. Mein ganzes Leben lang habe ich geglaubt, es gäbe nichts Schöneres, als mit ihm verheiratet zu sein, aber jetzt stelle ich fest, daß ich mich geirrt habe. Es gibt etwas Besseres als die Ehe, Großpapa. Und zwar die Liebe. »

»Und wenn du seine Liebe nicht haben kannst, dann willst du auch den Rest von ihm nicht? Ist es das?«

»Ja, vermutlich schon, aber so, wie du das sagst ... ich meine, in deinen Worten klingt es ganz danach, als wollte man einen Handel abschließen. Alles oder nichts.«

»Es wird immer diejenigen geben, die zumindest einem Teil dieser Behauptung zustimmen würden. In vieler Hinsicht ist die Ehe ein Handel, den man abschließt.«

»Aber es gibt doch soviel mehr.«

»Und du glaubst nicht, daß du das von Mackinnon haben könntest?«

»Nicht, wenn er mich gezwungenermaßen heiratet. Ich brauche

Zeit, Großpapa. Ich weiß, daß er sich in mich verlieben könnte. Wenn wir doch bloß mehr Zeit hätten.«

»Und Zeit ist das einzige, was ihr nicht habt«, sagte Asa und schüttelte betrübt den Kopf. »Du kannst es nicht mehr viel länger vor dir herschieben. Wenn es mich auch noch so sehr schmerzt, dir das zu sagen, aber du mußt einen Entschluß fassen, und zwar schon bald. Du hast doch nicht etwa den Winzling vergessen, oder doch?«

Elizabeth nickte, und ihre Stimme überschlug sich, während sie gegen die Tränen anblinzelte. »Ich ... ich vermute, ich habe mich zu sehr in mein eigenes Elend hineingesteigert, um noch an etwas anderes zu denken.« Sie ließ sich neben ihm auf den Boden sinken und legte die Hände auf seine Knie. »O Großpapa, warum muß das Leben bloß so schrecklich sein?«

»Unglück ist kein Dauerzustand, denk immer daran.«

»Ich fürchte, dieses Unglück wird ein Dauerzustand werden.«

»Hast du mir nicht einmal erzählt, daß deine Tante Phoebe gesagt hat, du seist durch und durch eine Brewster und die Brewster-Frauen seien sehr selbständig und hätten einen starken Willen?«

Elizabeth nickte.

»Was sie dir nicht gesagt hat, ist, daß es bei den Brewster-Frauen Tradition ist, stur und eigenwillig zu sein, und ebensosehr ist es Tradition, daß sie einen Hang zu Mißgeschicken haben ... doch ebenso normal ist es, daß sie sich aus jedem Dilemma, in das sie sich bringen, wieder herausbugsieren. Jedenfalls im Lauf der Zeit.«

Elizabeth seufzte. »Ich wünschte, ich hätte mehr von den Robinsons.«

Asa streichelte Elizabeths blonden Schopf. »Mißgeschicke stoßen jedem zu, sogar den Robinsons – und diese Mißgeschicke decken die komplette Farbpalette und all ihre Schattierungen ab. Dem kann niemand entgehen.«

»Ich weiß, aber im Moment genügt mir mein eigenes Dilemma. Ich kann mir nicht auch noch Sorgen darüber machen, welche Mißgeschicke anderen Menschen zustoßen, wenn ich mich so elend fühle.«

»Verlier den Mut nicht«, sagte er und tätschelte ihre Hand. »Mein Großvater hat immer zu mir gesagt: ›Eine Fackel mag zwar zum Boden weisen, doch ihre Flamme züngelt nach oben.‹ Du hast schon öfters schwierige Situationen gemeistert und hast dich nie kleinkriegen lassen.«

»Ich weiß nicht, ob ich das durchstehe ... eine Zwangsheirat, ein Kind, das zu bald darauf geboren wird. Alle werden von meiner Schande erfahren.«

»Sie wissen es doch schon.«

»Was zuviel ist, ist zuviel, Großpapa. Einfach zuviel.«

»Es gibt nur eines, was schlimmer ist als Unglück, und das ist, es nicht bewältigen zu können. Du bist aus robusterem Holz geschnitzt, Elizabeth.«

Sie schüttelte den Kopf. »Das habe ich früher auch geglaubt, aber diesmal bin ich mir nicht mehr sicher. Diesmal habe ich das Gefühl, mir wächst alles über den Kopf ... sogar ich fühle mich überfordert.«

»Du bist jung, und du bist stark«, sagte Asa.

»Und ich bin eine Brewster, aber selbst eine Brewster ist zu Schamgefühl fähig«, sagte Elizabeth geistesabwesend, als sei Scham etwas, was sie sich um die Schultern schlingen konnte wie einen wollenen Schal.

»Schamgefühl ist eine Zierde der Jugend«, sagte er. »Man wächst mit der Zeit heraus.«

Elizabeth sah ihn zweifelnd an. »Man wächst heraus? Wo hast du denn das gehört?«

»Ich glaube, das hat Aristoteles gesagt.«

Ihr Blick wurde skeptisch. »Ich habe gar nicht gewußt, daß du Aristoteles gelesen hast.«

Er lächelte. »Was glaubst du wohl, woher ich all die Weisheiten beziehe, die sich angeblich mit dem Alter von allein einstellen?«

Sie wußte, was er vorhatte, und dafür liebte sie ihn nur um so mehr. Sie bemühte sich, über seine Leichtigkeit zu lächeln, aber das Herz war ihr zu schwer, und selbst ihr Großvater konnte sie nicht aufheitern.

Sie spürte, wie der Kampfgeist sie verließ. Sie seufzte, als wiche mit diesem einen Seufzer der letzte Rest an Widerstand aus ihr. Dann sah sie ihren Großvater an. »Ich weiß, was du dir denkst.«

»Ach, wirklich?«

»Ja. Du machst den Eindruck, als hättest du schon längst gewußt, wie ich mich entscheiden werde.«

»Ich habe nur gewußt, daß du die richtige Entscheidung treffen wirst, ganz gleich, wie sie auch ausfallen mag«, sagte Asa. »Du bist schon immer ein einfallsreiches Mädchen gewesen. Und du warst nie eine von der Sorte, die ihre Probleme durch Heimlichkeiten löst.«

»Das vielleicht nicht, aber ich wüßte gern, wo geschrieben steht, daß ich sie an die große Glocke hängen muß. »

Einen Moment lang sah es ganz so aus, als würde Asa laut loslachen. »Ich könnte mir vorstellen, daß es in deinem Herzen geschrieben steht ..., denn dort entspringen deine meisten Sorgen«, sagte er.

Elizabeth seufzte und gab einen deprimierten Laut von sich. Dann legte sie den Kopf auf Asas Schoß und spürte, wie aus diesen schwieligen alten Händen Kraft in sie strömte, als er ihr über den Kopf strich.

»Wäre es denn so schlimm«, fragte Asa, »mit Tavis verheiratet zu sein? Ich kann mich erinnern, daß es früher einmal Zeiten gegeben hat, zu denen du geglaubt hast, alles hätte seinen Regenbogen, seinen Hoffnungsschimmer ... wenn man nur daran glaubt.«

»Ich weiß nicht, ob ich das noch glaube. Es ist sehr, sehr lange her, seit ich das letzte Mal einen Regenbogen gesehen habe«, sagte sie.

Ihre Worte schienen ihn zu überraschen. Sie sah die tiefen Sorgenfalten, die in sein geliebtes Gesicht gemeißelt waren. Das ließ den Berg von Schuldbewußtsein, den sie ohnehin schon mit sich herumtrug, noch ein klein wenig höher wachsen. Sie wollte ihrem Großvater keinen Kummer bereiten. Sie bemühte sich, einen fröhlichen Eindruck zu erwecken, scheiterte jedoch kläglich.

»Du gibst doch nicht etwa auf, oder doch? Wo ist deine Zuversicht geblieben, Elizabeth? Deine gesamte Zukunft liegt noch vor dir, und du hast die Wahl. Du kannst Tavis heiraten, du kannst dich aber auch weigern. Nicht viele Menschen haben derartige Möglichkeiten im Leben. So, wie ich das sehe, solltest du im Moment sorgfältig in dich gehen und dir Gedanken machen und nicht mit bleischwerer Seele durch die Gegend laufen. Du hast doch immer allem etwas Gutes abgewinnen können. Warum versuchst du es nicht auch bei Mackinnon? Sieh es von der positiven Seite. Such nach dem Regenbogen, Elizabeth. Er ist von Anfang an da gewesen.«

Sie sah ihren Großvater an und spürte, wie die Bedrücktheit, die sich ihrer in den allerletzten Tagen bemächtigt hatte, nachließ. »Du könntest einen Wolf dazu überreden, den Verstand zu verlieren«, sagte sie und wandte den Blick ab, um sich zu fragen, woher es kam, daß immer alles nicht mehr ganz so schlimm zu sein schien, wenn sie mit ihm darüber redete. Sie konnte nicht gegen ihren plötzlichen Stimmungswandel an, den Umschwung zum Optimistischen.

Darauf hatte ihr Großvater gesetzt. Die Brewster-Frauen waren seit jeher dafür bekannt, daß sie inmitten größter Bedrängnis plötzliche Anfälle von Optimismus bekamen.

»Wenn es auch noch so seltsam klingen mag, aber ich fühle mich schon besser.«

»Dann hast du deinen Entschluß gefaßt?«

»Ich glaube nicht, daß ich je eine Wahl hatte – nicht, wenn ich es als einen Fall ansehe, in dem ich das kleinere von zwei Übeln wählen muß. Es wird hart sein, mit Tavis zusammenzuleben und doch zu wissen, daß er mich nicht liebt. Aber noch härter wäre es, ihn ganz und gar zu verlieren. Ich liebe ihn, Großpapa. Wie könnte ich es ertragen, ihn aufzugeben und sein Baby zu behalten? Du hast recht gehabt, verstehst du, es gibt tatsächlich Schlimmeres als solche Mißgeschicke.«

Sie drückte ihrem Großvater einen Kuß auf die Wange. »Aus welchen Gründen auch immer, aber ich habe beschlossen, das Baby soll einen Vater haben und den Namen seines Vaters tragen.«

»Dann hast du dich also entschlossen, ihm von dem Kind zu erzählen?«

»Nein. Ich habe mich entschlossen, ihn zu heiraten ... falls *er* dazu bereit ist, aber ich werde ihm nichts von dem Baby sagen. Sollte Tavis einwilligen, mich zu heiraten, dann wird er seine eigenen Gründe dafür haben. Ich werde das Baby nicht dafür benutzen, ihn zu einer Heirat zu zwingen. Ich will nicht, daß er mir das vorhalten kann. Ich will ihm keinen Grund dafür geben, sein eigenes Kind zu hassen.«

»Du glaubst nicht, daß deine Brüder versuchen werden, ihn dazu zu zwingen?«

»Doch, selbstverständlich, aber es wird ihnen nichts nutzen. Es könnte ihnen zwar gelingen, ihn dazu zu überreden, aber ich glaube nicht, daß sie ihn jemals zwingen werden«, sagte sie. »Es wird schon spät. Ich sollte besser gehen, um es Papa und meinen halsstarrigen Brüdern mitzuteilen.«

»Ich nehme an, das wird die ganze Bande glücklich machen«, sagte ihr Großvater.

»Und sie werden sich alle sinnlos betrinken«, erwiderte Elizabeth und beugte sich vor, um Asa seine Zeitung zu reichen. »Du solltest dich weiterhin an Aristoteles halten«, sagte sie, »da ich deine Weisheit sicher noch öfter brauchen werde, obgleich ich nicht behaupten kann, du hättest mir das gesagt, was ich von dir hören wollte.«

»Damit kann ich leben, solange ich weiß, daß ich dir das gesagt habe, was du gebraucht hast.« Er sah sie mit einem zärtlichen Blick an und sagte: »Wie dem auch sei, ich habe es nur gut mit dir gemeint.«

Sie nickte. »Ich weiß, aber manchmal ist es gerade dieses Wissen, das die Dinge so schwierig macht«, sagte sie. Sie wandte sich ab und machte sich auf den Heimweg.

16

Tavis fluchte und trat die Haustür in dem Moment zu, in dem der letzte von Elizabeths Brüdern hinausgegangen war.

Er saß in der Falle, und das gefiel ihm gar nicht. Er hatte sich in seinem ganzen Leben noch nicht so hilflos gefühlt. Er war in die Ecke gedrängt worden. Stand mit dem Rücken zur Wand. Und es gab keinen Ausweg. Er reagierte nicht gerade positiv auf Druck von außen. Und schon gar nicht, wenn man *ihn* zu etwas zwingen wollte, am allerwenigsten jedoch, wenn es um eine Eheschließung ging.

Wenn er sich selbst gegenüber ehrlich gewesen wäre, hätte er zugeben müssen, daß ihn nichts mehr ärgerte als das Wissen, daß er selbst die Schuld daran trug – oder zumindest einen Teil der Schuld. Er war der erfahrenere von beiden. Er hatte genau gewußt, was er tat. Elizabeth hatte zwar bereitwillig mitgespielt, doch das konnte er ihr nicht vorwerfen. Sie trug nicht die Alleinschuld. Ein Fehltritt, den man willentlich beging, verdiente keine Nachsicht. Das wußte er. Doch dieses Wissen machte es ihm keine Spur leichter, jetzt die Tatsachen zu schlucken.

Er schenkte sich einen ordentlichen Schluck Rum ein, blieb stehen und schaute auf das Glas in seiner Hand. Natürlich konnte er sich weigern. Für ihre Brüder oder für sonst jemanden bestand nicht die geringste Aussicht, ihn zu einer Heirat zu zwingen. Aber irgendwie war ihm auch nicht wohl dabei zumute, sich rundheraus zu weigern. Selbst der Rum würde ihm heute abend nichts nutzen, da er ihm keinen Trost spenden konnte. Diesmal nicht.

Diesmal brauchte er mehr als nur das. Er wollte um sich schlagen, jemandem weh tun, als könnte das seinen eigenen Schmerz lindern. Etwas in ihm schien zuzuschnappen. Das Glas in seiner Hand zersplitterte. Seine Hand war zerschnitten, und der Rum brannte wie Feuer – und doch trug es kaum etwas dazu bei, ihn mit seinem Schicksal auszusöhnen. Er mußte seiner Wut und seiner Frustration in irgendeiner Form Luft machen.

Elizabeth. Mit jedem Pulsschlag pochte ihr Name gegen seine Schläfen. Ihr Bild tanzte verschwommen in den Tiefen seines Hinterkopfs. Ihr Name haftete ihm an wie die Alkoholdämpfe seinem Atem. Es mochte zwar sein, daß er die Vorsicht nicht in den Wind schreiben und sich dieser Ehe widersetzen würde, auf der ihre Brüder bestanden, aber niemand konnte etwas daran ändern, wenn Elizabeth diejenige war, die sich widersetzte.

Er warf die restlichen Glasscherben durch das Zimmer und verfluchte wortgewaltig Samuel Robinson und alle seine Nachkommen. Von ihren Händen war ihm nichts anderes als Elend zuteil geworden. Selbst jetzt noch, einen Monat später, schmerzte sein Körper an einem Dutzend Stellen von den Prügeln, die sie ihm verabreicht hatten. Er rechnete sich aus, es würde noch lange dauern, ehe er morgens aus dem Bett kriechen konnte, ohne mit Schmerzen rechnen zu müssen.

Aber noch schmerzhafter als alles andere war das Wissen, daß er zu dieser Heirat gezwungen wurde und absolut nichts daran ändern konnte – denn tief in seinem Innern wußte er, daß ihn mehr Schuld traf als Elizabeth.

Nachdem er gegen die Tür getreten und die Robinsons zum Teufel gewünscht hatte, beruhigte sich Tavis ein wenig, und sein Wutausbruch wich einer gefährlicheren Gefühlsanwandlung. Vollkommene Gleichgültigkeit setzte ein, und er rief sich zur Vernunft. Seine erste Aufgabe bestand darin, zu Elizabeth zu gehen. Schließlich war sie jetzt seine Verlobte, und er hatte nichts mehr zu gewinnen, wenn er sie weiterhin mied.

Er machte sich auf den Weg zu ihr, doch nur, um dort von ihrer Schwester Sally mitgeteilt zu bekommen, Elizabeth sei vor einer Stunde aus dem Haus gegangen, um ihrem Großvater einen Korb Brot und Kuchen zum Leuchtturm zu bringen.

Tavis vergeudete keine Zeit, sondern eilte zum Brandt Point hinaus. Als er den Kieferknochen des Wals erreichte, verließ er den Pfad, der durch die Marschen führte, und wartete am Wegesrand. In Gedanken beschäftigte er sich damit, was er ihr alles sagen wollte und welche Gründe er ihr nennen wollte, um sie davon zu überzeugen, dieses ganze absurde Unterfangen abzublasen.

Er wartete über eine Stunde, ehe sie vorüberkam. Es war ein warmer Tag, doch ein frischer Wind wehte über das Wasser. Als Elizabeth auf einer Höhe mit ihm angelangt war, zog sie ihren Umhang enger um sich und hielt den Kopf gesenkt, während ihre Füße flink über den Pfad liefen.

Tavis trat vor und verstellte ihr direkt den Weg. Sie schnappte nach Luft und blieb stehen. Ihre Augen waren vor Erstaunen weit aufgerissen und drückten Sorge aus, als ihr allmählich dämmerte, mit wem sie es zu tun hatte. »Tavis«, war alles, was sie sagte, und es kam als ein verblüfftes Hauchen heraus, denn im ersten Moment konnte sie nicht glauben, was sie vor sich aufragen sah.

Er starrte sie einen Moment lang an, als seien die Erinnerungen an ihre gemeinsame Zeit auf der Schaluppe oder etwas Vergleichbares plötzlich vor seinen Augen auferstanden. Und doch schien es, als zwänge er sich, seine kühle, steife Haltung wieder einzunehmen. »Es ist seitdem nur ein Monat vergangen«, sagte er, als er bemerkte, daß sie ihn ansah, als sei er ein Fremder, »und nicht etwa soviel Zeit, daß du vergessen haben könntest, wie ich aussehe.«

»Nein, ich habe es nicht vergessen«, sagte sie. »Du hast mir einen Schrecken eingejagt, das ist alles.« Sie unterbrach sich und bedachte ihn mit einem Blick, der besagte, in eben diesem Augenblick hätte sie erst begriffen, daß es sich hier um keinen Anstandsbesuch handelte. »Was hast du hier zu suchen?«

»Ich habe hier auf dich gewartet, was sonst?«

Ein Schauer überlief Elizabeth, als hätte ein heftiger kalter Windstoß sie gestreift. »Warum?«

»Warum?« Seine Miene verfinsterte sich. Er wirkte haßerfüllt. »Man will uns miteinander verheiraten, oder etwa nicht?« Ihr schockierter Gesichtsausdruck schien ihn zu erzürnen. »Also, jetzt hör schon auf. Sei wenigstens ehrlich in diesem Punkt. Deine Offenheit hat immer zu den Dingen gezählt, die ich an dir bewundert habe. Du wolltest es so haben, und jetzt hast du deinen Willen bekommen. Aber hüte dich davor zu glauben, dein Wunsch könnte in Erfüllung gehen. Vielleicht bekommst du ganz und gar nicht das, was du schon immer wolltest.«

Sie starrte ihn an, und in ihrem Innern brodelten Ungläubigkeit, Demütigung und Resignation. Die Warnung ihres Vaters, er hätte beschlossen, diese Heirat zu erzwingen, und die Drohungen ihrer Brüder, Tavis einen Besuch abzustatten, waren anscheinend keine Warnungen und keine leeren Drohungen mehr. Genau das, was sie gefürchtet hatte, und zwar mehr als alles andere auf Erden, war Wirklichkeit geworden – und das, obwohl sie ihrem Vater und ihren Brüdern die Tatsache vorenthalten hatte, daß sie ein Kind von Tavis bekam.

Schon wochenlang war das ihr schlimmster Alptraum gewesen … sie könnte endlich bekommen, was sie wollte, und Tavis Mackinnons Frau werden, aber nur, um jede Hoffnung zu verlieren, je seine Liebe zu gewinnen. Sollte darin etwa ihre Strafe bestehen? Mit einem Mann verheiratet zu sein, dem ihr Anblick unerträglich war? So mußte sich Tantalus gefühlt haben.

Trotz ihres inneren Aufruhrs wußte sie auch, was er empfinden mußte. Er war ebensosehr wie sie ein Opfer von Manipulationen geworden. Daher zwang sie sich, jetzt durchzuhalten. Im Angesicht dessen, was vorgefallen war, konnte sie jämmerlich wenig Würde aufbieten, doch immerhin gelang es ihr, standhaft zu bleiben und ein Minimum an Würde zusammenzukratzen, indem sie sich das Bild ihres ungeborenen Kindes vor Augen hielt.

Tavis war wütend und von Rachsucht erfüllt, aber er war kein Mann von der grausamen und nachtragenden Sorte, der für den Rest seines Lebens auf Rache aus sein würde. Es war jetzt das beste, wenn sie den Weg der Vernunft einschlug. Vielleicht würde er sie niemals lieben, aber mit der Zeit konnten sie dahin gelangen, eine leidliche Ehe zu führen. In dem Fall war es zwecklos, jetzt wütend zu werden.

Es fiel ihr schwer, unter seinem finsteren durchdringenden Blick ruhig und gefaßt zu bleiben und sein kühles, distanziertes Auftreten zu ertragen. Schon bald würde sie seine Ehefrau und ihm auf Gedeih und Verderb ausgeliefert sein. Ihr Gesicht glühte vor Erniedrigung, als sie ihn ansah, ihn genau betrachtete und ihre Blicke langsam über ihn gleiten ließ, um nach verräterischen Spuren zu suchen, die die Prügel ihrer Brüder hinterlassen haben könnten. »Du siehst ...« *Nein, er sieht ganz und gar nicht gut aus. Sein Gesicht weist immer noch Spuren der Schläge auf, die er bekommen hat. Er hat abgenommen. Die Glut in seinen Augen ist erloschen.* »Es tut mir leid, daß es so gekommen ist.«

Sein Blick weilte einen Moment lang auf ihrem Gesicht, glitt dann von Kopf bis Fuß über sie und hielt dort inne, wo sich der Umhang über ihren vollen Brüsten spannte. »Du meinst die Schläge?«

Sie nickte und wußte, daß er ihr ansah, wie seine Wortwahl sie zusammenzucken ließ, und sie wußte auch, daß ihm das eine gewisse Befriedigung verschafft haben mußte, denn er sagte: »Und es waren beachtliche Prügel ... soviel kann ich dir versichern.«

»Ich weiß es. Ich war dabei«, sagte sie. »Geht es wieder gut?« Sie sah ihm fest in die Augen, als könnte sie den Wahrheitsgehalt seiner Worte dort geschrieben sehen.

»Halbwegs«, sagte er. »Obschon ich sagen muß, es wundert mich, daß du dich jetzt nach mir erkundigst. Schließlich ist es schon eine ganze Weile her«, sagte er.

»Ich wollte zu dir kommen ... um nachzusehen, wie es dir geht, aber meine Brüder haben es mir verboten«, sagte sie.

»Wie ich sehe, hörst du dann auf deine Brüder, wenn es dir in den Kram paßt.« Dann schien er diesen Gedanken abzutun. »Aber was ändert das schon? Du hättest ohnehin nichts für mich tun können.«

Ein Schauer überlief sie, und sie zog sich den Umhang noch enger um den Körper. Die Trostlosigkeit des windgepeitschten Moors hinter ihr sickerte in ihre Knochen. »Trotzdem ...«

Er schnitt ihr das Wort ab. »Wenn du etwas wiedergutmachen willst, dann pfeif deine Brüder zurück und sorg dafür, daß diese lächerliche Vorstellung, die sie geben, abgebrochen wird.«

»Das kann ich nicht tun«, sagte sie.

»Kannst du es nicht, oder willst du es nicht?«

»Was erwartest du denn von mir, Tavis? Daß ich mich meinem Vater und meinen Brüdern widersetze? Daß ich mich verfemen lasse und in einer Bruchbude am Strand lebe? Verstehst du, du bist hier nicht der einzige, der durch diese Zwangslage bestraft wird. Du bist nicht der einzige, an den es hier zu denken gilt.« Als sie plötzlich diese letzten Worte aussprach, blieb ihr Herz stehen. Sie betete, er würde nicht wirklich zur Kenntnis nehmen, was sie gesagt hatte, und auch, er würde in ihrer dummen vorschnellen Äußerung keinen Hinweis auf das Kind entdecken.

Sie stieß den Atem aus, den sie lange angehalten hatte, als er sagte: »Nein, aber im Gegensatz zu mir bekommst du, was du wolltest.«

»Und was soll das sein? Eine Scheinehe? Einen Mann, dem mein Anblick unerträglich ist? Wie lange muß ich denn noch für eine kindliche Schwärmerei büßen? Ich bin jetzt eine Frau. Diesen Unsinn habe ich schon vor langer Zeit hinter mir gelassen. »Sie hoffte, daß er die Aufrichtigkeit in ihren Augen sehen konnte, als sie sagte: »Das habe ich nie gewollt. Wirklich nicht.«

»Du hast etwas ganz anderes gesagt, als wir zusammen draußen auf See waren«, sagte er, denn er wußte allzu gut, daß sie ihn immer noch liebte und ihn schon immer geliebt hatte. »Du kannst die Geschichte, die du mir erzählt hast, vielleicht nachträglich abändern, aber an deinen Gefühlen für mich hat sich nichts geändert.«

»Du scheinst gewaltsam um den heißen Brei herumzureden, weil du dich davor fürchtest, das zu sagen, was du denkst. Sprichst du von Liebe, Tavis? Fürchtest du dich so sehr davor, daß du noch nicht einmal das Wort aussprechen kannst?«

Einen Moment lang trafen sich ihre Blicke, und dann sagte er so haßerfüllt, als wollte er sie damit verhöhnen: »Nenn es ruhig *Liebe*, wenn du willst. Aber wie du es auch nennen magst, ich hatte geglaubt, du besäßest mehr Stolz.«

Sie stand ihm gegenüber, und nichts anderes als Kaltluft stand zwischen ihnen. Mit einer Kühnheit, von der sie fand, daß sie an

Wahnsinn grenzte, nahm sie eine aufrechte und unverzagte Haltung ein und sah ihm mitten ins Gesicht. »Stolz hat nichts damit zu tun. Ich handele im selben Maß wie du unter Zwang. Wenn dir das Probleme macht, dann trag sie mit meinen Brüdern oder mit meinem Vater aus.«

Er schien überrascht zu sein und zog eine Augenbraue hoch. Die Feindseligkeit war aus seinen Worten gewichen, als er sprach. »Du weißt genauso gut wie ich, wie wenig das nutzen würde.«

»Dann schlage ich vor, daß du dasselbe tust wie ich, indem du dich bemühst, das Beste daraus zu machen.«

»Ich soll mich mit dieser Heirat abfinden? Ist es das, was du sagst?«

»Ja.«

Er besaß die Grausamkeit zu lachen. »Und ich vermute, um das zu bewerkstelligen, soll ich mir einreden, daß ich mir etwas aus dir mache oder doch wenigstens genug, um dieser Ehe eine Chance zu geben ... daß ich dich begehre und daß andere Ehen eine noch geringere Ausgangsbasis haben.«

Da ihre Verlegenheit und ihre Erniedrigung zu groß waren, um etwas anderes auszuprobieren, sagte sie sich, sie sollte sich auf ihre Ehrlichkeit verlassen – die ihr bisher immer gute Dienste geleistet hatte.« Ich setze keine Hoffnungen darauf. Sowie wir die Heirat hinter uns gebracht haben, kannst du dich von mir aus zum Teufel scheren«, sagte sie und haßte sich selbst in diesem Augenblick, denn ihr war die Heuchelei ein Greuel, mit der sie ihm die eigentliche Rechtfertigung ihres Handelns vorenthielt.

Jetzt kämpfte sie gegen die Tränen an. Sie sahen einander fest in die Augen, und sie konnte die Anspannung kaum ertragen, da so viel Wut in seinen Blicken stand und sie sich derart schuldbewußt fühlte. Ihr Herz schmerzte aus Gründen, die sie zu ignorieren versuchte, als sie zu ihm sagte: »Und jetzt geh mir aus dem Weg.«

Sie zwängte sich seitlich an ihm vorbei, doch er streckte die Hand aus, legte sie auf ihren Arm und hielt sie zurück.

Als sie sich zu ihm umdrehte, glühten ihre Augen und sprühten

Funken. »Laß mich los. Du magst zwar gezwungen sein, mich zu heiraten, aber deshalb gehöre ich dir noch lange nicht.«

»Wenigstens weiß ich jetzt, daß du aufmüpfig werden kannst. Eine Zeitlang habe ich geglaubt, du hättest kein Rückgrat.«

»Oh, doch, ich habe Rückgrat, soviel steht fest. Im Gegensatz zu dir weiß ich nur einfach, wann ich es einzusetzen habe. Und jetzt muß ich mich wieder auf den Weg machen, falls du mich endlich genügend gedemütigt hast.«

»Und was ist, wenn es mir noch nicht genügt?«

Sie fühlte sich, als hätte ihr jemand die Welt unter den Füßen fortgezogen. Sie stürzte. Sie sank. »Es besteht kein Grund dafür, daß wir beide so hier stehen. Ich *weiß*, was du empfindest. Du hast es mir weiß Gott oft genug gesagt.«

»Und was ist mit dir, Elizabeth? Wie ist dir bei alledem zumute? Hast du sonst nichts mehr dazu zu sagen?«

»Ich habe nichts weiter dazu zu sagen, nur daß ich, wenn ich an deiner Stelle wäre und diese ganze Geschichte so widerwärtig fände, wie du sie zu finden scheinst, alles täte, was notwendig ist, um zu verhindern, daß es dazu kommt.«

»Ich habe getan, was ich konnte, bis auf das eine, dich allein vor dem Altar stehen zu lassen.«

»Da haben wir es doch«, sagte sie leise. »Den einzigen unwiderruflichen Ausweg. Wenn du mich nicht heiraten willst, Mackinnon, dann kannst du dich immer noch vor der Trauung drücken und einfach zu Hause bleiben.«

»Selbst ich bin kein derart mieser Kerl.«

»Es hat eine Zeit gegeben, in der ich es dir geglaubt hätte, aber jetzt bin ich mir nicht mehr so sicher«, sagte sie und lüpfte ihre Röcke, lief eilig davon und ließ ihn stehen.

»*Du* bist hier diejenige, der dazu zu raten wäre, sich von der Trauung fernzuhalten«, rief er ihr nach. »Andernfalls könntest du deine verdammte Hochzeit bekommen, aber niemals einen Mann haben. Das kann ich dir versprechen. Du wirst meinen Namen bekommen, Elizabeth, und nichts weiter als meinen Namen.«

Seine Worte ließen sie abrupt anhalten. Einen Moment lang stand sie da und hatte die Arme um ihren Oberkörper geschlungen und die Augen geschlossen. »Das ist alles, was ich will«, flüsterte sie in den Wind und beschleunigte ihre Schritte, als sie weitereilte.

Sie rannte den ganzen Weg zum Leuchtturm. Asa blickte auf, als sie zur Tür hineingerannt kam und sie dann hinter sich schloß. Elizabeth lehnte sich an die Tür, schloß die Augen und atmete tief durch, um Luft zu schnappen.

»Du siehst aus, als sei dir der Teufel persönlich über den Weg gelaufen«, sagte er.

» So war es auch«, erwiderte sie und ging ohne ein weiteres Wort in die Küche.

Ein paar Minuten später kam sie wieder. Die Sonne war inzwischen hinter den Wolken herausgekommen. Asa blickte auf. »Du willst wieder aus dem Haus gehen.«

»Ich gehe zum Saul's Pond«, sagte sie. »Ich muß Gräser für einen neuen Besen sammeln.« Als Asa ihr einen Blick zuwarf, der deutlich besagte, daß er ihr kein einziges Wort glaubte, fügte sie hinzu: »Aber in allererster Linie muß ich meine Wut abkühlen.«

»Das kann man wohl sagen«, sagte Asa, »aber ich bin nicht sicher, daß der Teich das leisten kann.«

Elizabeth schaute ihn kurz an und verließ dann das Haus.

Es war ein warmer stiller Tag, und nur der gelegentliche Ruf einer Möwe war zu hören. Sie schlug den überwachsenen Pfad zum Teich ein und wich behutsam silbrig grauem, staubigem Gestrüpp und dichten Büscheln Goldruten aus, und ihre Röcke streiften purpurne Blüten, während sie auf weiches Gras trat.

Sie kam aus den Dünen heraus und in eine der wenigen hügeligen Gegenden der Insel und lief an einem kaputten Maschenzaun entlang, der für eine ganze Weile das letzte Merkmal der Zivilisation sein sollte. Schon bald erreichte sie den Teich, der von niedrigen Hügeln und Feldern umgeben war, auf denen wildwachsende Blumen blühten. Um den Teich herum wuchsen dichte Massen von Riedgras, das aus dem schlammigen Sandboden wuchs.

Sie lüpfte die Röcke, steckte den Saum in den Taillenbund und watete durch das dichte Gras, das sich unter der zarten Liebkosung einer leichten Brise wiegte. Sie begann, dicke Büschel Riedgras auszurupfen, um einen neuen Besen daraus zu binden. Als sie eine ausreichende Menge Gräser gesammelt hatte, machte sie sich auf den Rückweg zum Ufer. Sie blieb im Sumpf stecken, verlor das Gleichgewicht und fiel flach aufs Gesicht. Einen Moment lang fühlte sie sich versucht, einfach dort liegen zu bleiben, als würde die Welt in irgendeiner Form an ihr vorübergehen, wenn sie das tat. Aber Elizabeth war schon immer tatkräftig gewesen, und es hatte ihr nie entsprochen, still dazuliegen und die Dinge über sich ergehen zu lassen. Mit einem Fluch, der einem Seemann alle Ehre gemacht hätte, zog sie sich mühsam auf die Füße.

Sowie sie trockenen Boden erreicht hatte, sah sie sich ihr schlammbedecktes Kleid an und entschied, der Schlamm würde auf dem hellgelben Kleid Flecken zurücklassen, wenn sie ihn dort trocknen ließ.

Es war ihr ein wenig peinlich, am hellichten Tage im Freien ihr Kleid auszuziehen, doch nachdem sie sich davon überzeugt hatte, daß sie von niemandem außer den Möwen und dem Kleingetier am Teich beobachtet wurde, zog sie es dennoch aus. Der Lehm hatte ihr Kleid derart durchweicht, daß selbst auf ihrem Hemd Schlammspuren zu sehen waren, doch sie entschied sich dagegen, es ebenfalls abzulegen. Sie konnte damit in den Teich steigen und es säubern, während sie ihr Kleid wusch.

Sie watete in das klare Wasser des Teichs hinaus, wusch den Schlamm aus ihrem Kleid und tauchte bis zum Hals in das kühle Wasser ein, um ihr Hemd sauberzureiben. Als sie fand, sowohl ihr Hemd als auch ihr Kleid seien soweit gesäubert, wie es sich ohne Seife nur irgend machen ließ, watete sie ins seichte Wasser zurück und mied den Morast, in den sie gestürzt war.

Sie breitete ihr Kleid auf dem Gras aus und drehte sich gegen den Wind, damit er ihr Hemd leichter trocknen konnte. Während sie dastand und an dem Stoff zupfte, um das Gewebe von ihrer Haut zu ziehen, da es in nassem Zustand allzu durchsichtig war, betrachtete sie die wildwachsenden Blumen und überlegte sich, wie hübsch sich doch ein Strauß aus Rebhuhnbeeren, Wiesenschaumkraut, Strandnelken und Lieschkolben im Wohnzimmer ausnehmen würde. Als ihr Blick von einer Blume zur anderen wanderte und über die glasklare Oberfläche des Teichs glitt, erkannte sie, daß sie im Wasser das Spiegelbild eines Mannes anstarrte.

Er stand mit dem Rücken zur Sonne, und sein Körper war nur als dunkle Silhouette zu erkennen. Sie hob die Hand schützend über die Augen, konnte jedoch die Gesichtszüge des Mannes nicht erkennen, aber das schien keine Rolle zu spielen. Etwas in ihrem Herzen sagte ihr, wer es war.

Nach seiner Auseinandersetzung mit Elizabeth blieb Tavis neben dem Kieferknochen des Wals stehen und sah ihr nach, als sie fortrannte. Noch lange Zeit, nachdem sie gegangen war, blieb er dort stehen und starrte den Fleck an, auf dem er sie zum letzten Mal gesehen hatte.

Es war ein stiller Tag, und lediglich der gelegentliche Schrei einer Möwe und der einsame Ruf einer Feldlerche hallten über die Moorlandschaft. Elizabeth war schon seit einer ganzen Weile verschwunden, als Tavis den Weg zur Stadt einschlug, um dann jedoch umzukehren. Er war noch nicht bereit, in die Zivilisation zurückzukehren.

Im Moment wollte er einfach nur allein sein. Er brauchte einen längeren Spaziergang und die Zeit, sich damit auseinanderzusetzen, wie sich die Ereignisse in seinem Leben jagten. Er brauchte Zeit zum Nachdenken.

Mit dieser Absicht machte er kehrt und schlug die entgegengesetzte Richtung ein. Er lief quer durch die Dünen und die Moorlandschaft, die mit einem harten Teppich aus Bärentrauben, niedrigen Blaubeersträuchern und knorrigen Zwergeichen übersät war. Als er den Strand erreichte, wandte er sich nach Madaket und schenkte weder dem angeschwemmten Strandgut noch dem Treibgut Beachtung, und er nahm auch nicht die große Vielfalt an spiralförmigen Muscheln und Schneckenhäusern zur Kenntnis, die weißen Venusmuscheln und die Seeigel, über die er routinemäßig stieg.

Seine Gedanken weilten bei wichtigeren Dingen.

Er blieb eine Zeitlang stehen, um auf das Wasser hinaus zu schauen, und dabei hatte er die Hände tief in die Taschen gerammt und nahm mit seinen Blicken nichts anderes als ein trostloses Stück Ozean wahr. Er war verblüfft über seine Wut. Er hätte zwar nicht gerade behaupten können, in Elizabeth verliebt zu sein, doch er wußte, daß er sich inzwischen etwas aus ihr machte. Warum war er bloß so unerbittlich gegen diese Heirat eingenommen?

Es gab weit üblere Frauen, die er hätte heiraten können. Das wußte er. Weshalb also brachte ihn diese ganze Geschichte derart auf die Palme? Er ging der Reihe nach die naheliegenden Gründe durch, abgesehen davon, daß es ihm entschieden nicht behagte, sich zu etwas zwingen zu lassen, und er schied auch ihr früheres Benehmen und die Tatsache aus, daß er sie nicht liebte. Selbst dann fiel ihm noch nichts ein, was einen derart tief verwurzelten Groll und diese enorme Wut hätte entfachen können. Er dachte über sie nach und erinnerte sich daran, wie sie auf der Schaluppe miteinander umgegangen waren. Er stieß auf nichts, was eine Erklärung dafür bot, daß sich seine Nackenhaare sträubten. Dann dachte er an den Abend, an dem er sie das erste Mal nach ihrer Rückkehr wiedergesehen hatte, den Abend der Tanzveranstaltung. Augenblicklich spürte er, wie sich das Haar in seinem Nacken aufstellte. Dann ging es ihm schlagartig auf.

Er spulte diesen Abend noch einmal vor seinen Augen ab, sah sie in ihrem weißen Kleid vor sich und erinnerte sich so lebhaft an sein Gespräch mit ihr, als fände es jetzt in diesem Moment statt.

Es wird trotzdem nichts daraus. Du wirst dir mich nicht angeln, ganz gleich, welche Taktiken du anwendest, hatte er gesagt.

Wenn es mir lediglich darum ginge, mir dich zu angeln, Tavis Mackinnon, dann wäre mir das ein leichtes … wenn ich es mir wirklich fest vornehmen würde.

Gib auf. Ich bin aus Überzeugung Junggeselle. Du hast keine Chance. Nicht die geringste. Was man dir in Boston auch beigebracht haben mag, es genügt nicht, um mich in eine Ehe zu locken. Gib auf, Elizabeth. Du hast keine Chance. Gesteh es dir ein.

Ich gestehe mir gar nichts ein. Und wirf mir nicht ständig diese Herausforderungen an den Kopf, denn sonst könnte ich dich damit überraschen, daß ich sie annehme. Du hast es nicht mehr mit einem vernarrten Kind zu tun ... Wenn ich dich wirklich haben wollte, Tavis Mackinnon, und wenn es keine Rolle spielte, wie ich dich bekäme, dann könnte ich dich kriegen. Du tätest gut daran, dir das zu merken.

Oh, ja, er erinnerte sich noch lebhaft daran, das konnte man wohl sagen. Das Problem bestand darin, daß es jetzt etwas zu spät für nachträgliche Einsichten war. Daß sie ihn ausgetrickst und überlistet hatte, glühte wie ein Brandeisen auf seinem Bauch. Er hätte niemals geglaubt, daß es dazu kommen würde – daß ihre kindliche Vernarrtheit später einmal eine Frau hervorbringen würde, die es kalt und berechnend darauf absah, ihn um jeden Preis zu heiraten.

Nun, sie hatte ihren Willen bekommen. Sie würde seine Frau werden. Aber das war auch schon alles, was sie bekommen würde. Dafür würde er sorgen.

Da er inzwischen in der Verfassung war, in die Stadt zurückzukehren, lief er querfeldein, ehe er auf den Pfad stieß, der zur Stadt zurückführte, und auf dem Weg kam er am Saul's Pond vorbei. Er sah sie augenblicklich, ein Schimmer ohne klaren Umriß, eine gesichtslose Gestalt, die in strahlendes Sommerlicht getaucht war.

Er blieb stehen, um sie zu betrachten, und seine Augen gewöhnten sich schnell an die grellen Sonnenstrahlen, die sie mit unverfrorener Hemmungslosigkeit berührten. Sie war eine Göttin in zartem Leinen, und ihre Rundungen wurden vom Sonnenschein liebkost. Sie war die Königin der freien Natur.

Sie stand so still wie ein Fels und hatte sich der Sonne zugewandt, die eine beachtliche Leistung erbrachte und alles anstrahlte, was vor seinen Augen flimmerte; so konnte er ganz deutlich sehen, was sich unter dem dünnen weißen Leinen ihrer Petticoats und ihres Hemds verbarg. Natürlich hatte er sie schon früher nackt gesehen, doch es ging etwas enorm Erotisches davon aus, ihren Körper durch eine hauchdünne Schicht von weißlichem nassem Leinen und dennoch entblößt zu sehen.

Ein Windstoß enthüllte ihm die Wölbung ihrer Brüste, und als sein Blick tiefer sank, erfuhr er, welche Rolle der Schatten spielte, der Akzente setzte, um die Erregung eines Mannes nur noch zu verstärken. Als Reaktion darauf wurde er steif. Der Aspekt des Verbotenen, die warmen erdfarbenen Töne und die annähernde Transparenz des Bildes, all das übte seine latente Wirkung auf ihn aus.

Dann blickte sie auf, als hätte sie seine Gegenwart wahrgenommen. Eine Zeitlang starrte sie ihn an, eine verschwommene Realität ohne klaren Umriß, und dann wandte sie sich ab.

Im nächsten Moment zog sie sich das Kleid über. Kurz darauf war sie gegangen.

Er verfluchte sie und die schmerzhafte Schwere seiner Lenden, als er sich abwandte, seine Hose öffnete und seinen Samen auf das Gras ergoß. Er verfluchte sie, er haßte sie, und er gelobte sich, es ihr heimzuzahlen. Er schaute auf seinen Penis herunter, der schlaff in seiner Hand lag. Sein Verlangen war verbraucht, die Erektion vergangen, und er schwor sich, er könnte sie jetzt mühelos vergessen. Aber selbst in dem Moment wußte er irgendwo in seinem tiefsten Innern, daß er sie nicht vollständig vergessen konnte. Sie stand als eine fragmentarische Vision vor seinen Augen und machte ihn damit zum außenstehenden Beobachter, und doch wußte er in seiner tiefsten Seele, daß er ihr soviel mehr sein wollte.

Drei Tage später wurden sie in einem stillen Zeremoniell im Wohnzimmer des Hauses ihres Vaters getraut, und nur ihre unmittelbaren Angehörigen und Becca waren anwesend. Natürlich war auch Tavis da oder zumindest physisch vorhanden, und mit ihm waren seine Freunde Nathaniel und Cole erschienen.

»Ich dachte, Ihr Bruder Nicholas käme«, sagte Samuel zu Tavis, und dabei war ihm unangenehm deutlich anzumerken, daß er sich gewaltsam bemühte, Konversation zu betreiben.

»Nick hat keine Einladung bekommen«, sagte Tavis kühl. »Ich ziehe es vor, meine Familie aus dieser Angelegenheit herauszuhalten«, fügte er noch hinzu und wandte sich dann ab.

»Wie feindselig dieser Mistkerl sich verhält«, flüsterte Drake Matt zu.

»Wir haben ihm gesagt, daß er Elizabeth heiraten muß«, flüsterte Matt daraufhin. »Wir haben ihm nicht gesagt, daß er sich unbedingt darüber freuen muß.«

Als nähme er die Spannung im Raum wahr und beugte sich ihr, räusperte sich Reverend Mr. Phipps und sagte: »Wenn die beiden Parteien jetzt vor mir erscheinen würden, werden wir beginnen.«

Elizabeth warf ihren Brüdern einen letzten flehentlichen Blick zu und wurde von einer tränenüberströmten Becca umarmt. »Es wird schon alles klappen. Ich weiß, daß es gut ausgehen wird. Sei nicht traurig, Elizabeth. Nicht an deinem Hochzeitstag.«

Elizabeth spürte, wie Tavis' Arm sie streifte, als er vortrat, um sich neben sie zu stellen, und sie drehte sich in blinder Panik zu ihm um; in ihrer Kehle brannte aufsteigende Übelkeit. *Lieber Gott, laß mir jetzt nicht schlecht werden. Ich will mich hier nicht übergeben. Nicht vor seinen Augen.*

»Meine Güte, du siehst ja gar nicht gut aus, meine Liebe. Erzähl mir bloß nicht, du hättest einen Sinneswandel durchgemacht«, sagte er. »Könnte es etwa sein, daß dieser Anlaß nicht so rosig ist, wie du ihn dir ausgemalt hast?«

»Ich fühle mich nicht gut«, sagte sie.

»Dann müssen wir uns eben eilen«, sagte Tavis steif. Dann wandte er sich an den Geistlichen: »Wenn Sie jetzt vielleicht die Freundlichkeit besäßen, Reverend Phipps.«

Elizabeth stand so still da wie eine hölzerne Statue und mit ebensoviel Gefühl, als sie den stammelnden Worten lauschte, die der Pfarrer von sich gab, und deren hohles Echo in der Leere ihres Herzens hallte. Die Übelkeit regte sich immer stärker in ihrem Magen.

Ihr Herz schlug unregelmäßig und flatternd. Ihr Gesicht fühlte sich warm an. Ihre Finger waren kalt. Nie hatte sie sich elender gefühlt.

Schließlich warf sie einen verstohlenen Blick auf ihn, doch nur, um festzustellen, daß er so kalt wie ein Stein dastand. Sein Gesicht war zu einer Maske erstarrt, und seine Lippen waren weiß und fest zusammengekniffen.

»Meine teure, geliebte ...«

Du Lügner, dachte Elizabeth, die aufschaute und einen Blick auf Beccas betroffenes Gesicht erhaschte.

»Wir haben uns hier versammelt ...«

Elizabeth war derart in Beccas gramerfüllten Ausdruck vertieft, daß sie kaum wahrnahm, als Tavis ihr einen Ring an den Finger steckte.

»Hiermit erkläre ich euch zu Mann und Frau.«

Die Wirkung dieser Worte traf sie mit voller Wucht. *Hiermit erkläre ich euch zu Mann und Frau.* Jetzt war sie mit Tavis Mackinnon verheiratet.

Belämmert schaute Elizabeth auf den schmalen goldenen Ring herunter, der jetzt am Ringfinger ihrer linken Hand steckte und dessen erdrückende Last sie auf ihrem Herzen spürte.

»Was Gott zusammengeführt hat, das soll der Mensch nicht scheiden.«

Man kann nichts kaputtmachen, was bereits kaputt ist, dachte Elizabeth, und in demselben Augenblick spürte sie, wie Tavis Mackinnons kalter Mund ihre Lippen flüchtig berührte.

»So, jetzt hast du, was du wolltest, meine Liebe. Du wolltest mich so unbedingt haben, daß du vor nichts zurückgeschreckt hättest, um mich zu bekommen«, flüsterte er ihr ins Ohr.

Sie versuchte zurückzuweichen, doch er hielt sie fest.

»Was treibt dich bloß dazu an?« sagte er. »Woher entstammt sie ... diese Entschlossenheit, die ich in dein schönes Gesicht geschrieben sehe? Wenn ich es nicht besser wüßte, würde ich schwören, daß du nur mit mir geschlafen hast, um zu kriegen, was du haben wolltest.«

»Bist du je auf den Gedanken gekommen, daß ich für diesen Fehler, den wir gemeinsam begangen haben, noch mehr als du büßen muß?« flüsterte sie ihm zu. »Daß mein Leben ebensosehr wie deines ruiniert sein könnte? Vielleicht sogar noch mehr.«

»Nein«, sagte er. »Daran habe ich keinen Moment lang gedacht.«

Sie schloß die Augen und zwang sich, nicht hier vor allen Anwesenden zu weinen. Als sie die Fassung wiedergefunden hatte, schlug sie die Augen auf und sah seinen vorwurfsvollen Blick.

Grauen erfüllte sie. Eine tiefe finstere Niedergeschlagenheit bemächtigte sich ihrer. Sie entsprang gar nicht einmal so sehr dem Wissen, daß sie mit einem Mann verheiratet war, der sie nicht liebte, und schuld daran war noch nicht einmal der Umstand, daß sie ein Kind von ihm bekommen würde, das einige Monate zu früh geboren werden würde. Nein, ihre Depression rührte von dem Gefühl her, das sich immer wieder bei ihr einstellte, sie hätte zwar eines ihrer Probleme gelöst, damit jedoch ein anderes erschaffen, das weitaus schwerere Folgen hatte.

17

Es gab zwei Dinge, an die sich Elizabeth immer erinnern würde, wenn sie an ihre Hochzeit dachte. Das eine war der Umstand, daß sie keinen Blumenstrauß in der Hand hielt und ein altes Kleid trug. Das andere war Tavis Mackinnons Gesichtsausdruck, nachdem sie im Standesamt die Heiratsurkunde unterschrieben hatten.

Seine Augen waren kalt und funkelten vor Wut. Und doch konnte sie in ihren blauen Tiefen noch ein anderes Gefühl schimmern sehen, ein Gefühl, das sie nur als Reue bezeichnen konnte. In dem Moment wußte sie, daß dieser Blick sie immer noch verfolgen und mit jedem ihrer Herzschläge auf sie einhämmern würde, wenn sie als alte Frau starb.

Haßte er sie denn so sehr? War er entschlossen, unter allen Umständen unglücklich zu werden? Würde er es niemals über sich bringen, zu vergeben und zu vergessen?

Sie preßte die Lider fest zusammen, doch es war eine vergebliche Mühe, gegen den Strom von heißen Tränen anzukämpfen, den sie schon so lange zurückgehalten hatte. Was sie am meisten schmerzte, war noch nicht einmal die Tatsache, daß ihr Ehemann sie haßte, sondern der Umstand, daß Nathaniel ihr in seinem Bemühen, nett zu ihr zu sein, falsche Hoffnungen gemacht hatte.

Kurz nach der standesamtlichen Trauung hatte Nathaniel Elizabeth auf die Wange geküßt. »Mach es ihm nicht zu schwer, Elizabeth. Tavis macht sich etwas aus dir. Mehr, als du glaubst.«

Elizabeth saß im Haus ihres Mannes auf dem Bett und zog an den weißen Satinbändern ihres Nachthemds, während sie sich die Augen ausweinte und daran dachte, was hätte sein können. All dieses Denken und Weinen gehörten keineswegs zu den vielen Dingen, die sie sich für ihre Hochzeitsnacht ausgemalt hatte.

Sie sah sich in dem unvertrauten Zimmer um und fand Trost in seiner Schmucklosigkeit. Sie war froh darüber, sich jetzt in diesem Zimmer aufzuhalten. Es fehlte dem Raum an jeder Heuchelei. Das Zimmer war trostlos und kalt. So trostlos wie ihre Hoffnungslosigkeit. So kalt wie der Blick ihres Mannes. Sie versuchte, sich vorzustellen, wie ihr Leben verlaufen wäre, wenn sie kein Kind von ihm bekommen hätte, aber das, was sie getan hatte, war zu folgenschwer. Die Erinnerung daran würde ihr immer vor Augen stehen, in Form des Kindes. Es gab kein Entrinnen. Jetzt nicht mehr.

»Wenn es kein Entrinnen gibt, dann werde ich eben das Beste daraus machen. Es hat schon größere Tragödien gegeben.« *Beschäftige dich in Gedanken mit etwas anderem. Elizabeth.*

Zu den liebenswertesten Dingen an ihr gehörte diese Fähigkeit, die sie besaß, das Unglück aus ihren Gedanken zu verbannen und um Unbeschwertheit zu ringen. Im nächsten Moment wünschte sie bereits, sie hätte die Voraussicht besessen, ein Buch mitzubringen. Dann hätte sie in ihrer Hochzeitsnacht wenigstens etwas zu tun gehabt. Sie dachte an all die Bücher, die Tavis unten in seinem Arbeitszimmer stehen hatte, und sie entschied sich dagegen, nach unten zu gehen, um sich ein Buch zu holen. Was wäre gewesen, wenn sie ihm über den Weg gelaufen wäre?

Sie wußte, daß das eine sehr seltsame Überlegung und ein äußerst merkwürdiger Beginn für eine Ehe war. *Na und, an dieser Ehe ist bisher schließlich nichts normal gewesen.*

Sie verschränkte die Arme und sah sich im Zimmer um ... dem *Gästezimmer.* Seltsamerweise fühlte sie sich noch nicht einmal so willkommen wie ein Gast. Sie fühlte sich kein bißchen willkommen hier. Sie seufzte. Vielleicht war all das ein Fehler gewesen.

Sie dachte an das Kind, das sie in sich trug, und sie wußte, daß sie richtig gehandelt hatte. Das Kind. Ihr Kind. Ein Kind von ihr und Tavis. Sie versuchte, sich ein kleines Mädchen auszumalen und sich vorzustellen, wie es wohl aussehen würde. Sie weigerte sich, daran zu denken, es könnte ein Junge sein. Diese Genugtuung wollte sie Tavis einfach nicht gönnen. Ein Mädchen würde ihr gehören. Ihr ganz allein. Schon bald würde sie beginnen, ihre Tochter bei deren Namen zu nennen und nicht länger von *dem Kind* zu sprechen. Aber für den Moment war es immer noch das Kind, denn in Wahrheit kam ihr das Kind, das sie in sich trug, ebenso wenig als ein Teil ihrer selbst vor wie der Mann, den sie geheiratet hatte.

Sie spreizte die Finger auf ihrem flachen Bauch und versuchte, sich auszumalen, wie er sich im Lauf der Schwangerschaft aufblähen würde. Sie versuchte, sich das Kind vorzustellen. Wie groß war das Mädchen inzwischen schon? Schlug sein Herz bereits? Welche Haarfarbe mochte es wohl haben? Und welche Augenfarbe? Würden ihre Augen dasselbe Blaugrau haben wie die Augen ihres Vaters? Sie versuchte, sich vorzustellen, wie albern sie aussehen mußte, als sie jetzt mitten auf diesem riesigen Bett saß, die Hände auf dem Bauch gespreizt hatte und mit einem dämlichen Grinsen auf dem Gesicht dasaß.

Einem Grinsen? Hätte sie denn nicht traurig sein sollen?

In dem Moment ging ihr auf, daß sie trotz der Wut und der Ablehnung, die ihr von Tavis entgegenschlugen, und trotz der Schande und des Keils, der damit zwischen sie und ihre Familie getrieben worden war, glücklich war. Sie würde ein Baby bekommen. Ein wunderschönes, winzig kleines Kind. Ein kleines Mädchen. Einen winzigen Menschen. Wie dumm sie doch gewesen war zu glauben, das Kind sei kein Teil von ihr, denn in Wirklichkeit gehörte es ebensosehr zu ihr wie das Herz, das rasend in ihrer Brust schlug.

Sie würde ihr Baby bekommen. Und zwar voller Stolz. Und sie würde auch ihr Buch bekommen, das sie lesen wollte. Mit seinen eigenen Problemen würde sich Tavis selbst auseinandersetzen müssen. Sie dachte gar nicht daran, diese Ehe damit zu beginnen, daß sie sich in ihrem Zimmer versteckte.

Sie spürte die Kraft von hundert Brewster-Frauen hinter sich, als sie vom Bett sprang und auf dem Weg zur Tür in ihren Morgenmantel schlüpfte. Im nächsten Moment lief sie durch ein schwach erleuchtetes Treppenhaus und öffnete die Tür zu Tavis' Arbeitszimmer.

Was sie auf der anderen Seite der Tür vorfand, überraschte sie.

»Oh«, sagte sie und blieb eilig stehen. »Ich habe nicht angeklopft ... ich dachte, du schläfst. Ich wußte nicht, daß jemand hier ist.« Sie rührte sich nicht von der Stelle, trat nicht den Rückzug an und kam auch nicht ins Zimmer, sondern schaute nur mit Wachsamkeit in den Augen zu ihm auf.

Er zog die Augenbrauen zusammen und blickte von dem Stapel von Papieren auf, die er auf seinem Schreibtisch durchgesehen hatte. Tavis musterte sie mit dreister Respektlosigkeit und bemühte sich gar nicht erst, sein Erstaunen darüber zu verbergen, sie hier zu sehen, ebenso wenig wie den Umstand, daß er in einer vulgären Form Interesse an ihr hatte. Sein Blick bewirkte, daß sie sich schmutzig fühlte. Benutzt. Schäbig. Sie konnte sich nicht erinnern, sich je in ihrem ganzen Leben gewünscht zu haben, sie wäre als Junge auf die Welt gekommen. Jetzt war es zum ersten Mal soweit. Sie hatte nie so sehr den Wunsch verspürt, jemanden zu schlagen wie jetzt, und sie hätte Tavis Mackinnon am liebsten zu Boden geschlagen.

»Was hast du hier zu suchen, Elizabeth?«

»Ich wollte mir ein Buch holen.«

Er warf einen Blick auf die Bücherregale. »Bediene dich, aber ich bezweifle, daß du viel finden wirst, was deinem Geschmack entsprechen könnte. Die meisten meiner Bücher sind nautischer Natur und befassen sich mit dem Entwurf und der Konstruktion von …«

»Ich weiß, was du tust, Tavis.«

Der wütende verkniffene Blick war immer noch da, doch jetzt hatte sich sein Gesicht gerötet. Zu ihrem Erstaunen stellte sie fest, daß es ihr keineswegs so viel Spaß machte, ihn zu verhöhnen, wie sie es erwartet hatte. Jetzt erst bemerkte sie, daß er sich nach der Hochzeit umgezogen hatte und daß auf dem Fußboden neben seinem Stuhl zwei Taschen standen. Ein kleiner Lederkoffer lag auf seinem Schreibtisch und war mit Papieren gefüllt. Ihr Herz blieb stehen.

»Du gehst fort? »

»Ja.«

»Warum? »

»Ich glaube, du weißt, warum.«

»Du läufst fort.« *Und läßt mich mit alledem allein fertig werden.*

»Nenn es, wie du willst. Mir ist das gleich.«

»Warum tust du das? Können wir nicht eine Art Kompromiß schließen? Kannst du denn nicht ein anderes Mittel finden, mit deiner Wut umzugehen, als sie ausgerechnet an mir auszulassen? Du weißt doch wohl, daß ich getan habe, was ich konnte, um diese Heirat zu verhindern.«

Er sah ihr direkt in die Augen. »Aber schließlich hast du dann nachgegeben, stimmt's?«

Sie schaute auf ihre Hände herunter. »Ich mußte es tun.«

»Ob du es tun mußtest oder ob du es so wolltest, was ändert das schon?« fragte er, ohne den Blick auch nur einen Moment lang von ihrem Gesicht zu lösen.

»Es hat …« Sie hielt sich zurück. Sie hatte gerade sagen wollen, es hätte »Komplikationen« gegeben, doch sie überlegte es sich anders. »Ich habe meine Gründe dafür gehabt«, sagte sie.

»Gründe. Meine Güte, was für ein anständiges kleines Wort. Und wie praktisch. *Gründe.* Das klingt mir ganz nach einem kleinen quadratischen Stück Teppich, säuberlich an den Rändern zugeschnitten, unter das du all deine Selbstsucht kehren kannst. Es mag zwar sein, daß ich davonlaufe, aber zumindest verstecke ich mich nicht hinter Heuchelei und vorgetäuschtem Schein.«

»Ich hatte gehofft ...«

»Ich weiß, was du dir erhofft hast, Elizabeth. Das weiß ich jetzt schon seit Jahren. Aber es ist an der Zeit, daß du ein paar simplen Tatsachen ins Gesicht siehst. Ich liebe dich nicht. Ich habe dich nie geliebt. Und ich werde dich auch nie lieben. Warum versuchst du nicht, einen Platz zu finden, an dem du diese Tatsachen verstauen kannst, solange ich fort bin? Auf diese Weise kannst du sie von Zeit zu Zeit in Ruhe wieder rausholen und sie dir ansehen, damit du sie dir nicht mehr aus meinem Mund anhören mußt.«

»Du kommst zurück?« Einen Moment lang ertappte sie sich dabei, daß sie ihn beneidete, ihn darum beneidete, ein Mann zu sein. Wie glücklich man doch dran war, wenn man einfach eine Tasche packen, fortgehen und sich vor seiner Verantwortung drücken konnte – wenn ein Mensch seine gesamte Existenz einfach in eine Ledertasche stopfen konnte.

»Ich werde zurückkommen ... irgendwann«, sagte er und war zu keiner weiteren Äußerung bereit. Er stopfte noch einen Packen Papiere in den Lederkoffer und schlug ihn dann mit einem lauten Knall zu. Er drehte sich um und starrte sie an, und seine Wut auf sie und seine Ungehaltenheit darüber, daß sie immer noch nicht gegangen war, waren ihm allzu deutlich anzusehen.

Sie starrte ihn an und konnte einfach nicht glauben, was hier geschah. Sie sah die nahezu leere Flasche auf dem Schreibtisch stehen und das volle Glas daneben. Das erklärte zumindest sein hartes Gesicht und die herzlose Behandlung, die er ihr angedeihen ließ – denn sie wußte, daß beides nicht typisch für ihn war, nicht wirklich seiner Art entsprach. Tavis mochte zwar einiges sein, aber grausam war er nicht.

Sein Blick folgte ihrem und wandte sich dann von der Flasche ab und zu ihr. Jetzt seufzte er, als läse er ihre Gedanken, und wenngleich er seinen Entschluß auch nicht änderte, so versuchte er doch wenigstens, seinem harten Vorgehen einen Teil des Stachels zu nehmen. Seine Züge wurden weicher.

»Es liegt nicht am Rum, und es liegt auch nicht nur an dir«, sagte er schließlich. »Ich gehe nach Washington, D.C. Ich werde für die Marine arbeiten und Schiffe für sie entwerfen, von denen ich mir erhoffe, es wird diesen verdammten Südstaatlern noch leid tun, daß sie je von den Plänen für mein eisengepanzertes Schiff gehört haben.«

»Wenn Haß und Rachsucht die treibenden Kräfte sind, die dahintersteckten, dann wird es dir wahrscheinlich gelingen«, sagte sie, und der Ausdruck des Erstaunens auf seinem Gesicht entging ihr nicht. Offensichtlich überraschte ihn ihre Reaktion. Was hatte er denn erwartet? Tränen? Oder gar, daß sie mit Gegenständen warf? Besaß er tatsächlich die Frechheit zu glauben, sie würde ihn anflehen hierzubleiben? *Das ist verdammt unwahrscheinlich. Geh doch zu deiner tollen Marine. Räch dich doch. Lauf doch vor dem Schönsten weg, was dir je zugestoßen ist.* Einen kurzen Moment lang hatte sie das Gefühl, sie könnte jederzeit weinen. Nicht aus Verletztheit oder aus dem Schmerz heraus, den es ihr bereitete, von ihm im Stich gelassen zu werden, sondern lediglich über seine blödsinnige Blindheit.

Ich hätte dich so glücklich machen können.

»Wenn das so ist«, sagte sie und gewann die Selbstbeherrschung wieder, »dann wünsche ich dir alles Gute, Tavis Mackinnon.«

Er erweckte den Eindruck, als wollte er noch etwas sagen, doch statt dessen wandte er sich ab, um aus dem Fenster in die Dunkelheit zu schauen.

Als er sich wieder zu ihr umdrehte, um sie anzusehen, war seine Entschlossenheit zurückgekehrt. »Ich habe Mr. Blaysdale von der Bank Anweisungen erteilt. Er hat ein Konto für dich eingerichtet. Falls es irgend etwas gibt, was du brauchst ...«

»Ich werde nichts brauchen, was mir meine Familie nicht geben kann«, sagte sie.

»Ich schicke dich nicht nach Hause zurück, Elizabeth. Ungeachtet der Gefühle, die ich in diesem Punkt hege, bist du meine Frau. Ich werde die Verantwortung auf mich nehmen, für dich zu sorgen.«

Vielleicht finanziell. Aber was ist mit all den anderen Dingen, Tavis? Wohin gehe ich, wenn ich mich fürchte oder wenn ich traurig bin? Wen rufe ich, wenn das Baby kommt? Wer wird mich trösten und mir die Dinge geben, die eine Frau von einem Mann braucht? Hast du diese Aufgaben Mr. Blaysdale übertragen, oder hast du schlichtweg ignoriert, daß ich eine Frau sein könnte, eine Frau mit den Bedürfnissen einer Frau?

Er nahm einen Umschlag in die Hand. »Darin ist die Adresse von Nick und Tibbie, aber auch die Adresse des Marineministeriums. Dort wird man wissen, wie man sich mit mir in Verbindung setzen kann ...«

»Ich werde weder deinen Bruder noch die Marine brauchen.«

»Warum bist du so schroff?«

»Warum bist du es?«

»Also, jetzt hör aber auf. Was hast du denn erwartet? Das ist schließlich keine normale Ehe, und versuch bloß nicht, dir das vorzumachen.«

»Darum geht es hier nicht, und das weißt du selbst.«

Seine graublauen Augen hefteten sich boshaft auf sie. »Weißt du etwas, was ich nicht weiß?«

»Ich weiß, daß du ein Dummkopf bist, Tavis Mackinnon. Ich weiß, daß du dich in Sicherheit fühlst, wenn du wegläufst. Ich weiß, daß das keine Dauerlösung ist. Es wird eine Zeit kommen ...«

Fast wäre sie weich geworden und hätte ihm gesagt, es käme eine Zeit, in der er feststellen würde, daß er ein Kind hatte, und dann würde er bereuen, daß er sie all das ganz allein hatte durchmachen lassen. Sie hielt sich zurück. Es war nicht zweckdienlich, ihm das zu sagen und das Kind dafür einzusetzen, ihn an sie zu binden. Es waren schon genug falsche Gründe eingesetzt worden, um den Lauf der

Dinge zwischen ihnen zu beeinflussen. Es bestand keine Notwendigkeit, noch einen weiteren falschen Grund anzuführen.

Wenn er blieb, dann mußte es deshalb sein, weil er es selbst so wollte.

Für sie war es sonnenklar, daß sie ihm unter die Haut gegangen war, ihm einen Stich versetzt hatte, seine Abwehr durchdrungen und sich mit der Wahrheit in ihn eingeschlichen hatte.

»Du redest unverständliches Zeug«, sagte er.

»Ach, ja? Bist du dir ganz sicher?« Sie lächelte. »Ich kann dir ansehen, daß du wartest ... darauf wartest, daß ich es dir sage, aber ich glaube nicht, daß ich das tun werde. Ich werde es dir nicht leichtmachen, Tavis, aber du kannst versichert sein, daß der Tag der Abrechnung für dich kommen wird. Kein Grund zur Furcht. Der Tag wird kommen, und wenn es soweit ist, würdest du deine Seele dafür geben, wenn du die Dinge zurückbekommen könntest, die du achtlos fortgeworfen hast. Aber dann wird es zu spät sein.«

»Elizabeth, was ...«

»Geh schon!« sagte sie und wedelte mit der Hand durch die Luft. »Geh nach Washington. Ich will es so haben. Ich will dich nicht mehr hier haben. Ich will, daß du aus meinem Leben verschwindest. Hast du gehört? Für dich gibt es hier jetzt nichts mehr zu holen.« Sie unterbrach sich und holte tief Atem. »Mach dir keine Sorgen. Ich werde dir keine Moralpredigt halten. Ich werde dir nicht erzählen, wie sehr ich dich hätte lieben können und wie gut dir das getan hätte. Ich werde die Dinge nicht mehr erwähnen, die ich dir hätte geben können. Das einzig Kostbare, was du dir selbst versagst, indem du dich davon abkehrst. Aber zweifle nie daran, daß du es eines Tages selbst erkennen wirst. Du bist der faszinierendste Mann, der mir je begegnet ist. Und der dümmste. Du ziehst meine Gefühle in den Schmutz und trittst sie dort fest. Aber mein Tag wird kommen. Eines Tages wirst du zur Vernunft kommen. Eines Tages wirst du beschließen, daß du mich willst. Und dann werde ich an der Reihe sein, dich zu benutzen und dich zu bestrafen, wie du mich mit deiner eigenen Schwäche bestraft hast.«

Sie schüttelte den Kopf. »Es ist erstaunlich, was man aus Liebe nicht alles tut. Eines Tages«, sagte sie, und dabei sprach sie ruhig und langsam, »eines Tages werde ich dich dazu bringen, daß du dich wie eine aufdringliche, grell geschminkte Hure verkaufst, um mich zu bekommen, und zweifle bloß nie daran.«

Für sein ungläubiges Lächeln hätte sie ihn am liebsten geohrfeigt. »Du kannst es ja versuchen«, sagte er selbstgefällig. »Du kannst es von mir aus, weiß Gott, versuchen. Aber du vergißt dabei eines, Elizabeth. Ich kenne mich selbst besser, als du mich kennst.«

»Ach, ja?« fragte sie, und dann trat sie aus der Tür zurück. »Wir werden es ja sehen, oder nicht? Die Zeit wird es zeigen, wie es so schön heißt.«

»Zeit ist etwas, wovon ich jede Menge zur Verfügung habe«, sagte er. »Ich habe den Verdacht, ich habe mehr Zeit als du.«

»Die Zeit, die unerbittliche Zeit … der weiseste Ratgeber von allen. Wie lange wird es dauern, Tavis, bis die Zeit beginnt, an deinen alten Trugbildern zu nagen? Du magst zwar glauben, du hättest mehr Zeit als ich, aber du irrst dich. Ich bin das Warten gewöhnt, Tavis. Ich habe mein halbes Leben darauf vergeudet zu warten. Aber erwarte nicht von mir, daß ich das noch einmal tue.«

Sogar betrunken und blind vor Wut war er noch ein unwiderstehlicher Mann, eine unglaubliche Mischung aus dem Vertrauten und dem Unbekannten. Sie hatte ihn ihr Leben lang gekannt. Sie hatte unter ihm gelegen und ihn ihr Kind zeugen lassen. Aber sie kannte ihn nicht. Nicht durch und durch. Sie hatte Tavis immer als eine eindrucksvolle Gestalt von einem Mann angesehen, als einen Mann, der immer die Oberhand behielt, einen, der nur die richtigen Entscheidungen traf. Bisher hatte er sein Dasein auf einer Ebene gefristet, die irgendwo zwischen Gott und den Sterblichen angesiedelt war. Jetzt sah sie ihn so, wie er war. Als einen verwirrten und verletzbaren Mann, einen Mann, der so blind war wie jeder andere auch und der ebenso leicht Fehler machen konnte.

Sie musterte ihn, eine einsame Gestalt, die geistesabwesend einen Lederkoffer an sich preßte und sie an einen kleinen Jungen erinnerte, der seine Habe zusammengepackt hat, um auszureißen, und dann zögert er im letzten Moment in der Hoffnung, jemand Stärkerer möge ihn davon abhalten fortzulaufen.

Nun, sie war stärker als er, und das wußte sie jetzt. Sie würde es beweisen, indem sie das, was er von ihr wollte, nicht tat. Sie würde ihn nicht zurückhalten. Er hatte diesen unversöhnlichen Konflikt ins Leben gerufen, und jetzt lag es an ihm, sich daraus zu befreien. »Dann viel Glück«, sagte sie, ehe sie den Blick abwandte.

Einen kurzen Moment lang glaubte sie zu sehen, wie sich Enttäuschung in seine Züge einschlich. Doch dieser Ausdruck war so schnell wieder verflogen, daß sie sich sagte, sie hatte sich wohl geirrt. Es stand keine Enttäuschung zu erwarten, keine Reue. Er hatte seinen Entschluß gefaßt. Er war froh darüber, endlich von hier fortzukommen.

Als sie ihn wieder ansah, nickte er und griff nach seinen Taschen. Dann sagte er: »Wie du schon sagtest, die Zeit wird es zeigen.«

Im nächsten Moment war er zur Tür hinausgegangen, und seine Schritte hallten durch die Eingangshalle.

»Niemand tritt so lautlos auf wie ein Narr«, flüsterte sie einem leeren Zimmer zu, ehe sie die Tür schloß.

18

Tavis preßte sich die Hände ins Kreuz und drückte zu, und dabei richtete er sich zu seiner vollen Größe auf. Sechs Stunden lang hatte er sich ohne jede Pause über den Zeichentisch gebeugt. Die Mühe war durchaus lohnend gewesen und entschädigte ihn endlich für die letzten sieben Monate.

Was jetzt vor ihm lag, war der endgültige Entwurf für die Konstruktion der *Old Glory*.

Mit der *Old Glory* hatte Tavis seine ursprünglichen Erwartungen weit überschritten. Sie würde keine Schönheit sein, aber sie war revolutionär. Nichts Vergleichbares war jemals zuvor gebaut worden. Mehr als sechzig der neuen Erfindungen hatte er bereits patentieren lassen.

Als er die Pläne jetzt ansah, zählte er sich in Gedanken noch einmal die Dinge auf, die das Schiff so außergewöhnlich machten. Es ragte nur minimal über den Wasserspiegel und war daher schwer zu treffen, und falls es doch zu einem Treffer kommen sollte, war die *Old Glory* gut dagegen geschützt. Der Rumpf war mit einer dreizehn Zentimeter dicken Eisenschicht gepanzert, das Deck mit Eisen von fünf Zentimetern Dicke. Das Schiff war im stolzen Besitz von zwei drehbaren Gefechtstürmen, am Bug und am Heck, die vier Kanonen mit einem achtundzwanzig Zentimeter breiten glatten Rohr aufnahmen. Es wurde mit Dampf betrieben und war schnell, und was die Marine am meisten beeindruckte, war die Tatsache, daß es so wendig war – und noch dazu fünf Knoten schneller als jedes andere Kriegsschiff, das je in Betrieb genommen worden war.

Die Tür ging auf, und Captain Edward Pennybaker steckte den blonden Schopf herein. »Jetzt sind sie soweit«, sagte er. »Der Minister ist gerade eingetroffen.«

»Ich komme gleich«, sagte Tavis und begann, seine Pläne zusammenzurollen.

Die Präsentation lief reibungslos ab, und als der Leiter des Marineministeriums sich verabschiedet hatte, waren die Entwürfe ohne weitere Änderungen akzeptiert worden. Tavis lief durch den langen menschenleeren Korridor und dachte dabei daran, daß sein Schiff jetzt Realität war. Nach Angaben des Marineministers würde man sich augenblicklich an die Konstruktion machen.

Irgendwo weiter vorn im Gang hörte er, wie eine Tür sich schloß, und gleich darauf war das kehlige Lachen einer Frau zu vernehmen. Er fühlte sich urplötzlich in eine andere Zeit und an einen anderen Ort zurückversetzt und sah Elizabeth am Bug stehen, wie sie sich das lange Haar im Wind trocknete und die Sonne hinter ihr so hell wie Feuer glühte. Er spürte ein so heftiges Verlangen, daß ihm die Knie weich wurden.

Als er seine Arbeit hier angetreten hatte und seine Tage mit Besprechungen angefüllt gewesen waren und er sich die Abende damit vertrieben hatte, bis in die späten Nachtstunden hinein seine Entwürfe zu zeichnen, war es ihm ein leichtes gewesen, Elizabeth zu vergessen und verbissen an dem Zorn und dem Groll festzuhalten, die ihn überhaupt erst hierher getrieben hatten. Doch als die Wochen unmerklich zu Monaten wurden, begannen ihn seine Erinnerungen an sie und an die kurze gemeinsame Zeit mit ihr auf der Schaluppe zu martern. Er fing an, sie in den Brennpunkt seines Interesses zu rücken, als könnte er dadurch der zermürbenden Monotonie der Stunden entrinnen, die er über den Zeichentisch gebeugt verbrachte, den endlosen Diskussionen mit dem Marineminister.

Er suchte Zuflucht in Gedanken und durchlebte dort noch einmal mit der allergrößten Präzision jeden einzelnen Augenblick, den er mit ihr gemeinsam verbracht hatte, stattete sie lebhaft bis in alle Einzelheiten aus und erinnerte sich daran, wie sie ausgesehen hatte, welche Kleidung sie im jeweiligen Moment getragen hatte, an den Klang ihrer Stimme und die Berührungen ihrer Hände. Und wenn er nachts in seinem Bett lag und nicht schlafen konnte, nahm er sich selbst in die Hand, aber nicht wirklich, um sich selbst zu berühren, sondern um sie in dieser Form in seiner Vorstellung wieder und immer wieder zu lieben und seinem Körper in der einzigen Form, die er kannte, Erlösung von diesem Druck zu verschaffen.

Als es ihm zuviel wurde, als die Trennung von ihr ihn wie ein Spuk verfolgte und allmählich begann, ihn von seiner Arbeit abzuhalten, und als das Verlangen, zu ihr zurückzukehren, einfach zu übermächtig wurde, kündigte er an, daß er fortzugehen gedachte.

»Mr. Mackinnon«, sagte der Minister und stand von seinem Stuhl auf. »Für den Fall, daß Sie es vergessen haben sollten – Sie haben eine Abmachung mit der Marine der Vereinigten Staaten getroffen. Ich habe zwar einerseits Verständnis für Ihre mißliche Lage, da ich selbst ein ... *räusper, räusper!* ... verheirateter Mann bin, aber andererseits muß ich meinem Land und meiner Verpflichtung gegenüber dem Marineministerium den Vorrang einräumen. Wir sind im Krieg, Sir.

Wir brauchen Ihr eisengepanzertes Schiff, und zwar möglichst schnell. Viele Männer werden dazu aufgefordert werden, für das Streben nach Freiheit große Opfer zu bringen. Sie sind lediglich einer der ersten.«

»Wollen Sie mir damit etwa sagen, daß ich nicht fortgehen kann? Daß ich nicht nach Hause zurückgehen kann?«

»Falls Sie es so formulieren möchten, ja. Ich kann Sie nicht von der Aufgabe befreien, die zu übernehmen Sie eingewilligt haben.«

»Dann werde ich eben ohne Ihre Erlaubnis fortgehen.«

»Falls Sie das tun sollten, werde ich Sie verhaften lassen.« Dann sah der Minister Tavis mit einem Blick an, der deutlich ausdrückte, daß er wußte, was Tavis sich dachte, ehe er hinzufügte: »Ich habe mir bereits die Freiheit genommen, Ihnen einen Adjutanten zuzuteilen.«

»Sie meinen, einen Wachhund.«

»Ich mag Sie, Mackinnon, und zu jedem beliebigen anderen Zeitpunkt sähe ich mich nicht gezwungen, solche Maßnahmen zu ergreifen. Aber wir befinden uns in Kriegszeiten. Ich muß meiner Aufgabe und Ihrer den absoluten Vorrang einräumen. Es wird Ihnen nicht gestattet werden, Washington zu verlassen, solange die Pläne nicht in ihrer endgültigen Form abgeschlossen sind. Und dann werden Sie nach Portsmouth gehen müssen, um den Bau der *Old Glory* zu überwachen.«

Tavis fluchte von ganzer Seele, und der Minister unterbrach sich.

»Ich verspreche Ihnen, persönlich dafür zu sorgen, daß Sie in dem Moment, in dem der Bau des Schiffes abgeschlossen ist und Sie Ihren Auftrag erledigt haben, von dem schnellsten Schiff nach Hause befördert werden, das der Marine zur Verfügung steht. Mir ist schon klar, daß das kein großer Trost ist, aber unter den gegebenen Umständen ist es das Beste, was ich für Sie tun kann.«

Tavis hörte, wie er bei seinem Namen gerufen wurde, doch er konnte beim besten Willen nicht darauf reagieren. Für einen Sekundenbruchteil war er geblendet, als hätte er zu lange in die Sonne gestarrt.

Dann schüttelte er den Kopf und verbannte die Erinnerungen an Elizabeth und die Worte des Sekretärs aus seinen Gedanken.

Im nächsten Moment hatte Kapitän Pennybaker ihn eingeholt. Edward legte Tavis eine Hand auf die Schulter und sagte: »Warum nehmen Sie eigentlich kein Offizierspatent an?«

Tavis wandte sich mit benommenem Gesicht zu ihm um und konnte nur murmeln: »Was?«

»Sie warten doch alle nur darauf, daß Sie es sich anders überlegen. Sie wollen immer noch alle, daß Sie das Offizierspatent annehmen.«

»Ich dachte, dieses Thema hätten wir ein für allemal erledigt, als wir das letzte Mal darüber diskutiert haben«, sagte Tavis.

»Das stimmt, aber Sie können sie es mir nicht verübeln, wenn ich es immer wieder probiere.«

Tavis zog die Augenbrauen hoch. »Hat der Minister Ihnen den Anstoß dazu gegeben?«

Edward lachte. »Tut er das etwa nicht ständig? Ja, Sir, Herr Minister. Ich werde mich augenblicklich mit ihm darüber unterhalten, Herr Minister. Ja, Herr Minister, ich werde ganz bestimmt nicht vergessen, Mr. Mackinnon zu fragen, warum er so abgrundtief hartnäckig ist. Nein, Herr Minister, ich weiß auch nicht, warum er es vorzieht, Zivilist zu bleiben.«

»Ich kann Ihnen sagen, warum«, sagte Tavis. »Weil es mir nicht paßt, wie die Marine versucht, sich Männer ganz und gar zu eigen zu machen, und mir paßt es auch nicht, wie hier über mein Leben verfügt worden ist. Ich habe niemals die Absicht gehabt, so lange Zeit hier zu bleiben. Ich ...« Er unterbrach sich, da er erkannte, daß er alte Wunden wieder aufriß und über Dinge sprach, an denen Edward nichts ändern konnte. »Weil ich Wert auf meine Freiheit lege.«

»Freiheit?« wiederholte Edward, und es klang überrascht. »Spielen Sie etwa mit dem Gedanken, eine Reise zu unternehmen?«

Elizabeth, die in hellen Sonnenschein getaucht war, erstand vor seinen Augen auf. »Das könnte schon sein«, sagte Tavis.

Captain Pennybaker sah Tavis jetzt betont ausdruckslos an. »Ach, wirklich? Und wohin soll es gehen?«

»Nach Hause.«

»Das heißt Nantucket, nicht wahr?«

»Ja.«

»Hm«, sagte Edward und warf einen Seitenblick auf ihn. »An Ihnen sind mir bisher noch nie Anzeichen von Heimweh aufgefallen.«

»Die waren aber da«, sagte Tavis. »Wie Sie selbst gesagt haben, sie sind Ihnen lediglich nicht aufgefallen. Aber machen Sie sich keine Sorgen, ich könnte mich Ihren Klauen entziehen. Der Minister weiß bestens über mich Bescheid und kennt meine Gründe, warum ich nach Hause fahren möchte.«

Edward grinste. »Dieses Heimweh hat nicht zufällig einen Namen, oder doch?«

Elizabeth, dachte Tavis und schüttelte den Gedanken dann gleich wieder ab. »Sie stellen zu viele Fragen«, sagte er und bog dann in einen anderen Korridor ein, ging auf die Tür zu und hörte die leisen Schritte, mit denen sein Adjutant oder, besser gesagt, sein Wachhund, ihm folgte.

Sowie er die Tür erreicht hatte, drehte er sich zu seinem Adjutanten um. »Sie brauchen sich nicht an die Hauswände zu pressen und mir verstohlen nachzuschleichen. Sie können ebenso gut gleich neben mir herlaufen. Ich weiß ja doch, daß Sie da sind.«

»Meine Befehle lauten, Ihnen zu folgen, Sir«, sagte sein Adjutant. »Wohin geht es als nächstes?«

»Ich gehe nach Hause«, sagte Tavis. »Wie das mit Ihnen ist, weiß ich nicht.«

Als er ins Freie trat, beschloß Tavis, nach Hause zu laufen, statt eine Mietskutsche zu nehmen. Er stellte den Kragen seines Mantels auf, um sich gegen den naßkalten Wind zu schützen, und dann lief er durch die Pennsylvania Avenue. Er wünschte, er könnte sich tatsächlich auf den Heimweg machen, auf den Weg zu seinem wirklichen Zuhause. Zu Elizabeth und nach Nantucket zurückkehren. Diese Möglichkeit stand ihm jedoch derzeit nicht offen. Er würde sich mit seiner winzigen Schuhschachtel von einem Haus in der Pennsylvania Avenue begnügen müssen.

Nachdem er ein Jahr lang Pläne gezeichnet und sie immer wieder neu gezeichnet hatte, war die *Old Glory* jetzt Realität geworden. In weniger als einer Woche würde er in Portsmouth, Virginia, sein und dort etliche Monate lang zu Hause sein.

Zu Hause. Nantucket war sein Zuhause. Elizabeth war sein Zuhause. Nie war ihm beides so weit fort erschienen.

Seine Gedanken spulten die Zeit zurück, bis sie, wie immer, bei seiner Frau anhielten. »Elizabeth, Elizabeth«, sagte er hilflos und sah vor seinem geistigen Auge die Schönheit ihres Gesichts, wie es in jener Nacht ausgesehen hatte, in der er fortgegangen war, als sie ihn noch einmal angesehen hatte.

Niemals würde er die Wirkung vergessen, die diese Augen auf ihn ausgeübt hatten, und auch nicht, daß sie vor Liebe übergeströmt waren und ihm nichts vorenthalten hatten. Anfangs war er zu wütend gewesen, um ausgedehnt an sie oder an ihren Gesichtsausdruck zu denken, doch als die Zeit verging und sein ursprünglicher Zorn und seine Rachsucht sich gelegt hatten, begann er Dinge in ihr zu sehen, die er entweder vorher nie gesehen hatte oder für die er schlichtweg zu blind gewesen war. *Alles wäre ganz anders gekommen*, dachte er, *wenn dieser niemals endende Krieg nicht gewesen wäre.*

Er stieg die Stufen zu seinem schlichten Sandsteinhaus hinauf, schloß die Tür auf und trat ein. Er zündete keine Lampe an, sondern trat vor sein Bett und legte sich darauf. Er verschränkte die Arme hinter dem Kopf und nahm seine Gedanken dort wieder auf, wo sie abgerissen waren.

Er fragte sich, wie es ihr wohl gehen mochte, und dabei fielen ihm die zahlreichen Briefe wieder ein, die er an sie geschrieben hatte, Briefe, die er in seine Schubladen gestopft hatte, Briefe, die niemals abgeschickt worden waren. Er dachte an die wenigen, die er tatsächlich aufgegeben hatte, und er fragte sich, ob sie sie nicht erhalten hatte oder ob sie schlicht und einfach beschlossen hatte, sie nicht zu beantworten.

Wenn er jetzt darüber nachdachte, wußte er, daß er ihr das nicht vorwerfen konnte. Schließlich hatte er sie sitzengelassen. In ihrer

Hochzeitsnacht. Diese Wahrheit und die Grausamkeit, die er ihr damit erwiesen hatte, nagten an ihm. Es gab nichts Schlimmeres, beschloß er, als allabendlich zu Hause ein leeres Bett vorzufinden und zu wissen, daß man ganz allein selbst schuld daran war. »Du blöder Hund«, sagte er, und genauso kam er sich vor. Aber was wirklich weh tat, war das Wissen um die Möglichkeit, daß sich die Dinge vielleicht nie mehr einrenken ließen, daß Elizabeth ihm nie ferner gewesen war als jetzt, in diesem Moment.

Vielleicht sollte ich ihr noch einmal schreiben. Vielleicht sollte ich ihr sagen, wie ich empfinde. Vielleicht beantwortet sie dann meinen Brief.

Vielleicht aber auch nicht. Das Nachdenken über sie bewirkte nur, daß er seine eigene Unzulänglichkeit noch deutlicher fühlte, denn es bestand kaum ein Zweifel daran, daß sie die Scherben ihres Lebens aufgesammelt hatte und ohne ihn weitergezogen war. Wovor fürchtete er sich eigentlich?

Ihre Kraft und ihre Entschlossenheit waren schon immer die Dinge gewesen, die er am meisten an ihr bewundert hatte. Falls es jemanden gab, der die innere Stärke besaß, mit dem, was passiert war, umzugehen, dann war das Elizabeth. Sie hatte ihn schon immer geliebt. Er konnte sich nicht vorstellen, es könnte eine Zeit geben, in der sie ihn nicht mehr lieben würde.

Er malte sich aus, sie hätte sein Haus neu eingerichtet und geschmückt und jede einzelne Lampe sei angezündet, um das ganze Haus für eine Party in hellen Lichterglanz zu tauchen. Er schloß die Augen und stellte sie sich vor, wie sie auf dem oberen Treppenabsatz stand und ein prächtiges Kleid trug, ein Kleid von der Sorte, wie die hochstehenden Damen hier in Washington sie trugen. Er verspürte jetzt schon seit Monaten das Verlangen zurückzugehen, sie zu sehen, ihr zu sagen …

Er schlug die Augen auf. Ihr was zu sagen? Er hieb frustriert mit der Faust auf das Bett. Er wußte es nicht. Er wußte nicht, was er hätte sagen sollen.

Vielleicht war es das, was ihn zurückhielt. Das, die Marine und dieser verdammte unsinnige Krieg.

Er seufzte und fühlte sich alt. Alt und unglaublich matt. Er war erschöpft, und doch waren die Dinge mit seinem Schiff hier gerade erst ins Rollen gekommen. Er fühlte sich hilflos und verunsichert. Ohne Ruder und ohne Steuer. Doch er wußte, daß sein Leben weitergehen würde, in einem endlosen rhythmischen Zyklus strudeln würde, der ihn zunächst nach Portsmouth führte, damit er dort den Bau seines Schiffes überwachte. Der Frühling würde kommen und der Sommer, dann der Herbst, und endlich würde er die Aufgabe abschließen, die so viel von seinem Leben gefordert hatte. Die *Old Glory* würde fertiggestellt werden.

Und was dann?

Der Bau der *Old Glory* und all die hektischen Wochen, die dafür erforderlich waren, sorgten dafür, daß er rund um die Uhr beschäftigt war. Jeder Strich, den er auf Papier gezeichnet hatte, stand für eine Planke, die angenagelt werden mußte, oder für eine Eisenplatte, die zugeschnitten werden mußte und deren Oberfläche dann an der richtigen Stelle anzunieten war. Das hieß, stundenlang zuzusehen, wie massive Eichenholzbretter hochgehievt und an den entsprechenden Stellen miteinander verkantet wurden, und dabei fand ein ständiger Kampf gegen die Sägespäne statt, die von Windstößen umhergetrieben wurden und ihm in die Augen wehten. Es hieß, den Gebrauch einer dampfbetriebenen Winde zu beaufsichtigen und die Männer in ihre Benutzung einzuweisen, eine Neuerung, für die er sich eingesetzt hatte, um die schwersten Balken und Eisenplatten von der Stelle zu bewegen.

Die *Old Glory*. Sie würde das phantastischste Kriegsschiff auf Erden sein. Als witterten sie seinen Stolz, machten sich die Männer eilig ans Werk, aus dicken Teakholzbalken, die von einem Kiel aus solidem hartem Ulmenholz aufragten, seinen Traum in die Wirklichkeit umzusetzen, und die Geschwindigkeit, mit der sie vorgingen, brach alle Rekorde.

Der Bodenbeschlag wurde an ein eisernes Gerippe geschraubt. Alles war auf die perfekte Produktion des perfekten Kriegsschiffs abgestimmt. Es gab diagonale Ankerplatten und horizontale Stringer zur Verstärkung der Außenverkleidung, und diese Eisenverkleidung war in der Lage, einem Druck von drei Tonnen pro Quadratzentimeter standzuhalten.

Obwohl er beim eigentlichen Schiffsbau keine praktischen Tätigkeiten übernahm, endete die Arbeit dessen, der ein Schiff entworfen hatte, niemals. Tavis war auf der Werft dafür bekannt, daß er sich überall gleichzeitig aufhielt – sich vergewisserte, daß Holz lange genug gelagert war, wenn es zugeschnitten wurde, den Sättigungsgrad von metallhaltigen Salzlösungen maß, in die das Holz eingeweicht war, um Trockenfäule zu vermeiden, und sich absicherte, daß es in der Sonne ordentlich getrocknet worden war.

Er war als der draufgängerische schottische Kampfhahn mit seinem scharfem Blick bekannt, anmaßend und tyrannisch, ganz gleich, ob er nun gerade mit Kreide das Balkenwerk für eine bessere Rundung markierte oder die Wölbung eines gerade verlegten Decks abschätzte, um sicherzugehen, daß zwar das Wasser ablaufen konnte, es aber doch keine Neigung aufwies, die in nassem Zustand gefährlich werden konnte.

Tavis war ein derartiger Perfektionist, daß man einen der Arbeiter sagen hörte: »Ich glaube, er wird niemals ein Schiff bauen, das an seine eigenen Ideale heranreicht.«

Woraufhin Tavis erwiderte: »Ich glaube, da haben Sie recht. Das werde ich nicht schaffen.«

Er wußte, daß man es ihm kaum recht machen konnte, da er ein solcher Perfektionist war. Er wußte, daß nichts in seinem Leben ihn jemals völlig zufriedengestellt hatte, daß er immer eine Kleinigkeit mehr von irgend etwas hatte haben wollen. Und dann dachte er an Elizabeth. Wenn er sich auch noch so sehr bemühte, so konnte er sich doch beim besten Willen keine andere Frau vorstellen.

Und dann kam endlich der Tag, an dem der letzte Balken eingefügt und der letzte Nietnagel eingehämmert worden war. Offiziere und Würdenträger der Marine versammelten sich um den Marineminister, um zum Stapellauf der *Old Glory* zu erscheinen.

Auf der Rampe hörte sich Tavis die Reden an und stand auf, um ein paar geistreiche Bemerkungen von sich zu geben, als er vorgestellt wurde. Aber seltsamerweise konzentrierte er sich nicht auf die anderen Ansprachen oder dachte auch nur an den Stapellauf seines größten Traums. All seine Gedanken weilten ausschließlich bei Elizabeth.

Es verwunderte ihn immer noch – ganz abgesehen davon, daß es ihn jedesmal, wenn er an seine Heimkehr dachte, teuflisch nervös machte –, daß sie auf keinen einzigen seiner Briefe geantwortet hatte. Er wußte, daß er sie mit seinem Fortgehen verletzt hatte, doch er hatte gehofft, seine Briefe hätten ihr gezeigt, daß er ihr nicht böse war.

Als die Schoren, von denen die *Old Glory* auf der Rampe festgehalten wurde, endlich von den mit Talg eingefetteten Bootsschlitten geschlagen wurden, glitt sie ins Wasser, und ein lautes Plätschern war zu vernehmen. Pfiffe ertönten. Die Würdenträger jubelten. Alle Anwesenden stellten Spekulationen dazu an, daß der Krieg schon enden würde, ehe er wirklich begonnen hatte.

19

Der Brand in Nantucket griff schnell um sich und verwüstete drei Häuser, das der Robinsons und beidseits davon das jeweilige Nachbarhaus, ehe man das Feuer unter Kontrolle bekommen konnte.

Elizabeth, die mit ihrem Großvater auf der Straße vor dem Haus stand, wandte den Kopf ab, als die erste von drei Leichen aus dem Haus getragen wurde.

Nein, schrie sie innerlich auf. *Es ist einfach nicht wahr. Es ist unmöglich. Doch nicht Sally und Meg. Doch nicht mein Papa.*

Die Welt um sie herum schien sich vor ihr zurückzuziehen und zu verschwimmen, und sie sah Megs strahlendes Gesicht an jenem Tag vor sich, an dem sie stolz verkündet hatte, sie hätte Elizabeths Tagebücher gelesen. Meg würde nie wieder ihre Tagebücher lesen. Sie würde nie mehr während eines Gewitters in Elizabeths Zimmer kommen und sie fragen, ob sie bei ihr schlafen dürfe, ihr sagen, daß sie sich fürchtete. Und Sally würde sich nie mehr Elizabeths Medaillon ausborgen oder mit ihrem besten Umhang irgendwo hängenbleiben und ihn zerreißen. Es würde keinen der Abende mehr geben, an denen Sally quer auf Elizabeths Bett lag und sie fragte, woran man eigentlich merkte, daß man verliebt war. Nie mehr würde Samuel Robinson sagen: »Lizzie, was soll ich bloß mit dir anfangen?«

Mr. Whittacker, der Wachtmeister, blieb vor Elizabeth und ihrem Großvater stehen und legte Asa Robinson eine Hand auf die Schulter.

»Es tut mir schrecklich leid, Asa. Es gab nichts, was wir noch hätten tun können. Als wir hier angekommen sind, hat das Haus schon lichterloh gebrannt.«

Als er sich abwandte, nickte Mr. Whittaker Elizabeth zu und hob die Finger an die Hutkrempe. Sie hätte ihm gern zugenickt, um seine Respektbekundung anzuerkennen, doch sie schien keine Kontrolle über ihren eigenen Körper zu haben. Der Kummer hatte sie jetzt derart gepackt, daß sie das Gefühl hatte, der Boden unter ihren Füßen öffnete sich.

Sie wandte den Blick ab, der auf die drei Leichen fiel, die mit Laken zugedeckt waren. Ehe ihr klar wurde, was hier überhaupt passierte, lief einer der Männer, die man geholt hatte, damit sie halfen, zwischen zweien der Leichen durch, und sein Fuß verfing sich in einem der Laken und riß es zur Seite.

Bisher hatte Elizabeth sich nur ihrem eigenen Kummer und dem Verlust hingegeben, den sie erlitten hatte, und die Qualen beklagt, die diese geliebten Menschen erlitten haben mußten. Sie hatte sich nicht die leiseste Vorstellung davon gemacht, welche Verheerungen ein Feuer an einem menschlichen Körper anrichten konnte.

Einen Moment lang starrte sie einfach nur das verkohlte schwarze Ding an, das gekrümmt und grotesk unförmig war, mit durchgedrücktem Rücken und verbrannten Händen, die sich wie Krallen an ein Nichts zu klammern schienen.

Die Realität und das Verleugnen dieser Realität rangen miteinander. Ihr Blick fiel auf die zwei anderen verhüllten Gestalten, die beide kleiner als das verkohlte schwarze Ding waren. Sie wollte nicht akzeptieren, was ihre Augen sahen. Diese gräßliche Monströsität mit den ausgebreiteten Armen konnte nicht ihr Vater sein.

Papa ... Übelkeit stieg in ihrer Kehle auf. Die Welt um sie herum begann sich zu drehen, und sie hörte das laute Surren in ihren Ohren. In ihrer Betroffenheit wandte sie sich zu ihrem Großvater um und streckte ihm flehentlich die Hände entgegen – ganz ähnlich wie die Haltung der grotesk verkohlten Hände, die sie vor sich sah. Sie konnte ihn nicht greifen. Er war zu weit weg. Sie versuchte, nach ihm zu rufen, doch es kam kein Wort heraus. Sie sank tiefer und tiefer in eine lautlose Dunkelheit, in der kein Licht zu sehen war und aus der kein Weg hinausführte.

Noch ehe sie die Augen aufschlug, wußte sie, daß sie im Haus der Witwe Peterson war. Mrs. Peterson hatte schon lange vor Elizabeths Geburt gegenüber von den Robinsons gewohnt, auf der anderen Straßenseite, und daher konnte sie Mrs. Petersons schrille Stimme mühelos erkennen, ehe sie auch nur die Augen öffnete und die unverwechselbaren gelben Rosen an den Wänden sah.

»Mein armes Kleines. Hat sie auf einen Schlag die ganze Familie verloren. Das kommt einem doch nicht gerecht vor, stimmt's, Kapitän? ... Natürlich weiß ich, daß es Sie auch mitnimmt, auf die Art Ihren Sohn und zwei Enkelinnen zu verlieren. Aber ich glaube, junge Menschen macht Kummer noch viel trauriger, und sie werden noch viel schwerer damit fertig«, sagte Mrs. Peterson. »Glauben Sie wirklich, daß ihr nichts fehlt? Wollen Sie nicht doch, daß ich den Doktor kommen lasse?«

»Sie ist nur ohnmächtig geworden. Der Schock war zu groß für sie, das und ...« Asas Stimme riß ab, und Elizabeth fühlte seinen Schmerz. Sie rang darum, die Hände nach ihm auszustrecken. Im nächsten Moment scharrten Stuhlbeine über den Fußboden, und als sie die Augen öffnete, sah Elizabeth den dunklen Frack aus edlem Wollstoff, den ihr Großvater trug.

Asa sah sie an, und Tränen traten ihm in die Augen. Als er sprach, war seine Stimme zittrig. »Wenn es Ihnen nichts ausmacht, einen Moment lang mit ihr allein zu bleiben, Mrs. Peterson, dann fahre ich meinen Einspänner vor.«

Während der Heimfahrt und noch tagelang hinterher kam sich Elizabeth vor, als lebte sie in einer künstlichen Scheinwelt, wie Exemplare einer seltenen Gattung, die Menschen durch Glasscheiben betrachten. Leute gingen ein und aus. Mahlzeiten wurde zubereitet. Auf den Tag folgte die Nacht. Und wie auch sonst immer warnte das große Licht auf dem Turm die Schiffe vor Gefahren.

Und der Schmerz wollte immer noch nicht vergehen.

Wie wird man bloß mit dem Kummer fertig? fragte sie sich. Was konnte sie tun, damit der Schmerz, den dieser Verlust ihr zufügte, vorüberging? Der Tod war so plötzlich eingetreten. Er war etwas so Endgültiges. Und diese Endgültigkeit war es, womit sie jetzt so schlecht umgehen konnte. Sie konnte sich nicht erinnern, je in ihrem ganzen Leben in einer Situation gewesen zu sein, in der sie das Gefühl gehabt hatte, nichts an ihrer Lage ändern zu können. Es hatte immer eine Kleinigkeit gegeben, mit der sie den Lauf der Dinge hatte beeinflussen können. Aber jetzt konnte sie gar nichts tun. Der Tod war endgültig. Unwiderruflich. Was an ihr nagte, war die Hilflosigkeit, diese verfluchte Hilflosigkeit.

»Ich halte es nicht aus«, sagte sie am Abend vor der Beerdigung zu ihrem Großvater. Sie saßen beide am Küchentisch, und keiner von beiden rührte den Kaffee an, der vor ihnen stand.

Es war still im Raum. Noch nicht einmal das regelmäßige Ticken der Uhr auf dem Kaminsims war zu hören. Ihr Großvater bemühte sich mit Tränen in den Augen, sie dazu zu bewegen, daß sie etwas Eßbares zu sich nahm, doch Elizabeth konnte es einfach nicht. Sie konnte so gut wie gar nichts tun, nur still und stumm und zutiefst schockiert dasitzen und sich fragen, woher es kam, daß sie nicht weinen konnte, während es anderen Menschen so leicht fiel.

Sie schaute zu ihrem Großvater auf und wünschte, sie hätte zu ihm gehen können, wie sie es getan hatte, als sie noch jünger war, und sie hätte auf seinen Schoß klettern und sich von ihm auf den Knien wiegen lassen können. Sie erinnerte sich an den vertrauten Geruch seiner wollenen Matrosenjacke und an das Gefühl von Geborgenheit, das es ihr immer vermittelt hatte, den Kopf an seine breite Brust zu schmiegen, an das Gefühl von Sicherheit, das sie verspürt hatte, wenn er sie fest in seinen starken Armen gehalten hatte.

Sie wußte nicht, was stärker war, der Schmerz darüber, daß es kein Zurück gab, oder die Qual, die die Erinnerung mit sich brachte. Liebe und Verlust. Ihr Leben bestand nur aus Liebe und Verlusten. *Wie kommt es bloß, daß mir alles, was ich liebe, genommen wird?*

Sie fand es seltsam, wie der menschliche Verstand funktioniert, denn plötzlich drehten sich ihre Gedanken nicht mehr um die tröstlichen Arme ihres Großvaters, sondern um die tröstlichen Arme eines anderen. Ohne jede bewußte Anstrengung wandten sich ihre Gedanken ganz Tavis zu. Sie dachte an die Briefe, die er ihr geschrieben hatte, und an ihre eigenen Briefe – die, die sie ihm geschrieben hatte. Die Briefe, in denen sie ihm von dem Baby berichtet hatte. Die Briefe, die sie zerrissen und fortgeworfen hatte.

Er war nichts weiter als ein weiterer Verlust, ein weiterer Mensch, den sie geliebt hatte und der ihr entglitten war. Sie hatte kein schlechtes Gefühl dabei, keinen der Briefe abgeschickt zu haben, die sie ihm geschrieben hatte. Er hatte ihr den Rücken zugewandt und war gegangen. Er hatte es nicht verdient, von der Existenz seines Kindes zu erfahren.

Der Tag der Beerdigung kam, und die Sonne wagte es nicht, ihr Gesicht zu zeigen. Die Wolken hingen tief am Himmel, und die Welt war so dunstig und verhangen, als könnte selbst der Himmel sich nicht aus seiner Trostlosigkeit befreien.

Sie sah nach dem Grab ihrer Mutter und erinnerte sich an einen sonnigen Tag vor gar nicht allzu langer Zeit, als sie dort gekniet, Blumen gepflanzt und Unkraut gejätet und im Traum nicht geglaubt hätte, daß sie dort einen Platz für drei weitere Familienangehörige vorbereitete. *Jetzt dauert es nicht mehr lange*, dachte sie. *Schon bald wird Mama Gesellschaft haben, und dann wird sie nicht mehr so einsam sein. Jetzt sind nur noch Großpapa und ich in Nantucket übrig geblieben.*

Dann warf sie einen Blick auf ihren Großvater und fragte sich unwillkürlich, wie lange es wohl dauern würde, bis auch er ihr genommen wurde.

Elizabeth stand neben ihrem Großvater und beobachtete, wie die glitzernden Tränen über sein altes wettergegerbtes Gesicht liefen. Sie beide hatten so viele Verluste in ihrem Leben erlitten. Warum bloß? fragte sie sich und wandte den Blick zum Himmel, als würde dort die Antwort geschrieben stehen.

Warum, warum, warum?

Aber es gab keine Antworten. Nicht im Himmel. Und auch nicht in ihrem Herzen. Nur die kalte, rauhe Wirklichkeit starrte ihr ins Gesicht. Sie sah wieder die Tränen auf Asas Wangen und fragte sich, woher es kam, daß ihr Großvater trauern konnte und sie nicht. Sie hätte gern geweint. Sie wünschte es sich wirklich. Sie hätte gern geschrien und sich laut über die Ungerechtigkeit all dessen beklagt.

Es gab zu viele Dinge, die noch unerledigt waren, zu viele Worte, die noch nicht gesagt worden waren. *O Papa, ich habe dir verziehen, wirklich*, flüsterte sie und erinnerte sich wieder daran, wie ihr Vater sie gebeten hatte, ihr zu verzeihen, daß er sie dazu gezwungen hatte, Tavis zu heiraten. Ihr fiel aber auch wieder ihre eigene kalte Verweigerung ein, ihm eine Antwort darauf zu geben; statt dessen hatte sie ihm den Rücken zugekehrt und sich abgewandt.

So viele Veränderungen waren nur auf ihre eigene Wut zurückzuführen.

Aus Wut heraus hatte sie Tavis' Haus verlassen. Aus Wut heraus hatte sie sich geweigert, wieder zu Hause einzuziehen und es vorgezogen, statt dessen zu ihrem Großvater in den Leuchtturm zu ziehen.

Sie erinnerte sich an den Tag, an dem Sally und Meg zum Leuchtturm rausgekommen waren und sie angefleht hatten, wieder nach Hause zu kommen. Sie hatte die beiden umarmt und geweint, aber schließlich hatte sie sie dann doch unverrichteter Dinge fortgeschickt.

Und jetzt waren sie ihr alle drei genommen worden: ihr Vater, Sally und Meg. *Verluste. Das ganze Leben besteht nur aus Verlusten.*

Sie ließ den Kopf auf die Schulter ihres Großvaters sinken und sah ihre Brüder, die sich mit ernsten und finsteren Mienen um sie herum versammelt hatten. Sie trauerten, wie auch sie um ihre Angehörigen trauerte, doch sie führten inzwischen ihr eigenes Leben, und keiner von ihnen hatte sich dafür entschieden, in Nantucket bleiben zu wollen. Sie würden jetzt wieder nach Hause zurückkehren und die Erinnerung an den Kummer und den Schmerz hinter sich zurücklassen.

Elizabeth, ihr Großvater und das Kind, das jetzt jeden Tag geboren werden konnte, würden allein hier zurückbleiben.

Sie sah ausdruckslos zu, wie der letzte Spaten Erde in das Grab geschaufelt wurde. Ihr Blick fiel auf Megs Grabstein. Meg war erst fünfzehn. Sie war nie auch nur geküßt worden. Sie dachte an Sally und an die Hochzeit mit Jared Sherburne, die nie stattfinden würde. Sie schaute Jared an, der so trostlos und von Kummer überwältigt zu sein schien. Es war nicht gerecht. *Warum nicht ich?* schrie ihr Herz auf. *Warum nicht ich?*

Mir ist nichts mehr auf Erden geblieben, dachte sie, *nichts außer Großpapa und dem Baby.* Aber dennoch, obgleich sie wußte, daß sie einen Grund dafür hatte durchzuhalten, fragte sie sich, ob sie sich an dem dünnen Faden wurde festhalten können, der sie vor dem Wahnsinn bewahrte, und ob diese beiden Menschen – einer von ihnen alt und kurz vor dem Ende seiner Tage, der andere noch ungeboren, genügen würden, um ihren übermächtigen Kummer im Zaum zu halten.

Sie waren die letzten, die den Friedhof verließen. Als sie sich langsam von den vier Gräbern in der hintersten Ecke des Friedhofs entfernten, war ihr bewußt, daß sie kaum überhaupt noch an Tavis dachte. *Wenn das Leben eine Eichel wäre, hielte ich nichts weiter als die Schale dieser Eichel in der Hand. Wie seltsam das Leben doch ist; wie seltsam, daß der eine Kummer einen anderen vertreiben kann.*

Leere. Nichts weiter als die reine Leere.

20

An dem Tag, an dem Tavis nach Nantucket zurückkehrte, waren zweieinhalb Jahre vergangen, seit er die Stadt verlassen hatte. Schon seit Tagen war er von einem übermächtigen Verlangen gepackt, sie wiederzusehen und eine ganze Weile einfach nur damit zuzubringen, Elizabeth anzuschauen, ihren Anblick in sich aufzusaugen und die Veränderungen wahrzunehmen, die die Zeit und die Reife mit sich gebracht hatten.

Auf dem Weg vom Hafen zu seinem Haus fragte er sich unwillkürlich, wie ihre Reaktion wohl aussehen wurde. Seine Wut auf sie hatte sich schon vor langer Zeit gelegt und war größtenteils von Schuldbewußtsein abgelöst worden. Er fühlte sich schuldig für die Form, in der er sie verlassen hatte. Schuldig für sein Scheitern, schon eher zu ihr zurückzukehren. Seltsamerweise verursachte ihm sogar der Umstand, daß sie ihm nicht geschrieben und keinen seiner Briefe beantwortet hatte, gewisse Schuldgefühle. Er wußte, was ihre ausbleibende Korrespondenz zu bedeuten hatte: Er hatte sie verletzt, und zwar zutiefst.

Er überquerte die Main Street und winkte ein paar bekannten Gesichtern zu, doch seine Gedanken kreisten ausschließlich um Elizabeth. Warum hätte es auch anders sein sollen? Seit mehr als zwei Jahren dachte er nur noch an sie. In all der Zeit hatte er sich seine Illusionen erhalten, sie sogar genährt und sie zu ihrem eigenen

Schutz an einem sicheren Ort aufbewahrt, ganz ähnlich, wie er es mit den Plänen für seine Schiffe tat. In Gedanken hatte er sich den Augenblick seiner Rückkehr so oft ausgemalt und vor sich gesehen, wie sie am Küchenfenster stand, wie sie sich zu ihm umdrehen und seine Anwesenheit wahrnehmen würde, wie ihre Augen bei seinem Anblick leuchten und ihn mit bewundernden und anbetenden Blicken ansehen würden, genauso wie früher, als sie noch ein Kind gewesen war. Dann würde sie auf ihn zu laufen und ihm die Arme um den Hals schlingen, aber jetzt war sie kein Kind mehr, sondern eine Frau mit den Brüsten einer Frau, dem Körper einer Frau. Er wußte jetzt schon seit einer ganzen Weile, daß er niemals von ihr loskommen würde, denn sie strahlte etwas aus, einen Einklang von Geist und Seele, der ihn angelockt hatte, eine Einzigartigkeit in ihrer Gesamtheit, deren Sog er sich niemals hatte entziehen können und dem er sich auch in Zukunft niemals würde entziehen können.

Er bog in die Centre Street ein – seine Straße –, und plötzlich begannen seine früheren Befürchtungen und die alten Ängste wieder an ihm zu nagen. Was war, wenn es zu spät war? Was war, wenn er sich mit seiner Rückkehr zuviel Zeit gelassen hatte? Was war, wenn er zu lange gebraucht hatte, um sich die Scheuklappen von den Augen zu reißen, Scheuklappen, die es ihm nicht erlaubt hatten, sie zu sehen, sie wirklich als die Frau anzusehen, die sie war, nicht länger als das Kind von früher? Er war ein erwachsener Mann, zehn Jahre älter als sie. Sie war eine junge Frau, die noch in ihren Zwanzigern war, noch in der Blüte des Lebens stand. Und doch war er bei weitem der Verantwortungslosere von beiden, der Unreifere.

Er war jetzt an der Kreuzung angelangt und hatte den Straßenzug erreicht, in dem sein Haus stand, und mit jedem Schritt, der ihn näherführte, wuchs seine Besorgnis. *Liza … Liza … was habe ich dir angetan? Wie konnte ich bloß so grausam sein? Du hast nie etwas anderes getan, als mich zu lieben, wogegen ich all deine Hoffnungen zerschmettert und zugesehen habe, wie sie um dich herum zu Boden gestürzt sind, und dann habe ich sie auch noch unter meinen Füßen zertreten, als ich einfach fortgegangen bin.*

Als er vor seinem Haus stehenblieb, hämmerte sein Herz, und seine Handflächen waren feucht. Nur noch wenige Meter trennten ihn jetzt von ihr, ein paar kurze Meter und eine einzige dünne Tür.

Plötzlich löste sich alles, was er ihr hatte sagen wollen, in Luft auf, all die vielen Worte, die er so lange Zeit einstudiert hatte.

Er schloß das Tor hinter sich, blieb einen Moment lang stehen und schaute das Haus an, und er fühlte sich verunsichert und unbeholfen und tastete wie ein Blinder nach einer Andeutung von Selbstbeherrschung. Plötzlich konnte er sich an nichts mehr erinnern. Panik sickerte in seine Knochen. Er versuchte, sich darüber klarzuwerden, ob es etwas Jämmerlicheres gab als einen Mann, der das Selbstvertrauen verloren hat und nur noch als stammelnder Tölpel dasteht, der der Situation nicht gewachsen ist. Verletzbarkeit hüllte ihn ein wie ein härenes Hemd.

Der alte klassizistische Bau in der Centre Street sah noch so aus wie immer – mit seinen Schindelmauern, Pilastern an den Hausecken und dem seitlichen Säulengebälk. Der Zaun war immer noch mit dem geschwungenen Geländer verbunden, und die Haustür erweckte immer noch den Anschein, als könnte sie einen frischen Anstrich gebrauchen. Von außen sah alles noch ganz genauso aus wie vor fast drei Jahren, als er fortgegangen war.

Als er die Außentreppe zur Haustür hinaufstieg, blieb Tavis stehen. Er fragte sich unwillkürlich, welche Veränderungen Elizabeth im Hausinnern vorgenommen haben mochte.

Es war noch früh am Tag, erst viertel nach neun. Er nahm an, daß die Haushälterin noch in seinen Diensten stand, da er genügend Geld bei seinem Bankier zurückgelassen hatte, um ihren Lohn mindestens fünf Jahre lang weiterzuzahlen. Er steckte seinen Schlüssel in das Schloß und öffnete die Tür, trat in die Eingangshalle und stellte fest, daß alles noch so schmucklos war wie eh und je, nichts weiter als ein Stuhl und der Schirmständer, der schon immer neben der Tür gestanden hatte. Und immer noch stand nur ein Regenschirm darin. Sein eigener.

Er betrat den Salon und zündete die Öllampe auf dem dreibeinigen Tisch an, und es erstaunte ihn gewissermaßen, sie noch an ihrem gewohnten Platz neben der Tür vorzufinden. Auf dem Chippendale-Stuhl neben dem Tisch lag noch dasselbe Kissen aus blauer Klöppelspitze, das er in Erinnerung hatte, und der Couchtisch aus Rosenholz stand noch da, wo er schon immer gestanden hatte, direkt vor dem Sofa. Die türkische Ottomane stand an ihrem gewohnten Platz vor seinem Lieblingssessel mit dem Lederpolster.

Das Zimmer sah genauso aus, wie er es zurückgelassen hatte, und selbst seinem ungeübten Auge erschien es unberührt. Er warf seinen Mantel auf den Stuhl, während er aus dem Zimmer eilte und sich ins Eßzimmer begab. Als er es ebenfalls so vorfand, wie er es zurückgelassen hatte, ging er nach oben.

Das Schlafzimmer mußte exakt der Raum sein, den keine Frau benutzen konnte, ohne etwas zurückzulassen, was eindeutig an sie erinnerte, doch auch dort mußte er feststellen, daß alles genauso wie schon immer aussah – behaglich und gemütlich eingerichtet und ganz entschieden maskulin. Es hingen keine Rüschengardinen von der Sorte, wie Frauen sie mögen, vor den Fenstern, und auf dem Bett lag keine farbenfrohe Tagesdecke. Es standen keine Hausschuhe auf dem Fußboden, und nirgends war ein baumwollener Morgenmantel oder ein Jäckchen achtlos hingeworfen worden. Er warf einen Blick auf die Frisierkommode und sah dort nur seinen silbernen Schmuckkasten mit dem Monogramm, eine kleine Miniatur seiner Eltern und einen Schildpattkamm und eine passende Bürste, die seiner Mutter gehört hatte.

Von allem, was er seit dem Betreten seines Hauses vorgefunden hatte, war der Anblick der Frisierkommode das, was ihm die größte Sorge bereitete. Das und der Umstand, daß dieser unbenutzte Museumsgeruch in einem Raum hing, der doch nach Lilienwasser und Lavendel hätte duften sollen. Er spürte, wie sich die Hände an seinen Seiten zu Fäusten ballten. »Da soll mich doch der Teufel holen!« sagte er und beschloß, den Rest des Hauses zu inspizieren.

Mrs. Chadwick, die Haushälterin, fand er in der Küche vor. »Wo ist meine Frau?« fragte er gleich bei seinem Eintreten.

Mrs. Chadwick machte einen riesigen Satz und schlug sich eine Hand auf die Brust. »Der Herr erbarme sich! Sie haben mich zu Tode erschreckt«, sagte sie und sah ihn verängstigt an. »Aber, Mr. Mackinnon, wie schön, daß Sie wieder da sind. Sie hätten mir schreiben sollen, daß Sie kommen. Dann hätte ich das Haus lange und gründlich gelüftet.«

»Wo steckt Elizabeth?«

»Also, ich weiß es nicht. Haben Sie es schon im Leuchtturm probiert?«

»Nein, ich bin direkt hierhergekommen. In Anbetracht der Tageszeit habe ich damit gerechnet, daß sie zu Hause ist.«

»Oh, dann hat sie Ihnen also nicht Bescheid gegeben?«

»Wovon reden Sie?«

»Davon, daß sie nicht hier lebt. An dem Tag, an dem Sie abgereist sind, hat sie ihre Sachen in den Leuchtturm auf Brandt Point schaffen lassen. Ich hatte den Verdacht, das arme Ding war nach Ihrer Abreise so einsam, daß sie lieber mit ihrem Großpapa zusammen sein wollte. Seitdem lebt sie mit Robinson draußen im Leuchtturm.« Sie unterbrach sich, und ihr Gesicht wurde plötzlich ernst. »Ich vermute, dann wissen Sie auch nicht, was passiert ist«, sagte sie und schüttelte betrübt den Kopf. »Und welche Verluste sie erlitten hat.«

Das Herz hämmerte in seiner Brust. »Was für Verluste?«

»Oh, es war ja eine so tragische Geschichte«, sagte sie.

»Ein so entsetzlich tragischer Verlust. Der alte Kapitän Robinson ist nicht mehr derselbe wie früher, seit es sich zugetragen hat.«

»Seit sich was zugetragen hat?«

»Der Brand natürlich«, sagte sie und schüttelte wieder betrübt den Kopf. »Das Haus der Robinsons und zwei weitere ... sie sind niedergebrannt, lichterloh. Samuel und Elizabeths zwei Schwestern sind bei dem Brand umgekommen.«

Tavis zog einen Stuhl unter dem Tisch hervor und setzte sich. Er war zu tief erschüttert, um mehr als diesen simplen Akt zu bewerkstelligen. »Wann ist das alles passiert?« fragte er und war immer noch ganz benommen.

»Kurz nachdem Sie fortgegangen sind. Höchstens sieben oder acht Monate später, wenn ich mich recht erinnere.« Ehe Tavis in vollem Ausmaß erfassen konnte, was passiert war und was das alles hieß, ehe er den Schock verarbeiten konnte und Reue in sich aufkommen spürte, sah Mrs. Chadwick ihn ganz seltsam an.

»Wenn Sie nichts von dem Feuer gewußt haben«, sagte sie, »dann nehme ich wohl kaum an, daß Sie etwas ... von ... dem ... Baby wissen.«

In seinem Gehirn schien ein Sprühregen von Lichtsprenkeln zu explodieren. »Welches Baby?« sagte er mit einer klaren, kalten Stimme und sprach die Worte überdeutlich aus.

Mrs. Chadwick schien sich sehr unwohl zu fühlen und begann, sich mit einem Topflappen Luft ins Gesicht zu fächeln. »Ach, du meine Güte. Ich hätte den Mund halten sollen. Genau das hätte ich tun sollen.« Dann sah sie ihn einfältig und bedrückt an und sagte: »Mr. Mackinnon, stellen Sie mir bitte keine weiteren Fragen mehr. Ich komme nur zwei- bis dreimal in der Woche her, um das Haus zu lüften und um abzustauben. Ansonsten habe ich keine Ahnung.«

»Sie haben von einem Baby gesprochen. Wessen Baby?«

»Bitte«, sagte sie händeringend. »Gehen Sie zum Leuchtturm und reden Sie selbst mit Ihrer Frau. Holen Sie sich Ihre Antworten bei ihr. Ich habe das Gefühl, es ist absolut nicht meine Angelegenheit, Ihnen mehr als das mitzuteilen, was Sie über den Zustand Ihres Hauses wissen wollen.«

»Dieses Haus und alles, was darin herumsteht, interessiert mich nicht die Bohne und kann von mir aus der ewigen Verdammnis anheimfallen«, sagte Tavis. Ohne ein weiteres Wort wandte er sich ab und verließ eilig die Küche.

Er brauchte nicht lange, um den Leuchtturm zu erreichen. Er kam an dem Kieferknochen des Walfischs vorbei, lief über den sandigen Pfad und stieg über Pfützen, und dabei kreisten seine Gedanken weit mehr darum, was er sagen würde, als darum, wohin er gerade trat.

Die schockierenden Neuigkeiten, die er gerade vernommen hatte, wiederholten sich unablässig in seinen Gedanken. *Der Herr gibt, und der Herr nimmt.* Elizabeth hatte ihren Vater und zwei Schwestern verloren. Sie hatte ein Kind bekommen. *Gelobt sei der Name des Herrn.*

Wie konnte er sie trösten? Was konnte er sagen, um ihr zu verstehen zu geben, daß er ihren Verlust besser als jeder andere nachvollziehen konnte? Seine Gedanken spulten die Zeit zurück, und er erinnerte sich wieder an eine Zeit, als er noch ein Junge war, und daran, daß er seinen Bruder und seine Schwester fast gleichzeitig mit seinen Eltern verloren hatte. Oh, ja, mit Verlusten kannte er sich aus, das konnte man wohl sagen. Er kannte die Verzweiflung, den Schmerz, das unerbittliche Leid. Nur zu schnell fielen ihm diese Gefühle wieder zu. Er konnte sie in seinem Inneren spüren, doch er fand keine Form, wie er es ihr hätte sagen können.

Dann blickte er auf und sah den Leuchtturm, und er sah Kapitän Robinson am Rand des Wassers stehen, und neben ihm stand ein kleiner Junge, nicht älter als vielleicht zwei Jahre. Da er bemerkte, daß sein Urgroßvater abgelenkt war, schaute jetzt auch der Junge Tavis an. In dem Moment, in dem er dem Jungen ins Gesicht sah, wußte er, daß dieses Kind sein Sohn war.

Es war, als schaute er in einen Spiegel, der ihm Einblick in eine frühere Zeit gewährte. Hier handelte es sich zweifellos um einen Mackinnon, durch und durch. Von dem intensiven Blau der Augen bis hin zu dem lockigen schwarzen Haar. Er hatte nicht das Geringste von Elizabeth. Es war erhebend und entmutigend zugleich, und Tavis hatte plötzlich das Gefühl, als hätte man ihm etwas gereicht, um es ihm sofort wieder wegzunehmen.

Als er begriff, daß es sich um sein Kind handelte, stellte sich eine ganz neue Frage, die alle anderen in den Hintergrund drängte. Warum hatte sie ihm nichts von dem Kind berichtet? Was erhoffte sie sich davon, ihm etwas Derartiges vorzuenthalten? Dann erinnerte er sich wieder an den Abend, an dem er fortgegangen war, als sie unerwartet in die Bibliothek gekommen war. Er hatte sie gefragt, warum sie sich nicht geweigert hatte, ihn zu heiraten, sondern schließlich sogar darauf beharrt hatte. Etwas in seinem Bauch schnürte sich zusammen, als ihm seine grausamen Worte wieder einfielen und wie sehr er sie damit beleidigt hatte.

Aber schließlich hast du dann doch nachgegeben, stimmt's?

Ich mußte es tun.

Ob du es mußtest oder ob du es so wolltest, was ändert das schon?

Es hat … Ich habe meine Gründe dafür gehabt.

Seine Schritte stockten, und einen Moment lang hatte er das Gefühl, keinen weiteren Schritt tun zu können. *Wieviel denn noch?* fragte er sich. *Wieviel mehr Schuld muß ich auf mich nehmen?*

Der Junge hielt ein Schiff in der Hand. Tavis sah Kapitän Robinson an und nickte. »Sir«, sagte er und schüttelte Asa die Hand.

»Dann sind Sie also doch zurückgekommen«, sagte Asa. »Ich habe von Anfang an gewußt, daß Sie wiederkommen würden.«

»Hat daran jemals Zweifel bestanden?« fragte Tavis und schaute dabei den Jungen an.

»Für manche Leute hier in der Gegend schon«, sagte Asa. »Sind Sie für immer zurückgekommen?«

»Ja«, sagte Tavis, »und nach den Veränderungen zu urteilen, die sich hier zugetragen haben, glaube ich, es ist nur gut so.«

Asa sah den Jungen an.

Tavis schaute ihn ebenfalls an. »Hallo«, sagte er und ging vor dem kleinen Jungen in die Hocke.

Der Junge sagte kein Wort, ließ Tavis aber auch nicht aus den Augen. Er musterte ihn nachdenklich und schaute dann argwöhnisch zu seinem Urgroßvater auf. »Das ist ein hübsches Segelboot. Hast du es selbst gebastelt?« fragte Tavis.

Der Junge schaute auf das Segelboot in seinen Händen herunter, und Tavis konnte seine langen Wimpern und den strahlenden Schimmer auf seinem ebenholzschwarzen Haar sehen. Der Junge sah Tavis schüchtern an, schüttelte den Kopf und deutete auf seinen Urgroßvater. »Nein«, sagte er, und der Klang seiner Stimme war so kräftig und selbstsicher, als sei das ein Wort, das er schon häufig verwendet hatte.

Tavis lächelte, stand auf und streckte die Hand aus, um dem Jungen das Haar zu zerzausen. In dem Moment, in dem er das Kind berührte und seine Hand das seidige Haar seines Sohnes spürte, zersprang etwas in seinem Innern. Sein Sohn. Er schaute noch einmal auf ihn hinunter und verspürte den unbestreitbaren Drang, den Jungen in die Arme zu nehmen, doch er wußte selbst, daß es dafür noch zu früh war.

»Ist sie im Haus?« fragte er Asa.

»Sie war gerade eben noch in der Küche«, erwiderte Asa.

Tavis warf einen Blick auf das Haus und erkannte jetzt, daß er doppelt so viele Gründe dafür hatte, die Dinge zwischen ihnen zu klären, aber auch doppelt so viele Gründe, seine Verluste zu spüren, wenn es ihm nicht gelang.

Es hatte eine Woche lang ununterbrochen durchgeregnet, doch heute hatte der Regen nachgelassen, sich zu Nieselregen abgeschwächt, und der Himmel war freigefegt und nur noch mit Wolken gesprenkelt, die einen harmlosen Eindruck erweckten. Als die graue Wolkendecke sich auflöste und sie auf einen Garten hinaus schaute, den schon bald die Sonne wärmen und in ihren hellen Schein tauchen würde, nahm Elizabeth wahr, daß ihr Großvater mit dem zweijährigen Willie ins Freie ging, um sein Segelboot schwimmen zu lassen. Willie lief neben Asa her und sprang über Pfützen. Bei den ersten dreien gelang es ihm, und dann landete er mitten in der vierten.

Elizabeth lachte über diesen Anblick, und dann wandte sie sich wieder ab und war glücklich und zufrieden. Sie freute sich darüber, daß die Sonne endlich wieder rausgekommen war. Sie schaute in Richtung Stadt. Aus dem Dunstschleier, der sich in der Ferne hob, sah sie ihn kommen.

Elizabeth wußte nicht, wie lange sie dort am Fenster gestanden und ihren Großvater und ihren Sohn beobachtet hatte. Mit einer Hand hielt sie den ausgefransten Rand der Spitzengardine hoch und starrte über einen Streifen Sand zu dem umgedrehten Rumpf eines

Ruderboots hinaus, hinter dem ein kleiner Junge über den Strand lief, an einem Stück Schnur zog und ein winziges Segelboot hinter sich herzog.

Sie hatte nicht an ihn gedacht, als sie ans Fenster getreten war, doch es dauerte nicht lange, bis sich ihre Gedanken, wie auch sonst immer, Tavis zugewandt hatten. Wie jetzt, stellten sich ihre Gedanken an ihn auch sonst immer unerwartet ein und verweilten eine Zeitlang, ehe sie wieder in die Ferne schweiften, ein ganz ähnliches Verhalten wie das, was Tavis persönlich auch an den Tag gelegt hatte.

Sie hatte jetzt eine ganze Weile am Fenster gestanden und ihren Großvater und Willie beobachtet, als sie glaubte, den Klang von Tavis' Stimme zu hören. Er drang von oben zu ihr herunter, von einem Ort irgendwo oberhalb der endlosen Stufen der Wendeltreppe, die sich immer wieder im Kreis schlang, bis sie oben ankam, wo die Lampen und die riesigen Reflektoren angebracht waren.

Elizabeth ... Elizabeth ... Elizabeth ...

Seine Worte schallten nur als ein wortloses Echo durch ihren Kopf.

Seltsam, wie viele Male sie bisher geglaubt hatte, er sei dort und sie könnte seine Stimme hören, doch nur, um dann zu erkennen, daß sich all das lediglich in ihrem Kopf abspielte. In diesen allerersten Monaten vor Willies Geburt hatte sie dieselbe Stimme viele Male gehört. Allmählich hatte der Schmerz über seinen Verlust begonnen, sich abzuschwächen. Dann hatte Becca Nathaniel Starbucks jüngeren Bruder Jason geheiratet, und sie waren fortgezogen, nach New Bedford. Kurze Zeit darauf waren ihr Vater und ihre Schwestern bei diesem Brand umgekommen, und die ganze Welt schien sich von ihr zu lösen und sich in weite Ferne zurückzuziehen, und nur eine gewaltige ächzende Traurigkeit war zurückgeblieben.

Seit jenem gräßlichen Tag des Brandes waren jetzt – ja, wieviel Zeit war überhaupt vergangen? – fast zwei Jahre vorübergegangen, und doch verging kein einziger Tag, an dem sie nicht an die Tragödie dachte und den Schmerz noch einmal durchlebte. Ihr Blick fiel auf ihren Großvater. In den vergangenen zwei Jahren war er enorm gealtert. Er hatte so viele Verluste in seinem Leben erlitten, aber im Gegensatz zu ihr schien er nicht in der Lage zu sein, die Fäden wieder aufzugreifen und sein Leben weiterzuleben. Er schien auf etwas zu warten, und jedesmal, wenn dieser Gedanke ihr durch den Kopf ging, folgte darauf dieselbe Antwort.

Der Tod.

Schon viele Male hatte Asa ihr gesagt, er hätte derjenige sein sollen, den dieses Feuer für sich gefordert hatte, denn schließlich hätte er sein Leben gelebt und hätte jetzt keinen Grund mehr weiterzumachen, und Samuel sei jünger gewesen und hätte mehr Verantwortung zu tragen gehabt.

»So hätte es nicht kommen dürfen«, sagte er. »Es ist nicht so gedacht, daß Eltern ihre eigenen Kinder begraben.«

Als er am vorletzten Abend exakt dieselben Worte wieder geäußert hatte, hatte Elizabeth ihn darauf hingewiesen, daß er einen Grund hatte weiterzumachen und daß er schließlich sie und Willie hatte. »Sind wir denn nicht Grund genug?«

Woraufhin er erwidert hatte: »Ihr seid beide jung … und kräftig. Ihr werdet es schaffen, ob ihr mich habt oder nicht.« Dann war jener verträumte Blick in seine Augen getreten, und er hatte sich ganz in Gedanken an die Vergangenheit verloren. »Ich wollte niemals zurückkommen«, sagte er. »So wollte ich niemals sterben, alt und gebrochen mit ansehen, wie jene, die ich liebe, vor mir sterben. Wieviel besser es doch gewesen wäre, wenn mich ein Wal das Leben gekostet hätte oder wenn ich während eines gewaltigen Sturms an den Felsen zerschellt wäre.« Und dann hatte er sie betrübt angesehen und gesagt: »Es ist hart für einen Mann, mit ansehen zu müssen, wie sein Leben ihm von Tag zu Tag ein wenig mehr entgleitet, wenn er beobachten muß, wie seine Freunde und Angehörigen dahinscheiden und er übrig bleibt und sich nur noch die eine Frage stellen kann, wann er wohl an der Reihe ist.«

»Vielleicht hat Gott dich verschont, weil er wußte, daß ich dich noch brauchen würde. O Großpapa, verstehst du denn nicht, daß ich es ohne dich niemals hätte schaffen können?«

»Das kann schon sein«, sagte er und starrte aus dem Fenster auf das Meer, dem seine große Liebe gehörte. »Aber jetzt brauchst du mich nicht mehr, und manchmal habe ich das ganz deutliche Gefühl, daß es für mich an der Zeit ist.«

»Rede nicht so daher. Willie und ich brauchen dich. Ganz im Ernst.«

Er wandte sich nicht zu ihr um, sah sie nicht an. »Schließlich bin ich noch da, obwohl meine Knochen knirschen und meine Gedanken abschweifen, beklag dich also nicht. Manchmal spüre ich, wie es mich ruft, mich zurückruft.«

»Dich ruft? Du meinst den Walfang?«

»Nein«, sagte er und starrte wieder auf das weite graue Wasser hinaus. »Die See. Ich glaube, sie fühlt sich von mir betrogen. Die See mag es nicht, wenn man ihr ihre Toten nimmt.«

»Dann wird sie eben damit leben müssen. Du bist gesund und in Form und fährst nicht länger zur See. Du hast noch eine ganze Menge Leben in dir stecken.«

»Ich weiß nicht so recht«, sagte er und sah sie nicht an, sondern starrte weiterhin auf das Wasser hinaus, als redete er in Wirklichkeit mit ihm und nicht mit ihr, und sie nahm an, daß das in gewisser Weise auch der Fall war. »Uns beiden steht immer noch ein Rendezvous bevor«, sagte er, »der See und mir.«

»Deine Zeiten als Seefahrer sind vorüber. Jetzt ist Schluß mit den Rendezvous mit der See und mit allem anderen, was anstrengender ist, als mit Willie vor die Tür zu gehen, damit er mit seinem Segelboot spielen kann.«

Elizabeth räusperte sich, und die Erinnerung an jenen Abend verblaßte. Dieses Gespräch mit ihrem Großvater hatte etwas an sich gehabt, was ihr immer wieder durch den Kopf ging, aber was? Warum konnte sie sich in Gedanken nicht davon lösen?

Plötzlich wurde ihr bewußt, daß ihr Mund und ihre Kehle ausgetrocknet waren und daß ihr Herz fast schmerzhaft hämmerte. Sie schluckte und nahm wahr, daß ihr Atem schneller ging. Plötzlich erkannte sie, was sie die ganze Zeit über angestarrt hatte.

Aus der Ferne sah sie ihn kommen, dort, wo sich der Pfad von der Stadt her zur Landspitze schlängelte und der Sand und der Himmel in blauen Aquarellfarben miteinander zu verschmelzen schienen. Einen irrsinnigen Augenblick lang schien sie das Zeitgefühl zu verlieren, und selbst wenn ihr Leben auf dem Spiel gestanden hätte, hätte sie beim besten Willen nicht sagen können, ob sie ihn nur für einen Sekundenbruchteil oder hatte schon seit einer Ewigkeit näher kommen sehen.

Vor langer Zeit hatte sie diesen Mann geliebt. Sie hatte ihn geheiratet. Sie hatte ihm einen Sohn geboren. Es hatte eine Zeit gegeben, selbst nach Willies Geburt noch, zu der die Leidenschaft ihrer Gefühle zu ihm noch in ihr geglüht hatte, eine lebendige brennende Flamme. Doch die Leidenschaft war erloschen, von einem neueren und frischeren Kummer abgelöst worden, und gemeinsam damit hatte sich die Hoffnung eingestellt, er möge nie mehr zurückkommen. Elizabeth hegte jetzt keine Wut mehr auf ihn, und sie war frei von jeder Bitterkeit. Sie war schlicht und einfach Elizabeth Mackinnon, eine ruhige und reizende Frau, die sich mit derselben Begeisterung für ihren Großvater und ihren Sohn aufopferte, mit der sie sich ihren Astronomiestudien hingab, und sie war es zufrieden, ihr Leben im Leuchtturm auf Brandt Point zu verbringen, mit einem eisernen Rückgrat.

Sie nahm an, einen großen Teil dessen hatte sie ihrem Sohn zu verdanken, ihrem süßen Willie mit den dicken Fingerchen. Sie erinnerte sich noch lebhaft daran, was sie am Tag seiner Geburt zu Becca gesagt hatte. »Tavis werde ich niemals bekommen, aber sein Kind kann ich für mich allein haben. Es ist ein Teil von ihm, der immer mir gehören wird, ein Teil von ihm, den er mir nie mehr abnehmen kann. Mein Leben hat schließlich doch noch einen Sinn bekommen. Ich vermute, das war das Schlimmste daran, jemanden zu lieben, der diese Liebe nicht erwidert. Man spürt keinen Lebenssinn.«

Ihr Blick fiel wieder auf den Mann, der auf dem Pfad näher kam. Tavis Mackinnon, der Mann, der sie mit einem Kind im Bauch und ohne Lebenssinn hatte sitzen lassen.

Ihre Knie wurden plötzlich weich. Er war gekleidet wie sonst auch immer, trug eine braune Hose und eine blaue Matrosenjacke mit hochgestelltem Kragen. Das, was sie von seinem Gesicht sehen konnte, war nicht so braungebrannt, wie sie es in Erinnerung hatte, aber irgendwie wußte sie, daß es diesen blaugrauen Augen immer noch gelingen würde, sie bebend in sich zusammensinken zu lassen.

Das Herz schlug in ihrer Kehle, als sie ihn näher kommen sah und beobachtete, wie er einen Moment lang dort stehen blieb, wo Willie und ihr Großvater Willies Boot schwimmen ließen. Er nickte Asa zu und schüttelte ihm die Hand, und dann wandte er sich an Willie und sprach mit ihm. Sie sah ihren Großvater nicken, und Tavis kauerte sich vor Willie hin und stellte ihm eine Frage. Er lächelte, als Willie den Kopf schüttelte, und dann deutete er auf seinen Großvater. Tavis zerzauste das Haar auf Willies Schopf, stand dann wieder auf und wechselte ein paar Worte mit ihrem Großvater. Sie spürte das wilde Pochen ihres Herzens schon in dem Moment, in dem ihr Großvater mit einer Kopfbewegung auf das Haus wies.

Nein ... nein ... schick ihn fort. Sag ihm nicht, daß ich hier bin. Ich will ihn nicht sehen ...

In dem Moment, in dem sich Tavis von ihrem Großvater und von Willie abwandte, schwand der freundliche Ausdruck von seinem Gesicht. Mit zielstrebigen Schritten lief er über den Sand. Es bedurfte keiner außergewöhnlichen Klugheit, um ihm anzusehen, daß er erbost und wütend war. Sie beobachtete ihn, bis er so nah an die Tür herangekommen war, daß sie ihn nicht mehr sehen konnte, und wartete auf sein Anklopfen. Im nächsten Moment hörte sie, wie die Tür geöffnet und dann wieder geschlossen wurde.

Sie hörte, wie sich seine Schritte durch das Haus bewegten, als er sie suchte. Sie stand immer noch am Küchenfenster und fürchtete sich zu sehr, um sich auch nur von der Stelle zu rühren, als sie ihn den Raum betreten hörte. Einen Moment lang stand sie still da, hielt immer noch das Geschirrtuch in der Hand und holte dann tief Atem, während sie sich zu ihm umdrehte. »Dann bist du also zurückgekommen«, war alles, was sie sagte.

Gefühle sprangen wie Flammen in seine Augen. »Hat jemals der geringste Zweifel daran bestanden, daß ich zurückkommen würde?« sagte er, ohne sich die Mühe zu geben, den Anflug von Traurigkeit aus seiner Stimme zu verbannen.

»Die meiste Zeit, ja«, sagte sie und ließ ihre Stimme im Leeren verhallen. Sie wollte stark sein und ihm widerstehen, ihm zeigen, daß er nicht der einzige war, der kalt und lieblos sein konnte, aber sie wußte, daß sie es ihm nicht in der Form übermittelt hatte, in der sie es gern getan hätte.

Ihm dagegen bereitete es keinerlei Schwierigkeiten, ihr die Richtung zu verstehen zu geben, die seine Gedanken eingeschlagen hatten. »Ich wünschte, zwischen uns wäre einiges ganz anders verlaufen«, sagte er. »Ich wünschte, du hättest mir von dem Jungen berichtet.«

Mit allen Trotzreserven, die sie aufbieten konnte, sagte sie: »Weshalb? Was hätte sich dadurch möglicherweise ändern können, abgesehen davon, daß du noch wütender auf mich gewesen wärst und mich noch mehr gehaßt hättest?«

»Ich war wütend auf dich, das ist wahr, aber ich habe dich niemals gehaßt. Ich würde meinen, es sei mein Recht, von der Geburt meines Kindes zu erfahren. Du hättest mir wenigstens schreiben oder einen einzigen meiner Briefe beantworten können. Ich habe ausdrückliche Anweisungen hinterlassen, wie du mich erreichen kannst, wenn du mich brauchst.«

»Oh, ja, das hast du getan, das kann man wohl sagen. Du hast Anweisungen dazu hinterlassen, wofür dein Geld ausgegeben werden soll und wie dein Haus instand gehalten werden soll, aber eines hast du vergessen. Du hast deine Frau mit keinem Wort erwähnt.«

Er blieb beharrlich. »Du hättest meine Briefe beantworten sollen. Du hättest mir berichten sollen, daß ich einen Sohn habe.«

»Weshalb? Wenn du dir nichts aus deiner Frau gemacht hast, wie kommst du dann auf den Gedanken, ich könnte dir glauben, du würdest dir etwas aus dem Sohn machen, den ich dir gebäre?«

Einen Moment lang sagte er gar nichts und erinnerte sich wieder an das, woran er auf dem Weg bereits gedacht hatte, an den Abend, an dem sie gesagt hatte: *Ich habe meine Gründe dafür gehabt.*

»Hast du schon vor meinem Fortgehen von dem Baby gewußt? Ist das der Grund, aus dem du dich von deiner Familie zu der Heirat hast drängen lassen?«

»Ja.«

Etwas schien bei ihm anzukommen. Erst sah er sie ungläubig an, und dann schien sich sein ganzes Wesen zu entspannen. »Das war ein Fehler. Es wäre alles ganz anders gekommen. Eine ganze Menge hätte passieren können, aber ich hätte dich nicht sitzenlassen.«

»Und woher hätte ich das wissen sollen? Du warst damals reichlich wütend. Ich habe es für das Schlimmste gehalten, was ich nur irgend anrichten kann, es dir zu sagen. Ich wollte, daß du dich an die Vorstellung gewöhnst, verheiratet zu sein, ehe du dich damit auseinandersetzen mußt, Vater zu werden. Ich konnte beim besten Willen nicht ahnen, daß du vorhattest, am Tag unserer Hochzeit fortzugehen.«

Zumindest besaß er den Anstand, eingeschüchtert zu wirken. »Wenn ich das gewußt hätte«, sagte er mit leiser Stimme, »dann wäre ich geblieben.«

Sie reckte das Kinn in die Luft und sah ihm direkt in die Augen. »Wenn du geblieben wärst, hätte ich es dir gesagt.«

Er wollte etwas dazu sagen, doch sie schnitt ihm das Wort schon vorher ab. »Das spielt jetzt keine Rolle mehr. Nichts von alledem zählt jetzt noch. Was mich betrifft, so hast du auf deine Rechte verzichtest, als du mich sitzengelassen hast, und wie du deutlich sehen kannst, konnte ich Willie auch ohne deine Hilfe bekommen.«

»Willie ... so hast du ihn genannt?«

Ihre spontane Reaktion bestand darin, den Umstand auszunutzen, daß er abgelenkt war, und ihm eine Breitseite zu verpassen, doch sie sprach die Dinge nie aus, mit denen sie ihm den größten Schlag versetzt hätte. Vielleicht kam es daher, daß das, was sie in ihrem Herzen fühlte, so ganz anders als das war, was ihr durch den Kopf ging.

Vielleicht kam es daher, daß sie vom ersten Augenblick an, als sie ihn gesehen hatte, gewußt hatte, daß sie sich immer noch danach verzehrte, im wahrsten Sinne des Wortes Tavis Mackinnons Frau zu sein. »Wir nennen ihn Willie. Das ist eine Kurzform für William … William Tavis.«

»Du hast ihn nach mir benannt?«

»Schließlich ist er dein Sohn. Hast du etwas dagegen einzuwenden?« »Nein. Natürlich nicht. Ganz im Gegenteil. Es ist nur einfach so, daß … nun, ja, es überrascht mich.«

»Und warum das? Er ist dein Sohn, dein Erstgeborener und somit derjenige, der deinen Namen tragen sollte. Dieses Recht würde ich ihm niemals versagt haben, ebenso wenig, wie es für mich je gegen ihn spräche, daß du sein Vater bist.«

Er starrte sie an. Sie sah ihm in die Augen, ohne mit einer Wimper zu zucken. Langsam wichen die Härte und der Zorn aus seinem Blick, und er entspannte sich. »Das ist nicht gerade die Begrüßung, die ich erwartet habe. Ich hatte Grund zu der Annahme, du würdest wütend auf mich sein.«

»Das war ich auch, aber kurz nach Willies Geburt hat sich meine Wut gelegt. Ich will nicht, daß mein Haß Willie das Leben vergällt. Und außerdem habe ich wirklich keine Zeit, die Flammen meines Grolls immer wieder zu entfachen. Meine Güte! Ich habe nie gewußt, daß man als Mutter alle Hände voll zu tun hat«, sagte sie und hoffte, hinter der Leichtigkeit ihrer Worte könnte sie die Schwere ihres Leids verbergen.

Einen Moment lang glaubte sie, er würde lächeln, doch sein Gesicht blieb unbewegt. Mit ihrem Versuch, sich unbeschwert zu geben, hatte sie ihn nicht täuschen können. »Mrs. Chadwick hat gesagt, du seist gleich nach meinem Fortgehen ausgezogen.«

»Am nächsten Tag, wenn du es ganz genau wissen willst.«

»Warum?«

»Ich würde meinen, daß die Gründe für meinen Auszug auf der Hand liegen. Ich kann nicht glauben, daß du nicht selbst weißt, warum ich es getan habe. Im Grunde genommen war es gar nicht schwierig, diese Entscheidung zu treffen. Du hast überdeutlich klargestellt, daß du weder mich noch diese Ehe willst. Unter den gegebenen Umständen habe ich es für das beste gehalten, gleich zu gehen. Zu dem Zeitpunkt wollte ich nichts mehr mit dir zu tun haben und auch nichts mehr um mich herum sehen, was dir gehört.«

Einen Moment lang hatten sie sich in einer Sackgasse festgefahren und musterten einander über die Entfernung, die zwischen ihnen lag; jeder von beiden war der Überzeugung, im Recht zu sein, und keiner von beiden war bereit nachzugeben. Nach ein paar Sekunden seufzte er. Sie sah die Enttäuschung, die auf seinem Gesicht stand, doch trotzdem lächelte er sie gequält an.

»Du hast dich verändert«, sagte er.

»Ich bin inzwischen Mutter geworden.« Plötzlich wurde ihr klar, daß er tatsächlich erwartet hatte, sie in seinem Haus vorzufinden, wo sie sich behaglich eingenistet hatte, sich wohl fühlte und ihn erwartete. O Gott, und jetzt will er dieser Ehe eine Chance geben. Warum bloß? Warum ausgerechnet jetzt, nachdem ich gerade erst begonnen habe, mir mein eigenes Leben einzurichten? »Die Mutterschaft hat mich verändert«, sagte sie und fügte dann hinzu: »Das und die Tragödie, die sich hier abgespielt hat.«

Sein Gesicht wurde freundlicher. »Ich habe schon von Samuel und deinen Schwestern gehört. Es tut mir leid ... sehr leid.« Er unterbrach sich, denn jetzt fühlte er sich noch schuldbewußter und noch unsicherer. »Ich hätte für dich da sein müssen, als es dazu gekommen ist.«

»Ja, du hättest für mich da sein sollen, aber du warst nicht hier, und daran können sämtliche Wünsche auf Erden nachträglich nichts mehr ändern. Die Dinge liegen jetzt anders. Du hast mich sitzengelassen, und fast drei Jahre lang mußte ich lernen, wie ich mit Verlusten und mit Kummer fertig werde. Du hast deine Entscheidungen getroffen und dich dann daran gehalten. Deine Entscheidungen haben mich verletzt. Du hast mich verletzt. Dieser Schmerz vergeht nicht einfach von allein, weil du beschlossen hast, wieder in mein Leben zu treten und dich bei mir zu entschuldigen.«

»Das weiß ich«, sagte er. »Aber trotzdem sollst du wissen, wie leid es mir tut. Ich weiß, was solche Verluste einem antun können.«

Sie wußte, daß er an den Tod seiner eigenen Eltern, eines seiner Brüder und seiner Schwester dachte, doch er hatte diese familiären Verluste vor langer Zeit erlitten, und die Wunden waren verheilt, während ihre noch frisch waren. Sie wandte den Blick ab. »Ja«, sagte sie, »Verluste kann man nur sehr schwer hinnehmen, und ich habe viele Verluste erlitten. Manchmal glaube ich, dort oben muß jemand sitzen und lauschen, wenn wir uns dankbar für das erweisen, was uns zuteil geworden ist, aber nur, damit sie ganz genau wissen, wo sie am besten anfangen, wenn es an der Zeit ist, uns alles zu nehmen, was uns lieb und teuer ist.« Sie sah ihm fest in die Augen. »Glaub bloß nicht, daß ich mir Willie von dir wegnehmen lasse. Eher bringe ich dich um.« Sie schaute aus dem Fenster auf ihren Großvater und Willie. »Das einzige, was mir noch geblieben ist, sind Willie und dieser gute alte Mann dort draußen. Es hat ihn fast umgebracht, meinen Vater und meine Schwestern zu verlieren. Ich werde nicht zulassen, daß er noch mehr Kummer erleidet.« Sie schaute wieder auf ihren Großvater hinaus und hielt den Blick auf ihn gerichtet, als sie Tavis eine Warnung erteilte. »Halte dich von ihm fern. Und halte dich von mir fern. Wenn ich verletzt werde, leidet er darunter.«

»Ich bin nicht zurückgekommen, um dich zu verletzen, Liza.«

Sie zuckte zusammen, als er sie bei ihrem Namen nannte, denn sie konnte sich nur zu gut an die Zeit an Bord ihrer Schaluppe und an die Gelegenheiten erinnern, bei denen er sie bei ihrem Namen genannt hatte. »Ich weiß nicht, warum du dir überhaupt die Mühe gemacht hast zurückzukommen. Und nenn mich nicht Liza. Das ist eine Liebkosung. Wir wissen schließlich beide, daß du es nicht so meinst.«

Er starrte sie weiterhin an, als hätte ihn etwas in den Tiefen ihrer violetten Augen gerührt. In dem Moment hörte sie Willies Stimme, und als sie sich umdrehte, sah sie ihn auf den Leuchtturm zulaufen und seinen Großvater an der Hand hinter sich herziehen.

»Es ist Essenszeit. Ich wollte William gerade füttern«, sagte sie und holte eine Schüssel aus dem Küchenschrank hinter sich. Sie spürte, wie seine Augen sich in ihren Rücken gruben, als sie vor den Herd trat und eine Schale kräftiges Muschelragout ausschöpfte. Sie stellte die Schale auf den Tisch, der für zwei Personen gedeckt war. Dann schöpfte sie eine größere Schale Ragout für ihren Großvater aus und stellte sie auf den Platz ihr gegenüber am Tisch.

»Ich will mit dir reden, Elizabeth, und das werde ich auch tun, wenn es sein muß in Gegenwart der beiden.«

Sie hörte, wie die Tür aufging. Ihr Herz verwandelte sich in einen Eisblock. Schließlich sagte sie: »Wir können im anderen Zimmer miteinander reden.«

Er folgte ihr in das Wohnzimmer des Hauses. In der Tür blieb er abrupt stehen. Was er dort sah, ließ ihn jegliche Fassung verlieren. *Das* war es, was er in seinem Haus in der Centre Street vermißt hatte. *Das* war es, was er erwartet hatte, als er die Haustür aufgeschlossen hatte. *Das* war es, was sie ihm versagt hatte. Er schloß die Augen, als müßte er gewaltsam etwas unterdrücken, und seine Hände ballten sich an seinen Seiten zu Fäusten.

Als seine Finger sich wieder öffneten, schaute er sich in dem Zimmer um. Er war allseits von Lebenszeichen umgeben, von dem heimeligen Krimskrams, der die Patina eines liebevollen Umgangs damit angesetzt hatte. Sein Blick fiel sofort auf einen Tisch, auf dem Schnitzwerkzeuge unordentlich herumlagen, und drumherum waren einzelne Hobelspäne und Sägemehl auf dem Boden verteilt. Mitten auf dem Tisch lag eine Arche Noah, mit einer vollständigen Menagerie an kleinen Holztieren ausgestattet.

Es versetzte seinem Herzen einen Stich.

Es war ein freundliches Zimmer, mit einer Unmenge von Büchern und Kindermöbeln vollgestopft, und überall lag Spielzeug verstreut herum. Selbst, als er sich jetzt mit Elizabeth allein im Raum befand, herrschten hier Lärm und Trubel, und die zahllosen Funktionen dieses Zimmers hallten von seinen Wänden wider. Das hier war der Mittelpunkt des Lebens. Hier wurde ein Kind gefüttert und tollte sich beim Spielen nach Herzenslust aus. Hier wurde der kleine Junge mit Schlafliedern beschwichtigt und vor dem Kaminfeuer in den Schlaf gewiegt. Hier wurden all seine Kratzer und Beulen liebevoll behandelt, und jeder Schmerz wurde fortgeküßt. Wohin er auch sah, überall lag Spielzeug – Segelboote, ein Ball, Zinnsoldaten, ein Schaukelpferd, Zirkustiere, ein Kreisel. Ein Band mit Geschichten für kleine Kinder lag auf der Miniaturausgabe eines Windsor-Stuhls, und einen Moment lang blieb sein Blick auf einem weiteren Kinderbuch haften.

Er war derart überwältigt, daß er die Augen schloß, doch selbst dann noch verfolgte ihn die Realität dessen, was in seinem Leben fehlte, wie ein Spuk. Sogar mit geschlossenen Augen konnte er den Unterschied deutlich erkennen. Hier hüllten ihn die Gerüche eines bewohnten Heimes ein. Hier drangen ihm die Düfte von Rosen, Puder und etwas, was in der Küche schmorte, in die Nase. Hier wollte er sein und nicht etwa dort, in seinem eigenen Haus, in dem es überall nach Dunkelheit und Leere roch, wie eine Truhe, die mit Erinnerungsstücken vollgepackt ist und einmal im Jahr vom Dachboden geholt wird, um alles auszulüften.

»Mama ... Mama ... aua ... Willie aua.«

Beim Klang der Stimme seines Sohnes riß Tavis den Kopf herum und sah ihn, als er gerade zur Tür hereingerannt kam und einen seiner Finger festhielt. Im nächsten Augenblick war Elizabeth bereits an seiner Seite.

»Was ist passiert, Willie?« fragte sie, und der zarte, liebevolle Klang ihrer Stimme traf Tavis bis ins Mark.

»Muschelschale«, sagte Willie. »Aua.«

»Hat Mama dir denn nicht gesagt, daß du nicht mit den Muschelschalen spielen sollst? Sie haben scharfe Kanten, Willie. Sie schneiden dir in die Finger, oder etwa nicht?«

Willie nickte und hielt den Finger hoch. »Willie geschnitten. Siehst du?«

Tavis beobachtete Elizabeth, als sie Willie an der Hand nahm und ihn ans Fenster führte. Dort stand ein Verbandskasten auf dem Fensterbrett. »Also, gut, Willie, gib mir jetzt deinen Finger.«

Willie streckte den Finger aus, und Tavis beobachtete, wie Elizabeth die Blutstropfen abwischte. *Fleisch von meinem Fleisch, Blut von meinem Blut.* Er mußte sich enorm zusammenreißen, um nicht zu den beiden hinzugehen, nicht seinen Sohn in die Arme zu nehmen und zum ersten Mal sein leichtes Gewicht zu heben, seinen zarten Körper zu fühlen.

Sie drückte ihm einen Kuß auf den dicken Finger, und Tavis sog den Anblick in sich ein und erinnerte sich wieder an etwas, was lange her war, etwas, was seine eigene Mutter früher einmal gesagt hatte. *Gott kann nicht überall zugleich sein, Tavis. Deshalb hat Er Mütter erschaffen.*

Er beobachtete, wie sie sich seines Sohnes annahm. Sie hatten beide so viel versäumt und so viele Verluste erlitten, aber es gab eines, was er sehen konnte, eines, was unauslöschlich und unzerstörbar bleiben würde, etwas, was das stärkste Band auf Erden war: das Band zwischen Mutter und Kind.

Er schaute in Willies Gesicht und sah die Anbetung, die in die winzigen Züge gemeißelt war, und er sah auch, wie der kleine Junge den Stoff ihres Ärmels zwischen dem Daumen und dem Zeigefinger rieb, als fühlten sich schon allein die Kleider seiner Mutter anders als die eines jeden anderen Menschen an. Was sie von allen anderen unterschied, bestand noch gar nicht einmal so sehr darin, was sie tat, sondern begründete sich in der schlichten Tatsache, daß ihm in ihrer Nähe sofort wohler zumute war.

Er hatte das Gefühl, als blutete sein Herz an einem Dutzend Stellen zugleich, als er beobachtete, wie sie eine Salbe auf seinen Finger auftrug. Schließlich umarmte sie den Jungen dann und sagte: »Und jetzt gib mir einen Kuß, Willie, und sag mir, ob es schon weniger weh tut.«

Willie stellte sich auf die Zehenspitzen, schlang Elizabeth die Arme um den Hals und drückte ihr drei Küsse auf die Wange. »Schon besser«, sagte er, und als er sie losließ, sah er sie mit einem Blick an, der besagte: *Meine Mutter, die alles kann, hat es wieder heil gemacht.*

»Gut, dann lauf jetzt los«, sagte sie und gab ihm einen liebevollen Klaps auf den Hosenboden. »Iß dein Muschelragout auf, ehe es kalt wird.«

Tavis beobachtete, wie Willie aus dem Zimmer rannte. Er stürmte hinaus, wie er hereingestürmt war, und dabei fiel ihm wieder ein, daß er einmal gelesen hatte, ein Haushalt ohne eine Frau im Haus sei wie ein Körper ohne Seele. Bis zum heutigen Tage hatte er diese Worte nie verstanden, bis er sein eigenes Haus erwartungsvoll betreten hatte …

Was hatte er eigentlich erwartet? Er schüttelte den Kopf. Er wußte es nicht. Mochte Gott ihm beistehen, aber er wußte es wahrhaftig nicht. Doch in dem Moment, in dem er dieses Zimmer betreten hatte, war es ihm klargeworden. Um ihn herum wirkte alles bewohnt und strahlte Liebe und Leben aus.

Er wurde von dem schmerzlichen Verlangen gepackt dazuzugehören. »Ich möchte, daß du nach Hause kommst«, sagte er und war außerstande, viel mehr als den Wunsch zu verspüren, sie bei sich zu haben, das heftige Verlangen, einen Daseinszweck zu haben, einen Anker im Leben. Etwas, um die Leere auszufüllen. Etwas, was ihn davor bewahrte, sich in seinem eigenen Haus als Pilger zu empfinden.

»Ich bin zu Hause«, sagte sie und nahm überdeutlich den Druck wahr, der auf ihm lastete.

»Du weißt, was ich meine«, sagte er ernst.

Sie sah ihm direkt ins Gesicht. »Nein, Tavis, ich weiß es nicht. Mein Zuhause ist genau da, wo ich bin, wo ich mich wohl fühle und wo ich habe, was ich brauche. *Hierher* gehört mein Herz. Und *hier* werde ich auch bleiben »

»Du bist meine Frau …«

»Das weiß ich schon seit einer ganzen Weile. Mich überrascht jedoch, daß du fast drei Jahre gebraucht hast, um es zu begreifen.«

»Elizabeth …«

Er kam nie dazu, den Satz zu beenden, den er gerade beginnen wollte, denn Willies Stimme rief aus dem Nebenraum: »Mama?«

Sie warf einen Blick in Richtung Küche. »Ich komme gleich«, sagte sie und sah sich schnell noch einmal nach Tavis um, den sie damit verabschiedete.

»Du hast zu tun«, sagte er. »Ich sollte besser wieder gehen.«

»Ja. Willie ist jetzt in dem Alter, in dem es ihn frustriert, wenn er mich um sich haben will und ich nicht in der Nähe bin.«

»Das kann ich gut verstehen«, sagte er und erinnerte sich wieder daran, wie oft er dasselbe empfunden hatte.

Sie schien zu ignorieren, wie er sie ansah, zu ignorieren, was er sagte und wovon sie wissen mußte, daß er es wirklich so empfand.

Sie brachte ihn zur Tür und streckte die Hand aus, um die Tür für ihn zu öffnen. Sie drehte sich zu ihm um; die Anspannung, die sich ihm bei seinem Eintreten in ihren Augen gezeigt hatte, war jetzt von ihr abgefallen. »Ich bin froh, daß du es jetzt weißt. Für mich heißt das einen Punkt weniger, um den ich mich sorgen muß«, sagte sie und gab dann einen kurzen traurigen Laut von sich, der eine Mischung aus einem Seufzen und aus einem Lachen war. »Früher habe ich nachts oft wach gelegen und mir diesen Moment ausgemalt, und ich habe versucht, mir vorzustellen, was wir zueinander sagen könnten und wie ich dir das mit Willie beibringen soll ... und wie du darauf reagieren würdest, das heißt, falls du jemals zurückkämest.«

Er streckte die Hand nach der Tür aus, drehte sich zu ihr um und ließ die Hand auf dem Türgriff liegen. »Falls dir das weiterhilft, ich habe selbst oft an diesen Augenblick gedacht. Nicht etwa, daß ich mir vorgestellt habe, ich könnte einen Sohn haben, aber ...«

Er unterbrach sich kurz und sprach dann weiter: »Die meiste Zeit habe ich nur an die Veränderungen gedacht, die du im Haus vornimmst, an die hundert und mehr Kleinigkeiten, die sich durch die Anwesenheit einer Frau im Haus ändern, an die nachtwandlerische Sicherheit, mit der eine Frau ein Haus zu einem echten Heim macht. Was nicht heißen soll, daß ich nicht oft an dich gedacht und mir die Dinge ausgemalt hätte, die ich zu dir sagen werde.« Er wandte den Blick keinen Moment lang von ihrem Gesicht ab. »Es scheint, als hätten wir uns beide enorm unrealistische Vorstellungen gemacht.«

»Ja, es scheint ganz so.« Sie warf einen Blick über ihre Schulter in die Küche, und ihre Stimme klang unbeschwerter und hatte einen Tonfall angenommen, in dem sich etwas unausweichlich Endgültiges ausdrückte. »Wir können nichts mehr an allem ändern, was bereits vorgefallen ist, Tavis. Was geschehen ist, läßt sich nicht rückgängig machen. Aber wir können es vermeiden, uns von jetzt an weiterhin ein falsches Bild voneinander zu machen.«

»Und wie sehen deine künftigen Vorstellungen jetzt aus?«

Ihr Ausdruck verhärtete sich. »Sie sind realistisch. Wir haben uns beide verändert, Tavis. Nichts ist mehr so wie früher. Wir können die Zeit nicht zurückdrehen. Und selbst, wenn wir es könnten, dann wollte ich es nicht.«

»Willst du damit in höflicher Form ausdrücken, daß du nicht die Absicht hast, meine Frau zu sein?«

»Was ich damit sagen will, ist, daß ich bloß deshalb, weil ich deine Frau bin, noch lange nicht in dein Haus einziehen werde.«

»Ich verstehe«, sagte er und ließ die Tür los, ehe er sich abwandte.

Sie sah ihm nach. »Nein, ich glaube nicht, daß du das verstehst«, sagte sie zu seinem Rücken, als er ging. »Aber das hast du ja noch nie.«

21

Sie hatte nicht geplant, an jenem Tag in die Stadt zu gehen, da kein stichhaltiger Grund dafür vorlag. Aber sie hatte eine emotional strapaziöse Woche hinter sich, und wenn sie sah, wie ihr Großvater und Willie sie mieden, dann wußte sie, daß sie reichlich mürrisch gewesen sein mußte. Sie war zu lange eingepfercht gewesen. Sie hatte es dringend nötig, sich die Beine zu vertreten und zu spüren, wie die salzige Luft in ihre Lunge strömte. Ein Spaziergang in die Stadt bedeutete ihr mehr, als man hätte meinen sollen. Für sie zumindest stellte es eine Erlösung dar.

Nachdem sie schon am frühen Morgen aufgestanden war, ließ sie Willie bei ihrem Großvater zurück. Nachdem sie eine Liste von Erledigungen, die sie für ihren Ausflug vorschob, noch einmal durchgelesen hatte, griff sie nach einem Einkaufskorb und brach auf. Kurze Zeit später lief sie durch die Heidelandschaft, die um diese Jahreszeit üppig wucherte; dort wuchsen Besenginster, Erika, Farnkraut, Pimentbäume und Stechpalmen. Eine Möwe schrie, und dann war sie nur noch von Stille und der immerwährenden freien Natur umgeben.

Sie hatte das Kopfsteinpflaster der Straßen, die durch die Stadt führten, gerade erst erreicht, als sie ihn auf einem edlen Rappen durch die Straße reiten sah. Das Pferd tänzelte und bewegte sich mit eleganten Seitenschritten. Sie gaben ein schönes Bild ab, die beiden miteinander, das konnte man wohl sagen; das Pferd hatte mit keinem anderen Ähnlichkeit, das sie je auf der ganzen Insel gesehen hatte, und Tavis sah so gut aus, daß sie sich fühlte, als fielen Weihnachten und Ostern auf ein und denselben Tag. Sie schaute auf ihr ausgewaschenes altes, graurosafarbenes Kleid herunter, und plötzlich jagte ihr die Möglichkeit, ihm zu begegnen, einen Schrecken ein. Mit einem schnellen Schritt wich sie zur Seite aus und verbarg sich hinter der hellroten Rosenpracht, die über Mrs. Colemans Gartenzaun hing.

Er war auf dem Weg zum Leuchtturm, soviel stand für sie fest, und einen Moment lang verspürte sie den starken Drang – waren es ihre mütterlichen Instinkte? –, dorthin zurückzueilen. Ihr war unbehaglich zumute, wenn sie sich vorstellte, er könnte in ihrer Abwesenheit mit Willie zusammentreffen. Andererseits wußte sie, daß es nicht ihr Recht war, ihn von seinem Sohn fernzuhalten, und Willie hatte ein Anrecht darauf, seinen Vater kennenzulernen. Vielleicht war es besser so. Vielleicht konnten sie sich so miteinander arrangieren, daß sie jedesmal außer Haus war, wenn er zum Leuchtturm kam, um Willie zu besuchen.

Nachdem er auf seinem tänzelnden Pferd an ihr vorübergeritten war, trat sie wieder auf die Straße, beschleunigte ihre Schritte und eilte in die Stadt hinein.

»Tavis ist hier gewesen, während du fort warst«, teilte ihr Großvater ihr mit, als sie nach Hause zurückkehrte.

Sie hievte den Korb auf den Küchentisch und begann, ihre Einkäufe auszupacken. »Ich weiß. Ich habe ihn gesehen, als ich gerade auf dem Weg in die Stadt war.«

»Komisch«, sagte Asa. »Er hat mit keinem Wort erwähnt, daß er dir begegnet ist.«

»Er ist mir nicht begegnet. Ich habe ihn rechtzeitig kommen sehen«, sagte sie. Dann sah sie ihn mit schuldbewußter Miene an und fügte hinzu: »Ich habe mich versteckt, bis er an mir vorbeigeritten war.«

Asa musterte sie durchdringend. »Na, so was, jetzt versteckst du dich doch tatsächlich vor ihm.«

»Ich verstecke mich nicht ... oder wenigstens nicht so, wie du es meinst. Ich wollte ihm nicht begegnen, das ist alles.« Sie öffnete den Sack Zucker und füllte eine Zuckerschale damit auf, ehe sie den Sack verstaute. Dann sah sie sich um. »Wo steckt Willie?«

»Er schläft.«

Sie nickte. »Ist Tavis lange hiergeblieben?«

»Etwa eine Stunde.«

»Ist er mit Willie aus dem Haus gegangen?«

»Er hat ihn zu einem Ausritt auf seinem Pferd mitgenommen und ihm versprochen, ihm ein eigenes Pony zu besorgen.« »Ein Pony? Pah! Willie ist noch zu klein, um ein Pony zu reiten. Es wäre der reinste Blödsinn, ihm jetzt ein Pony zu kaufen.«

»Vielleicht kennt sich Tavis mit kleinen Kindern nicht so gut aus wie du«, sagte Asa.

Sie warf einen schnellen harten Blick auf ihn, doch er sagte kein weiteres Wort, und ihr fiel auf, daß er nicht verärgert zu sein schien.

»Er scheint reichlich in Willie vernarrt zu sein ... aber natürlich hat er die meiste Zeit damit zugebracht, sich nach dir zu erkundigen«, fuhr Asa jetzt fort. »Ich habe den Verdacht, deshalb war er ziemlich schnell wieder zurück, nachdem er einen kurzen Ausritt mit Willie unternommen hatte.«

Sie drehte sich mit schockierter Miene zu ihm um. »Er hat Fragen nach mir gestellt?« Sie stellte zwei Gläser Honig auf den Tisch und setzte sich. »Ich wüßte nicht, weshalb er jetzt noch Fragen nach mir stellen sollte. Er weiß ohnehin schon genug. Mehr, als ihm lieb ist, wenn ich nicht völlig danebenliege.«

»Du glaubst anscheinend nicht daran, daß ein Mensch sich ändern kann.«

Sie ignorierte die Worte ihres Großvaters und begann, das Besteck zu sortieren, das in einer Tonschale auf dem Tisch lag. »Wonach hat er gefragt?«

Asa zog die weißen Augenbrauen hoch, und seine Augen funkelten belustigt. »Ach, vorwiegend nach ganz generellen Dingen.«

Sie hielt ein Messer in der Hand, die reglos in der Luft verharrte, als sie sich bei ihrer Beschäftigung unterbrach. Nachdem sie ihrem Großvater fest ins Gesicht gesehen hatte, legte sie das Messer in die Tonschale. »Was für generelle Dinge, Großpapa?«

»Zum Beispiel, womit du dich in deiner Freizeit unterhältst. Ob du häufig Parties besuchst. Ob du eine schwere Geburt hattest, als der kleine Willie damals zur Welt gekommen ist. Ob ich glaube, du könntest jemals in Erwägung ziehen, wieder in der Stadt zu wohnen.«

»Jedenfalls nicht in seinem Haus, das ganz bestimmt nicht«, sagte sie und schlug mit den flachen Handflächen auf den Tisch, ehe sie von ihrem Stuhl aufstand.

Asa sah ihr eine Zeitlang zu, während sie auf und ab lief, und dann sagte er: »Du weißt, daß es für Willie das beste wäre ... wenn ihr beide euch darauf einigen könntet, als eine Familie zusammenzuleben.« Als sie ihn finster anfunkelte, sagte er: »Ich weiß, daß die Form, in der er dich verlassen hat, für dich bis heute noch eine offene Wunde ist, aber er hat inzwischen genügend Zeit gehabt, um sich zu beruhigen und seine Wut darüber abzuschütteln, daß man ihn zu einer Heirat gezwungen hat. Nach allem, was er mir erzählt hat, hatte er nie vor, mehr als ein oder zwei Monate von hier fortzugehen. Ich glaube, er möchte einen Versuch wagen.«

»Ein oder zwei Monate? Das kann ich kaum glauben ... und schon gar nicht, wenn ich bedenke, daß er zweieinhalb Jahre fort war.«

»Und was ist, wenn es nicht seine Schuld war? Wenn er gern zurückgekommen wäre, es aber nicht tun konnte? Was würdest du dazu sagen?«

»Wenn es ihm wirklich wichtig genug gewesen wäre, hierher zurückzukommen, dann hätte er eine Möglichkeit gefunden.«

»Selbst dann, wenn es bedeutet hätte, daß man ihn verhaftet hätte?«

»Erzähl mir diese Dinge nicht«, sagte sie. »Wenn er will, daß ich sie erfahre, dann kann er sie mir selbst berichten.« Sie stand jetzt am Küchenfenster, hatte die Arme um ihren Oberkörper geschlungen und starrte auf das Wasser hinaus. »Du weißt, daß ich schon immer mit Tavis verheiratet sein wollte, aber ich will nicht, daß er nur deshalb einwilligt, weil es das Beste für Willie ist, und bloß, weil er dir einen Haufen Ausreden vorgesetzt hat, werde ich noch lange nicht zu ihm ziehen. Er hat mich verlassen. Das ist eine unumstößliche Tatsache, die zwar hart und unerfreulich ist, aber es ist dennoch wahr. Er hat mich verlassen, und ich habe darunter leiden müssen. Fast drei Jahre lang. Wenn Tavis beschlossen hat, mich jetzt haben zu wollen, dann ist er etwas zu spät dran. Wenn er möchte, daß sich die Dinge zwischen uns ändern, dann wird er sich mehr als ein paar Andeutungen abringen müssen. Mehr als die Hälfte meines Lebens bin ich ihm nachgelaufen. Das reicht mir jetzt. Ich werde nicht zu ihm zurückgehen, weil es so einfach ist, und auch nicht, weil es das Richtige ist ... und ich werde es noch nicht einmal für Willie tun. Der einzige Grund, aus dem ich es in Erwägung ziehen würde, wäre, wenn ich ohne jeden Zweifel wüßte, daß sich an Tavis' Gefühlen mir gegenüber etwas geändert hat. Ich kann seine Wut verkraften und sogar seine Rachegelüste, aber seine Gleichgültigkeit ist mir unerträglich. Ich will seine Liebe, oder ich will überhaupt nichts mit ihm zu tun haben. Jedesmal, wenn ich darüber nachdenke, wieder in sein Haus zu ziehen, fällt mir wieder ein, wie er mich damals verlassen hat. Er will nicht mich. Er will Willie. Ich wünschte, er würde uns beide in Ruhe lassen und wieder dorthin zurückgehen, wo er seine geliebten Schiffe gebaut hat, wo auch immer das gewesen sein mag. Wenn es sein muß, werde ich Willie mitnehmen und mit ihm nach Boston ziehen.«

»Du weißt, daß ich der letzte Mensch auf Erden bin, der dich zu etwas zwingen würde. Mädchen mit deiner Augenfarbe konnten mich schon immer um den kleinen Finger wickeln.«

Sie drehte sich zu ihm um, doch ihr durchdringender Blick schien ihn nicht zu stören.

»Ich finde trotz allem, du solltest es dir noch einmal überlegen, ob du seinen Wünschen nicht doch nachgibst. Wir drei sind hier draußen glücklich miteinander gewesen, das weiß ich selbst, aber nichts ist von Dauer. Mit mir könnte es morgen schon zu Ende gehen ...«

Sie wollte etwas sagen.

»Nein, sag nichts«, sagte er. »Laß mich einfach nur ausreden. Du weißt, daß der Leuchtturm für dich und für Willie nie ein dauerhafter Wohnsitz sein kann, und ganz gleich, wie oft du dir auch die Ohren zuhalten magst, wenn ich darüber zu reden versuche, dann werde ich doch nicht ewig bei euch bleiben. Ich bin alt, Elizabeth. Und ich bin bereit zu sterben. Wenn jener Tag kommt, dann werdet auch ihr beide von hier fortgehen müssen, du und Willie. Du weißt selbst, daß sie sich jemand anderen suchen werden, der als Leuchtturmwärter arbeitet.«

»Wenn jener Tag kommt, dann werde ich Willie mitnehmen und mit ihm nach Boston gehen. Schließlich habe ich immer noch Tante Phoebes Haus.«

Lange Zeit standen die beiden da und starrten einander an. Endlich konnte sie ihm ansehen, daß er das Thema beendet zu haben schien. Mit Sicherheit wußte sie es erst, als er sagte: »Tavis möchte Willie nächste Woche zum Schafescheren mitnehmen.«

Sie war froh um diese Gelegenheit, über etwas anderes reden zu können. Sie wußte, wie kindisch ihre Erwartungshaltung war, ihr Großvater würde ewig leben, doch dieser alte Mann und der kleine Junge waren alles, was ihr noch geblieben war. Sie waren die einzigen Menschen, die in ihrem Leben eine Rolle spielten, und sie wollte an niemand anderen denken, jedenfalls war es bisher so gewesen. Jetzt gab es etwas anderes, worüber sie sich Gedanken machen mußte. Jetzt wurde ihr erst wirklich klar, wie tief es sie verletzt hatte, von ihm zurückgewiesen zu werden, und wie empfindlich diese Wunde immer noch war. »Was hast du ihm erzählt?«

»Ich habe ihm die Wahrheit gesagt. Daß du vorgehabt hast, Willie selbst zum Schafescheren mitzunehmen ... oder wenigstens eine Zeitlang.«

»Ist das alles?«

»Nein. Ich habe ihm auch gesagt, daß du Mrs. Morrison engagiert hast, damit sie hinterher auf Willie aufpaßt.«

Sie nickte. »Und was hat er dazu gesagt?«

»Nichts. Er hat allerdings gefragt, ob du vorhättest, anschließend zum Tanzen dazubleiben. Und ehe du mich danach fragst – ich habe ihm erzählt, daß *wir* hinterher immer die Tanzveranstaltung besuchen und daß ich keinen Grund dafür sehe, daß wir es dieses Jahr anders halten sollten als gewohnt – bloß, weil er wieder da ist.«

Elizabeth lachte.

»Habe ich etwas Komisches gesagt?«

»Nein, es ist nur einfach so, daß ich mir ziemlich genau dasselbe überlegt habe, als ich in der Stadt war. Genau das habe ich mir gesagt, und ich habe beschlossen, es auch zu tun ... mein Leben so weiterzuführen wie bisher.«

Asa sah ihr zu, als sie einen Kessel Wasser aufsetzte, und dabei überlegte er sich, wie viele Male er sie schon dabei beobachtet hatte, wie sie Wasser zum Kochen aufsetzte, und er überlegte sich auch, wie viele dieser Male sie dasselbe ausgeblichene rosa Kleid getragen hatte. Er dachte wieder an die Zeit zurück, als sie von Boston nach Hause gekommen war und wie elegant sie damals gewirkt hatte, in ihren schicken Kleidern, die der neuesten Mode entsprachen, und wie sie die Blicke eines jeden Mannes zwischen fünfzehn und fünfzig in ganz Nantucket auf sich gezogen hatte. Er erinnerte sich aber auch daran, wie sie nach Willies Geburt jedes einzelne dieser wunderschönen Kleider weggegeben und zu ihm gesagt hatte, dieser Abschnitt ihres Lebens sei jetzt vorüber.

Asa ging zur Tür hinaus und ließ sie in der Küche allein. Je länger er darüber nachdachte, desto stärker wurde seine Überzeugung, daß Elizabeth bewußt versuchte, matronenhaft zu wirken und sich eher schäbig zu kleiden, denn nur so fühlte sie sich in Sicherheit und auch ein klein wenig zu kurz gekommen – was nicht etwa heißen sollte, daß er ihr diese Rolle vorwarf. Sie hatte eine Menge durchgemacht, und wenn das Schlimmste, was dabei herausgekommen war, sich jetzt darin äußerte, daß sie sich zu kurz gekommen fühlte, nun, dann mußte er schon sagen, daß sie doch recht gut dabei weggekommen war. Trotz allem hatte ihre Rolle sich nicht immer bewährt, denn er konnte sich nur zu gut an viele Gelegenheiten erinnern, bei denen der eine oder andere junge Kerl versucht hatte, ihr Interesse zu wecken, obwohl sie sich so verhärmt gab.

Asa wußte, daß sämtliche Frauen in der ganzen Stadt in neuen Partykleidern zu der Tanzveranstaltung am Abend nach dem Schafescheren erscheinen würden. Er dachte an die erbärmliche Garderobe, die Elizabeth jetzt noch besaß, und er beschloß auf der Stelle, es sei höchste Zeit, daß sie ein neues Kleid bekam. Dann wandten sich seine Gedanken dem schmerzhaften Brennen in seinem Bauch zu, das niemals nachzulassen schien. Seine Tage waren gezählt. Ihm blieb nicht mehr viel Zeit. Mit einem resignierten Seufzen ließ er sich auf seinen Schaukelstuhl sinken und zündete sich eine Pfeife an. Schon im nächsten Moment beschloß er, am kommenden Tag einen Ausflug in die Stadt zu unternehmen und Mrs. Schultzs Modegeschäft einen Besuch abzustatten.

Am nächsten Morgen bemerkte Asa entrüstet, ihm sei der Tabak ausgegangen, und dann kündigte er an, er würde sich in die Stadt begeben.

»Das hättest du mir sagen sollen, Großpapa. Ich war doch gerade erst gestern in der Stadt. Ich hätte ihn dir mühelos besorgen können.«

»Ich weiß, aber ich habe nicht daran gedacht. Mein alter Kopf ist nicht mehr so klar, wie er es früher einmal gewesen ist.«

Elizabeth musterte ihn versonnen. »Er ist immer noch klar«, sagte sie, »wenn du es so willst.«

Asa lachte, drückte ihr einen Schmatz auf die Wange und machte sich dann auf den Weg nach Nantucket. Dort begab er sich unverzüglich zu Mrs. Schultz. Er hatte nicht erwartet, bei seinem Eintreten drei Frauen vorzufinden, die er kannte, und daher schreckte er überrascht zurück.

»Guten Morgen, meine Damen«, sagte er und zog den Hut. Während die Frauen ihn begrüßten, überlegte er sich einen Moment lang, ob er wieder gehen und zu einer anderen Zeit zurückkommen sollte, doch Alice Schultz erweckte den Eindruck, als würde sie ihn gleich mit einer Frage bestürmen.

»Aber, Kapitän Robinson, das ist ja wirklich eine Überraschung. Wir bekommen Sie nicht mehr allzuoft in der Stadt zu sehen, und ich kann mich nicht erinnern, daß Sie meinem Geschäft jemals die Ehre erwiesen hätten, ihm einen Besuch abzustatten. Sind Sie ganz sicher, daß Sie sich nicht in der Adresse geirrt haben?«

Falls sein zaghaftes Verhalten einen Hinweis darauf gab, war er tatsächlich fehl am Platz. Er stammelte einen Moment lang und nickte zwei der Damen zu, die gerade gingen. Schließlich sagte er dann: »Ich bin gekommen, um Elizabeth ein Kleid für den Tanz nach dem Schafescheren nächste Woche zu kaufen.«

»Oh, das ist aber wirklich ganz reizend von Ihnen. Und so rücksichtsvoll. Wissen Sie, ich habe gerade erst gestern zu Mrs. Patterson gesagt, wie wenig wir doch von Elizabeth zu sehen bekommen und daß sie diese wunderschönen Kleider überhaupt nicht mehr zu tragen scheint, die sie vor ein paar Jahren aus Boston mitgebracht hat. Also, warum setzen Sie sich nicht gleich auf diesen Sessel hier, damit ich Ihnen zeigen kann, was ich auf Lager habe. Wissen Sie was«, sagte sie, während sie begann, in den Stoffballen herumzukramen, »ich glaube, ich habe da etwas gesehen, was gerade erst letzte Woche reingekommen ist ... Ja, hier haben wir es, einen brandneuen Ballen lavendelfarbene Seide. Mit diesen Augen, die sie hat, und noch dazu mit ihrem Teint ... also, ich kann Ihnen gar nicht sagen, wie sehr ich jedesmal an Elizabeth denke, wenn ich diesen Stoff ansehe. Er ist doch wie für sie geschaffen, meinst du nicht auch, Mabel?«

Mabel Starbuck nickte zustimmend. »Wie für sie geschaffen, der Meinung bin ich auch.«

Asa bezahlte den Stoff und wies Mrs. Schultz an, etwas daraus zu schneidern, was schick genug war, um Elizabeth gerecht zu werden.

Woraufhin Mrs. Schultz erwiderte: »Es wird mir ein Vergnügen sein. Das reinste Vergnügen.«

Nachdem Asa gegangen war, sah Mrs. Schultz Mabel an. »Was für ein reizender alter Mann. Wie süß es von ihm ist, seine Enkeltochter derart unter seine Fittiche zu nehmen.«

»Er scheint nicht gerade darauf versessen zu sein, sie unter seinen Fittichen zu behalten – nicht, wenn er ein neues Kleid für sie bestellt. Du weißt doch genauso gut wie ich, Alice, daß Tavis Mackinnon wieder in der Stadt ist«, sagte Mabel.

»Ja, das habe ich gehört«, sagte Mrs. Schultz. »Ich habe aber auch gehört – ich warne dich, nichts weiter als Gerüchte –, daß der Schuh diesmal ganz eindeutig am anderen Fuß steckt.«

»Was, um Himmels willen, soll das heißen?«

»Nun, ich habe das aus einer äußerst *zuverlässigen* Quelle, das muß ich deutlich dazusagen. Und aus dieser Quelle habe ich erfahren, daß Tavis draußen im Leuchtturm reichlich unerwünscht war. Er ist trotzdem wieder hingegangen, natürlich unter dem Vorwand, den kleinen Willie sehen zu wollen.«

»Ja, selbstverständlich«, sagte Mabel und rückte näher zu ihr. »Und was hast du sonst noch gehört?«

»Nur, daß Elizabeth zu vernünftig ist, um Fehler, die sie früher einmal begangen hat, zu wiederholen, falls du verstehst, was ich meine, und daß sie der reinste Engel ist, der es ihm großmütig gestattet, einige Zeit mit Willie zu verbringen.«

»Hat er sie aufgefordert, als seine Frau mit ihm zusammenzuleben?«

»Das kann niemand mit Sicherheit sagen, aber es wird gemunkelt, daß er nicht direkt mit der Sprache rausgerückt ist und ihr diese Frage nicht selbst gestellt hat. Wenn du mich fragst, fängt er es genau richtig an, indem er sich mit seinem Sohn anfreundet.«

»Warum sollte Kapitän Robinson dann herkommen und ein schickes Kleid für sie in Auftrag geben?« fragte Mabel.

Darüber brauchte Alice noch nicht einmal eine Minute nachzudenken. »So, wie ich das sehe, kommen dafür nur zwei Gründe in Frage. Entweder er will, daß Elizabeth absolut umwerfend aussieht und Tavis sein Anliegen mit mehr Nachdruck verfolgt, oder er will, daß ein anderer es tut.«

»Dann laß uns nur hoffen, daß Tavis als erster anbeißt, wenn der Köder ausgeworfen wird. Auf mich wirkt er nicht gerade wie ein Mann von der Sorte, die allzu freundlich darauf reagiert, wenn jemand anderes es wagen sollte, sich um seinen Besitz herumzuschleichen.«

»Ganz genau. So oder so ist das ein gutes Mittel, um Tavis dazu zu bringen, daß er in aller Öffentlichkeit Anspruch auf das erhebt, was ihm gehört«, sagte Alice.

»Ich muß schon sagen!« sagte Mabel, und ihr Korsett quietschte, als sie schnaubte. »Ich glaube wirklich, Kapitän Robinson ist ein ganz gerissener Fuchs.«

»Weise Männer werden mit dem Alter immer weiser«, sagte Alice.

»Oh, wie romantisch das doch alles ist«, sagte Mabel. »Ich kann die Tanzveranstaltung kaum noch erwarten. Ich würde es mir um keinen Preis auf Erden entgehen lassen, das selbst mit eigenen Augen mitanzusehen. Ich mache mich jetzt augenblicklich auf den Weg in Mr. Starbucks Büro, um ihm zu sagen, daß wir frühzeitig dort erscheinen müssen.«

Mabel ging zur Tür, blieb aber dann doch noch einmal stehen und drehte sich um. »Alice, bei diesem Kleid mußt du dich selbst überbieten. Hast du gehört? Du mußt es einfach tun.« Dann wandte sie sich ab, ging wieder zur Tür und sprach mit sich selbst, während sie die Tür öffnete. »Meine Güte, das ist ja alles so aufregend. Das muß ich gleich Aurelia erzählen ... und Sukey ... und Emily auch. Und ich weiß, daß Harriet mir niemals verzeihen würde, wenn ich ihr nicht rechtzeitig Bescheid gebe. Sehen wir doch mal ... am Dienstag habe ich meinen Nähkreis, und am Mittwoch schmückt unser Betkreis den Altar. Am Donnerstag kann ich es den Damen berichten, wenn wir bei Jemima Fitzpatrick an unseren Patchwork-Steppdecken sitzen. Ach, du meine Güte, wem soll ich es bloß am Freitag erzählen?« Mit diesen Worten trat Mabel auf die Straße hinaus und redete immer noch vor sich hin, aber ihre Worte wurden von der Tür abgeschnitten, die ins Schloß fiel.

Lange Zeit, nachdem Mabel gegangen war, stand Alice noch im Verkaufsraum ihres kleinen Ladens, und ihr Blick ruhte auf dem schimmernden lavendelfarbenen Stoffballen mit den eingewebten Silberfäden. Sie zog die Augenbrauen nachdenklich zusammen. Im nächsten Augenblick wandte sie sich ab, eilte an ihren Schreibtisch und begann dort, ein Modemagazin nach dem anderen herauszuholen und die Seiten durchzublättern. Im dritten Heft schlug sie eine Seite nicht weit von der Mitte der Zeitschrift auf und lehnte sich mit einem zufriedenen Lächeln zurück. »Genau das ist es!« sagte sie nicht ohne eine gewisse Genugtuung. »Wenn sich das nicht an allem messen kann, was Monsieur Worth je entworfen hat, dann esse ich meinen Hut.« Mit diesen Worten griff sie nach dem lavendelfarbenen Stoffballen, und nachdem sie ihren Laden für den Rest des Tages geschlossen hatte, machte sich Alice Schultz ans Werk.

Der Tag, an dem die Schafe geschoren wurden, nahte schnell, und als es soweit war, war Asa vor Nervosität schon ganz zappelig. Seit er das Kleid gestern in der Stadt abgeholt hatte, hatte er das braune Papier schon mindestens zwanzigmal auseinandergefaltet und das Kleid dann wieder ordentlich eingewickelt.

Jetzt schaute er es sich wieder an und rieb sich das Kinn. Er hatte sich immer noch nicht davon erholt, daß Alice Schultz wie eine besorgte Glucke um ihn herumgeflattert war und ihm in allerletzter Minute Anweisungen erteilt hatte. »Lassen Sie sie das Kleid bloß nicht sehen, ehe es zu spät ist, um noch irgendwelche Änderungen daran vorzunehmen. Zeigen Sie es ihr erst direkt vor dem Tanz. Und ganz gleich, was Sie auch tun, lassen Sie sich unter gar keinen Umständen darauf ein, daß sie es nicht anzieht. Sie müssen sie mit allen Mitteln dazu bewegen, dieses Kleid zu tragen. Ich kenne Elizabeth. Ein Blick auf dieses Kleid genügt, damit sie sich mit Händen und Füßen sträuben wird.«

Alice hörte auf zu reden und sah Asa an. »Mir ist selbst klar, daß ich zuviel rede. Sie wissen besser als ich, wie Sie es am klügsten anstellen. Elizabeth würde Sie doch ganz gewiß nicht enttäuschen wollen.« Sie lächelte. »Es könnte leichter gehen, als wir dachten. Wenn sie ihn von Ihnen bekäme, würde sie einen Mehlsack tragen.«

Asa und Alice lachten beide über diese letzte Bemerkung. Er hatte nicht gerade ein geübtes Auge, wenn es um feine Kleider und all diesen Krimskrams ging, der Frauen so wichtig war – schließlich hatte er viele Jahre seines Lebens auf einem Walfänger und fern von allen Frauen zugebracht –, aber wenn seine müden alten Augen auch nur das geringste Urteilsvermögen besaßen, dann würde Elizabeth in diesem Kleid alle anderen in den Schatten stellen, und so einigen Männern würden die Augen aus dem Kopf treten.

Das Schafescheren war alljährlich eines der großen Ereignisse, zu denen sich alle versammelten. Es gab drei Anlaufstellen auf der Insel – zwei befanden sich auf dem North Cliff bei Maxcy's Pond und Washing Pond, die dritte an der Südküste, östlich vom Miacomet Pond. Am Tag des Scherens brachen Willie, Elizabeth und Asa am frühen Morgen zum Maxcy's Pond auf.

Als sie dort ankamen, waren über dem Gebälk der Pferche bereits Segel gespannt worden, um Schatten zu spenden, wogegen andere Segel auf dem sandigen Boden ausgebreitet worden waren, um die Schurwolle aufzufangen. Die Gesamtbevölkerung von Nantucket fand sich an dem einen oder anderen Teich ein, und Elizabeth schien es ganz so, als hätten sich die meisten Einwohner von Nantucket dieses Jahr entschlossen, Maxcy's Pond aufzusuchen.

Zwar war das Scheren für die meisten Leute auf Nantucket ein größeres gesellschaftliches Ereignis, doch für die Männer, die das Scheren vornahmen, bedeutete es mörderische Arbeit. Mit einem Schaf zwischen den zusammengepreßten Knien beugte sich ein Scherer vor und bewegte sein Schergerät schnell über den Rumpf des Schafs; er rasierte das Schaffell dicht über der losen faltigen Haut ab. Sowie die Schurwolle entfernt war, wurden die Schafe in einer desinfizierenden Lösung gebadet und wieder auf die Weide getrieben. Es war eine schweißtreibende Schmutzarbeit, bei der man in sengender Hitze von Fliegen geplagt wurde, und Elizabeth hatte beim besten Willen nie verstehen können, warum ganz Nantucket sich derart geballt zu diesem Ereignis einfand.

Willie, der all das mit glühendem Interesse beobachtete, konnte einfach nicht stillhalten. Nachdem sie seine sich windende und zappelnde Gestalt fast zwei Stunden lang auf dem Arm gehalten hatte, war Elizabeth nahezu erleichtert, als sie Tavis nahen sah.

»Ich habe dich schon gesucht«, sagte er und tätschelte Willies Wange. »Ich war nicht sicher, an welchem der Teiche ich euch alle finden würde, und daher habe ich alle drei Anlaufstellen aufgesucht. Ich hätte mir ja gleich denken können, daß ich euch erst bei meinem letzten Versuch finde.«

Er schwieg und betrachtete Elizabeths schönes Gesicht. Es mochte zwar unter einer Schweißschicht glänzen und mit Staub verschmiert sein, doch für ihn war es immer noch das Gesicht, das er lieber als jedes andere sehen wollte. »Komm« sagte er und streckte die Arme nach Willie aus, der sich bereitwillig von ihm halten ließ, »überlaß ihn mir eine Zeitlang.«

»Nur zu gern«, sagte Elizabeth. »Er ist noch bei Kräften, aber mich und Großpapa hat er bereits ausgelaugt.«

»Komm mit, Willie. Magst du Huckepack reiten?«

Willie quietschte vor Vergnügen, und Elizabeth lächelte unwillkürlich, als sie sah, welche Freude es ihm bereitete, auf Tavis' Schultern zu reiten. Sie lachte laut heraus, als Willie Tavis mit seinen kleinen Händen die Augen zuhielt.

»Willie, nimm die Hände von seinen Augen. Sonst kann dein Vater nichts sehen.«

Willie zog die Hände zurück, und in dem Moment, in dem er das tat, sah Tavis ihr in die Augen. Sie wußte, was er dachte, und daher zuckte sie die Achseln. »Du bist doch schließlich sein Vater, oder etwa nicht? Hast du etwa geglaubt, ich würde es leugnen?«

»Nein, aber ich hätte nicht gedacht, daß du diese Tatsache jemals in meiner Gegenwart bestätigst.«

»Das zeigt nur, wie schlecht du mich kennst«, sagte sie leichthin.

»Nun, ich tue jedenfalls mein Bestes, um dagegen Abhilfe zu schaffen«, sagte er, »und dabei stoße ich auf gewaltigen Widerstand, könnte ich noch hinzufügen.«

»Was hast du denn erwartet?« fragte sie. Dann wandte sie sich ab, ohne eine Antwort abzuwarten. Sie lüpfte ihre Röcke. »Bring ihn zurück, wenn du erledigt bist.«

»Wird gemacht.« Willies Hände packten die Kehle seines Vaters mit einem Würgegriff. Als Tavis etwas sagte, kamen seine Worte als ein ersticktes Gurgeln heraus. »Komm schon, Willie, mein Junge, laß uns mal sehen, wie lange du brauchst, um mir den Rest zu geben.« Und mit diesen Worten entfernten sie sich.

Als Elizabeth drei Stunden später Tavis und Willie über den Weg lief, waren sie beide erschöpft. Ein Blick auf Willies schwere Lider genügte, um ihr zu sagen, daß er kurz vor dem Einschlafen stand.

»Du kannst ihn mir jetzt wieder überlassen«, sagte sie. »Mrs. Morrison sollte inzwischen schon im Leuchtturm sein. Sie hat sich bereit erklärt, bis nach dem Tanz bei ihm zu bleiben.«

Tavis' Blicke glitten über sie, von Kopf bis Fuß und dann wieder zurück zu ihrem Gesicht. Obwohl sie ihn freundlich ansah, stand immer noch eine kalte Leere zwischen den beiden. Das tat ihr leid. Es war alles wesentlich einfacher gewesen, solange er fort gewesen war. Jetzt waren sie gezwungen, miteinander umzugehen, und dabei war ihr äußerst unbehaglich zumute.

Er sah sie ganz merkwürdig an, als könnte er ihre Gedanken lesen. »Ich werde ihn selbst hinbringen.«

»Nein! Ich ... ich muß noch mit Mrs. Morrison reden, und ich muß mich für den Abend umziehen.«

»Dann bringe ich euch eben beide nach Hause.«

Er machte einen müden Eindruck, aber doch nicht müde genug, um ohne größere Diskussionen nachzugeben, und daher ließ sie sich erweichen. »Also, gut. Einverstanden.«

Er hatte einen Einspänner in der Nähe stehen. Nachdem er Elizabeth beim Einsteigen behilflich gewesen war, reichte er ihr Willie, der inzwischen fest schlief. Dann stieg er selbst auf, setzte sich neben sie, nahm die Zügel in die Hand, gab dem Pferd aber nicht die Anweisung, sich in Bewegung zu setzen. Sie blickte zu ihm auf, und ihre Blicke trafen sich und hielten einander fest. Nichts in ihrem Innern schien sich so zu verhalten, wie es hätte der Fall sein sollen. Das hier war Tavis, der endlich die Rolle des Ehemanns und Vaters spielte, und warum also konnte sie nicht darauf eingehen? Warum lachte sie nicht und plauderte fröhlich mit ihm, und warum konnte sie ihm nicht die Wahrheit zeigen – daß sie so sehr in ihn verliebt und so enorm froh darüber war, ihn zu sehen, daß nichts anderes mehr zählte? Das hier war Tavis. Er war alles, was sie sich je von ihrem Leben gewünscht hatte. Hatte sie etwa nicht die letzten zweieinhalb Jahre mit dem Versuch zugebracht, die Scherben aufzusammeln, die entstanden waren, als er fortgegangen war? Hatte sie etwa nicht harte Arbeit geleistet, ihn, wenn schon nicht aus ihrem Herzen, so doch wenigstens aus ihren Gedanken zu verbannen? Dieser gottverdammte Kerl! Der Teufel sollte ihn holen und ihn bis in alle Ewigkeit in der Hölle schmoren lassen! Warum mußte er zurückkommen und sich so mühelos in die Rolle eines Ehemannes einfühlen, wenn sie ihn endlich aus ihren Gedanken und aus ihrem Leben vertrieben hatte? Jetzt schon fühlte sie, daß der alte Zauber sie wieder in seinen Bann zog. Sie wollte sich seinetwegen nicht noch einmal lächerlich machen. Nein, ganz bestimmt nicht.

Sie war betroffen, fluchte innerlich und war sehr, sehr wütend, als sie steif wie ein Ofenrohr dasaß und sich fragte, wie lange sie sich wohl gegen diese aufmerksame und rücksichtsvolle Seite, von der er sich jetzt zeigte, zur Wehr setzen konnte. *Geh weg. Verschwinde aus meinem Leben. Du kannst nicht einfach hierher zurückkommen, noch besser aussehen, als ich dich in Erinnerung hatte, und zarte neue Hoffnungen in meinem Herzen keimen lassen.*

»Wenn du nicht willst, daß die Leute sich fragen, wie lange es wohl dauern wird, bis Willie ein kleines Brüderchen bekommt, dann solltest du jetzt besser aufhören, mich so anzusehen«, sagte er. »Die Leute hier in der Gegend könnten sich eine falsche Vorstellung machen. Sie könnten glauben, wir beide seien verliebt ineinander.«

Ihr fiel absolut nichts ein, was sie darauf hätte sagen können. Der Augenblick schien sich in die Länge zu ziehen und unbehaglich intim zu werden. Um diesen Bann zu brechen, verlagerte sie Willies schlafende Gestalt und schmiegte sein Gesicht an ihre Brust, während sie ihn auf ihren Armen wiegte.

Sie spürte Tavis' Blicke auf sich, schaute aber nicht auf.

»Du wirst niemals ahnen«, sagte er, »wie oft ich mir dich schon so ausgemalt habe, seit ich dahintergekommen bin, daß wir einen Sohn haben.«

»Es ist nicht das erste Mal, daß du ihn in meinen Armen siehst«, sagte sie und schlug vorsätzlich einen kalten, unpersönlichen Tonfall an.

»So wie jetzt habe ich dich noch nicht mit ihm gesehen. Nicht so, wie ich mir ausgemalt habe, daß du ihn hältst, wenn du ihn stillst.«

Sie wußte, daß er unglaublich neugierig war und daß ihn der Umstand, ein Kind zu haben, regelrecht faszinierte – und doch schien diese Tatsache ihn noch nicht zufriedenzustellen. Fühlte er sich übergangen? Vermißte er die Dinge, die selbstverständlich damit einhergingen, ein Kind zu haben? Bedauerte er, daß er sie nicht mit ihrem dicken Bauch gesehen hatte und nicht erlebt hatte, wie ihre Brüste voller Bereitschaft groß und schwer geworden waren? Was täte er, das fragte sie sich jetzt, wenn sie ihm gesagt hätte, wie viele Male sie in den langen Monaten nach Willies Geburt an ihn gedacht hatte und wie viele Male schon allein der Gedanke an ihn die Milch aus ihren Brüsten hatte sickern lassen?

»Warum sprichst du von solchen Dingen? Was erwartest du von mir? Ich weiß nicht, was ich dazu sagen soll. Falls du das Gefühl hast, etwas verpaßt zu haben, und falls du dich jetzt übergangen fühlen solltest, dann kannst du nur dir allein die Schuld daran zuschieben. Ich bin hier nicht diejenige, die weggegangen ist, verstehst du.«

»Ich weiß«, sagte er leise. »Das ist das Schlimmste von allem.«

Sie wußte, daß nur noch sehr wenig fehlte, damit sie weinen würde. »Ich weiß nicht, was du willst, und ich weiß auch nicht, was du von mir erwartest«, sagte sie, da ihr bei ihren Überlegungen derart unwohl zumute war, daß sie nicht länger schweigen konnte.

Warum mußte er ihr zu allem Überfluß auch noch zustimmen? Wußte er denn nicht, daß er ihr damit alles noch viel schwerer machte? Verstand er denn nicht, daß sie ihre Wut brauchte, um ihn sich vom Leib zu halten? Sie wollte wütend auf ihn sein. Sie wollte es wirklich. Sie wollte ihn für all das bestrafen, was sie durchgemacht hatte, und sie wollte ihn den Verlust und den Schmerz darüber so deutlich spüren lassen, wie sie ihn gefühlt hatte. Aber wenn er so mit ihr redete, wie er es gerade getan hatte ... wenn er ihr zu allem Überfluß auch noch zustimmte, dann wußte sie nicht, wie sie damit umgehen sollte. Seine Worte bewirkten, daß sie sich innerlich weich fühlte. Sie lösten in ihr den Wunsch aus, die Arme nach ihm auszustrecken und ihn an sich zu ziehen. Sie gaben ihr das Gefühl, eine Frau zu sein, mit den Sehnsüchten und den Bedürfnissen einer Frau. Sie wollte, daß er sie in seine Arme zog und sie festhielt, während sie gemeinsam mit ihm die Freude dieser Momente auskostete und während sie ihm von Willies Geburt berichtete und ihm sagte, wie einsam sie gewesen war und wie einsam sie sich selbst jetzt noch fühlte.

Er klatschte mit den Zügeln, und der Wallach trottete über den sandigen Weg. »Dann wären wir schon zwei, weil ich nämlich auch nicht weiß, was ich will. Ich weiß nur, daß ich aus irgendwelchen seltsamen Gründen die fixe Idee hatte, du seist dort, in meinem Haus, und würdest auf mich warten, und als du nicht da warst, hat mich das so wütend gemacht, daß ...« Er schüttelte den Kopf. »In dem Moment habe ich begriffen, daß ich nicht das geringste Recht habe, wütend zu sein, daß die Wut etwas ist, was ausschließlich dir zusteht.«

»Warum bist du zurückgekommen? Nein. Gib mir keine Antwort darauf. Sag mir, warum du fortgegangen bist.«

Er schaute auf die Zügel herunter, die lose in seinen Händen lagen. »Vermutlich aus Wut heraus. Nicht nur auf dich, sondern auf eine ganze Menge anderer Dinge. Ich bin immer in der Lage gewesen, mit fast allem fertig zu werden, nur nicht mit dem Gefühl, daß man mich in die Enge getrieben hat. Schon als Kind konnte ich es nie leiden, wenn man mich gewaltsam festgehalten hat. Genau das haben meine Brüder natürlich laufend getan ... sie haben mich auf den Boden gepreßt und mich gekitzelt, bis ich kurz vor den Tränen stand. Es ist komisch, wie der menschliche Verstand manchmal arbeitet, denn meiner Auffassung nach hat es keinen Unterschied gemacht, ob ich nur in die Enge getrieben worden bin oder ob jemand mich tatsächlich mit körperlicher Gewalt niedergerungen hat. Beides hat mir ein Gefühl von Hilflosigkeit vermittelt, und eben dieses Gefühl von Hilflosigkeit kann ich nicht ausstehen. Soweit ich zurückdenken kann, habe ich immer den Eindruck gehabt, allein schon das Gefühl von Hilflosigkeit könnte mich um den Verstand bringen. Ich weiß, daß das so klingen muß, als hätte ich den Verstand bereits verloren, aber ich kann nichts dagegen tun. Mit Pechsträhnen und Unglücksfällen kann ich mich arrangieren, aber wenn es keinen Ausweg gibt, werde ich verrückt.« Er sah sie an. »Ich weiß, daß das in deinen Ohren unsinnig klingen muß. Weshalb solltest du es auch verstehen? Schließlich leuchtet es mir selbst nicht ein. Aber um auf deine Frage zurückzukommen, ich nehme an, ich bin gegangen, weil zu jenem Zeitpunkt zu viele Dinge gleichzeitig über mich hereingebrochen sind, zu viele Dinge, auf die ich keinen Einfluß hatte. Was mich zum Äußersten getrieben hat, war dieses Gefühl von Hilflosigkeit. Es hat damit angefangen, daß diese konföderierten Schweinehunde mir meine Baupläne gestohlen haben. Ich war ohnehin schon frustriert, weil ich das Gefühl hatte, gezwungenermaßen etwas akzeptieren zu müssen, etwas, woran ich nichts ändern konnte. Meine Entwürfe waren fort, und ich stand hilflos da und konnte nichts daran ändern. Und dann sind wir zurückgekommen, und ehe ich mich damit abfinden konnte, daß ich gezwungen war, meine Pläne aufzugeben, bin ich auch noch zu einer Heirat gezwungen worden.«

»Ich weiß«, sagte sie leise. »Und genau das tut mir leid.«

»Es war nicht deine Schuld«, sagte er. Der Blick, mit dem er sie ansah ... er traf sie mitten in die Seele.

»Was dort draußen begonnen hat ... auf deinem Boot. Ich glaube, das war gut so. Wenn man uns in Ruhe gelassen hätte, und wenn ich Zeit gehabt hätte, mich mit meinem Verlust abzufinden, dann wäre mit uns, glaube ich, alles anders gekommen. Ganz im Gegensatz dazu, wie ich jetzt dastehe, bin ich in Wirklichkeit gar kein solcher Mistkerl. Ich habe einfach nur ein paar Fehlentscheidungen getroffen. Und danach schienen sich die Dinge zu verselbständigen, sich meinem Einfluß gänzlich zu entziehen.«

»Das habe ich schon gehört. Großpapa hat mir erzählt, du hättest nicht die Absicht gehabt, so lange fort zu sein, und du hättest schon weit eher zurückkommen wollen.«

»Hat er dir auch erzählt, warum ich nicht eher zurückgekommen bin?«

»Nein«, sagte sie. »Ich wollte es nicht hören.«

»Ich verstehe.«

Danach verstummte er. Eine Zeitlang fuhren sie schweigend weiter, und dann lenkte er das Pferd plötzlich von der Straße ab und auf den Pfad mit den tiefen Furchen, der zum Leuchtturm führte. »Du hast mich gefragt, warum ich zurückgekommen bin«, sagte er. »Ich nehme an, du glaubst, es hat ausschließlich daran gelegen, daß ich meinen Auftrag ausgeführt hatte und daß mein Schiff endlich fertig gebaut war.«

»Ist es etwa nicht so?«

»Doch, vermutlich ist etwas daran, aber solche Dinge sind nie wirklich abgeschlossen. Sie wollten, daß ich weitermache, an einem neuen Entwurf arbeite, einem, der einige Abänderungen an dem ersten Bauplan vornimmt.«

»Warum bist du dann nicht dort geblieben?«

Er sah ihr fest in die Augen, so offen, daß ihr Herz zu hämmern begann. Sie bekam Atemnot. »Ich glaube, du weißt selbst, warum«, sagte er und griff dem Wallach in die Zügel, damit er stehenblieb. Jetzt erst fiel ihr auf, daß sie den Leuchtturm erreicht hatten. Sie warf einen Blick auf ihn und wartete darauf, daß er vom Kutschbock sprang, um den Einspänner herumlief und ihr beim Absteigen behilflich war.

»Ich bin zurückgekommen«, sagte er, »weil ich in Gedanken teuflisch viel öfter bei dir war, als ich vorher jemals geglaubt hätte. Du hast etwas an dir, Liza, etwas, was mich gepackt hat und mich nicht mehr losläßt.«

»Dann bist du in dem Fall vielleicht derjenige, der loslassen muß«, sagte sie.

Er schien sie nicht zu hören, denn er redete weiter, sprach unbeirrt mit ihr wie zuvor. »Du kannst es auf die Sturheit der Schotten schieben. Du kannst es auch Dummheit nennen. Zum Teufel, nenn es, wie du willst, aber wisse auch, daß ich schon lange Zeit vor meinem Entschluß, hierher zurückzukommen, ständig an dich gedacht habe.«

Sie wandte ihm das Gesicht zu und öffnete den Mund, um etwas zu sagen, doch er legte einen Finger auf ihren Mund und küßte sie zärtlich. »Ich bin zurückgekommen«, sagte er, »weil ich nicht vergessen konnte, wie es auf dem Boot mit dir war. Die meiste Zeit ist mir noch nicht einmal klar gewesen, daß du mir gefehlt hast.« Er zog sie enger an sich und achtete sorgsam darauf, Willie nicht zu wecken, als er zärtlich ihr Gesicht küßte.

Das Gefühl der Unbeholfenheit fiel von ihr ab, und allmählich erinnerte sie sich wieder daran, woher es eigentlich kam, daß sie diesen Mann so sehr und so lange geliebt hatte. Er küßte immer noch ihr Gesicht und streifte ihre Lippen mit seinem Mund. Sie hatte fast vergessen, wie es war, geküßt zu werden. Einen Moment lang verlor sie sich ganz in diesem Gefühl, und ihre Gedanken kehrten zu früheren Zeiten und zu früheren Empfindungen zurück.

Willie regte sich, und sie machte einen Satz in die Gegenwart. Das hier war nicht die Vergangenheit. Er glaubte, er brauchte nichts weiter zu tun, als nach fast drei Jahren zurückzukommen, und schon würde sie die Gelegenheit beim Schopf ergreifen, seine Frau zu sein. So einfach ging das nicht. Nicht mit ihr. Wenn er sie wollte, dann würde er mehr dafür tun müssen. Sie hatte sich schon einmal von diesem Mann verführen lassen.

Sie zog sich zurück. »Ich muß jetzt ins Haus gehen. Es war nett von dir, daß du uns hergefahren hast.«

»Ich warte auf dich und nehme dich zum Tanzen mit.«

»Nein ... ich meine, das ist nicht nötig. Großpapa kommt zurück, um mich zu holen.«

Er nickte, aber an seinen heruntergezogenen Mundwinkeln konnte sie sehen, daß ihm das gar nicht gefiel. »Dann sehen wir uns eben beim Tanz wieder«, sagte er.

Sie gab keine Antwort darauf.

Im nächsten Moment war er abgesprungen und kam um den Einspänner herum, um sie zu holen. Er nahm ihr Willie aus dem Arm, ehe er ihr beim Absteigen behilflich war. Sofort darauf betrat sie das Haus. »Noch einmal vielen Dank«, sagte sie.

Mrs. Morrison stand in der Tür, als sie eintrat. Sie brachte Willie – der noch nicht einmal für eine Sekunde aufwachte – in sein Zimmer, doch Elizabeth stand einfach nur da. Lange lehnte sie mit dem Rücken an der Tür und fühlte sich, als könnte sie sich nicht von der Stelle rühren. Nach einer Weile hob sie die Hand zu ihrem Mund und berührte ihn. Es war schwer zu sagen, was heftiger zitterte, ihre Finger oder ihre weichen Knie.

Am späteren Abend, nachdem Mrs. Morrison Willie gebadet und zum Schlafengehen umgezogen hatte, packte Asa das Kleid aus. Er hing es sich über den Arm und klopfte an Elizabeths Tür. Elizabeth trug immer noch ihren Morgenmantel. Sie stand am Fenster und hatte den Kopf hinausgestreckt, um sich das Haar zu trocknen. Als sie hörte, daß angeklopft wurde, zog sie den Kopf zu schnell zurück und stieß sich am Fensterrahmen.

In dem Moment, in dem sie die Tür öffnete, fiel Elizabeths Blick auf das Kleid, und sie vergaß vollständig die Beule auf ihrem Kopf. »O Großpapa, was hast du getan?« fragte sie und nahm ihm das Kleid ab. Sie hielt es sich an und machte vor dem Spiegel ein paar Tanzschritte.

Etwa zum selben Zeitpunkt kam Willie ins Zimmer gestürzt, um ihr gute Nacht zu sagen. »Sieh dir nur Mamas neues Kleid an, Willie. Ist es nicht hübsch? Siehst du, daß es so hell funkelt wie die Sterne?«

»Hübsch«, sagte Willie und kam näher, um Elizabeth mitsamt dem Kleid, das sie noch vor sich hin hielt, zu umarmen.

Sie schaute Asa wieder an und rief aus: »Großpapa, es ist wunderhübsch, aber du solltest nicht ...«

»Denk an deine gute Manieren, Mädchen, und bedanke dich gehörig bei mir.«

Sie umarmte ihn und gab ihm einen Kuß, ehe sie sagte: »Es ist viel zu schön für mich.«

»Und weshalb das? Weil dich jemand ansehen könnte, wenn du es trägst?«

»Ja«, sagte sie. »Und wir wissen beide, daß das genau das ist, was ich überhaupt nicht gebrauchen kann. Ich bin trotz allem immer noch eine verheiratete Frau.«

»Das ist noch lange kein Grund dafür, daß du dich dein ganzes Leben lang in langweiligen schäbigen Lumpen versteckst. Und außerdem ist nichts Schlimmes daran, wenn du dafür sorgst, daß dein lange verschollener Ehemann sich endlich einmal wieder gründlich an dir satt sehen kann. Und jetzt mach deinem alten Großpapa eine Freude und versprich mir, daß du das Kleid heute abend zum Tanzen tragen wirst.«

»Ich verspreche es dir«, sagte sie. »Aber ich weiß wirklich nicht, warum.«

»Komm, Willie, mein Junge. Laß uns beide mal sehen, was wir anstellen könnten.«

Nachdem die beiden gegangen waren, hielt Elizabeth sich das Kleid wieder an und runzelte die Stirn. Dieses Kleid konnte nicht für sie bestimmt sein. Es war ein Kleid für eine Königin oder doch zumindest für eine Märchenprinzessin, denn sie hatte wahrhaft niemals zuvor etwas derartiges gesehen. Es war ein *Tarietan*-Kleid aus lavendelfarbenen *Poult-de-Soie*-Rüschen, die mit Silberfäden durchwebt und mit gehäkelter Cluny-Spitze und silbernen Bändern eingefaßt waren. Das Mieder war tief ausgeschnitten und mit Rüschen und silbernen Bändern besetzt. Die Puffärmel waren aus transparentem lavendelfarbenem Tüll gearbeitet und mit Dolden von silberbestäubten Trauben verziert.

Dieses Kleid war zu edel für sie, das wußte sie selbst. *Ach, was macht das schon aus*, dachte sie, als ihr wieder einfiel, wie fröhlich die Augen ihres Großvaters gefunkelt hatten, als er ihr das Kleid ausgehändigt hatte. Sie würde den guten alten Mann um keinen Preis enttäuschen. Sie warf noch einen Blick auf das Kleid. Es war ein feenhaftes Gebilde, das stimmte schon, denn es mußte mit Sicherheit von Spinnen aus purpurnen Schatten und Mondstrahlen gesponnen worden sein.

Nachdem sie sich das Haar frisiert hatte, zog sich Elizabeth ihr neues Kleid an, entfernte die Dolde von silberbestäubten Trauben, die an der Taille steckte und benutzte sie als Haarschmuck. Dann schaute sie sich im Spiegel an. Sowie sie das tat, schnappte sie bei ihrem eigenen Anblick nach Luft. Das konnte doch nicht etwa sie sein!

Als sie beschlossen hatte, sie sei es doch und das, was sie anstarrte, sei ihr eigenes Spiegelbild, bestand ihre erste Reaktion darin, das Kleid augenblicklich wieder auszuziehen. Sie hatte recht gehabt. Dieses Kleid war wirklich viel zu edel für sie. Dieses Kleid war zu edel für jede andere Frau in ganz Nantucket – oder, wenn sie schon dabei war, für jede Frau, die bei klarem Verstand war.

Es bestand kaum Zweifel daran, daß dies ein Kleid war, das den Körper einer Frau herausstellte und betonte. Die Farbe. Der Stoff. Es war die reinste Illusion. Es war eigentlich recht schlicht, und doch widersetzte es sich jeder Beschreibung. Es gab ihr das Gefühl, hübsch zu sein. Es gab ihr das Gefühl, begehrenswert zu sein. Es flößte ihr Selbstvertrauen ein. Es sorgte dafür, daß sie sich wie eine Frau vorkam.

Ein Kleid wie dieses war für die Krönung Napoleons gedacht oder zumindest für den Ball zum Amtsantritt des Präsidenten. Ihr graute bei dem Gedanken daran, es zu tragen. Doch andererseits wußte sie, daß es ihrem Großvater das Herz gebrochen hätte, wenn sie es nicht getragen hätte.

Aufgrund des milden Wetters fand der Tanz im Freien in einem Pavillon statt, und die ersten Paare schwebten schon im Kreis, als sie eintrafen. Tavis stand ein wenig abseits und hörte zu, wie Nathaniel und Cole sich über die jungen Frauen im heiratsfähigen Alter unterhielten. »Warum heiratet ihr beide nicht? Dann müßtet ihr nicht jedesmal, wenn eine Tanzveranstaltung stattfindet, dieses Zeremoniell mitmachen.«

»Heiraten?« sagte Nathaniel. »Weshalb denn? Damit es uns so geht wie dir und wir am Rand der Tanzfläche stehen und jeden Mann, der an uns vorbeiläuft, mit eifersüchtigen Blicken betrachten? Immer mit der Ruhe, Alter. Sie ist ja noch gar nicht da.«

Tavis wollte gerade etwas sagen, als er von Gesprächsfetzen abgelenkt wurde, während sich gleichzeitig unter den Gästen, die in der Nähe des Eingangs standen, eine Art Unruhe ausbreitete, die sich wie eine plötzlich aufgezogene Gewitterwolke auf den Pavillon herabsenkte. Das Orchester spielte weiterhin. Es wurde immer noch getanzt. Aber da war noch etwas anderes, was eine ganze Menge Aufmerksamkeit auf sich lenkte.

Sein Blick fiel wieder auf den Eingang. Eine Frau in einem schimmernden lavendelfarbenen Gewand stand da. Sie war in einen Kegel warmen Lampenlichts getaucht. Er fand nur ein einziges Wort dafür, wie ihr Kleid saß und sich an sie schmiegte und ihren Körper ganz intim zu kennen schien, und dieses Wort war *feucht*. Er spürte, wie sich seine Kehle zuschnürte, doch diese Spannung breitete sich schon bald in ihm nach unten aus.

»Mein Gott«, sagte Cole. »Seht euch das bloß an.«

»Wenn ich einen erstklassigen Auftritt schildern sollte, dann käme so ziemlich genau das dabei heraus«, sagte Nathaniel. »Ich kann dir nur eines sagen, und zwar, wenn du nicht bald etwas unternimmst, um zwischen euch beiden Klarheit zu schaffen, und das schleunigst, dann wird sie dir ein anderer wegnehmen. Es sollte ein Gesetz dagegen geben, daß eine Frau so aussieht.«

»Dieses Kleid sollte gesetzlich verboten werden«, sagte Tavis, und es kam wie ein leises Knurren heraus. Durch seine zusammengebissenen Zähne waren die Worte kaum zu hören.

Als sie die ersten Schritte in den Pavillon hineintat, schien die Menschenmenge um sie herum zurückzuweichen. Mehrere Sekunden lang hatte Tavis das Gefühl, sich nicht von der Stelle rühren zu können, und er nahm nur vage wahr, daß er von anderen Menschen umgeben war. Statt dessen hatte er das Gefühl, diese Menschen und die Welt wären regungslos und stumm erstarrt.

Sie ließ den Eingangsbereich hinter sich und trat in den hellen Schein einer Deckenlampe, und etlichen der Gäste entrang sich ein gedämpftes Keuchen. Fast konnte er das Beben des Schocks spüren, das die versammelte Menge durchzuckte. Ihm war zumute, als sei die Sonne hinter einer Wolke herausgekommen, als hätte er zugesehen, wie ein wunderschöner Schmetterling sich plötzlich direkt vor seinen Augen entpuppte und aus seiner unscheinbaren Larve schlüpfte. In ihrem schimmernden lavendelfarbenen Kleid war sie atemberaubend schön, und doch hatte sie etwas nahezu Theatralisches an sich, und etwas derart Exotisches ging von ihr aus, daß Tavis allen Ernstes damit rechnete, Trompetenstöße würden jeden Moment ihr Eintreffen feierlich verkünden. Sein Erstaunen hätte nicht größer sein können, wenn er eine nackte Nubierin gesehen hätte oder gar eine Elefantenherde, die vorbeizog, gefolgt von Tanzbären, und selbst Kleopatra, die vor den Augen einer tosenden Menge auf ihrem Teppich herausgeschoben wurde, hätte ihn nicht mehr verwundern können. Sie war die Verkörperung des Sommers, ein Idol, eine Amazonenpriesterin, eine mittelalterliche Prinzessin, eine elisabethanische Königin. Und sie hatte nichts, aber auch absolut gar nichts an sich, was auf den Umstand hingewiesen hätte, daß sie bereits verheiratet war.

»Ich habe mich schon gefragt, wie lange sie seinetwegen noch vor Gram vergehen wird«, sagte eine Stimme in seiner Nähe.

»Mir kommt es ganz so vor, als bräuchtest du dich das jetzt nicht mehr zu fragen. Wenn ich eine Vermutung wagen würde, würde ich behaupten, daß sie heute abend aufgehört hat, sich um ihn zu grämen«, sagte eine zweite Stimme.

»Damit will sie ihm offensichtlich sagen, daß sie nicht die geringste Absicht hat, ihn wieder aufzunehmen oder seine Frau zu werden«, sagte eine dritte Stimme.

»Sie ist bereits meine Frau«, fauchte Tavis. In dem Moment, in dem er sich umdrehte, keuchten die drei Frauen, murmelten Entschuldigungen vor sich hin und flohen.

Tavis ging auf sie zu. Die Menge um ihn herum verstummte. Er blieb vor ihr stehen und sah, daß ihre Augen wie Juwelen funkelten, als ihr Blick sich auf ihn heftete. Einen Moment lang wußte er nicht, was er sagen sollte, und als ihm dann endlich etwas einfiel, wußte er nicht, wo er beginnen sollte. Das war eine Seite von ihr, die er nie zuvor gesehen hatte. Sie war sich ihrer selbst so sicher, so anmutig und so gefaßt – wie eine prachtvolle geschmeidige Katze, geheimnisvoll, halbwild und ungezähmt. Er wußte, daß er wie der letzte Idiot wirken mußte, als er vor ihr stand, so linkisch wie ein Schuljunge, eindeutig wutentbrannt und vollkommen außerstande, auch nur ein Wort herauszubringen.

Plötzlich machte sie einen tiefen Knicks vor ihm, erhob sich wieder und begann zu lachen. Es war ein sattes, volltönendes Geräusch. Betörend. Beschwörend. Und es machte ihn teuflisch an. Es war ein Lachen, das er nie zuvor gehört hatte. Es war ein Lachen, das er in seinem ganzen Leben nicht vergessen würde. Ehe er auch nur etwas sagen konnte, drehte sie vor ihm eine Pirouette.

»Was, zum Teufel, soll das heißen?« flüsterte er.

»Na, was schon? Ich bin gekommen, um dir zu zeigen, was du verschmäht hast.«

Der Schock, den ihre unerwartete Offenheit auslöste, betäubte ihn. »Ich habe nichts verschmäht, und selbst, wenn ich es getan hätte, bräuchtest du das nicht ganz Nantucket mitzuteilen.«

»Aber sie wissen es doch ohnehin schon alle. Was also könnte das noch schaden?«

»Was willst du mit deinem Verhalten unter Beweis stellen?«

»Daß an mir etwas mehr dran ist als das, was du dir einzuhandeln glaubtest. Daß ich wertvoll und kostbar bin. Daß ich nicht irgendein wertloses Kinkerlitzchen bin, das dir ein vagabundierender fahrender Zigeuner auf einer ländlichen Kirmes angedreht hat. Daß ich ein ungeschliffener Diamant bin. Eine verborgene Kostbarkeit. Eine Perle von hohem Wert.« Sie unterbrach sich, sah ihm fest in die Augen und sagte: »Und daß ich dir nicht gehöre.«

Er schaute sich um und sah die Woge von erstaunten Gesichtern, von denen sie angestarrt wurden. Er wollte sie besitzen. Jeden silbernen Faden, der in ihr Kleid gesponnen war. Jedes einzelne ihrer goldenen Haare. Jeden Quadratzentimeter Haut, die überdeutlich zur Schau getragen wurde. Er nahm ihren Arm, und als er sie fortführte, gruben sich seine Finger in ihr Fleisch. »Zufällig bist du nun einmal meine Frau, verdammt noch mal.«

»Soll ich dir etwa dankbar dafür sein, daß du dich noch daran erinnerst?«

Er funkelte sie finster an. »Warum hörst *du* nicht endlich mit diesem Theater auf?«

»Warum hörst du nicht auf damit?«

»Ich mache kein Theater.«

»Bist du dir ganz sicher?«

Er sah sie unnachgiebig an und bemühte sich, zu verstehen, wovon sie sprach.

»Seit deiner Rückkehr hast du eine beachtliche schauspielerische Leistung erbracht und die Rolle des pflichtbewußten und aufmerksamen Ehemanns gespielt. Alle in der ganzen Stadt sind bestens darüber informiert, wie oft du zum Leuchtturm rausgekommen bist, um Willie zu sehen. Sie stellen alle ihre Spekulationen dazu an, wie lange es wohl dauern wird, bis du mich rumgekriegt hast und ich nach deiner Pfeife tanze.«

Ihre Worte schienen ihn zu erweichen. »Wir fallen unangenehm auf«, sagte er, ehe er ihren Arm nahm und sie auf die Tanzfläche führte.

»Wir sind schon immer unangenehm aufgefallen«, sagte sie.

»Genau das erwarten die Leute von uns. Warum also bieten wir ihnen nicht einen echten Auftritt?«

Er hielt immer noch ihren Arm fest, und sie wollte sich ihm entziehen, doch er blieb beharrlich.

»Laß mich los.«

»Meine liebe Liza, schon seit dem Tag, an dem ich dich geheiratet habe, bemühe ich mich, von dir abzulassen. Aber ich kann es nicht, und inzwischen habe ich festgestellt, daß ich es gar nicht mehr will.«

Sie lächelte und sprach im Vorübergehen mit zwei Damen, und dann versuchte sie noch einmal, ihm ihren Arm zu entziehen. Er hielt sie fest, beugte sich vor und flüsterte ihr ins Ohr: » Du kannst dich ebenso gut auch gleich an die Vorstellung gewöhnen, meine Frau zu sein.«

»Ich werde mir Gedanken darüber machen«, sagte sie.

»Du tätest gut daran, mehr als nur das zu tun«, sagte er, doch Elizabeth lächelte ihn lediglich an.

Er zog sie in seine Arme, und sie mischten sich unter die anderen tanzenden Paare. »Hast du mit jemand anderem geschlafen?« fragte sie.

Er stolperte, fing sich jedoch wieder. »Was hast du gesagt?«

»Ich habe gefragt, ob du mit jemand anderem geschlafen hast.«

Sie konnte ihm allzu deutlich ansehen, wie sehr er sich darüber freute, daß sie sich nach seinem Benehmen erkundigte.

»Was ist mit dir? Hast du es getan?« fragte er.

»Natürlich.« Sie lächelte ihn an. »Mit Dutzenden von anderen.«

»Gut«, sagte er. »Dann ändert einer mehr oder weniger wohl kaum etwas.« Er zog sie enger an sich.

Sie blickte auf. Im Schein der Lampe gehörte sein Gesicht einem Fremden. Plötzlich graute ihr vor ihm und davor, was er ihr antun könnte. Bis jetzt, bis zu diesem Augenblick, war für sie alles nur ein Spiel gewesen, doch als sie ihn jetzt so sah, einen großen Mann mit glühenden Augen, der sie mit steifer Höflichkeit behandelte, war sie erledigt. Sie spürte, wie sie über die Tanzfläche gewirbelt wurde und der Schein der Lampen sich wie Bänder aus Licht miteinander verknotete. Die Zeit stand vorübergehend still, und sie hatte das Gefühl, irgendwo zwischen der Vergangenheit und der Gegenwart verloren zu sein. Sie schloß die Augen und spürte seinen Sog, fühlte seinen Körper, der sich an ihren schmiegte. Er hielt sie so eng an sich, daß sich ihr Körper bewegte, als sei er ein Teil seines Körpers. Sie konnte spüren, wie der Stoff ihres Kleides sich raschelnd an das Tuch seines Fracks preßte, und sie konnte auch die Muskeln in seinen Armen fühlen, als spräche sein Körper in einer Sprache mit ihr, die zu begreifen ihr Verstand nicht fähig war.

Diesmal war Elizabeth diejenige, die stolperte.

Sie spürte, wie er ihre Hand nahm. Als sie die Augen aufschlug, sah sie, daß er sie von der Tanzfläche führte. Wohin brachte er sie? War sie zu weit gegangen? Sie konnte sein Gesicht nicht sehen, doch aus seinen Bewegungen, dem raschen Tempo seiner Schritte und der Festigkeit, mit der seine Hand ihre hielt, konnte sie auf seine Zielstrebigkeit schließen. Hier handelte es sich keineswegs um einen unbekümmerten Spaziergang, den sie unternahmen. Sie konnte spüren, wie sein warmer Atem ihr Haar streifte, und der schwache Duft von Pimentöl drang aufreizend in ihre Nase. Im Vorbeigehen nahm sie verschwommen wahr, daß sie von anderen Menschen umgeben waren, und doch schien sie zu weit entfernt von ihnen zu sein, um wirklich Notiz von ihnen zu nehmen.

Plötzlich hatten sie die Lampen hinter sich zurückgelassen, und die Musik und das Gelächter in der Nacht schienen abzureißen. Sämtliche Lebenszeichen anderer Menschen waren schlichtweg zurückgewichen, und auch sie fühlte sich leer und fürchtete sich. Sie blickte zu ihm auf, doch sein Gesicht war im Schatten verborgen. Im nächsten Moment spürte sie, wie er sie in seine Arme riß, und sie fühlte seine Lippen auf ihrem Haar.

»Das will ich jetzt schon seit dem Tag meiner Rückkehr tun«, flüsterte er. »Die Erinnerung an dich hat mich wie ein Spuk verfolgt, und ich habe davon geträumt, dich wieder in meinen Armen zu fühlen. Ich dachte, mein Gedächtnis hätte mir blendende Dienste erwiesen, aber jetzt kann ich erkennen, daß es im Vergleich mit der Wirklichkeit verblaßt.«

Die Welt schien um sich um sie herum zurückzuziehen, und sie spürte, wie sie in eine schwarze Leere gesogen wurde. *Das ist viel zu einfach*, schrie ihr Verstand auf. *Es geht alles viel zu einfach und zu schnell.* Sie spürte, wie sie zurückwich und in der Dunkelheit tastete, als suchte sie nach ihrer eigenen Person.

Als er ihren Rückzug wahrnahm und wußte, daß sie sich gegen ihn zur Wehr setzte, fanden seine Lippen ihren Mund. Ihr Herz pochte heftig und schien dann gänzlich stillzustehen. Ein quälendes Schweigen umgab sie. Sie hatte das Gefühl, ihre einzige Verbindung mit dem Erdboden bestünde jetzt nur noch darin, seine Arme um sich zu spüren, seinen warmen Atem in ihrem Haar zu fühlen und den Geruch einzuatmen, der so einzigartig war. Jetzt gab es keine Realität mehr. Ihre einzige Realität war dieser Mann, sein Mund, dieser Mund, diese Arme, die sich wie eiserne Spangen um sie legten. »Tavis ...«

»Sag jetzt nichts«, sagte er. »Verstehst du, du hast ohnehin gewonnen. Ich will dich. Und zwar so sehr, daß ich alles tun werde, was erforderlich ist, um dich zu bekommen.«

»Willst du mir damit etwa sagen, daß du mich liebst?«

»Liebe? Ich weiß nicht, ob es das ist, was ich fühle, oder nicht. Ich will dich. Genügt das denn nicht? Ich habe an dich gedacht, bis ich geglaubt habe, ich würde den Verstand verlieren. Ich will, daß du wieder in mein Haus ziehst ... ihr beide, du und Willie. Ich will, daß wir eine echte Familie sind.«

»Wie sehr wir uns doch voneinander unterscheiden«, sagte sie. »Du willst eine ganze Menge Dinge. Ich will nur eines.«

»Und was ist das?«

Von dir zu hören, daß du mich liebst. Sie löste sich von ihm. »Von allem, was zwischen uns vorgefallen ist, schmerzt nichts so sehr wie der Umstand, daß du das noch fragen mußt.«

Er riß den Kopf zurück, als sei er gestochen worden. Sein Blick heftete sich auf ihr hübsches Gesicht, dem er deutlich ansehen konnte, daß sie am Boden zerstört war, und währenddessen suchte er in Gedanken krampfhaft nach etwas, was er sagen konnte, etwas, womit er sie festhalten konnte, ehe er sie endgültig verlor. Doch er konnte an nichts anderes denken als daran, wie sie sich in seinen Armen anfühlte, wie sich ihr Körper aufzulösen und zu verflüssigen schien, zu einem warmen zarten Schmelz zu werden schien, in dem er sich verlieren wollte. Warum konnte er ihr nicht die Dinge sagen, die sie hören wollte? Warum war er in ihrer Gegenwart so unbeholfen? Ehe er eine Antwort geben konnte, riß sie sich von ihm los.

»Laß mich in Ruhe, Tavis. Ich habe es mir anders überlegt. Ich will überhaupt nicht mehr deine Frau sein.«

Im nächsten Moment war sie gegangen.

22

Asa wurde von dem Brennen in seinem Bauch wach, und als er die Augen aufschlug und sich im Zimmer umsah, fragte er sich im ersten Moment, wo er überhaupt war. Er hatte wieder von einer Zeit geträumt, in der sich die Schiffe und Boote im Hafen von Nantucket gedrängt hatten, von einer Zeit, zu der großmastige Rahsegler, die viele Stürme überstanden hatten, den Himmel perforierten. Einen Augenblick lang war all das so real gewesen, bis hin zu dem Geruch von Waltran, der ihm in die Nase stieg. Jetzt schnupperte er und roch nur die Reste der Fischsuppe, die Elizabeth ihm zum Mittagessen vorgesetzt hatte, ehe sie mit Willie in die Stadt gegangen war.

Der Schmerz setzte wieder ein, diesmal noch stechender, und er zuckte zusammen und fand es seltsam, wie die Vergangenheit einen Menschen über den Geruchssinn einholen kann. Er schloß die Augen und erinnerte sich an den würzigen Duft der Fässer voller Waltran, die auf dem Kai gestapelt waren, vermischt mit dem scharfen salzigen Geruch von Seetang und Meeresalgen, die eine Schutzschicht darüber bildeten. Er erinnerte sich wieder daran, daß selbst jetzt noch Flecken auf den Anlegestegen zurückgeblieben waren, dort, wo vor so vielen Jahren Waltran durch die Holzdauben gesickert war und daran, wie man an einem warmen Tag, wenn das rechte Maß an Luftfeuchtigkeit vorhanden war, immer noch den kräftigen Geruch einsaugen konnte. Wie der Resedaduft von Blüten, die zwischen den Seiten der Familienbibel gepreßt worden waren, rief auch das eine Vergangenheit wach, die keinerlei Bedeutung für die Zukunft hatte.

Der Schmerz wurde jetzt intensiver, und auch die Erinnerungen nahmen an Intensität zu. Salzwasser floß in seinen Adern, und sein Herz summte mit, als der Ruf eines Chinesen auf einer Dschunke ertönte, das durchdringende Kreischen von malaiischen Piraten zu vernehmen war und wunderschöne Mädchen mit schwarzen Augen auf Inseln, die nach Blumen dufteten, ihren Gesang anstimmten.

Dann zerstreuten sich die Erinnerungen, und alles, was zurückblieb, war der Schmerz. In jüngster Zeit war der Schmerz zu seinem ständigen Begleiter geworden. Es waren jetzt zwei Jahre vergangen, seit er die ersten Symptome festgestellt hatte, die Verdauungsstörungen, die Schmerzen, die über einen zunehmend längeren Zeitraum nicht nachließen, und später dann eine Neigung, sich zu übergeben und Blut mit dem Urin auszuscheiden.

Er erhob sich und fühlte sich so wacklig auf den Füßen wie ein neugeborenes Füllen, als er aufstand und der Stuhl hinter ihm weiterschaukelte. Seine Eingeweide standen jetzt in Flammen. Er wußte, daß seine Zeit gekommen war, wußte, daß die haßerfüllten Giftzähne, die schon lange an ihm nagten, sich niemals zufriedengeben würden. Er würde bald sterben. Das wußte er jetzt schon seit einer ganzen Weile. Das Brennen in seinem Bauch war unerträglich geworden. Nur die Kühle des Meeres gewährte ihm Linderung, und die See lockte ihn mächtig an.

Wenige Momente später hatte er das Haus verlassen.

Es war ein guter Tag zum Sterben. Die Sonne war hinter einem grauen Dunstschleier verborgen. Ein starker Wind wehte. Das Wasser wirkte kalt und böig, und selbst die kleinsten Wellen trugen weiße Schaumkronen. Trotz der gewaltigen Schmerzen blieb Asa stehen und blickte zum Himmel auf. Es sah nach Schnee aus – ganz ausgeschlossen um diese Jahreszeit. Und doch war die ganze Welt um ihn herum kalt, trostlos und unwirtlich. Sogar die Wasseroberfläche schien feindlich zu sein und lautstark gegen alles zu protestieren, was möglicherweise in sie hätte eindringen wollen.

Er würde sich davon nicht abschrecken lassen. Schon bald würde er von jedem Kummer und Schmerz erlöst sein. Schon bald würde er seine ewige Ruhe finden. Schon bald würde er die zornige Welt über dem Wasserspiegel verlassen und sich in Neptuns friedliches Reich unter der Wasseroberfläche begeben. Dort würde alles kühl und grün und stumm sein, frei von dem tosenden Branden, das auf der Oberfläche herrschte. Die See würde ihn empfangen.

Es war ein guter Tag zum Sterben.

Er trat an den Wasserrand, stieß das kleine Dory ins Wasser und merkte, daß er seinen Hut vergessen hatte. Einen Moment lang hielt er inne und dachte nach. Er trug immer seinen Hut. Er drehte sich um, schaute auf den Leuchtturm zurück und spürte sein Locken. Er sah Robin und Tuck, die in der Tür standen und miauten, und ihm fiel wieder ein, daß diese Katzen Elizabeth niemals gemocht hatten. Das ließ ihn die Notwendigkeit verspüren, kehrtzumachen.

Aber der Ruf der See war deutlich zu vernehmen, allzu deutlich, und sie lockte ihn mit ihrem verheißungsvollen Ruf an. *Komm zu mir … Komm …*

Die Katzen kamen auf ihn zugerannt, doch er hob ein paar Muschelschalen auf und warf sie nach ihnen, um Tuck und Robin zu vertreiben.

Er stieg in das Dory und nahm die Ruder in die Hand, und der Wind peitschte ihm dünne Strähnen seines langen weißen Haares ins Gesicht. Und dann verstummte zu seinem Erstaunen die Welt um ihn herum, und einen Moment lang schien seine lange Reise in den Schmerz ihr Ende gefunden zu haben.

Er sah zusammenhangslose Bilder aus seiner Vergangenheit, sah sie vor seinen Augen vorüberziehen wie Schiffe in der Nacht. Plötzlich kam neue Kraft in ihm auf. Er hörte das Zurückschnellen gerefften Segel über seinem Kopf, und er hörte den Ruf: *Wal!* Der Kampfgeist rauschte so enorm in seinem Blut wie die Wogen der allwissenden See. Voran, immer weiter voran, auf der Jagd nach dem Ungeheuer aus der Tiefe. Um ihn herum strudelte das dunkle Wasser, schlug gegen das Dory und trieb es voran.

Aus dem tosenden Wasser hörte er die Rufe von Steuermännern und Harpunierern aufsteigen, doch die Geräusche ließen schnell wieder nach und wurden von dem stechenden Schmerz vertrieben, der sich wie ein Messer in seine Eingeweide schnitt. Jetzt konnte er es sehen, ein schimmerndes weißes Geisterschiff mit voller Takelage.

»Warte«, rief er. »Warte auf mich.«

Es kam näher und immer näher, und das Feuer in seinem Bauch war so heiß wie glühende Kohlen aus dem Schlund der Hölle. Er spürte, daß er abtrieb. Der Schmerz wurde unerträglich, und doch war sein Verstand erstaunlich klar, und sein Geist hatte Frieden gefunden. Aus den Schaumkronen, die ihn umgaben, stiegen die Klänge eines Chorals auf, den er vor so langer Zeit in einer Kirche für Matrosen gesungen hatte.

Und die Wasser der Tiefe schlossen sich über ihm, und er wußte, daß die Schmerzen dieses Lebens Asa Robinson nichts mehr anhaben konnten.

In dem Moment, in dem sie den Leuchtturm betrat und sah, daß Robin und Tuck ihr zur Begrüßung entgegenliefen, wußte sie, daß hier etwas nicht stimmte. Eine gespenstische Stille hing in den Räumen, eine Kälte, die die Luft durchdrang. Elizabeth ließ augenblicklich Willies Hand los und zog ihm den Mantel aus. Dann hob sie die Katzen hoch, spürte, wie sich ihr Nackenhaar aufstellte, und hörte auch das klägliche Wimmern des Windes, der um den Turm peitschte. Draußen krachten die Wogen auf das Land, als applaudiere sich das Meer zu seinem Sieg.

»Großpapa?« Sie trat jetzt in das Wohnzimmer, und Willie folgte ihr und hielt sich an ihren Röcken fest. Als sie die Pfeife ihres Großvaters im Aschenbecher und seine Matrosenmütze auf dem Tisch liegen sah, wurde ihr leichter ums Herz. Er wäre niemals ohne Hut aus dem Haus gegangen. Sie stellte die Katzen wieder auf den Boden.

»Großpapa, wo bist du?«

Nur Stille antwortete ihr auf diese Frage.

Sie ging mit Willie in die Küche, setzte ihn auf seinen Kinderstuhl und gab ihm zwei Kekse. Dann rannte sie durch die Zimmer und rief nach ihrem Großvater, schrie seinen Namen hinaus und hörte nur das Echo ihrer eigenen Stimme, das ihr antwortete.

Sie rannte in die Küche zurück. Willie weinte inzwischen. Sie nahm ihn auf den Arm und redete ihm einen Moment lang gut zu, ehe sie ihn wieder in seinen Mantel steckte und ihn ins Freie trug.

»Großpapa, kannst du mich hören?« rief sie und spürte, wie der Wind die Worte in ihren eigenen Mund zurücktrieb. »Großpapa? Kannst du mich hören?«

Aber nur der Wind antwortete ihr.

Und dann bemerkte sie es. Das Dory war verschwunden.

Er ist Fischen gegangen, lautete die logische Begründung ihres Verstandes, und einen Moment lang akzeptierte ihr Herz diese Erklärung, und sie wandte sich ab. Doch dann schien eine entsetzliche Klarheit das Blut in ihren Adern gefrieren zu lassen. Sie konnte überdeutlich Asas Matrosenmütze auf dem Tisch liegen sehen. *Großpapa geht niemals ohne seinen Hut aus dem Haus. Er würde nicht ohne seinen Hut fortgehen.*

Es sei denn, er hat gewußt, daß er nicht zurückkommt.

In dem Moment, in dem ihr dieser Gedanke durch den Kopf schoß, rannte sie auch schon zum Leuchtturm zurück. Dort stellte sie Willie auf dem Boden ab, drückte ihm ein Spielzeug in die Hand und sagte zu ihm: »Bleib hier. Ich bin gleich wieder da.«

Angst loderte in ihrem Herzen. Sie rannte zur Tür hinaus und auf die Treppenstufen zu, die sich nach oben wanden. Wie eine Katze rannte sie die Treppe hinauf, bis ihr Kopf durch den Boden des großen, runden Raumes ragte. Das riesige Licht war ausgeschaltet und blinkte nicht. Erschöpft und atemlos vor Anstrengung rannte sie zu dem Fernglas und suchte die zornig brausenden Wogen ab. Ziemlich genau in dem Moment, in dem sie aufgeben wollte, sah sie ihn, eine zottelige weiße Mähne, die sich gegen den Hintergrund eines dunklen tosenden Meeres absetzte. Ohne auch nur einen Moment zu vergeuden, rannte sie die Stufen wieder hinunter, schnappte sich Willie und rannte mit ihm wieder zu dem Einspänner, mit dem sie vor wenigen Minuten hier angekommen war.

Kurz darauf ließ sie das galoppierende Pferd vor Tavis' Haus anhalten. Sie ließ sich kaum die Zeit, Willie, der neben ihr saß, in ihre Arme zu zerren, ehe sie die Stufen hinaufrannte und an die Tür hämmerte.

Tavis öffnete ihr die Tür, und sein Blick fiel auf das entsetzte Gesicht, das er vor sich sah. »Ich brauche dein Boot«, sagte sie. »Wo liegt es verankert?«

»Drunten am Anlegesteg, aber warum …«

»Großpapa«, sagte sie und rannte schon wieder die Stufen hinunter zu ihrem Einspänner.

Ohne sich auch nur einen Moment Zeit zu nehmen, um nachzudenken, sprang Tavis von der Veranda, rannte hinter ihr her, packte sie am Arm und wirbelte sie zu sich herum. »Elizabeth, was zum …«

»Laß mich los!« schrie sie. »Ich habe keine Zeit zum Reden. Es geht um Leben und Tod.«

»Wessen?« sagte er mit ruhiger Stimme und nahm ihr Willie ab. »Wessen Leben ist in Gefahr?«

»Das meines Großvaters«, sagte sie und sank an seine Brust, auf die sie gleichzeitig mit beiden Fäusten trommelte. »Die See wird ihn holen, Tavis. Das war es, was er wollte. Verstehst du das denn nicht? Er will sterben. Er will es wirklich!«

»Liza, das könnte ein fruchtloses Unterfangen sein. Möglicherweise ist er gar nicht mit seinem Boot hinausgerudert.«

»Ich habe ihn gesehen!« schrie sie und hämmerte auf seine Brust ein. Willie fing an zu weinen. »Ich habe ihn vom Leuchtturm aus durch das Fernrohr gesehen. Warum verstehst du denn nicht, was ich sage? Er ist hinausgerudert, um zu sterben. Ich weiß es ganz genau.« Sie stand da, umklammerte seine Ärmel und schaute zu ihm auf.

In ihren Augen stand etwas; vielleicht war es das blanke Grauen oder auch der Ausdruck größter Not, der sich in seine Seele schnitt. Jedenfalls wußte er plötzlich, daß sie mit ihren Gefühlen richtig lag. »Ich komme mit dir«, sagte er. »Laß mich Willie ins Haus bringen«, fügte er hinzu und bückte sich, um den Jungen hochzuheben. »Er kann bei Mrs. Chadwick bleiben.«

Sie stand neben dem Tor und zitterte, und in ihren Gedanken jagte eine gräßliche Befürchtung die andere. »Ich muß meinen Großvater finden. Ich habe keine Zeit, mich um dich zu kümmern, wenn du seekrank wirst.«

»Wenn du überhaupt hinausruderst, dann nur mit mir.«

Ein paar Minuten später rannten sie über den Anlegesteg und stiegen dann in ein kleines Skiff. Tavis kämpfte gegen das unruhige Wasser an, als er sie ein Stück weit hinausruderte, ehe er das kleine Segel setzte.

Der Himmel hatte jetzt ein noch tieferes Grau angenommen, und der Wind wehte schwere Regenwolken heran, die sich zu öffnen begannen. Elizabeth konnte um sich herum nichts anderes mehr sehen als Tavis und den strömenden Regen. Wieder und immer wieder glitt ihr Blick über die endlosen Wogen, während sie Ausschau hielt, betete und flehte, sie möge ihn entdecken, ehe es zu spät war. *Er will sterben*, wiederholte ihr Verstand monoton wie eine Litanei. *Er will sterben.*

Bitte … Bitte, lieber Gott, laß ihn nicht sterben. Er ist alles, was ich habe. Mit nassen Wimpern hob sie den Kopf und schaute zum Himmel auf. *Ist das denn alles, was es gibt? Nichts weiter als Leid und noch mehr Leid? Du hast gesagt, Du würdest uns niemals mehr Leid zufügen, als wir verkraften können. Nun, das hier kann ich jetzt nicht mehr verkraften. Ich kann es einfach nicht. Und doch kommt es auf mich zu. Ein weiterer Verlust. Eine weitere Trauerzeit. Ein weiteres Grab neben den vier anderen, die mir so lieb und teuer sind. Wann wird das ein Ende finden? Wann werde ich wieder ein unversehrter Mensch sein? Wann werde ich meine geistige und seelische Gesundheit wiederfinden?*

Ihre Beine schmerzten. Sie war ausgekühlt bis in die Knochen. Sie hatte den ganzen Tag über noch nichts gegessen, und ihr war schwindlig. Die Luft hatte sich jetzt ziemlich stark abgekühlt, und sie fragte sich, wie lange sie in ihren Sommerkleidern noch hier draußen bleiben konnten, ehe ihre Kleidungsstücke vereisten.

Tavis' Miene wurde ernst. Schließlich sagte er: »Vielleicht ist er umgekehrt. Es wird bald dunkel werden.«

Sie sah ihn mit wütenden Blicken an. »Verstehst du denn überhaupt nichts?« schrie sie. »Er wird nicht umkehren. Niemals. Er wollte es so haben. Er will hier draußen sterben … sich dem Meer ausliefern.«

Plötzlich schien ein kleines Boot aus dem Nichts zu kommen und in den grauen Dunst zu segeln. »Dort«, rief Tavis. »Ich glaube, ich habe es gesehen.«

Elizabeth schaute hin und sah den verschwommenen grauen Umriß eines Dory, das über den Kamm einer großen grünen Welle ritt, und jede Hoffnung begann in ihr zu sterben. Sie fühlte sich, als verwandelte sie sich in ein Wesen, das aus Stein gemeißelt war und weder Verzweiflung noch Glück empfinden konnte.

Es war vollkommen ausgeschlossen, ihrem Kummer Worte zu verleihen. Es war aus. Sie schaute das Dory nicht an, als sie näher kamen. Sie wußte, daß es leer sein würde.

Anfangs verspürte sie keine Traurigkeit. Ihr Gedächtnis hatte zu viele Dinge gespeichert, die darauf versessen zu sein schienen, in größter Hast wieder ans Licht zu kommen. Als sie auf der harten Holzbank saß und der Regen in Strömen auf sie prasselte, erinnerte sie sich an ihren Großvater. Erst, als Tavis etwas sagte, brach schlagartig die Realität über sie herein, und als sie zu ihm aufblickte, verblaßte die Erinnerung an glücklichere Zeiten und bleichte aus wie das welke Laub des vergangenen Winters.

»Es tut mir leid«, sagte Tavis, und seine Stimme schien aus weiter Ferne zu ihr zu dringen. »Es gab nichts, was du noch hättest tun können. Er hat es so gewollt.« Er wendete das Boot.

Sie packte seinen Arm. »Was tust du da?«

Er schien erstaunt zu sein. »Ich kehre um. Es gibt hier nichts mehr, was wir noch tun könnten, und das Wetter verschlechtert sich weiterhin.«

Jetzt schaute sie zum ersten Mal das Dory ihres Großvaters an. »Ich denke gar nicht daran, sein Boot hier draußen zu lassen.«

Tavis warf ihr einen flehentlichen Blick zu. »Ein Sturm zieht auf, und wenn wir es nicht vorher schaffen, wieder an Land zu kommen, schaffen wir es möglicherweise gar nicht mehr.«

»Ich kehre nicht ohne sein Dory um, und falls du mich dazu zwingen solltest, werde ich es dir niemals verzeihen.«

Mit einem lauten Fluch beschrieb Tavis einen weiten Bogen und segelte dicht an das Dory heran. Er warf ihr einen gequälten Blick zu, und sie wußte, daß er die ersten schwächenden Krämpfe der Seekrankheit aufkommen spürte.

»Hier, du übernimmst das Ruder«, sagte er. »Ich werde versuchen, das Tau in die Finger zu kriegen.«

Nachdem sie es dreimal vergeblich versucht hatten, wußte sie, daß Tavis' Zustand sich verschlechterte. Beim vierten Anlauf warf er ein Bein über den Bootsrand, und als er sich vorbeugte, schaffte er es, das Tau des Dory zu packen. Er hatte es gerade erst an sein Skiff gebunden und einen Knoten zugeschnürt, als sein Gesicht sich gräßlich grün verfärbte und sie augenblicklich wußte, daß eine Woge von Übelkeit über ihn hereingebrochen war und es unmöglich für ihn machte, sein Bein wieder über den Bootsrand zu ziehen. Er verharrte einen Moment lang in dieser Stellung und schien darauf zu warten, daß die Übelkeit vorüberging. Sie beugte sich vor und versuchte, ihn festzuhalten.

Einen Sekundenbruchteil später schlug eine Welle gegen das Dory und ließ es mit enormer Wucht gegen das Skiff prallen, und Tavis' Bein wurde zwischen den beiden Booten zerschmettert.

Mit einem lauten Stöhnen fiel Tavis in das Boot zurück. Im nächsten Augenblick sah Elizabeth sein aschfahles Gesicht, das zertrümmerte Bein und das Blut, das über ihre Röcke floß.

Zwei Stunden später saß sie in der Arztpraxis und wartete darauf, daß jemand ins Wartezimmer kam, um ihr zu berichten, daß sie noch einen weiteren Verlust erlitten hatte.

Draußen regnete es. Drinnen war es feucht, unfreundlich und finster, und nur eine kleine Lampe brannte auf dem Tisch neben ihr. Es war warm im Raum. Drückend. Sie war körperlich erschöpft. Immer wieder bemühte sie sich, an ihren Großvater zu denken, doch das einzige, woran sie denken konnte, war Tavis. Und es erschien ihr auch richtig, sich jetzt um ihn Sorgen zu machen, da sie wußte, daß sie später noch um ihren Großvater trauern konnte.

Ihre Lider waren schwer. Die Hitze schien sie zu ersticken und ihr Atemnot zu bereiten. Sie fühlte sich ermattet, ausgezehrt und alt. Im nächsten Moment sank ihr der Kopf auf die Brust, und ihre Augen schlossen sich.

»Mrs. Mackinnon?«

Elizabeth riß den Kopf hoch. Sie sah das Blut auf dem Kittel des Arztes.

»Ist er noch am Leben?«

»Ja, aber sein Zustand hat sich verschlechtert. Das Bein ist hoffnungslos zertrümmert. Wir werden es ihm abnehmen müssen.«

Wir werden es ihm abnehmen müssen. Sie sprang auf. Was genug war, war genug. Das hier war ein Verlust, den sie nicht hinnehmen würde. »Lassen Sie bloß die Finger von seinem Bein.«

»Mrs. Mackinnon, Sie verstehen das nicht ...«

»Nein, Sie sind hier derjenige, der nichts versteht. Sie werden sein Bein nicht anrühren«, sagte sie.

»Dann kann ich ihm nicht helfen.«

Elizabeth lief auf die Tür des Raumes zu, in den man Tavis gebracht hatte.

»Wohin gehen Sie?«

»Ich werde nach meinem Mann sehen, und dann werde ich jemanden finden, der uns nach Boston bringt.«

»Auf die Art verlieren Sie ihn ganz bestimmt. Er wird schon tot sein, ehe Sie Boston erreichen«, sagte der Arzt.

»Wenn Sie ihm sein Bein abnehmen, verliere ich ihn ohnehin. Er wird nicht ohne sein Bein weiterleben wollen.«

Sie begab sich in den winzigen Raum. Dort war es unerträglich heiß und roch nach Blut. Als sie an Tavis' Bettkante trat, sah sie, daß sein Bein noch da war. Es war bandagiert worden, und das Blut sickerte durch die Verbände und bildete eine Lache auf dem Laken.

Sie drehte sich um und sah den Arzt in der Tür stehen. »Haben Sie Opium hier?«

»Ich habe ihm bereits welches gegeben.«

Sie drehte sich wieder um und schaute Tavis an, sah sein bleiches Gesicht und die Schweißperlen auf seiner Stirn und auf der Oberlippe. Er ächzte, und seine Lider flatterten.

Einen Moment lang glaubte sie, er würde gleich die Augen aufschlagen. »Er ist immer noch unruhig. Können Sie ihm etwas mehr geben? Ich werde ihn nach Boston bringen. Es ließe sich leichter machen, wenn er auf dem ganzen Weg schliefe.«

Der Arzt sagte kein Wort, doch als sie ihn weiterhin anstarrte, zuckte er die Achseln und wandte sich ab. »Wenn das so ist, dann werde ich ihm eine größere Dosis geben. Aber ich glaube, daß Sie einen großen Fehler machen.«

»Der größte Fehler, den ich gemacht habe, war der, so viel Zeit darauf zu vergeuden, ihn hierher zu bringen. Sorgen Sie dafür, daß er transportbereit ist. Ich komme so bald wie möglich zurück.«

Ein paar Minuten später hatte Elizabeth Nathaniel und Cole ausfindig gemacht, die das schnellste Segelboot bereitmachten, das sie sich borgen konnten. Eine Stunde später hatten sie Tavis an Bord gebracht und waren losgesegelt.

Elizabeth saß neben der schmalen Pritsche und sah Tavis ins Gesicht, wusch ihm die Schweißperlen von der Stirn, sowie sie sich bildeten, und verabreichte ihm jedesmal, wenn er unruhig wurde, kleine Mengen Opium.

»Du wirst dein Bein nicht verlieren«, flüsterte sie und strich ihm dann zärtlich das Haar aus dem Gesicht. Mit einem Finger fuhr sie den Umriß seiner Stirn und seiner Nase nach. Dann ließ sie den Finger über seine Lippen gleiten und beugte sich vor, um ihn zu küssen. Seine Haut war heiß und feucht. Unter ihrer anderen Hand hob und senkte sich seine Brust unter den Decken. Eine Hand hatte er auf den Decken liegen. Sie nahm sie und hielt sie fest. Auch seine Hand war warm, aber sie war wenigstens trocken und lag schlaff und ohne jede Reaktion da, als sie begann, die Form seiner Finger nachzufahren und jeden einzelnen der Reihe nach zu küssen.

Sie dachte daran, wie diese Hand sie berührt und ihr so viel Freude bereitet hatte, und sie spürte, wie Tränen in ihren Augen brannten. »Du wirst dein Bein nicht verlieren«, flüsterte sie noch einmal und hob seine Hand, um sie an ihre Wange zu pressen. »Ich werde sie um dieses Opfer betrügen, sie prellen, es ihnen entreißen.«

Sie lehnte sich auf ihrem Stuhl zurück und hielt weiterhin seine Hand. Sie liebte ihn schon seit so langer Zeit, seit einer Ewigkeit, so schien es ihr. Ihre Liebe zu ihm war wie eine Blume gewesen, die auf der anderen Seite des Zaunes wuchs – eine Blume, die sie nicht sehen konnte und die doch ihren süßen Duft verströmte und sie darin einhüllte.

23

Tavis öffnete ein Auge, sah einen fremden Mann neben sich stehen, der sich über ihn beugte, und schloß das Auge prompt wieder. Er wußte, daß er tot war. Dann fühlte er den stechenden Schmerz in seinem Bein und wünschte, er wäre tot gewesen.

Diesmal schlug er beide Augen auf und starrte den Mann in dem weißen Kittel an. »Wer sind Sie?« fragte er.

Der Mann lächelte. »Ich bin Dr. Schnitzer.«

Tavis stöhnte. »Mein Gott, das darf nicht wahr sein.«

Dr. Schnitzer lachte. »Sie haben sich immer noch Ihren Sinn für Humor bewahrt. Das ist ein gutes Zeichen.«

»Es mag ja ein gutes Zeichen sein, aber ich fühle mich teuflisch schlecht.«

»Aber Sie *fühlen* etwas, Mr. Mackinnon. Das allein ist schon ein Segen.«

Tavis stöhnte, als er versuchte, eine andere Lage einzunehmen. Er sah die schmucklosen weißen Wände hinter Dr. Schnitzer an, den schlichten Tisch, der neben seinem Bett stand. »Wo bin ich?«

»In Boston. Im Allgemeinen Krankenhaus von Massachusetts.«

»In Boston? ... Wie auf ... wie bin ich hierhergekommen?«

»Ich habe dich hierher gebracht«, sagte eine vertraute Stimme vom anderen Ende des Zimmers.

Tavis drehte den Kopf um und sah Elizabeth auf der anderen Seite seines Betts sitzen. Sein schockierter Blick glitt über sie und sog den Anblick ihrer schlanken weiblichen Gestalt ein, die in altrosa Seide mit schwarzen Samtbesätzen gekleidet war. Trotz der Müdigkeit in ihren Augen und der Blässe ihrer Haut fand er, sie sei das schönste Geschöpf, das er je gesehen hatte. Er kam sich vor, als würde er durch das All gewirbelt, in eine andere Zeit zurück, als das Bild der bleichen Schönheit vor ihm verschwamm und sich in ein anderes Bild verwandelte, nämlich das eines unvergeßlichen jungen Mädchens, im einen Moment ein ausgelassener Wildfang, im nächsten so finster wie ein Richter, theatralisch genug, um sich das Haar rot zu färben, und doch so realistisch, ihm nachzuspionieren, wenn er nackt schwimmen ging, und ihm dann gar zu sagen, er hätte nichts, was sie nicht schon vorher gesehen hätte. Er hatte so viele Seiten an ihr gesehen, von dem merkwürdigsten drolligen Kind bis hin zur außergewöhnlichsten Komikerin. Er war von ihr verfolgt worden, als sie ein junges Mädchen war, er hatte sie als Frau gekannt, und er konnte sie als Mutter seines Kindes nicht vergessen. Wohin sie auch ging, sie brachte einen Anflug von Phantasie und Poesie in das eintönige Leben der Leute von Nantucket – eine Welt, die noch immer von der früheren Liebe zum Walfang geprägt war und an der schlichten und praktisch orientierten Lebensweise festhielt, die die Quäker vor so langer Zeit eingeführt hatten.

Nie war ihm eine Frau wie sie begegnet, eine Frau, die imstande war, die harten Prüfungen und Enttäuschungen im Leben in melodramatische Kapriolen zu verwandeln und dabei die gesamte Dramatik der Liebesromane einzusetzen, die sie zu ihrem Trost las.

In dem Moment ging ihm auf, daß sie vielleicht vor einem stumpfsinnigen und leiderfüllten äußeren Leben floh und daher diese seltsame Neigung entwickelt hatte, in ihrer Phantasie zu leben. Zum ersten Mal fragte er sich, fragte sich wirklich im Ernst, wie es wohl für sie gewesen war, ohne Mutter in einem Haushalt aufzuwachsen, in dem ältere Männer und jüngere Mädchen vorherrschten. Er dachte an die Verluste, die sie in ihrem Leben erlitten hatte, und er fragte sich, ob er einen weiteren Verlust für sie bedeuten würde, denn in der letzten Zeit drückte sich in ihrem Verhalten ihm gegenüber reine Ablehnung aus. Und doch machte sie sich offensichtlich genug aus ihm, um ihn nach Boston zu bringen. Warum nur?

»*Du* hast mich hierher gebracht?« fragte er.

»Ja«, sagte sie, »mit Hilfe von Nathaniel und Cole.«

»Wo stecken die beiden?«

Sie lächelte. »Die beiden hatten eine Stinklaune. Nach ein paar Tagen habe ich ihnen gesagt, entweder sie bleiben hier oder ich.«

Er schien verwirrt zu sein. »Es ist ein ganz seltsames Gefühl. Ich erinnere mich an überhaupt nichts. Nicht daran, auf einem Boot gewesen zu sein. Nicht an die Ankunft hier. An gar nichts.«

»Sie hat Ihnen Opium eingeflößt«, sagte Dr. Schnitzer.

»Warum hast du mich hierher gebracht?«

»Der Arzt in Nantucket wollte dir das Bein amputieren.«

Tavis zuckte derart zusammen, daß sich sein ganzer Körper aufbäumte. Dr. Schnitzer legte ihm eine Hand auf die Schulter, damit er stillhielt. »Immer mit der Ruhe. Sie haben nichts verloren, abgesehen von ein paar Pfunden Gewicht und einer ganzen Menge Blut.«

Da er sich kräftemäßig verausgabt hatte und physisch erschöpft war, lehnte Tavis sich zurück, und sein Kopf sank auf die Kissen. Da er zu müde war, um weiterzureden, schloß er die Augen, und Gedanken, denen er keinen Ausdruck verleihen konnte, ließen seinen Kopf zerspringen.

Im nächsten Moment sagte Dr. Schnitzer: »Ich werde jetzt nach Hause gehen, Mrs. Mackinnon. Ich komme morgen früh wieder und sehe nach unserem Patienten.«

»Ich danke Ihnen, Dr. Schnitzer. Ich werde hier sein«, sagte Elizabeth.

Tavis hörte, wie Dr. Schnitzers Schritte sich entfernten, aber selbst dann, wenn es um sein Leben gegangen wäre, hätte er die Augen nicht öffnen können.

Es wurde still im Raum. Er fragte sich, was sie wohl tat, aber sein Körper schien seinem Drang nicht gehorchen zu wollen, sie anzusehen. »Danke«, flüsterte er, ohne die Augen aufzuschlagen. »Ohne mein Bein hätte ich nicht weiterleben wollen.«

»Ich weiß«, sagte sie mit leiser Stimme. »Deshalb habe ich dich hierher gebracht.«

»Du hättest mich in Nantucket lassen sollen. Dort hätten sie mir das Bein abgesägt, und dann wärst du mich los gewesen.«

»Dich werde ich niemals los«, sagte sie und erhob sich.

Er rang darum, die Augen zu öffnen. »Elizabeth ...«

Er spürte ihre Hand auf seinem Arm, die ihn zurückhielt. »Sag jetzt nichts mehr. Du brauchst viel Ruhe.«

Seine Hand tastete und fand ihre. Er preßte sie fest an seine Brust und fragte: »Gehst du jetzt fort?«

Sie strich ihm das Haar aus der Stirn. »Nur lange genug, um einen Happen zu essen. Dann komme ich wieder.«

»Wo ist Willie?«

Ihr Herz machte einen Satz. »Ich habe ihn in Nantucket gelassen. Ich mußte ihn in deinem Haus zurücklassen. Er ist bei Mrs. Chadwick.«

Er dachte an die Verluste in ihrem Leben und wußte genau, wie schwer es ihr fiel, sich von ihrem Sohn zu trennen. Er dachte an ihren Großvater und wußte, daß sie ihn trotz ihres Kummers nicht im Stich gelassen hatte. »Es tut mir leid«, sagte er.

»Mir auch«, sagte sie. »Mir tut vieles leid. Und jetzt versuch zu schlafen.«

Elizabeth ging und nahm eine Mietsdroschke zum Haus ihrer Tante, damit sie dort ein Bad nehmen und etwas essen konnte.

Das Haus erweckte ganz den Eindruck, als gehörte es einer alten Tante, dachte sie, als sie in die Eingangshalle trat, denn es war ein Haus, das die Bürde der Zeit mit Anmut trug, mit einer Form von Würde, die an Lavendel und alte Spitze erinnerte.

Als sie ein paar Schritte weiter in das Haus hinein gemacht hatte, wurde sie von den letzten Resten des muffigen Geruchs empfangen, der sie in geballter Form erwartet hatte, als sie vor mehr als einer Woche hergekommen war. Sie blieb mitten im Salon stehen und rechnete einen Moment lang damit, Tante Phoebe in ihrem Schaukelstuhl sitzen zu sehen. Außerdem erwartete sie den hastigen Rückzug von Robin und Tuck.

»Sind Sie das, Mrs. Mackinnon?«

Beim Klang dieser Stimme zuckte Elizabeth zusammen. Sie zog die Nadeln aus ihrem Hut und setzte ihn dann ab, während sie antwortete. »Ja, ich bin es, Mrs. Willoughby.«

Im nächsten Moment tauchte Mrs. Willoughby in der Tür auf. »Meine Güte, Sie Arme. Sie wirken ja ganz erschöpft. Möchten Sie vielleicht, daß ich Wasser für ein wohltuendes warmes Bad heißmache?«

»Ein warmes Bad klingt genau richtig. Je heißer, desto besser. Ich weiß nicht, woher es kommt, daß ich mich derart schmutzig fühle, wenn ich den ganzen Tag im Krankenhaus zugebracht habe.«

»Warum kommen Sie nicht gleich ins Eßzimmer? Ich habe das Abendessen bereitstehen. Dann können Sie etwas essen, während ich Ihnen ein Bad vorbereite und Ihr Bett zurechtmache.«

»Ich bleibe nicht über Nacht. Ich gehe wieder ins Krankenhaus.«

»Doch nicht etwa schon wieder«, sagte Mrs. Willoughby und bedachte sie mit einem mütterlichen Blick.

»Ich muß wieder hingehen.«

»So wie bisher können Sie nicht mehr lange weitermachen. Ganz gleich, ob Sie noch jung sind oder nicht. Das wird sich später einmal alles rächen. Hören Sie auf mich. Es wird sich rächen.«

»Manchmal habe ich den Eindruck, das tut es bereits«, sagte Elizabeth. »Aber mein Mann ist zu Bewußtsein gekommen und redet. Ich dachte mir, da das die erste Nacht ist, seitdem er wach geworden ist und das Bewußtsein wiedererlangt hat, sollte ich bei ihm bleiben. Morgen abend dürfen Sie mir dann das Bett machen. Ich verspreche es Ihnen.«

Nach dem Abendessen und dem heißen Bad fühlte sie sich unendlich viel besser und kehrte wieder ins Krankenhaus zurück. Tavis schlief noch, als sie in sein Zimmer kam, doch sein Schlaf war unruhig. Sie zog ihre Handschuhe aus, zündete die Nachttischlampe an und legte ihm eine Hand auf die Stirn. Seine Haut fühlte sich warm an, doch das führte sie auf den Umstand zurück, daß sie gerade erst von draußen gekommen war, aus einer Kälte, die Schnee mit sich hätte bringen können.

Sie blieb neben seinem Bett stehen, schaute auf ihn herunter und betrachtete die Hand, die auf seinem Bauch lag. Die Finger waren lang und schmal und auf eine Art zusammengerollt, die sie an Willies Finger erinnerte, wenn er schlief. Willie hatte so große Ähnlichkeit mit seinem Vater – dasselbe schwarze Haar, die schmalen Füße, die Art, auf die er den Kopf zur Seite neigte und sie ansah, wenn sie mit ihm sprach. *Wie viele Male schon?* fragte sie sich. Wie oft hatte sie ihren Sohn schon im Arm gehalten und dabei an seinen Vater gedacht? Wie viele Male hatte sie Willie angeschaut und statt dessen den Mann gesehen, den sie liebte?

Du hast ja so viel Ähnlichkeit mit deinem Sohn.

Aber das dunkle Haar auf den Gliedern seiner Finger und auf seinem Handrücken, das auf seinen Armen noch dunkler wurde, erinnerte keineswegs an ein Kind. Ohne bewußt wahrzunehmen, was sie tat, gestattete sie es ihrem Blick, über seine Brust zu gleiten und dem schmalen Streifen zarter schwarzer Haare zu folgen, der unter der Bettdecke verschwand, die ihm auf die Hüften gerutscht war.

Ihr Blick fiel auf sein bandagiertes Bein, das auf der Decke lag, und einen Moment lang verweilte er auf dem Streifen Haut zwischen dem Verband und dem Bettuch. Flammende Begierde durchzuckte sie, und gleichzeitig fiel ihr wieder ein, wie lange und wie sehr sie diesen Mann geliebt hatte. Sie erinnerte sich auch wieder daran, daß sie als Kind, vor all diesen Jahren, geglaubt hatte, Gott hätte ihr diesen Mann versprochen, und das lediglich, weil sich ein Regenbogen über ihn gespannt hatte, als sie ihn zum ersten Mal gesehen hatte. Betrübt schüttelte sie den Kopf. Falls er ihr versprochen gewesen war, dann war einiges schiefgegangen. Sie war mit ihm verheiratet, das stimmte wohl, aber sie hatte sich in ihrem ganzen Leben keinem anderen Menschen derart entfremdet gefühlt.

Sie wußte, daß er ihr nicht gehörte, daß er für sie im selben Maß verloren war wie all die anderen auch: ihre Mutter, ihr Vater, ihre Schwestern, Tante Phoebe, ihr Großvater. Sogar Becca. Aber sie hatte immer noch Willie. Vielleicht war der Verlust all dieser anderen der Preis, den sie dafür bezahlen mußte, ihn zu haben.

Tavis versuchte, sich umzudrehen, und dabei murmelte er vor sich hin, ehe er sich wieder in dieselbe Lage zurückrollte, die er vorher eingenommen hatte. Sie legte noch einmal die Hand auf seine Stirn. Er fühlte sich jetzt wesentlich wärmer an. Das machte ihr Sorgen.

Sie erinnerte sich an ein früheres Gespräch mit Dr. Schnitzer, vor ein paar Tagen, direkt nachdem er Tavis' Bein operiert hatte.

»Wird er wieder gesund werden?« hatte sie ihn gefragt.

»Es hat schlecht um ihn gestanden, aber es war nicht ganz so schlimm, wie ich anfangs geglaubt hatte. Das Bein war an zwei Stellen regelrecht gebrochen, und die Haut und die Muskeln haben großen Schaden erlitten.« Dr. Schnitzer schaute sie über den Rand seiner Brille hinweg an. »Die Wunde war mit Knochensplittern, Holzsplittern, Fäden seiner Kleidung und der Wattierung vollgestopft. All das herauszuholen und die Wunde gründlich zu säubern war das, was so viel Zeit gekostet hat.«

»Und was jetzt?«

»Jetzt steht Fäulnis zu befürchten. Entzündungen. Sogar Wundbrand.«

Als er dieses gefürchtete Wort aussprach, spürte Elizabeth, wie ihr mulmig wurde.

Dr. Schnitzer fuhr fort: »Es gibt einen Arzt in Glasgow, Dr. Joseph Lister, dem aufgefallen ist, daß Knochenbrüche, über denen die Haut nie aufgerissen ist, im allgemeinen ohne Komplikationen verheilen. Aber im Falle von Frakturen, bei denen Knochen durch Risse in der Haut herausragen, kommt es im allgemeinen zu Entzündungen und Eiterbildung.«

Er setzte seine Brille ab. »Wir wissen, daß etwas geschieht, aber wir wissen nicht, worum es sich handelt. Es könnte sich um etwas Unsichtbares in der Luft handeln ... etwas, was Lister Krankheitsstaub nennt. Aber wir wissen kaum mehr als das. Eines kann ich Ihnen jedoch versichern, Mrs. Mackinnon, nämlich daß wir, ganz gleich, was wir tun, nicht auf Dr. James' Fieberpuder zurückgreifen werden.«

Elizabeth goß Wasser in eine Schale neben dem Bett, tauchte einen Lappen hinein, faltete ihn zusammen und legte ihn Tavis auf die Stirn. Eine Stunde später begann er zu zittern und sich im Bett von einer Seite auf die andere zu werfen. Sie setzte sich auf die Bettkante und versuchte, ihn festzuhalten, und als sie feststellen mußte, daß ihr das nicht gelang, setzte sie ihr gesamtes Körpergewicht ein, beugte sich über ihn und preßte ihn auf das Bett zurück, während sie ihn in ihren Armen wiegte.

Er war so glühend heiß, und sein Körper zitterte so heftig, daß sie es mit der Angst zu tun bekam. Sie fing an, auf ihn einzureden und ihm zu erzählen, wie sie schon bald mit Willie Picknicks am Strand machen wurden und wieviel es gab, was das Weiterleben lohnte.

»Gib nicht auf«, flüsterte sie und preßte Küsse auf seine glühend heiße trockene Stirn. Sie sah in sein vom Fieber gerötetes Gesicht herunter und überlegte sich, wie vertraut und wie fremd er ihr doch war. Es war so lange her, seit sie mit diesem Mann geschlafen hatte, seit sie seinen Körper mit ihrem Körper wahrgenommen hatte.

Ihr ging auf, daß sie selbst in all den Jahren, in denen sie voneinander getrennt gewesen waren, niemals an seinen Tod gedacht hatte, und jetzt, nachdem er wieder da war, schien diese Drohung allzu real zu sein.

Sie begrub ihr Gesicht an seinem Nacken und erzählte ihm, wieviel er ihr bedeutete und daß sie es sich niemals verzeihen würde, wenn er starb. »Ich lasse dich nicht gehen«, sagte sie. »So leicht kommst du mir nicht davon. Du bist mir etwas schuldig, Tavis Mackinnon. Du schuldest mir einen wackeren Kampf, und ich habe die Absicht, dafür zu sorgen, daß ich ihn bekomme. Ich lasse dich nicht einfach gehen. Hast du mich gehört? Ich denke gar nicht daran.«

Sie war nicht sicher, wie lange sie so dagelegen und ihren Körper auf seinen gepreßt hatte, doch als er ruhiger wurde, fühlte sie sich steif und wund, und ihr linker Arm war taub und prickelte. Sie ließ ihn los, setzte sich auf, preßte sich eine Hand auf das Kreuz und stöhnte, als sie merkte, wie sehr sie sich als alte Frau fühlte. Bestimmt würde sie ihre Knochen vor Altersschwäche knirschen hören, dachte sie sich, als sie vom Bett aufstand und sich wieder auf den Stuhl setzte.

Lange Zeit saß sie da und betrachtete ihn mit unvermindertem

Interesse. Er rief so viele Erinnerungen in ihr wach, doch das, was sie in einen Bann zog, waren nicht ihre Erinnerungen.

Es hatte sich etwas verändert zwischen ihnen. Etwas in ihrem Innern war verändert. Selbst jetzt, in diesem Moment, konnte sie es spüren, etwas Lebendiges, das wuchs und in der Lage war, sie zu verzehren, sie zu zerstören. Sie hatte sich zurückgehalten, und als sie gerade begonnen hatte, sich für immun zu halten, setzte diese Veränderung in ihr ein.

Das war ungerecht. Nicht jetzt, nicht, wenn sie gerade begann, mit ihrer Leere zu leben.

Sie wäre gern wütend geworden, und es wäre ihr lieb gewesen, wenn er anders ausgesehen hätte als der Mann, den sie auf ihrer Schaluppe geliebt hatte. »Bring mich bloß nicht dazu, mich wieder von vorn in dich zu verlieben«, sagte sie, und schon während sie diese Worte äußerte, wurde ihr die Idiotie ihrer eigenen Bemerkung bewußt. Sie erkannte jetzt schon, daß sie ihn nach all den Jahren, in denen sie sich eingeredet hatte, daß sie sich nichts mehr aus ihm machte, immer noch liebte und ihn nie mehr geliebt hatte als jetzt in diesem Augenblick.

Um der Flut von unerwünschten Gedanken ein Ende zu bereiten, stand sie auf, nahm den Lappen von seiner Stirn und wollte ihn noch einmal in kaltes Wasser tauchen. Als sie den Lappen von seinem Gesicht zog, ertappte sie sich jedoch dabei, daß sie ihn seltsam ansah und den Blick auf seinen Mund heftete. Der Lappen in ihrer Hand war vergessen, und das Wasser rann über ihre Finger und tropfte langsam auf den Boden.

Eben diese Lippen hatten sie geküßt, erinnert sie sich jetzt wieder, und dann stellte sie fest, daß dieser Gedanke sie anwiderte. Wie konnte sie bloß an so etwas denken? Er war krank. Vielleicht lag er sogar im Sterben. Was war bloß aus ihr geworden?

Sie rüttelte sich aus ihrer Benommenheit auf, legte ihm den Lappen auf die Stirn und kehrte zu ihrem Stuhl zurück. Für den Rest der Nacht saß sie an seinem Bett und feuchtete im Abstand von fünfzehn Minuten immer wieder den nassen Lappen an. Trotz all ihrer

Bemühungen und ihrer unablässigen Nachtwache war das Fieber gestiegen, als Dr. Schnitzer am nächsten Morgen zurückkam.

Drei Tage lang glühte er vor Fieber und redete wirr … vorwiegend in der Fachsprache von Schiffsbau Anweisungen an diejenigen, die anscheinend für ihn arbeiteten, doch gelegentlich war Elizabeth sicher, ihn ihren Namen nennen zu hören. Als Dr. Schnitzer nach seinem Patienten sah, äußerte sie sich besorgt über Tavis' mangelnden Appetit.

»Ich bin ein glühender Anhänger von Graves. Ich glaube daran, daß man Fieber Nahrung geben soll. Stopfen Sie ihn voll, Mrs. Mackinnon. Und wenn er keinen Bissen mehr runterbringt, dann flößen Sie ihm noch mehr ein.«

Elizabeth tat, was Dr. Schnitzer angeraten hatte. Jedesmal, wenn Tavis den Mund aufmachte, hielt sie einen Löffel bereit, und wenn er ihn nicht aufmachte, zwängte sie ihm gewaltsam einen Löffel zwischen die Zähne und schüttete ihm Suppe in die Kehle.

Endlich sank das Fieber.

Sie saß an seiner Seite und strickte einen Pullover mit Zopfmuster für Willie, als sie ihn etwas sagen hörte. »Ich dachte schon, du seist ein Engel.«

Sie riß die Augen weit auf, und als ihr Blick auf ihn fiel, sah sie, daß seine Augen offen und klar waren. Urplötzlich fing sie an zu weinen, und die Tränen strömten in einem solchen Überfluß, daß noch nicht einmal die Wolle von Willies neuem Pullover sie aufsaugen konnte. Sie weinte, als gäbe es nichts anderes zu tun, nichts anderes auf Erden, als ihre Sorgen herauszuweinen, die tief und unerschöpflich waren.

»Ich bezeichne dich als einen Engel, und was tust du? Du weinst«, sagte er. »Ich habe dich noch nie verstanden. Jetzt weiß ich, daß ich dich auch nie verstehen werde. Aber das macht nichts. Ich will dich, und das genügt mir.«

Aber ihr genügte es nicht. Es würde ihr niemals genügen. Ihr Unglück ließ sie nur noch heftiger schluchzen. Im nächsten Moment sprang sie auf und rannte aus dem Zimmer.

Eine halbe Stunde später kehrte sie mit frisch gewaschenem Gesicht und trockenen Augen zurück, zog ihren Stuhl näher an sein Bett, ohne ein Wort zu sagen, und nahm ihr Strickzeug wieder in die Hand, als sei nicht das Geringste vorgefallen.

Am nächsten Nachmittag schaufelte sie ihm Essen in den Mund, als er sagte: »Schluß jetzt. Ich bin mehr als satt.«

Sie dachte wieder an Dr. Schnitzers Worte und wollte ihm noch einen Löffel Essen einflößen. Im nächsten Moment schlug Tavis ihr den Löffel aus der Hand und murrte vor sich hin, wieviel Vergnügen es ihr doch bereiten wurde, einen Mann zu quälen. Elizabeth ließ sich auf ihren Stuhl fallen und lachte, da sie wußte, daß seine Mürrischkeit tatsächlich, wie Dr. Schnitzer bereits gesagt hatte, ein gutes Zeichen war.

Zwei Tage später nahm sie ihn mit nach Hause, brachte ihn in das Haus ihrer Tante. Seit seinem Unfall waren drei Wochen vergangen, drei Wochen seit dem Tod ihres Großvaters.

Anfangs lief zwischen ihnen alles reibungslos ab, da Tavis noch rekonvaleszent und bettlägerig war, doch allmählich kehrten seine Kräfte zurück, und er bekam wieder etwas Farbe, und nach Ablauf von einer Woche nach seiner Entlassung aus dem Krankenhaus sagte Dr. Schnitzer, er könnte jetzt anfangen, mit Krücken zu laufen. Das war der Zeitpunkt, zu dem der Ärger begann.

Tavis, der an sein Bett gefesselt war, und Tavis, der sich frei bewegen und durch das Haus humpeln konnte, das waren zwei Paar Schuhe. Selbst dann noch war die Lage tagsüber erträglich, da Mrs. Willoughby im Haus war, und immer dann, wenn zwischen ihr und Tavis eine zu große Spannung herrschte, entschuldigte Elizabeth sich schlichtweg damit, daß Mrs. Willoughby sie brauchte, und verschwand.

Am schlimmsten waren die Abende, da Mrs. Willoughby kurz nach dem Abendessen ging.

Tavis war nie bereit, früh ins Bett zu gehen, und wenn Elizabeth ihr Vorhaben ankündigte, sich zeitig zurückzuziehen, stellte er deutlich klar, daß er ihre Gesellschaft wünschte.

Zwei Wochen später begab sich Elizabeth, nachdem sie Mrs. Willoughby eine gute Nacht gewünscht hatte, in das Musikzimmer, in dem Tavis saß und sein Bein auf einem Schemel hochgelegt hatte. An jenem Tag war er außergewöhnlich reizbar gewesen, und Elizabeth spürte, daß sie seine schlechte Laune nicht mehr lange ertragen würde, ohne einen Teil ihrer Selbstbeherrschung einzubüßen. Sie hatte ihr Strickzeug bei sich, um sich abzulenken.

Sie setzte sich auf den Schaukelstuhl, der am nächsten am Feuer stand, und nachdem sie zwei frische Holzscheite nachgelegt hatte, machte sie es sich bequem, um zu stricken, und ihre Nadeln klapperten harmonisch zu dem langsamen rhythmischen Quietschen des Stuhls. Nach ein paar Minuten fauchte er sie gereizt an und warf ihr vor, »infernalischen Lärm« zu veranstalten. Sie hörte auf zu schaukeln.

Sie blickte nicht auf und sagte auch kein Wort, aber sie wußte, daß er sie mit einem feindseligen Blick musterte, einem Blick von der Sorte, die sie herausforderte, auf seine Provokation zu reagieren. Sie machte sich jetzt an den Ärmel und zählte die Maschen, nicht etwa, weil es nötig gewesen wäre, sondern um sich von anderen Dingen abzulenken.

»Elizabeth?«

Als sie den Kopf hochriß, stellte sie fest, daß er sie mit einer schuldbewußten und beschämten Miene ansah, sie so sehr an das Gesicht erinnerte, das sie schon eine Million Mal an Willie gesehen hatte. Er versuchte sogar zu lächeln.

»Ich vermute, ich sollte mich entschuldigen«, sagte er. »Wenn man so reizbar und verdrossen ist, daß man sich selbst nicht mehr erträgt, dann beginnt man allmählich zu verstehen, wie anderen zumute sein muß. Nichts scheint so zu funktionieren, wie es sollte, noch nicht einmal mein Verstand. Wenn ich nichts esse, versuchst du, mir gewaltsam etwas aufzudrängen. Wenn ich etwas esse, wird mir übel davon. Ich habe jetzt schon seit mehr als einer Woche Durchfall. Meine Achseln sind von diesen gottverdammten Krücken derart wund gerieben, daß ich mich jedesmal von neuem, wenn ich sie in die Hand nehme, nicht entscheiden kann, ob ich sie benutzen will oder ob ich sie nicht lieber in den Hafen von Boston werfen möchte.«

Er seufzte und sagte dann: »Es liegt nicht an dir, Elizabeth. Ich weiß, was du für mich getan hast und wieviel ich dir zu verdanken habe.«

»Es war meine Schuld, daß dein Bein ...«

»Sag das nicht. Es war nicht deine Schuld. Ich war derjenige, der darauf bestanden hat, mit dir rauszufahren. Du hattest keine andere Wahl.«

Sie lächelte. »Eine Frau hat immer eine andere Wahl«, sagte sie leichthin, doch ihr Tonfall wurde wieder ernst, als sie sagte: »Aber vergiß nicht, daß *ich* diejenige war, die darauf bestanden hat, Großpapas Dory mit an Land zu nehmen.«

»Das hatte ich fast vergessen. Hast du es geschafft, das Dory ins Schlepptau zu nehmen und es an Land zu ziehen?«

»Ja, und das habe ich nur dir zu verdanken.«

»Du hast mich reichlich dafür entschädigt«, sagte er, und sie nickte und wandte ihre Aufmerksamkeit wieder ihrem Strickzeug zu.

Sie hörte auf, die Maschen zu zählen, und begann, über die Wochen nachzudenken, die sie hier in Boston verbracht hatten. Es war wirklich seltsam, daß man einen Menschen nicht wirklich kennt, solange man nicht seine Krankenschwester spielt.

Wie sehr sich das Zusammenleben mit einem Mann doch von ihren Kindheitserinnerungen unterschied. Es war alles andere als atemberaubend romantisch, wenn ein Mann einem erzählte, daß seine Achseln aufgescheuert waren oder daß er schon seit Tagen von Durchfall geplagt wurde. Und doch verspürte sie jedesmal, wenn er etwas dergleichen sagte, eine ganz merkwürdige Form von Nähe. Der Gedanke daran entlockte ihr fast ein Lächeln.

Sie strickte weiter und machte sich nicht die Mühe, auch nur noch einmal aufzuschauen, ehe das Feuer heruntergebrannt war, und als sie aufblickte, stellte sie fest, daß Tavis im Sitzen eingeschlafen war. Sein Kopf war nach hinten gefallen. Jetzt waren seine blauen Augen geschlossen. Diese Augen, die ihr solches Unbehagen einflößten, weil ihr Blick zu sagen schien: Ich weiß, was du dir denkst, und: Ich weiß, was sich unter deinem Kleid verbirgt. Sie musterte ihn, seine Lippen, die einen Spalt weit geöffnet waren, und seine Brust, die sich langsam hob und senkte.

Sie legte ihr Strickzeug hin, stand auf, legte noch ein Scheit Feuerholz nach und drehte sich dann um, um ihn vom anderen Ende des Raumes aus anzusehen. Er schlief immer noch, mit leicht geöffnetem Mund. Genau wie Willie.

Er ist Willie so ähnlich, dachte sie. *Wenn er schläft, hat er so große Ähnlichkeit mit seinem Sohn.*

Sie war nicht sicher, wann ihre Gedanken aufhörten, Gedanken zu sein, und begannen, zu gesprochenen Worten zu werden. »Es kommt mir alles so seltsam vor, verstehst du ... daß wir endlich zusammen sind, und doch sind wir nie weiter voneinander entfernt gewesen. Ich liebe dich immer noch. Ich werde dich immer lieben. Ich habe dich immer geliebt. Ich erinnere mich noch daran, wie ich als kleines Mädchen nachts im Bett gelegen habe, durch das Fenster auf die Sterne geschaut habe und mir überlegt habe, daß du irgendwo dort draußen bist und genau dieselben Sterne ansiehst. Irgendwie hat es mir das Gefühl gegeben, mit dir verbunden zu sein.«

Sie wandte sich von ihm ab, blieb stehen und schaute ins Feuer. »Vielleicht ist alles nur meine Schuld. Vielleicht habe ich mich in eine Situation gewünscht und mich hineingebetet, aus der ich jetzt nicht mehr herauskomme.« Sie spürt, daß ihre Augen brannten, und daher schloß sie sie und hob die Hände, um mit den Fingern ihre angespannten, pochenden Schläfen zu massieren. »Lieber Gott, wie sehr ich dich gewollt habe, aber doch nicht so. Was kann ich bloß tun? Wie kann ich ungeschehen machen, was bereits geschehen ist?«

Jetzt konnte sie auf die langen Jahre, in denen sie ihn geliebt hatte, zurückschauen. Sie erkannte jetzt ganz deutlich, daß es nichts weiter als eine kindliche Vernarrtheit war, eine Laune, die nicht länger hätte andauern sollen als ihre Liebe zu Puppen. Doch sie hatte beharrlich daran festgehalten, über die Grenzen der Vernunft hinaus, ja, sogar über die Grenzen des gesunden Menschenverstandes hinaus, bis hin zur Besessenheit. Er hatte sie nie geliebt, ihr nie einen Grund zu der Hoffnung gegeben, er würde sie jemals lieben. Wenn er ihr je auch nur die geringste Hoffnung gemacht hätte, mit einem Blick, mit einem kleinen Unterpfand, das sie in ihrer Schatzkiste hätte einschließen können, dann hätte sie vielleicht Grund dazu gehabt.

Doch er hatte ihr nichts anderes als jahrelange Ablehnung gegeben, sie mit gleichgültigen Blicken gemustert und ihr die kalte Schulter gezeigt. Und dann verstand sie es. Das Problem zwischen ihnen beiden bestand nicht in dem Umstand, daß Tavis sie nicht liebte. Es kam daher, daß sie beide etwas anderes mit ihm im Sinne hatten, sich unterschiedliche Vorstellungen von seinem weiteren Leben machten. War es zu spät, um ihm sein Leben zurückzugeben, seine Freiheit? War es zu spät, um ihm das wieder auszuhändigen, was sie ihm gestohlen hatte?

Sie wandte sich von dem Feuer ab, doch als ihr Blick auf ihn fiel, erstarrte sie.

Er beobachtete sie vom anderen Ende des Zimmers aus, und seine Augen waren dunkel, nahezu grüblerisch und seltsam beunruhigend. Sie hätte sich gern eingeredet, daß er gerade erst aufgewacht war und ihre wirren Reden nicht gehört hatte, aber in ihrem Herzen wußte sie, daß das nicht der Wahrheit entsprach. Sie hatte ihr Herz ausgeschüttet, und er war wach gewesen.

»Dann hast du es also gehört«, sagte sie.

»Elizabeth …«

»Nein, sag nichts. Bitte. Du hast gehört, was ich gesagt habe. Dann kannst du dir ebenso gut auch gleich den Rest anhören.«

»Du brauchst es nicht zu sagen.«

»Ich weiß, daß es nicht sein muß, aber ich fühle mich wohler, wenn ich es tue. Im Moment gehen mir zu viele Dinge durch den Kopf, und mein Herz hat zu viele Lasten zu tragen. Ich weiß, wie dumm ich gewesen bin«, sagte sie und empfand ebensoviel Bitterkeit, wie sich in ihren Worten ausdrückte. »Ich bin ein Dummkopf gewesen, und jetzt muß ich für meine Dummheiten büßen. Ich habe endlich bekommen, was ich schon immer haben wollte. Du hast mich geheiratet. Und jetzt, nachdem ich mit dir verheiratet bin, will ich es nicht mehr sein.«

»Ich werde alles wieder an dir gutmachen«, sagte er. »Ich will, daß wir zusammen sind.«

»Oh, ja, das weiß ich selbst. Ich erinnere mich noch gut daran, daß du gesagt hast, du wolltest mich, und du würdest dir wünschen, daß wir eine Familie sind, aber was hättest du schon anderes sagen können? Wir sind miteinander verheiratet. Wir haben ein Kind. Wir haben das gesamte Drum und Dran, das zu einer Ehe gehört, aber unserer Ehe fehlt jegliche Substanz.« Sie seufzte und schüttelte langsam den Kopf. »Wenigstens versuchst du, das Richtige zu tun. Wenigstens hast du ein gewisses Ehrgefühl. Dagegen ist alles, was ich habe, die Erinnerung an eine erzwungene Hochzeit und ein Mann, der mich nicht liebt.«

Sie ließ die Hände an ihre Seiten sinken und dachte über ihr Leben nach. Sie hatte um läuternde Tränen gebetet, doch es kamen keine. Manche Dinge gingen so tief, daß selbst Tränen nichts mehr halfen. Irgendwann würde sie in irgendeiner Form wissen, was sie zu tun hatte. Im Moment konnte sie nur warten, bis es ihm wieder besser ging. Dann würden sie nach Hause fahren.

Danach breitete sich eine seltsame Form von Frieden zwischen ihnen aus. Tavis hielt seine schlechte Laune im Zaum, und Elizabeth widmete ihm einen größeren Teil ihrer Zeit. Ihr Ziel, ihr inzwischen einziges Ziel, bestand jetzt darin, daß er so schnell wie möglich wieder auf die Füße kam und von Dr. Schnitzer entlassen wurde. Sie wollte nach Hause, zurück nach Nantucket, zurück zu Willie, zurück zu … ja, zurück wohin eigentlich?

Darüber hatte sie sich bisher keine Gedanken gemacht, denn sie war zu sehr mit seiner Verletzung und seiner Genesung beschäftigt gewesen, um über diesen Punkt hinaus zu denken. Nichts erwartete sie jetzt noch in Nantucket. Für sie gab es keinen Grund, noch länger dortzubleiben. Ihre Eltern waren tot, ebenso ihre Schwestern und ihr Großpapa. Ihre Brüder waren inzwischen alle verheiratet und auf Segelbooten unterwegs, oder sie kämpften für die Unionstruppen. Alles, was ihr auf Erden noch geblieben war, war Willie.

Willie und Tante Phoebes Haus in Boston.

Sie erinnerte sich wieder an den Tag, an dem Tante Phoebe ihr mitgeteilt hatte, daß sie ihr das Haus vermachen würde, und sie dachte auch daran, daß sie Tante Phoebe beim besten Willen nicht davon hatte überzeugen können, daß sie keinerlei Verwendung für das Haus hatte. »Ein Mensch braucht immer ein Zuhause, zu dem er zurückkehren kann«, hatte Phoebe gesagt. »Versprich mir, daß du das Haus behalten wirst.«

In dem Moment ging ihr auf, daß Tante Phoebe ihr mehr als nur ein Haus geschenkt hatte. Sie hatte ihr einen Ausweg aus der verworrenen Lage zwischen ihr und Tavis geboten. Sie hatte ihr die Möglichkeit zu einem Neubeginn in die Hand gegeben.

Es war im Grunde genommen ganz einfach, wenn sie es sich genauer überlegte. Jetzt wußte sie, was sie tun würde. Ihr Entschluß stand fest.

Sowie sie in Nantucket angekommen waren und sie ihn heil nach Hause gebracht hatte, würde sie Tavis zum letzten Mal sehen. Dann würde sie sich ihren Sohn schnappen und augenblicklich wieder nach Boston zurückkehren.

Sie wußte nicht, was hinterher passieren würde, aber sie wußte, daß dieses Vorgehen richtig war. Nach dieser ganzen Geschichte konnte sie nicht in ein und derselben Stadt mit Tavis leben. Sie konnte es nicht ertragen zu sehen, wie er sie anschaute, oder zu hören, wie er mit ihr sprach, wenn sich weder in seinen Blicken noch in seinen Worten Liebe ausdrückte. Sie malte sich aus, ihn nie wieder zu sehen, und sie wußte, daß dieser Schmerz niemals von ihr abfallen würde. Sie hatte ihn als Kind geliebt. Sie hatte ihn als Frau geliebt. Beide Male hatte sie verloren.

Das genügte.

In der Nacht vor ihrer Abreise konnte sie nicht schlafen. Sie machte sich zu viele Gedanken darüber, wieder nach Hause zu gehen, zu viele Gedanken darüber, ihren Sohn zu holen und mit ihm fortzugehen. Wieder einmal würde dieses alte Haus die Einsamkeit einer Frau erleben, die ihr Leben ohne die tröstliche Anwesenheit eines Mannes verbrachte. Aber zumindest würde sie ihr Leben in Zukunft nicht voller Furcht und Niedergeschlagenheit verbringen, wie es der Fall gewesen war, nachdem er sie damals verlassen hatte. Sie hatte ihren Entschluß gefaßt. Sie wollte diese Dinge nicht noch einmal durchdenken. Schon bald würde sie ein neues Leben beginnen. Das war alles, was sie jetzt noch wollte – Raum zum Atmen. Einen Ort, an dem sie leiden und ihre Wunden verheilen lassen konnte. Einen Ort, an den sie gehen konnte, um ihre Wunden zu lecken. Eine Zukunft für Willie.

Aber alles schön der Reihe nach. Im Moment brauchte sie vordringlich ihren Schlaf. Doch der Schlaf wollte sich nicht einstellen.

Sie setzte sich im Bett auf, ließ die Beine über die Bettkante baumeln und schlüpfte mit den Füßen in ihre Hausschuhe. Dann nahm sie ihren Morgenmantel vom Fußende des Bettes und band ihn zu, während sie zur Tür ging. In der Bibliothek stand eine Flasche Portwein. Vielleicht war ein Glas Portwein genau das, was sie jetzt gebrauchen konnte. Sie war in Gedanken mit anderen Dingen beschäftigt, als sie die Treppe hinunterlief, und sie nahm nicht wirklich bewußt wahr, daß sie die Tür zur Bibliothek öffnete, bis die Helligkeit der Schreibtischlampe, deren Licht ihr in die Augen fiel, sie blinzeln ließ. Mit offenem Mund blieb sie in der Tür stehen und starrte in den hellen Schein und das Gesicht am anderen Ende des Raumes, das in das Licht getaucht war. Er saß hinter dem Schreibtisch und schrieb etwas, was ein Brief zu sein schien. Ihr Blick fiel auf die Krücken, die seitlich an dem Schreibtisch lehnten.

Er blickte auf.

»Was hast du denn hier unten zu suchen?« fragte sie.

Daraufhin erwiderte er: »Und weshalb bist du nicht im Bett?«

»Ich konnte nicht schlafen«, sagte sie. »Ich dachte, ein Glas Portwein ...«

Sein Blick fiel auf die Karaffe mit dem Portwein, die auf dem Tisch zwischen ihnen stand. Er wies mit einer Kopfbewegung darauf. »Wahrscheinlich hilft es«, sagte er und fügte dann lächelnd hinzu: »Obwohl ich etwas anderes wüßte, was viel besser wirken würde. Und morgen früh würdest du es nicht bereuen.«

Sie wußte, worauf er sich bezog. Seine leichtfertigen sexuellen Anspielungen verunsicherten sie. Sie erwiderte spontan: »Vielleicht würde ich es nicht bereuen, aber ich würde mich schämen.«

Er runzelte die Stirn. »Du würdest dich schämen? So ist das also. Es hat Zeiten gegeben, in denen du das nicht so empfunden hast. Ich hoffe, es wird auch wieder Zeiten geben, in denen du das anders siehst.«

Sie sah ihn an, und ihr Gefühlsüberschwang zeichnete sich in ihrem Gesicht ab. »Das ist lange her. Heute liegen die Dinge anders zwischen uns. Es gibt kein Zurück.«

»Ich will kein Zurück«, sagte er. »Ich will ein Voran ... vom heutigen Tage an will ich gemeinsam mit dir voranschreiten.«

»Das klingt, als deklamiertest du Poesie«, sagte sie.

»Ich spreche von der Realität.«

Sie seufzte. »Was ist wahr und was nicht?« Sie wandte den Blick ab. »Die Antwort darauf kenne ich nicht. Ich erinnere mich noch daran, wie ich einmal zu Tante Phoebe gesagt habe, ich hätte das Gefühl, in mir steckten zu viele verschiedene Menschen und vielleicht hätte ich deshalb so viele verschiedene Namen. Elizabeth, Eliza, Liza, Lizzie. Ich habe zu ihr gesagt, vielleicht sollte ich mich für einen dieser Namen entscheiden und mich damit begnügen, denn wenn ich nur eine einzige Person wäre, wäre ich nicht so kompliziert.«

»Du bist nicht kompliziert. Du bist lediglich verwirrt, und das ist zum Teil meine Schuld. Ich bin dir nicht gerade ein besonders guter Ehemann gewesen. Das einzige, worum ich dich bitte, ist, daß du mir die Chance gibst, es noch einmal zu versuchen.«

»Ich mag vielleicht nicht kompliziert sein«, sagte sie, »aber ich habe das Gefühl, daß die Lage kompliziert ist ... zwischen uns beiden.« Sie schaute auf ihre Hände herunter und drehte den Ring an ihrem Finger. »Vielleicht bin ich tatsächlich verwirrt. Wer wäre das nicht? Du willst mich, du willst mich nicht. Du willst verheiratet sein, du willst nicht verheiratet sein. Du hoffst, daß ich dir nie mehr unter die Augen komme. Es ist dir unerträglich, mich auch nur einen Tag lang nicht zu sehen.«

Dann blickte sie auf und sah ihn an, schaute ihm fest in die Augen. »Ganz im Ernst, Tavis, manchmal komme ich mir vor wie ein Chamäleon, das auf einer Decke mit Schottenkaro gelandet ist.«

Einen Moment lang saß er einfach nur da, sah sie an und blinzelte wie eine große weise Eule, und dann schaute er sie ganz seltsam an, als hätte er endlich verstanden, was sie gesagt hatte, und schließlich warf er den Kopf zurück und lachte. »Du magst ja eine Menge verschiedener Leute sein, aber wenn du nur eine einzige Person wärst, wärest du nicht halb so interessant«, sagte er.

Sie lächelte. »Genau das hat Tante Phoebe auch gesagt.«

»Und?« sagte er und sah sie voller Zärtlichkeit an. »Du hast das Zusammenleben mit ihr ausgehalten, oder etwa nicht?«

Sie sagte nichts. Sie schien ihre Gedanken nicht mit Worten in Verbindung bringen zu können. Nichts schien so zu funktionieren, wie es hätte funktionieren sollen, und nur ein Gedanke schien in ihren Kopf zu gehen, nämlich das Verlangen, noch einmal mit ihm zusammen zu sein, das Bedürfnis, noch ein letztes Mal von ihm geliebt zu werden, ehe sie ihn durch ihre Finger gleiten ließ.

Die Begierde wand sich wie eine Schlange um sie, bis ihr schwindlig wurde und sie sich ganz seltsam fühlte. Sie ließ ihre Blicke über ihn gleiten und musterte ihn ausgiebig.

Sein Lächeln war hinterhältig und voller tiefgründiger Anspielungen, die alle sinnlich und verlockend waren, ebenso wie sein Finger, mit dem er sie zu sich winkte.

»Komm her«, sagte er.

»Warum?«

»Weil ich dich will.«

»Warum?«

»Du stellst ziemlich viele Fragen«, sagte er.

»Ich brauche eine ganze Menge Antworten«, erwiderte sie.

»Du wirst es mir nicht gerade leichtmachen, stimmt's?«

»Weshalb sollte ich das tun? Du hast es mir schließlich noch nie leichtgemacht.«

»Also, gut. Ich will, daß du herkommst, weil ich es so haben will. Ich will dich in meinen Armen halten, Elizabeth«, sagte er und stand auf. Er klemmte sich die Krücken unter die Achseln. »Ich will dich so lange festhalten und dich nicht mehr loslassen, bis du aufhörst, dich gegen mich zur Wehr zu setzen.«

Eine gräßliche Furcht ergriff sie, und sie wandte sich mit der Absicht ab, vor ihm zu fliehen. Er streckte eine Krücke aus, um sie zurückzuhalten, und sie schnappte nach Luft, als Körperkontakt zwischen ihnen entstand und er sich von hinten an sie preßte.

»Geh nicht fort«, flüsterte er ihr ins Ohr, und der Hall seiner Worte zog über sie hinweg.

Sie erstarrte und schloß die Augen, um gegen ihre Empfindungen anzukämpfen. Seine Krücken fielen klappernd auf den Boden. Er schlang die Arme um sie und legte seine Hände auf ihre Brüste. Die surrenden Vibrationen ihrer Schaluppe bei Rückenwind drangen in ihre Ohren. Sie war so wacklig auf den Beinen wie ein neugeborener Säugling. Sie ließ den Kopf zurücksinken und spürte, wie seine Lippen die Stelle berührten, an der ihr Hals in ihre Schulter überging. Schauer der Lust rannen über sie. »Warum tust du das?«

»Ich weiß es nicht«, sagte er leise und koste mit den Lippen ihr Ohr. »Willst du, daß ich aufhöre?«

In ihrer Hilflosigkeit sagte sie: »Ja.«

Er atmete tief ein und begrub sein Gesicht in ihrem Haar, und seine Arme hielten sie noch fester und zogen sie noch enger an seinen Körper, der vor Gier zu glühen schien. Seine Hände glitten unter ihr Nachthemd. Sie keuchte, als er ihr süße Rhythmen ins Ohr flüsterte und seine Hände im Takt dazu auf ihr bewegte. »Es ist nicht einfach, dich loszulassen«, sagte er.

Sie spürte die Schockwirkung, als kalte Luft traf, wo sie gerade eben noch die wärmsten Hände gespürt hatte, die man sich irgend denken konnte. Eine ganz eigentümliche Spannung beschlich sie, eine Form von Spannung, die sie nicht verstand. Ihre Muskeln wirkten angespannt und in Bereitschaft. Sie konnte das Blut durch ihr Herz strömen fühlen. Ohne ihn noch einmal anzusehen, ging sie zu der Karaffe und schenkte sich ein Glas ein.

»Ich glaube, ich sollte den Portwein besser in meinem Zimmer trinken«, sagte sie, ohne ihn anzusehen, und wandte sich ab.

»Ich frage mich, ob das wahr ist«, sagte er.

Sie drehte sich um und sah ihn an. »Was?«

»Du hast vorhin gesagt, es gäbe kein Zurück«, sagte er. »Ich habe lediglich gesagt, daß ich mich frage, ob das wahr ist.«

»Da brauchst du dich nichts zu fragen«, sagte sie tonlos. »Es handelt sich um eine allgemein bekannte Tatsache.«

Dann eilte sie zur Tür hinaus und schloß sie energisch hinter sich.

Der Portwein half ihr beim Einschlafen, doch es war ein unruhiger Schlaf, in dem sie sich herumwälzte und sich von einer Seite auf die andere warf, und sie ertappte sich dabei, daß ihr Blick immer wieder zu den Vorhängen wanderte, um nach Anzeichen des ersten Lichts der Dämmerung Ausschau zu halten.

Sie hörte ein Geräusch, und als sie die Augen öffnete, starrte sie in einen Kreis aus weichem gelbem Licht, der von der Kerze ausging, die er in der Hand hielt. Sie wich auf ihrem Bett zum Kopfende zurück, setzte sich abrupt auf und starrte durch die Dunkelheit, die zwischen ihnen lag, und sie sah, daß das Licht nicht in die Einkerbungen seines Gesichts dringen konnte.

Es gab keinen Grund zur Furcht, das wußte sie, und doch hämmerte ihr Herz rasend in ihrer Brust. Sie brachte kein Wort heraus. Sie konnte ihn nur anstarren und das schmerzhafte Trommeln ihres Herzens wahrnehmen, ihre flachen Atemzüge und ihre Atemnot.

Plötzlich wurde ihr klar, daß der Mann, der dort stand und sich auf seine Krücken stützte, lediglich mit einem leichten wollenen Morgenmantel bekleidet, der seine nackte Brust freiließ, der Mann war, den so viele Frauen begehrten. Er hatte vielen von ihnen die Dinge beigebracht, die sie wissen wollten.

Tavis Mackinnon.

Er war ihr Mann. Er hatte mit vielen Frauen geschlafen. Er hatte sie dazu gebracht, seinen Namen auszurufen. Dasselbe hatte er mit ihr getan. Er hatte mit ihr geschlafen. Er hatte sie dazu gebracht, seinen Namen auszurufen. Er konnte es wieder tun. Er konnte alles mit ihr tun, sie zu allem bringen ... selbst dazu, auf allen vieren durch Schneewehen zu kriechen, wenn er es gewollt hätte. Er konnte sie sogar dazu bringen, wieder laut aufzuschreien.

Bei dieser Vorstellung graute ihr. »Was willst du? Was hast du hier ...«

Sie beendete ihren Satz nicht.

Sie beobachtete, wie er auf sie zukam, weiter in das Zimmer hineintrat, mit langsamen Schritten an das Fußende des Bettes trat und dort stehen blieb, den Blick auf ihr Gesicht gerichtet, und seine Augen sagten ihr, wie genau er wußte, daß sie nur zu genau wußte, weshalb er gekommen war.

»Elizabeth ...«

»Nein«, sagte sie. »Ich weiß nicht ...«

»Du weißt nicht, was du willst«, beendete er ihren Satz für sie.

Sie sprang aus dem Bett und heftete den Blick auf den Morgenmantel, der auf dem Stuhl neben der Tür lag, am anderen Ende des Zimmers, hinter ihm. Sie machte einen Satz und blieb dann stehen und sah ihm ins Gesicht. Jetzt lag nur noch ein Meter zwischen ihnen. Gedankenverloren beobachtete sie, wie er näher kam, und sie betrachtete, wie die Kerze eine Hälfte seines Körpers anzustrahlen schien.

Er nahm die Kerze in die linke Hand, streckte die rechte aus und benutzte nur einen Finger, um die Fülle ihrer Brust nachzufahren. Einen prickelnden Moment lang verharrte er, als dieser Finger ihre Brustwarze umkreiste, und dann zog er ihr mit demselben Finger die Träger ihres Nachthemds von den Schultern. Erst den linken. Dann den rechten.

Sie spürte einen kalten Luftzug, der sie einhüllte, als das Nachthemd auf ihre Taille fiel, und sie spürte auch, daß ihr Körper sich beträchtlich aufwärmte, als seine Hand sich fest über ihrer Brust schloß.

Er nahm ihre Brustwarze zwischen den Daumen und den Zeigefinger und sah ihr ins Gesicht. »Und jetzt sag mir, wovor du dich gefürchtet hast. Sag mir, daß du gewußt hast, was passieren wird. Und daß du ebenso machtlos dagegen bist wie ich.«

Sie blickte immer noch in sein Gesicht auf. Sie sagte kein Wort, doch ihr fiel auf, wie er sie ansah, als ihre Zunge sich zwischen ihre Lippen schob, um sie anzufeuchten und die Trockenheit zu vertreiben, die sie sprachlos zu machen schien.

»Sag es mir«, forderte er sie noch einmal auf und streichelte wieder ihre Brust. Diesmal fester. »Wovor hast du dich in der Bibliothek gefürchtet?«

»Davor, daß du mit mir schlafen würdest«, flüsterte sie.

Sie spürte, wie er einen Arm um sie schlang und sie an sich zog. »Bist du ganz sicher, daß es das war?« fragte er, als er sie zum Bett führte. »Oder hast du nicht vielleicht eher Angst davor gehabt, du würdest es zulassen?«

»Beides«, sagte sie und spürte, wie ihr Rücken die Matratze berührte, und im nächsten Moment nahm sie seine Nacktheit wahr, als er sich auf sie legte.

»Schlaf mit mir, Tavis.«

»Darauf kannst du Gift nehmen«, sagte er, und sie wußte, daß es sein Ernst war.

Seine Arme schlangen sich um sie, als er auf sie herabschaute. Er küßte sie, hielt ihr Kinn zwischen den Fingern und zwang ihre Lippen, sich weiter für ihn zu öffnen. Seine Zunge war jetzt in ihrem Mund, und dieses Gefühl brachte sie dazu, die Arme zu heben und sie um seinen Hals zu schlingen. Ein Teil von ihr war schockiert über ihr Verhalten, doch ein anderer Teil von ihr war von Erregung und dem Verlangen überwältigt, er möge die Dinge mit ihr tun, die seine Augen ihr in der Bibliothek versprochen hatten.

»Verflucht«, stöhnte er, und sie wußte, daß dieser Ausruf auf den Schmerz in seinem Bein zurückzuführen war. Sie versuchte, sich ihm zu entziehen, doch er hielt sie fest. »So stark sind die Schmerzen nun auch wieder nicht«, sagte er. »Ich sage dir, wenn ich es nicht mehr aushalte.«

Er küßte sie wieder und immer wieder und rieb seinen Mund an ihren Lippen, bis sie glaubte, ihr Verlangen würde sie jeden Moment laut aufschreien lassen. Es war alles soviel schwerer als damals.

Damals war sie ein naives Mädchen gewesen. Jetzt war sie eine Frau, eine Frau mit den Bedürfnissen einer Frau und einem Gedächtnis, das ihr nur zu gute Dienste erwies. Sie wußte, wie es war, von diesem Mann geliebt zu werden. Sie erinnerte sich daran, was für ein Gefühl es war, seinen Mund auf sich zu spüren, und was für ein Gefühl es war, dort von ihm geküßt zu werden, wo kein anderer Mann sie je geküßt hatte. Sie spürte ein Pochen zwischen ihren Beinen.

Die Erinnerung daran löste den Wunsch in ihr aus, wieder dort von ihm geküßt zu werden. Sie spreizte die Beine, nahm seine Reaktion darauf wahr und hörte sein Stöhnen, als er begann, sich einen Weg über ihr Gesicht zu küssen und dann tiefer zu gleiten, sich auf ihrem Körper nach unten vorzuküssen.

Es war mehr, als sie aushalten konnte. Sie hörte, wie sie seinen Namen flüsterte, und dann wölbte sie sich ihm entgegen, wollte ihn, wollte seinen Mund spüren. Sie erschauerte, als seine Zunge dort angelangte, wo vorher seine Lippen gewesen waren. Ihr Körper wurde zu einer lodernden Flamme, einem Feuer, das sich von der Sehnsucht in ihrem Innern nährte, und dann setzte die Weißglut ein, die Flamme züngelte lichterloh, und ihr Körper schmolz. Als die Flamme erlosch und nichts anderes mehr zurückgeblieben war als die Erinnerung daran, seufzte sie und fühlte sich, als sei ihre Seele durch Feuer geläutert worden.

»Ich wußte, daß du es brauchst, aber ich hätte niemals geglaubt, daß du es zugeben würdest«, sagte er.

»Hmmmmm ... Du wolltest es auch«, sagte sie und streckte die Hand aus, um sie um ihn herum zu schließen.

Er war steif. Richtig schön steif.

»Du willst es immer noch«, flüsterte sie.

»Da hast du verdammt recht. Ich will es«, sagte er und rollte sich auf sie. Er zuckte zusammen und rollte sich auf den Rücken. »Der Geist ist willig und mein Schwanz auch, aber dieses verfluchte Bein ...«

»Ich scheine mich zu erinnern«, sagte sie und rollte sich auf ihn, »daß es auch anders geht.«

Sie setzte sich auf seine Hüften und spürte, wie er in sie glitt.

»Mein Gott«, stöhnte er. »Wenn dein Gedächtnis eine Spur besser wäre, wäre ich ein toter Mann.«

Sie lachte, und ihr Haar löste sich und fiel über beide. Sie sah ihn wie eine Vision unter sich. Der Kerzenschein verlieh seiner Haut einen goldenen Schimmer, und die Glut des Verlangens verlieh seinen Wangen einen rötlichen Farbton. Seine Augen sahen sie mit einer solchen Intensität an, daß sie die glühende Lockung wahrnahm und im selben Moment wußte, daß einmal niemals genügen würde. *Ich liebe dich. Ich werde dich immer lieben.*

Seine Haut war unter ihrer Hand warm geworden, und es erregte sie zu fühlen, wie sich sein fester Körper an sie preßte. Sie öffnete sich ihm und hatte das Gefühl, endlich wieder ein ganzer Mensch zu sein, ein vollständiges Wesen, als sie ihn in sich kommen spürte. Es war alles so schmerzlich neu, so eindringlich und von einer Bitterkeit, die einen süßen Beigeschmack hatte. Alles war genauso, wie sie es in Erinnerung hatte. Es war wie ihr erstes Mal. Es war der Stoff, aus dem eine Million und eine Phantasie bestehen. Es war weitaus besser als jeder ihrer Träume. In dem Wissen, daß sie es sich damit nur noch schwerer machte, ihn gehen zu lassen, liebte sie ihn und gestattete sich dieses eine Mal hemmungslos die Lust, ihre Hände ungehindert über seinen Körper gleiten zu lassen, während ihre Hüften sich in einem perfekten Rhythmus mit seinen Hüften bewegten.

»Lieb mich«, flüsterte er, und der Klang seiner Worte sandte einen Sog von Wärme durch ihre Adern.

»Oh, ja,«, flüsterte sie und verlor sich in einem stürmischen Meer des Verlangens und der Verwirrung, in dem ein abgrundtiefes Sehnen brodelte.

Ein Schauer durchzuckte ihn, und dann noch einer. Im nächsten Moment nahm sie ihre eigene durchdringende Reaktion wahr.

Langsam tauchte ihr Geist wieder aus dem Tal des Verlangens auf, und sie sah in seine Augen hinunter und spürte deren hypnotischen Sog. Seine Augen waren verschleiert und glänzten doch, und er sah sie in einer Form an, die in ihr den Wunsch auslöste, ihn noch einmal zu nehmen.

Er mußte es in ihrem Gesicht gelesen haben, denn im selben Moment rollte er sie auf den Rücken und legte sich auf sie.

»Dein Bein ...«

»Der Teufel soll mein Bein holen«, sagte er.

Diesmal ließ Tavis sich betont viel Zeit, als er mit seiner eigenen Frau schlief. Er befaßte sich stundenlang mit ihr, hielt sich zurück und brachte ihr einiges über sich und über sie selbst bei. Jedesmal, wenn ihr Körper erschauerte, hatte sie den Eindruck, es sei noch gewaltiger als beim ersten Mal.

Die Dämmerung verscheuchte das Dunkel, als Tavis sie ein letztes Mal liebte und sie dann in seinen Armen wiegte, als er tief und fest einschlief.

Sie lag an ihn geschmiegt da. Dann, als sie wußte, daß er eine ganze Weile schlafen würde, löste sie sich von ihm und zog langsam ihr langes Haar unter ihm hervor. Mit unendlich langsamen Bewegungen verließ sie das Bett, und ihr Körper fühlte sich auf eine unvertraute Weise steif und wund. Als sie die Füße auf dem Boden hatte, stand sie auf, lief lautlos um das Bett herum und suchte ihr Nachthemd.

Sie trat vor den Tisch neben dem Bett, da sie vorhatte, das Licht auszumachen, doch als sie auf ihn herunterschaute und die geschmeidige Muskulatur seines Rückens sah, sein tintenschwarzes

Haar auf dem Kissen, hielt sie inne. Sie ließ ihrem Verlangen, ihn anzusehen, freien Lauf, und sie gestattete es ihren Blicken, genüßlich über ihn zu gleiten.

Er war mit keinem Bettuch und mit keiner Decke zugedeckt, und daher blieb nichts an ihm ihrer Phantasie überlassen. Dieser Mann bot einfach ein prachtvolles Bild. Seine Haut war glatt und hatte von Natur aus eine goldene Färbung, seine Beine waren lang und von einer perfekten Muskulatur geformt, sein Hintern straff, hoch angesetzt und rund.

Die Sonne stand jetzt hoch am Himmel, strömte durch die Fenster in das Zimmer und ließ ihre wärmenden Strahlen über die Teppiche auf dem Boden fallen. Wie sie es für Willie schon so viele Male getan hatte, zog sie jetzt die Decke über ihn und strich ihm das zerzauste Haar aus dem Gesicht, während sie ihm einen Kuß gab.

»Ich werde dich immer lieben«, flüsterte sie, und als sie das Licht löschte, ertappte sie sich bei der Überlegung, daß ihre Liebe zu ihm viel mit dieser Lampe gemeinsam hatte. Sie brannte hell in einem sonnendurchfluteten Raum und wurde kaum zur Kenntnis genommen.

24

Elizabeth stand neben Tavis auf der Straight Wharf von Nantucket und beobachtete, wie er vortrat – mit dem leichten Hinken, das ihr inzwischen so vertraut war -, um dem Kapitän des Schiffs die Hand zu drücken.

Sie sah, wie er stehen blieb und sich geistesabwesend das Bein rieb, und sie fragte sich, ob es wohl jemals aufhören würde, ihn zu schmerzen.

Ihretwegen hätte er beinah sein Bein verloren. Sie konnte ihm zwar den Schmerz und das Leid nicht nehmen, das er durchgemacht hatte, doch indem sie ihn nach Boston gebracht hatte, hatte sie ihm sein Bein zurückgegeben.

Sie beobachtete ihn und prägte sich jede einzelne seiner Bewegungen ein, als wollte sie sie tief in ihr Gedächtnis ritzen. Er humpelte beim Laufen jetzt nur noch kaum merklich. Sie hoffte, mit der Zeit würde auch das vorübergehen. Er war wieder heil und ganz, und bald würde er wieder so gut wie neu sein. Mit einem erhebenden Gefühl von Befriedigung erkannte sie, daß sie erreicht hatte, was sie sich vorgenommen hatte. Ihr Herz schmerzte wegen des bevorstehenden Verlusts, und ihr wurde klar, daß kein Anlaß dafür bestand, die Dinge in die Länge zu ziehen. Es war an der Zeit, daß sie ging.

»Tavis! Tavis Mackinnon! Bist du das?« rief eine laute Stimme.

Tavis und Elizabeth drehten sich um und sahen Nathaniels lächelndes Gesicht, als er über den Anlegesteg geeilt kam.

Als er die beiden erreicht hatte, zog er Tavis in seine Arme und klopfte ihm freundschaftlich auf den Rücken. »Wenn das keine Augenweide ist«, sagte er und betrachtete Tavis noch einmal von Kopf bis Fuß. »Du siehst so gut wie neu aus.«

Tavis grinste. »Gib mir noch einen Monat Zeit, dann bin ich es«, sagte er.

Elizabeth beobachtete die beiden einen Moment lang, und dann hielt sie Kapitän Burroughs am Arm fest und hielt ihn zurück, als sie sah, daß er sich abwenden wollte.

Kapitän Burroughs drehte sich zu ihr um und legte die Finger an die Mütze. »Mrs. Mackinnon. Kann ich noch etwas für Sie tun?«

Ihr Blick fiel auf Tavis. Als sie sah, daß er in ein Gespräch mit Nathaniel vertieft war, wandte sie ihre Aufmerksamkeit dem Kapitän zu. »Ja«, sagte sie. »Ich habe mich gefragt ... nun, ja, verstehen Sie, ich wollte gern wissen, wann Sie die Rückfahrt nach Boston antreten.«

Er sah sie merkwürdig an. »Also, ich werde mich übermorgen auf den Heimweg machen, Ma'am.«

»Falls Sie noch Platz haben, würde ich gern eine Überfahrt nach Boston buchen.« Sie ignorierte seinen fragenden Blick.

»Nur für eine Person?«

»Für zwei«, sagte sie. »Für mich und meinen Sohn.«

Diesmal sah Kapitän Burroughs sie verwirrt an. Sein Blick fiel kurz auf Tavis und kehrte dann wieder zu ihr zurück. »Es wäre mir ein Vergnügen, Sie wieder an Bord zu haben, Mrs. Mackinnon ... Sie alle beide, Sie und Ihren Sohn. Ich werde den Ersten Maat Ihren Namen vormerken lassen. Sie sollten Ihre Sachen morgen um viertel nach acht bereit zum Einladen haben. Wir laufen am Mittwoch mit der Flut aus.«

»Ich werde hier sein. Danke.«

»Das Vergnügen liegt ganz auf meiner Seite, Ma'am«, sagte er und legte wieder die Finger an seine Mütze. »Ich wünsche Ihnen noch einen schönen Tag.«

Sie sah ihm nach, als er sich entfernte, und dann drehte sie sich um. Nathaniel Starbuck schaute sie mit offenem Mund an, und auf dem Gesicht ihres Mannes stand ein schockierter Ausdruck.

»Was hat das alles zu bedeuten?« fragte Tavis.

»Ich fahre nach Boston zurück.«

»Weshalb denn das?«

»Ich glaube, du kennst die Antwort auf diese Frage«, sagte sie.

»Mach mir die Freude«, sagte er. »Sag mir, warum du fortgehst.«

»O Tavis, müssen wir all das noch einmal besprechen?«

»Ja, das müssen wir, da hast du verflucht recht. Ich will wissen, warum, zum Teufel, du von hier fortgehst. Ich habe geglaubt, nach dieser Nacht ... nun, ich dachte eben, es stünde jetzt besser zwischen uns, und die Lage hätte sich geändert.«

Sie spürte, wie sich bei der Erwähnung jener Nacht eine warme Röte auf ihrem Gesicht ausbreitete. Sie ließ ihn nicht aus den Augen, da sie zu schüchtern war, um Nathaniel anzusehen. »Ich gebe dir deine Freiheit wieder, Tavis. Das ist es doch, was du schon immer wolltest. Ich nehme Willie mit nach Boston. Ich möchte, daß wir dort ein neues Leben beginnen.«

»Und warum?«

Sie schaute ihn an und sah, daß in Tavis' Augen eine Glut und eine

Gier standen, für die jede Frau zehn Jahre ihres Lebens hergegeben hätte. Aber Glut und Gier waren nicht dasselbe wie Liebe.

»Elizabeth«, sagte er. »Sag mir bitte, warum.«

»Weil nichts an unserer Ehe stimmt. Es hat schon von Anfang an nichts gestimmt. Nein. Bitte, sag jetzt nichts. Laß mich ausreden. Ich weiß, daß das alles nur meine Schuld ist. Du bist im selben Maß wie ich meiner kindlichen Vernarrtheit zum Opfer gefallen. Du magst zwar glauben, daß du dir aus der Frau inzwischen etwas machst, aber wir wissen beide, daß du das Kind niemals akzeptieren könntest. Deshalb kann es gar nicht klappen. Weil ich wir beide heißt. Verstehst du das denn nicht? Ich bin wir beide. Ich bin es immer gewesen. Und ich werde es immer sein.«

In dem Moment wäre sie vor ihm davongerannt, ohne sich auch nur noch ein einziges Mal umzusehen, wenn die Möglichkeit bestanden hätte, im selben Augenblick Willie bei sich zu haben und die Insel Nantucket zu verlassen.

»Und wenn ich meine Freiheit nicht haben will?«

Elizabeth sah ihn an und fühlte sich plötzlich matt, so müde, daß es ihr vollkommen gleich war, wenn Nathaniel Starbuck und halb Nantucket sie hören konnte. Was gab es hier überhaupt noch Neues zu hören? Ihre Gefühle für Tavis und sein Mangel an Gefühlen für sie waren schon seit Jahren allgemein bekannt. Wenn die Leute die Wahrheit gekannt hätten, hätte sie wahrscheinlich niemand ein zweites Mal hören wollen. Wenn sie auf den Anlegesteg wankten und sie beide dort sahen, hätten sie sich die Hände auf die Ohren gepreßt und wären weggerannt, um Deckung zu suchen. Manchmal konnte man zu oft über Dinge reden, sie totreden. Vielleicht war das der Grund dafür, daß sie sich so matt und so leblos fühlte.

»Elizabeth, würdest du mir bitte antworten? Was wäre, wenn ich dir sagte, daß ich nicht frei sein will, daß ich dich will?«

»Ich würde sagen, daß das nichts ändert. Nicht mehr. Ich habe so viel Zeit meines Lebens damit zugebracht, Jagd auf dich zu machen, Tavis Mackinnon, daß ich nie die Gelegenheit hatte, ruhig und zurückgezogen zu leben. Genau das werde ich jetzt tun. Ich bin müde. Ich wünsche mir nichts so sehr, wie meinen Sohn in Frieden großzuziehen. Laß mich in Ruhe.«

Es war ein klarer Tag und warm für Anfang März. Sie spürte, wie die Sonne ihren Rücken wärmte, als sie sich in Bewegung setzte, doch sie hatte erst wenige Schritte gemacht, als Tavis' Hand auf ihrem Arm sie zurückhielt.

»Du bist unglaublich dumm.«

»Und du solltest alles über Dummheit wissen«, sagte sie. »Du hast dich oft genug dumm angestellt.«

»Nur, wenn es um dich ging«, sagte er liebevoll. »Aber jetzt scheint es, als seist du an der Reihe. Im Moment bist du die Dumme.«

Sie gab einen kläglichen Laut von sich, der irgendwo zwischen einem Seufzen und einem Hohnlachen angesiedelt war. »Ich nehme an, du hast recht. Ich habe einen so großen Teil meines Lebens mit der Wahnvorstellung zugebracht, deine Frau zu sein, daß ich noch nicht einmal begriffen habe, daß der Mann, dessen Frau ich sein wollte, nichts mit mir zu tun haben wollte.«

»Ich finde, du solltest dir etwas mehr Zeit lassen, um darüber nachzudenken«, sagte er.

Sie schüttelte den Kopf. »In Boston hatte ich wochenlang Zeit, darüber nachzudenken.«

»Ich möchte, daß du bleibst.«

»Das ist mir klar ... wegen Willie.«

»Es geht nicht nur um Willie, verdammt noch mal. Ich bitte dich, mir eine Chance zu geben«, sagte er. »Es ist nicht gerade einfach, gleichzeitig zu lernen, ein Ehemann und ein Vater zu sein, aber ich möchte es versuchen. Wenn du dazu bereit bist.«

»Das bin ich aber nicht«, sagte sie.

»Dann bleib trotzdem hier. Du wirst dich mit der Zeit mit der Vorstellung anfreunden.«

»Nein.«

Er schaute in ihr Gesicht und sah die Sturheit, die sich dort abzeichnete, und weshalb hätte er sie auch nicht erkennen sollen? Er hatte diesen resignierten und entschlossenen Ausdruck wahrhaft oft genug gesehen. Jahrelang hatte er ihn gesehen, als sie sich hinter Gebäuden und auf Bäumen versteckt hatte, um ihn anzuschauen, als sie ihn im Alter von zwölf Jahren aufgefordert hatte, sie zu heiraten, und damals, als sie ihr Haar in diesem grauenhaften Rotton gefärbt hatte.

»Warum nicht?« fragte er.

»Weil wir nichts weiter wären als zwei erbarmenswürdige unglückliche Menschen, die sich im selben Haus zusammenkauern – zwei beklagenswerte Menschen, die einander nicht lieben und für den Rest ihres Lebens nichts anderes zu tun haben, als einander die Schuld an all ihrem Unglück und Elend zuzuschieben.«

»Verdammt noch mal! Hör endlich auf, so stur zu sein. Du bist meine Frau! Das ist eine unumstößliche Tatsache, und wenn du von hier fortgehst, dann ändert das noch lange nichts daran.« In dem Moment, in dem ihm diese Worte herausrutschten, sah er bereits, daß sie vergeblich waren. Sie würde ihn verlassen. Ihr Entschluß stand fest. Sie würde ihrer beider Sohn mitnehmen und fortgehen. Sein Herz hämmerte rasend, und er fragte sich, ob er an diesen Schmerzen sterben würde.

Was stimmt hier nicht? schrie sein Verstand. *Was stimmt hier nicht?*

Und dann ging es ihm auf. Glasklar. Scharf umrissen. Präzise.

Er sah sie nicht als Frau an. Er sah sie immer noch als das Kind an. Er hatte sie gezwungenermaßen geheiratet, und selbst in all den Jahren, in denen er fort gewesen war, getrennt von ihr, in Washington und Portsmouth, hatte er sich nicht als verheiratet mit Elizabeth, der Frau, angesehen, sondern an ein Kind gekettet.

Es war das Kind, das immer bei ihm geweilt hatte, das Kind, das diese Faszination auf ihn ausgeübt hatte, und so war es selbst jetzt noch. Von dem ersten Moment an, in dem er sie gesehen hatte, hatte sie einen ganz besonderen Reiz auf ihn ausgeübt. Ihre Possen hatten ihn belustigt, und er hatte die Erinnerung daran bewahrt, um sie ihr immer dann ins Gesicht zu schleudern, wenn Elizabeth, die Frau, ihm zu nahe kam.

Das Kind verstand er, aber die Frau machte ihm angst.

Er begriff jetzt, daß er auf der Schaluppe nicht etwa mit ihr geschlafen hatte, weil er sie als Frau begehrte, sondern weil das Kind ihn idealisiert hatte. Er hatte ihr den lebenslänglichen Wunsch, von ihm geliebt zu werden, mit der Beiläufigkeit erfüllt, mit der man einem Dienstboten ein abgetragenes Kleidungsstück schenkt, das er schon seit langer Zeit bewundert.

Und dennoch hatte sie ihn geliebt.

Was kann ich bloß tun? Wie kann ich ihr zeigen, daß mir meine Dummheit klargeworden ist? Wie kann ich jemals wieder gutmachen, was ich angerichtet habe, sie je für das entschädigen, was ich ihr genommen habe? Er sah ihr ins Gesicht. O *Elizabeth, was habe ich bloß getan? Wie konnte ich so blind sein, so dämlich blind? Du bist des Wartens müde. Du bist aus einem kindlichen Traum hinausgewachsen. Wogegen ich immer noch derselbe bin.*

»Bleib bei mir«, sagte er und fühlte sich so hilflos und verloren, so verzweifelt, daß ihm nichts weiter dazu einfiel. Ihm fiel auf, daß sie bewußt wahrzunehmen schien, daß andere, die sich auf dem Anlegesteg herumtrieben, sie möglicherweise hören konnten. Es schien ihr fast peinlich zu sein.

Plötzlich warf er den Kopf zurück und brüllte lauthals: »Bleib bei mir und sei meine Frau, Elizabeth.«

Nahezu hundert Menschen mußten inzwischen auf dem Anlegesteg und in der näheren Umgebung versammelt sein, und sie alle drehten sich nach ihnen um – eine Menschenansammlung, die Elizabeth offensichtlich gar nicht gefiel.

Lizzie dagegen hätte das gefallen.

Mit dem romantischen Gehabe eines Ritters Lanzelot ließ sich Tavis unter Schmerzen auf ein Knie sinken und hob flehentlich die gefalteten Hände zu ihr. »Ich weiß, daß ich dich verletzt habe«, sagte er. »Ich weiß, daß alles meine Schuld ist, weil ich fortgegangen bin.« Inzwischen schrie er: »Ich hätte dich niemals verlassen dürfen. Geh nicht fort. Bleib bei mir.«

»Bleib bei ihm, Elizabeth«, rief eine Frauenstimme.

»Gib Willie ein schönes Zuhause«, rief eine andere.

Ihr Gesicht wurde so rot wie die Färberbäume im Oktober. »Wirst du wohl aufhören zu schreien?« sagte sie und riß an seinem Ärmel, weil sie versuchen wollte, ihn auf die Füße zu ziehen. Sie beugte sich herunter und flüsterte: »Wirst du jetzt wohl aufstehen? Du bist ein absoluter Esel. Alle schauen her.«

Er grinste. »Willst du wirklich nach Boston gehen? Bist du ganz sicher, daß du ganz allein mit Willie in diesem muffigen alten Haus leben willst?« schrie er.

Jetzt kam er erst richtig in Schwung. Sie boten ihren Zuschauern wirklich etwas. Er war ganz sicher, daß dieser Auftritt krasser war als alles, was sie sich je hatte zuschulden kommen lassen.

»Ich will dich zur Frau haben«, sagte er, »und ich weiß, daß du es auch so haben willst. Du bist einfach nur zu stur. »

»Tavis, steh auf!« fauchte sie.

»Es wird dir bestimmt nicht leid tun. Ich werde dich für alles entschädigen. Ich werde hart arbeiten. Ich werde dir ein neues Haus bauen. Ich werde ein Schiff nach dir benennen. Ich werde dir mein gesamtes Geld schenken. Ich werde dem Alkohol abschwören.«

»Du trinkst doch kaum etwas«, sagte sie.

»Dann schwöre ich eben allem ab, was du verlangst.«

»Würdest du jetzt aufhören, dich derart lächerlich zu machen?«

»Das auch«, sagte er. Dann grinste er sie an und fügte hinzu: »Und wenn du willst, daß ich aufhöre, mich vor ganz Nantucket lächerlich zu machen, dann brauchst du einfach nur ja zu sagen!«

»Bist du betrunken?« fragte sie.

»Nein, natürlich nicht.«

»Du sollest es aber sein«, sagte sie und bahnte sich einen Weg um ihn herum. »Laß mich in Ruhe, Tavis. Selbst, wenn es sein müßte, würde ich dich nicht heiraten.«

»Das ist auch gar nicht nötig«, rief er ihr nach. »Wir sind bereits miteinander verheiratet.«

»Ich meine, wenn ich alles noch einmal tun müßte«, sagte sie, ohne stehenzubleiben oder sich nach ihm umzudrehen.

Er humpelte hinter ihr her, holte sie ein und packte ihren Arm. »Laß mich in Ruhe, Tavis«, sagte sie, und dann drehte sie sich zu ihm um, stemmte beide Hände gegen seine Brust und stieß ihn von sich.

Tavis fiel vom Anlegesteg und traf mit einem enormen Platschen auf dem Wasser auf.

Im nächsten Moment wurde sie von der Menschenmenge auf dem Anlegesteg geschluckt.

Nathaniel trat an den Rand des Anlegestegs, schaute auf Tavis herunter und streckte eine Hand aus, um ihm aus dem Wasser zu helfen.

»Warum hast du ihr nicht gesagt, was sie hören wollte?« fragte er.

»Und was ist das?« erwiderte Tavis.

»Daß du sie liebst. Das ist das einzige, was eine Frau, jede Frau, hören will.«

Tavis sah ihn nachdenklich an. »Liebe?« sagte Tavis und fragte sich, ob jemand wie er jemals wissen konnte, was Liebe ist. War es das, was hier fehlte? War es das, was sie wollte?

Er hatte seine Eltern gemocht, soviel stand fest, aber war das Liebe? Er hatte sein Leben damit zugebracht, Schiffe zu entwerfen, aber war das Liebe? Elizabeth ging ihm in einer Form nah, wie es keiner anderen Frau jemals gelungen war, aber war das Liebe?

Er wußte es nicht. Betrübt schüttelte er den Kopf und fragte sich, weshalb er der einzige Mensch auf Erden zu sein schien, der das nicht wußte.

»Warum suchst du dir nicht jemand anderen, dem du auf die Nerven gehen kannst, und läßt mich in Ruhe?« sagte Tavis und sah Nathaniel übellaunig an. »Im Moment ist mir nicht nach Gesellschaft zumute. Und schon gar nicht nach deinen aufdringlichen Einmischungen.«

»Na, gut«, sagte Nathaniel. »Dann leide doch allein vor dich hin. Obwohl diese ganze Geschichte meiner Meinung nach vollkommen überflüssig ist. Ich weiß nicht, warum du Dinge nicht sehen kannst, die so klar im Raum stehen wie deine Liebe zu ihr.«

»Nathan«, sagte Tavis, und es klang wie eine Warnung, »würdest du dich aus dieser Angelegenheit raushalten, verdammt noch mal?«

Als er Tavis' finstere Miene sah, hob Nathaniel die Hände und wich langsam zurück. »Schon gut ... schon gut ... wenn ich sehe, wie unglücklich du bist und wie sehr du es darauf abgesehen hast, dich lächerlich zu machen, und wenn ich dann auch noch deine miese Laune spüre, dann weiß ich selbst, daß es wahre Liebe sein muß.«

Es begann zu regnen, ein leichter Frühlingsschauer von der Sorte, die plötzlich einsetzt, und fast so schnell, wie es begonnen hat, hört es auch schon wieder auf. Elizabeth trat vom Anlegesteg und machte sich wie eine Frau in Eile auf den Weg zu Tavis' Haus. Sie würde Willie abholen.

Sie hatte sich nicht viele Gedanken darüber gemacht, wohin sie ihn bringen würde und wo sie die beiden kommenden Nächte und Tage verbringen würden. Sie wußte nur, daß sie ihn bei Mrs. Chadwick abgeholt haben wollte, ehe Tavis dort eintraf.

Dann würde sie sich Gedanken darüber machen, wo sie unterkommen würden.

Fünf Minuten später klopfte sie an die Tür. Mrs. Chadwick öffnete nicht. Sie klopfte noch einmal an. Immer noch keine Antwort. Elizabeth wollte gerade ein drittes Mal anklopfen, als eine Stimme hinter ihr sagte: »Komm, laß mich dir die Tür aufschließen.«

Ihre Schultern sanken niedergeschlagen herunter. »Ich brauche deine Hilfe nicht«, sagte sie. »Ich bin nur gekommen, um Willie zu holen.«

»Ich weiß, warum du hergekommen bist«, sagte Tavis und steckte seinen Schlüssel in das Schloß. Dann stieß er die Tür auf. »Anscheinend ist sie nicht hier.«

Sie warf einen Blick in das schummerige Hausinnere. »Wenn ich ohnehin schon hier bin, dann werde ich einfach Willies Sachen zusammenpacken. Ihn und Mrs. Chadwick kann ich später noch finden. Es ist eine kleine Insel. Allzuweit können die beiden nicht gegangen sein«, sagte sie und betrat das Haus, und als sie hörte, wie die Tür hinter ihr geschlossen wurde, befiel sie eine plötzliche Panik.

Im Haus war es dunkel und kühl. Sie zog ihren Umhang enger um sich. Noch nie in ihrem ganzen Leben hatte sie sich derart allein gefühlt, so ohne jeden Freund und so schrecklich müde.

»Elizabeth, ich bitte dich, es nicht zu tun. Ich flehe dich an zu bleiben.«

Sie blieb stehen und sah ihm forschend ins Gesicht. »Liebst du mich, Tavis?«

Er schaute sie an und sah den Stolz, den Schmerz, die Furcht, die in ihr Gesicht geritzt waren. Er sah so viele Gesichter, wenn er sie anschaute – das Gesicht des Kindes, das Gesicht des jungen Mädchen, das Gesicht der Frau, das Gesicht der Mutter.

Er dachte an die Vergangenheit und erinnerte sich an ein junges Mädchen, das die Wattepolster, die es sich ins Kleid gesteckt hatte, vor seinen Füßen verlor, und er sah auch die Frau, die sie gewesen war, als sie auf der Schaluppe miteinander allein gewesen waren. Er sah das betroffene und tief verletzte Gesicht der Ehefrau, als er ihr in ihrer Hochzeitsnacht mitgeteilt hatte, daß er sie verlassen würde, und niemals würde er das Gesicht der Mutter an jenem Tag vergessen, an dem er zurückgekommen war und erfahren hatte, daß sie ihm einen Sohn geboren hatte. Er dachte an die Verluste, die sie erlitten hatte, und er dachte an seine eigenen Verluste, und er wußte, daß sie beide einen weiteren schweren Verlust erleiden würden, wenn er ihr nicht mit einem Ja antworten konnte.

»Ob ich dich liebe?« sagte er und sah sie mit immens viel Gefühl in den Augen an. »Bei Gott, Elizabeth, ich weiß nicht, was ich darauf antworten soll. Ich bin nicht sicher, ob ich weiß, was Liebe ist.«

Er sah, wie der Glanz in ihren Augen erlosch, und er wußte, daß er nur diese eine Chance und keine zweite hatte. »Ich weiß, daß der Gedanke an dich mich mit Wärme erfüllt, wogegen deine Abwesenheit so kalt wie Eis ist. Ich bewundere dich für deine Stärke, deine Loyalität und deine Ehrlichkeit. Ich erinnere mich noch daran, wie ich dich das erste Mal gesehen habe. Du warst ein kleines Mädchen

… vielleicht zehn Jahre alt … und bist mit deinem Großvater über die Straight Wharf gelaufen. Ich bin mit meinem Bruder an Land gegangen. Selbst damals ist schon etwas von dir ausgegangen, was mich angesprochen hat. Weshalb sonst sollte ich diesen Tag noch so lebhaft in Erinnerung haben?«

Sie gab ihm keine Antwort.

»Ich erinnere mich an vieles«, sagte er. »Zum Beispiel daran, wie wir uns geliebt haben und wie eine Woche in deinen Armen mich für jede andere Frau untauglich gemacht hat – und zwar in einem Maß, daß ich in all den Jahren, in denen ich fort war, zölibatär gelebt habe. Ich weiß, daß die Vorstellung, den Rest meines Lebens mit dir zu verbringen, meine Seele mit Sonnenschein durchflutet, wogegen die Vorstellung, dich zu verlieren, mich in Dunkel taucht … in ein Dunkel, in dem ich zusammenhangslos rede, flehe und erblindet bin. Ich weiß, daß meine Gedanken in jeder wachen Minute um dich kreisen und daß sich all meine Träume um dich drehen. Ich weiß, daß ich das Gefühl habe, innerlich kurz vor dem Zerspringen zu stehen, wenn ich dich ansehe, aber wenn ich versuche, meinen Gefühlen Ausdruck zu verleihen, komme ich mir vor, als hätte ich ein Knäuel verworrener Schnüre in meinem Innern. Ich weiß, daß ich niemals von dir loskommen werde, wenn du mich verläßt, denn du hast meine Seele aufgeweckt, und du wirst in meinen Träumen immer wieder zu mir zurückkehren.«

Er trat näher, nahm ihre Hände und hielt sie in seinen. »Falls das Liebe ist, dann liebe ich dich.«

Er schlang die Arme um sie. »Gib mir dein Feuer und deine Verrücktheit, gib mir deine Kraft und deine Liebe. Kind der Leidenschaft, Mutter meines Kindes, beuge dich meinem Willen.«

Sie sah ihn an, und plötzlich konnte sie nicht mehr verstehen, warum sie ihn jemals hatte verlassen wollen. Ihr war absolut gleich, wenn er sie nicht liebte. Alles andere als die Realität, ihn jeden Morgen als erstes und jeden Abend als letztes zu sehen, war ihr vollständig gleich.

»Verstehst du denn nicht, was ich sage? Ich will dich. Für immer.

Ich will, daß du die Mutter meiner ...« Er unterbrach sich, da ihm wieder einfiel, daß sie bereits ein Kind miteinander hatten. » ... die Mutter meiner anderen Kinder bist.«

Sie verschränkte die Arme und sah ihn mit unglaublich finsterer Miene an. »Und wie viele Kinder hast du?«

Er lachte und zog sie in seine Arme. »Nur eines ... bisher.«

Er begann, ihren Hals und ihr Gesicht zu küssen. »Komm und lieb mich. Ich kann es kaum erwarten, mich ans Werk zu machen und unsere restlichen Kinder zu produzieren.«

Sie schmolz an seiner Brust, weich und unendlich zart, schmiegte den Kopf an seine Kraft und Wärme und sah das Gesicht ihres Großvaters vor sich, als sie die Augen schloß.

Ich danke dir, sagte sie. *Dafür, daß du mir Hoffnung gegeben hast.*

Sie öffnete die Augen und glaubte, über ihrem Kopf und zu ihren Füßen Sterne funkeln zu sehen. *Ich bin wieder ein Kind, von Freude getragen.*

Und plötzlich wußte sie, wo sie schon immer hatte sein wollen. Das hier war ihr Mann, ihr Zuhause, ihr kleines Scheibchen vom Paradies. Sie sah sich in dem kleinen Zimmer um, sah den Perserteppich, die holländische Uhr auf dem Bord, die Teekanne, das Fenster mit den Draperien aus preiselbeerfarbenem Damast.

Draußen hatte es aufgehört zu regnen, und die Welt wurde von der Sonne gewärmt und wirkte schläfrig. Ein wohltuendes Gefühl von Frieden erfüllte sie, als sie die Liebe in diesen Armen spürte, die sie hielten, die Welt sah, die ihr so lieb und teuer war, den klapprigen Wagen sah, der auf der Straße vorbeifuhr, die regennassen Schindeln auf Hausdächern sah, die so grau wie die Hüte von Quäkern waren, die schmalen Rauchfahnen, die aus einem Dutzend von Kaminen aufstiegen, und sie sah auch den Regenbogen, der sich wie ein Lächeln über all dem wölbte und schöne Dinge verhieß, die bevorstanden.

Und wer kann das schon sagen? Das weiß nur der Himmel. Vielleicht begann ihre Familie sich in jener Nacht schon zu vergrößern.

EPILOG

Elizabeth hatte den ganzen Nachmittag über Wehen gehabt und ihren sechsten Sohn geboren. Tavis wußte natürlich, daß es ein Sohn werden würde, denn Elizabeth hatte ihm nie eine Tochter geboren.

Sie wußte, wie er zu Mädchen stand. Die Vorstellung, eine eigene Tochter zu haben, jagte ihm Grauen ein. Schließlich schlugen Mädchen ihren Müttern nach, oder etwa nicht?

Jedesmal, wenn er hier unten im Salon gesessen hatte und darauf gewartet hatte, daß die Haushälterin oder der Arzt ihm sagten, daß es Elizabeth gut ging und daß er wieder einmal Vater geworden war – kehrten seine Gedanken unausweichlich in eine längst vergangene Zeit zurück, in der ein blonder Kobold, der auf den Namen Lizzie Robinson hörte, ihm das Leben zur Hölle gemacht hatte.

Als er die Erinnerungen eine nach der anderen ans Licht brachte, ihre Eskapaden noch einmal durchlebte und den Kopf über ihre Kapriolen schüttelte, hielt er inne und überlegte sich, wie glücklich er sich schätzen konnte, fünf stramme Söhne zu haben, und er sagte sich, wie dankbar er doch dafür war, daß Gott es nie für angezeigt gehalten hatte, ihm eine Tochter zu bescheren. Jedesmal, wenn er daran dachte, stellte sich tiefes Mitgefühl mit Samuel Robinson bei ihm ein, da er sich unwillkürlich fragen mußte, ob er in der Lage gewesen wäre, einer Tochter ein ebenso guter Vater zu sein.

Aus dem Kinderzimmer im oberen Stockwerk hörte er den Lärm, den seine beiden jüngeren Söhne veranstalteten. Damit gaben sie ihrem Kindermädchen, der alten Dolly Clare, nur noch einen weiteren Grund, eine halbe Flasche von ihrem Hustensaft zu trinken, ehe sie sich für die Nacht zurückzog. Abgesehen davon war es jetzt recht still im Haus, da Willie und seine beiden Brüder, die gleich nach ihm gefolgt waren, die Schule besuchten.

Er hielt sein Glück für vollkommen, als Mrs. Forrester, die Haushälterin, den Kopf in die Bibliothek streckte und sagte: »Mrs. Mackinnon und das Baby sind beide wohlauf. Es fehlt ihnen nichts.«

Tavis stieß einen Seufzer der Erleichterung aus. *Noch ein Baby*, dachte er. »Nun, es sieht ganz so aus, als sei ich stolzer Vater eines weiteren Sohnes geworden«, sagte er.

Er sah seinen alten Freund Nathaniel Starbuck in dem Moment an, in dem Nathaniel sagte: »Aber, Tavis, sie hat nicht dazugesagt, welches Geschlecht das Baby hat. Es könnte schließlich auch sein, daß es ein Mädchen ist, verstehst du.«

Tavis' Brust schwellte sich vor Stolz. »Es ist ein Junge«, sagte er. »Es sind immer Jungen.«

Nathaniel grinste. »Du bekommst nicht immer das, was du bestellt hast. Sag mir doch einfach, was du tätest, wenn du ein Mädchen bekämest, Tavis. Würdest du es etwa zurückgehen lassen?«

Tavis lachte. »Wenn es Elizabeth auch nur im geringsten ähnlich sähe, dann würde ich es tatsächlich zurückgehen lassen«, sagte er, denn ein Mädchen, das so aussah wie Elizabeth, würde sich später einmal ganz genauso benehmen wie sie. Und wenn man Tavis fragte, dann war das Grund genug dafür, niemals im Leben – ganz gleich, wie oft er auch daran dachte, was für ein wunderschönes Kind Elizabeth doch gewesen war, ein Mädchen zu bestellen.

Jetzt lachte Nathaniel. Er klatschte Tavis auf den Rücken. »Was ist los mit dir, Alter? Fürchtest du etwa eine Wiederholung?«

Genau das fürchtete er. »Das würde mir gerade noch fehlen«, sagte Tavis.

»Nun, da du gesagt hast, du hättest einen Sohn bekommen, würde ich annehmen, das muß gefeiert werden«, sagte Nathaniel. »Soll ich dir einen Drink einschenken?«

Tavis nickte. Ehe er ein weiteres Wort sagen konnte, kam Mrs. Forrester wieder und streckte noch einmal den Kopf durch die Tür.

»Ich war so aufgeregt, daß ich glatt vergessen habe, es Ihnen zu sagen«, sagte sie. »Es ist ein Mädchen ... und noch dazu ein hübsches kleines Dingelchen – mit einem blonden Lockenschopf. Wenn Sie mich fragen, würde ich sagen, es ist seiner Mutter wie aus dem Gesicht geschnitten.«

Tavis sah Nathaniel an. »Schenk mir einen doppelten Drink ein«, sagte er.

Oben im Schlafzimmer hörte Elizabeth den bezauberndsten Laut auf Erden – das tiefe polternde Lachen ihres Mannes, als er vernahm, daß sie ihm eine Tochter geschenkt hatte. Sie biß sich auf die Lippen, als die nächste Wehe kam und sie hörte, wie Dr. Montgomery ihr sagte, sie solle drücken.

Mrs. Forrester stand neben dem Bett und hielt Elizabeths Hand. »Was glauben Sie wohl, was er sagen wird, wenn gleich noch ein Mädchen kommt?« fragte sie.

»Das weiß nur der Himmel«, sagte Elizabeth und stöhnte, als die nächste Wehe über sie hereinbrach.

Im nächsten Augenblick wurde ihr ein weiteres Baby in die Arme gelegt. Sie schmiegte die beiden Babies an sich und überlegte sich dabei, daß sie von all den Dingen, die Tavis ihr gegeben hatte, seine Kinder als den allergrößten Segen empfand. Sie dachte an den Schock, unter dem er jetzt stehen mußte, und an die Sorgen, die ihm die Vorstellung schon immer bereitet hatte, er könnte eine Tochter bekommen. Aber selbst jetzt schon wußte sie, daß er seine Tochter mit der Zeit ebensosehr lieben würde, wie er deren Mutter liebte.

Ihre Gedanken glitten wie Sonnenstrahlen auf dem Wasser durch die zahlreichen Erinnerungen an ihre Vergangenheit, und sie dachte wieder daran, daß sie schon immer einen einzigen Mann und nur diesen einen geliebt hatte. Sie spürte, wie ihr Herz all den Töchtern und Enkelinnen entgegenströmte, die folgen würden, dem Vermächtnis, das sie hinterließ.

Ein größeres Glück als dieses kann ich dir niemals wünschen.

Sie schaute auf die schlummernden Babies in ihren Armen herunter und dachte sich, daß Söhne die Anker im Leben einer Mutter waren, eine Tochter dagegen ihr Ebenbild. Ihr Ebenbild. Bei dieser Vorstellung lächelte Elizabeth, und ihr Herz strömte Tavis entgegen. Was würde er tun, wenn Mrs. Forrester ihm berichtete, daß sie noch ein zweites Baby geboren hatte?

Noch eine Tochter?